AtV

HENRY JAMES wurde 1843 in einer großbürgerlichen New Yorker Familie geboren. Sein Bruder war der einflußreiche Psychologe und Philosoph William James (1841–1910). Von seinem Vater als Weltbürger erzogen, pendelte Henry James viele Jahre zwischen Europa und den USA hin und her, bis er sich 1876 endgültig in England niederließ. 1915 wurde er britischer Staatsbürger. Er war befreundet mit so bedeutenden Literaten wie William Dean Howells, Iwan Turgenjew, Gustave Flaubert, Guy de Maupassant und Alphonse Daudet. Henry James gilt als der wichtigste Neuerer der Erzählkunst im Übergang zur Literatur des 20. Jahrhunderts und zur Moderne. Seine sprachlich vollkommenen Erzählwerke sind geprägt von seiner Vorliebe für die kultivierte aristokratische Lebensweise, die er in Amerika vermißte, und von einer gründlichen Analyse des Seelenlebens seiner Helden. Henry James starb 1916 in London.

Neben Erzählungen wie »Daisy Miller« (1879) begründeten seine Romane »Die Europäer« (1878), »Washington Square« (1881), »Bildnis einer Dame« (1881), »Damen aus Boston« (1886), »Die Prinzessin Casamassima« (1886); »Die Flügel der Taube« (1902) und »Die Gesandten« (1903) seinen literarischen Weltruhm.

Milly Theale – die schöne und wohlbehütete Erbin eines großen Vermögens aus New York ist gerade via Neapel und die Schweizer Alpen in London eingetroffen, als sie dort auch schon als umschwärmter Mittelpunkt der vornehmen Salons gilt. Hier begegnet sie dem New Yorker Journalisten Merton Densher wieder, der ihr in Gesellschaft der englischen Freunde nach Venedig folgt, wo sie einen Palazzo gemietet hat. Seine Liebe verleiht der jungen Frau – die an einer rätselhaften Krankheit leidet - neuen Lebensmut. Die Katastrophe tritt ein, als Densher ungeschickt den Faden zerreißt, der ihn mit Milly verbindet.

Henry James

Die Flügel der Taube

Roman

Aus dem Amerikanischen
von Ana Maria Brock

Aufbau Taschenbuch Verlag

Titel der Originalausgabe
The Wings of the Dove

ISBN 3-7466-1261-6

2. Auflage 1998
Aufbau Taschenbuch Verlag GmbH, Berlin

Published by arrangement with Hyperion/Miramax.
Innenfotos von Mark Tillie. Art © 1997 Miramax Films
Umschlaggestaltung Torsten Lemme unter Verwendung
eines Fotos von Dewey Nicks
Druck Elsnerdruck GmbH, Berlin
Printed in Germany

Erstes Buch

1

Sie wartete, Kate Croy wartete darauf, daß ihr Vater kam, doch er hielt sie ungebührlich lange auf, und in bestimmten Momenten offenbarte sich ihr im Spiegel über dem Kaminsims ein Gesicht, geradezu bleich vor Unmut, wenn ihre Gereiztheit sie bis zu dem Punkt getrieben hatte, nun endlich fortzugehen, ohne ihn angetroffen zu haben. Doch genau da verharrte sie; sie wechselte den Platz, vertauschte das schäbige Sofa mit dem Lehnsessel, dessen glänzender Chintzbezug – sie hatte es ausprobiert – sich schlüpfrig und klebrig zugleich anfühlte. Sie hatte die blassen Drucke an den Wänden betrachtet und das einsame Magazin, bereits ein Jahr alt, das zusammen mit einem Lämpchen aus buntem Glas und einer nicht eben frischen, gestrickten weißen Zierdecke die Wirkung des purpurroten Tuches auf dem Mitteltisch unterstrich; vor allem war sie von Zeit zu Zeit für einen Augenblick durch ein Paar hohe Fenstertüren auf den kleinen Balkon hinausgetreten. Die vulgäre kleine Straße bot aus diesem Blickwinkel kaum eine angenehme Abwechslung zu dem vulgären kleinen Zimmer; sie diente hauptsächlich dazu, ihr den Gedanken aufzudrängen, daß die schmalen, schwarzen Fassaden, einem Maßstab angepaßt, der selbst für Hinterfronten bescheiden gewesen wäre, ganz die Art Außenwelt darstellten, auf die solche Innenräume hindeuteten. Man spürte sie im Zimmer ganz in derselben Art, wie man das Zimmer – die hundert anderen oder noch schlimmere – in der Straße spürte. Jedesmal, wenn sie wieder hineinging, jedesmal, wenn sie ihn voller Ungeduld aufgab, indessen sie das schwache, schale Fluidum der Dinge schmeckte, geschah es, als lote sie den Verfall von Wohlstand und Ehre bis in noch tiefere Tiefen aus. Wenn sie weiterwartete, so eigentlich in gewisser Weise, um nicht noch die Schmach der Furcht, des individuellen, persönlichen Zusammenbruchs, auf all die übrige Schmach zu häufen. Die Straße zu spüren, das Zimmer, das Tischtuch und die Mitteldecke und die Lampe zu spüren, verlieh ihr zumindest in geringem Umfang die heilsame Gewißheit, weder auszuweichen noch zu lügen. Diese ganze Vision war bisher das Schlimmste – da sie insbesondere die Unterredung einschloß, auf die sie sich vorbereitet hatte; und wozu war sie gekommen, wenn nicht um des Schlimmsten willen? Sie versuchte sich in wehmütige Stimmung zu versetzen, um nicht in Zorn zu geraten, doch es machte sie zornig, daß sie nicht wehmütig zu sein vermochte. Und doch, wo gab es Trübsal, so sehr durchgebeutelte Trübsal, daß sie über Vorwürfe hinaus war und vom Schicksal mit Kreide markiert wie ein „Posten" bei einer gewöhnlichen Auktion, wenn nicht in diesen unbarmherzigen Zeichen bloßer jämmerlicher, abgestandener Gefühle?

Das Leben ihres Vaters, ihrer Schwester, ihr eigenes, das ihrer beiden verstorbenen Brüder – die ganze Geschichte ihres Hauses wirkte wie eine schöne, blumige, weitschweifige Phrase, vielleicht auch eine musikalische, die zunächst in Worte, in Noten ohne Sinn abfiel und dann, unvollendet schwebend, überhaupt keine Worte, keine Noten mehr fand. Weshalb war denn eine Gruppe Menschen in Bewegung gesetzt worden, mit solchem Aufwand und mit dem vollen Anschein, für eine fruchtbringende Reise ausgestattet zu sein, nur um ohne jeden Unfall steckenzubleiben, ohne jeden Grund in den Straßenstaub zu stürzen? Die Antwort auf diese Fragen fand sich nicht in der Chirk Street, aber die Fragen selbst streckten dort büschelweise ihre Stacheln hervor, und das wiederholte Innehalten des Mädchens vor dem Spiegel und dem Kamin mochte ihrer Erwägung einer Flucht vor ihnen am nächsten kommen. War es nicht in Wahrheit die teilweise Flucht vor diesem „Schlimmsten", in dem sie steckte, sich selbst wieder als erfreulichen Anblick wahrnehmen zu können? Sie starrte freilich zu angespannt in das trübe Spiegelglas, um allein auf ihre Schönheit zu starren. Sie rückte den Sitz ihres schwarzen, mit enganliegenden Federn geschmückten Hutes zurecht; ordnete darunter den dichten Fall ihres dunklen Haares; heftete die Augen etwas schräg von der Seite ebenso auf ihr schönes abgewandtes wie auf ihr schönes voll dargebotenes Oval. Sie war ganz in Schwarz gekleidet, was ihrem klaren Gesicht durch den Kontrast einen ebenmäßigen Ton und ihrem Haar eine harmonische Dunkelheit verlieh. Draußen auf dem Balkon zeigten sich ihre Augen blau; drin, am Spiegel, wirkten sie beinahe schwarz. Sie war schön, und sie war es in diesem Maße ohne alles Beiwerk und ohne Hilfsmittel – ein Umstand, der überdies fast immer eine Rolle dabei spielte, welchen Eindruck sie hervorrief. Der Eindruck war nachhaltig, doch was seinen Ursprung betrifft, hätte keine Summe der Einzelheiten das Gesamtergebnis erbracht. Sie besaß Statur ohne Körpergröße, Anmut auch ohne Bewegung, Ansehnlichkeit ohne Masse. Schlank und schlicht, oft schweigend, zog sie irgendwie stets die Blicke auf sich – bot sie auf besondere Art dem Auge Genuß. Oft mit weniger Accessoires mehr „angezogen“ als andere Frauen oder, sollte es die Gelegenheit erfordern, weniger angezogen mit mehr, hätte sie wahrscheinlich keinen Aufschluß über diese glückliche Hand geben können. Es waren Geheimnisse, deren sich ihre Freunde bewußt waren – jene Freunde, deren allgemeiner Kommentar dazu lautete, sie sei eben gescheit, ob die Welt es nun als Ursache oder Wirkung ihres Charmes auffaßte oder nicht. Wenn sie im trüben Spiegel des möblierten Zimmers ihres Vaters noch anderes sah als ihr anziehendes Gesicht, dann vielleicht, daß sie jedenfalls kein Faktor in dem allgemeinen Zusammenbruch war. Sie schätzte sich nicht gering ein, sie ging nicht auf Trübsal aus. Zumindest persönlich war sie nicht für die Auktion mit Kreide markiert. Sie hatte noch nicht aufgegeben, und der abgebrochene Satz, falls sie das letzte Wort sein sollte, würde doch mit einem gewissen Sinn enden. Eine Minute lang verlor sie sich, obgleich ihre Augen auf ein Ziel geheftet schienen, sichtlich an den Gedanken, auf welche Art und Weise sie die Dinge ins Lot bekommen hätte, wäre sie nur ein Mann gewesen. Vor allem für den Namen würde sie sich einsetzen – den kostbaren Namen, den sie so mochte und um den es trotz des Schadens, den ihr nichtswürdiger Vater ihm zugefügt hatte, noch nicht hoffnungslos stand. Sie liebte ihn um dieser blutenden Wunde willen sogar nur um so inniger. Aber was konnte ein mittelloses Mädchen mit ihm anfangen, außer ihn aufzugeben?

Als ihr Vater endlich erschien, wurde sie, wie üblich, sofort gewahr, wie vergeblich jede Bemühung war, ihn in irgendeiner Sache beim Wort zu nehmen. Er hatte ihr geschrieben, er sei krank, zu krank, um das Zimmer zu verlassen, und müsse sie unverzüglich sprechen; und war das, wie zu vermuten, der Umriß eines Planes gewesen, so war ihm selbst der bescheidene Aufwand gleichgültig, den eine Täuschung erforderlich gemacht hätte. Offenbar hatte er sie aus verquerer Laune und Eigensinn, die er Gründe nannte, sprechen wollen, genau wie auch sie sich für ein Gespräch gerüstet hatte; doch jetzt empfand sie angesichts der unausweichlichen Zwanglosigkeit, die er ihr gegenüber an den Tag legte, wieder all den alten Schmerz, ganz den ihrer armen Mutter, daß er einen nicht im geringsten anzurühren vermochte, ohne einen gegen sich aufzubringen. Keine Beziehung zu ihm konnte so flüchtig oder so oberflächlich sein, um einen nicht irgendwie zu verletzen; und das geschah auf die allersonderbarste Weise, nicht etwa, weil er das wollte – mußte er doch gewiß oft genug spüren, daß das Gegenteil vorteilhafter für ihn gewesen wäre –, sondern weil er es nicht vermochte, auch nur einen Fehler dem anderen gegenüber zu unterlassen, oder die Überzeugung des anderen, wie unmöglich er sei, bei jeder Annäherung nicht noch zu vertiefen. Er hätte sie auf dem Sofa in seinem Wohnzimmer erwarten oder im Bett bleiben und sie in dieser Lage empfangen können. Sie war froh, daß ihr der Anblick solcher penetralia erspart blieb, doch es hätte sie ein bißchen weniger daran erinnert, daß keine Wahrhaftigkeit in ihm wohnte. Das war das Ermüdende an jeder neuen Begegnung; er teilte Lügen aus, als wären es die Karten von dem schmierigen alten Packen für das Diplomatiespiel, zu dem man sich mit ihm hinsetzen sollte. Das Mißliche daran – wie immer in solchen Fällen – war nicht, daß man die Unwahrheiten übelnahm, sondern daß man die Wahrheiten vermißte. Er mochte krank sein, und es mochte einem gelegen kommen, das zu wissen, doch kein Kontakt mit ihm konnte diesbezüglich je rückhaltlos genug sein. Genauso mochte er sogar sterben, aber Kate fragte sich wirklich, auf welchen Beweis von seiner Seite hin sie das eines Tages werde glauben müssen.

Er war jetzt nicht aus seinem Zimmer heruntergekommen, das, wie sie wußte, über dem lag, in dem sie sich befanden; er war bereits außer Haus gewesen, wenngleich er das, sollte sie ihm ihren Zweifel vorhalten, entweder abstreiten oder als Beweis seiner äußersten Not darstellen würde. Sie hatte jedoch mittlerweile gänzlich aufgehört, ihm Zweifel vorzuhalten; nicht nur legte sich Aug in Auge mit ihm die fruchtlose Gereiztheit, sondern er fachte auf solche Weise das Gefühl der Tragik an, daß einen Moment später nichts mehr von ihr übrig war. Die Schwierigkeit war deshalb nicht geringer, weil er auf die gleiche Weise das Gefühl der Komik anfachte: sie meinte beinahe, in letzterem hätte sie noch einen Punkt finden können, um sich an ihm festzuhalten. Er war nicht mehr amüsant – er war wirklich zu unmenschlich. Sein makelloses Aussehen, das ihn so lange obenauf gehalten hatte, war praktisch immer noch makellos; doch nahm man es schon seit langem bei jedem Anlaß als selbstverständlich hin. Nichts hätte besser als der jetzige beweisen können, wie recht man gehabt hatte.

Er sah genauso aus wie gewohnt – ganz Rosa und Silber nach Teint und Haar, ganz Geradheit und Wäschestärke nach Gestalt und Kleidung – das Bild eines Mannes, der in der Welt am allerwenigsten mit etwas Unangenehmem zu tun haben konnte. Er stellte in ganz besonderem Maße den englischen Gentleman dar und die vom Glück begünstigte, gesetzte, normale Persönlichkeit. Sein Anblick an einer ausländischen Table d'hôte ließ nur an eines denken: „In welcher Vollkommenheit sie England doch hervorbringt!" Er besaß gütige, zuverlässige Augen und eine Stimme, die bei aller reinen Fülle gewissermaßen von dem glücklichen Umstand kündete, daß sie noch nie habe laut werden müssen. Das Leben war ihm auf halbem Weg entgegengekommen und war mit ihm umgekehrt, um mit ihm zu gehen, hatte eine Hand unter seinen Arm geschoben und es ihm nachsichtig überlassen, das Tempo zu bestimmen. Wer ihn flüchtig kannte, sagte: „Wie er sich kleidet!" – wer ihn besser kannte, sagte: „*Wie* kleidet er sich?" Der kurze verirrte Anflug von Belustigung wurde eben jetzt in seiner Tochter durch das eigenartige Gefühl erzeugt, das er ihr vorübergehend eingab, als komme er zu ihr selbst in ein dürftiges Logis „hereingeschneit". Die erste Minute nach seinem Eintreffen war es, als gehörte das Zimmer ihr und er sei der Besucher mit empfindlichen Sinnen. Er weckte eigentümliche Gefühle, er verfügte über unbeschreibliche Tricks, die die Dinge völlig auf den Kopf stellten: auf ebendiese Art war er immer zu ihrer Mutter gekommen, solange ihre Mutter ihn noch empfing. Er kam von Örtlichkeiten, von denen sie oft nichts geahnt hatten, doch bevorzugte er Lexham Gardens. Kates einziger geäußerter Ausdruck der Ungeduld lautete jedoch: „Ich freue mich, daß es dir so viel besser geht!"

„Mir geht es nicht so viel besser, liebes Kind – mir geht es ganz schlecht; der Beweis dafür ist ja gerade, daß ich eben beim Apotheker war – diesem gräßlichen Kerl an der Ecke." So beliebte Mr. Croy, die bescheidene Hand zu bezeichnen, die ihm Linderung verschaffte. „Ich nehme etwas ein, das er mir zubereitet hat. Genau deshalb habe ich dich kommen lassen – damit du siehst, wie ich mich wirklich befinde."

„Ach, Papa, ich sehe dich schon lange nicht mehr anders, als du wirklich bist! Ich glaube, wir haben mittlerweile alle das richtige Wort dafür gefunden: ‚Du bist eindrucksvoll – n'en parlons plus.' Du bist so eindrucksvoll wie immer – du siehst großartig aus." Er begutachtete inzwischen ihr Aussehen, worauf sie, wie sie wußte, bei ihm stets mit Sicherheit rechnen konnte; er nahm zur Kenntnis, schätzte ab, mißbilligte manchmal, was sie trug, und bewies ihr damit, welches Interesse er weiterhin für sie hegte. Womöglich brachte er in Wirklichkeit überhaupt keines auf, doch im Grunde wußte sie, sie war der eine Mensch auf der Welt, dem gegenüber er sich am wenigsten gleichgültig verhielt. Sie hatte sich oft genug gefragt, was ihm an dem inzwischen erreichten Tiefpunkt denn überhaupt noch Freude machen könne, und war in solchen Fällen immer wieder darauf zurückgekommen. Es machte ihm Freude, daß sie gut aussah, daß sie auf ihre Art einen faßbaren Wert darstellte. Dennoch war mindestens ebenso deutlich, daß ihm ähnliche Umstände, soweit sie ähnlich *waren*, bei seiner anderen Tochter keine Freude bereiteten. Die arme Marian mochte gut aussehen, doch das war ihm gewiß gleichgültig. Der Haken hierbei bestand natürlich darin, daß ihre Schwester, mit welcher Schönheit auch immer ausgestattet, verwitwet und nahezu in Not, mit vier strammen Kindern, keinen greifbaren Wert verkörperte. Als nächstes fragte sie ihn, wie lange er schon in diesen Zimmern wohne, obwohl sie genau wußte, wie unwichtig das war, wie wenig seine Antwort der Wahrheit entsprechen dürfte. Tatsächlich nahm sie seine Auskunft, ob wahr oder nicht, gar nicht auf, war sie doch bereits ganz darauf eingestellt, was sie ihrerseits ihm zu sagen hatte. Das war es in Wirklichkeit, was sie zum Warten veranlaßt hatte – was den geringen Überrest ihres Grolls angesichts seiner ständigen greifbaren Unverschämtheit überlagerte; die Folge all dessen war, daß sie es binnen einer Minute heraus hatte. „Ja – sogar jetzt noch bin ich bereit, mit dir zu gehen. Ich weiß nicht, was du mir hast sagen wollen, aber selbst wenn du nicht geschrieben hättest, hättest du in den nächsten ein, zwei Tagen von mir gehört. Es ist etwas geschehen, und ich habe nur damit gewartet, mich mit dir zu treffen, bis ich mir ganz sicher war. Ich *bin* mir ganz sicher. Ich will mit dir gehen."

Das rief eine Wirkung hervor. „Wohin gehen?"

„Überallhin. Ich will bei dir bleiben. Sogar hier." Sie hatte die Handschuhe abgestreift, und als wäre sie mit ihrem Plan am Ziel, setzte sie sich.

Lionel Croy druckste auf seine unverbindliche Art herum – legte sich nicht fest, als suchte er auf ihre Worte hin einen Vorwand, um sich ohne Anstrengung aus der Affäre zu ziehen: woraufhin ihr sofort aufging, daß sie nicht, wie man es nennen könnte, in Ansatz gebracht hatte, was er selbst vorbereitet haben mochte. Er wünschte nicht, daß sie zu ihm kam, erst recht nicht, daß sie sich bei ihm niederließ, und hatte sie herbestellt, um sie in feierlichem Stil und in aller Form aufzugeben; jedoch hätte sein Opfer zugunsten ihrer Freigabe einen Teil der Schönheit dieses Aktes darstellen sollen. Feierlicher Stil und Förmlichkeit waren nicht möglich, wenn sie ihn nicht zu verlassen wünschte. Demzufolge war es seine Absicht gewesen, sie mit allem Edelmut ihrem Wunsch gemäß freizugeben; keineswegs hatte er daran gedacht, sie direkt zurückweisen zu müssen. Sie scherte sich jedoch nicht im geringsten um seine Verlegenheit – da sie wußte, wie wenig sie ihrerseits von der Nächstenliebe getrieben wurde. Sie hatte ihn von jeher in so vielen Posen erlebt, daß sie ihn jetzt ganz ohne Gewissensbisse des Genusses einer neuen berauben konnte. Doch sie nahm das betroffene Stocken in seinem Ton wahr, als er sagte: „O mein Kind, dem kann ich auf keinen Fall zustimmen!"

„Was sonst hast du vor?"

„Ich überlege noch", erklärte Lionel Croy. „Du kannst dir vorstellen, daß ich nachdenke."

„Hast du denn nicht darüber nachgedacht, wovon ich spreche?" fragte seine Tochter. „Ich meine, daß ich bereit bin?"

Mit den Händen auf dem Rücken und leicht gespreizten Beinen stand er vor ihr, wiegte sich leicht hin und her, zu ihr vorgeneigt, als wippte er auf den Zehenspitzen. Das machte den Eindruck gewissenhaften Überdenkens. „Nein. Das habe ich nicht. Das konnte ich nicht. Das wollte ich nicht." Es war eine solch achtenswerte Darbietung, daß sie von neuem spürte, und das mit der lebendigen Erinnerung an ihrer aller alte Verzweiflung, die Verzweiflung daheim, wie wenig sein Äußeres jemals auch nur zufällig etwas über ihn verriet. Die Glaubwürdigkeit seines Auftretens war das drückendste Kreuz ihrer Mutter gewesen; sie war der Umwelt unvermeidlich so wesentlich stärker gegenwärtig, als was immer er Abscheuliches – Gott sei Dank wußten sie es nicht genau! – getan hatte. Er war auf seine Art, kraft der besonderen Wirkung seines Typs, ein geradezu fürchterlicher Ehemann gewesen, wenn man mit ihm nicht zusammenleben wollte; sein Typ warf ein so böswilliges Licht auf die Frau, die ihn abstoßend gefunden hatte. Hatte das deshalb Kate nicht direkt vor Augen gestanden, daß es in mancher Hinsicht für sie kein Leichtes sein dürfte, einen Vater mit solch einem Antlitz und solch einem Auftreten ohne Begleitung durchs Leben ziehen zu lassen? Doch wenn es auch vieles gab, das sie weder wußte noch im entferntesten ahnte, floß es in diesem Moment zwischen ihnen hin und her, daß es ihm wohlvertraut war, sich als Hauptperson solcher Verlegenheiten zu sehen. Wenn er das verheißungsvolle Aussehen seiner jüngeren Tochter als einen greifbaren Wert erkannte, hatte er seine Erscheinung von Anfang an noch viel genauer abgeschätzt. Das große Wunder war nicht, daß sein Aussehen ihm trotz allem geholfen hatte; das große Wunder war, daß es ihm nicht noch mehr geholfen hatte. Jedoch half es ihm auf die alte, ewig wiederkehrende Art stets und ständig; daß sie sich jetzt ihm gegenüber in Geduld faßte, bewies, wie sehr es ihm in diesem Moment half. Im nächsten Augenblick erkannte sie genau, welche Taktik er einschlagen würde.

„Verlangst du von mir wirklich, zu glauben, du hättest dich dazu entschlossen?"

Sie mußte ihre eigene Taktik überdenken. „Mir scheint, es ist mir egal, Papa, was du glaubst. Übrigens glaubst du meiner Meinung nach nie etwas; fast genauso", gestattete sie sich anzufügen, „wie ich mir nicht denken kann, daß man dir jemals glaubt. Ich kenne dich nicht, Vater, verstehst du."

„Und du hast die Vorstellung, du könntest das nachholen?"

„Meine Güte, nein, überhaupt nicht. Das hat mit der Frage gar nichts zu tun. Wenn ich dich bisher nicht verstanden habe, schaffe ich es nie, und es hat auch nichts zu sagen. Mir schien, man kann mit dir leben, aber nicht, man kann dich verstehen. Natürlich habe ich nicht die geringste Ahnung, wie du zurechtkommst."

„Ich komme nicht zurecht", gab Mr. Croy beinahe heiter zurück.

Seine Tochter musterte erneut das Zimmer, und es konnte durchaus sonderbar scheinen, daß sich in so wenigem, was sich dem Auge bot, so viel zeigen konnte. Was sich zeigte, war die Häßlichkeit – so absolut und greifbar, daß sie irgendwie erträglich war. Sie war ein Medium, ein Rahmen, und insoweit letztlich ein schreckliches Zeichen des Lebens, so daß es ihrer Antwort geradezu eine Spitze verlieh. „Oh, ich bitte um Verzeihung. Du blühst und gedeihst."

„Wirfst du mir wieder vor", erkundigte er sich freundlich, „daß ich mich nicht umgebracht habe?"

Sie behandelte das als eine Frage, die keiner Antwort bedurfte; sie saß wegen konkreter Dinge hier. „Du weißt, wie alle unsere Besorgnisse hinsichtlich Mamas Testament sich bestätigt haben. Sie hatte noch weniger zu vermachen, als sie befürchtete. Wir wissen nicht, wie wir überhaupt existieren konnten. Alles zusammen beläuft sich auf rund zweihundert im Jahr für Marian und zwei für mich, aber ich trete hundert an Marian ab."

„Ach, du schwaches Geschöpf!" seufzte ihr Vater gütig.

„Für dich und mich zusammen", fuhr sie fort, „würden die übrigen hundert immerhin etwas sein."

„Und was würde den Rest ausmachen?"

„Kannst du selbst nichts tun?"

Er blickte sie an; dann steckte er die Hände in die Taschen, wandte sich ab und stand ein Weilchen am Fenster, das sie offengelassen hatte. Sie sagte weiter nichts – sie hatte ihn mit dieser Frage konfrontiert, und das Schweigen hielt eine Minute an, nur von dem flehenden Ruf eines Straßenhändlers unterbrochen, der zusammen mit der milden Märzluft, mit dem blassen, für das Zimmer so furchtbar wenig kleidsamen Sonnenschein und mit dem gedämpften Alltagssummen der Chirk Street hereindrang. Dann trat er näher, als hätte sich ihre Frage ganz erledigt. „Ich verstehe nicht, was dich so plötzlich zu diesem Schritt veranlaßt hat."

„Ich hätte gedacht, du würdest es vielleicht erraten. Jedenfalls will ich es dir sagen. Tante Maud hat mir ein Angebot gemacht. Aber sie hat mir auch eine Bedingung gestellt. Sie will mich behalten."

„Und was in aller Welt *könnte* sie denn sonst wollen?"

„Ach, ich weiß nicht – vieles. Ich bin kein so wertvoller Fang", erläuterte das Mädchen ein wenig trocken. „Bisher hat mich noch nie jemand behalten wollen."

Da ihr Vater ja allezeit aussah, wie es sich gehörte, wirkte er jetzt viel mehr überrascht als interessiert. „Du hast keine Anträge bekommen?" Er sprach, als wäre das bei Lionel Croys Tochter unglaublich; als paßte ein solches Geständnis, selbst in kindlichem Vertrauen, wahrlich nicht zu ihrem stolzen Sinn und ihrer gewohnten Klasse.

„Nicht von reichen Verwandten. Sie ist ungemein gut zu mir, aber es ist Zeit, sagt sie, daß wir einander verstehen."

Mr. Croy pflichtete voll und ganz bei. „Natürlich ist es das – höchste Zeit; und ich kann mir durchaus vorstellen, was sie damit meint."

„Bist du ganz sicher?"

„Oh, vollkommen. Sie meint, sie wird großzügig für dich sorgen, wenn du alle Beziehungen zu mir abbrichst. Du sprichst von ihrer Bedingung. Selbstverständlich ist das ihre Bedingung."

„Also gut“, sagte Kate, „eben das hat mich zu diesem Schritt bewogen. Hier bin ich.“

Er deutete mit einer Geste an, wie gründlich ihm das klargeworden war; woraufhin er binnen weniger Sekunden, ganz typisch, die Situation umgekehrt hatte. „Meinst du wirklich, meine Lage rechtfertigt es, daß du dich mir aufhalst?“

Sie wartete ein wenig ab, doch als sie sprach, war ihre Stimme deutlich. „Ja.“

„Nun, dann bist du ein größeres Schaf, als ich es dir zuzutrauen gewagt hätte.“

„Warum denn? Du lebst. Du blühst und gedeihst.“

„Ach, wie ihr alle mich immer gehaßt habt!“ murmelte er mit einem erneuten nachdenklichen Blick aus dem Fenster.

„Niemand könnte weniger lediglich eine liebe Erinnerung darstellen“, erklärte sie, als hätte sie ihn nicht gehört. „Du bist ein wirklicher Mensch, wenn es je einen gab. Wir waren uns eben einig, daß du großartig aussiehst. Weißt du, du kommst mir vor, als stündest du – auf deine eigene Art – viel fester auf den Füßen als ich. Stelle es also nicht als ungeheuerlich hin, daß die Tatsache derzeit irgendwie für uns zählen müßte, daß wir schließlich Vater und Tochter sind. Mein Gedanke war, es sollte sich für uns beide auswirken. Wie ich dir eben sagte“, fuhr sie fort, „habe ich überhaupt keine Vorstellung von deinem Leben; aber wie immer es auch aussieht, ich biete dir hiermit an, es hinzunehmen. Und ich meinerseits will für dich alles tun, was ich kann.“

„Ich verstehe“, sagte Lionel Croy. Dann, im Ton höchster Bedeutsamkeit: „Und was *kannst* du?“ Darauf konnte sie nur zögern, und er griff ihr Schweigen auf. „Du kannst dich – vor dir selbst – darstellen, wie du in einem schönen Höhenflug deine Tante für mich aufgibst; aber welchen Nutzen, möchte ich wissen, würde dein schöner Höhenflug mir bringen?“ Da sie immer noch nichts sagte, entwickelte er das ein wenig weiter. „Bitte daran zu denken, daß wir uns in einer reizenden Klemme befinden und nicht genug besitzen, um es uns leisten zu können, nicht nach jedem rettenden Ast zu greifen, den man uns hinhält. Mir gefällt es, liebes Kind, wie du von ‚aufgeben‘ redest! Man gibt nicht den Gebrauch eines Löffels auf, weil man gezwungen ist, von Suppe zu leben. Und dein Löffel, also deine Tante, ist zum Teil auch der meine, bedenke das bitte.“ Sie stand jetzt auf, als sähe sie sich an der Grenze ihrer Bemühung angesichts der Nutzlosigkeit und Mühsal vieler Dinge, und schritt zu dem armseligen kleinen Spiegel zurück, mit dem sie vorhin Zwiesprache gehalten hatte. Hier rückte sie wieder den Sitz ihres Hutes zurecht, und daraufhin kam ihrem Vater noch eine Bemerkung über die Lippen – in der jedoch die Ungeduld bereits von einem eigenartigen Aufflackern der Hochachtung abgelöst worden war: „Ach, du bist schon richtig! Belaste dich nicht mit *mir*!"

Seine Tochter drehte sich zu ihm um. „Die Bedingung, die Tante Maud stellt, lautet, daß ich absolut nichts mit dir zu tun haben darf; dich nie sehen, dich weder sprechen noch dir schreiben, nie in deine Nähe kommen noch dir ein Zeichen geben noch irgendeine Art von Verbindung mit dir halten soll. Was sie fordert, ist, daß du für mich einfach zu existieren aufhörst."

Er hatte immer den Eindruck gemacht – es war eines der Zeichen dessen, was sie das „Unsägliche" an ihm nannten –, angesichts einer Beleidigung noch ein wenig mehr auf den Zehenspitzen zu wippen, gleichsam aus Keckheit. Nichts war jedoch erstaunlicher, als was er manchmal als Beleidigung auffaßte, es sei denn vielleicht, was er manchmal nicht als solche auffaßte. Jedenfalls wippte er jetzt auf den Zehenspitzen. „Eine durchaus angemessene Forderung deiner Tante Maud, liebes Kind – ich zögere nicht, das auszusprechen!" Doch da sie, soviel sie auch bereits erlebt hatte, anfangs darauf schwieg, möglicherweise aus einem Gefühl der Abscheu, hatte er Zeit, fortzufahren: „Das ist also ihre Bedingung. Aber wie lauten ihre Versprechungen? Wozu genau verpflichtet sie sich? Du mußt daran arbeiten, verstehst du."

„Du meinst, ihr vor Augen halten", fragte Kate nach einem Moment, „wie sehr ich an dir hänge?"

„Nun, welch ein grausamer, verletzender Vertrag das ist, den du da unterschreiben sollst. Ich bin ein armer alter Papa, für den man kämpfen müßte, bevor man ihn aufgibt – ganz meine Meinung. Aber schließlich bin ich doch nicht so sehr der alte Papa, für dessen Aufgabe man *nichts* bekommen sollte."

„Ach, ich glaube, nach ihrer Vorstellung", erklärte Kate jetzt beinahe heiter, „soll ich eine ganze Menge bekommen."

Er nahm das mit seiner unnachahmlichen Aufgeschlossenheit auf. „Aber nennt sie dir auch die einzelnen Posten?"

Das Mädchen hielt das Spiel durch. „Ich glaube, mehr oder weniger. Aber vieles sind Dinge, die ich wohl als selbstverständlich voraussetzen darf – Dinge, die Frauen füreinander tun können und die du nicht verstehen würdest."

„Nichts verstehe ich so gut, allemal, wie die Dinge, die ich nicht zu verstehen brauche! Aber weißt du", fuhr er fort, „das möchte ich deinem Gewissen vorhalten, daß du eine fabelhafte Gelegenheit hast; und noch dazu eine, die du letztlich, verflixt noch mal, genaugenommen *mir* zu verdanken hast."

„Ich muß zugeben, daß ich nicht einsehe", bemerkte Kate, „was mein ‚Gewissen' damit zu tun hat."

„Dann, mein Kind, müßtest du dich wirklich schämen. Weißt du, wofür ihr ein Beweis seid, all ihr harten, falschen Menschen?" Er stellte die Frage mit dem hinreißenden Gebaren eines plötzlichen geistigen Feuers. „Für die beklagenswert oberflächliche Moral unserer Zeit. Der Familiensinn ist in unserem entwürdigten, brutalisierten Leben total auf den Hund gekommen. Es gab eine Zeit, da wäre ein Mann wie ich – womit ich einen Vater wie mich meine – für eine Tochter wie dich ein ganz klarer Wert gewesen; was man in der Geschäftswelt wohl ein ‚Aktivum' nennt." Er spann es in umgänglichem Ton weiter aus. „Ich spreche nicht davon, was du mit dem richtigen Gespür *für* mich erreichen könntest, sondern was du – das eben nenne ich deine Gelegenheit – *mit* mir erreichen könntest. Freilich, es sei denn", warf er im nächsten Augenblick unerschütterlich hin, „das läuft weitgehend auf dasselbe hinaus. Deine Pflicht wie deine Chance, wenn du es zu erkennen imstande bist, liegt darin, mich zu benutzen. Zeige Familiensinn, indem du erkennst, wozu ich gut bin. Wenn du ihn so hättest wie *ich*, würdest du erkennen, daß ich noch – nun ja, für einiges zu gebrauchen bin. Unbestreitbar, liebes Kind", schloß Mr. Croy, „läßt sich eine vierspännige Kutsche aus mir herausschlagen." Der Ausklang, vielmehr der Gipfelpunkt seiner Ausführungen verlor allerdings ein wenig an Wirkung, weil sich seine Erinnerungen ungebührlich rasch überstürzten. Ihm fiel eine Äußerung seiner Tochter ein. „Du hast die Hälfte deines kleinen Erbteils übereignet?"

Ihr Zögern schlug in Lachen um. „Nein – ich habe nichts ‚übereignet'."

„Aber du willst es praktisch Marian in die Tasche stecken?" Sie standen einander gegenüber, doch sie ging so wenig auf seine Herausforderung ein, daß er nur fortfahren konnte. „Du hast dreihundert im Jahr für sie im Auge, zusätzlich zu dem, was ihr Mann ihr hinterlassen hat? Ist *das*", staunte der ursprüngliche Erzeuger solch zügelloser Leichtfertigkeit vernehmlich, „deine Moral?"

Kate fand ihre Antwort unschwer. „Hast du die Vorstellung, ich müßte alles dir geben?"

Das „alles“ ließ ihn sichtlich stutzen – sogar so sehr, daß es den Ton seiner Antwort bestimmte. „Aber gar nicht. Wie kannst du das fragen, wenn ich ausschlage, was du mir nach deinen Worten anzubieten gekommen bist? Mache aus meiner Idee, was du willst; ich meine, ich habe sie ausreichend dargelegt, und du kannst sie nach Belieben aufgreifen oder fallenlassen. Es ist die einzige, das darf ich doch noch anfügen; es sind alle Trümpfe, die ich in meiner Hand habe. Kurzum, es ist mein Begriff von deiner Pflicht.“

Das müde Lächeln des Mädchens musterte dieses Wort, als hätte es in grotesker Gestalt Sichtbarkeit angenommen. „In solchen Themen bist du wunderbar! Ich glaube, ich darf dich nicht im Zweifel darüber lassen“, fuhr sie fort, „sollte ich das Abkommen meiner Tante unterschreiben, würde ich es ehrenhaft und buchstabengetreu befolgen.“

„Das will ich hoffen, mein geliebtes Kind! Eben an deine Ehre appelliere ich. Die einzige Art, das Spiel zu machen, ist doch, ehrlich zu spielen. Es gibt keine Grenze dafür, was deine Tante für dich tun kann.“

„Meinst du in der Hinsicht, mich zu verheiraten?“

„Was sollte ich sonst wohl meinen? Mache eine gute Partie ...“

„Und dann?“ fragte Kate, als er stockte.

„Und dann – nun, *dann* sprechen wir uns wieder. Dann nehme ich die Beziehungen wieder auf.“

Sie sah sich um und nahm ihren Sonnenschirm an sich. „Weil du dich vor niemand anderem auf der Welt so fürchtest wie vor *ihr*? Mein Mann, falls ich heirate, wäre im schlimmsten Fall der geringere Schrecken? Wenn du das meinst, ist vielleicht etwas dran. Aber hängt es nicht auch ein bißchen davon ab, was du damit meinst, daß ich einen guten Mann bekomme? Jedoch“, fügte Kate an, während sie den Volant ihres Schirmchens zurechtzupfte, „vermute ich nicht, deine Vorstellung von ihm läuft *ganz* darauf hinaus, daß er dich überredet, bei uns zu wohnen.“

„Meine Güte, nein – aber gar nicht.“ Er sprach, als nehme er weder die Furcht noch die Hoffnung übel, die sie ihm zuschrieb, als nehme er beide Beschuldigungen wirklich mit einer Art geistiger Erleichterung auf. „Ich lege deinen Fall gänzlich in die Hände deiner Tante. Ich mache mir mit geschlossenen Augen ihre Ansichten zu eigen; ich akzeptiere in vollem Vertrauen jeden Mann, den sie auswählt. Ist er gut genug für *sie* – gigantischer Snob, der sie ist –, ist er für mich gut genug; und ganz ungeachtet der Tatsache, daß sie zuverlässig einen auswählt, der mich mit Sicherheit schnöde behandeln wird. Mein einziges Interesse liegt darin, daß du tust, was sie will. Du sollst nicht so scheußlich arm sein, mein Liebling", erklärte Mr. Croy, „wenn ich etwas dagegen tun kann."

„Also dann, lebe wohl, Papa", sagte das Mädchen, nachdem sie über diese Worte nachgedacht hatte, die für sie deutlich in einen Verzicht auf weitere Erörterungen ausgelaufen waren. „Natürlich ist dir klar, daß es für lange Zeit sein kann."

Daraufhin kam ihrem Partner eine seiner schönsten Inspirationen. „Warum nicht, offen gesagt, für immer? Du mußt mir gerechterweise zugestehen, daß ich die Dinge nie halb tue – nie getan habe –, und wenn ich dir anbiete, mich auszulöschen, endgültig nach dem letzten, verhängnisvollen Schwamm verlange, gründlich durchnäßt und mit Nachdruck angewendet."

Sie wandte ihm ihr schönes, ruhiges Gesicht so lange zu, daß es wirklich hätte zum letzten Mal sein können. „Was bist du für ein Mensch."

„Ich weiß es auch nicht, liebes Kind. Ich habe mein Leben mit dem vergeblichen Versuch zugebracht, das herauszufinden. Wie niemand anders – schade darum. Hätte es viele von uns gegeben, und hätten wir zueinander gefunden, man kann nie wissen, was wir hätten erreichen können. Aber das hat nun nichts mehr zu sagen. Lebe wohl, mein Schatz." Er war sich anscheinend nicht sicher, was sie hinsichtlich eines Kusses von ihm erwartete, doch machte ihn seine Unsicherheit auch nicht verlegen.

Sie unterließ es noch eine Weile lang, Klarheit zu schaffen. „Ich wünschte, es wäre jemand hier, der – für alle Eventualitäten – als Zeuge dienen könnte, daß ich dir *wirklich* eröffnet habe, ich war bereit, zu dir zu kommen."

„Soll ich", erbot sich ihr Vater, „meine Wirtin holen?"

„Du glaubst mir vielleicht nicht", beharrte sie, „aber ich kam wirklich mit der Hoffnung, du hättest eine Möglichkeit gefunden. Es tut mir jedenfalls sehr leid, dich unpäßlich zurückzulassen." Daraufhin wandte er sich von ihr ab und suchte wie vorher seine Zuflucht am Fenster mit einem langen Blick auf die Straße. „Laß es mich so ausdrücken – bedauerlicherweise ohne Zeugen", fügte sie einen Moment darauf hinzu, „daß es wirklich nur eines einzigen Wortes von dir bedarf."

Als er darauf einging, wandte er ihr immer noch den Rücken zu. „Wenn du nicht den Eindruck hast, ich hätte es bereits gesprochen, haben wir unsere Zeit auf einzigartige Weise vergeudet."

„Ich will mich dir gegenüber im Hinblick auf meine Tante genau zu dem verpflichten, was sie von mir im Hinblick auf dich verlangt. Sie verlangt, daß ich wähle. Nun gut, ich *will* wählen. Ich will mich zu deinen Gunsten in eben dem Maße von ihr lösen."

Endlich drehte er sich um. „Liebes Kind, weißt du, daß du mir auf die Nerven gehst? Ich habe versucht, mich deutlich auszudrücken, und es ist einfach nicht fair."

Doch sie überging das; sie war nur allzu offenkundig aufrichtig. „Vater!"

„Ich verstehe nicht recht, was mit dir los ist", sagte er, „und wenn du dich nicht zusammennehmen kannst, kümmere ich mich, auf Ehre, selbst um dich. Ich setze dich in eine Droschke und liefere dich wohlbehalten wieder am Lancaster Gate ab."

Sie war wirklich abwesend, weit entfernt. „Vater."

Das war zuviel, und er reagierte scharf. „Nun?"

„So seltsam es dir vorkommen mag, das von mir zu hören – etwas Gutes kannst du für mich tun und mir in einer Sache helfen."

„Ist das denn nicht genau das, was ich dir klarzumachen versucht habe?"

„Ja", antwortete sie geduldig, „aber auf so verkehrte Weise. Ich spreche vollkommen aufrichtig, und ich weiß, wovon ich rede. Ich will nicht behaupten, ich hätte noch vor einem Monat glauben können, es gebe etwas, das mich veranlassen würde, dich um Hilfe oder Unterstützung zu bitten. Die Lage hat sich verändert – das ist es; mein Problem ist ganz neu. Aber auch jetzt geht es nicht darum, daß ich dich bitten möchte, etwas zu ‚tun'. Es geht einfach darum, daß du mich nicht abweist – dich nicht aus meinem Leben zurückziehst. Es geht einfach darum, daß du sagst: ‚Also gut, da du das willst, halten wir zusammen. Wir machen uns nicht im voraus Sorgen über das Wie und Wo; wir wollen Vertrauen bewahren und einen Weg finden.' Das ist alles – *damit* würdest du mir Gutes tun. Ich *hätte* dich, und das wäre zu meinem Vorteil. Verstehst du?"

Falls er es nicht verstand, so nicht, weil er sie nicht eindringlich genug angesehen hätte. „Was los ist mit dir, ist, du bist verliebt, und deine Tante weiß es und findet es unmöglich – aus vollständig berechtigten Gründen, davon bin ich überzeugt – und ist dagegen. Und mit Recht! Das ist eine Angelegenheit, in der ich ihr blindlings vertraue. Bitte geh!" Obwohl er nicht zornig sprach – eher unendlich traurig –, warf er sie förmlich hinaus. Noch bevor sie darauf einging, hatte er zur vollständigen Verdeutlichung seiner Gefühle die Tür des Zimmers geöffnet. Bei all seiner tiefen Mißbilligung verspürte er doch noch ein großmütiges Mitleid. „Sie tut mir leid, die verblendete Frau, wenn sie auf dich baut."

Einen Augenblick blieb Kate in dem Luftzug stehen. „Sie ist nicht der Mensch, den *ich* am meisten bemitleide, denn mag sie auch in vieler Hinsicht verblendet sein, ist nicht sie es, auf die das am meisten zutrifft. Ich meine", erläuterte sie, „wenn es darum geht, was du auf mich bauen nennst."

Er faßte es auf, als könnte, was sie meinte, etwas anderes sein, als was sie beschrieb. „Du hintergehst also *zwei* Personen, Mrs. Lowder und noch jemanden?"

Sie schüttelte gleichmütig den Kopf. „Niemandem gegenüber habe ich jetzt eine solche Absicht – am wenigsten Mrs. Lowder gegenüber. Wenn du mich im Stich läßt" – sie schien es sich selbst auseinanderzusetzen –, „hat das immerhin den Vorteil, daß es die Dinge vereinfacht. Ich werde meinen Weg gehen – wie ich meinen Weg sehe."

„Damit meinst du, dein Weg wird es sein, irgendeinen Halunken ohne jeden Penny zu heiraten?"

„Du verlangst eine ganze Menge zur Beruhigung", bemerkte sie, „für das bißchen, was du gibst."

Das ließ ihn wieder innehalten, als begriffe er, sie lasse sich nicht drängeln; und obwohl er sie eine Weile durchdringend anblickte, hatte er faktisch schon lange die Grenze seiner Kraft zum Widerspruch überschritten. „Wenn du niederträchtig genug bist, dir die Verärgerung deiner Tante zuzuziehen, bist du auch niederträchtig genug für meine Schlußfolgerung. Falls du nicht an einen absolut unpassenden Menschen denkst, was sollen dann deine Appelle an mich bedeuten? Wer *ist* der erbärmliche Schleicher?" wollte er wissen, als ihre Antwort ausblieb.

Als ihre Antwort kam, war sie kalt, aber deutlich. „Er ist in jeder Hinsicht geneigt, mit dir auszukommen. Tatsächlich will er nur freundlich zu dir sein."

„Dann *muß* er ein Esel sein! Und wie in aller Welt kannst du meinen, daß es ihn für mich in ein besseres Licht setzt", fuhr ihr Vater fort, „wenn er ebenso mittellos und unmöglich ist? Es gibt solche und solche Esel – die richtigen und die falschen –, und du hast dir offenbar mit Bedacht einen der falschen ausgesucht. *Die* kennt deine Tante zum Glück; wie ich dir sagte, ihrem Blick dafür vertraue ich vollkommen, und du darfst es mir ein für allemal abnehmen, daß ich von keinem etwas hören will, den *sie* nicht akzeptiert." Was zu seinem letzten Wort hinführte. „Solltest du wirklich uns beiden trotzen ..."

„Nun, Papa?"

„Nun, mein süßes Kind, ich glaube, daß ich – zur Bedeutungslosigkeit herabgesunken, wie du mich vielleicht einzuschätzen beliebst – dennoch einen Weg finden würde, daß es dir noch leid tut."

Sie ließ eine Pause eintreten, eine ernste Pause, jedoch anscheinend nicht, um diese Gefahr abwägen zu können. „Weißt du, wenn ich es nicht täte, dann nicht, weil ich Angst vor dir habe."

„Ach, wenn du es nicht tust", versetzte er, „darfst du so kühn sein, wie du magst."

„Dann kannst du überhaupt nichts für mich tun?"

Er zeigte ihr, diesmal unmißverständlich – vor ihr auf dem Treppenabsatz stehend, am oberen Ende der gewundenen Treppe und inmitten des eigenartigen Geruchs, der ihr anzuhaften schien –, wie fruchtlos ihr Mahnruf blieb. „Ich habe nie behauptet, mehr als meine Pflicht zu tun; ich habe dir den besten und eindeutigsten Rat gegeben." Und dann kam sein Motiv zum Vorschein. „Wenn er dir gar nicht zusagt, kannst du ja zu Marian gehen und dich trösten lassen." Was er nicht verzeihen konnte, war, daß sie den kargen Anteil an der Versorgung, die ihre Mutter ihnen hatte hinterlassen können, mit Marian teilte. Mit *ihm* hätte sie ihn teilen sollen.

2

Nach dem Tod ihrer Mutter war sie zu Mrs. Lowder gezogen – mit einer Überwindung, deren Anspannung und Schmerzhaftigkeit sie jetzt, als sie sich daran erinnerte, darüber nachdenken ließ, welch langen Weg sie seither zurückgelegt hatte. Es war ihr nichts weiter übriggeblieben – kein Penny in dem anderen Haus, nichts als unbezahlte Rechnungen, die sich angehäuft hatten, während die Frau des Hauses auf den Tod darniederlag, und die Ermahnung, sie dürfe auf nichts aus der Einrichtung Geld aufzunehmen versuchen, da alles zur „Vermögensmasse" gehöre. Auf wieviel die Vermögensmasse im günstigsten Fall hinauslaufen werde, war gänzlich ein schauriges Geheimnis; tatsächlich hatte sich inzwischen ein Überrest ergeben, der um eine Kleinigkeit weniger gering ausgefallen war, als sie und Marian mehrere Wochen lang befürchtet hatten; doch das Mädchen hatte es zu Anfang als recht kränkend empfunden, wie scharf man ihn im Interesse Marians und der Kinder im Auge behielt. Was in aller Welt würde *sie* ihrer Meinung nach damit machen wollen? In Wahrheit wollte sie nichts als aufgeben – auf ihren eigenen Anteil verzichten, was sie gewiß schon getan hätte, hätte sich in diesem Punkt nicht Tante Maud entschieden eingemischt. Tante Mauds Einmischung war jetzt immer äußerst energisch, und der weitere Punkt, der wichtigste, bestand darin, daß man in diesem Licht entweder alles hinzunehmen oder auszuschlagen habe. Dennoch hätte sie zu Ende des Winters kaum angeben können, welchen Standpunkt sie nach ihrer eigenen Ansicht eingenommen hatte. Sie wäre nicht zum ersten Mal gezwungen gewesen, mit unterdrückter Ironie anderer Leute Auslegung ihres Verhaltens gelten zu lassen. Oft endete es damit – es schien wirklich die beste Art zu leben –, daß sie ihnen die Version ließ, die ihnen gelegen kam.

Das hohe, prächtige, drückende Haus am Lancaster Gate, jenseits des Parks und der weiten Ausdehnung von South Kensington, war ihr die ganze Kindheit, die ganze Mädchenzeit über als die fernste Grenze ihrer verschwommenen jungen Welt erschienen. Es lag weiter entfernt und war nur gelegentlich erreichbar, im Vergleich zu allem anderen in der verhältnismäßig eng abgegrenzten Zone, in der sie kreiste, und war offenbar auf Grund einer früh erkannten Strenge nur durch lange, gerade, wenig einladende Alleen zugänglich, die immer noch an Länge und Geradheit zunahmen, während fast alles andere im Leben entweder höchstens rund um die Cromwell Road lag oder, im weitesten Fall, in den näher gelegenen Teilen der Kensington Gardens. Mrs. Lowder war ihre einzige „richtige“ Tante, nicht die Frau eines Onkels, und war deswegen, in alten Tagen wie auch dann, als die größere Not kam, der Mensch, von dem man vor allen anderen eine Geste erwartete; dementsprechend gründete sich das Gefühl unserer jungen Frau auf dem über Jahre hinweg genährten Eindruck, die über die soeben erwähnte Zeitspanne hinweg erfolgten Gesten hätten eigentlich nie einem wahren Begriff der Situation entsprochen. Die jungen Croys hatten den Eindruck gewonnen, die wichtigste Aufgabe dieser Verwandten – außer daß sie ihnen ihr festes Maß an gesellschaftlichem Rang verlieh – bestehe darin, sie zu der Vorstellung dessen zu erziehen, was sie nicht zu erwarten hätten. Als Kate imstande war, die Dinge an Hand neuer Erkenntnisse zu durchdenken, vermochte sie überhaupt nicht zu sehen, wie Tante Maud hätte anders sein sollen –

inzwischen hatte sie recht deutlich wahrgenommen, wie viele Dinge hätten anders sein können; doch sie verstand auch, daß für sie alle, wenn sie auch bewußt unter einer Verbindlichkeit gegenüber dem eisigen Hauch der ultima Thule gelebt hatten, angesichts der Tatsachen kaum etwas weniger Belastendes in Frage gekommen wäre. Was schließlich festzustehen schien, war, daß Mrs. Lowder sie zwar nicht gemocht hatte, aber doch nicht in solchem Maße, wie sie meinten. Jedenfalls geschah es mit der Absicht, zu zeigen, wie sie gegen ihre Abneigung ankämpfte, wenn sie manchmal zu ihnen zu Besuch kam, wenn sie sie in regelmäßigen Abständen in ihr Haus einlud und kurzum den Umgang mit ihnen unter Bedingungen festsetzte, die ihrer Schwester am besten den immerwährenden Luxus eines Grunds zur Klage verschafften. Diese Schwester, die arme Mrs. Croy, hatte sie, wie das Mädchen wußte, stets übelnehmerisch betrachtet und hatte ihre Kinder, Marian, die Jungen und sie selbst, nach dem Konzept einer ganz bestimmten Einstellung erzogen, und jeder von ihnen beobachtete den anderen scheu hinsichtlich der Zeichen, wie sie diese in die Tat umsetzten. Die Einstellung bestand darin, Tante Maud ebenso regelmäßig, wie ihre Einladungen kamen, klarzumachen, daß sie – verbindlichsten Dank – sich selbst genügten. Doch der Grund dafür, das erkannte Kate mit der Zeit, war nur, daß *sie* ihnen nicht genügte. Das wenige, das sie anbot, hatte man unter Protest anzunehmen, jedoch in Wirklichkeit nicht, weil es etwa übermäßig viel gewesen wäre. Es verletzte sie – da lag der Hase im Pfeffer! –, weil es hinter dem zu Erwartenden zurückblieb.

Die Zahl der neuartigen Dinge, auf die unsere junge Dame von dem hochgelegenen, auf den Park gehenden Südfenster blickte – diese Zahl war so gewaltig (obwohl manche dieser Dinge nichts weiter als alt waren, aber verändert und, wie der Ausdruck für andere Sachen lautete, renoviert), daß das Leben derzeit ihrem Blick von Woche zu Woche immer mehr das Antlitz eines auffallenden und interessanten Fremden darbot. Sie hatte ein hohes Alter erreicht – denn ihr schien wirklich, mit fünfundzwanzig sei es reichlich spät, um nochmals von vorn anzufangen; ihr vorherrschendes Gefühl war ein Anflug von Bedauern, daß sie nicht früher Bescheid gewußt hatte. Die Welt war anders – ob nun schlechter oder besser –, als ihre elementare Lektüre es sie gelehrt hatte, und das gab ihr das Gefühl einer vergeudeten Vergangenheit. Hätte sie nur früher Bescheid gewußt, hätte sie sich mehr auf sie eingestellt. Jedenfalls machte sie täglich neue Entdeckungen, teils sie selbst betreffend und teils andere. Zwei davon – eine unter jeder Rubrik – machten ihrer Besorgnis abwechselnd besonders zu schaffen. Sie gewahrte wie nie zuvor, wie materielle Dinge sie ansprachen. Sie erkannte – und sie errötete darüber –, wenn das Leben sie jetzt, im Gegensatz zu einigen seiner früheren Erscheinungen, wie ein erfolgreich „renoviertes" Gewand anmutete, so kam das eben von den Garnierungen und Spitzen und war eine Sache von Schleifen und Samt und Seide. Sie besaß eine arge Empfänglichkeit für die Freuden aus solchen Quellen. Ihr gefielen die hübschen Zimmer, die ihr die Tante zugewiesen hatte – sie gefielen ihr buchstäblich besser als irgend etwas in ihrem ganzen bisherigen Dasein; und nichts hätte unbehaglicher sein können als der Verdacht, ihre Verwandte hätte diese Tatsache bereits wahrgenommen. Ihre Verwandte war erstaunlich – sie hatte ihrer Verwandten nie Gerechtigkeit widerfahren lassen. Diese üppigeren Lebensumstände hatten alle einen Hauch von ihr, vom Morgen bis zum Abend; doch sie war ein Mensch, dem gegenüber einem bei wachsender Bekanntschaft – so seltsam es erscheinen mochte – das Herz im Halse klopfte.

Die zweite große Entdeckung des Mädchens war, daß die von einem Gifthauch getroffene Heimstatt in Lexham Gardens, weit davon entfernt, für Mrs. Lowder ein Gegenstand oberflächlicher Betrachtung zu sein, ihr im Gegenteil bei Tag und Nacht die Ruhe geraubt hatte. Den ganzen Winter über hatte Kate stundenlang Betrachtungen angestellt, die darum nicht weniger intensiv waren, weil sie sich in der Einsamkeit abspielten; die Ereignisse der jüngsten Zeit, auf die ihre Trauerkleidung hinwies, hatten ihr ein gewisses Maß an Isolierung verschafft, und vor allem in der Isolierung wirkte sich der Einfluß der anderen Bewohnerin auf sie aus. Weit von ihr unten im Haus sitzend, verkörperte Tante Maud doch eine Gegenwart, von der sich eine sensible Nichte außerordentlich unter Druck gesetzt fühlen konnte. Sie, die sensible Nichte, wurde jetzt dessen gewahr, daß sie schon von langer Hand ausersehen worden war. Sie wußte mehr, als sie einem da oben vor dem Kamin an einem ganzen dunklen Dezembernachmittag hätte mitteilen können. Sie wußte so viel, daß gerade dieses Wissen sie dort förmlich festhielt, sie manchmal unaufhörlich hin und her trieb, zwischen dem kleinen, seidenbezogenen Sofa, das im Feuerschein für sie bereitstand, und der großen grauen Karte von Middlesex, die sich unter ihrem Ausguck ausbreitete.

Hinunterzugehen, ihre Zuflucht zu verlassen hieß, manchen ihrer Entdeckungen auf halbem Wege gegenüberzutreten, sich ihnen stellen oder vor ihnen fliehen zu müssen; wohingegen sie in solcher Höhe nur dem Grollen einer weitentfernten Belagerung glichen, wie man es aus einer mit Vorräten gut versehenen Zitadelle vernimmt. In diesen Wochen hatte ihr alles beinahe zugesagt, was ihre Ungewißheit und ihre Belastung verursacht hatten: der Verlust ihrer Mutter, das Untertauchen ihres Vaters, die unbehagliche Situation ihrer Schwester, die Bestätigung ihrer geminderten Zukunftschancen, insbesondere aber die Gewißheit, einsehen zu müssen, wenn sie sich, wie sie es nannte, anständig verhalte – das heißt, weiterhin etwas für andere tue –, werde sie selbst ganz mittellos dastehen. Sie meinte ein Recht auf Schwermut und Stille zu haben; sie hegte diese um ihrer aufschiebenden Wirkung willen. Was sie damit aufschob, war die Frage der Auslieferung – wenn sie auch noch nicht genau hätte sagen können, in welchem Punkt: eine umfassende Auslieferung in allem und jedem – so stellte es sich augenblicksweise dar – an Tante Mauds im Hintergrund undeutlich aufragende „Persönlichkeit". Eben kraft ihrer Persönlichkeit war Tante Maud eine gewaltige Erscheinung, und deren große Masse ragte so undeutlich auf, weil in der dichten, der nebelgleichen Luft ihres fest geregelten Daseins bestimmte Teile zweifellos vergrößert und andere Teile ganz gewiß verschwommen erschienen. Auf jeden Fall kündeten sie gleichermaßen, das Unklare wie das Deutliche daran, von einem starken Willen und einer hochfahrenden festen Hand. Es war Kate vollkommen klar, daß sie womöglich verschlungen werden sollte, und sie verglich sich mit einem zitternden Kitz, das man ein, zwei Tage abgesondert hielt, ehe es an die Reihe kam, um mit Sicherheit früher oder später in den Käfig der Löwin gestoßen zu werden.

Der Käfig war Tante Mauds Zimmer, ihr Büro, ihr Geschäftslokal, ihr Schlachtfeld, kurz, ihr eigentlicher Schauplatz, zu ebener Erde direkt neben der Vorhalle gelegen, so daß es unserer jungen Frau beim Hereinkommen oder Hinausgehen ganz wie ein Wächterhaus oder ein Zolltor vorkam. Die Löwin wartete ab – zumindest das war dem Kitz bewußt; sie war sich darüber im klaren, daß dieser Bissen in Reichweite war, und hielt ihn zu Recht für zart. Mittlerweile wäre sie eine wunderbare Löwin für eine Schaustellung gewesen, eine außergewöhnliche Erscheinung in einem Käfig oder sonstwo; majestätisch, prächtig, von kräftiger Farbe, durchweg Seidenatlas mit leuchtendem Schmelz, blinkende Glasperlen und sprühende Edelsteine, schimmernde Achataugen, ein Glanz von rabenschwarzem Haar und eine Glätte des Teints, die der wohlgepflegten Porzellans glich und – als wäre die Haut zu straff – besonders an Kurven und Winkeln auffiel. Ihre Nichte hatte einen heimlichen Namen für sie – sie hielt ihn streng geheim; bei freischweifender Phantasie erschien sie ihrem Denken irgendwie typisch insular, und sie nannte sie dann bei sich selbst Britannia vom Marktplatz – unverkennbar Britannia, doch mit einer Schreibfeder hinterm Ohr – und meinte erst dann richtig glücklich sein zu können, wenn sie bei irgendeiner Gelegenheit die übrige Ausstaffierung mit einem Helm, einem Schild, einem Dreizack und einem Hauptbuch abrunden könnte. In Wahrheit war es jedoch nicht so, daß die Kräfte, mit denen es Kate ihrem Vorgefühl nach zu tun bekommen würde, am ehesten durch ein einfaches und umfassendes Sinnbild zu verkörpern wären; schließlich lernte sie ihre Gefährtin täglich besser kennen, und am deutlichsten hatte sie es bereits als einen Fehler erkannt, bequemen Analogien zu vertrauen. Es gab eine ganze Seite der Britannia, die Seite ihres blühenden Philistertums, ihrer Federn und ihrer Schleppe, ihrer wunderlichen Möbel und ihres wogenden Busens, der falschen Götter ihres Geschmacks und der falschen Töne ihrer Äußerungen, die, für sich betrachtet, gefährlich in die Irre führte. Sie war eine komplizierte und schlaue Britannia, nicht weniger leidenschaftlich als praktisch, mit einem Pompadour für ihre Vorurteile, so geräumig wie jene andere Tasche, die Tasche voller Münzen mit der Prägung ihres eigenen Abbildes, nach dem sie der Welt am besten bekannt war. Kurz, hinter ihrer aggressiven und defensiven Fassade führte sie Operationen aus, die von ihrer Weisheit bestimmt waren. Wie wir angedeutet haben, sah unsere junge Dame in der mit Proviant wohlversehenen Zitadelle sie derzeit in Gedanken am ehesten als Belagerer, und was sie in dieser Rolle schreckenerregend machte, war, daß sie keine Skrupel und keine Moral besaß. Dieses Bild jedenfalls machte sich Kate während ihrer stummen Sitzungen auf jugendlich leichtfertige Art bequemerweise von ihr: zur hinreichenden Darstellung sei erwähnt, daß ihr Gewicht in der Waagschale lag, in der gewisse Gefahren lauerten – Gefahren, die, wie schon dargelegt, die junge Frau veranlaßten, oben zu zaudern und nach unten zu lauschen, während die ältere unten, kriegerisch und diplomatisch zugleich, soviel Gebiet wie möglich besetzt hielt. Doch was waren diese Gefahren schließlich anderes als einfach die Gefahren des Lebens und Londons? Mrs. Lowder *war* London, *war* das Leben – das Getöse der Belagerung und das Getümmel der Schlacht. Schließlich gab es doch einige Dinge, vor denen Britannia sich fürchtete; Tante Maud aber fürchtete sich vor nichts – nicht einmal, so mochte es scheinen, vor intensivem Nachdenken.

Diese Eindrücke behielt Kate jedoch so streng für sich, daß sie sie kaum mit der armen Marian teilte, dabei war es doch weiterhin der vorgebliche Zweck ihrer häufigen Besuche bei dieser, alles und jedes durchzusprechen. Einer ihrer Gründe dafür, sich dem letzten Zugeständnis an Tante Maud zu entziehen, lautete, sie wolle sich um so unbehinderter dieser ihr so viel näherstehenden und so viel weniger vom Glück begünstigten Verwandten widmen können, mit der Tante Maud direkt so gut wie nichts zu tun haben wollte. Wie sehr sie sich in ihrer jetzigen Situation in der Klemme befand, offenbarte sich inzwischen gerade darin am schärfsten, wie sich ihr Umgang mit der Schwester dahin auswirkte, ihren Mut zu dämpfen und ihr die Hände zu binden, ihr täglich mehr einen Begriff davon zu verschaffen, welche nicht immer erhebende oder das Dasein versüßende Rolle das Band des Blutes im Leben zu spielen vermochte. Jetzt stand sie ihm von Angesicht zu Angesicht gegenüber, dem Band des Blutes; das Bewußtsein dieses Bandes war das, was ihr durch den Tod ihrer Mutter am deutlichsten „zugefallen" zu sein schien, welchen Teil dieses Bewußtseins ihre Mutter auch eingesogen und mitgenommen hatte. Das Schreckgespenst ihres aufreibenden Vaters, ihre dräuende, unnachgiebige Tante, ihre unversorgten kleinen Neffen und Nichten waren Gestalten, die die Saite der natürlichen Liebe zur Sippe überreichlich zum Schwingen brachten. Für sich formulierte sie es so – besonders aber mit Bezug auf Marian –, sie erkenne, wohin einen die Pflege der Blutsverwandtschaft bringen könne. In früheren Zeiten glaubte sie diese Verpflichtung ausgelotet zu haben; das waren die Zeiten, da sie als Zweitgeborene niemanden auf der Welt so hübsch wie Marian gefunden hatte, niemanden so charmant, so gescheit, so von vornherein des Glücks und Erfolgs versichert. Die Sicht war jetzt anders, doch ihr Verhalten hatte, aus vielen Gründen, unverändert scheinen müssen. Der Gegenstand dieser Einschätzung war nun nicht mehr hübsch, wie auch der Grund, sie für gescheit zu halten, nicht mehr offensichtlich; und doch, verwitwet, enttäuscht, zermürbt und klagend war sie nur um so eindeutiger und nachdrücklicher für Kate die Ältere und ihr ein und alles. Kates beständigstes Gefühl ihr gegenüber war, sie werde sie, Kate, zu großen Dingen beflügeln; und jedesmal im trostlosen Chelsea, an der Tür des kleinen Hauses, dessen geringe Miete ihr zwangsläufig auf der Seele lag, fragte sie sich, ehe sie eintrat, fatalistisch, worum es diesmal voraussichtlich gehen werde. Sie bemerkte tiefsinnig, die Enttäuschung mache die Menschen selbstsüchtig; sie staunte, mit welcher Gelassenheit – es war der einzige Punkt, in dem das galt – Marian bestimmte Dinge für selbstverständlich hielt: Kates untergeordneten Rang als Zweitgeborene mit einem nur auf die unerschöpfliche Schwesterrolle reduzierten Leben. Aus dieser Sicht existierte sie ausschließlich für das kleine Haus in Chelsea; wobei die Moral überdies selbstverständlich lautete, je mehr man sich hingebe, desto weniger bleibe von einem übrig. Es gab immer Leute, die nach einem griffen, und *denen* würde nie der Gedanke kommen, daß sie einen auffraßen. Und das, ohne auch nur einen Geschmack wahrzunehmen.

Kein Unglück, oder zumindest kein Verdruß, so urteilte sie weiter, kam dem gleich, in einem zum Sein und zum Sehen geschaffen zu sein. Man sah in diesem Fall stets etwas anderes, als was man war, und folglich wurde einem nie der Frieden der eigenen Existenz zuteil. Doch da sie Marian nie wirklich sehen ließ, was sie war, mochte Marian durchaus gar nicht erkannt haben, daß sie selbst es sah. Demzufolge war Kate aus eigener Sicht keine Heuchlerin der Tugend, denn sie gab sich ganz hin; jedoch war sie eine Heuchlerin der Dummheit, denn sie behielt alles für sich zurück, was nicht sie selbst war. Was sie am meisten für sich behielt, war, mit welchen besonderen Empfindungen sie beobachtete, wie ihre Schwester instinktiv nichts versäumte, was zu ihrer Unterwerfung gegenüber der Tante beitrug; eine Gemütsverfassung, die vielleicht am schärfsten aufzeigte, wie arm man werden konnte, wenn einem das Fehlen des Reichtums so viel ausmachte. Über Kate sollte Tante Maud bearbeitet werden, und nichts war unwichtiger, als was bei diesem Prozeß aus Kate werden mochte. Kurzum, Kate sollte ihre Brücken abbrechen, damit Marian profitierte; und Marians Verlangen nach solchem Profit ließ gänzlich eine Würde außer acht, die ja doch ihre Gründe hatte – wäre dieser nur an ihnen gelegen –, sich ein wenig zurückhaltend zu geben. Um sich für sie beide angemessen zurückhaltend zu geben, hätte Kate deshalb egoistisch sein müssen, hätte ein Ideal des Verhaltens – egoistisch wie nichts auf der Welt – der Aussicht auf gelegentliche Brosamen für die vier kleinen Wesen vorziehen müssen. Die Geschichte von Mrs. Lowders Unwillen angesichts der Verehelichung ihrer älteren Nichte mit Mr. Condrip hatte kaum an Schärfe verloren; das unglaublich einfältige Verhalten Mr. Condrips, des Pfarrers einer langweiligen vorstädtischen Gemeinde, dessen frommes Profil stets in die Augen sprang, war so eindeutig eine Tatsache, daß es die Kritik ständig wachhielt. Er hatte der Welt ganz systematisch sein Profil präsentiert, da er, weiß Gott, nichts anderes vorzuweisen hatte – absolut nichts, womit er der Welt das Gesicht voll hätte zuwenden können, keine Vorstellung davon, daß es sich gehörte, am Leben zu bleiben und sich um seine Geschäfte zu kümmern. Seitens Tante Mauds war die Kritik ganz konsequent geblieben; sie war nicht der Mensch, so ein Verhalten als weniger fehlerhaft zu betrachten, nur weil noch das Privileg des Pathos hinzugekommen war. Sie verzieh nicht so leicht, und ihr einziger Ansatz dazu, über jene Umstände hinwegzusehen, bestand darin, über die geschlossene kleine Phalanx – mit der noch lebenden Delinquentin – hinwegzusehen, die diese jetzt verkörperte. Von den zwei unheilvollen Zeremonien, die sie in eine zusammenwarf, die der Heirat und die der Beerdigung, hatte sie nur an ersterer teilgenommen, nachdem sie Marian vorher einen großzügigen Scheck übersandt hatte; doch das hatte nicht mehr als den Schatten dessen bedeutet, daß sie eine Verknüpfung mit Mrs. Condrips Lebenslauf anerkannt hätte. Sie mißbilligte lärmende Kinder, die keine Zukunftsaussichten besaßen; sie mißbilligte weinende Witwen, die ihren Irrtum nicht wieder gutmachen konnten; auf diese Weise hatte sie Marian eine der wenigen Schwelgereien in Reichweite gerückt, die ihr noch blieben, wo so vieles andere dahin war: einen bequemen Vorwand für ständige Klagen. Kate Croy erinnerte sich noch gut, was ihre Mutter in einer anderen Richtung daraus gemacht hatte; und es war Marians augenfälliges Unvermögen, die Frucht des Grolls zu pflücken, das sie, als Schwestern, einer beinahe gleichberechtigten Kameradschaft der Erniedrigung auslieferte. Wenn die Theorie lautete, gewiß, von einer der beiden werde nun leider keine Notiz mehr genommen, doch werde die andere mit genug Aufmerksamkeit bedacht, um das wieder auszugleichen, wer würde da nicht einsehen, daß Kate sich nicht ohne grausamen Stolz loslösen konnte? Diese Lektion wurde unserer jungen Dame am Tag nach dem Gespräch mit ihrem Vater eindeutig genug eingehämmert.

„Ich kann mir nicht vorstellen“, sagte ihr Marian bei dieser Gelegenheit, „wie du an irgend etwas anderes auf der Welt denken kannst als unsere gräßliche Situation."

„Und woher, bitte", erkundigte sich Kate daraufhin, „weißt du etwas von meinen Gedanken? Mir scheint, ich beweise dir zur Genüge, wie sehr ich an *dich* denke. Wirklich, liebe Schwester, ich wüßte nicht, was du sonst noch damit zu tun hast!"

Marians Entgegnung darauf war ein Hieb, auf den sie sich gut vorbereitet und den sie mit mehreren Varianten ausgestattet hatte, aber dennoch hatte die Plötzlichkeit, mit der sie ihn ausführte, etwas Unerwartetes an sich. Sie hatte die allgemeinen Ängste ihrer Schwester vorausgesehen, doch hier steckte drohend die spezielle Furcht. „Nun, deine Angelegenheiten sind natürlich deine Sache, und du kannst vielleicht sagen, daß es keinem weniger ansteht als mir, dir Predigten zu halten. Aber trotzdem, auch wenn du mich deswegen für immer fallenläßt, will ich dieses eine Mal nicht verschweigen, daß ich meine, so, wie wir alle stehen, hast du nicht das Recht, dich wegzuwerfen."

Es war nach dem Mittagessen der Kinder, das auch das ihrer Mutter war, das ihre Tante jedoch meist zu umgehen verstand, damit es nie ihr eigenes zweites Frühstück wurde; und die beiden jungen Frauen saßen noch zwischen dem zerknitterten Tischtuch, den abgelegten Lätzchen, den abgegessenen Tellern im in der Luft stehenden Geruch gekochter Speisen. Kate hatte in höflicher Form gefragt, ob sie das Fenster ein Stückchen öffnen dürfe, und Mrs. Condrip hatte unhöflich geantwortet, sie solle machen, was sie wolle. Sie nahm solche Fragen oft auf, als enthielten sie in irgendeiner Weise eine Kritik an der reinen Wesenheit ihrer Kleinen. Die vier hatten sich mit viel Lärm und Unruhe zurückgezogen, nur mangelhaft von der kleinen irischen Gouvernante unter Kontrolle gehalten, die ihre Tante für sie aufgestöbert hatte und deren dumpfe Entschlossenheit, ein derartiges ungekröntes Märtyrertum nicht länger auszudehnen, diese bereits mehr als ahnte. Ihre Mutter war für Kate – die es lediglich als Folge der Tatsache auffaßte, daß sie ihre Mutter war – etwas völlig anderes als die sanfte Marian der Vergangenheit: Mr. Condrips Witwe verdeckte ausladend jenes Bild. Sie war wenig mehr als eine verschlissene Reliquie, ein simples, prosaisches Ergebnis seiner Person, als wäre sie durch ihn gleichsam wie durch eine widerspenstige Röhre hindurchgezogen worden, nur um zerknüllt und unbrauchbar zurückzubleiben, mit nichts mehr in sich außer dem, wofür er verantwortlich war. Sie war rot und beinahe dick geworden, was keine vorteilhaften Zeichen der Trauer waren; immer weniger glich sie einer Croy, zumal einer Croy im Unglück, und merklich mehr den beiden ledigen Schwestern ihres Mannes, die sie, nach Kates Ansicht, viel zu oft besuchten und zu lange blieben, was einen übermäßigen Verbrauch von Tee und Butterbroten zur Folge hatte – Dinge, die Kate nicht kalt ließen, denn sie war mit den Anschreibbüchern der Kaufleute vertraut. Überdies *war* Marian, was die beiden betraf, empfindlich, und ihre nähere Verwandte, die solche Dinge bemerkte und wertete, verzeichnete es als seltsam, daß sie jede Kritik an jenen als Kritik an sich selbst aufgefaßt hätte. Wenn der Ehestand einem unvermeidlich so etwas antat, hätte Kate Croy den Ehestand in Frage gestellt. Jedenfalls war es ein ernstes Beispiel dafür, was ein Mann – und solch ein Mann! – aus einer Frau machen konnte. Sie sah geradezu, wie die beiden Condrips die Witwe ihres Bruders zu dem Thema Tante Maud ausquetschten – die schließlich nicht *ihre* Tante war –, und während sie endlos über ihren Tassen saßen, sie dazu trieben, über Lancaster Gate zu schwatzen und sogar zu prahlen, bis sie sich so vulgär verhielt, wie es einem Croy hinsichtlich eines solchen Themas nie gesungen worden war. Sie bestanden darauf, sie ließen nicht locker, Lancaster Gate müsse man im Auge behalten, und sie, Kate, müsse dafür sorgen; so daß sonderbarerweise, oder jedenfalls bedrückenderweise, unsere junge Frau dessen gewiß war, daß sie jenen in ihrer Person als Gegenstand der Erörterung freier zur Verfügung stand, als es ihr jemals umgekehrt gestattet sein würde. Das Schönste dabei war noch dazu, daß Marian die beiden nicht mochte. Aber sie waren Condrips – sie waren nahe bei der Rose gewachsen; sie waren fast wie Bertie und Maudie, wie Kitty und Guy. Sie sprachen mit ihr über den Toten, was Kate nie tat; handelte es sich doch um eine Beziehung, bei der Kate nur stumm zuhören konnte. Sie konnte sich wahrhaftig nicht oft genug sagen, wenn der Ehestand einem das antue …! Man wird deshalb leicht erraten, daß das ironische Licht derartiger Vorbehalte sich voll über das Feld von Marians Warnung ergoß. „Ich verstehe nicht ganz", antwortete sie, „wo genau deinem Eindruck nach die Gefahr für mich liegt. Ich versichere dir, ich bin mir nicht der geringsten Neigung bewußt, mich irgendwohin zu ‚werfen'. Mir ist, als sei ich fürs erste wirklich genug geworfen worden."

„Du hast nicht das Gefühl" – Marian brachte es ganz heraus –, „du möchtest Merton Densher heiraten?"

Kate nahm sich einen Moment Zeit, dieser Frage zu begegnen. „Stellst du dir vor, falls ich dieses Gefühl hätte, wäre ich verpflichtet, dich rechtzeitig zu warnen, damit du einschreiten und mich davon abbringen kannst? Stellst du dir das vor?" fragte das Mädchen. Dann bemerkte sie, da auch ihre Schwester eine Pause eintreten ließ: „Ich weiß nicht, wie du auf Mr. Densher kommst."

„Ich spreche von ihm, eben weil du es nicht tust. Daß du nie von ihm sprichst, obwohl ich etwas weiß – das bringt mich dazu, an ihn zu denken. Oder vielleicht bringt es mich eher dazu, an *dich* zu denken. Wenn du inzwischen noch nicht weißt, was ich für dich erhoffe, wovon ich träume – da meine Anhänglichkeit nun einmal so groß ist –, ist es sinnlos, dir das klarmachen zu wollen." Doch Marian hatte sich wirklich für ihre Aufgabe erwärmt, und Kate war überzeugt, sie habe Mr. Densher mit den Misses Condrip erörtert. „Wenn ich diesen Menschen erwähne, dann wahrscheinlich, weil ich solche Angst vor ihm habe. Wenn du es genau wissen willst, er erfüllt mich mit Schrecken. Tatsache ist, wenn du es genau wissen willst, ich finde ihn genauso unsympathisch, wie ich mich vor ihm fürchte."

„Und hältst es doch nicht für gefährlich, ihn mir gegenüber schlechtzumachen?"

„Doch", gestand Mrs. Condrip, „ich halte es für gefährlich; aber wie kann ich anders von ihm sprechen? Zugegeben, vielleicht sollte ich überhaupt nicht von ihm reden. Nur sollst du es, wie ich gerade sagte, wenigstens dieses eine Mal erfahren."

„Was denn erfahren, meine Liebe?"

„Daß ich es", gab Marian prompt zurück, „als mit weitem Abstand für das Allerschlimmste ansehen würde, was uns bisher widerfahren ist."

„Meinst du, weil er kein Geld hat?"

„Ja, zum einen. Und weil ich nicht an ihn glaube."

Kate war höflich, aber nicht bei der Sache. „Was meinst du damit, nicht an ihn zu glauben?"

„Nun, ich bin überzeugt, daß er nie welches kriegt. Und du *mußt* welches haben. Du *sollst* welches haben."

„Um es dir zu geben?"

Marian parierte mit einer Flinkheit, die praktisch dreist war. „Es erst einmal zu *haben.* Jedenfalls nicht, auch in Zukunft keins zu haben. Dann würden wir weitersehen."

„Das würden wir allerdings!" rief Kate Croy. Gespräche dieser Art fand sie widerwärtig. Doch was blieb einem übrig, wenn Marian unbedingt vulgär sein wollte? Es ließ sie mit neu belebter Abneigung an die Misses Condrip denken. „Ich mag es, wie du die Dinge einrichtest – ich mag es, was du als selbstverständlich voraussetzt. Wenn es uns so leichtfällt, Männer zu heiraten, die nur darauf warten, daß wir das Gold mit vollen Händen ausstreuen, wundere ich mich, weshalb jemand von uns überhaupt noch etwas anderes tut. Ich sehe nicht so viele von der Sorte herumlaufen, und ich weiß nicht, wieso ich je für sie Interesse aufbringen sollte. Mein Schatz", fügte sie dann noch an, „du lebst in einer Welt fruchtloser Ideen."

„Nicht so sehr wie du, Kate; denn ich sehe, was ich sehe, und du kannst es nicht so abtun." Die ältere Schwester machte eine Pause, lang genug, um im Gesicht der jüngeren, trotz aller Überlegenheit, einen Argwohn aufsteigen zu lassen. „Ich spreche ausschließlich von Tante Mauds jungem Mann, sogar, wenn du willst, ausschließlich von Tante Mauds Geld. Ich spreche ausschließlich davon, daß du tun sollst, was *sie* will. Du irrst dich, wenn du so redest, als wollte ich etwas von dir; ich will lediglich, was sie will. Das genügt mir!" – und Marians Ton berührte ihre Gefährtin als beängstigend. „Wenn ich nicht an Merton Densher glaube, so doch zumindest an Mrs. Lowder."

„Deine Vorstellungen sind um so überraschender", versetzte Kate, „als sie sich mit denen Papas decken. Es interessiert dich vielleicht, daß ich sie – und scharfsinnig formuliert, wie du dir denken kannst – erst gestern von ihm gehört habe."

Es interessierte Marian sichtlich. „Er hat dich aufgesucht?"

„Nein, ich war bei ihm."

„Tatsächlich?" Marian staunte. „Mit welcher Absicht?"

„Um ihm zu sagen, ich sei bereit, zu ihm zu kommen."

Marian riß die Augen auf. „Tante Maud zu verlassen ...?"

„Für meinen Vater, ja."

Die arme Mrs. Condrip war vor Entsetzen geradezu rot angelaufen. „Du seist bereit ...?"

„Das habe ich ihm erklärt. Weniger konnte ich ihm nicht sagen."

„Und hättest du ihm, bitte schön, mehr sagen können?" Marian rang in ihrer Not nach Luft. „Was in aller Welt bedeutet er *uns*? Etwas Derartiges bringst du auf solche Weise heraus?"

Sie musterten einander – in Marians Augen standen Tränen. Kate nahm das einen Moment lang zur Kenntnis und sagte dann: „Ich hatte es gründlich durchdacht – immer wieder. Aber du brauchst dich nicht gekränkt zu fühlen. Ich gehe nicht. Er will mich nicht haben."

Ihre Gefährtin keuchte immer noch – es dauerte eine Weile, ehe sie sich beruhigte. „Nun, *ich* hätte dich nicht haben wollen – hätte dich überhaupt nicht empfangen, das kann ich dir versichern –, wenn er dir eine andere Antwort gegeben hätte. Ich fühle mich wirklich gekränkt – daß du auch nur dazu bereit warst. Wenn du zu Papa gingest, liebe Schwester, müßten deine Besuche bei mir aufhören." Marian stellte das auf unbestimmte Weise als das Bild einer Entbehrung dar, vor dem ihre Gefährtin zurückschrecken müßte. Solcherart waren die Drohungen, die sie in aller Selbstzufriedenheit zu äußern vermochte und kraft derer sie sich höchst überlegen vorkam. „Aber wenn er dich nicht aufnehmen will", fuhr sie fort, „beweist er wenigstens seinen Scharfsinn."

Marian hatte immer ihre eigenen Ansichten über den Scharfsinn gehabt; darin war sie ganz groß, wie ihre Schwester es insgeheim kommentierte. Doch Kate konnte der Gereiztheit entgehen. „Er will mich nicht aufnehmen", wiederholte sie einfach. „Aber er glaubt wie du an Tante Maud. Er droht mir mit seinem Fluch, wenn ich sie verlasse."

„Du verläßt sie also *nicht*?" Da das Mädchen zunächst nicht antwortete, schnappte ihre Gesprächspartnerin danach. „Du verläßt sie natürlich nicht? Ich merke es schon. Aber trotzdem sehe ich nicht ein, warum ich dir nicht ein für allemal die schlichte Wahrheit über die ganze Sache eindringlich klarmachen soll. Die Wahrheit darüber, wo deine Pflicht liegt, meine Liebe. Denkst du jemals daran? Es ist die größte Pflicht von allen."

„Da, schon wieder", lachte Kate. „Auch Papa läßt sich brillant über meine Pflicht aus."

„Ach, ich behaupte nicht, brillant zu sein, aber ich behaupte, mehr als du vom Leben zu wissen; vielleicht sogar mehr als Papa." Dennoch schien Marian diese Persönlichkeit im Augenblick im Lichte einer freundlicheren Ironie zu sehen. „Der arme alte Papa!"

Sie seufzte es mit so vieler Nachsicht hervor, wie das Ohr ihrer Schwester es schon mehr als einmal aus ihrem „Die arme alte Tante Maud!" aufgefangen hatte. Das alles bewirkte, daß Kate sich brüsk abwandte und sich nun zum Gehen anschickte. In allem klang wieder der Ton der Selbsterniedrigung an; es war schwer zu sagen, welche der erwähnten Personen am deutlichsten gezeigt hatte, wie wenig sie sie mochten. Jedenfalls nahm die jüngere

Frau sich vor, die Debatte fallenzulassen, und sie meinte das für ihren Teil auch getan zu haben, in den zehn Minuten, die sie noch verstreichen ließ, um den Besuch nicht kurzerhand abzubrechen, bevor sie sich mit Anstand zurückziehen konnte. Da stellte sich jedoch heraus, daß Marian immer noch beim Debattieren war, und auf etwas mußte Kate ganz zuletzt noch eingehen. „Wen meinst du mit Tante Mauds jungem Mann?"

„Wen sonst sollte ich meinen als Lord Mark?"

„Und wo schnappst du so ein vulgäres Gewäsch auf?" wollte Kate mit ihrem klaren Gesicht wissen. „Wie dringt solches Geschwätz bis zu dir in dieses Loch?"

Kaum hatte sie diese Worte ausgesprochen, da fragte sie sich, was aus der Liebenswürdigkeit geworden war, der sie bis dahin ein Opfer gebracht hatte. Marian tat gewiß wenig, um sie zu retten, und in der Tat war nichts so inkonsequent wie ihr Grund zur Klage. Sie wollte, daß Kate Lancaster Gate „bearbeitete", wie jener Schauplatz des Überflusses ihrer Meinung nach bearbeitet werden konnte; doch jetzt sah sie nicht ein, wieso man die hochnäsige Beziehung dazu ausnutzen sollte, ihrem eigenen armen Heim Schimpf anzutun. In der Tat schien sie im Moment den Standpunkt einzunehmen, Kate halte sie in ihrem „Loch" fest und mache dann herzlos abschätzige Bemerkungen darüber, daß sie darin festsaß. Doch sie erklärte nicht, wie das Gerücht zu ihr gelangt war, dessentwegen ihre Schwester sie zur Rede gestellt hatte – so daß es ihrer Schwester überlassen blieb, wieder einmal ein Zeichen der schleichenden Neugier der Misses Condrip darin zu sehen. Sie lebten in einem noch tieferen Loch als Marian, hielten aber das Ohr lauschend am Boden, verbrachten ihre Tage damit, in der Gegend umherzustreifen, während Marian, in Kleidern und Schuhen, die zunehmend loser und weiter zu werden schienen, niemals umherstreifte. Zuweilen fragte sich Kate, ob das Schicksal ihr die Misses Condrip als Warnung hinsichtlich ihrer eigenen Zukunft vor Augen halte – ob sie ihr zeigen sollten, was aus ihr selbst mit vierzig werden könnte, wenn sie die Dinge zu leichtfertig treiben ließe. Was andere – und es waren so viele – von ihr erwarteten, konnte sich dennoch gelegentlich als gar nicht mehr komisch erweisen; und eben jetzt zeigte es sich ganz besonders in diesem Licht. Sie sollte ihren fünf Zuschauern zuliebe – mit den Misses Condrip waren es fünf – nicht nur mit Merton Densher brechen; sie sollte sich an die Verfolgung Lord Marks machen auf Grund einer abwegigen Theorie, welcher Lohn an solchem Erfolg hänge. Mrs. Lowders Hand hatte ihn da hingehängt, und er glich einer Glocke am Ende der Rennbahn, die losläuten, in weithin hallendes Getöse ausbrechen würde, sobald sie sie berührte. Kate kritisierte scharf genug die schwachen Stellen dieses hoffnungsvollen Traumgesichts, mit dem Ergebnis, daß die Zuversicht ihrer Schwester eine gewisse Abkühlung erfuhr; wenngleich Mrs. Condrip sich noch in die Ausrede flüchtete – was schließlich der springende Punkt war –, wenn man ihre Tante zufriedenstelle, werde sich ihre Tante schon großzügig erweisen. Die genaue Identität ihres Kandidaten war eine unwichtige Nebensache; das Wesentliche war, was hatte sie für einen Begriff davon, welcherart Partie ihrer Nichte mit ihrer Unterstützung offenstehe. Marian sprach von Ehen immer als „Partien", aber das war auch wieder eine unwichtige Einzelheit. Inzwischen wartete Mrs. Lowders „Hilfe" auf sie – wenn nicht, um den Weg zu Lord Mark auszuleuchten, dann zu jemand Besserem. Kurz und gut, Marian würde auch jemand Besseren hinnehmen, nur nicht einen um so viel Schlechteren. Kate mußte das alles noch einmal über sich ergehen lassen, bevor man einen befriedigenden Kompromiß erreichte. Man erzielte ihn, indem sie mit dem Verzicht auf Mr. Densher dafür bezahlte, daß sie Lord Mark in das Reich des Absurden verbannte. So gingen sie einigermaßen friedlich auseinander. Es sollte ihr erspart bleiben, Äußerungen zu Lord Mark zu hören, solange sie glaubhaft machte, daß sie nicht heimlich mit jemand anderem umging. Sie hatte alles und jeden abgeleugnet, überlegte sie, als sie ging – und das war eine Erleichterung; doch es wischte auch die Zukunft so ziemlich in Bausch und Bogen hinweg. Die Aussicht wurde so karg, daß es für sie bereits eine Gemeinsamkeit mit den Misses Condrip schuf.

Zweites Buch

3

Merton Densher, der die längsten Stunden jedes Abends in der Redaktion seiner Zeitung verbrachte, genoß zur Entschädigung dafür tagsüber zeitweise ein Gefühl oder zumindest einen Anschein der Muße, weshalb man ihn nicht selten zu Zeiten, wenn Geschäftsleute dem Auge der Öffentlichkeit gewöhnlich entzogen sind, in den verschiedensten Teilen der Stadt treffen konnte. Gegenwärtig, am Ende des Winters, war er mehr als einmal gegen drei oder vier Uhr in die Kensington Gardens abgeschwenkt, wo er sich, wie es einem Beobachter hätte scheinen mögen, für eine Weile wie jemand verhielt, der nichts zu tun hat. Gewiß wandte er sich meistens in ziemlich gerader Richtung zur Nordseite hinüber; doch war dieser Bezirk erreicht, mangelte es seinem Verhalten merklich an Zielstrebigkeit. Scheinbar aufs Geratewohl streifte er von Pfad zu Pfad; er blieb ohne Grund stehen und blickte müßig um sich; er nahm auf einem Stuhl Platz und wechselte dann auf eine Bank hinüber; danach schritt er wieder umher, nur um erneut das Spiel zielloser Lebhaftigkeit zu wiederholen. Zweifellos war er ein Mann, der entweder überhaupt nichts zu tun oder aber unendlich viel zu überdenken hatte; und es ließ sich nicht leugnen, daß er auf diese Weise oft einen Eindruck machte, infolgedessen die Last der Beweisführung in gewisser Hinsicht ihm zufiel. Ein wenig war sein Aussehen daran schuld, seine persönlichen Merkmale, die es beinahe unmöglich machten, seinen Beruf zu nennen.

Er war ein recht lang aufgeschossener, eher etwas magerer junger Engländer von blondem Typ, in gewissen Punkten einer Klassifizierung nicht unzugänglich – wie zum Beispiel, daß er ein Gentleman war, ziemlich eindeutig zur gebildeten Schicht gehörte, wohl auch zu den im großen ganzen vernünftigen und anständigen Elementen; doch wenn er auch in dieser Hinsicht weder ungewöhnlich noch anormal erschien, hätte er einem Beobachter nicht gerade in die Hände gespielt. Für das Unterhaus war er zu jung, für die Armee hielt er sich zu locker; für die Geschäftswelt war er, hätte man sagen können, zu kultiviert, und ganz abgesehen vom Schnitt seines Anzugs hätte man spüren können, daß er für die Kirche zu skeptisch gesinnt war. Andererseits war er für die Diplomatie oder vielleicht sogar für die Wissenschaft zu gutgläubig, während er gleichzeitig für die Poesie eher zuviel nüchternen Verstand zeigte und doch wieder zuwenig für die bildende Kunst. Man wäre ihm ziemlich nahegekommen, wenn man in seinen Augen die potentielle Erkenntnis neuer Ideen wahrgenommen hätte; doch in der Frage der Ideen selbst hätte man wieder gänzlich die Richtung verloren. Das Schwierige an Densher war, daß er einen vagen, aber keinen schwachen Eindruck machte, müßig, aber nicht hohl wirkte. Möglicherweise war es die zufällige Wirkung seiner langen Beine, die einen Hang hatten, sich zu strecken, seines glatten Haares und seines wohlgeformten Kopfes; dabei war dieser nie ganz ordentlich und noch dazu jederzeit imstande, sich, wenn ganz andere Ansprüche an ihn gestellt wurden, unversehens zurückzuwerfen und sich, im Nacken von den erhobenen Armen und verschlungenen Händen gestützt, maßlose Zeitspannen lang in stumme Zwiesprache mit der Zimmerdecke, den Baumwipfeln, dem Himmel zu versenken. Er war, kurzum, sichtlich zerstreut, auf eine etwas aus dem Rahmen fallende Weise gescheit, neigte dazu, fallenzulassen, was nahelag, und aufzunehmen, was fernab lag: im allgemeinen respektierte er die Bräuche eher, als daß er ihnen anhing. Vor allem aber rief er jenen wunderbaren Zustand der Jugend vor Augen, wenn sich die Elemente, die mehr oder weniger edlen Metalle, derart im Fluß und in der Gärung befinden, daß die Frage der endgültigen Prägung, des Drucks, der den Wert bestimmt, auf ein gewisses Maß von Abkühlung warten muß. Und ein Merkmal seiner interessanten Mischung war es, daß seine Reizbarkeit auf eine recht heikle Gesetzmäßigkeit zurückging – eine Gesetzmäßigkeit, die zu beherrschen im Umgang mit ihm von Nutzen, wenn auch nicht leicht war. Das wirkte sich unter anderem dahin aus, daß er einen sowohl durch seine Toleranz als auch durch plötzliche Heftigkeit überraschen konnte.

An dem schönsten der milderen Tage, als sich die verschiedenen Vorfälle abspielten, von denen hier die Rede ist, schlenderte er den Teil des Parks entlang, der Lancaster Gate am nächsten liegt; und wenn jedesmal nach einiger Zeit Kate Croy aus dem Haus ihrer Tante kam, die Straße überquerte und sich durch den nächstliegenden Eingang dazugesellte, lag in dem Vorgang eine betonte Offenkundigkeit, die ihn ein wenig ungereimt erscheinen ließ. Sollte ihr Treffen kühn und offen sein, hätte es im Hause stattfinden sollen; sollte es verstohlen oder heimlich sein, hätte es beinahe überall sonst besser stattfinden können als unter Mrs. Lowders Fenstern. Gewiß verharrten sie nicht an dieser Stelle; sie wanderten und bummelten umher, wobei sie im Verlauf mehr als eines dieser Gespräche einen beträchtlichen Fußmarsch zurücklegten, oder aber sie holten sich zwei Stühle unter einen der gewaltigen Bäume und nahmen so weit abgesondert wie möglich – abgesondert von allen anderen – dort Platz. Aber jedesmal schien sich Kate anfangs der Möglichkeit aussetzen zu wollen, verfolgt und ertappt zu werden, sofern diese Dinge in Betracht kamen. Sie legte Wert darauf, daß sie keine Heimlichkeiten hatte, genausowenig wie sie sich vulgär verhielt; daß der Park an sich bezaubernd sei, und wenn sie sich seiner auf diese Weise bediene, so weil das ihrer Neigung entspreche; und wenn es ihrer Tante beliebe, vom Salon aus böse auf sie herabzustarren oder ihr nachspüren und sie einholen zu lassen, könnte sie zumindest für eine zwanglose Gelegenheit dazu sorgen. Tatsache war, daß die Beziehung zwischen diesen jungen Menschen überreich von Absonderlichkeiten geprägt war, wie sie sich nicht unzutreffend durch Verabredungen symbolisieren ließen, die erheblich mehr vom Erscheinungsbild als von einem echten Motiv bestimmt waren. Wie stark das Band war, das sie zusammenhielt, werden wir noch zur Genüge messen können; doch mittlerweile war es ganz offenkundig, sofern sich die große Gelegenheit für sie ergeben hätte, so wäre das in außergewöhnlichem Maße unter dem Schutz des berühmten Gesetzes der Gegensätze der Fall gewesen. Sollte sie im Lauf der Zeit eine tiefe Harmonie beherrschen, so wäre diese nicht das Resultat vieler Gemeinsamkeiten – denn davon besaßen sie in der Tat nichts als ihre Zuneigung –, sondern sie würde ihre Erklärung bei jedem von ihnen in dem Gefühl finden, selbst darin arm zu sein, worin der andere reich war. Es ist gewiß nichts Neues, daß großmütige junge Menschen oft am meisten bewundern, was die Natur ihnen nicht geschenkt hat – woraus sich schließlich ergäbe, daß unsere Freunde beide großmütig waren.

Merton Densher sagte sich wiederholt – und schon seit langem –, er wäre töricht, nicht eine Frau zu heiraten, deren Wert in ihrer Andersartigkeit läge; und Kate Croy, wenn sie es auch nicht ganz so philosophisch ausdrückte, hatte in dem jungen Mann rasch eine kostbare Unähnlichkeit erkannt. Er stellte dar, was das Leben ihr nie geschenkt hatte und ihr, ohne eine Hilfestellung wie von seiner Seite, auch gewiß nie schenken würde; all die hohen, verschwommenen Dinge, die sie als geistig zusammenfaßte. Eben hinsichtlich des Geistes war Densher für sie reich und geheimnisvoll und stark; er hatte ihr zumal den überragenden Dienst erwiesen, diesem Element zur Wirklichkeit zu verhelfen. Ihr Leben lang hatte sie es auf Treu und Glauben hinnehmen müssen; kein Mensch, dem sie je begegnet war, hatte in irgendeinem Maße direkt dafür Zeugnis abzulegen vermocht. Unklare Gerüchte der Existenz eines Geisteslebens hatten einen unsicheren Weg zu ihr gefunden; im ganzen jedoch war ihr nichts wahrscheinlicher vorgekommen, als daß sie ohne die Gelegenheit, deren Richtigkeit feststellen zu können, leben und sterben werde. Die Gelegenheit – es war eine außergewöhnliche – war an dem Tag gekommen, als sie Densher kennenlernte; und es gereichte dem Mädchen zur immerwährenden Ehre, daß sie auf der Stelle erkannte, was sich ihr hier bot. Dieser Anlaß wäre um all dessen willen, was unverzüglich daraus erblühte, gewiß von höchster Denkwürdigkeit; Denshers Intuition traf sich mit der der jungen Frau und hielt durchaus mit ihrer eigenen Wahrnehmung Schritt. Nachdem er so oft seine Schwäche, wie er es nannte, dem Leben gegenüber erkannt hatte – seine Stärke lag lediglich im Denken –, so müsse er, wie er logisch folgerte, danach trachten, irgendwie das Leben an sich zu ziehen und in Besitz zu nehmen. Das sei um so dringender nötig, als das Denken an sich nur in einem Vakuum vor sich gehe; seinen Atem müsse es unmittelbar aus der Luft des Lebens schöpfen. So stellte sich der junge Mann, geistreich und doch umfassend denkend, kritisch und doch glühend, seinen wie auch Kate Croys Fall dar. Ursprünglich waren sie sich vor dem Tod ihrer Mutter begegnet – ein Anlaß, der sich für sie als letzte große Freude heraushob, die das nahende Ereignis gestattete; danach hatten die dunklen Monate eine Schranke errichtet und aus Kates Sicht Ende und Anfang zu ein und demselben werden lassen.

Der Anfang – an den sie oft zurückdachte – war für unsere junge Frau eine Szene von äußerstem Glanz gewesen; eine Gesellschaft in einer „Galerie“, die eine mit großen Netzen fischende Gastgeberin ausgerichtet hatte. Eine spanische Tänzerin, die damals gerade das Entzücken der ganzen Stadt darstellte, ein amerikanischer Vortragskünstler, der Freudenborn eines verwandten

Volkes, ein ungarischer Geiger, das Wunder aller Welt überhaupt – im Namen dieser und weiterer Attraktionen hatte man die Gesellschaft, in der sich Kate dank eines seltenen Glücksfalls wiederfand, freigebig zusammengerufen. Sie lebte, wie sie meinte, verborgen unter dem Dach ihrer Mutter und war kaum mit Leuten bekannt, die in solchem Rahmen Gastlichkeit übten; doch sie hatte mit zweien oder dreien Umgang, die, wie sich herausstellte, mit solchen in Verbindung standen – mit zweien oder dreien, über die sich der Strom der Gastfreundschaft, gefiltert oder verdünnt, dann und wann auf diese Weise bis hin zu weit abseits gelegenen Auffanggefäßen ausbreiten konnte. Kurz und gut, eine gutmütige Dame, Freundin ihrer Mutter und Verwandte der Dame von der Galerie, hatte sich erboten, sie zu der betreffenden Gesellschaft mitzunehmen, und ihr dort noch mit zwei oder drei jener Vorstellungen anderer Gäste den Rücken gestärkt, die bei großen Gesellschaften zu weiterem führen – jedenfalls hatte dieser Abend für sie in einem Gespräch mit einem hochgewachsenen, blonden, etwas ungebürsteten und ziemlich linkischen, insgesamt jedoch nicht langweiligen jungen Mann gegipfelt. Der junge Mann hatte ihr den Eindruck gemacht, abseits zu stehen und – wie er es in der Tat selbst bezeichnete – furchtbar fehl am Platze zu sein, mehr als sonst irgend jemand ihrer Umgebung, abgesondert und vermutlich sogar im Begriff, Reißaus zu nehmen, als man ihn daran hinderte, ihr vorgestellt zu werden. Er versicherte ihr wahrhaftig noch am selben Abend auf sein Wort, nur ihre Begegnung habe seine Flucht abgewendet, aber jetzt sei ihm klar, wie leid es ihm getan hätte, dieselbe zu versäumen. Diesen Punkt hatten sie um Mitternacht erreicht, und obwohl hinsichtlich solcher Bemerkungen alles auf den Ton ankam, um Mitternacht war auch der Ton da. Anfangs hatte sie angesichts seiner gezwungenen, jedenfalls sehr unsicheren Verfassung starke Befürchtungen gehegt – und so etwas spürte sie oft unmittelbar; dann war sie sich auf gleiche Weise dessen bewußt geworden, daß sich binnen fünf Minuten zwischen ihnen etwas – nun, sie konnte es nicht anders nennen – *ergeben* hatte. Es war nichts, aber irgendwie war es alles – nämlich, daß sich für jeden von ihnen etwas ereignet hatte.

Sie hatten sich dabei ertappt, daß sie einander voll ansahen, über längere Zeit, als es sogar bei Gesellschaften in Galerien üblich war; aber das allein wäre schließlich doch recht unbedeutend gewesen, hätte nicht etwas anderes es begleitet. Mit einem Wort, es war nicht einfach, daß ihre Augen sich begegnet waren; auch andere bewußte Organe, Sinne, Fühler waren sich begegnet, und als Kate sich hinterher die einschneidende, tiefgreifende Tatsache vor Augen führte, sah sie sie auf ganz eigenartige Weise als eine bestimmte Handlung. Sie hatte an einer Gartenmauer eine Leiter bemerkt und sich zugetraut, sie so weit zu erklimmen, daß sie in den auf der anderen Seite vermuteten Garten hinübersehen konnte. Oben angekommen, hatte sie sich Aug in Auge mit einem Herrn gefunden, der im selben Augenblick die gleiche Überlegung angestellt hatte, und die zwei Wißbegierigen hatten auf ihren Leitern einander gegenübergestanden. Das Wichtigste war, daß sie für den Rest des Abends oben geblieben waren – sie waren nicht heruntergestiegen; und wirklich war zumindest Kate in der folgenden Zeit das Gefühl nicht losgeworden, sich auf einem Hochsitz zu befinden – es war, als stünde sie dort oben ohne Möglichkeit zum Rückzug. Eine einfachere Erklärung all dessen ist zweifellos nur, daß sie einander mit Interesse wahrgenommen hatten; und ohne einen glücklichen Zufall sechs Monate später hätte das Begebnis mit dieser Schilderung geendet. Der Zufall indessen war so natürlich gewesen, wie es in London überhaupt etwas sein kann: eines Nachmittags hatte sich Kate in der Untergrundbahn Mr. Densher gegenüber gefunden. Sie hatte den Zug am Sloane Square bestiegen, um zur Queen's Road zu fahren, und der Wagen, in dem sie einen Platz gefunden hatte, war so gut wie voll. Densher saß bereits darin – am anderen Ende der gegenüberliegenden Bank; sie hatte ihn mit Sicherheit erkannt, bevor sie wieder anfuhren. Der Tag und die Stunde waren dunkel, es saßen noch sechs Passagiere da, und sie hatte zu tun gehabt, sich einen Platz zu sichern; doch ihr Bewußtsein war ihm so geradenwegs entgegengestrebt, als wären sie auf irgendeiner hellbeleuchteten Fläche der Wüste zusammengetroffen. Keiner von beiden zögerte auch nur eine Sekunde; sie blickten quer über das vollgestopfte Abteil, ganz als hätte sie gewußt, daß er dort sein werde, und er hätte erwartet, daß sie hereinkomme; so daß es, obwohl sie sich unter den gegebenen Umständen gegenseitig nur mittels Gesten, Lächeln, Schweigen begrüßen konnten, ganz dem Grundton dieses Austausches entsprochen hätte, wenn sie der Bequemlichkeit halber schon an der nächsten Station ausgestiegen wären. Kate war sich in der Tat sicher, daß schon die nächste Station das wirkliche Ziel des jungen Mannes war – was unmißverständlich machte, daß nur der Wunsch, mit ihr zu sprechen, ihn weiterfahren ließ. Dazu mußte er bis High Street, Kensington, mitfahren, denn erst da gab ihm ein aussteigender Passagier eine Chance dazu.

Die ermöglichte es ihm jedenfalls, sich rasch auf den Platz unmittelbar ihr gegenüber zu setzen, und die Geschwindigkeit, mit der er ihn ergatterte, schien ihr seine Ungeduld zu beweisen. Allerdings gab ihnen das, von beiden Seiten von Fremden umgeben, kaum Gelegenheit zu einem Gespräch; obwohl vielleicht gerade diese Beschränkung einen solchen Eindruck auf beide ausübte, wie es sonst nichts vermocht hätte. Wenn sich die Tatsache, daß sich noch einmal eine Chance für sie ergeben hatte, zwischen ihnen ohne ein Wort so intensiv ausdrücken ließ, mochten sie durchaus auf der Stelle spüren, daß das nicht umsonst geschehen war. Ungewöhnlich an der Sache war, daß sie sich keineswegs an dem Punkt wiedertrafen, an dem sie sich getrennt hatten, sondern viel weiter voran, und daß sich den hinzugekommenen Verbindungsgliedern zwischen High Street und Notting Hill Gate ein weiteres anfügte, bis sie zwischen letzterer Station und Queen's Road eine geradezu unglaubliche Ausdehnung erfuhren. In Notting Hill Gate stieg Kates Nachbar zur Rechten aus, worauf Densher prompt auf diesen Platz hinübersprang; nur war damit nicht viel gewonnen, da im nächsten Moment eine Dame auf Denshers Platz huschte. Er konnte ihr kaum etwas sagen – zumindest wußte sie kaum, was er sagte; sie war so mit einer Gewißheit beschäftigt, daß eine der gegenübersitzenden Personen, ein jüngerer Mann mit einem Monokel, das er ständig neu ins Auge klemmte, von Anfang an erkannt hatte, wie seltsam aufgewühlt sie war. Wenn schon so ein Fremder sie durchschaute, wie dann erst Densher? – eine Frage, die wahrhaftig ausreichend beantwortet war, als er ihr bei ihrer Station unverzüglich aus der Bahn folgte. Das war der wirkliche Anfang gewesen – der Beginn alles anderen; das erste Mal, damals auf der Gesellschaft, war nur der Anfang *davon* gewesen. Noch nie in ihrem Leben hatte sie sich so gehenlassen; denn bisher hatte immer – soweit kleine Abenteuer für sie überhaupt in Frage kamen – nach dem gewöhnlichen Maßstab mehr vorgelegen, wovon auszugehen war. Er hatte sie bis zum Lancaster Gate begleitet, und dann war sie mit ihm in die andere Richtung weitergegangen – wahrhaftigen Gottes, sagte sie sich, wie das Hausmädchen, das mit dem Bäcker schäkert.

Dieser Eindruck, sollte sie später empfinden, war für eine Beziehung ganz zutreffend, die sich am besten in den Begriffen des Bäckers und des Dienstmädchens beschreiben ließ. Sie konnte sich sagen, von jener Stunde an waren sie miteinander gegangen; und es ergab sich, daß das, ganz konkret, zugleich das Ausmaß und die Grenze ihrer Bindung darstellte. Er hatte sie natürlich auf der Stelle um Erlaubnis gebeten, sie zu besuchen – die sie ihm als junge Person, die nicht wirklich jung war, die sich nicht als wohlgehegte Blume gab, auch erteilte. Das – sie machte es sich sofort klar – war jetzt ihre einzig mögliche Basis; sie war einfach die zeitgenössische Londonerin, äußerst modern, unvermeidlich nicht unangetastet, in ehrbarer Weise freizügig. Selbstverständlich hatte sie ihre Tante sofort ins Vertrauen gezogen – hatte sie der Form halber um ihr Einverständnis gebeten; und später erinnerte sie sich, daß sie zwar bei dieser Gelegenheit die Geschichte ihrer neuen Bekanntschaft so knapp wie die Tatsachen selbst dargeboten hatte, Mrs. Lowder ihr damals jedoch überraschend mild gestimmt erschien. Diese Gelegenheit hatte sie in jeder Hinsicht genugsam darauf hingewiesen, daß ihre Gastgeberin unergründlich war; eindeutig damals hatte sie sich zu fragen begonnen, was Tante Maud, nach der gewöhnlichen Redensart, „im Schilde führte".

„Liebes Kind, du darfst empfangen, wen du willst" – das hatte Tante Maud geantwortet, die im allgemeinen etwas dagegen hatte, daß die Leute taten, was sie wollten; und diese unerwartete Reaktion war einer eingehenden Betrachtung wert. Es gab viele Erklärungen, und sie waren alle ergötzlich – das heißt, ergötzlich im Sinne des düsteren und grüblerischen Ergötzens, dem sich Kate in ihrer derzeitigen hochgelegenen Zuflucht hingab. Merton Densher kam gleich am nächsten Sonntag; doch Mrs. Lowder war so unbeirrbar großzügig, daß sie es ihrer Nichte ermöglichte, ihn allein zu empfangen. Am Sonntag darauf sprach sie ihn jedoch selbst, um ihn zum Dinner einzuladen; und als er, nachdem er dort gespeist hatte, wiederkam – was noch dreimal geschah –, fand sie Mittel und Wege, seinen Besuch so zu behandeln, als gelte er vornehmlich ihr. Kates Überzeugung, sie mochte ihn nicht, machte das nur um so erstaunlicher; es mehrte die mittlerweile zahlreichen Beweise, daß sie rundum bemerkenswert war. Wäre sie hinsichtlich ihrer Energie nur Durchschnitt gewesen, hätte sie ihre Abneigung direkt gezeigt; wohingegen es jetzt schien, als suchte sie ihn näher kennenzulernen, um herauszufinden, wo sie ihn „kriegen" könne. Das war eine der Überlegungen, die unsere junge Frau in ihrer hochgelegenen Zuflucht anstellte; sie lächelte auf ihrem Ausguck, inmitten der Stille, die darin bestand, nur bedeutungslose Geräusche zu vernehmen, als sie die Wahrheit erfaßte, man könne mit Leichtigkeit Leute akzeptieren, wenn man wollte, daß sie sich einem derart auslieferten. Wenn Tante Maud jemanden abgetan zu sehen wünschte, sollte das nicht durch Stellvertreter geschehen; so etwas blieb stets eindeutig ihrer eigenen Hand vorbehalten.

Doch worüber sich das Mädchen am meisten wunderte, war die Folgerung hinsichtlich ihres eigenen Wertes, wenn soviel Diplomatie im Spiel war. Wie sollte sie ihre Lage im Lichte des Umstands beurteilen, daß ihre Gefährtin sich bisher so davor fürchtete, sie zu erzürnen? Die Tante schien Densher zum Teil aus der Furcht heraus hingenommen zu haben, andernfalls würde Kate verstimmt sein und danach handeln. Hatte ihre Tante die Gefahr erwogen, in diesem Fall hätte sie Schluß gemacht, sich von ihr losgesagt? Die Gefahr war übertrieben – sie hätte nicht so plump gehandelt; doch so sah Mrs. Lowder sie anscheinend und glaubte sich danach richten zu müssen. Welche Bedeutung maß sie ihr also wirklich bei, welches merkwürdige Interesse konnte sie daran haben, daß sie gut miteinander standen? Ihr Vater und ihre Schwester hatten ihre eigene Antwort darauf – sogar ohne zu wissen, welchen Eindruck die Frage auf sie selbst machte; sie sahen die Dame vom Lancaster Gate gleichsam danach lechzen, ihr Glück zu machen, und die Erklärung für diesen Appetit lautete, dank des Zufalls einer näheren Prüfung, als sie ihr bisher zuteil geworden war, sei sie entzückt, sei hingerissen. Sie billigten, sie bewunderten an ihr eine der spät erwachten Grillen reicher, launischer, hitziger alter Frauen – noch dazu um so ausgeprägter, weil es nicht das Ergebnis einer Intrige war; und sie türmten die möglichen Folgen für die betroffene Person vor sich auf. Kate wußte, was sie von ihrer Fähigkeit zu einem so stürmischen Siegeszug zu halten hatte; sie betrachtete sich als hübsch, das gewiß, aber hart, und hielt sich für klug, aber kalt; außerdem empfand sie sich als bei weitem zu wenig ehrgeizig und fand es daher im Interesse eines geruhsamen Lebens beklagenswert, sich nicht darein schikken zu können, entweder auf verschlagene oder auf einfältige Weise einfach gleichgültig zu sein. Ihre Intelligenz ließ sie manchmal still – zu still – erscheinen, doch ließ sie sie im Stich, war sie rastlos; so daß sie, wie ihr schien, von keinem Extrem den Nutzen zog. Sie sah sich derzeit dennoch in einer vielversprechenden Situation, und sogar ihre bedrückte, desillusionierte Mutter hatte noch im Sterben, während Tante Maud gerade auf der Treppe die Pflegerin ausfragte, nicht die Ermahnung versäumt, es gehöre zum Wesen solcher Situationen, sie mit Hilfe einer gütigen Vorsehung auch auszubeuten. Die Gute war im festen Glauben gestorben, sie beute wirklich diejenige aus, die sich daraufhin ergab.

Gleich nach ihrem Besuch bei ihrem Vater unternahm Kate einen ihrer Spaziergänge mit Densher; aber wie üblich saßen sie die meiste Zeit da und unterhielten sich. Unter den Bäumen am Teich wirkten sie wie alte Freunde – mit Phasen sichtlichen Ernstes, wobei sie alle Fragen ihrer weiten jungen Welt abhandeln mochten; und, vielleicht noch häufiger, Perioden des Schweigens Seite an Seite, was ein zufälliger Passant, von ihnen beeindruckt, wie es leicht möglich gewesen wäre, als Anzeichen einer „langen Verlobungszeit" gedeutet hätte. Derart hätten sie eher als ganz alte Freunde gelten können denn als junge Leute, die sich erst ein Jahr vorher kennengelernt und den größten Teil der Zwischenzeit ohne Kontakt zueinander verbracht hatten. In der Tat fühlten sich beide schon als ältere Freunde; und obwohl sie gemeinsam die Reihenfolge ihrer Begegnungen hätten in die richtige Ordnung bringen können, hatten sie nur das verworrene Bewußtsein, es seien eine ganze Menge gewesen, alle einander sehr ähnlich, und die unbestimmte Absicht, es unverändert noch eine ganze Menge mehr werden zu lassen. Der Wunsch, es genau so zu belassen, wie es war, hatte vielleicht mit dem Umstand zu tun, daß sie trotz der Verdachtsdiagnose des Fremden bisher noch zu keiner förmlichen, keiner endgültigen Verständigung gelangt waren. Ganz zu Anfang hatte Densher ihr mit der Frage zugesetzt, doch das, hatte sie leicht antworten können, war zu früh; daraufhin war etwas Eigentümliches eingetreten. Sie hatten ihre Bekanntschaft als zu kurz für eine Verlobung gelten lassen, jedoch als lang genug für so gut wie alles andere, und die Ehe stand irgendwie vor ihnen wie ein Tempel ohne Zufahrt. Sie gehörten zu dem Tempel und trafen sich in seinen Parkanlagen; sie befanden sich in dem Stadium, wo Parkanlagen ganz allgemein vielerlei Erquickung bieten. Doch hatte Kate inzwischen so wenige Mitwisser gehabt, daß sie sich über die Quelle des Argwohns ihres Vaters wunderte. Freilich war es erstaunlich, wie sich in London Gerüchte ausbreiteten, und bei Marian war das Geheimnis – da Tante Maud mit keinem von beiden direkt in Berührung kam – ja ebenso ohne Umschweife angelangt. Sicherlich hatte man sie gesehen. Natürlich hatte man sie gesehen. Sie hatte auch keine Mühe daran gewandt, nicht gesehen zu werden, und zudem war sie eindeutig unfähig dazu. Doch wie hatte man sie gesehen? – und was *gab* es zu sehen? Sie liebte – das wußte sie; doch das ging nur sie etwas an, und sie meinte, geradezu ungestüm die Form gewahrt zu haben, immer noch zu wahren.

„Ich habe eine Ahnung – ich bin mir sogar sicher –, daß Tante Maud vorhat, dir zu schreiben; und ich halte es für besser, daß du das erfährst." Soviel teilte sie ihm mit, sobald sie sich trafen, fügte aber sofort hinzu: „Damit du dir zurechtlegen kannst, wie du ihr begegnest. Ich weiß ziemlich genau, was sie dir mitteilen wird."

„Bist du dann so freundlich, es mir zu sagen?"

Sie überlegte ein Weilchen. „Das kann ich nicht. Ich würde alles verderben. Sie wird tun, was nach ihrer Vorstellung das beste ist."

„Du meinst, nach ihrer Vorstellung, daß ich eine Art Schuft bin; oder, bestenfalls, nicht gut genug für dich?"

Sie saßen wieder Seite an Seite auf ihren Mietstühlen, und Kate machte erneut eine Pause. „Nicht gut genug für *sie*."

„Ach, ich verstehe. Und das ist nötig."

Er sprach es eher als Tatsache denn als Frage aus; doch es war eine Fülle von Tatsachen zwischen ihnen aufgetaucht, denen der andere jeweils widersprochen hatte. Diese aber ließ Kate einfach an sich abgleiten, sagte nur im nächsten Augenblick: „Sie hat sich ungewöhnlich verhalten."

„Wir aber auch", erklärte Densher. „Weißt du, ich finde, wir haben uns furchtbar anständig aufgeführt."

„In unseren Augen, wir voreinander, für die Allgemeinheit, ja. Aber nicht für *sie*. Für sie", stellte Kate fest, „haben wir uns empörend aufgeführt. Sie hat uns gewähren lassen. Wenn sie dich also zu sich bestellt", wiederholte das Mädchen, „mußt du wissen, wo du stehst."

„Das weiß ich immer. Wo *du* stehst, das beschäftigt mich."

„Nun", sagte Kate nach einem Augenblick, „ihre Vorstellung davon sollst du von ihr erfahren." Er richtete einen langen Blick auf sie, und was immer sich Leute, die sie nicht in Ruhe ließen, zugunsten ihres Erfolgs gewünscht haben mochten, seine langen Blicke waren das eine auf der Welt, wovon sie nicht genug bekommen konnte. Sie fühlte, was immer auch geschehe, diese müsse sie sich bewahren, ganz und gar zu ihrem Besitz machen; und es war schon jetzt sonderbar, daß sie dachte oder jedenfalls so zu handeln begann, als könnte sie sie in andere, ferner liegende Dinge mit einbringen, sie insgeheim hegen, und brauchte doch keinen

Preis nach der Strenge der Regel dafür zu zahlen. Sie sah der Tatsache fest ins Gesicht, machte sie sich eindringlich bewußt, daß sie Liebende waren; sie frohlockte und zeigte das unverhüllt ihm gegenüber, daß sie diesen Namen trugen; doch als das außerordentliche Geschöpf, das sie auf ihre Art war, betrachtete sie diese Rolle aus einer Sicht, die sich kaum mit dem herkömmlichen Verständnis deckte. Auf der Rolle selbst beharrte sie als ihrer beider Recht und betrachtete das als so selbstverständlich, daß es nicht einmal gewagt erschien; doch Densher, wenn er auch ihre Meinung teilte, fand Anlaß genug, über ihre Vereinfachungen, ihre Wertbegriffe zu staunen. Das Leben mochte sich als schwierig erweisen – würde offenkundig schwierig werden; doch inzwischen hatten sie einander, und das war alles. So lautete ihr Gedankengang, doch für *ihn* hatten sie inzwischen einander eben nicht, und das war gerade der springende Punkt. Häufig war das jedoch ein Punkt, den hervorzuheben er angesichts eigenartiger und besonderer Geschehnisse ziemlich geschmacklos plump gefunden hätte. Es war unmöglich, Mrs. Lowder aus dem Plan herauszuhalten. Sie stand zu nahe dabei und zu massiv; sie konnten tun, was sie wollten, an einem bestimmten Punkt tat sich in dem Plan quasi ein Tor auf, um sie einzulassen. Und jedesmal kam sie, während sie beisammensaßen und ihr recht hilflos mit den Blicken folgten, gleichsam in einer vierspännigen Kutsche hereingeprescht; sie fuhr im Kreis, nahm ihnen die Aussicht, wie die Hauptakteurin im Zirkus die Manege umrundet, und hielt die Kutsche mittendrin an, um majestätisch auszusteigen. Unser junger Mann hatte das Gefühl, sie sei herrlich gewöhnlich, aber doch auch, daß das nicht alles war. Nicht kraft ihrer Gewöhnlichkeit erahnte sie seinen Mangel an Mitteln, wenngleich jene ihr geholfen hätte, ihn kräftig herauszustreichen; auch verdankte sie ihre Stärke, Urwüchsigkeit, Gefährlichkeit nicht gerade dieser Schwäche.

Sein Mangel an Mitteln – jedenfalls an Mitteln für mehr als nur ihn – war wirklich die große Widerwärtigkeit und überdies für ihn zu keiner Zeit widerwärtiger, als wenn sie gleichsam vor ihm aufragte, schamlos, Aug in Auge mit den Elementen in Kates Leben, die sie beide im Umgangston und der Bequemlichkeit halber als komisch bezeichneten. Wirklich fragte er sich manchmal sogar, ob diese Elemente so komisch waren wie die seinem Bewußtsein oft so lebhaft gegenwärtige innerste Tatsache – sein heimliches Unvermögen, daran zu glauben, daß er jemals reich sein werde. Seine Überzeugung in diesem Punkt war in Wahrheit ganz positiv und eine Sache für sich; es war ihm auch nach eingehender Analyse nicht gelungen, sie zu verstehen, obwohl er nach der Natur der Sache mehr Einsicht besaß als sonst jemand. Ihm war bewußt, wie sich die Überzeugung hielt, obwohl ihm im gleichen Maße lebhaft bewußt war, daß er weder geistig noch körperlich ganz hilflos, weder ein Schwachkopf noch ein Krüppel war; er erkannte ihre absolute, wenn auch verborgene Geltung, wenn dies auch eigenartigerweise hinsichtlich gewöhnlicher Unternehmungen nicht entmutigend wirkte oder einer Vereitelung gleichkam. Erst jetzt hatte er zu überlegen, ob sie hinsichtlich einer Ehe vereitelnde Folgen haben könnte; jetzt mußte er zum ersten Mal seinen Fall auf die Waage legen. Wenn er neben Kate saß, baumelten die Waagschalen oft vor seinen Augen, er sah sie, während er sprach oder zuhörte, vor sich, wie sie groß und schwarz in der klaren Luft ungewöhnliche Positionen einnahmen. Manchmal war die rechte unten und manchmal die linke; nie im glücklichen Gleichgewicht – immer schnellte die eine oder die andere empor. So stand die Frage ständig vor ihm, wäre es schimpflicher, eine Frau zu bitten, ihr Glück mit ihm zu wagen, oder dem eigenen Gewissen abzunehmen, ihr Glück könnte bestenfalls nur aus Abstufungen der Entbehrung bestehen; ob, andererseits, Geld zu heiraten nicht letztlich einen geringeren Grund zur Beschämung darstelle als die bloße Angst davor, ohne Geld zu heiraten. Dennoch zeichnete sich bei dieser Wechselfolge von Stimmungen und Meinungen das Mal auf seiner Stirn deutlich ab: er sah sich ohne Geld bleiben, ob er heiratete oder nicht. Es war ein Thema, bei dem seine Phantasie sich beachtlich zu entfalten vermochte; die unzähligen Arten, Geld zu verdienen, waren ihm in schönster Weise gegenwärtig; er hätte das Thema für seine Zeitung abhandeln können, so mühelos, wie er alles abhandelte. Ihm war ganz klar, wie er alles abhandelte; es war ein weiteres Mal auf seiner Stirn; die zwei Abdrücke vom Daumen des Geschicks, Brandzeichen auf dem passiven Vlies, rührten vom Uranfang her und leisteten einander Gesellschaft. Er schrieb druckreif mit beklagenswerter Leichtigkeit; da ihn darin schon im Alter von zehn Jahren nichts hatte aufhalten können, war das mit zwanzig erst recht nicht der Fall; es entfiel in erster Linie auf sein Schicksal, in zweiter Linie auf sein elendes Publikum. Die zahllosen Wege, Geld zu verdienen, waren es jedenfalls ganz sicherlich, womit sich seine Vorstellungskraft oft beschäftigte, wenn er seinen Stuhl nach hinten gekippt und den Kopf mit den im Nacken verschränkten Händen zurückgeneigt hatte. Was dieser Haltung am meisten Dauer zu verleihen pflegte, war überdies die Überlegung, daß diese Wege nur für andere gangbar waren. Binnen einer Minute wurde er plötzlich – wie immer das geschehen konnte – eines tieferen Einblicks als je zuvor gewärtig, welche Umstände auf seiten seiner Gefährtin am wenigsten der Vereinfachung ihrer Beziehung dienten. Vor allem sah er, wie sie selbst diese sah, denn sie sprach gerade mit letzter Offenheit davon, erzählte ihm von dem Besuch bei ihrem Vater und gab ihm, mit einer Schilderung der späteren Szene mit ihrer Schwester, ein Beispiel dafür, wie sie sich ständig genötigt sah, auf die eine oder andere Art die Hoffnungen dieser unglücklichen Frau notdürftig auszuflicken.

„Wie sehr", so rief sie aus, „wir als Familie ein Fehlschlag sind!" Woraufhin er wieder alles von ihr zu hören bekam – und diesmal, wie ihm schien, mehr als alles: die Unehre, die ihr Vater über sie gebracht hatte, sein Leichtsinn, seine Grausamkeit und Ruchlosigkeit; der tief verletzte Zustand ihrer Mutter, verlassen, aller Mittel beraubt und hilflos und doch bei der Führung ihres Haushalts, soviel davon geblieben war, auch erschreckend unvernünftig; der Tod ihrer beiden jungen Brüder – der eine mit neunzehn, der älteste des Hauses, an Typhus, den er sich in einem, wie sie hinterher erfuhren, ungesunden Häuschen zuzog, das sie für einen Sommer gemietet hatten; der andere, die Zierde der Schar, Seekadett auf der „Britannia", kläglich ertrunken, und nicht einmal bei einem Unfall auf See, sondern wegen eines Krampfes, bei dem ihm niemand zu Hilfe kam, als er bei einem Urlaubsbesuch im Haus eines Schiffskameraden zu spät im Herbst in einem elenden Flüßchen badete. Dann Marians unnatürliche Heirat, auf ihre Art nichts anderes, als dem Schicksal widerstandslos die andere Wange hinzuhalten: ihre jetzige Not und ihr Gejammer, ihre schmuddeligen Kinder, ihre unmöglichen Forderungen, ihre gräßlichen Besucherinnen – diese Dinge rundeten überzeugend das Bild ab, wie schwer die Hand des Schicksals auf ihnen allen lastete. Kate beschrieb das eingestandenermaßen mit übergroßer Unduldsamkeit; es machte einen großen Teil ihres Reizes für Densher aus, daß sie ihren Darstellungen im allgemeinen diese Wendung gab, teils, als wolle sie ihn durch die offenherzige und humoristische Färbung belustigen, teils – und dieser Reiz war der größte –, als müßte sie zur eigenen Erleichterung loswerden, in welchem Mißverhältnis sie die Dinge immer wieder wahrnahm. Sie hatte das allgemeine Schauspiel zu früh und zu grell zu sehen bekommen, und sie war so intelligent, daß sie es wußte und dieses Mißgeschick in Anschlag brachte; wenn sie sich also im Gespräch mit ihm heftig und beinahe unweiblich äußerte, schien es fast, als hätten sie für den Umgang miteinander den Abkürzungsweg der Skurrilität und die so glücklich angemessene Sprache der Übertreibung verabredet. In einem sehr frühen Stadium hatte sich zwischen ihnen herauskristallisiert, daß ihnen, wenn sie denn keinen anderen geraden Weg finden sollten, zumindest das Reich der Gedanken offenstand. Sie konnten denken, was ihnen gefiel, worüber sie nur immer wollten – oder mit anderen Worten: sie konnten es aussprechen. Es voreinander, ausschließlich voreinander, auszusprechen, steigerte natürlich nur den Wohlgeschmack. Das schloß ständig die Folgerung ein, das, was sie sagten, wenn sie nicht beisammen waren, besitze für sie überhaupt keinen Geschmack, und nichts hätte besser dazu dienen können, sie in besonderen Stunden auf ihrer kleinen treibenden Insel in Fahrt zu setzen, als eine solche Voraussetzung, daß sie überall sonst nur etwas vorspiegelten. Unserem jungen Mann, das muß angefügt werden, war wohl bewußt, daß Kate den größeren Nutzen aus dieser besonderen Spielart ihrer Intimität zog. Ihm schien immer, sie besitze mehr Leben als er, aus dem heraus sie reagieren müsse, und wenn sie die düsteren Katastrophen ihres Hauses wiedergab und den schroffen, wunderlichen Kontrast gegenüber ihrem gegenwärtigen Aufstieg betrachtete – da es offenbar als Aufstieg anzusehen war –, wirkten für sein Gefühl die eigenen grauen häuslichen Annalen eher bescheiden. Natürlich beschäftigte ihn in solchem Zusammenhang am meisten die Persönlichkeit ihres Vaters, doch die Schilderung ihres Abenteuers in der Chirk Street ließ ihn spüren, wie wenig klar ihm dieser Charakter bisher war. Was genau hatte, freiheraus gefragt, Mr. Croy eigentlich ursprünglich getan?

„Ich weiß es nicht – und ich will es nicht wissen. Ich weiß nur, daß vor vielen, vielen Jahren – als ich ungefähr fünfzehn war – irgend etwas vorgefallen ist, das ihn unmöglich machte. Ich meine, zuerst unmöglich für die Welt ganz allgemein und dann nach und nach für Mutter. Damals wußten wir es natürlich nicht", erläuterte Kate, „aber wir erfuhren es später; und seltsamerweise war es meine Schwester, die zuerst herausbekam, daß er etwas getan hatte. Ich höre sie jetzt noch – wie sie es mir an einem kalten, dunklen Sonntagmorgen, als wir wegen besonders dicken Nebels nicht zur Kirche gegangen waren, am Feuer im Schulzimmer beibrachte. Ich saß gerade unter der Lampe und las in einem Geschichtsbuch – wenn wir nicht zur Kirche gingen, mußten wir Geschichtsbücher lesen –, und plötzlich hörte ich sie aus dem Nebel heraus, der im Zimmer hing, ohne jeden Zusammenhang sagen: ‚Papa hat etwas Schlechtes getan.' Und das Eigenartige war, daß ich es sofort glaubte und seither noch immer glaube, obwohl sie mir nichts weiter sagen konnte – weder worin die Schlechtigkeit bestand, noch woher sie es wußte, noch was aus ihm werden würde, noch sonst etwas darüber. Wir hatten stets unsere Ahnung, daß ihm alle möglichen Dinge passiert waren, immerzu passierten; als Marian nur sagte, sie sei ganz sicher, ungeheuer sicher, sie habe es sich selbst zusammengereimt, aber das genüge völlig, nahm ich es ihr deshalb aufs Wort ab – es schien irgendwie so natürlich. Wir sollten aber nicht Mutter danach fragen – was es nur um so natürlicher machte, und ich habe nie ein Wort darüber verloren. Aber merkwürdigerweise sprach Mutter dann von sich aus mit mir davon, sehr viel später. Er war schon ewig lange nicht mehr bei uns gewesen, aber das waren wir gewöhnt. Sie muß die Befürchtung, die Überzeugung gehegt haben, ich hätte eine Ahnung, und von sich aus auf die Idee verfallen sein, es sei das Beste, was sie machen könne. Sie brachte es so unvermittelt heraus wie damals Marian: ‚Wenn du etwas Nachteiliges über deinen Vater hörst – ich meine, abgesehen davon, daß er gemein und nichtswürdig ist –, denke daran, es ist vollkommen unwahr.' So erfuhr ich es – es stimmte, obwohl ich noch weiß, daß ich ihr darauf antwortete, natürlich wüßte ich, daß es nicht wahr sei. Sie hätte mir ruhig sagen können, daß es stimmte, und sich doch darauf verlassen dürfen, daß ich aufgebracht jeder Anschuldigung gegen ihn widersprechen würde – viel wütender und wirksamer, glaube ich, als sie selbst. Wie es sich aber ergab", fuhr das Mädchen fort, „habe ich nie Gelegenheit dazu bekommen, und das habe ich mit einer gewissen Überraschung bemerkt. Die Welt erschien dadurch zuzeiten anständiger. Niemand hat mir auch nur eine Andeutung gemacht. Das war ein Teil des Schweigens, des Schweigens, das ihn umgibt, des Schweigens, das ihn für die Augen der Welt weggespült hat. Er existiert nicht für die Leute. Und doch bin ich mir so sicher wie eh und je. Ja, obwohl ich nicht mehr weiß als damals, bin ich mir noch sicherer geworden. Und das", schloß sie, „erzähle ich dir so, wie ich hier sitze, über meinen eigenen Vater. Wenn du das nicht einen Vertrauensbeweis nennst, weiß ich nicht, was dich zufriedenstellen kann."

„Es stellt mich vollkommen zufrieden", versicherte Densher, „aber es gibt mir nicht allzuviel Einblick, mein liebes Kind. In Wirklichkeit teilst du mir nämlich überhaupt nichts mit. Es ist alles so verschwommen, daß ich daraus eigentlich nur schließen kann, du kannst dich sehr wohl auch geirrt haben. Was hat er getan, wenn keiner es benennen kann?"

„Er hat alles getan."

„Ach – alles! Alles bedeutet nichts."

„Also dann", sagte Kate, „er hat etwas Bestimmtes getan. Es ist bekannt – nur, gottlob, nicht uns. Aber es war sein Ende. *Du* könntest es sicher mit ein wenig Mühe herausbekommen. Du kannst dich erkundigen."

Einen Moment lang sagte Densher nichts; doch im nächsten Augenblick glich er das aus. „Um alles in der Welt möchte ich es nicht herausbekommen, und ich würde lieber meine Zunge einbüßen als eine Frage stellen."

„Und doch gehört es zu mir", gab Kate zurück.

„Gehört zu dir?"

„Die Schande meines Vaters." Dann ließ sie vor ihm, jedoch tiefer als jemals bisher, ihren Ton eines stolzen, stillen Pessimismus aufklingen. „Muß man denn eine derartige Sache nicht als das Entscheidende im Leben ansehen?"

Daraufhin mußte sie wieder einen seiner langen Blicke hinnehmen, und sie kostete ihn bis zur letzten, berauschendsten Neige aus. „Was das Entscheidende in deinem Leben angeht", sagte er, „möchte ich dich bitten, dich ein wenig mehr auf *mich* zu verlassen." Dann erkundigte er sich nach flüchtigem Zögern: „Ist er denn in keinem Club?"

Sie schüttelte ernst den Kopf. „Früher ja – in vielen."

„Aber er hat seine Mitgliedschaft fallenlassen?"

„Sie haben *ihn* fallenlassen. Da bin ich mir sicher. Das müßte dir genügen. Ich habe ihm angeboten", fuhr das Mädchen sogleich fort, „und deswegen bin ich zu ihm gegangen, ich wolle zu ihm kommen und bei ihm bleiben, ihm ein Heim bereiten, soweit es möglich ist. Aber er will nichts davon hören."

Densher nahm das mit sichtlicher, doch großmütiger Verwunderung auf. „Du hast ihm angeboten – dem ‚Unmöglichen', wie du ihn mir schilderst –, bei ihm zu leben und seine mißliche Lage zu teilen?" Der junge Mann sah zunächst nur den vollendeten Edelmut darin. „Du *bist* tapfer!"

„Weil du meinst, ich sei tapfer für ihn?" Das wollte sie auf keinen Fall gelten lassen. „Es war nicht Mut – es war das Gegenteil. Ich habe es getan, um mich selbst zu retten – um zu entkommen."

Wie in diesem Stadium so häufig, machte er eine Miene, als gebe sie ihm subtilere Dinge als sonst jemand zu bedenken. „Wem zu entkommen?"

„Allem."

„Meinst du womöglich mich?"

„Nein; ich habe ihm von dir erzählt, ihm eröffnet – oder was darauf hinauslief –, ich würde dich mit seiner Erlaubnis mitbringen."

„Aber er erlaubt es nicht", sagte Densher.

„Will unter keinen Umständen davon hören. Er will mir nicht helfen, will mich nicht retten, will mir keinen Finger reichen", fuhr Kate fort. „Er schlängelt sich auf seine unnachahmliche Art einfach davon und stößt mich zurück."

„Also doch, Gott sei Dank", faßte Densher zusammen, „zu mir zurück."

Doch sie sprach wieder, als sähe sie allein die Szene, die sie heraufbeschworen hatte. „Es ist zu schade, denn du würdest ihn mögen. Er ist wunderbar – er ist charmant." Ihr Gefährte lachte auf, was bei ihm erneut darauf hindeutete, daß er in ihrem Ton etwas spürte, etwas tief Verwurzeltes, das die Unterhaltung mit anderen Frauen, soweit er andere Frauen kannte, in die langweilige Ödnis des Herkömmlichen verwies, doch sie fuhr bereits fort: „Er würde ganz reizend zu dir sein."

„Auch wenn er etwas gegen mich einzuwenden hat?"

„Nun, er möchte gefallen", erläuterte das Mädchen, „er persönlich. Er würde dich hochschätzen und sich geistreich geben. Gegen *mich* hat er etwas einzuwenden – dagegen, daß ich dich mag."

„Dann sei der Himmel dafür gepriesen", rief Densher aus, „daß du mich hinreichend magst, auch gegen seinen Einwand!"

Doch sie nahm das nach flüchtiger Pause mit einer gewissen Inkonsequenz auf. „Das stimmt nicht. Ich habe mich erboten, dich, falls nötig, aufzugeben, um zu ihm zu kommen. Aber es hat nichts geholfen, und das meine ich damit", setzte sie fort, „daß er mich unter allen Umständen zurückweist. Der springende Punkt ist nämlich, daß ich nicht entkomme."

Densher wunderte sich. „Aber wenn du nicht *mir* entkommen wolltest?"

„Ich wollte Tante Maud entkommen. Aber er betont, ich könne

ihm über sie und nur über sie helfen; genau wie Marian betont, ich könne *ihr* nur durch sie und über sie helfen. Das meine ich damit", erklärte sie wieder, „daß sie mich zurückgewiesen haben."

Der junge Mann dachte nach. „Auch deine Schwester weist dich zurück?"

„Ach, mit einem Stoß!"

„Aber hast du dich erboten, mit deiner Schwester zusammenzuziehen?"

„Ich täte es sofort, wenn sie mich haben wollte. Das ist meine einzige Tugend – ein enger bescheidener Familiensinn. Ich habe eine kleine, kindlich fromme Anhänglichkeit – ich weiß nicht, wie ich es nennen soll." Kate führte es mutig aus; sie setzte es auseinander. „Manchmal, wenn ich allein bin, muß ich meine Schreie ersticken, wenn ich an meine arme Mutter denke. Sie hat viel durchgemacht – das hat ihre Kräfte aufgezehrt; jetzt weiß ich, was es war – damals wußte ich es nicht, denn ich war ein egoistisches Biest; und verglichen mit ihrer Situation ist die meine ein unverschämtes Glück. Eben *das* hält mir Marian ständig vor; eben das tut auch Papa, wie gesagt, auf so unnachahmliche Art. Meine Situation ist für beide von Wert, von bedeutendem Wert" – sie drang immer tiefer ein. Klarsichtig und ironisch, kannte sie keinen gnädigen Gefühlswirrwarr. „Es ist *der* Wert überhaupt – der einzige, den sie besitzen."

Alles, was heute zwischen unserem jungen Paar vorging, lief trotz ihrer Pausen und ihres Spielraums in rascherem Tempo ab – Raschheit und Beklemmung blitzten auf wie Wetterleuchten in der Schwüle. Densher gab acht wie nie zuvor, entschlossener. „Und der Umstand, von dem du sprichst, hält dich!"

„Natürlich hält mich das. Es klingt mir unaufhörlich in den Ohren. Und ich frage mich, ob ich überhaupt ein Recht auf persönliches Glück habe, überhaupt ein Recht auf etwas, außer so reich und freigebig, so elegant und strahlend zu sein, wie man es mir nur ermöglichen kann."

Densher ließ eine Pause eintreten. „Ach, günstigenfalls wird dir vielleicht das persönliche Glück auch noch zuteil."

Ihre unmittelbare Antwort darauf war ein Schweigen wie das seine; danach sagte sie ihm voll ins Gesicht, aber ganz einfach und ruhig: „Liebling!"

Das kostete ihn noch einen Moment; dann sprach auch er ruhig und einfach. „Willst du das Problem lösen, indem wir uns morgen trauen lassen – was standesamtlich ganz leicht möglich ist?"

„Warten wir damit noch ab“, gab Kate zurück, „bis du mit ihr gesprochen hast.“

„Nennst du das mich innig lieben?“ wollte Densher wissen.

Sie sprachen jetzt mit der höchst merkwürdigen Mischung aus Bedachtsamkeit und Offenheit, und nichts hätte mehr diesem Ton entsprechen können als die Art, wie sie schließlich sagte: „Du hast ja selbst Angst vor ihr.“

Er lächelte ein wenig starr. „Für junge Menschen von überdurchschnittlichen Gaben und wirklich stolzem Sinn sind wir schon ein Witz!“

„Ja“, sie griff es ohne Umschweife auf, „wir sind scheußlich intelligent. Aber es macht doch auch Spaß. Wir müssen unseren Spaß hernehmen, wo wir können. Ich meine“, fügte sie an, und übrigens nicht ohne Mut, „unsere Beziehung ist wundervoll. Sie ist kein bißchen vulgär. Ich hänge an einer gewissen rettenden Romantik in den Dingen.“

Darauf brach er in ein Lachen aus, das mehr Ungezwungenheit besaß als sein Lächeln. „Wie du dich davor fürchten mußt, mich sitzenzulassen!“

„Nein, nein, *das* wäre vulgär. Aber natürlich erkenne ich die Gefahr für mich“, räumte sie ein, „etwas Gemeines zu tun.“

„Was kann so gemein sein, wie mich zu opfern?“ fragte Densher darauf.

„Ich *werde* dich nicht opfern; schrei nicht, ehe du verletzt bist. Ich werde nichts und niemanden opfern, und das ist eben meine Lage, daß ich alles will und alles zugleich anstreben werde. So“, schloß sie, „sehe ich mich selbst, und so sehe ich nicht weniger auch dich, indem wir uns für sie einsetzen.“

„Für ‚sie‘?“ Und der junge Mann ließ sich nachdrücklich, übertrieben seine Kälte anmerken. „Danke bestens!“

„Kümmern sie dich nicht?“

„Warum sollten sie? Was bedeuten sie mir anderes als eine schlimme Plage?“

Sobald er sich diese Bezeichnung der unglücklichen Personen gestattet hatte, die sie so störrisch liebte, bereute er seine Schroffheit – teils auch, weil er von ihr ein Auflodern erwartete. Doch es war eine ihrer besten Seiten, daß sie manchmal nur mit einem matten Schimmer aufloderte. „Ich verstehe nicht, warum du nicht ein bißchen klarer erkennst, daß wir, wenn wir keine Dummheit machen, *alles* erreichen können. Wir können sie uns womöglich erhalten.“

Er machte große Augen. „Sie dazu bringen, uns eine Pension auszusetzen?"

„Nun, warten wir zumindest ab, bis wir weitersehen."

Er überlegte. „Sehen, was aus ihr herauszuholen ist?"

Kate sagte einen Augenblick lang nichts. „Schließlich habe ich sie nie um etwas gebeten; habe mich nie, auch als unsere Nöte am schlimmsten waren, an sie gewendet oder sie aufgesucht. Sie hat mich selbst ausgewählt, ist mit ihren wunderbaren vergoldeten Krallen auf mich herabgestoßen."

„Du sprichst", bemerkte Densher, „als wäre sie ein Geier."

„Sagen wir Adler – noch dazu mit einem vergoldeten Schnabel und mit Schwingen für gewaltige Flüge. Kurzum, wenn sie ein Wesen der Lüfte ist – sagen wir doch gleich ein Ballon –, bin ich nicht aus eigenem Antrieb in ihren Korb gestiegen. Sie hat mich ausgewählt."

Ihre Skizze des Falles zeigte wirklich kräftige Farbe und großen Stil; das alles betrachtete er eine Minute lang wie das Gemälde eines Meisters. „Was sie wohl in dir sieht!"

„Wunderdinge!" Und mit diesem laut ausgesprochenen Wort stand sie auf. „Alles. Das ist es ja eben."

Ja, das war es ja eben, und während sie vor ihm stand, prüfte er es weiter. „Du meinst also, ich soll meinen Teil dazu beitragen, sie irgendwie herumzukriegen?"

„Sprich mit ihr, sprich mit ihr", stieß Kate ungeduldig hervor.

„Und soll ich vor ihr kriechen?"

„Ach, mach doch, was du willst!" Und sie schritt in ihrer Ungeduld davon.

4

Bevor er sie einholte, waren ihr seine Augen lange genug gefolgt, um mehr denn je in der schönen Haltung ihres Kopfes, dem Stolz ihres Schrittes – er wußte nicht, wie er es am treffendsten nennen sollte – zumindest einen Teil der Gründe Mrs. Lowders zu erkennen. Er verzog unter dem Gedanken schmerzlich das Gesicht, als er sich ausmalte, daß er selbst einen der diesen entgegengesetzten Gründe darstellte; dabei war er, die Quelle der Inspiration Tante Mauds dergestalt vor sich, gleichzeitig bereit, sich durch beinahe jede unterwürfige Haltung, jeden vorteilhaften Kompromiß nach der leichthin geäußerten Aufforderung seiner Gefährtin zu richten. Er würde tun, was *sie* wollte – was aus dem wurde, was er wollte, würde sich finden. Er würde ihr nach besten Kräften helfen; denn den ganzen Rest des Tages und auch am nächsten glich die Aufforderung, die sie ihm so obenhin zugeworfen hatte, während sie ihm den schönen Rücken zuwandte, dem Knallen einer großen Peitsche in der blauen Luft, dem himmelhohen Element, in dem Mrs. Lowder schwebte. Kriechen würde er vielleicht nicht – dazu war er noch nicht ganz bereit; doch er würde geduldig sein, lächerlich, vernünftig, unvernünftig, und vor allem zutiefst diplomatisch. Er würde gewitzt sein, mit all seinem Witz, den er jetzt heftig wachschüttelte wie manchmal seine liebe gute alte abgestoßene Taschenuhr, um sie wieder in Gang zu setzen. Gottlob war es nicht so, daß er nicht reichlich davon besessen hätte, und mit dem zusammen, was sie gemeinsam aufbrächten, würde es ihrem wenn auch noch so blassen guten Stern wenig Ehre machen, wenn Niederlage und Unterwerfung – eine so frühe, so unmittelbare Unterwerfung – die Folge sein sollte. Gewiß dachte er nicht, daß diese Katastrophe im schlimmsten Falle den direkten Verlust aller ihrer Aussichten bedeuten würde: er malte sie sich aus – was als erwiesene Eitelkeit, als bloßgestellter Dünkel schon genügte – im Lichte der Vorstellung, Mrs. Lowder herumzubekommen. Als er diese Dame auf ihr Ersuchen hin, das in einem Telegramm „mit bezahlter Rückantwort" übermittelt worden war, kurze Zeit später in ihrem geräumigen Salon erwartete – die Gemächer am Lancaster Gate waren ihm von Anfang an wegen ihrer sagenhaften Weiträumigkeit aufgefallen –, ging er von der Theorie aus, daß sie immer noch an ihrer Idee festhielten, wenngleich er das Gefühl hatte, daß sich die Schwierigkeit der Ausführung dem Maßstab des Hauses entsprechend ausgeweitet hatte.

Er hatte das Zimmer lange – ihm schien es eine Viertelstunde – für sich allein; und während Tante Maud ihn immer länger warten ließ, während Wahrnehmungen und Betrachtungen auf ihn eindrangen, fragte er sich, was von einer Person zu erwarten war, die einen so behandeln konnte. Den Besuch, die Uhrzeit hatte sie selbst vorgeschlagen, also war ihr verspätetes Erscheinen zweifellos nur Teil eines allgemeinen Plans, ihm die Situation unbehaglich zu machen. Doch indes er auf und ab schritt und die Botschaft ihrer massiven, überladenen Einrichtung, den überwältigenden Ausdruck ihrer Zeichen und Symbole in sich aufnahm, zweifelte er nicht im geringsten daran, daß er bereit war, Unbequemlichkeiten hinzunehmen. Er ertappte sich sogar bei dem Gedanken, er habe keinerlei Rückhalt für den Notfall, und das war in einer guten Sache eine so arge Demütigung, wie ein stolzer Mann es sich nur wünschen konnte. Ihm war bisher noch nie so deutlich geworden, daß er nichts zur Schau zu stellen hatte – buchstäblich gar nichts; so sehr schien alles um ihn her auf eine immense Schaustellung hinauszulaufen; so nahezu abnorm besitzbestätigend, so aggressiv unerschütterlich waren die riesigen, schweren Gegenstände, die die Geschichte seiner Gastgeberin deutlich ausbuchstabierten. „Weißt du, schließlich und endlich ist sie kolossal vulgär" – das hätte er einmal um ein Haar Mrs. Lowders Nichte gegenüber gesagt; er hatte es eben noch zurückhalten können, hatte es mit all der darinliegenden Gefahr für sich behalten. Es war von Bedeutung, weil es so direkt Zeugnis ablegte, und er jedenfalls empfand es ganz als etwas, das Kate selbst ihm eines Tages enthüllen werde. Es legte gerade jetzt direkt Zeugnis ab, und seltsamerweise um so mehr, als es irgendwie überhaupt nicht andeutete, daß Tante Maud langweilig oder altmodisch sei. Sie war vulgär auf eine frische, ja beinahe schöne Weise, da das Spiel eines lebhaften und kühnen Temperaments in gewissem Grade Schönheit besaß. Kurz, sie war die umfangreichste Größe, mit der man es zu tun haben konnte; und er befand sich im Käfig der Löwin ohne Peitsche – mit einem Wort, ohne die Peitsche eines Vorrats an trefflichen Erwiderungen. Er hatte keine Erwiderung parat, außer, daß er das Mädchen liebe – was in einem solchen Haus schon peinlich billig war. Kate hatte ihn mehr als einmal darauf hingewiesen, ihre Tante sei leidenschaftlich, hatte davon wie von einer Art wundem Punkt gesprochen und es gleichsam mit einem großen L vorgebracht, als etwas hervorgehoben, das er irgendwie zu ihrem Vorteil wenden könnte, ja müßte. In dieser Stunde fragte er sich, zu welchem Vorteil er es wenden könnte; doch der Fall komplizierte sich immer mehr, je länger er wartete. Entschieden gab es etwas, wovon er nicht genug besaß. Er steckte gleichsam fest.

Sein bedächtiger Marsch hin und her schien ihm geradezu das rechte Maß zu weisen; während er die Strecke wieder und wieder abschritt, wurde sie zur Wüste seiner Armut; zudem konnte er sich angesichts dieser Weite noch weniger als zuvor zu der Vorstellung überreden, dieser Wüstenei wäre abzuhelfen. Lancaster Gate wirkte reich – das war der ganze Effekt; es war undenkbar, daß seine eigenen Umstände dem je auch nur entfernt ähneln würden. Er las lebhafter, kritischer, wie schon angedeutet, einen

Sinn aus den Erscheinungen um ihn her; und am ausgeprägtesten wirkten sie dahin, ihn über seine ästhetische Reaktion in Staunen zu versetzen. Er hatte nicht gewußt – und das trotz Kates wiederholter Hinweise auf die Rebellionen ihres Geschmacks –, daß er sich soviel „daraus machen" würde, wie eine unabhängige Dame ihr Haus ausstattete. Es war die Sprache des Hauses selbst, die zu ihm sprach, und quasi in außerordentlicher Breite und Offenheit die Assoziationen und die Konzeptionen, die Ideale und Entfaltungsmöglichkeiten seiner Gebieterin ausschrieb. Nie, so schmeichelte er sich, hatte er eine solche Anhäufung von Häßlichkeit mit der Wirkung unheildrohender Roheit gesehen. Er war froh, letztere Kennzeichnung für die ganze Wesensart gefunden zu haben; „roh" spielte irgendwie in das Thema für einen Artikel hinein, an den dieser Eindruck ihn sofort denken ließ. Er würde über die wuchtigen Scheußlichkeiten schreiben, die immer noch in voller Blüte zu stehen vermochten, unbeeinträchtigt ihr Haupt erhoben, und das in einem Zeitalter, das so stolz darauf war, mit falschen Göttern kurzen Prozeß zu machen; aber es wäre schon komisch, wenn sich alles, was er von Mrs. Lowder bekäme, letztlich nur als ein wenig Material für ein Manuskript herausstellen sollte. Doch das Wichtigste, das geradezu Finstere daran war, daß es ihm, selbst während er an eine rasch zusammenzuschreibende Kolumne dachte, weniger leichtfiel, über die wuchtigen Scheußlichkeiten zu lachen, als sich von ihnen einschüchtern zu lassen. Er konnte sie nicht en bloc schildern und abtun, sie entweder als mittel- oder als frühviktorianisch bezeichnen; war er sich doch gar nicht sicher, ob sie sich unter einer einzigen Rubrik einordnen ließen. Deutlich war nur, daß sie prachtvoll und obendrein unverwechselbar britisch waren. Sie stellten eine Ordnung für sich dar und strotzten von wertvollen Materialien – kostbaren Hölzern, Metallen, Stoffen, Steinen. Nie hatte er sich etwas so Befranstes und Gekerbtes, mit Knöpfen und Schnüren Besetztes, überall so straff Angezogenes und überall so dick Gerolltes träumen lassen. Nie hatte er sich so viel Vergoldung und Glas, so viel Atlas und Plüsch, so viel Rosenholz und Marmor und Malachit träumen lassen. Doch vor allem waren es die massiven Formen, der verschwenderische Zierat, die ausufernden Kosten, die allgemeine Bezeugung von Sittenfestigkeit und Geld, eines guten Gewissens und eines beachtlichen Bankguthabens. Diese Dinge stellten für ihn letztlich eine drohende Verneinung seiner eigenen Gedankenwelt dar – deren er sich übrigens inmitten ihrer Gegenwart gleichsam zum ersten Mal hoffnungslos bewußt wurde. Sie enthüllten es ihm durch ihren unbarmherzigen Kontrast.

Dennoch nahm seine Unterredung mit Tante Maud keineswegs den Verlauf, den er erwartet hatte. Wenn auch von Natur leidenschaftlich, hatte Mrs. Lowder bei dieser Gelegenheit ganz sicher weder gedroht noch beschworen. Ihre Angriffswaffen, ihre Verteidigungsmittel befanden sich vermutlich in Reichweite, doch sie ließ sie unberührt und unerwähnt und gab sich tatsächlich so mild, daß er erst hinterher richtig merkte, wie geschickt sie vorgegangen war. Noch etwas anderes merkte er richtig, was seinen Fall komplizierte; er hätte es nicht zu bezeichnen gewußt, wenn er es nicht ihre wirklich unbedachte Gutmütigkeit genannt hätte. Ihre Milde war, mit anderen Worten, nicht bloße Diplomatie – für Diplomatie war er nicht gefährlich genug; sie war, wie er sehen konnte, die Folge dessen, daß er ihr geradezu ein wenig sympathisch war. Von dem Moment an wurde sie selbst interessanter; und wer wußte, was geschehen mochte, falls er für *sie* Sympathie finden sollte? Nun, das war ein Risiko, das er natürlich auf sich nehmen mußte. Jedenfalls kämpfte sie gegen ihn, aber nur mit einer Hand, mit ein paar Krümeln zufällig daliegenden Pulvers. Nach Ablauf von zehn Minuten erkannte er, auch ohne daß sie es ihm erklärte, wenn sie ihn habe warten lassen, so nicht, um ihn zu kränken; mittlerweile stimmten sie beinahe direkt hinsichtlich Mrs. Lowders Absicht überein. Er sollte sich selbst denken, was sie ihm zu sagen gedachte – was sie auf keine andere Weise angekündigt hatte; es sollte ihm an Ort und Stelle aufdämmern, wie sie es ihm scharfsinnig zugetraut hatte. Ihre erste Frage nach ihrem Erscheinen hatte praktisch darauf gezielt, ob er ihren Wink verstanden habe, und diese Erkundigung setzte so viele Dinge voraus, daß es auf der Stelle zu einer freimütigen und weitgreifenden Unterhaltung führte. Als die Frage gestellt war, erkannte er, daß er den Wink genau so verstanden hatte, wie sie ihn meinte; erkannte, wie rasch sie ihn die Bekundung ihrer Macht hatte verzeihen lassen; erkannte, wenn er sich nicht vorsah, würde er sie nur zu gut verstehen, einschließlich der Stärke ihres Vorsatzes, ganz zu schweigen von ihrer Vorstellungskraft, von ihrem Reichtum. Doch er faßte auch wieder Mut bei dem Gedanken, er werde sich nicht davor fürchten, sie besser zu verstehen; er werde sie schlichtweg verstehen, aber ohne selbst der schwächsten seiner Leidenschaften Abbruch zu tun. Bestenfalls ließ einen das Spiel des Geistes mitten in der Aktion mit einem Mangel an Aktion schrecklich im Stich, wo doch Unbefangenheit alles bedeutete; doch wenn man es nicht verhindern konnte, kam es darauf an, daß es vollständig geschah. Es gäbe nie Fehler, wenn sie nicht anfänglich Spaß machen würden. Wozu er seine fatale Intelligenz *gebrauchen* wollte, war, Widerstand zu leisten. Mrs. Lowder mochte von ihr derweil Gebrauch machen, wie sie wollte.

Nachdem sie ihre eigene Meinung über Kate darzulegen begonnen hatte, begann er seinerseits zu erwägen: danach zu urteilen, wie sie ihm ihre Meinung suggerierte, als völlig ausreichend für den Zweck, sofern er sie sich nur zu eigen zu machen bemühte – danach könne sie ihn eigentlich ganz gut leiden. Es stand fest, daß sie sich vorläufig allein das anmerken zu lassen suchte; eindeutig bliebe ihr, wenn sie ihre Absicht ausführte, nichts Unangenehmeres zu tun. „Wäre ich nicht bereit gewesen, sehr viel weiter zu gehen, Sie verstehen, wäre ich nicht so weit gegangen. Mir ist es gleich, was Sie ihr weitersagen – je mehr Sie ihr weitersagen, desto besser ist es vielleicht; und ohnehin gibt es nichts, was sie nicht schon wüßte. Ich sage es nicht für Kate – ich sage es für Sie – wenn ich meiner Nichte etwas zu sagen habe, tue ich das auf direktem Wege.“ So äußerte sich Tante Maud – wie mit sonnigem Wohlwollen, in einfachsten, aber klarsten Worten; dabei drückte sie praktisch aus, daß zwar ein Wink an den Verständigen zweifellos trotz des Nutzens nicht immer genügte, ein Appell an den guten Willen jedoch nie seine Wirkung verfehlen konnte. Der Sinn, den unser junger Mann aus ihren Worten herauslas, lautete, daß er ihr gefiel, weil er gutwillig war – wirklich, nach ihrem Maßstab, gutwillig genug war; sollte heißen, gutwillig genug, um ihre Nichte um ihretwillen aufzugeben und in Frieden seiner Wege zu gehen. Aber *war* er denn gutwillig genug – nach seinem eigenen Maßstab? Er fragte sich geradezu, während sie sich eingehender ausließ, ob es womöglich sein Verhängnis würde, sich als das zu erweisen. „Sie ist das erlesenste Geschöpf, das man sich denken kann – natürlich schmeicheln Sie sich, das zu wissen. Aber ich weiß es genausogut wie Sie – womit ich meine, noch sehr viel besser; und in welchem Stil ich mein Vertrauen in sie zu beweisen bereit bin, das läßt sich, wie ich glaube, vorteilhaft genug mit allem vergleichen, was *Sie* tun können. Ich sage das nicht, weil sie meine Nichte ist – das bedeutet mir gar nichts: und wenn ich fünfzig Nichten hätte, wäre mir nicht eine in dieses Haus gekommen, wäre sie nicht nach meinem Geschmack gewesen. Ich behaupte nicht, ich hätte nicht etwas anderes für sie getan, aber ihre persönliche Nähe hätte ich nicht geduldet. Zum Glück habe ich Kates Persönlichkeit schon früh erkannt; Kates Gegenwart ist – zu *Ihrem* Pech – alles, was ich mir nur wünschen kann; kurz und gut, Kates Wesen ist so angenehm, wie Sie selbst wissen, und ich habe es mir zum Trost meines Lebensabends aufbewahrt. Ich beobachte es seit langem, ich habe es mir aufgespart und habe verfolgt, wie es, so wie man von Geldanlagen spricht, im Wert stieg, und Sie können sich ein Urteil bilden, ob mir jetzt, wo es sich derart auszuzahlen beginnt, zuzutrauen ist, daß ich mit jemand anderem als einem hohen Bieter darüber zu verhandeln bereit bin. Mit ihr kann ich das Beste herausschlagen, und ich habe meinen eigenen Begriff vom Besten."

„Ach, ich kann mir gut vorstellen", sagte Densher, „daß ich nicht gerade Ihr Begriff vom Besten bin."

Es war etwas Seltsames an Mrs. Lowder, daß ihr Gesicht beim Sprechen wie ein erleuchtetes Fenster in der Nacht wirkte, jedoch das Schweigen sofort den Vorhang darüberzog. Der günstige Zeitpunkt für eine Antwort, den ihr Schweigen einräumte, ließ sich nie leicht herausfinden; doch noch weniger leicht ließ sie sich unterbrechen. Die abweisende Glasur ihrer Oberfläche bot ihrem Besucher jedenfalls derzeit keine Hilfe. „Ich habe Sie nicht hergebeten, damit Sie hören, was ihm nicht entspricht, sondern damit Sie hören, *was* ihm entspricht."

„Natürlich", lachte Densher, „etwas ganz Großartiges."

Seine Gastgeberin fuhr fort, als sei sein Beitrag zu dem Thema kaum von Bedeutung. „Ich will sie weit, weit oben sehen – weit oben und im Licht."

„Ach, Sie wollen sie natürlich mit einem Herzog verheiraten und sind darauf aus, jedes Hindernis aus dem Weg zu räumen."

Auf diese Worte hin zeigte sie ihm nur die Wirkung der heruntergelassenen Jalousie, was ihm zunächst das möglicherweise berechtigte Gefühl aufdrängte, sie habe ihn vorlaut, vielleicht sogar unfein gefunden. So war er in zermalmenden Momenten der vermessenen Jugend von kalten großen Männern des öffentlichen Lebens angesehen worden, aber noch nie, soweit er sich erinnern konnte, von einer Dame im privaten Rahmen. Mehr als alles bisher gab es ihm das Maß des Scharfsinns seiner Gefährtin und damit Kates denkbaren Aufstiegs. „Seien Sie nicht *zu* unmöglich!" – einen Augenblick lang befürchtete er von seiner Partnerin eine Antwort in diesem Sinne; und als sie dann etwas anderes äußerte, hatte er das Gefühl, glimpflich davongekommen zu sein. „Ich möchte, daß sie einen großen Mann heiratet." Das war alles; aber es war, und zwar immer eindringlicher, genug; und wäre es nicht genug gewesen, hätten ihre nächsten Worte dafür gesorgt. „Und ich habe sie betreffend meine eigenen Gedanken. Bitte sehr."

Daraufhin musterten sie einander eine kurze Weile, und er spürte etwas noch Tieferes, etwas, das sie ihm zu verstehen geben wollte, wenn er nur zu verstehen bereit wäre. Soweit beschwor sie wirklich – beschwor die Intelligenz, die sie bei ihm voraussetzte, was sie auch erkennen zu lassen wünschte. Indessen war er jedenfalls nicht der Mann, sich gänzlich begriffsstutzig zu zeigen. „Natürlich ist mir klar, wie wenig ich einem gerngehegten, stolzen Traum zu entsprechen vermag. Ihnen steht etwas vor Augen – etwas Großartiges –, in das ich mich durchaus hineinversetzen kann. Mir ist vollkommen klar, was ich nicht bin, und ich bin Ihnen sehr zu Dank verpflichtet, daß Sie mich nicht auf unsanftere Art daran erinnern." Sie sagte nichts – sie ließ es im Raum stehen; womöglich wollte sie ihn damit auch noch weitertreiben, seinen Mangel an Mut zu offenbaren, falls er dazu fähig war. Es war einer der Fälle, wo man sich, wenn überhaupt, dann nur armselig zeigen konnte; es sei denn allerdings, man hielt es für besser, sich als ein Esel zu erweisen. Es war die schlichte Wahrheit: er *war* – auf Mrs. Lowders Basis, und das war die einzige, die hier in Frage kam – eine ganz kleine Größe, und er wußte nur zu gut, was bedeutende Größen ausmachte. Er war bemüht, sich völlig einfach zu geben; doch inmitten dieses Bestrebens pochte eine tiefere Befürchtung. Tante Maud ließ es deutlich erkennen, obwohl er später nicht hätte sagen können, auf welche Weise.

„Meiner Meinung nach spielen Sie keine so wichtige Rolle, wie Sie glauben, und ich gedenke Sie nicht zum Märtyrer zu machen, indem ich Sie verbanne. Was Sie mit Kate im Park aufführen, ist lächerlich, soweit es als Rücksichtnahme auf mich gemeint ist; und ich würde viel lieber selbst mit Ihnen zusammentreffen – da Sie, mein lieber junger Mann, auf Ihre Art reizend sind – und mich mit Ihnen verständigen, mit Ihnen rechnen, wie es mir mühelos, ja vollkommen gelingen würde. Halten Sie mich für so dumm, mich mit Ihnen zu streiten, wenn es nicht wirklich nötig ist? Es wird *nicht* nötig sein – es wäre zu absurd! Ich kann Ihnen jederzeit den Kopf abbeißen, sobald ich wirklich den Mund aufmache; und jetzt befasse ich mich mit Ihnen, sehen Sie – und urteilen Sie selbst –, ohne ihn aufzumachen. Ich erledige alles rundum großzügig – ich breite den Plan vor Ihnen aus, mit dem

Sie von dem Moment an, wo ich Sie ernst nehmen müßte, unvereinbar wären. Treten Sie ruhig so dicht an ihn heran, wie Sie wollen, umkreisen Sie ihn – fürchten Sie nicht, ihn zu beschädigen! – und behalten Sie ihn in Zukunft vor Augen."

Hinterher fühlte er, wenn sie all das nicht klar in Worte gefaßt hatte, dann deshalb, weil sie so bald erkannte, daß er ihr weit genug zu folgen vermochte. Es berührte ihn so angenehm, daß sie ihm kein Versprechen abforderte, nicht mit dem Vorschlag kam, als Entgelt für ihre Nachsicht mit seinem Ehrenwort dafür zu bürgen, sich nicht einmischen zu wollen, daß er sie seiner sozusagen allumfassenden Wertschätzung versicherte.

Unmittelbar danach sprach er also mit Kate von diesen Dingen, und woran er sich da zuallererst erinnerte, war, auf welche Art er Mrs. Lowder gesagt hatte – er erwähnte es dem Mädchen gegenüber –, ganz so, wie es eine Hälfte eines Liebespaares bei einem Bruch im gegenseitigen Einvernehmen sagt: „Ich hoffe natürlich ganz stark, daß Sie mich stets als Freund betrachten werden." Das war vielleicht recht weit gegangen – er unterbreitete es Kate; aber wirklich hatte so vieles darin gesteckt, daß man es, wie sie es hätten ausdrücken können, ganz in seinem eigenen Licht betrachten mußte. Bevor seine Szene mit Tante Maud endete, waren noch mehr Dinge aufgekommen, als wir hier wiedergegeben haben, doch der Umstand, daß sie ihn nicht als Gefahr erster Ordnung behandelte, hatte bei weitem das Übergewicht. Außerdem gab es bei seiner darauffolgenden Begegnung mit unserer jungen Frau eine Menge zu besprechen, da man ihm am Abend vorher unversehens eröffnet hatte, er könne sich vorwärtsbringen und seiner Zeitung einen Dienst erweisen – so schmeichelhaft drückte man die Sache aus –, indem er für etwa fünfzehn oder zwanzig Wochen nach Amerika reiste. Die Idee einer Folge von Briefen aus den Vereinigten Staaten aus rein gesellschaftlicher Sicht war schon seit einiger Zeit in dem Allerheiligsten herangereift, vor dessen Tür er saß, und jetzt hielt man den Augenblick für günstig, ihn in die Tat umzusetzen. Mit einem Wort, die in Gewahrsam gehaltene Idee war beim Öffnen der Tür Densher direkt ins Gesicht geflogen oder hatte sich zumindest auf seine Schulter gesetzt und ihn überrascht von seinem bescheidenen, tintenbeschmierten Schreibtisch aufblicken lassen. Seine Darstellung des Sachverhalts Kate gegenüber ging dahin, er könne nicht ablehnen – da er sich bisher noch nicht in einer Position befinde, irgend etwas abzulehnen; aber daß man ihn für einen solchen Auftrag ausgewählt habe, verwirre sein

Gefühl für die Proportionen. Er sprach deutlich aus, daß er die Ehre kaum richtig einzuschätzen wisse, die ihn zwiespältig anmute; er habe sich noch nicht ganz als den richtigen Mann für einen Auftrag dieses Ranges gesehen. Diese etwas konfuse Erkenntnis, deutete er an, habe er auch prompt seinem Chef mitgeteilt, infolgedessen er jedoch die Sache auf überraschende Weise aufgeklärt sah. Es lief darauf hinaus, daß die Sorte Geschwätz, die er nicht beherrschte, unerwarteterweise genau das war, was sie diesmal zufällig nicht wollten. Aus unerfindlichen Gründen wollten sie seine Briefe gerade so, wie er sie zu liefern vermochte; er sollte seine eigene kleine Melodie spielen und sich nicht fürchten; das war schon alles.

Das heißt, es wäre schon alles, wäre da nicht der noch heiklere Umstand, daß er sofort aufbrechen sollte. Seine Mission, wie sie es in der Redaktion nannten, wäre voraussichtlich Ende Juni abgeschlossen, was wünschenswert war; doch um das zu ermöglichen, durfte er jetzt keine Woche verlieren; wie er es verstand, sollten seine Recherchen allumfassend sein, und es gab Gründe der Staatsräson – Gründe, die das Zentrum des Imperiums in der Fleet Street bewegten –, weshalb man den Nagel auf den Kopf treffen mußte. Densher machte Kate gegenüber kein Geheimnis daraus, daß er sich einen Tag Bedenkzeit erbeten hatte; und er begründete es damit, daß er es ihr schuldig zu sein meinte, zuerst mit ihr zu sprechen. Daraufhin versicherte sie ihm, nichts habe ihr bisher so klar gezeigt, wie fest sie miteinander verbunden seien, wie dieser Skrupel; sie war eindeutig stolz darauf, daß er etwas so Wichtiges von ihr abhängig machte; doch noch eindeutiger wies sie auf seine unmittelbare Pflicht hin. Sie frohlockte über seine Aussichten und spornte ihn zu seinen Aufgaben an; sie werde ihn vermissen – natürlich werde sie ihn vermissen; doch sie machte so wenig Wesens davon, daß sie jubelnd darauf hinwies, was er alles sehen und tun werde. Von der Fülle des letzteren sprach sie so überschwenglich, daß er über ihre Ahnungslosigkeit lachte, wenn er auch kaum den Mut hatte, ihr das wahre Format seines Tropfens in dem täglichen Kübel voll mitzuteilen. Zugleich beeindruckte ihn ihr rasches Verständnis dessen, was in der Fleet Street wirklich vorgegangen war – um so mehr, als es auch seiner letztlichen Deutung entsprach. Er sollte das Thema an der Wurzel packen – eben das wollten sie; und es würde mehr als alle Vereinigten Staaten zusammen erfordern, auch wenn er jeden einzelnen besuchte, *ihn* auf dem trockenen sitzenzulassen. Gerade weil er nicht umherschnüffelte und nicht der übliche Klatschjournalist war, hatten sie ihn ausgewählt; es war ein Zweig ihrer Korrespondenz, mit dem sie offenbar einen neuen Ton anzuschlagen wünschten, einen Ton, in dem man von nun an allezeit seinem Beispiel zu folgen hätte.

„Wie gut du als Frau eines Journalisten geeignet wärst, wo du so gut verstehst!“ rief Densher bewundernd, noch während ihm schien, sie dränge ihn ja geradezu fort.

Doch sie nahm das Lob fast ungeduldig auf. „Was soll man denn deiner Meinung nach *nicht* verstehen, wenn einem an dir liegt?“

„Ach, dann drücke ich es anders aus und sage: ‚Wieviel *dir* an mir liegt!‘“

„Ja“, stimmte sie zu; „es macht meine Beschränktheit direkt wieder wett. Mit einer Gelegenheit, es zu zeigen“, fügte sie an, „bringe ich bestimmt etwas Phantasie für dich auf.“

Diesmal sprach sie von der Zukunft als so wenig fraglich, daß ihn das Gewissen zwickte, als er ihr nun erst Bericht erstattete, wie es ihm mit dem wahren Schiedsrichter über ihr Schicksal ergangen war. Seine Neuigkeiten aus der Fleet Street hatten den Weg dazu ein wenig verstellt; doch im Tiegel ihrer glücklich getönten Aussprache verschmolz dieses Element bald mit dem anderen, und in der entstandenen Mischung ließen sich die Teile nicht mehr auseinanderhalten. Zudem sollte der junge Mann, bevor er sich verabschiedete, noch erkennen, weshalb Kate soeben von der Zukunft gesprochen hatte, als gehöre sie ihnen jetzt wirklich, und sollte auf einem Umweg zu dieser Vision gelangen, der zuletzt die Freude noch vertiefte. Sie wandten das Gesicht in die lichtstrahlende Richtung, sobald er ihre Frage beantwortet hatte, ob es danach aussehe, als könnten sie mit Erfolg auf das Abwarten setzen. Wegen dieser Möglichkeit hatte sie ihn ein paar Tage vorher so ernstlich gedrängt, mit ihrer Tante zu sprechen; und wenn Densher nach der mit dieser Dame verbrachten Stunde nicht den Eindruck gehabt hatte, das Gespräch habe den günstigsten Ausgang genommen, schlugen die unergiebigen Tatsachen, während Kate sie nacheinander aufgriff, in eine rosigere Bedeutung um.

„Wenn sie einverstanden ist, daß du kommst, ist das denn nicht alles?“

„Es *ist* alles; alles, was *sie* darin sieht. Es ist die Wahrscheinlichkeit – ich meine, wie Mrs. Lowder die Wahrscheinlichkeit beurteilt, daß ich durch eine Vorkehrung, *irgendeine* Vorkehrung, in deren Rahmen du mich oft genug und ohne Mühe sehen kannst, daran gehindert werde, mich für sie zu einer Komplikation auszuwachsen. Sie ist sicher, daß ich kein Geld habe, und das gibt ihr Zeit. Sie glaubt daran, daß ich ein gewisses Maß an Feingefühl besitze, daß ich meine Verhältnisse aufbessern möchte, ehe ich dir die Pistole an den Kopf setze, sie mit mir zu teilen. Die Zeit, die das kostet, erscheint ihr hilfreich für sich selbst, sofern sie ihre Chance nicht verdirbt, indem sie mich schlecht behandelt. Außerdem möchte sie mich gar nicht schlecht behandeln", fuhr Densher fort, „denn auf Ehre, ich glaube, so komisch es für dich vielleicht klingt, daß sie mich persönlich ziemlich mag, und wenn es nicht um dich ginge, könnte ich beinahe ihr bevorzugter junger Mann werden. Sie sieht Intellekt und Kultur nicht geringschätzig an – ganz im Gegenteil; sie sollen ihre Tafel schmücken und in ihrem Programm stehen; und ich bin überzeugt, es hat ihr manchmal einen wahren Stich versetzt, daß ich gleichzeitig so wünschenswert und so unmöglich bin." Er schwieg einen Augenblick, und da sah seine Gefährtin ein seltsames Lächeln auf seinem Antlitz – ein Lächeln, genauso seltsam wie das Gegenstück auf dem ihren angesichts dieser vielsagenden Einsicht. „Ich habe geradezu den Verdacht, daß sie mich in aller Wahrhaftigkeit – tiefinnerlich – buchstäblich mehr zu mögen meint als du selbst: weshalb sie mir die Ehre der Überzeugung erweist, man dürfe es getrost mir überlassen, mein eigenes Anliegen zu hintertreiben. Da, wie gesagt, kommt ihr Spielraum, den sie sich läßt, zum Tragen. Ich bin nicht aus dem Stoff für einen Roman, der solide ist, waschbar, strapazierfähig und sich auch im engsten Umgang nicht abnutzt. Gib das auch nur einmal in irgendeinem Grade zu, und dein Stolz und deine Vorurteile besorgen den Rest!, denn das System, das sie bei dir anzuwenden gedenkt, sättigt inzwischen deinen Stolz, und die Vergleiche, die sie dir ermöglichen wird und bei denen ich schlecht abschneiden muß, wecken deine Vorurteile. Sie mag mich, aber nie wird sie mich mehr mögen, als wenn es ihr noch ein bißchen besser gelungen ist, mich in kläglichem Licht erscheinen zu lassen. Denn dann wirst *du* mich weniger mögen."

Kate legte angemessenes Interesse für das heraufbeschworene Bild an den Tag, zeigte sich aber nicht beunruhigt; und es war ein wenig, als wollte sie ihm seinen zärtlichen Zynismus mit gleicher Münze heimzahlen, als sie einen Augenblick später antwortete: „Ich verstehe, ich verstehe; sie muß mich für etwas ganz Enormes halten! Das war einem schon klar, aber du vertiefst den Eindruck."

„Ich glaube, du machst keinen Fehler", sagte Densher, „wenn du ihn so sehr, wie es nur geht, vertiefst."

Er hatte ihr in der Tat mehr als genug zum Nachdenken gegeben, das ließ sie sich ohne Bedenken anmerken. „Daß sie der Situation die Stirn bietet, daß sie dich kühn derart willkommen heißt, wie du sagst – das ist eine ungeheuer großartige Theorie, weißt du, und all der übrigen großartigen Dinge würdig, die ihr inmitten all der Menschen, die man so kennt, eine solche Sonderstellung geben."

„Ach, sie ist gewaltig", gab der junge Mann zu; „sie entspricht genau dem ungeheuren Ausmaß des Wagens des Dschagannath – was ein Bild war, das mir gestern einfiel, während ich am Lancaster Gate auf sie wartete. Die Sachen dort in eurem Salon erschienen wie die Umrisse der fremdartigen Götzen, die mystischen Auswüchse, von denen die Vorderseite des Wagens ja vermutlich strotzt."

„Ja, nicht wahr?" stimmte das Mädchen zu; und sie gerieten über diese ganze Seite ihrer bewunderungswürdigen Dame in eines jener tiefgründigen und offenherzigen Zwiegespräche, bei denen alles andere als volles Vertrauen einen Mißklang zwischen ihnen erzeugt hätte. Es gab Komplikationen, es gab Fragen; doch sie gehörten so viel mehr zusammen als alles andere. Eine Weile äußerte Kate kein Wort der Widerlegung von Tante Mauds „großer" Diplomatie, und sie beließen es dabei, wie sie jedes andere schöne Werk belassen hätten, als Mahnmal ihrer Macht. Doch, berichtete Densher weiter, er habe sich auch in anderer Hinsicht dem Wagen des Dschagannath stellen müssen; er ließ in der Schilderung seines Besuches nichts aus, am wenigsten, wie Tante Maud zuletzt offen – wenn auch freilich nur unter geschicktem Druck – über sein ganzes Persönlichkeitsbild hergefallen war, seinen Mangel an den korrekten Merkmalen, seine ausländischen Erfahrungen, sein eigenartiges Vorleben. Sie hatte ihm erklärt, er sei nur ein halber Brite, was, das gestand er Kate zu, furchtbar gewesen wäre, wenn er das nicht selbst so herausgefordert hätte.

„Weißt du, ich war wirklich neugierig", erläuterte er, „von ihr zu erfahren, in welche Sorte wunderlicher Menschen, welche Kategorie gesellschaftlicher Anomalien man mit einer Erziehung wie der meinen im Lichte solcher Konventionen wie der ihren eingestuft wird."

Kate sagte eine Weile nichts; dann aber fragte sie: „Was kümmert es dich?"

„Ach", lachte er, „ich mag sie so; und dann sind für einen Mann meines Zeichens ihre Ansichten, ihr Wesen unbedingt etwas, das man erfassen muß; sie sind ein Bestandteil der großen öffentlichen Meinung, der wir an jeder Ecke begegnen und für die wir immerzu ‚Schlüssel' finden müssen. Außerdem", fügte er an, „möchte ich ihr persönlich gefallen."

„Ach ja, wir müssen ihr persönlich gefallen!" wiederholte seine Freundin; und diese Worte dürfen für alles stehen, was die beiden zu diesem Zeitpunkt als Denshers taktischen Gewinn ansahen. In der Tat hatten sie zwischen diesem und seiner Abreise nach New York noch viele Dinge zu behandeln, und die Frage, auf die er jetzt zu sprechen kam, war vor allem bei Kate aufgekeimt. Sie sah ihn an, als hätte er wirklich ihrer Tante mehr von seiner unmittelbaren Lebensgeschichte erzählt als jemals ihr selbst. Das war, falls es sich so verhielt, ein Zufall, und es veranlaßte ihn, ihr so weit ein Bild von seinen Kinderjahren im Ausland, seinen nomadischen Eltern, seinen schweizerischen Schulen, seiner deutschen Universität zu geben, wie sie es eine halbe Stunde lang mit ungezwungener Aufmerksamkeit anhören mochte. Ein Mann, gab er zu verstehen, ein Mann ihrer Welt, hätte ihn sofort hinsichtlich vieler dieser Punkte entlarvt; ein Mann ihrer Welt, soweit sie eine Welt besaßen, wäre durch die englische Mühle gegangen. Doch es sei trotzdem reizend, seine Beichte gegenüber einer Frau abzulegen; Frauen besäßen für solche Unterschiede wirklich viel mehr Phantasie. Kate legte derzeit so viel davon an den Tag, wie sein Fall es nur erfordern konnte; als sie seine Schilderung von Anfang bis Ende entgegengenommen hatte, erklärte sie, jetzt erkenne sie deutlicher als jemals zuvor, weshalb sie ihn liebe. Sie selbst hatte als Kind ziemlich fortlaufend in der Welt jenseits des Kanals gelebt, war noch als Kind heimgekehrt; danach hatte sie als ganz junges Mädchen die kurzen, aber wiederholten Rückzüge ihrer Mutter nach Dresden, nach Florenz und Biarritz mitgemacht, hilflose und kostspielige Versuche der Sparsamkeit, wovon ihr der religiöse Hang zu allem Ausländischen geblieben war – wenn auch im allgemeinen kühl zum Ausdruck gebracht, da sie instinktiv billige Begeisterungsausbrüche vermied. Als sich ihr enthüllte, wieviel mehr Ausländisches in Merton Densher steckte, als er sich bisher im einzelnen aufzuführen die Mühe gemacht hatte, blickte sie ihn fast an, als wäre er eine Landkarte des Kontinents oder das herrliche Geschenk des wundervollen neuesten „Murray". Er hatte nicht prahlen wollen, vielmehr seine Sache verfechten, Mrs. Lowder gegenüber wohl auch ein wenig erläutern wollen. Sein Vater war als britischer Kaplan in zwanzig englischen Kolonien gewesen, auf längere Zeit ansässig oder aushilfsweise, jedenfalls hatte er jahrelang das ungewöhnliche Glück gehabt, nie einer Stellung zu ermangeln. Deshalb hatte sich seine berufliche Laufbahn ununterbrochen im Ausland abgespielt, und da seine Besoldung nie erheblich war, hatte er seine Kinder unter geringstmöglichen Kosten in den nächstgelegenen Schulen ausbilden lassen, was auch eine Ersparnis an Fahrgeld bedeutete. Denshers Mutter, so stellte sich des weiteren heraus, hatte ihrerseits ein erlesenes Gewerbe ausgeübt, zu dessen Erfolg – soweit der Erfolg es je krönte – die Zeit des Exils viel beigetragen hatte: die geduldige Dame kopierte in großen Museen berühmte Gemälde, nachdem sie von einer glücklichen natürlichen Begabung ausgegangen war und die Gunst der Gelegenheit rechtzeitig wahrgenommen hatte. Selbstverständlich wimmelte es im Ausland von Kopisten, aber Mrs. Densher hatte ein eigenes Gespür und einen eigenen Strich besessen und damit eine Vollkommenheit erreicht, die zu überzeugen, ja sogar zu täuschen vermochte, und daher hatte sie ihre Arbeiten erfreulich regelmäßig absetzen können. Ihr Sohn, der sie verloren hatte, hielt ihr Bildnis heilig, und daß er Kate alles über sie erzählte, auch über andere bisher untergemischte und unklar gebliebene Dinge, vermochte in der Folge seiner Lebensgeschichte besondere Reichhaltigkeit, seinen Quellen besondere Fülle, seiner Gestalt alles andere als gewöhnliche Konturen zu verleihen. Er habe sich wieder dazu bekehrt, er sei darauf zurückgekommen, beteuerte er nachdrücklich, Brite zu sein: seine Jahre in Cambridge, seine, wie sich erwiesen hatte, glückliche Beziehung zum College seines Vaters bestätigten das umfassend, ganz zu schweigen davon, wie er anschließend mit einem Sprung ins Londoner Leben eingetaucht sei, was das Maß voll mache. Doch war er auch tapfer genug auf britischem Boden gelandet, hatte er unterwegs doch Luftschichten durchquert, die das Gefieder seiner Flügel zerzaust und ihre Spuren hinterlassen hatten, war unauslöschlichen Offenbarungen ausgesetzt gewesen. Ihm war etwas widerfahren, das sich nie ungeschehen machen ließ.

Als Kate Croy ihm das bedeutete, bat er sie inständig, das nicht so sehr zu betonen, und erklärte, eben das sei allerdings nur zu sehr bei ihm der Fall, er sei nur zu wahrscheinlich für den einheimischen, den insularen Gebrauch verdorben. Woraufhin sie das, wie es ganz natürlich war, um so mehr betonte und ihm unumwunden versicherte, wenn er schon kompliziert und reichbegabt sei, wolle sie ihn um alles in der Welt nicht schlichter haben; so daß er sie zuletzt, in die Enge getrieben, beschuldigte, ihm die schlimme Wahrheit in der hohlen Verkleidung der Schmeichelei vorzuhalten. Sie stelle fest, wie abnorm er sei, damit sie ihn eines Tages unmöglich finden könne; und da sie es nur mit seiner Hilfe ganz ergründen könne, müsse sie ihn mit geheuchelter Begeisterung verleiten, ihr dazu zu verhelfen. Wenn ihr letztes Wort an ihn in diesem Zusammenhang lautete, die Art, wie er sich sehe, sei einfach ein kostbarer Beweis mehr, daß er von dem Baum gekostet habe und daher gut darauf vorbereitet sei, ihr beim Essen zu helfen, so gibt das den launigen Ton ihres ganzen Gesprächs wieder, das Maß, wie die Zeit angesichts seiner bevorstehenden Abreise verflog. Kate ließ jedoch erkennen, daß man ihre Äußerung wörtlicher nehmen mußte, als sie davon sprach, welche Erleichterung Tante Maud bei der Aussicht auf seine künftige Abwesenheit empfinden werde.

„Dabei ist kaum einzusehen, warum“, gab er darauf zurück, „wenn sie mich so wenig fürchtet.“

Seine Freundin wog diesen Einwand ab. „Nach deiner Vorstellung mag sie dich so sehr, daß sie sogar bedauern würde, dich zu verlieren?“

Nun, er sah es auf die ihnen eigene umfassende Art. „Da sie darauf baut, daß du dich mir allmählich entfremdest, könnte sie der Ansicht sein, dieser Prozeß erfordere meine ständige Anwesenheit. Muß ich nicht da sein, um ihn in Gang zu halten? In meinem Exil erschlafft er womöglich.“

Er fuhr mit dieser Phantasie fort, doch von diesem Punkt an hörte Kate nicht mehr zu. Bald merkte er, daß sie einem eigenen Gedankengang gefolgt war, und er hatte schon gespürt, daß etwas Entscheidendes heranreifte, selbst hinter den Übertreibungen eines Großteils ihrer Neckereien und der warmen, durchsichtigen Ironie, in die ihre muntere Vertraulichkeit immer wieder eintauchte wie ein zuversichtlicher Schwimmer. Unversehens erklärte sie ihm mit außerordentlicher Anmut: „Ich verlobe mich dir für immer.“

Die Anmut lag in allem, und er hätte nichts davon loslösen können – hätte sich ihr Antlitz nicht getrennt von dem ganzen Glück denken können. Doch ihr Antlitz strahlte in neuem Licht. „Und ich gelobe dir – Gott sei mein Zeuge! – jeden Funken meiner Treue; ich schenke dir jeden Tropfen meines Lebens.“ Das war im Augenblick alles, doch es war genug, und es klang beinahe so still, als wäre es nichts. Sie befanden sich im Freien, in einer Allee des Parks; der große Raum, der sich gerade jetzt für sie höher zu wölben und weiter auszudehnen schien, versetzte das Paar in gespannte Aufmerksamkeit. Von einem gemeinsamen Instinkt geleitet, schritten sie zu einer Stelle in Sichtweite, die ihnen einigermaßen abgesondert vorkam, und bevor die Zeit ihres Beisammenseins abgelaufen war, hatten sie ihrer gespannten Aufmerksamkeit jeden nur möglichen Nutzen abgenötigt, den sie ihnen zu verschaffen vermochte. Sie hatten Gelübde und Angebinde ausgetauscht, ihren inhaltsschweren Pakt besiegelt, ihre Absprache, nur einander anzugehören, auf immer und ewig anzugehören, feierlich bekräftigt, soweit gehauchte Worte und gemurmelte Laute und strahlende Augen und verschlungene Hände das bewirken konnten. Sie sollten den Park also als verlobtes Paar verlassen; doch ehe sie ihn verließen, hatten sie noch andere Dinge abgehandelt. Densher hatte seine Abneigung davor zum Ausdruck gebracht, Kates erfreuliche Beziehung zu ihrer Tante zu einem vorzeitigen Ende zu bringen; und sie hatten sich gemeinsam zu einem hohen Grad von Weisheit und Geduld durchgerungen. Kate bekundete offen, sie wolle *ihn* nicht Mrs. Lowders Gunst berauben, die er mit Sicherheit auf lange Sicht weiter genießen werde; und da ihm dank einer gnädigen Wendung Mrs. Lowder kein Versprechen abgefordert habe, das ihm die Hände binden würde, seien sie in der Lage, ihr Schicksal auf ihre eigene Art zu fördern und doch loyal zu bleiben. Nur eine Schwierigkeit ragte heraus, die Densher beim Namen nannte.

„Natürlich geht das auf keinen Fall mehr – daran müssen wir immer denken – von dem Moment an, wo du zuläßt, daß sie hinsichtlich eines konkreten anderen Mannes Hoffnungen auf dich setzt. Solange sich ihre Absicht so allgemein zu bleiben begnügt, wie es derzeit aussieht, wüßte ich nicht, daß wir sie hintergehen. Zu einem bestimmten Moment muß sie also aufgeklärt werden: daher kommt es nur darauf an, auf diesen Moment vorbereitet zu sein und sich ihm zu stellen. Nur ist in diesem Fall nicht so recht zu erkennen“, bemerkte der junge Mann, „was wir dann von ihr gewonnen haben.“

„Was sie von *uns* gewonnen hat?“ fragte Kate lächelnd. „Was sie von uns gewonnen hat“, fuhr das Mädchen fort, „ist ihre Sache –

das hat *sie* zu beurteilen. Ich habe sie um nichts gebeten", fügte sie an; „ich habe mich ihr nie aufgedrängt. Sie muß ihr Risiko auf sich nehmen, und bestimmt erkennt sie es auch. Was wir von ihr gewonnen haben, ist das, wovon wir schon sprachen", setzte Kate weiter auseinander, „nämlich, daß wir Zeit gewonnen haben. Und sie übrigens auch."

Densher musterte ein Weilchen all diese Klarheit; sein Blick galt in der gegenwärtigen Stunde nicht romantischer Verschwommenheit. „Ja, ohne Zweifel, in unserer besonderen Situation ist die Zeit alles. Und dann macht es ja auch Freude."

Sie zögerte. „Unser Geheimnis?"

„Vielleicht nicht so sehr unser Geheimnis an sich, sondern das, was es verkörpert und was, wie wir irgendwie spüren müssen, durch es geschützt und vertieft und verinnerlichter wird." Und aus seinem gewinnenden Gesicht, im Glück entspannt, leuchtete ihr alles entgegen, was er meinte. „Daß wir so sind, wie wir sind."

Es war, als lasse sie einen Augenblick lang die Bedeutung seiner Worte in sich einsinken. „So weit sind wir?"

„So weit. So weit schon. Aber", lächelte er, „eines Tages sind wir noch viel weiter." Ihre Antwort darauf war nur ein sanftes Schweigen – ein Schweigen, das für sie beide den fernsten Bereich ihrer Zukunft überblickte. Diese war unendlich groß, und so nahmen sie sie endgültig in Besitz. Sie waren praktisch vereinigt, und sie waren herrlich stark; aber da waren noch andere Dinge – Dinge, die erfolgreich einzukalkulieren und ungefährdet zu berücksichtigen sie gerade stark genug waren; infolgedessen würden sie vorläufig für sich behalten, daß sie sich einig waren, es sei denn, es hätte sich etwas Günstigeres ergeben. Allerdings hatten sie erst nach einer letzten Bemerkung Denshers das Gefühl, das Problem sei gänzlich entwirrt. „Das einzige ist freilich, daß sie dich jeden Tag absolut stellen kann."

Kate überlegte. „Daß sie mich auf Ehre fragt, wie wir miteinander stehen? Das kann natürlich sein; aber ich bezweifele, ob sie es wirklich macht. Solange du fort bist, wird sie es gründlich ausnutzen. Sie wird mich in Ruhe lassen."

„Aber da sind meine Briefe."

Das Mädchen sah seine Briefe vor Augen. „Ganz, ganz viele?"

„Ganz, ganz, ganz viele – mehr denn je; und du weißt, was das heißt! Und dann", setzte Densher hinzu, „sind da auch deine."

„Ach, ich lege meine nicht in die Vorhalle. Ich bringe sie selbst zur Post."

Er sah sie ein Weilchen an. „Meinst du also, ich soll dir lieber an eine andere Adresse schreiben?“ Worauf er, bevor sie überhaupt antworten konnte, mit einigem Nachdruck fortfuhr: „Das möchte ich nämlich lieber nicht. Es ist offener.“

Wieder war es, als habe sie nur abgewartet. „Natürlich ist es offener. Hab keine Angst, daß ich nicht offen sein werde. Adressiere meine Briefe“, fuhr sie fort, „wohin du willst. Ich werde ganz stolz sein, wenn bekannt wird, daß du mir schreibst.“

Er überdachte das, um letzte Klarheit zu erlangen. „Sogar auf das Risiko hin, daß es wirklich die Inquisition auslöst?“

Nun, jetzt war Kate von letzter Klarheit erfüllt. „Ich fürchte mich nicht vor der Inquisition. Wenn sie fragt, ob etwas Festes zwischen uns ist, weiß ich ganz genau, was ich sage.“

„Daß ich, natürlich, ganz ‚weit weg‘ bin für dich?“

„Daß ich dich liebe, wie ich in meinem ganzen Leben niemanden mehr lieben werde, und daß sie daraus machen kann, was sie will.“ Sie brachte es so herrlich heraus, daß es wie ein neues Treuebekenntnis war, die Gewalt einer hervorbrechenden Flut; und das wiederum bewegte ihren Gefährten, seine Augen derart auf sie zu richten, daß es ihr Zeit einbrachte, bevor er etwas anderes sagen konnte. „Außerdem ist es genauso möglich, daß sie *dich* fragt.“

„Nicht, solange ich weg bin.“

„Dann wenn du wiederkommst.“

„Nun, dann“, sagte Densher, „haben wir wenigstens unsere besondere Freude gehabt. Aber ich habe das Gefühl“, fuhr er offenherzig fort, „daß sie mich, nach einer eigenen Vorstellung, nach ihrer überlegenen Diplomatie, *nicht* fragen wird. Sie wird mich verschonen. Ich werde sie nicht belügen müssen.“

„Es bleibt alles mir überlassen?“ fragte Kate.

„Alles dir“, lachte er zärtlich.

Doch eigenartigerweise war es im nächsten Augenblick, als wäre er vielleicht eine Idee zu offenherzig gewesen. Sein Scharfsinn schien eine mögliche, eine natürliche Gegebenheit aufs Korn zu nehmen, eine Gegebenheit, die die soeben bekundete Absicht des Mädchens nicht gänzlich außer Frage stellte. Es *lag* ein Unterschied in der Luft – selbst wenn es kein anderer war als der angeblich übliche Unterschied in den Wahrheiten von Mann und Frau; und es war fast, als brächte diese Wahrnehmung sie auf. Sekundenlang schien sie zu überlegen, und dann kam sie ein wenig verstimmt auf etwas zurück, das sie eine Minute vorher hatte durchgehen lassen. Anscheinend etwas ernsthafter als nötig griff sie den Scherz auf, es stehe ihr frei, die Tante zu hintergehen. Doch sie tat auch das auf eine schöne Art. „Die Männer sind zu beschränkt – sogar du. Du hast vorhin nicht verstanden, warum ich, wenn ich meine Briefe selbst zur Post bringe, das nicht aus dem so billigen Grund mache, sie zu verstecken."

„Ach, du hast gesagt – um der Freude willen."

„Ja; aber du hast nicht verstanden, du verstehst nicht, worin die Freude besteht. Es gibt feinere Nuancen ...!" ließ sie geduldiger fallen. „Ich meine, des Bewußtseins, der Wahrnehmung, der Würdigung", fuhr sie fort. „Nein", beharrte sie betrübt, „die Männer verstehen es *nicht.* In solchen Dingen verstehen sie fast nichts, außer worauf die Frauen sie hinweisen."

Das war eine ihrer durchaus nicht seltenen Äußerungen, die er freimütig, freudig, intensiv aufnahm und, wenn es sich ergab, sich voll zu eigen machte, und die ihn erneut so eng an sie zog und ihn dort so lange verweilen ließ, wie es ihre Verhältnisse zuließen. „Dann ist das genau der Grund, weshalb wir euch so abgrundtief brauchen!"

Drittes Buch

5

Die beiden Damen, die man, vor Beginn der Schweizer Saison, gewarnt hatte, ihr Plan sei unüberlegt, die Pässe würden nicht frei sein, die Luft nicht mild, die Gasthäuser nicht geöffnet – die beiden Damen, die sich bezeichnenderweise gegenüber einer ganzen Menge womöglich eigennütziger Einwände durchgesetzt hatten, fanden sich, im Verlauf ihres Abenteuers, wunderbar in ihren Absichten bestätigt. Es war das Urteil der Oberkellner und anderer Angestellter an den italienischen Seen, das sich jetzt als eigennützig erwies; sie selbst hatten Anwandlungen der Ungeduld und noch kühnere Träume verspürt – zumindest die jüngere; so daß eines der Dinge, die sie gemeinsam herausfanden – fanden sie doch eine endlose Vielfalt heraus –, dahin lautete, allein reisende Frauen müßten, selbst wenn ihnen eine Reisebibliothek aufklärender Literatur den Rücken stärkte, in diesen opernhaften Palästen der Villa d'Este, Cadenabbias, Pallanzas und Stresas mit der Möglichkeit rechnen, irregeführt und entmutigt zu werden. Zudem waren ihre Phantasieflüge bescheiden gewesen; sie hatten zum Beispiel nichts Wesentliches aufs Spiel gesetzt, als sie hofften, den Weg über den Brünigpaß nehmen zu können. Sie legten ihn übrigens, als wir sie kennenlernen, ohne Zwischenfälle zurück und hätten sich um der wundersamen Schönheit des die Hänge emporkletternden zeitigen Frühlings willen nur gewünscht, die Reise wäre länger und die Gelegenheiten zum Haltmachen und Rasten wären zahlreicher gewesen.

Das war zumindest die Einstellung, die Mrs. Stringham andeutete, die ältere der Gefährtinnen, welche ihre eigene Meinung zu den Ungeduldsbekundungen der jüngeren hatte, ihnen jedoch nur einen höchst umschweifigen Widerstand entgegensetzte. Sie, die vortreffliche Mrs. Stringham, war stets von einer hauchfeinen Wolke wachsamen Mißtrauens umschwebt; sie meinte sich in der Lage zu befinden, viel mehr über Milly Theale zu wissen als Milly selbst, und doch ihr Wissen verhehlen und zugleich aktiv einsetzen zu müssen. Die Frau, die von Natur aus am wenigsten für

Doppelzüngigkeiten und labyrinthische Verwicklungen geschaffen war, wie ihr durchaus bewußt war, fand sich durch eine Reihe neuer Umstände, vor allem durch eine neue Beziehung, zu Winkelzügen gezwungen; mußte nun wirklich erkennen, daß eine Erziehung zur Heimlichkeit – sie wußte kaum, wie sie es nennen sollte – für sie an dem Tag begonnen hatte, als sie mit Mildred von New York abgereist war. Zu diesem Zweck war sie von Boston herübergekommen; hatte wenig von dem Mädchen gesehen – oder sie vielmehr nur kurz gesehen, denn wenn Mrs. Stringham überhaupt etwas sah, sah sie viel, sah sie alles –, bevor sie ihr Angebot angenommen hatte; und daraufhin, durch diesen Akt, hatte sie sich auf ein Schiff verpflanzt, das sie immer mehr, nach menschlichem Ermessen, als eines der größten, wenn auch zweifellos in vieler Hinsicht auf Grund seiner Größe zugleich eines der sichersten betrachtete. In Boston, im Winter davor, hatte die junge Dame, für die wir uns interessieren, sie auf der Stelle tief, doch beinahe wortlos, angerührt, in ihr die schüchterne Einbildung erweckt, sie hätte etwas Beistand, etwas Anhänglichkeit zu geben. In Mrs. Stringhams bescheidenem Leben war es oft genug zu schüchternen Einbildungen gekommen, heimlichen Träumen, welche die kurze ihnen vergönnte Zeit hindurch innerhalb ihrer engen Mauern flatterten, ohne auch nur den Mut zu fassen, durch die ziemlich matten Fenster hinauszublicken. Diese Phantasie aber – der Gedanke einer möglichen Verbindung mit dem bemerkenswerten jungen Ding aus New York – *hatte* ihr Mut gegeben: hatte sich unverzüglich an dem klarsten Ausguck niedergelassen, der sich finden ließ, und man könnte sagen, dort sei sie geblieben, bis sie, nur wenige Monate später, überrascht und beglückt das unverkennbare Aufblitzen eines Signals aufgefangen hatte.

Milly Theale hatte in Boston Freunde, wenn auch von eher flüchtiger und jüngst geschlossener Bekanntschaft; und es galt als ausgemachte Sache, daß ihr Besuch bei ihnen – ein Besuch, der nicht zu knapp ausfallen sollte – dem Ziel dienen sollte, nach einer Reihe schmerzlicher Verluste den Frieden zu finden, den in dieser besonderen Prägung New York nicht zu schenken vermochte. Man war großzügig genug zu dem Zugeständnis bereit, es gebe viele Dinge – vielleicht zu viele –, die New York einem Menschen schenken *könne*; doch das, so meinte man, mache keinen Unterschied hinsichtlich der unabänderlichen Tatsache, daß einem unter der Zuchtrute des Lebens oder des Todes nichts so sehr not tue, wie den wirklichen Ernst der eigenen Situation zu empfinden. Boston konnte einem dazu verhelfen wie nichts anderes, und es hatte Milly aller Wahrscheinlichkeit nach ein gewisses Maß solchen Beistands geboten. Mrs. Stringham sollte nie vergessen – denn der Moment war nicht verblaßt, noch war die unendlich feine Schwingung, die er auslöste, in irgendeinem Grade verebbt –, wie ihr die beeindruckende Erscheinung, damals noch ohne Ankündigung und Erklärungen, zum ersten Mal vor Augen gekommen war: die schlanke, stets blasse, mild verhärmte, unnormal, aber sympathisch eckige junge Person, trotz ihrer Schicksalsspuren nicht älter als zweiundzwanzig, deren Haar irgendwie außergewöhnlich rot war, selbst als echt, als was es sich in aller Unschuld herausstellte, und deren Kleidung auffallend schwarz war, selbst als Gewandung der Trauer, von der sie künden sollte. Es war New-Yorker Trauerkleidung, es war New-Yorker Haar, es war eine New-Yorker Lebensgeschichte, bisher noch verworren, aber mannigfaltig, vom Verlust der Eltern, Brüder, Schwestern, fast jeden menschlichen Anhangs, alles auf einen Schlag und in einem solchen Ausmaß, das die weitläufigere Bühne erfordert hatte; es war eine New-Yorker Legende von ergreifender, von romantischer Vereinsamung, und vor allem war es nach den meisten Berichten hinsichtlich der Masse Geld, die sich dergestalt auf den Schultern des Mädchens aufgehäuft hatte, ein wahres Bündel von New-Yorker Möglichkeiten. Sie war allein, sie war leidgeprüft, sie war reich, insbesondere war sie eigentümlich – an sich schon eine Zusammenstellung, die ihrer Natur nach Mrs. Stringhams Aufmerksamkeit fesseln mußte. Doch es war die Eigentümlichkeit, die am meisten die Anteilnahme unserer guten Dame bestimmte, war sie doch davon überzeugt, sie sei viel bedeutsamer, als es jedermann sonst – jedermann außer einzig und allein Susan Stringham – auch nur ahnte. Susan stellte für sich fest, Boston nehme sie ganz und gar nicht wahr, sei nur davon in Anspruch genommen, daß sie Boston wahrnehme, und jede vermutete Übereinstimmung zwischen den beiden Charakteren sei trügerisch und eitel. *Sie* sah das Mädchen, und sie durchlebte geradezu den tiefgründigsten Moment ihres Lebens, als sie jetzt dem Instinkt gehorchte, die Vision zu verheimlichen. Sie konnte es nicht erklären – niemand würde es verstehen. Sie würden geistreiche Bostoner Dinge sagen – Mrs. Stringham stammte aus Burlington, Vermont, das sie mutig als das wahre Herz Neuenglands verteidigte, da Boston „zu weit im Süden“ liege –, doch sie würden den Ausblick nur verdunkeln.

Für den bei unserer Freundin hervorgerufenen Eindruck konnte es keinen besseren Beweis geben als diese rasche Geistesspaltung, da sie selbst, wie sie klar erkannte, nur im Widerschein des Lichts der bemerkenswerten Stadt leuchtete. Auch sie hatte ihre Prüfungen durchgestanden, doch hatten sie sie nicht zu einer so überwältigenden Erscheinung gemacht; sie waren auf prosaische Weise das übliche gewesen, wenn auch zweifellos in einer ordentlichen Dosis, und hatten sie veranlaßt, es wie üblich mit ihnen aufzunehmen – das heißt üblich, wie es in Boston galt. Sie hatte erst ihren Gatten verloren und dann ihre Mutter, mit der sie nach dem Tod ihres Gatten wieder zusammengelebt hatte; so daß sie jetzt, kinderlos, nur noch schmerzlicher allein war als zuvor. Doch sie beherrschte ihre Lage recht kühl, da sie, wie sie es nannte, genug zum Leben hatte – das heißt, soweit sie von Brot allein lebte: wie wenig ihr freilich dies als regelmäßige Kost genügte, ergab sich aus dem Namen, Susan Shepherd Stringham, den sie sich als Mitarbeiterin bei den besten Magazinen gemacht hatte. Sie schrieb Kurzgeschichten und wiegte sich in dem Glauben, sie besitze eine „eigene Note", die Kunst, Neuengland darzustellen, ohne das gänzlich in der Küche zu tun. Sie selbst war nicht in der Küche aufgewachsen; sie kannte andere, auf die das auch nicht zutraf; und für diese zu sprechen war so zu ihrer literarischen Mission geworden. In Wahrheit literarisch zu *sein* war stets ihr liebster Gedanke gewesen, der Gedanke, der ihren blinkenden kleinen Zwicker beständig in Position hielt. Es gab Meister, Vorbilder, Berühmtheiten, hauptsächlich im Ausland, die sie feinsinnig auch so einschätzte und in deren Licht sie sich recht geschickt abmühte; es gab andere, die sie, wie sehr sie auch in aller Munde waren, zu den Nichtssagenden zählte, denn sie vermochte zu unterscheiden; doch alle Kategorien ließen sie im Stich – zumindest bedeuteten sie ihr nichts mehr –, sobald sie sich im Angesicht des Echten fand, des romantischen Lebens selbst. Das war es, was sie in Mildred sah – was ihr förmlich eine Weile die Hand für die Feder zu stark zittern ließ. Ihr war, wie es ihr schien, eine Offenbarung zuteil geworden – solcherart, wie sie sogar das kultivierte und literaturbeflissene Neuengland nicht vermitteln konnte; und so, wie sie beschaffen war, ein Ensemble aus kleinen gefälligen Erinnerungen, gewissen Begabungen und Geschicklichkeiten und einigem Ehrgeiz, vermischt mit etwas Sittlichem, Persönlichem, das noch stärker reagierte, empfand sie, ihre neue Freundin würde ihr übel mitspielen, falls ihre Freundschaft sich nicht entwickeln sollte, aber von allem anderen würde nichts mehr übrigbleiben, falls diese Entwicklung wirklich einträte. Gerade auf die Preisgabe alles anderen war sie jedoch durchaus vorbereitet, und während sie mit ihrer gewohnten Bostoner Rechtschaffenheit ihren gewohnten Bostoner Geschäften nachging, hielt sie sich in Wirklichkeit die ganze Zeit im Zaum. Sie trug ihren „schmucken" Filzhut, so tirolerisch und doch, trotz seines Adlerschwingen entlehnten Federschmucks, irgendwie so wahrhaft heimisch, mit unveränderter Geradheit und Sicherheit; sie befestigte ihre Federboa mit unveränderter biederer Vorsicht; sie wahrte auf den vereisten Steigungen unverändert mit lange geübter Geschicklichkeit das Gleichgewicht; sie schlug jeden Abend mit der unveränderten Mischung aus Spannung und Resignation ihren „Transcript" auf; sie besuchte ihr fast tägliches Konzert mit unverändertem Aufwand an Geduld und unverändert sparsamer Verausgabung ihrer Leidenschaft; sie ging in der öffentlichen Bibliothek geschwind ein und aus, stets mit der Miene, in ihrer Tasche den entscheidenden Schlüssel zum Wissen gewissenhaft zurückzubringen oder tapfer davonzutragen; und schließlich – das am intensivsten – beobachtete sie das dünne Getröpfel einer fiktiven „Liebesgeschichte" durch jenes etwas gewundene Fahrwasser in den Magazinen, das sie dafür freizuhalten vermochte. Doch das Echte war inzwischen die ganze Zeit anderswo; das Echte war nach New York zurückgekehrt und hatte ganz deutlich die zwei ungelösten Fragen zurückgelassen, wieso es echt *war* und ob sie ihm je wieder so nahe kommen würde.

Für die Person, an die diese Fragen sich hefteten, hatte sie eine passende Beschreibung gefunden – in Gedanken nannte sie sie immer ein Mädchen mit einem Hintergrund. Die gewaltige Wirklichkeit bestand in der Tatsache, daß sehr bald, nach nur zwei oder drei Begegnungen, das Mädchen mit dem Hintergrund, das Mädchen mit der altgoldenen Haarkrone und der Trauerkleidung, die anders war als die Trauerkleidung in Boston, vielmehr zugleich rebellischer in ihrer Düsterkeit und frivoler mit ihren Rüschen, ihr erklärt hatte, sie habe noch nie jemanden wie sie kennengelernt. So waren sie sich als gegensätzliche Kuriositäten begegnet, und diese schlichte Bemerkung Millys – sofern sie schlicht war – wurde zum Wichtigsten, was ihr je widerfahren war; sie beraubte die Liebesgeschichte vorübergehend der aktuellen Bedeutung und sogar des angemessenen Gewichts; kurzum, die Bemerkung erweckte zunächst in hohem Maße ihre Dankbarkeit und dann in nicht geringem Grad ihr Mitgefühl. Doch zumindest hinsichtlich dieser Beziehung stellte sie sich als der Schlüssel zur Erkenntnis heraus; sie erhellte die Geschichte der armen jungen Frau, wie nichts anderes es vermochte. Daß die potentielle Erbin aller Zeitalter noch nie jemanden wie schließlich bloß die typische Abonnentin des „Transcript" kennengelernt hatte, war eine Wahrheit – zumal mit Bescheidenheit, mit Demut, mit Bedauern vorgebracht –, die eine Situation erhellte. Sie legte der Älteren hinsichtlich der auszufüllenden Lücke eine Last der Verantwortung auf; doch speziell bewog sie sie zu der Frage, mit *wem* die arme Milly denn zusammengekommen war und welcher Reihe von Kontakten es zu verdanken war, so eigenartige Überraschungen hervorzubringen. Das war wirklich die Frage, die schließlich den Fall geklärt hatte: der Schlüssel zur Erkenntnis klickte spürbar im Schloß, sobald Mrs. Stringham blitzartig erfaßte, daß ihre Freundin kulturell ausgehungert war. Kultur war es, was sie für Milly verkörperte, und gewiß würde es sich als die große Aufgabe erweisen, sich diesem Grundelement gewachsen zu zeigen. Sie, die gescheite Dame, wußte, was das Element alles umspannte, und kannte die Grenzen ihres eigenen Vorrats; und eine gewisse Beunruhigung hätte sich in ihr breitgemacht, wäre nicht etwas anderes noch schneller gewachsen. Das war, zu ihrem Glück – und wir geben es in ihren eigenen Worten wieder –, das Gefühl einer herzzerreißenden Erschütterung. Das war in erster Linie, was sie anrührte, was für sie die Tür zur Romantik noch weiter aufzustoßen schien als jede, als eine noch schrankenlosere Verbindung mit den „Illustrierten". Denn darauf lief es im Kern hinaus: es war köstlich, romantisch, bodenlos, offenkundig über viele, viele Tausende im Jahr zu verfügen, Jugend und Intelligenz und wenn schon nicht Schönheit, so doch zumindest in gleichem Maß eine hohe, unklare, bestrickende, zwiespältige Absonderlichkeit, was sogar noch besser war, zu besitzen und sich obendrein noch grenzenloser Freiheit zu erfreuen, der Freiheit des Wüstenwinds – es war unsagbar rührend, so ausgestattet zu sein und doch vom Geschick zu demütig-bescheidenen Fehlgriffen herabgewürdigt zu werden.

Das lenkte die Phantasie unserer Freundin erneut nach New York zurück, wo intellektuelle Verirrungen so sehr im Bereich des Möglichen lagen, und tatsächlich machte es einen Besuch, den sie bald darauf dort abstattete, bis zum Übermaß interessant. Da Milly sie nun einmal so liebenswürdig eingeladen hatte, wollte sie sich nach besten Kräften gegen den Druck so hohen Vertrauens in ihre geistigen Fähigkeiten behaupten; und das Bemerkenswerte war, daß sie sich sogar nach Ablauf von drei Wochen noch immer behauptet *hatte.* Doch inzwischen war ihr Intellekt vergleichsweise kühn und frei geworden; er befaßte sich mit neuen Größen, einer ganz anderen Größenordnung – und das hatte ihn aufgefrischt: folglich war sie im behaglich sicheren Besitz ihres Themas heimgekehrt. New York war riesengroß, New York war verblüffend, mit seltsamen Lebensgeschichten, mit einer Vergangenheit ungezähmter kosmopolitischer Generationen, die alles mögliche erklärten; und mit der üppig gewucherten Sippe in nähere Berührung gelangt zu sein, deren letzte Blüte das seltene Geschöpf war, mit dem ungeheuren, überschäumenden, regellosen Schwarm freilebender Vorfahren, gutaussehender toter Vettern, unheimlicher Onkel, verschwundener schöner Tanten, lauter Personen, die kraft berühmter französischer Meißel als eitel Büste und Lockenpracht, wenn auch entblößt, in Marmor erhalten geblieben waren – all das, gar nicht zu reden von der Wirkung näherer Sprossen des Stammes, bedeutete, den eigenen bescheidenen Platz in der Welt zugleich überfüllt und erweitert zu erleben. Unsere beiden hatten jedenfalls einen Austausch vorgenommen; die ältere Freundin hatte sich so bewußt intellektuell wie möglich gegeben und die jüngere, die von persönlichen Enthüllungen überströmte, in gleichem Maße unbewußt vornehm. Das war Poesie – es war auch Geschichte –, dachte Mrs. Stringham, noch erlesener als Maeterlinck und Pater, als Marbot und Gregorovius. Sie sorgte für Gelegenheiten, mit ihrer Gastgeberin diese Autoren zu lesen, wenn sie dabei vielleicht auch nicht wirklich große Spannen bewältigten; doch was sie erreichten und was sie versäumten, versank für sie rasch in jenen düsteren Tiefen des bloß Relativen, so schnell, so fest hatte sie ihren zentralen Anhaltspunkt in den Griff bekommen. All ihre Skrupel und all ihre Unschlüssigkeit, all ihre bänglichen Schwärmereien hatten sich auf eine einzige Besorgnis eingeengt – die Furcht, sie könnte auf ihre Gefährtin grob und ungeschickt einwirken. Sie ängstigte sich geradezu davor, was sie ihr womöglich antat, und um dem zu entgehen, um das mit leidenschaftlicher Ehrfurcht zu vermeiden, besser nichts zu tun, sie ganz unangetastet zu lassen, weil keine noch so sachte Einwirkung, wie auch immer gerechtfertigt, wie auch immer ernsthaft und vorsichtig angebracht, auch nur halbwegs gut genug wäre und nichts als einen häßlichen Schmutzfleck an der Vollkommenheit hinterlassen würde – das setzte sich nun als beständiger, als beflügelnder Gedanke durch.

Weniger als einen Monat nach dem Ereignis, das Mrs. Stringhams Haltung derart bestimmt hatte – das heißt, ihrer Rückkehr aus New York dicht auf den Fersen –, erreichte sie ein Angebot, das sie vor ein Problem stellte, mit dem sich ihr Taktgefühl auseinanderzusetzen haben würde. Würde sie zum frühestmöglichen Zeitpunkt mit ihrer jungen Freundin nach Europa reisen, und wäre sie dazu bereit, ohne Bedingungen zu stellen? Die Anfrage kam telegraphisch; sie stellte hinreichende Erklärungen in Aussicht; sie betonte die äußerste Dringlichkeit und bat um volles Einverständnis. Es machte ihrer Aufrichtigkeit Ehre, daß sie sich auf der Stelle einverstanden erklärte, wenn es auch ihrer Logik vielleicht nicht ganz Ehre machte. Ganz bewußt hatte sie von Anfang an zugunsten ihrer neuen Bekannten etwas aufgeben wollen, doch jetzt hegte sie keinen Zweifel, daß sie praktisch alles aufgab. Was darüber entschied, war das Ausmaß eines bestimmten Eindrucks, des Eindrucks, der sich die ganze Zeit über zunehmend bestätigt hatte und dem sie soweit wie möglich mit den Worten Ausdruck gegeben hätte, der Zauber des Geschöpfes liege ohne jeden Zweifel in seiner Erhabenheit. Sie hätte sich damit begnügt, es dabei zu belassen; es sei denn, sie hätte vertraulicher gesagt, Mildred sei der überwältigendste Eindruck ihres Lebens. Das war jedenfalls ihre überwältigendste Erklärung, und eindeutig kam nur etwas Überwältigendes in Frage. Ihre Lebensumstände, wie man so etwas nannte, spielten sich auf hoher Ebene ab; aber das war es auch noch nicht. Es war ihr Naturell, ein für allemal – ein Naturell, das Mrs. Stringham an den Ausdruck erinnerte, den die Zeitungen immer für die großen neuen Dampfer gebrauchten, die unmäßige Zahl von „Kubikfuß Wasser“, die sie verdrängten; und wenn man sich mit seinem kleinen Boot in ihrer Nähe zu verweilen und an sie heranzufahren entschloß, hatte man es sich daher selbst zuzuschreiben, wie sehr einen der Sog mitriß, wenn die Bewegung erst einmal eingesetzt hatte. Milly verdrängte so viele Kubikfuß Wasser, und mochte es auch kurios scheinen, daß ein einsames Mädchen, das nicht robust war und Lärm und Gepränge verabscheute, den Strom wie ein Leviathan aufwühlen sollte, so trieb ihre Gefährtin doch mit dem Gefühl davon, an ihrer Seite heftig ins Schaukeln geraten zu sein. Doch auf diese Erregung mehr als gefaßt, war Mrs. Stringham vor allem hinsichtlich ihrer eigenen Konsequenz nicht recht wohl. Sich jemandem auf unbestimmte Zeit anzuschließen, schien eine umständliche Art zu sein, die Hände von ihm fernzuhalten. Wenn sie sichergehen wollte, jede Berührung und jede Beschmutzung zu vermeiden, wäre es unbedingt besser gewesen, ihre Freundin nicht in Reichweite zu behalten. Das erkannte sie durchaus, und ebenso, wie sie dem Mädchen wünschte, ihr eigenes Leben zu führen, ein Leben, das mit Sicherheit so viel erlesener sein würde als das jedes anderen. Jedoch löste sich das Problem glücklicherweise auf, sobald sie sich weiterhin klargemacht hatte, wozu sie rasch in der Lage war, sie, Susan Shepherd – der Name, mit dem Milly sie meistenteils zu ihrem eigenen Vergnügen nannte –, sei *nicht* jeder andere. Sie hatte auf diese Rolle verzichtet; sie hatte jetzt kein eigenes Leben zu führen; und sie glaubte aufrichtig, sie sei hervorragend dafür gerüstet, Millys Leben zu führen. Absolut kein anderer Mensch, dessen war sie sich sicher, besaß diese Befähigung in gleichem Maße, und eigentlich um das zu bestätigen, begab sie sich hoffnungsfroh an Bord.

Viele Dinge, wenn auch nicht in allzu vielen Wochen, waren seither gekommen und gegangen, und zu den besten hatte sicherlich die Seereise selbst gehört, auf der günstigen südlichen Route über eine Reihe von Mittelmeerhäfen bis zu dem augenbetörenden Schlußpunkt in Neapel. Zwei, drei weitere Dinge waren dem vorausgegangen; Vorfälle, eigentlich recht lebhafte Eindrücke, während ihrer letzten zwei Wochen daheim, deren einer seitens Mrs. Stringhams einen überstürzten Aufbruch nach New York ausgelöst hatte, mit achtundvierzig Stunden dort, unmittelbar vor dem endgültigen Sammeln. Doch der stetige überwältigende Meeresglanz hatte den Rest des Bildes aufgesogen, so daß viele Tage lang andere Fragen und andere Möglichkeiten mit ihrem Ton so wenig zur Wirkung kamen wie ein Trio von Kinderpfeifen in einem Wagnervorspiel. Praktisch herrschte das Wagnervorspiel die ganze Zeit über vor, durch Italien, wo Milly schon einmal gewesen war, nach Norden, noch weiter hinauf und über die Alpen, die auch Mrs. Stringham zum Teil bekannt waren; nur „nahmen" sie diese in nicht ganz angemessenem Tempo, in der Tat übereilt, auf Grund der großen Rastlosigkeit des Mädchens. Es war von ihr zu erwarten gewesen, sie hatte es unverblümt vorausgesagt, sie werde sich als rastlos erweisen – das war teilweise ein Grund, weshalb sie „großartig" war –, oder es war jedenfalls eine Folge, wenn nicht eine Ursache; doch hatte sie vielleicht nicht ganz so deutlich angekündigt, sie werde so heftig an der Leine zerren. Es war Mrs. Stringham wohlbekannt, es war schön für sie, daß Milly Rückstände aufzuholen hatte, die Chancen, die ihr wegen der ausschweifenden Sitten von Vorfahren entgangen waren, die Paris liebten, aber nicht seine edleren Seiten, und fast nichts anderes; doch Millys Unbestimmtheit, ihre Aufgeschlossenheit, der Eifer ohne Ziel und das Interesse ohne Pause – alles Teil des Zaubers ihres seltsamen Wesens, wie es von Anfang an ins Auge gesprungen war – wurden in gleichem Maße auffälliger, wie sie über Fortbewegung und Wechsel der Szene hinweg obsiegten. Sie verfügte über Künste und besaß Eigenheiten, von denen man im einzelnen nicht viel hätte sagen können, die aber ein täglich erneuertes Glück bedeuteten, wenn man mit ihnen lebte; wie etwa die Kunst, beinahe tragisch ungeduldig zu sein und das doch leicht wie Luft wirken zu lassen; unerklärlich schwermütig zu sein und es doch heiter wie den Mittag zu machen; unverkennbar fröhlich zu sein und dabei doch so sanft wie die Dämmerung. Mrs. Stringham verstand mittlerweile alles, fühlte sich mehr denn je in ihrem Staunen und ihrer Bewunderung bestätigt, in ihrer Ansicht, es sei Leben genug, einfach die Gefühle ihrer Gefährtin mitzuerleben; doch es gab besondere Schlüssel, die sie noch nicht an ihrem Bund hatte, Eindrücke, die sie oft ganz plötzlich als neu anmuteten.

Dieser besondere Tag auf der großen Landstraße in der Schweiz war aus irgendeinem Grunde voll solcher Eindrücke gewesen, und sie wiesen einstweilen auf eine tiefere Tiefe hin, als sie bisher erreicht hatte – wenn sie auch, das muß angefügt werden, zwei- oder dreimal lange genug in solche Tiefen gelugt hatte, um sich unversehens dabei zu ertappen, zurückzuzucken. Kurzum, es war nicht Millys Verfassung ungedämpfter Ruhelosigkeit, die ihr jetzt Sorge machte – obzwar man freilich, da Europa das große amerikanische Beruhigungsmittel war, den Mißerfolg in gewissem Maße zur Kenntnis nehmen mußte: es war der Argwohn, es stecke etwas dahinter – das sich jedoch dort an seinem Platz kaum seit ihrer Abreise eingenistet haben konnte. Woher plötzlich ein frisches Motiv zur Unrast hätte aufbrechen können, ließ sich also nicht erraten. Es war keine befriedigende Erklärung, die beflügelnde Erregung habe sich bei beiden natürlicherweise abgeschwächt, und was sie hinter sich gelassen oder doch hinter sich zu lassen versucht hatten – die großen ernsten Tatsachen des Lebens, wie Mrs. Stringham sie gern nannte –, trete erneut ins Blickfeld, wie Gegenstände sich verschwommen durch den Rauch abzeichnen, wenn er sich zu verziehen beginnt; denn das waren allgemeine Eindrücke, von denen sich das Mädchen, nach ihrem Aussehen und ihrem zunehmend unbestimmten Wesen zu urteilen, eher abzulösen schien. Die engste Annäherung an eine persönliche Besorgnis, die sich die ältere Dame bisher gegönnt hatte, ergab sich, als sie sich bei Gelegenheit fragte, ob das, was sie vor allem anderen zu fassen bekommen habe, etwa einer der feineren, einer der feinsten, einer der kostbarsten – wie sie es nannte, um keine schlimmere Bezeichnung wählen zu müssen – Fälle amerikanischer Überspanntheit sei. Sie hatte gerade einen Augenblick der Bestürzung durchgemacht – hatte sich gefragt, ob ihre junge Freundin ihr lediglich ein kompliziertes Nervendrama vorsetzen werde. Nach einer Woche aber, nach weiteren Fortschritten in ihrer Beziehung, hatte ihre junge Freundin die Frage wirksam beantwortet und ihr den bisher freilich noch unklaren Eindruck vermittelt, etwas anderes besitze reales Gewicht, womit verglichen die Auslegung im Sinne einer besonderen nervlichen Verfassung plump gewesen wäre. Mit anderen Worten fand Mrs. Stringham sich von Stunde an im Angesicht einer Erklärung, die zwar noch verhüllte und schwer faßbare Konturen behielt, die aber mit Sicherheit, sollte sie deutlicher werden, alles und mehr als alles enträtseln und dabei auf der Stelle offenbaren würde, in welchem Licht Milly zu lesen war.

Solches kann jedenfalls etwas darüber aussagen, auf welche Weise unsere junge Frau die Menschen in ihrer Nähe anzurühren vermochte, kann dafür Zeugnis ablegen, welches Interesse sie wachrufen konnte. Sie wirkte – und anscheinend ganz ohne Absicht – auf die Anteilnahme, die Neugier, die Phantasie ihres Bekanntenkreises, und wir selbst werden ihr in der Tat kaum anders näherkommen, als indem wir den Eindruck ihrer Freunde nachempfinden und notfalls ihre Verwirrung teilen. Sie unterwarf die anderen, hätte Mrs. Stringham gesagt, unterwarf sie einem Zustand bejahender Ratlosigkeit; was für diese gute Dame, wenn man die Dinge bis ins letzte analysierte, genau das war, was am meisten mit ihrer Erhabenheit harmonierte. Sie überstieg alles Maß, entzog sich jedem Vergleich und überraschte nur insofern, als die *anderen* selbst so wenig von Erhabenheit besaßen. So geschah es, daß an diesem wunderschönen Tag auf dem Brünigpaß der Zauber, sie zu beobachten, unwiderstehlicher denn je geworden war; ein Beweis dafür – oder wenigstens teilweise –, wie weit Mrs. Stringham mit allen übrigen unterworfen worden war. Sie hatte beinahe das Gefühl, als spürte sie ihrer jungen Freundin nach, um im geeigneten Moment zuzustoßen. Sie wußte, daß sie nicht zustoßen würde, sie war nicht mitgekommen, um zuzustoßen; aber sie empfand dennoch ihre Aufmerksamkeit als verstohlen und ihre beobachtende Haltung als wissenschaftlich. Sie kam sich vor wie ein lauernder Spion, der auf die Probe stellt, Fallen auslegt, Zeichen verdeckt. Das sollte jedoch nur andauern, bis sie einigermaßen wußte, worum es ging; und dieses Beobachten war schließlich inzwischen ein geeigneter Weg, sich an das Mädchen zu heften, nichts weniger als eine Beschäftigung, eine Befriedigung an sich. Überdies stammte die Freude am Beobachten, wenn schon ein Grund dafür notwendig war, aus einem Sinn für ihre Schönheit. Ihre Schönheit schien ursprünglich gar nicht Teil der Situation zu sein, und auch in der ersten Aufwallung der Freundschaft hatte sich Mrs. Stringham zu niemandem plump darüber geäußert, hatte sie doch erkannt, daß diese für beschränkte Menschen – und wer, fragte sie sich manchmal insgeheim, war nicht beschränkt? – einer ganzen Menge Erläuterung bedurfte. Sie hatte gelernt, nicht davon zu sprechen, ehe nicht der andere zuerst davon sprach – was gelegentlich vorkam, aber nicht allzu oft; und dann vertrat sie ihren Standpunkt mit Nachdruck. Dann erwärmte sie sich zugleich für die Wahrnehmung, die mit ihrer eigenen übereinstimmte, und bestritt sie, mißtrauisch, hinsichtlich besonderer Einzelheiten; während sie im allgemeinen sich sogar bis zu dem Punkt hin zu läutern gelernt hatte, dasselbe Wort zu gebrauchen, das die meisten benutzten. Sie gebrauchte es, um vorzugeben, auch sie sei beschränkt, und damit die Angelegenheit hinter sich zu bringen; sprach von ihrer Freundin als unansehnlich, in einem Fall besonders bornierter Hartnäckigkeit sogar als häßlich, jedoch in ihrer Erscheinung so „schrecklich substantiell". Das war ihre Art, ein Antlitz zu beschreiben, das sicherlich dank eher zuviel Stirn, zuviel Nase und zuviel Mund, gleichzeitig zuwenig an Farbe und Form des herkömmlich gepriesenen Musters, ausdrucksvoll war, unregelmäßig, erlesen, sowohl beim Sprechen wie im Schweigen. Wenn Milly lächelte, war es ein Staatsereignis – wenn sie nicht lächelte, war es ein Kapitel Geschichte. Sie hatten auf dem Brünigpaß eine Pause zum Mittagessen eingelegt, und dort hatte sich für sie, denen es der Zauber des Orts angetan hatte, die Frage eines längeren Aufenthalts ergeben.

Mrs. Stringham befand sich jetzt auf dem Boden erregten Wiedererkennens, leiser, aber klarer Echos einer Vergangenheit, die sie in einem stark abgegriffenen Kästchen wohlverwahrt hielt, die sich aber, sobald man eine Feder auslöste und sie der Luft aussetzte, als immer noch so fleißig tickend erwies wie eine ehrliche alte Taschenuhr. Das einbalsamierte „Europa" ihrer Jugend stand zum Teil für drei Jahre in der Schweiz, eine durchgehende Schulzeit in Vevey, mit Auszeichnungen in Gestalt von Silbermedaillen an blauen Bändern und mit Hilfe von Alpenstöcken in Angriff genommenen sanften Bergpässen. Die bravsten Schülerinnen durften in den Ferien am höchsten hinauf, und danach, wie unsere Freundin ihrer Meinung nach mit den niederen Gipfeln vertraut war, war sie eine der besten gewesen. Diese Erinnerungen, heute geheiligt, weil sie sich in den verstummten Kammern der Vergangenheit herangebildet hatten, gehörten dazu, was ihre tapfere Mutter aus Vermont als Generallinie für die zwei Schwestern, die früh vaterlos gewordenen Töchter, abgesteckt hatte; jetzt kam es ihr so vor, als habe die Mutter, fast wie Kolumbus, offenbar ganz ohne Beistand eine Vorstellung von der anderen Seite des Erdballs entwickelt. In Burlington hatte sie mit spontaner Erleuchtung und außerordentlicher Sicherheit Vevey ins Visier genommen; worauf sie das Schiff bestiegen, den Ozean überquert hatte, gelandet war, alles erkundet und, vor allem, ihren Aufenthalt gerechtfertigt hatte. Sie hatte ihren Töchtern die fünf Jahre in der Schweiz und in Deutschland zukommen lassen, die ihnen für alle Zeiten einen Vergleichsmaßstab für alle Kreise – selbst Nordchinas – hinterließen und besonders die jüngere – Susan war die jüngere – mit Charaktermerkmalen prägten, die, wie Mrs. Stringham ihr Leben lang oft genug zu beobachten Gelegenheit fand, den ganzen Unterschied ausmachten. Immer wieder und in den entferntesten Zusammenhängen machte es für Mrs. Stringham den ganzen Unterschied aus, daß sie dank der einsamen, sparsamen, mutigen Zuversicht ihrer Mutter eine weltläufige Frau war. Eine Vielzahl von Frauen waren alles mögliche, was sie nicht war, waren aber andererseits gerade nicht das und wußten nicht, daß *sie* es war (was ihr gefiel – es verwies sie noch weiter in die Schranken), und genausowenig wußten sie, in welchem Maß es sie befähigte, die anderen einzuschätzen. Noch nie hatte sie sich so stark in diesem Licht gesehen wie in der jetzigen Phase ihrer gemeinschaftlichen, wenn auch ein wenig ziellosen Pilgerreise; und diese Erkenntnis verlieh ihrer Bitte um eine Pause vielleicht mehr Nachdruck, als sie merkte. Die unwiederbringlichen Tage waren von weit her zu ihr zurückgekehrt; sie waren Teil der sinnlichen Wahrnehmung der kühlen Höhenluft und alles anderen, das wie ein unzerstörbarer Duft dem zerrissenen Gewand der Jugend anhing – der Geschmack des Honigs und die Köstlichkeit der Milch, der Klang der Kuhglocken und das Tosen der Bergbäche, der Duft zertretener Kräuter und die schwindelnde Tiefe der Schluchten.

Milly empfand diese Dinge sichtlich auch, doch ihre Regungen muteten ihre Begleiterin hin und wieder an – das war die Art, wie Mrs. Stringham es ausgedrückt hätte –, wie die Prinzessin in einer herkömmlichen Tragödie die Vertraute hätte anmuten können, wäre letzterer jemals eine eigene Gemütsregung gestattet gewesen. Daß eine Prinzessin nur eine Prinzessin sein konnte, war eine grundsätzliche Wahrheit, mit der eine noch so aufgeschlossene Vertraute zu leben hatte. Mrs. Stringham war eine weltläufige Frau, Milly Theale aber war eine Prinzessin, die einzige, mit der sie bisher zu tun gehabt hatte, und auch das machte auf seine Art den ganzen Unterschied. Für die Trägerin war das ein vollkommen eindeutiges Verhängnis – für jeden anderen war es eine vollkommen handgreifliche Eigenschaft. Mit der darin einbegriffenen Einsamkeit und anderen Geheimnissen hätte es möglicherweise die Last sein können, unter der sie das außergewöhnliche Haupt ihrer Gefährtin sich gelegentlich, und so unendlich ergeben, neigen zu sehen meinte. Beim Mittagessen hatte sich Milly ganz damit einverstanden erklärt, daß sie über Nacht blieben, und es ihr überlassen, Zimmer zu besichtigen, Fragen zu klären, alles zu regeln, damit sie Kutsche und Pferde behalten könnten; Pflichten, die übrigens jetzt ganz selbstverständlich Mrs. Stringham zugefallen waren und die ihr doch aus irgendeinem Grunde, besonders bei diesem Anlaß, nachdrücklich klarmachten – auf durchaus angenehme, lebhafte, großartige Weise –, was es hieß, mit den Großen zusammenzuleben. Ihre junge Freundin besaß in erhabenem Maße ein gegenüber der Frage möglicher Schwierigkeiten ganz allgemein verschlossenes Bewußtsein, zudem tat sie diese durchaus nicht so ab, wie man es bei vielen reizenden Personen erleben kann, die sie einfach an andere abschieben. Sie hielt Probleme vollkommen auf Abstand: sie fanden nie in den inneren Kreis; eine noch so lamentierende Vertraute hätte sie nicht hereinzuzerren vermögen; und den Weg einer Vertrauten zu beschreiten hieß demnach, verschont zu bleiben. Der Dienst ließ sich, mit anderen Worten, so mühelos verrichten, daß das Ganze dem Leben bei Hofe glich, aber ohne dessen Mühsale. Natürlich lief es auf die Frage des Geldes hinaus, und unsere aufmerksame Dame hatte mittlerweile wiederholt darüber nachgedacht, daß es, sprach man über den „Unterschied", just das war, im wesentlichsten das und nichts anderes, was ihn letzten Endes am meisten ausmachte. Einen weniger vulgär, einen weniger sichtlich am Kaufen oder Vorzeigen interessierten Menschen konnte sie sich nicht vorstellen; aber dennoch war es die absolute Wahrheit, daß das Mädchen ihrem Reichtum nicht entkommen konnte. Sie mochte ihre gewissenhafte Gefährtin so großzügig mit alldem verschonen wie nur möglich und nie eine Frage stellen, kaum auch nur einen Hinweis dulden; doch der Reichtum steckte in den feinen Falten des unausweichlich teuren, kleinen schwarzen Kleides, das sie über den Rasen schleifen ließ, als sie jetzt ziellos davonschlenderte; er steckte in den kunstreichen und prachtvollen Haarflechten, „zurechtgemacht" ohne jede Rücksicht auf die mode du jour und hervorlugend unter einem entsprechend jeder Mode gegenüber gleichgültigen Hut, nur persönlicher Tradition verpflichtet und damit eine Art erlauchter Uneleganz andeutend; er hielt sich zwischen den Seiten des unaufgeschnittenen, aber veralteten Tauchnitzbandes versteckt, den sie vor dem Ausgehen gedankenlos an sich genommen hatte. Weder in ihrer Kleidung noch in ihrem Gang noch in ihrer Lektüre noch in ihren Gedanken konnte sie ihn loswerden; sie konnte ihn weder in träumerischer Geistesabwesenheit hinweglächeln noch ihn mit einem besänftigten Seufzer wegpusten. Sie hätte ihn nicht verlieren können, selbst wenn sie sich darum bemüht hätte – das bedeutete es, wirklich reich zu sein. Es mußte *das* sein, was man war. Als sie nach Ablauf einer Stunde nicht ins Haus zurückgekehrt war, schlug Mrs. Stringham, obwohl der sonnige Nachmittag noch jung war, wohlgewappnet dieselbe Richtung ein, um sich ihr anzuschließen, falls sie Lust auf einen Spaziergang hätte. Doch in Wahrheit kam es ihr weniger darauf an, sich ihr anzuschließen, als vielmehr gebührend Rücksicht zu nehmen, falls sie lieber allein sein wollte: so daß die gute Dame wieder einmal mit einer Geräuschlosigkeit ausschritt, die sie sogar in ihren eigenen Augen ein wenig „heimlichtuerisch" machte. Das konnte sie jedoch nicht ändern, und es war ihr auch gleichgültig, war sie sich doch sicher, daß sie in Wirklichkeit nicht zu weit gehen, sondern rechtzeitig innehalten wollte. Eben um rechtzeitig innehalten zu können, ging sie leise, aber diesmal mußte sie eine weitere Strecke zurücklegen als je zuvor, denn sie folgte vergeblich und zuletzt mit einiger Besorgnis dem Fußpfad, den Milly wahrscheinlich eingeschlagen hatte. Er wand sich einen Hang hinauf zu den höheren Alpenwiesen, in denen sie in den letzten Tagen, wenn sie auf den Höhen oder in den Tälern daran vorbeifuhren, so oft hatten umherstreifen wollen;

dann verlor er sich in einem Gehölz, jedoch immer weiter ansteigend, und offensichtlich war sein Ziel ein Grüppchen alter, brauner, hoch am Hang nistender Sennhütten. Mrs. Stringham langte schließlich bei den Hütten an und erhielt dort von einer erstaunten alten Frau, einer ganz schrecklich anzusehenden Person, einen Hinweis, der ihr einigermaßen zuverlässig weiterhalf. Man habe die junge Dame vor nicht langer Zeit vorbeikommen sehen, sie sei weitergewandert, über einen Kamm und zu einer Stelle, wo der Weg wieder abwärts führe, was auch wirklich zutraf, eindeutig steil und beinahe besorgniserregend, wie unsere noch immer beunruhigte Freundin tatsächlich eine Viertelstunde später feststellte. Der Pfad führte irgendwohin, jedoch anscheinend direkt ins Nichts, denn von der Stelle aus, wo sie stehenblieb, schien der gewaltige Hang des Berges steil abzufallen, wenn auch wahrscheinlich nur zu einem tiefer gelegenen Punkt, der außer Sicht war. Doch war ihre Ungewißheit nur kurz, denn als nächstes bemerkte sie auf einem zwanzig Meter entfernten Felsbrocken den Tauchnitzband, den das Mädchen mitgenommen hatte, der also darauf hindeutete, daß sie kurz vorher hiergewesen war. Sie hatte das Buch, das sie behinderte, abgelegt und gedachte es natürlich auf dem Rückweg wieder aufzunehmen; doch da sie es noch nicht wieder an sich genommen hatte, was in aller Welt war aus ihr geworden? Ich beeile mich anzufügen, daß Mrs. Stringham es in wenigen Augenblicken sehen sollte; doch es war reiner Zufall, daß sie nicht, noch bevor diese verstrichen waren, durch ihre heftigere Aufregung ihre eigene Nähe verriet.

Infolge des starken Abfalls des Pfades und einer scharfen Biegung, die Felsen und Büsche verdeckten, schien das ganze Terrain steil abzustürzen und schlicht und einfach eine „Aussicht“ zu werden, eine Aussicht von gewaltiger Schönheit und Ausdehnung, aber schwindelerregend abschüssig. Milly hatte direkt von oben gesehen, was sie verhieß, und war stracks hinabgestiegen, war erst stehengeblieben, als sie voll ausgebreitet vor ihr lag; und hier, an einer Stelle, die ihrer Freundin als schroffer Rand des Abgrunds vorkam, saß sie in aller Bequemlichkeit. Der Pfad strebte irgendwie weiter, aber der Sitz des Mädchens war eine Felsplatte am Ende eines kurzen Vorsprungs oder Buckels, der nach rechts lediglich in einen Abgrund ragte und den das Glück, wenn nicht gar das Pech, so angelegt hatte, daß er erst zuletzt völlig sichtbar wurde. Denn Mrs. Stringham erstickte einen Aufschrei, als sie erkannte, was sie als die Gefahr eines solch luftigen Thrones für ein junges Mädchen ansah; sie konnte nur zu leicht ausgleiten, abrutschen, danebenspringen, infolge einer einzigen falschen Bewegung, einer Wendung des Kopfes abstürzen, da hinab – konnte man es wissen? –, was immer darunter lag. Eine Minute lang brausten tausend Gedanken in den Ohren der armen Dame, ohne aber Millys zu erreichen. Es war ein Aufruhr, der unsere Beobachterin angespannt still und mit angehaltenem Atem dastehen ließ. Was sich ihr als erstes angeboten hatte, war die Möglichkeit einer geheimen Absicht – wie unsinnig der Gedanke auch sein mochte – in einer solchen Position, der Enthüllung einer Übereinstimmung von Millys plötzlichem Einfall mit einer gräßlichen, versteckten Zwangsidee. Doch da Mrs. Stringham so reglos dastand, als müßte ein Laut, eine Silbe das verhängnisvolle Aufschrecken auslösen, hatte selbst das Verstreichen weniger Sekunden eine teilweise beruhigende Wirkung. Es gab ihr Zeit, den Eindruck in sich aufzunehmen, den sie einige Minuten später, als sie leise umkehrte, als den eindringlichsten forttragen sollte. Das war der Eindruck, wenn das Mädchen dort in sich versunken und auf nichts anderes achtend nachsann, so dachte sie nicht an einen Sprung in die Tiefe; im Gegenteil befand sie sich, wie sie dort saß, viel eher in einer Hochstimmung grenzenloser Inbesitznahme, die von einem gewaltsamen Akt nichts wissen wollte. Sie blickte auf alle Reiche dieser Welt hinab, und obwohl einem allein schon das durchaus zu Kopfe steigen konnte, dann gewiß nicht mit der Absicht, darauf zu verzichten. Wählte sie zwischen ihnen, oder wollte sie alle haben? Diese Frage machte, bevor Mrs. Stringham entschieden hatte, was zu tun sei, alle weiteren müßig; demgemäß erkannte sie oder glaubte zu erkennen, wenn es womöglich gefährlich war, zu rufen, auf irgendeine Weise Überraschung laut werden zu lassen, so war es vermutlich am sichersten, sich zurückzuziehen, wie sie gekommen war. Sie gab noch eine Weile acht, sie hielt den Atem an und wußte später nie, wieviel Zeit verstrichen war.

Wahrscheinlich nicht viele Minuten, doch waren sie ihr nicht als wenige vorgekommen und hatten ihr so viel Stoff zum Nachdenken gegeben, nicht nur auf dem langsamen Heimweg, sondern danach während des Wartens im Gasthaus, daß sie immer noch damit beschäftigt war, als Milly spät am Nachmittag wieder auftauchte. Mrs. Stringham hatte an der Stelle des Pfades haltgemacht, wo das Tauchnitzbuch lag, hatte es aufgehoben und mit dem an ihrer Uhrkette hängenden Bleistift ein Wort – à bientôt! – quer über den Umschlag gekritzelt; dann hatte sie, sogar als das

Mädchen immer noch ausblieb, ohne erneute Besorgnis die Zeit verstreichen lassen. Denn jetzt erkannte sie, daß das ganz Wichtige, was sie von dort mitgenommen hatte, eben die Überzeugung war, die Zukunft werde sich für ihre Prinzessin nicht in Gestalt einer gewaltsamen oder einfachen Erlösung vom menschlichen Los darstellen. Es werde sich für sie nicht um einen Sprung und dadurch ein rasches Entrinnen handeln. Es werde darum gehen, den ganzen Ansturm des Lebens voll ins Gesicht zu bekommen, und als sie dort auf ihrem Felsen saß, hätte es sein können, um all das gründlich zu mustern. Deshalb vermochte Mrs. Stringham sich zu sagen, auch noch nach einer weiteren Wartezeit von beträchtlicher Länge, wenn ihre junge Freundin immer noch ausbleibe, so gewiß nicht, weil sie – wie günstig auch immer die Gelegenheit – den Faden abgeschnitten habe. Sie hätte nicht Selbstmord begangen; sie wußte sich unmißverständlich einem komplizierten Geschehen vorbehalten; eben das war die Vision, in der man sie, mit nicht geringer Ehrfurcht, entdeckt hatte. Das Bild, das der älteren Dame davon verblieb, behielt den Charakter einer Offenbarung. Während der Minuten, in denen sie ihre Gefährtin mit angehaltenem Atem beobachtete, hatte sie sie in einem neuen Licht gesehen; der Typ der letzteren, ihr Aussehen, ihr Gepräge, ihre Geschichte, ihre Lage, ihre Schönheit, ihr Geheimnis, all das hatte sich unbewußt der Alpenluft gegenüber verraten und war wieder eingesammelt worden, um Mrs. Stringhams Flamme zu nähren. Das sind Dinge, die uns noch deutlicher vor Augen treten werden; inzwischen finden sie in knapper Form ihre Darstellung in der Begeisterung, die auf seiten unserer Freundin stärker war als jeder Zweifel. Es war eine Erkenntnis, die sie bisher kaum mit sich herumzutragen gewohnt war, doch spürte sie gleichsam eine Fundgrube kostbarer Dinge unter ihren Füßen. Ihr war, als stünde sie dicht neben dem noch nicht ganz freigelegten Eingang. Die Grube brauchte bloß bearbeitet zu werden und würde mit Sicherheit einen Schatz hervorbringen. Dabei dachte sie nicht etwa an Millys Gold.

6

Das Mädchen sagte, als sie sich trafen, nichts zu den auf den Tauchnitzband gekritzelten Worten, und dann bemerkte Mrs. Stringham, daß sie das Buch gar nicht bei sich hatte. Sie hatte es liegenlassen und würde wahrscheinlich gar nicht mehr daran denken. Daher war der Entschluß ihrer Freundin rasch gefaßt, nicht zu erwähnen, daß sie ihr gefolgt war; und binnen fünf Minuten nach ihrer Rückkehr klärte sich der gedankenversunkene Zustand, auf den ihre Vergeßlichkeit hinwies, wunderbarerweise näher auf. „Würden Sie mich ganz abscheulich finden, wenn ich sage, daß ich doch …"

Mrs. Stringham hatte bereits beim ersten Anklang der Frage alles bedacht, was sie zu bedenken vermochte, und sofort ein Zeichen solcher Art gegeben, daß Millys Worte einer sichtlichen Erleichterung über ihre Zustimmung Platz machten. „Ihnen sagt unser Aufenthalt hier nicht zu – Sie möchten lieber weiterfahren? Dann brechen wir morgen in aller Herrgottsfrühe auf – oder so früh, wie Sie wollen; nur jetzt ist es reichlich spät, um uns wieder auf die Reise zu machen." Und sie lächelte, um zu zeigen, sie meine es als Scherz, daß ein sofortiges Losstürmen das war, was sich das Mädchen gewünscht hätte. „Ich habe Sie drangsaliert, um hier haltmachen zu können", fügte sie an, „also geschieht es mir recht."

Milly ging im allgemeinen gern auf die Scherze ihrer Freundin ein; doch diesen würdigte sie ein wenig geistesabwesend. „O ja, Sie drangsalieren mich immer." Und so verabredeten sie ohne jegliche Diskussion, ihre Reise am nächsten Morgen fortzusetzen. Das Interesse der jüngeren Touristin an den näheren Einzelheiten war – trotz einer Erklärung der älteren, sie sei bereit, sich sonstwohin schleppen zu lassen – anscheinend fast unmittelbar verebbt; sie versprach jedoch, bis zum Abendessen darüber nachzudenken, wohin sie, mit der ganzen Welt vor sich, fahren könnten – nachdem sie das Abendessen für eine Stunde bestellt hatten, die Kerzenlicht zuließ. Sie waren sich einig, daß Kerzenlicht in Gasthöfen am Wegesrand, in fremden Ländern, inmitten einer Berglandschaft, dem abendlichen Mahl eine eigentümliche Poesie verleiht – solcherart waren die zahmen Abenteuer, die kultivierten Eindrücke, auf die sie, wie sie gesagt hätten, aus waren. Jetzt war es, als hätte Milly vorgehabt, sich vor dieser Mahlzeit „hinzulegen"; doch drei Minuten später hatte sie sich doch nicht hingelegt, erkundigte sich vielmehr unversehens, so daß der Übergang einem Sprung über viertausend Meilen glich: „Was hat Ihnen Dr. Finch eigentlich in New York gesagt, als sie am Neunten allein mit ihm sprachen?"

Erst später begriff Mrs. Stringham ganz, wieso die Frage sie noch mehr überraschte, als durch ihre unerwartete Äußerung zu erklären war; wenngleich sie sich im Augenblick beinahe dahin auswirkte, ihr vor Schreck eine falsche Antwort zu entreißen. Sie mußte überlegen, sich den Anlaß zurückrufen, den „Neunten", New York, als sie mit Dr. Finch allein gesprochen hatte, und sich erinnern, was er ihr damals gesagt hatte; und als ihr alles eingefallen war, schien es einen Moment lang ganz so, als hätte er etwas ungemein Wichtiges gesagt. Das hatte er in Wirklichkeit aber nicht; es war nur, als hätte er es womöglich beinahe vorgehabt. Am Sechsten – zehn Tage vor ihrer Abreise – war sie unter der alarmierenden Nachricht, einem kleinen, aber hinreichenden Schock, von Boston herbeigeeilt, Mildred sei plötzlich erkrankt, habe aus einem unerfindlichen Grund eine solche Attacke gehabt, daß es ihre Reise zu verhindern drohe. Die Tragweite des Zwischenfalls hatte sich glücklicherweise bald als geringfügig herausgestellt, und es war schließlich nur auf wenige Stunden der Besorgnis hinausgelaufen; man hatte die Reise nicht nur für möglich, sondern, da sie eine „Veränderung" bedeutete, für höchst empfehlenswert erklärt; und wenn der beflissene Gast fünf Minuten mit dem Arzt allein zugebracht hatte, so war das eindeutig nicht mehr auf sein Betreiben als auf das ihre hin geschehen. Fast nichts an Information war zwischen ihnen hin- und hergeflossen außer einem zwanglosen Austausch von begeisterten Äußerungen hinsichtlich der heilkräftigen Eigenschaften „Europas"; und diese Versicherung vermochte sie jetzt abzugeben, als ihr die Umstände wieder einfielen. „Absolut nichts, mein Ehrenwort, das Sie nicht wissen dürften oder damals nicht hätten wissen dürfen. Ich teile, Sie betreffend, mit ihm keinerlei Geheimnis. Wie kommen Sie auf den Verdacht? Ich verstehe nicht ganz, woher Sie wissen, daß ich allein mit ihm gesprochen habe."

„Nein – Sie haben es mir nie gesagt", antwortete Milly. „Und ich meine nicht", fuhr sie fort, „während der vierundzwanzig Stunden, als es mir schlechtging und es ganz natürlich war, daß Sie die Köpfe zusammensteckten. Ich meine, nachdem es mir besser ging – das letzte Gespräch, bevor Sie heimfuhren."

Mrs. Stringham wunderte sich immer noch. „Wer hat Ihnen gesagt, daß ich damals mit ihm gesprochen habe?"

„*Er* nicht – und Sie haben es mir hinterher auch nicht geschrieben. Wir sprechen jetzt zum ersten Mal davon. Genau deswegen!" erklärte Milly – sie hatte etwas in ihrer Miene und Stimme, das ihrer Begleiterin im nächsten Moment verriet, sie habe wirklich nichts gewußt, habe sich nur etwas zusammengereimt und, aufs Geratewohl zielend, ins Schwarze getroffen. Doch warum hatte sie sich in Gedanken mit der Frage beschäftigt? „Aber wenn er Sie nicht, wie Sie mir jetzt versichern, ins Vertrauen gezogen hat", lächelte sie, „spielt es keine Rolle."

„Er hat mich nicht ins Vertrauen gezogen, und er hatte mir nichts anzuvertrauen. Fühlen Sie sich denn nicht wohl?"

Die ältere Frau forschte ernsthaft nach der Wahrheit, wenngleich die Möglichkeit, die sie nannte, keineswegs zuzutreffen schien – davon zeugte die lange Bergtour, die Milly sich gerade zugemutet hatte. Das Mädchen zeigte wie stets ein blasses Gesicht, doch das hatten alle ihre Freunde gelernt nicht weiter in Betracht zu ziehen, und es strahlte oft am meisten, wenn ihr rein äußerlich nicht sonderlich wohl war. Eine Weile lang lächelte sie unergründlich vor sich hin. „Ich weiß es nicht – ich habe wirklich nicht die geringste Ahnung. Aber vielleicht wäre es gut, das ausfindig zu machen."

Darauf flammte Mrs. Stringham in Anteilnahme auf. „Ist Ihnen nicht gut – haben Sie Schmerzen?"

„Nicht im allergeringsten. Aber manchmal frage ich mich ..."

„Ja", drängte sie, „was fragen Sie sich?"

„Nun, ob mir viel Derartiges bevorsteht."

Mrs. Stringham machte große Augen. „Viel Derartiges? Doch nicht Schmerzen?"

„Viel von allem. Von allem, was ich habe."

Wieder besorgt, liebevoll, strengte unsere Freundin ihren Geist an. „Sie *haben* alles; wenn Sie also sagen, *viel* davon ..."

„Ich meine nur", unterbrach das Mädchen, „werde ich es lange haben? Das heißt, *wenn* ich es habe."

Sie brachte gegenwärtig ihre Gefährtin ein wenig aus der Fassung oder doch in Verlegenheit, die sich von etwas Hilflosem in Millys Anmut und etwas Abruptem im Wechsel ihres Verhaltens allezeit berührt fühlte und dabei doch halb und halb ein sozusagen spöttisches Licht in ihr erahnte. „Wenn Sie ein Leiden haben?"

„Wenn ich alles habe", lachte Milly.

„Ach, *das* – wie kaum jemand anders."

„Also wie lange?"

Mrs. Stringhams Augen drangen in sie; sie war an Milly herangetreten, umschlang sie halb mit drängenden Armen. „Wollen Sie jemanden konsultieren?" Und dann, als das Mädchen nur mit einem bedächtigen Kopfschütteln antwortete, wenn es vielleicht auch eine Spur befangener aussah: „Wir gehen auf schnellstem

Wege zum besten Arzt in der Nähe." Aber auch das lockte nur einen bedingt zustimmenden Blick hervor und ein Schweigen, freundlich und vage, das alles offenließ. Unsere Freundin verlor entschieden die Fassung. „Sagen Sie mir um Gottes willen, ob Ihnen etwas fehlt."

„Ich glaube nicht, daß ich wirklich *alles* habe", sagte Milly gleichsam zur Erklärung – und als wollte sie es annehmbarer ausdrücken.

„Aber was kann ich denn bloß für Sie tun?"

Das Mädchen zögerte, dann schien sie im Begriff, es auszudrükken; doch plötzlich wich sie aus und sagte etwas anderes. „Sie liebes, liebes Wesen – ich bin nur zu glücklich!"

Das brachte sie einander näher, bestärkte aber auch Mrs. Stringhams Unsicherheit. „Was ist dann mit Ihnen?"

„Das ist es ja – daß ich es kaum ertragen kann."

„Aber was genau meinen Sie nicht zu haben?"

Milly schwieg noch einen Augenblick; dann fand sie es und fand dafür einen matten Anschein der Freude. „Die Kraft, der Seligkeit all dessen zu widerstehen, was ich *habe*!"

Mrs. Stringham nahm es in sich auf – ihr Gefühl, damit „abgespeist" zu werden, die mögliche, wahrscheinliche Ironie darin –, und ihre Zärtlichkeit äußerte sich von neuem im eigensinnigen Grimm eines langen Gemurmels. „Wen wollen Sie aufsuchen?" – denn es war, als blickten sie aus ihrer Höhe auf einen Kontinent voller Ärzte hinab. „Wohin wollen Sie sich zuerst wenden?"

Zum dritten Mal setzte Milly eine überlegende Miene auf; und damit kam sie auf ihre vor einigen Minuten vorgebrachte Entschuldigung zurück. „Ich sage es Ihnen beim Abendessen – bis nachher." Und die Leichtfüßigkeit, mit der sie das Zimmer verließ, sagte ihrer Freundin etwas darüber aus, daß sie an der erneuten Aussicht auf baldige Vorwärtsbewegung eine besondere Freude hatte. Der soeben beendete eigenartige Dialog, sann Mrs. Stringham, als sie nun wieder allein saß, mit einer Häkelnadel und einem Knäuel Seide, der „feinen" Handarbeit, die sie stets bei sich hatte – diese rätselhafte Stimmung war sicherlich einfach von ihrem verlängerten Aufenthalt, der dem Mädchen nicht wirklich behagt hatte, beschleunigt herbeigeführt worden. Man brauchte bloß einzuräumen, ihr Leiden bestehe in Wahrheit nur in einem Übermaß an Lebensfreude, und dann paßte alles zusammen. Sie konnte vor Freude nicht innehalten, aber sie konnte deswegen weitereilen, und mit dem Gefühl, sich vorwärtszubewegen, schwebte sie wieder, war ihren weiten Räumen wiedergegeben. Es bedeutete kein Ausweichen vor irgendeiner Wahrheit – zumindest hoffte Susan Shepherd das –, dortzusitzen, während die Dämmerung sich vertiefte, und sich noch mehr dem köstlichen Gefühl zu überlassen, die Situation dieser jungen Dame sei glänzend. In dieser Höhe war es am Abend natürlich kalt geworden, und die Reisenden hatten zu ihrer Mahlzeit ein Feuer bestellt; die große Alpenstraße behauptete durch die kleinen Scheiben der niedrigen, blanken Fenster ihre kühne Gegenwart mit Vorgängen am Tor des Gasthofes, der gelben Diligence, den mächtigen Frachtwagen, den eiligen Privatgefährten mit geschlossenem Verdeck, für unsere phantasievolle Freundin Denkanstöße zur Erinnerung an alte Bilder und Geschichten, an historisch gewordene Fluchten, an Verfolgung und Entkommen, Dinge, die sich ereignet hatten, ja Dinge, die ihr kraft einer Art seltsamer Übereinstimmung halfen, in die Beziehung, in die sie jetzt so tief verstrickt war, Bedeutungen von größtem Interesse hineinzulesen. Es war nur natürlich, daß dieses Zeugnis für die glanzvolle Position ihrer Gefährtin ihr als die beste der daraus zu schöpfenden Deutungen vorkam; denn sie selbst saß inmitten des Glanzes wie in einer Hofkutsche – darauf kam sie zurück, und eine solche Fortbewegungsweise, eine solche Aussicht von dunkelroten Kissen aus würde offenbar noch eine Menge mehr zu geben haben. Als die Kerzen zum Abendessen angezündet und die kurzen weißen Vorhänge zugezogen waren, hatte Milly sich wieder eingefunden, und dann besaß das kleine bühnenbildgleiche Zimmer all seine Romantik. Diesen Zauber brachen auch die Worte keineswegs, mit denen sie ohne weiteren Zeitverlust ihre langmütige Begleiterin zufriedenstellte. „Ich möchte direkt nach London."

Das kam unerwartet, entsprach keinem bei ihrer Abreise fest gefaßten Plan; damals hatte England im Gegenteil anscheinend einen Platz recht weit hinten in der Reihe eingenommen, hinausgeschoben sozusagen bis ans Ende einer langen Allee von Zurüstungen und Vorbereitungen. Kurz, man hätte annehmen können, London sei die Krone, die man wie bei einer Belagerung durch ein Näherrücken in Etappen erringen müsse. Millys jetziger schöner Riesenschritt war deshalb um so erregender, wie es für Mrs. Stringham jede Vereinfachung fast immer war; zudem sollte sie sich später, als den wahren Beginn eines Dramas, der Worte erinnern, in die das Mädchen, zwischen den blakenden Kerzen, ihren Wunsch gekleidet hatte und in denen noch andere Dinge angeklungen waren, während das Klirren der Wagenketten in der scharfen Luft an ihr Ohr drang, dazu das Hufgestampfe, das Eimerklappern und die fremdländischen Fragen, die fremdländischen Antworten, die alle gleichermaßen einen Teil des munteren Verkehrs der Landstraße ausmachten. Das Mädchen brachte es wahrhaftig wie ein ungeheures Geständnis vor, etwas, hinsichtlich dessen sie ihre Hemmungen bekannte und das sie oberflächlich erscheinen lassen könnte; es sei über sie gekommen, das, was sie von Europa haben wolle, seien „Menschen", soweit sie zu haben seien, und wenn ihre Freundin es wirklich wissen wolle, die Vision eben dieser unbestimmten Größe sei es, was sie bisher während ihrer gemeinsamen Tage in Museen und Kirchen verfolgt habe und was ihr erneut den reinen Genuß an der Landschaft verderbe. Sie sei durchaus für Landschaft – doch; aber sie wünsche sie sich mit Menschen und Bekannten, und sie könne nur sagen, in London werde es doch sicher mehr von dieser Art geben als sonst irgendwo. Sie kam auf ihre Idee zurück, wenn es nicht für lange sei – wenn sich herausstellen sollte, daß für *sie* nichts für lange sei –, nun, so werde ihr dieses Bestimmte, von dem sie rede, in dieser Zeit wahrscheinlich am meisten zu geben haben, wäre wahrscheinlich weniger als alles andere eine Vergeudung der ihr noch verbleibenden Zeit. Letztere Erwägung brachte sie mit solcher Heiterkeit vor, daß Mrs. Stringham nicht noch einmal aus der Fassung geriet, sogar durchaus bereit war – wenn schon ein Gespräch über einen vorzeitigen Tod auf der Tagesordnung stand –, ihre eigene Zukunft dagegenzuhalten. Nun gut; sie wollten essen und trinken, weil es morgen schon zu spät sein könnte; und von nun an würde sie ihre Lebensweise auf ein solches Essen und Trinken ausrichten. An diesem Abend aßen und tranken sie wahrhaftig gleichsam im Geiste dieses Beschlusses; infolgedessen empfanden sie die Atmosphäre, ehe sie auseinandergingen, als klarer.

Womöglich hatte sie sich geklärt, um eine nur zu umfassende Aussicht zu enthüllen – das heißt, umfassend im Verhältnis zu den erkennbaren Manifestationen des Lebens. Der Begriff von „Menschen" bestand bei Milly nicht darin, ihn mit bestimmten Personen zu verbinden, und für beide Damen blieb es eine Tatsache, daß sie in Dover gänzlich unbekannt inmitten einer Menge von Unbekannten von Bord gehen würden. Sie besaßen keinerlei im voraus geknüpfte Beziehung; dieses Argument brachte Mrs. Stringham vor, um zu sehen, wie die Reaktion darauf war.

Zunächst zeitigte es lediglich die Bemerkung des Mädchens, was ihr vorschwebe, sei kein Gedanke an die Gesellschaft oder das Anknüpfen von Bekanntschaften; nichts liege ihr ferner, als sich solche Möglichkeiten zu wünschen, wie sie für ihre Landsleute im allgemeinen ein Reisekoffer voller „Empfehlungen" beinhaltete. Es gehe, kurz gesagt, nicht um die Leute, hinter denen die Landsleute her seien; es sei das menschliche, das englische Bild selbst, wie sie es auf ihre eigene Weise erleben könnten – die Welt, wie man sie sich nach dem Gelesenen und Erträumten stets ausgemalt habe. Mrs. Stringham erwies dieser Welt die gebührende Achtung, doch als sich später zufällig eine Gelegenheit dazu bot, unterließ sie absichtlich nicht die Bemerkung, es wäre doch vielleicht angenehm, wenigstens *einen* Menschen schon vorher zu kennen. Damit vermochte sie Milly jedoch immer noch nicht, nach dem volkstümlichen Sprachgebrauch, „herauszulocken", so daß sie schließlich ganz deutlich werden mußte. „Habe ich Sie übrigens recht verstanden, daß Sie Mr. Densher eine Art Versprechen gegeben haben?"

Daraufhin trat ein Moment ein, da man Millys Gesichtsausdruck in zweierlei Richtungen deuten konnte – entweder, daß ihr das Versprechen völlig nebelhaft war oder daß Mr. Denshers Name selbst keinerlei Erinnerung auslöste. Doch das Versprechen konnte ihr nicht wirklich so nebelhaft sein, erkannte ihre Gesprächspartnerin rasch, wenn sie es mit jemandem in Verbindung brachte; es mußte ein Versprechen an eine bestimmte Person sein, um es so zu verleugnen. Schließlich bekannte sie sich also zu Mr. Merton Densher, dem so ungewöhnlich gescheiten jungen Engländer, der kurz vor ihrer Abreise in irgendeiner besonderen literarischen Angelegenheit – so war es doch wohl? – in New York in Erscheinung getreten war und während des kurzen Zeitabschnitts zwischen ihrem Besuch in Boston und dem darauffolgenden Aufenthalt ihrer Begleiterin bei ihr drei- oder viermal zu Hause vorgesprochen hatte; doch ihre Erinnerung bedurfte eines mehrfachen Anstoßes, bis ihr einfiel, daß sie dieser Begleiterin gleich darauf erzählt hatte; die betreffende Person habe zuversichtlich geäußert, sie werde nie etwas so Schauderhaftes tun wie nach London zu kommen, ohne, wie die Redensart lautete, vorbeizuschauen. Sie habe ihm die Freude an dieser Zuversicht gelassen, deren Form ihr womöglich eine Spur zu frei erschienen war – das betonte sie jetzt erneut; sie habe nichts getan, um sie zu dämpfen oder zu steigern; doch hatte sie auch bei Mrs. Stringham in dem Zusammenhang und zu jener Zeit ein Bedauern geweckt, Mr. Densher verpaßt zu haben. Sie, die Ältere, hatte danach wieder an ihn gedacht; sie hatte aber auch festgestellt, daß Milly anscheinend nicht mehr an ihn gedacht hatte – sonst hätte sich das Mädchen gewiß leicht verraten; und da alles, was Milly betraf, sie interessierte, hatte sie sich zurechtgelegt, nur für sich und recht müßig, ohne die eingetretenen Unterbrechungen hätte der junge Engländer zu einer näheren Bekanntschaft werden können. Daß er überhaupt eine Bekanntschaft war, war eines der Zeichen, die in den ersten Tagen dabei geholfen hatten, Milly, eine junge Person, der die Welt offenstand, als der Anteilnahme und des bewundernden Staunens wert einzuordnen. Isoliert, unbemuttert, unbehütet, doch mit allem übrigen ausgestattet, was sie als so gewichtig heraushob, ihrem großen Haus, ihrem großen Vermögen, ihrer unbegrenzten Freiheit, hatte sie in letzter Zeit trotz ihrer Jugend zu „empfangen" begonnen, wie es eine ältere Frau hätte tun können – ganz genau wie es Prinzessinnen taten, die Repräsentationspflichten wahrzunehmen hatten und sehr früh mündig wurden. Wenn es Mrs. Stringham seinerzeit klar wurde, daß Mr. Densher vor ihrem Besuch in New York in Zusammenhang mit seinem beruflichen Auftrag woandershin abgereist war, so war es auch nicht schwer zu entdecken gewesen, daß er später für einen Tag oder zwei zurückgekommen war, also nach ihrem eigenen zweiten Ausflug dorthin – daß er, kurzum, noch einmal auf seinem Weg nach dem Westen erschienen war: auf seinem Weg von Washington her, glaubte sie, obwohl er zu der Zeit, als sie vor der Abreise zu ihrer Freundin stieß, nicht auftauchte. Vorher war ihr nicht eingefallen, sich das in übertriebenem Licht auszumalen; sie war auf eine solche Möglichkeit nicht gekommen; doch heute abend schien ihr aufzugehen, daß es mit dieser Beziehung gerade soviel auf sich hatte, um der zwanglosen Vorstellung entgegenzukommen, ja sie herauszufordern, es sei ein bißchen mehr daran gewesen.

Dann folgerte sie, ob nun versprochen oder nicht versprochen, jedenfalls wäre Milly notfalls in der Lage, von seiner Ermächtigung, ihm ein Zeichen zu geben, Gebrauch zu machen; worauf Milly geistesgegenwärtig entgegnete, diese unzweifelhafte Gegebenheit würde ihnen dennoch nichts nützen, da sich der Gentleman gewiß noch in Amerika aufhalte. Er habe dort eine Menge zu tun – womit er wohl noch kaum begonnen habe; und in der Tat hätte sie womöglich gar nicht an London gedacht, wenn sie nicht sicher gewesen wäre, daß seine Rückkehr noch nicht bevorstehe. Ihre Begleiterin konnte erkennen, daß unsere junge Frau im gleichen Moment, wo sie sich soweit verraten hatte, selbst das Gefühl hatte, zu weit vorgeprescht zu sein; was sich nicht ganz dadurch verwischen ließ, daß sie im nächsten Augenblick, möglicherweise mit einem gewissen Mangel an Geistesgegenwart, erklärte, das letzte, was sie sich wünsche, sei der Anschein, ihm nachzulaufen. Mrs. Stringham fragte sich insgeheim, wie ein solcher Eindruck in Betracht kommen solle – dessen Gefahr so unversehens aufkam; doch sagte sie vorläufig nichts dazu – sie sprach nur andere Dinge aus: unter anderem zum Beispiel, wenn Mr. Densher nicht da sei, so sei er eben nicht da, und damit habe es sich; auch, sie müßten um jeden Preis umsichtig sein. Doch wie weit reichte die Umsicht, und wie konnte man sichergehen? So kam es, daß sie, als sie so dort saßen, ihre eigene Sache auf den Tisch legte: *sie* habe möglicherweise eine Verbindung zu London, die sie ebensowenig zu verleugnen wünsche, wie sie riskieren mochte, zu sehr darauf zu bauen. Kurzum, den Rest ihres Abends unterhielt sie ihre Gefährtin mit der Geschichte Maud Manninghams, der eigenartigen, aber interessanten Engländerin, die in den alten Tagen in der Schule in Vevey ihr engster Umgang gewesen war; sie hatte ihr nach ihrer Trennung mit einer Regelmäßigkeit geschrieben, die dann ins Stocken geraten war und später ganz ausgesetzt hatte, jedoch, solange die Korrespondenz währte, ein wirklich schöner Fall von natürlicher Beständigkeit gewesen war, so daß sie anläßlich ihrer jeweiligen Heirat tatsächlich von allein wieder aufgeflakkert war. Da hatten sie einander erneut gewissenhaft und herzlich geschrieben – Mrs. Lowder zuerst, und danach waren sogar noch ein, zwei Briefe hin- und hergegangen. Das jedoch was das Ende gewesen – wenn auch nicht in Gestalt eines Bruchs, sondern nur eines sachten Einschlafens; Maud Manningham hatte, soweit sie wußte, eine sehr gute Partie gemacht, während die ihre bescheiden gewesen war; obendrein hatten die Entfernung, die unterschiedliche Situation, das geringe Maß an Gemeinsamkeiten und die Unmöglichkeit des Wiedersehens das übrige besorgt. Erst nach all diesen Jahren würde sich nun die Möglichkeit eines Wiedersehens abzeichnen – das hieß, sofern der andere Teil noch am Leben war. Eben das festzustellen schien unserer Freundin jetzt interessant, und mit dieser oder jener Hilfe meinte sie das auch schaffen zu können. Es sei ein Experiment, das sie jetzt auf jeden Fall wagen wolle, wenn Milly nichts dagegen habe.

Milly war im allgemeinen mit allem einverstanden, und wenn sie auch die eine oder andere Frage stellte, machte sie vorläufig keine Einwände. Ihre Fragen – oder doch Mrs. Stringhams Antworten darauf – fachten bei dieser einen rückwärtsgewandten Gedankengang an: bis zu diesem Abend hatte sie nicht gewußt, an wieviel sie sich erinnerte und wie gern sie erfahren würde, was aus der kräftigen Maud mit der lebhaften Farbe geworden war, blühend, exotisch und fremdartig – was gerade den Reiz ausgemacht hatte –, sogar für die Wahrnehmungsfähigkeit der Jugend. Es bestand die Gefahr – sie sprach das ehrlich an –, daß der Reifungsprozeß in all diesen Jahren bei einem solchen Charakter nicht gänzlich zu einer Verfeinerung beigetragen hatte; wenn man eine Beziehung nach so langer Unterbrechung wieder aufnahm, hatte man immer derlei Gefahren ins Gesicht zu sehen. Lose Fäden wieder aufzunehmen hieß ein Wagnis einzugehen – auf das sie jedoch gefaßt war, sofern auch Milly es war. Der mögliche „Spaß", gestand sie, sei allein schon recht verlockend; und sie ließ damit geradezu anklingen – ein wenig exaltiert, wie sie war –, die spaßige Note sei nach fünfzig Jahren neuenglischer Rechtschaffenheit nichts als ihr harmloses Recht. Zu den Dingen, an die sie sich später erinnern sollte, gehörte der unbeschreibliche Blick, den ihre Gefährtin ihr daraufhin zuwarf; sie saß immer noch zwischen den Kerzen vor den Resten des Abendessens, während Milly umherschritt, und dieser Blick sollte für sie noch lange den unergründlichen Kommentar zu *ihrem* Begriff von Freiheit symbolisieren. Zu einem weisen letzten Wort aufgefordert, ließ Milly reizend grüblerisch vielleicht erkennen, daß ihre Aufmerksamkeit zwar im wesentlichen wortlos geblieben war, der Bericht ihrer Freundin sie jedoch – wie eine unerwartete Hilfsquelle, eine Karte aus dem Ärmel – halb überraschte, halb bestrickte. Da die Sache, wie die Dinge lagen, davon abhing, äußerte sie, ehe sie zu Bett ging, leicht und obenhin: „Riskieren Sie alles!"

Dieser Ton ihrer Worte schien Maud Lowders heraufbeschworener Gegenwart möglicherweise ein wenig Gewicht abzusprechen – wie Susan Stringham, die immer noch dasaß, bei erregtem Nachdenken ein wenig klarer erkannte. Etwas Entscheidendes spielte sich, als das Mädchen sie verlassen hatte, in ihr ab – namenlos, doch sobald sie dem nachgegeben hatte, zwanghaft. Es war, als wüßte sie wieder, nach all dieser Zeit, daß sie nach Mauds Heirat schlicht und einfach fallengelassen oder, wie man neuerdings sagte, aufs tote Gleis geschoben worden war. Mrs. Lowder hatte sie sich selbst überlassen, und bei der späteren Gelegenheit des entsprechenden Ereignisses in ihrem eigenen Leben – nicht des zweiten, des düsteren, dem die Trauer Würde verlieh, sondern des ersten, mit der zu erwartenden dürftigen Glückseligkeit – war sie, im gleichen Sinne, beinahe gönnerhaft bemitleidet worden. Wenn dieser Verdacht, selbst als er nichts mehr zu bedeuten hatte, für sie nie ganz geschwunden war, so lag zweifellos eine gewisse Absonderlichkeit darin, daß er sich jetzt als neues Glied eher denn als weiterer Bruch in der Kette darbot; und in der Tat hätte bei ihr durchaus eine Stimmung aufkommen können, wo der Gedanke an eine Entwicklung der Begönnerung seitens ihrer einstigen Schulkameradin das Problem in einem anderen Sinne erledigt hätte. In Wahrheit erledigte es sich – falls die Sache unserer Analyse wert ist – durch das glückliche Ende, die poetische Gerechtigkeit, die großmütige Vergeltung, daß sie endlich etwas vorzuweisen hatte. Als sie sich trennten, besaß Maud anscheinend so viel und würde jetzt – denn war das nicht auch im allgemeinen ganz das kraftvolle Gesetz des englischen Lebens? – mit dem Zuwachs, mit Neugründungen und Ausweitungen weit mehr besitzen. Sehr gut; das mochte so sein; sie schwang sich zu dem Gefühl auf, darauf gefaßt zu sein. Was immer Mrs. Lowder vorzuweisen haben mochte – und man hoffte, den Mutmaßungen alle Gerechtigkeit widerfahren zu lassen –, sie würde nichts wie Milly Theale haben, die Trophäe, die die arme Susan vorzuzeigen hatte. Die arme Susan säumte noch lange – bis die Kerzen weit heruntergebrannt waren, und sobald der Tisch abgeräumt war, öffnete sie ihre wohlgeordnete Schreibmappe. Sie hatte die alte Spur nicht verloren; es gab Verbindungen, an die sie sich erinnerte, Adressen, mit denen sie es versuchen konnte; so sollte die Sache denn beginnen. Sie schrieb auf der Stelle.

Viertes Buch

7

Danach war alles so schnell gegangen, daß Milly nur die nächstliegende Wahrheit aussprach, als sie dem Herrn zu ihrer Rechten – der zugleich der Herr zur Linken der Gastgeberin war – erklärte, sie wisse immer noch kaum, wo sie sei; die Worte waren ein Zeichen dafür, daß sie zum ersten Mal die wirklich romantische Situation voll zur Kenntnis nahm. Sie dinierten bereits am Lancaster Gate, sie und ihre Freundin, und wie ihr schien, von jeglichem englischen Beiwerk umgeben; dabei hatte sich ihr die Kenntnis von Mrs. Lowders Existenz, und mehr noch von ihrer bemerkenswerten Persönlichkeit, erst so kürzlich und unerwartet aufgetan. Susie, wie ihre Gefährtin sie ungezwungener Abwechslung halber gern einmal nannte, hatte nur einen zierlichen Zauberstab zu schwingen brauchen, da fing das Feenmärchen auch schon an; infolgedessen glänzte Susie – denn bei Mrs. Stringhams neuem Erfolgsbewußtsein lief es darauf hinaus – nunmehr in der Rolle einer guten Fee. Milly hatte beinahe darauf gedrungen, sie für den jetzigen Anlaß als solche zu kleiden; und es lag nicht an dem Mädchen, wenn die gute Dame jetzt nicht mit einem hohen spitzen Hut, einem kurzen Glockenrock und diamantenen Schuhschnallen erschien und den magischen Krückstock schwenkte. Die gute Dame gab sich in Wahrheit nicht weniger selbstzufrieden, als wenn solche Insignien auf ihr Werk hingewiesen hätten; und Millys an Lord Mark gerichtete Bemerkung war gewiß nur die Folge eines flüchtigen Blickwechsels mit ihr, wie ihn sogar die gewaltige Länge der Tafel nicht vereiteln konnte. Zwanzig Personen saßen zwischen ihnen, doch dieser anhaltende Dialog war das bisher eindringlichste Nachspiel jenes anderen Meinungsaustausches während der Pause auf dem Schweizer Bergpaß. Fast schien es Milly, daß ihr Geschick sich unangemessen überstürzt hatte – als befänden sie sich genaugenommen in der Situation, einen kleinen Scherz gewagt und darauf eine unverhältnismäßig gewichtige Antwort erhalten zu haben. Zum Beispiel hätte sie in diesem Augenblick nicht sagen können, ob sie sich davon, bei ihrer geschärften

Wahrnehmung, eher angeregt oder überwältigt fühlte; und der Fall hätte wirklich ernst werden können, hätte sie nicht zum Glück von dem Moment an, da das Bild sich abzuzeichnen begann, rasch entschieden, was sie letztlich daran am meisten angehe, sei, weder etwas zu suchen noch etwas zu meiden, sei nicht einmal, sich übermäßig zu wundern, sondern einfach, die Dinge an sich herankommen zu lassen, da es hinsichtlich ihres weiteren Verlaufs herzlich wenig Zweifel gebe.

Lord Mark war ihr vor dem Dinner vorgestellt worden – nicht von Mrs. Lowder, sondern von dem gutaussehenden Mädchen, der Nichte dieser Dame, die jetzt am anderen Ende der Tafel saß, auf derselben Seite wie Susie; er hatte sie zu Tisch geführt, und sie wollte ihn später nach Miss Croy fragen, dem gutaussehenden Mädchen, das sie erst zum zweiten Male – wenn auch jetzt glanzvoll – vor Augen hatte. Zum ersten Mal geschah das bei dem – erst drei Tage zurückliegenden – Anlaß, als sie mit ihrer Tante bei ihnen im Hotel vorsprach und auf unsere beiden anderen Heldinnen einen tiefen Eindruck von Schönheit und Überlegenheit machte. Dieser Eindruck war bei Milly so haftengeblieben, daß ihre Augen sich jetzt, und obwohl ihre Aufmerksamkeit gleichzeitig alles andere wahrnahm, vor allem mit Kate Croy befaßten, sofern sie nicht gerade mit Susie beschäftigt waren. Zudem begegneten die Augen dieses wundervollen Wesens den ihren bereitwillig – sie besaß für sie den Rang eines wundervollen Wesens; und es schien zu den raschen Fortschritten der amerikanischen Besucherinnen zu gehören, daß sie, womit sie ursprünglich kaum gerechnet hatten, sich doch bewußt, bezaubernd, aufrichtig bewußt zu sein schien, es gebe für sie beide Möglichkeiten der Freundschaft. Milly hatte leichthin und als Gast geziemend verallgemeinert: die englischen Mädchen besäßen eine besondere, kraftvolle Schönheit, und diese zeige sich besonders in Abendkleidung – vor allem, wenn das Kleid, wie es bei dieser eindrucksvoll zutraf, so ganz zu ihr paßte. Diese Bemerkung hielt sie für Lord Mark bereit, wenn sie nach einer Weile darauf zu sprechen kämen. Sie schien jetzt festzustellen, daß es womöglich eine ganze Menge gab, worauf sie zu sprechen kommen würden; alles wies darauf hin, daß ihre Gastgeberin, von ihrem anderen Nachbarn endgültig mit Beschlag belegt, sie weitgehend sich selbst überlassen werde. Mrs. Lowders anderer Nachbar war der Bischof von Murrum – ein echter Bischof, wie Milly noch keinen kennengelernt hatte, mit einer komplizierten Gewandung, einer Stimme wie ein altertümliches Blasinstrument und einem Gesicht, ganz wie das Porträt eines Prälaten; während der Herr links von unserer jungen Dame, ein Herr mit Doppelkinn, massig und pedantisch, der unverwandt vor sich hin blickte, als lasse er sich von diesem Tun nicht durch müßige Worte ablenken, eindeutig nur als Gegengewicht diente, Lord Mark als Tischherrn zu haben. Während Milly diese Dinge entdeckte – mit einer Spur Heiterkeit darüber, wie sie sich bereits in den Rahmen fügte –, erkannte sie, wie recht sie damit gehabt hatte, für die Menschen und für ihre Liebe zum Leben einzutreten. Wie sich abzuzeichnen schien, war es demnach nicht so schwierig, in die Strömung zu gelangen oder doch wenigstens am Ufer zu stehen. Es war leicht, dicht heranzukommen – *falls* sie dicht daran waren; und doch waren die einzelnen Elemente ganz verschieden von allen bisherigen ihres Daseins und unbedingt reichhaltig und fremdartig.

Sie fragte sich, ob ihr Nachbar zur Rechten verstünde, was sie mit einer solchen Bezeichnung meinte, falls sie diese von sich gäbe; doch gerade eines der Dinge, über die ihr Verstand Klarheit gewonnen hatte, lautete nein, das würde er entschieden nicht. Dennoch war ihr mittlerweile deutlich, er werde die Taktik einschlagen, sich geistreich zu geben; und offenbar würde der Reiz für sie in nicht geringem Maße im belebenden Zusammenwirken und dem erfrischenden Effekt sowohl der Gescheitheit wie der Naivität der Leute liegen. Es durchrieselte sie, sie spürte, wie sie errötete und wieder erbleichte angesichts der – noch nie so greifbar erlebten – Gewißheit, sie werde sich gänzlich verstrickt finden: schon die Atmosphäre des Hauses, die Hochspannung des Abends bargen für sie einen so bestimmten Duft und einen so dunklen Unterton. Die geringfügigsten Dinge, die Gesichter, die Hände, der Schmuck der Frauen, der Klang von Worten, besonders von Namen, über den Tisch hinweg, die Form der Gabeln, das Arrangement der Blumen, das Verhalten der Dienerschaft, die Wände des Raumes, alles waren Pinselstriche in einem Gemälde und Anmerkungen zu einem Schauspiel; und zudem bekundeten sie ihr die Wachheit ihrer Wahrnehmung. Noch nie, glaubte sie mit Sicherheit, hatte sie sich in einer solchen Verfassung vibrierender Erregung befunden; die Empfänglichkeit ihrer Sinne war fast zu scharf für ihr Wohlbefinden; zum Beispiel verbargen sich im Verhalten der freundlichen Nichte, die ihr vornehm und interessant, ja überraschend herzlich vorkam, mehr Andeutungen, als sie zu verarbeiten imstande war. Der Typ dieser jungen Frau trug sichtlich auch andere Möglichkeiten in sich; doch hier hatte er bereits aus eigenem freiem Antrieb eine Beziehung umrissen. Würden sie beide, Miss Croy und sie, etwa den Faden da aufnehmen, wo ihre zwei älteren Freundinnen ihn vor so vielen Jahren hatten abreißen lassen? – würden sie entdecken, daß sie einander mochten, und für sich erproben, ob man ein System der Beständigkeit nach moderneren Regeln erreichen könne? Als sie nach England kamen, hatte sie an Maud Manningham gezweifelt, hatte sie für ein schwankes Rohr und einen ungewissen Beistand gehalten, hätte es als Ausdruck einer beschämend einfältigen Gemütsverfassung betrachtet, sich auf sie zu verlassen – sofern es das wirklich war –, wenn sie sich etwas so Albernes gewünscht hätten wie „in die Gesellschaft Eingang zu finden". Ihre Pilgerfahrt nur um solcher Gesellschaft willen unternommen zu haben, wie sie Mrs. Lowder für sie bereithalten mochte – dieser Gedanke war ganz unerträglich, und sie selbst hatte ihre Reiseroute lediglich aus Neugier auf andere Dinge gewählt. Diese Neugier hätte sie als ein Verlangen beschrieben, die Orte zu sehen, von denen sie gelesen hatte, und *diese* Darstellung ihres Beweggrundes gedachte sie ihrem Nachbarn anzubieten – auch wenn er in der Folge entdecken würde, wie wenig sie gelesen hatte. Jetzt war es fast, als hätte die Majestät – sie konnte es kaum schwächer bezeichnen – des Ereignisses oder doch die dominierende Rolle – auch *diese* konnte sie kaum schwächer bezeichnen – der zwei vorrangig ins Auge springenden Personen ihre mangelhafte Voraussicht in die Schranken gewiesen. Mrs. Lowder und ihre Nichte, wie unähnlich sie sich auch waren, hatten zumindest gemeinsam, daß jede eine bedeutsame Realität darstellte. Das traf in erster Linie auf die Tante zu – so sehr, daß Milly sich wunderte, wie ihre Begleiterin in früherer Zeit zu einer derart ungewöhnlichen Beziehung gelangt war; doch sie empfand Mrs. Lowder nichtsdestoweniger als eine Persönlichkeit, deren Dimension der Geist in zwei, drei Tagen in groben Zügen abschreiten könnte. Zumindest würde sie gewichtig am Fleck sitzen bleiben, während man es versuchte; während Miss Croy, das gutaussehende Mädchen, sich unberechenbare Bewegungen erlauben würde, die einem die Umkreisung erschwerten. Dennoch war sie echt, und alles und jedermann war echt; und es geschah ihnen zweifellos recht, ihnen beiden, daß sie sich so in ihr Abenteuer gestürzt hatten.

Lord Marks Erkenntnisvermögen hatte sich jedoch mittlerweile dem ihren ausreichend genähert, um ihn zu der Aussage zu befähigen, wie wenig er ihre Lage aufklären könne. Er erläuterte es übrigens so – oder deutete zumindest an –, man könne heutzutage in London absolut nicht sagen, wo jemand hingehöre. Jeder befinde sich überall – niemand befinde sich irgendwo. Es würde ihm schwerfallen – doch, ganz ehrlich –, dem „Zirkel" ihrer Gastgeberin irgendeinen wie immer gearteten Namen zu geben. *Sei* es überhaupt ein Zirkel oder sei es keiner, und existierten in Wirklichkeit so etwas wie Zirkel in dieser Stadt überhaupt noch? – gebe es denn noch etwas außer dem sinnlosen, sich stets verschiebenden Gebrodel wie bei einer hochgehenden schweren See mitten in der Strömung des Kanals, wie in einem überwältigenden Schmelztiegel? Er warf die Frage auf, die von großer Tragweite schien; Milly hatte nach Ablauf von fünf Minuten den Eindruck, er habe eine ganze Menge Fragen dieser Art aufgeworfen, ohne auch nur eine weiter als einen Schritt oder zwei zu verfolgen; womöglich würde er sich als anregender Mensch erweisen, doch bisher verhalf er ihr noch zu keinen konkreten Einsichten; er sprach, als hätte er diese aus übergroßer Erkenntnisfülle aufgegeben. Somit befand er sich am genau entgegengesetzten Ende von ihr, aber lief infolgedessen nicht weniger verloren in die Irre; zudem war er, trotz seiner zeitweiligen Sprunghaftigkeit, für die es vermutlich einen Schlüssel gab, eine so bedeutsame Realität wie Mrs. Lowder oder Kate. Der einzige Punkt, in dem er einiges Licht auf erstere Dame warf, war, sie sei eine außergewöhnliche Frau – eine ganz außergewöhnliche Frau, und „um so außergewöhnlicher, je genauer man sie kennt", während er von der letzteren vorläufig nichts weiter sagte, als daß sie unerhört, ja, ganz unerhört gutaussehend sei. Es dauerte seine Zeit, dachte sie, bis er im Gespräch seine Intelligenz verriet, und doch glaubte sie von Minute zu Minute mehr daran, ganz abgesehen davon, was ihre Gastgeberin ihr erzählt hatte, als sie zum ersten Mal seinen Namen nannte. Vielleicht war er einer der Fälle, von denen sie daheim gehört hatte – jene charakteristischen Fälle von Leuten in England, die ihr Gedankenspiel um so viel mehr verbargen, als sie es zur Schau stellten. Sogar Mr. Densher tat das ein wenig. Was machte dann Lord Marks Echtheit aus, wenn er diesen Zug so entschieden betonte? Sein Typ, gleichsam kraft eines Eigenlebens, eines eigenen Bedürfnisses und Ziels, tat dasselbe für ihn; doch das war alles. Sein Alter ließ sich schwer schätzen – ob er ein junger Mann war, der alt aussah, oder ein alter Mann, der jung aussah; im Vergleich zu anderen Anzeichen schien es nichts zu beweisen, daß er kahl war und, wie man hätte sagen können, ein wenig schal wirkte oder, vielleicht zartfühlender ausgedrückt, trocken: er hatte eine so schöne leise nervöse Unruhe gedankenversunkenen Lebens in sich, und manchmal waren seine Augen – wenngleich sie diesen Ausdruck unversehens verlieren konnten – so aufrichtig und klar wie bei einem freundlichen Knaben. Sehr gepflegt, sehr hellhäutig und so blond, daß kaum etwas auf die Existenz seines Schnurrbarts hinwies, als daß er ständig daran herumfingerte – was wiederum knabenhaft war –, hätte er sie als der intellektuellste der Anwesenden berührt, hätte er sie nicht als der leichtfertigste angemutet. Letztere Eigenschaft sprach mehr aus seinem Blick denn aus allem anderen, obwohl er beständig seinen Kneifer trug, der ihn eher bostonisch und gedankenvoll wirken ließ.

Die Vorstellung seiner Leichtfertigkeit hing zweifellos mit seinem Titel zusammen, der für unsere junge Frau – bisher ein wenig verworren – die Verbindung mit einem historischen Patriziat verkörperte, einer Klasse, die wiederum, ebenfalls verworren, eine enge Verwandtschaft mit jenem Element der Gesellschaft repräsentierte, das sie nie anders als „die feine Welt" beschrieben gehört hatte. Das vornehmste gesellschaftliche Element hatte es nie anders gekannt, als in diese Kategorie eingeordnet zu werden, und obwohl Milly sich darüber im klaren war, daß dieses einer territorial und politisch bedeutsamen Aristokratie angeheftete Etikett wahrscheinlich zu simpel war, hatte sie vorläufig kein anderes zur Hand. Bald freilich reicherte sie ihre Vorstellung mit der Einsicht an, daß ihr Gesprächspartner sich recht gleichgültig verhielt; doch da Aristokraten notorisch gleichgültig waren, half ihr das nur wenig weiter, weil sie spürte, erstens würde er sich mit ihr viel lieber weiter befassen, als darauf zu verzichten, und zweitens denke er an nur allzu viele eigene Angelegenheiten. Wenn er sie einerseits im Blick behielt und andererseits so vieles sonst zurückhielt – die Art, wie er sein Brot zerkrümelte, bewies das –, wieso schwebte er ihr als ein potentiell überheblicher Aristokrat vor? Sie hätte die Frage nicht beantworten können, und eben derlei Fragen bedrängten sie in Schwärmen. Sie wurden noch komplizierter, hätte sie ehrlich sagen können, weil er sichtlich wußte, schon von weitem erkannt hatte, daß sie Ausländerin und Amerikanerin war und dennoch nicht mehr davon hermachte, als bekäme er sie und ihresgleichen alle Tage vorgesetzt. Er nahm ihre Gegenwart ganz wohlwollend, aber unerschütterlich, unumstößlich hin, und es sollte sich auch nicht als hilfreich erweisen, daß sie ihm ebenso rasch anmerkte, er war in ihrem Land gewesen und hatte sich gründlich damit auseinandergesetzt. Es ergab sich nichts mehr, was sie erläutern oder abschwächen oder womit sie prahlen könnte; sie könnte sich kraft ihrer Fremdheit weder herauswinden noch durchsetzen; übrigens hätte er zu solch einem Thema mehr ihr mitzuteilen als von ihr zu erfahren. Vielleicht könnte sie von ihm Aufschluß bekommen, wieso sie sich so von dem gutaussehenden Mädchen unterschied – was sie nicht wußte, da sie es nur zu spüren vermeinte; oder könnte von ihm jedenfalls erfahren, wieso das gutaussehende Mädchen sich so von ihr unterschied.

Auf dieses Gebiet würden sie sich jedoch später begeben; die unmittelbar festgelegte Richtung war trotz seiner der eigenen Bequemlichkeit dienenden Unbestimmtheit klar genug. Sie überlege bereits, erklärte er ihr, was sie bei sich drüben sagen solle – womit die Amerikaner immerzu beschäftigt seien. Sie brauche sicherlich überhaupt nichts zu sagen; doch die Amerikaner wüßten das nie, ebensowenig, die Ärmsten, o ja (*sie* hatte „die Ärmsten" eingeworfen), was sie nicht zu tun brauchten. Die Bürden, die sie auf sich nähmen – die Dinge, aus denen sie schlechterdings eine Staatsaktion machten! Diese ungezwungene und letztlich doch gutmütige Spöttelei über ihr Volk stellte für sie von seiten ihres neuen Freundes die Note der persönlichen Bestätigung her, soweit sie ihrer bedurfte; und sie bot ihm ein promptes und befangenes Beispiel morbider Beflissenheit, indem sie darauf beharrte, ihr Wunsch, selbst rundum „reizend" zu sein, beruhe genaugenommen auf der reizenden Art, wie Mrs. Lowder ihr begegnet sei. Das interessierte ihn sofort, und erst hinterher begriff sie ganz, wieviel mehr Information über beider Freundin er empfangen als gegeben hatte. Hier zum Beispiel machte sie wieder eine beachtliche Feststellung: sie sei auf der Stelle, beim ersten Eintauchen in die undurchsichtigen Tiefen einer seit alter Zeit festgefügten Gesellschaft, dem fesselnden Phänomen eines komplizierten, womöglich finsteren Beweggrunds begegnet. Gleichwohl sei Maud Manningham (ihr Name gebe, sogar in ihrer Gegenwart, irgendwie immer noch der Phantasie Nahrung) wirklich reizend gewesen, und man habe ihr nun selbst ebenso weit entgegenzukommen, wie sie es getan hatte. Sie sei bei ihnen im Hotel erschienen – und sogar zu zweit –, ehe sogar sie vermutet hätten, sie könne ihren Brief bekommen haben. Gewiß hätten sie ihr im voraus geschrieben, doch sie seien dem Brief recht rasch gefolgt. Sie habe sie darauf schon für zwei Tage später zum Dinner eingeladen, und bereits am nächsten Tag, ohne auf einen Gegenbesuch oder sonst irgend etwas zu warten, habe sie mit ihrer Nichte vorgesprochen. Ihr liege anscheinend wirklich etwas an ihnen, und es sei ein Beispiel wundervoller Treue – Treue zu Mrs. Stringham, ihrer eigenen Begleiterin und Mrs. Lowders früherer Schulkameradin, der Dame mit dem sympathischen Gesicht und dem ziemlich hochgeschlossenen Kleid dort unten an der Tafel.

Lord Mark musterte durch seinen Kneifer diese abgewogenen Attribute Susies. „Aber ist dann Mrs. Stringhams Treue nicht gleich wundervoll?"

„Nun, es ist eine schöne Gefühlsregung; aber es ist nicht, als hätte sie irgend etwas zu *geben*..."

„Hat sie denn nicht Sie?" fragte Lord Mark darauf.

„Mich – als Gabe für Mrs. Lowder?" Milly hatte sich offensichtlich noch nicht im Licht eines solchen Angebindes gesehen. „Ach, ich bin ein ziemlich dürftiges Geschenk; und ich habe nicht das Gefühl, als hätte man mich, selbst in solchem Fall, irgendwie weggegeben."

„Man hat Sie vorgezeigt, und wenn unsere Freundin auf Sie geflogen ist, läuft es auf dasselbe hinaus." Er machte seine Scherze, dieser Lord Mark, ohne sich selbst darüber zu amüsieren; doch nicht etwa, daß er finster dreingeblickt hätte. „Darüber müssen Sie sich klarwerden, Sie sehen heißt, mit beiden Händen nach Ihnen zu greifen; und wenn der Fall so liegt, daß man Sie vorzeigt, dann erst recht. Nur ist jetzt alles Ihrer Freundin aus der Hand genommen worden; jetzt hat den Nutzen bereits Mrs. Lowder. Sehen Sie sich am Tisch um, und ich glaube, Sie werden bemerken, daß man vom oberen bis zum unteren Ende der Tafel mit beiden Händen nach Ihnen greift."

„Nun", sagte Milly, „mir kommt es so vor, als sage mir das mehr zu, als wenn man sich über mich lustig macht."

Es gehörte zu den Dingen, die sie hinterher begriff – Milly begriff die Dinge stets hinterher –, daß ihr Partner es an dieser Stelle auf eine ganz eigene Art, völlig anders als sonst irgend jemand, verstanden hatte, sie seiner Wertschätzung zu versichern. Sie fragte sich, wie er das bewirkt habe, denn er hatte sich weder entschuldigt noch widersprochen. Sie sagte sich jedenfalls, er habe sie zum Reden verleitet; und das sonderbarste war die Frage, mit der er das erreicht hatte. „Weiß sie viel über Sie?"

„Nein, sie mag uns einfach."

Sogar das brachte Seine weitgereiste, abgehärtete und übersättigte Lordschaft nicht zum Lachen. „Ich meine speziell *Sie.* Hat diese Dame mit dem sympathischen Gesicht, das *wirklich* sympathisch ist, es ihr erzählt?"

Milly zögerte. „Ihr was erzählt?"

„Alles."

Das, zusammen mit der Art, wie er es fallenließ, traf sie erneut tief – ließ sie einen Moment lang spüren, daß sie ganz selbstverständlich ein Gegenstand für Enthüllungen war. Doch rasch fand sie ihre Antwort. „Ach, diesbezüglich müssen Sie schon *sie* fragen."

„Ihre gescheite Begleiterin?"

„Mrs. Lowder."

Darauf gab er zurück, ihre Gastgeberin sei eine Persönlichkeit, der gegenüber man sich bestimmte Freiheiten niemals herausnehme, er fühle sich aber dennoch einigermaßen ermutigt, alldieweil sie ihn zumeist freundlich behandele und es ihm, falls er eine Zeitlang ganz brav sei, vermutlich selbst erzählen werde. „Und bis dahin bleibt mir jedenfalls die Spannung, zu beobachten, was sie mit Ihnen anfängt. Das zeigt mir nämlich mehr oder weniger, wieviel sie weiß."

Milly konnte dem folgen – es war einleuchtend; doch es wies noch auf etwas anderes hin. „Wieviel weiß sie über *Sie*?"

„Nichts", erklärte Lord Mark gelassen. „Aber das ist unwichtig – dafür, was sie mit mir tut." Und dann, wie um Millys Frage nach der Natur solchen Tuns zuvorzukommen: „Das hier zum Beispiel – mich flugs für *Sie* einzuspannen."

Das Mädchen dachte nach. „Und Sie meinen, das täte sie nicht, wenn sie wüßte ...?"

Er nahm das auf, als wäre es wirklich ein Argument. „Nein. Um ihr gegenüber ganz gerecht zu sein, ich glaube, sie täte es trotzdem. Sie brauchen sich also keine Sorgen zu machen."

Im nächsten Augenblick hatte Milly von seiner Erlaubnis Gebrauch gemacht. „Weil Sie sogar im schlimmsten Fall das Beste sind, was sie hat?"

Das vermochte ihn endlich zu erheitern. „Ich war es, bis Sie kamen. Jetzt sind Sie das Beste."

Es war sonderbar, daß seine Worte ihr das Gefühl vermittelt hatten, er sei wirklich im Bilde, aber das taten sie unbedingt, und zwar in solchem Maße, daß sie daran glaubte, wenn auch immer noch mit Verwunderung. Das sollte wirklich von dieser ersten ihrer Begegnungen am meisten bei ihr haftenbleiben: sie nahm es beinahe hilflos hin, sie fügte sich in das Unvermeidliche, zu der Sorte zu gehören – so hätte er sich vielleicht ausgedrückt –, von der er während seiner Reisen genug getroffen hatte, wenigstens nach seiner festen Überzeugung. Ihre Demut sollte sich natürlich nicht schmälern, als sie später erfuhr, er habe in kurzen Abständen, wenn auch zu einer Zeit, die anscheinend ihrem Auftauchen aus der Verborgenheit der extremen Jugend knapp vorausgegangen war, drei Besuchsreisen nach New York unternommen, wo er benennbare Freundschaften und verschiedenste Beziehungen in großer Zahl geknüpft hatte. Sein Eindruck, seine Erinnerungen an die ganze gemischte Menge waren sichtlich noch immer stark. Das hatte ihm dabei geholfen, Milly einzuordnen, und sie erlebte immer eindringlicher die Vorstellung, sie sei – gleichsam mit einer hinter ihr zugeschlagenen Tür und dem als Abfahrtsignal erhobenen Arm des Schaffners – in das Abteil gestopft worden, in dem sie fortan für ihn reisen sollte. Es war eine Behandlung, die manches Mädchen gewiß prompt übelgenommen hätte; und die Gemütsart unserer jungen Dame, die ganz auf bloßes Sehen und Aufnehmen ausgerichtet war, ist just einer der Reize unseres Gegenstandes. Milly hatte praktisch soeben von ihm erfahren, hatte sozusagen von ihrem ratternden Abteil aus wahrgenommen, daß er ihr die höchste Stellung unter den derzeitigen Besitztümern ihrer gemeinsamen Freundin einräumte. Sie sei ein Erfolg, darauf laufe es hinaus, versicherte er ihr gleich darauf, und das heiße es, ein Erfolg zu sein: immer geschehe es, ehe man es überhaupt merke. Die eigene Unkenntnis sei in der Tat oft das Größte daran. „Sie hatten noch keine Zeit", sagte er; „das hier ist gar nichts. Aber Sie werden schon sehen. Sie werden alles sehen. Das können Sie nämlich – alles, was Sie sich erträumen."

Er brachte sie immer mehr zum Staunen; sie hatte fast das Gefühl, als führte er ihr Traumbilder vor, während er sprach; und sonderbar, obwohl es Traumbilder gewesen waren, die sie angelockt hatten, hatte sie diese nicht in Verbindung – das heißt in so einleitender und notwendiger Verbindung – mit einem Gesicht wie dem Lord Marks gesehen, mit solchen Augen und einer solchen Stimme, solch einem Ton und solch einer Art, sich zu geben. Er trieb sie flüchtig dazu, sich zu fragen, ob sie es nun doch mit der Angst zu tun bekomme; so deutlich war es fünfzig Sekunden lang, daß eine Furcht über sie hinstrich. Da hatten sie es wieder – ja, ganz gewiß: Susies Anfrage bei Mrs. Lowder war für sie beide ein Scherz gewesen, doch sie hatten damals im Übermut auf eine Klingel gedrückt, die weiterschrillte. Während sie dort an der Tafel saß, hatte sie förmlich das grelle Schnarren in den Ohren, und sie wunderte sich in diesen Sekunden, wieso die anderen es nicht vernahmen. Sie blickten nicht erstaunt, sie lächelten nicht, und die Furcht in ihr, von der ich spreche, war nur ihr eigenes Verlangen, es zu unterbrechen. Diese legte sich jedoch, als wäre die Klingel selbst verstummt; ihr war, als hätte sie in einem raschen, aber gedämpften Aufblitzen gesehen, daß ihr zwei Wege offenstanden: der eine, gleich am nächsten Morgen London wieder zu verlassen, der andere, gar nichts zu tun. Nun, sie würde gar nichts tun; das tat sie bereits; mehr noch, sie hatte es schon getan, und die Gelegenheit war verpaßt. Sie gab sich auf – sie hatte das eigenartige Gefühl, sich an Ort und Stelle so zu entscheiden; sie war über den Berg, noch bevor sie sich wieder Lord Mark zuwandte. Wortlos, aber ungemein bestimmt ging er, wie es niemand anders vermocht hätte, auf gerade die Frage ein, die sie unvermittelt Mrs. Stringham auf dem Brünigpaß gestellt hatte. Würde sie es, was immer sie hatte, lange haben? hatte die Frage gelautet. „Ach, recht wahrscheinlich nicht", schien ihr Nachbar zu antworten; „deshalb bin *ich* der Weg, sehen Sie das nicht?" Es zeichnete sich klar ab, daß er es sein könnte, trotz seines Mangels an üppigen Verbrämungen; bestand doch der Weg zweifellos gerade in diesem Mangel. Das gutaussehende Mädchen, das sie nicht aus den Augen verlor und das, sie spürte es, auch sie im Blick behielt – Mrs. Lowders außergewöhnliche Nichte wäre vielleicht ebenso ein Weg, denn auch bei ihr war das Fehlen üppiger Verbrämung offenkundig, obgleich sie, soweit man das sagen konnte, sonst wenig mit Lord Mark gemeinsam hatte. Doch wie *konnte* man überhaupt etwas aussagen, was begriff man und was erfaßte man, übrigens nur vorläufig, außer daß sie in dem, was sie repräsentierten, irgendwie eins waren? Kate Croy, scharfsinnig, aber freundlich, blickte zu ihr herüber, als erahne sie Lord Marks Wirkung auf sie. Wenn sie diese Wirkung zu erahnen vermochte, was wußte sie dann darüber, und in welchem Maße hatte sie diese selbst verspürt? Bedeutete das irgend etwas Bestimmtes zwischen ihnen, und hätte sie damit zu rechnen, daß beide die Beziehung, in der sie gerade versank, verdoppelten, durch ein gegenseitiges Einvernehmen verstärkten? Am seltsamsten war, daß sie so geschwind aus jedem dieser sekundenlangen Blicke die verschiedenen Anzeichen einer Beziehung herauslesen mußte; und hätte sie dieser Anomalie mehr Zeit widmen können, mochte sie ihr durchaus, mochte sie ihr geradezu erschreckend nahegelegt haben, ihr Schicksal sei es, rasch zu leben. Es ging auf eigentümliche Weise um eine kurze Wegstrecke und das entsprechend zusammengedrängte bewußte Erleben.

Das waren ungeheure Abschweifungen für den Geist einer jungen Person bei keinem bedeutenderen Anlaß als Mrs. Lowders Dinner; doch was war so voller Bedeutung und Warnung wie die Tatsache, daß sie möglich waren? Was sollten sie sonst sein als lediglich ein Teil des schon zusammengedrängten bewußten Erlebens? Und ebenso war es lediglich ein Teil dessen, daß – während Teller gewechselt und Platten gereicht wurden und sich einzelne Etappen des Banketts abzeichneten; während äußere Erscheinungen ihr zusetzten und Phänomene sich vervielfachten und Worte von hier und da zu ihr drangen wie Spritzer einer trägen, schweren Flut; während Mrs. Lowder irgendwie beleibter und fester gegründet wirkte und Susie, aus diesem Abstand und im Vergleich dazu, nur leichthin improvisiert und andersartig, das heißt, anders als alles und jeder – war es lediglich ein Teil dessen, daß unsere junge Dame, während sich diese Vorgänge abspielten, wieder herabsank, zurückkam und erneut ihr Schicksal aufnahm, als hätte sie sich mit ein oder zwei Flügelschlägen flüchtig die Sicht einer Alternative dazu zu verschaffen vermocht. Was immer es auch war, in diesem kurzen Zeitraum hatte es sich besser als die Alternative offenbart; und jetzt präsentierte es sich genau in demselben Bild und am selben Ort, wo sie es zurückgelassen hatte. Das Bild bestand darin, daß sie, wie Lord Mark erklärt hatte, ein Erfolg war. Das hing selbstverständlich mehr oder weniger davon ab, was er darunter verstand – worauf sie vorläufig jedoch nicht eingehen wollte. Doch hatte sie es bald wieder aufgenommen und ihn gefragt, was also seiner Meinung nach Mrs. Lowder mit ihr anfangen werde, und er hatte zurückgegeben, das könne man unbesorgt auf sich beruhen lassen. „Sie kommt“, meinte er liebenswürdig, „auf ihre Kosten.“ Und das konnte er sagen – was ungewöhnlich war –, ohne vulgär oder „unangenehm“ auf sie zu wirken; und er hatte seine Worte gleich darauf erläutert, indem er anfügte: „Wissen Sie, niemand hier tut etwas umsonst.“

„Ach, wenn Sie meinen, daß wir sie so reichlich belohnen, wie wir nur können, so ist nichts gewisser als das. Aber sie ist eine Idealistin", fuhr Milly fort, „und ich glaube, auf lange Sicht haben Idealisten *nie* das Gefühl, daß sie einen Verlust erleiden."

Lord Mark schien das, in den Grenzen seiner Begeisterungsfähigkeit, entzückend zu finden. „Ach, sie erweckt in Ihnen den Eindruck, eine Idealistin zu sein?"

„Sie idealisiert *uns*, meine Freundin und mich, absolut. Sie sieht uns in einem besonderen Licht", erklärte Milly. „Das ist alles, woran ich mich halten kann. Nehmen Sie es mir also nicht."

„Das täte ich um keinen Preis. Aber glauben Sie", fuhr er fort, als wäre es plötzlich für ihn wichtig, „glauben Sie, sie sieht *mich* in einem besonderen Licht?"

Sie ließ seine Frage ein Weilchen außer acht, teils, weil sich ihre Aufmerksamkeit immer mehr auf das gutaussehende Mädchen heftete, teils, weil sie, so nahe bei ihrer Gastgeberin plaziert, nicht den Eindruck erwecken mochte, sich allzu ungeniert über sie auszulassen. Mrs. Lowder freilich, in dem anderen Bereich einen Kurs steuernd, bei dem sie Themen anlief, als wären es Inselchen in einem Archipel, ließ sie weiterhin in Ruhe, und gleichzeitig offenbarte sich Kate Croy zunehmend als interessant. Milly fand unversehens zu ihrer Unbefangenheit zurück – voll und ganz –, als sie sich überlegte, worauf Mrs. Lowder wirklich hinsteuere, sei Lord Marks Berichterstattung über ihre Qualität und, wie man vielleicht sagen könnte, ihren Wert. Diese erstaunliche Dame, sie wünschte ihm keinen Vorwand zu geben, sich über Milly Theale keine Meinung gebildet zu haben. Weshalb sein Urteil so wichtig war, blieb festzustellen; doch jedenfalls war es diese Ahnung, die jetzt Millys Erwiderung bestimmte. „Nein. Sie kennt Sie. Sie hat wahrscheinlich Grund dazu. Und Sie alle hier kennen einander – das sehe ich –, soweit Sie überhaupt etwas kennen. Sie kennen, woran Sie gewöhnt sind, und gerade daß Sie daran gewöhnt sind – das, und nur das –, macht Sie zu dem, was Sie sind. Aber es gibt Dinge, die Sie nicht kennen."

Er nahm es auf, um ihm Gerechtigkeit widerfahren zu lassen, als wäre es wirklich ein Argument. „Dinge, die *ich* nicht kenne – bei all der Mühe, die ich mir gebe und wo ich in der ganzen Welt umhergejagt bin, um nichts ungekannt zu lassen?"

Milly dachte nach, und vielleicht war es gerade die Wahrheit seines Anspruchs – er sei nicht geringzuschätzen –, was ihre Ungeduld und damit ihren Verstand schärfte. „Sie sind blasé, aber Sie sind nicht erleuchtet. Ihnen ist alles gut bekannt, aber in Wahrheit haben Sie nichts erfaßt. Was ich meine ist, daß Sie keine Phantasie haben."

Daraufhin warf Lord Mark den Kopf zurück, ließ den Blick über die andere Seite des Raumes schweifen und zeigte sich endlich so restlos amüsiert, daß es geradezu die Aufmerksamkeit ihrer Gastgeberin auf sich zog. Mrs. Lowder jedoch lächelte Milly nur zu, zum Zeichen, daß sie schon etwas Pikantes erwartet hatte, und nahm mit einem Plätschern der Schraube ihre Kreuzfahrt zwischen den Inseln wieder auf. „Ach, das", gab der junge Mann zurück, „habe ich schon zu hören bekommen!"

„Da sehen Sie es. Sie haben schon alles zu hören bekommen. Natürlich haben Sie jemand wie *mich* auch schon oft genug über meine Heimat reden hören."

„Ach, nie zu oft", wehrte er ab, „ich hoffe sehr, ich werde Sie immer und immer wieder hören."

„Aber welchen Nutzen hat es Ihnen denn gebracht?" fuhr das Mädchen fort, als sei sie jetzt wirklich darauf aus, ihn zu erheitern.

„Ach, das merken Sie schon, wenn Sie mich erst richtig kennenlernen."

„Aber ich werde Sie ganz bestimmt nie richtig kennenlernen."

„Dann wird eben das", lachte er, „der Nutzen sein!"

Wenn das eine Festlegung war, daß sie keinen Umgang miteinander haben könnten oder würden, wieso spürte Milly dennoch dahinter eine wunderliche Belebung der Beziehung, die ihr ohne ihr Zutun aufgedrängt worden war? Welche ausgefallenere Konsequenz, keinen Umgang miteinander zu haben, als ihr – denn so weit waren sie gelangt – fast vertrauliches Gespräch? Sie wünschte ihm zu entkommen oder vielmehr eher sich zu entkommen, soweit sie für ihn gegenwärtig war. Sie sah bereits – denn schließlich war auch sie ein erstaunliches Geschöpf –, daß ihr noch eine ganze Menge mehr von ihm bevorstand, und es werde das besondere Charakteristikum ihres Umgangs sein, daß sie darauf bedacht wäre, nicht in Betracht zu kommen. Alles andere mochte seinen Platz finden – nur das niemals; und mit solch einer Übereinkunft könnten sie es sogar weit bringen. Das hatte womöglich wirklich schon begonnen, an Ort und Stelle, als sie auf das Thema des gutaussehenden Mädchens zurückkam. Wenn sie sich heraushalten sollte, geschah es natürlich am besten, indem sie Kate Croy ins Spiel brachte, denn sie war in dem Maße dazu bereit – da sie gar keine Angst um sie hatte –, sie notfalls sogar zu opfern. Lord Mark selbst hatte ihr das übrigens leicht gemacht, als er kurz vorher erklärte, keiner von ihnen tue etwas umsonst. „Wofür also" – sie merkte, daß ihre Rede sprunghaft war – „tut es Miss Croy, wenn sie so eigennützig ist? Was hat *sie* von ihrem reizenden Willkommen zu gewinnen? Sehen Sie sie *jetzt* an!" rief Milly mit charakteristisch offener Anerkennung aus, zügelte sich aber sogleich mit einem schuldbewußten „Oh!", als die Richtung, in die ihre Augen dabei schweiften, zufällig mit einer Wendung von Kates Gesicht zu ihnen hin zusammentraf. Sie hatte lediglich hervorheben wollen, daß dieses Gesicht ansprechend sei; doch tatsächlich hatte sie nur wieder den Anschein erweckt, sie wolle seiner Besitzerin zeigen, sie stehe mit Lord Mark im Bunde, um es aus eigennützigem Interesse einer Musterung zu unterziehen. Er war jedoch prompt auf ihre Frage eingegangen.

„Zu gewinnen? Nun, Ihre Bekanntschaft."

„Aber was bedeutet ihr meine Bekanntschaft? Ihr kann an mir nur etwas liegen – das muß sie spüren –, wenn sie mich bedauert, und eben deshalb ist sie entzückend: daß sie sich jetzt schon die Mühe machen will, mich zu bedauern. Es ist der Gipfel der Uneigennützigkeit."

Diese Worte enthielten mehr als eine Möglichkeit, die Lord Mark hätte aufgreifen können; doch in einer Minute hatte er seine Wahl getroffen.

„Ach, dann bin ich aus dem Rennen, denn ich kann Sie nicht im geringsten bedauern. Wie erklären Sie dann", fragte er, „Ihren Erfolg?"

„Nun, eben als den entscheidenden Grund für alles. Eben weil unsere Freundin dort es erkennt, bedauert sie mich. Sie versteht", sagte Milly, „sie ist besser als Sie alle. Sie ist wunderschön."

Das schien endlich auf ihn Eindruck gemacht zu haben – infolge des Gewichts, das das Mädchen darauf legte; sogar nach der Ablenkung durch eine ihnen beiden vorgelegte Speise eines neuen Gangs kam er darauf zurück. „Wunderschön von Charakter, ich verstehe. *Ist* sie das? Sie müssen mir von ihr erzählen."

Milly staunte. „Aber kennen Sie sie denn nicht länger als ich? Haben Sie sich nicht selbst davon überzeugt?"

„Nein – bei ihr habe ich versagt. Es hat keinen Zweck. Ich kann sie nicht enträtseln. Und ich versichere Ihnen, ich täte es wirklich gern." Seine Versicherung hatte für seine Nachbarin einen deutlichen Klang von Aufrichtigkeit; nach ihrem Gefühl sagte er jetzt etwas, das er empfand; und es berührte sie um so mehr, als sie sich immer noch lebhaft bewußt war, welchen Mangel auch nur an Neugier er im Hinblick auf sie selbst eben noch offenbart hatte. Sie hatte etwas damit ausdrücken wollen – wenn auch freilich fast nur für sich selbst –, als sie das natürliche Mitleid ihrer Freundin erwähnt hatte; es war im Ton zweifellos von fragwürdigem Geschmack gewesen, doch war es wider ihren Willen bebend laut geworden; und er hatte sich nicht einmal die Mühe gemacht, nachzufragen: „Wieso ‚natürlich'?" Gewiß war es für sie wirklich besser, wenn er nicht fragte: Erklärungen hätten sie wahrhaftig zu weit geführt. Nur erkannte sie jetzt, daß im Vergleich dazu ihr Wort über diese andere Person ihn wirklich „fing"; und darin lagen vermutlich Dinge, viele Dinge, über die sie mehr erfahren würde und die dort bereits als wesentlicher Bestandteil jenes allumgreifenden „Echten" glommen, von dem sie, in ihrer neuen Situation, bestrickt werden sollte. In der Tat schwang es, dieses Element, eben jetzt in Lord Marks nächsten Worten mit. „Wie Sie sehen, irren Sie sich also darin, daß wir alles über einander wüßten. Es gibt Fälle, wo wir steckenbleiben. Ich jedenfalls gebe *sie* auf – das heißt, ich übergebe sie Ihnen. Sie müssen sie für mich erforschen – ich meine, mir berichten, wenn Sie mehr wissen. Sie bemerken wohl", schloß er scherzhaft, „daß ich Vertrauen zu Ihnen habe."

„Warum sollten Sie nicht?" fragte Milly, die darin eine leise, wenn auch für einen solchen Mann überraschend naive Überheblichkeit zu bemerken meinte. Als wäre es in Frage gekommen, daß sie zugunsten ihrer Selbstdarstellung etwas verfälschen würde – daß also ihre Ehrlichkeit nicht gegen den Wunsch gefeit wäre, sich selbst gut mit ihm zu stellen. Dennoch hatte sie weiter keine Einwände vorzubringen; sie war davon in Anspruch genommen, etwas anderes zu erfassen. Allein das gutaussehende Mädchen, jemand von seiner eigenen Gattung und aus seiner eigenen Gesellschaftsschicht, hatte ihn in Unsicherheit versetzt; von der Sicherheit seiner Erkenntnisse hinsichtlich einer bloßen kleinen Amerikanerin, einer wohlfeilen Exotin, wie sie beinahe en gros importiert wurden, und deren natürlichen Lebensraums mit seinen Klima-, Wachstums- und Anbaubedingungen, seiner ungeheuren Fülle, aber doch nur geringer Artenvielfalt und bescheidenem Entwicklungsniveau war er vollkommen überzeugt. Das Wunder war auch, daß Milly seine Überzeugung verstand – spürte, daß sie die Wahrheit aussprach, als sie darauf sagte: „Selbstverständlich; ich erkenne selbst, daß sie schwierig sein dürfte; genau wie ich einsehe, daß mit mir wohl leicht umzugehen ist." Und das war es, was ihr für den ganzen übrigen Abend verblieb – als das interessanteste, was ihr verbleiben konnte. Es erfüllte sie mit wachsender Befriedigung, daß mit ihr leicht umzugehen war; sie hätte sich damit abgefunden, sogar wenn es ihr nachdrücklicher beigebracht worden wäre, als wohlfeile Exotin zu gelten. Zumindest vorläufig diente das ihrem Wunsch, sich Lord Mark gegenüber in der Schwebe zu halten. Sie hatten ihr alle den Eindruck gemacht, einander unvermeidlich zu kennen, und wenn die Stellung des gutaussehenden Mädchens unter ihnen etwas bedeutete, womit sogar die Eingeweihten nicht fertig wurden – nun, dann wäre sie in der Tat eine beachtliche Größe.

8

Dieses Gefühl, ungeahnten Größen gegenüberzustehen, einzeln oder vermischt, herrschte unzweifelhaft bei unserem leicht nach Luft ringenden amerikanischen Paar zunächst am meisten vor; es fand bei ihnen in der häufigen Bemerkung untereinander Ausdruck, sie hätten es ganz allein sich selbst zuzuschreiben. Mehr als einmal entschlüpfte es Milly, wenn sie je gewußt hätte, daß es so leicht sei ...!, obwohl sie mitten im Satz meistens stockte, ohne ihren Gedanken zu vollenden. Das war jedoch für Mrs. Stringham eine Bagatelle, denn es kümmerte sie wenig, ob ihre Freundin meinte, in diesem Fall wäre sie schon eher gekommen. Eher hätte sie nicht kommen können, und sie meinte vielleicht im Gegenteil – denn das hätte ihr ähnlich gesehen –, sie wäre überhaupt nicht gekommen; warum es so leicht war, dazu jedenfalls hatte sich ihre Gefährtin rasch eine Meinung zu bilden begonnen. Einige dieser Erkenntnisse behielt Susie vorläufig für sich, da sie bei freimütiger Mitteilung leicht hätten etwas beunruhigend wirken können; zudem repräsentierten die Größen, von denen die beiden Damen nach unseren Worten umringt waren, eine große Fülle von Themen – und anderen Dingen –, die zu besprechen waren. Die Lehre, die sie unmittelbar daraus zogen, lautete demgemäß, sie seien gerade von der unberechenbaren Kraft einer Woge emporgehoben worden, die sie nunmehr in der Schwebe halte und sie naturgemäß hinabschmettern werde, wo immer es ihr beliebe. Inzwischen, beeilen wir uns anzufügen, machten sie das Beste aus ihrer prekären Lage, und wenn Milly sich nicht anders zu helfen gewußt hätte, wäre ihr der Anblick der Seelenverfassung Susan Shepherds keine geringe Hilfe gewesen. Drei Tage lang hatte ihr das Mädchen nichts über den von Lord Mark als sicher hingestellten „Erfolg" zu sagen gehabt – den sie überdies auf andere Weise als errungen ansahen; so sehr rührte sie, beschäftigte sie Susies Begeisterung. Susie glühte im Licht ihrer gerechtfertigten Zuversicht; alles war eingetreten, selbst was sie scharfsinnig genug für am wenigsten wahrscheinlich gehalten hatte; sie hatte ein mögliches Feingefühl in Maud Manningham angesprochen – ein wohlgemerkt *kaum* mögliches Feingefühl –, und ihr Appell hatte in einer Weise ein Echo gefunden, die der menschlichen Natur zur Ehre gereichte. Diese inzwischen erwiesene Sensibilität der Dame vom Lancaster Gate erfüllte für unsere beiden Freundinnen in diesen ersten Tagen wahrhaft die Funktion eines feinen schwebenden Goldstaubs, etwas, das der Aussicht eine harmonisierende Verschwommenheit verlieh. Die Umrisse, die Farben dahinter waren kräftig und satt – wir haben gesehen, wie sie sich für Milly bereits abhoben; aber nichts besaß im Vergleich dazu in solchem Maße die Würde, die die Wahrheit verleiht, wie die Tatsache, daß Maud ihrem Gefühl treu geblieben war. Das war es, worauf Susie stolz war, viel mehr als auf Mauds hohe Position in der Welt, die sie, wie sie sich zudem bewußt war, noch nicht gänzlich überblickte. Eben das stand sogar noch lebhafter vor Augen, als daß sie – in mehr weltlicher Hinsicht und fast im Range einer Offenbarung – englisch und entschieden und eigenwillig war, fast ohne innerliche, jedoch mit der schönsten äußerlichen Resonanz.

Susan Shepherds Bezeichnung für sie lautete immer wieder, sie sei „umfassend"; doch in ihrer Seele gab es keine von Echos widerhallenden Säle; man hätte sie eher mit einem geräumigen Behältnis vergleichen können, ursprünglich vielleicht locker gefüllt, aber jetzt so straff wie möglich um den darin angesammelten Inhalt gespannt – für ihre amerikanische Verehrerin eine dichtgepackte Masse kurioser Einzelteile. Wenn letztere wackere Dame daheim noch ihre Freunde taktvoll als nicht eben schmächtig geschildert hatte – auf welche Art sie diese meistens darstellte –, lag darin eine gewisse Andeutung, sie seien umfangreich, weil leer. Mrs. Lowder war, nach einem anderen Gesetz, umfangreich, weil voll ausgefüllt, weil sie, selbst im Ruhezustand, etwas mit einem Geschoß gemeinsam hatte, von gewaltiger Größe, geladen und einsatzbereit. Eben das offenbarte sich für Susies romantisches Gemüt als die Hälfte des Reizes ihrer wiederaufgenommenen Beziehung – eines Zaubers, als säße man im Frühling, während einer langen Friedenszeit, auf dem mit Gras und Gänseblümchen überwachsenen Wall einer riesigen schlummernden Festung. Gewiß hatte Mrs. Stringham, ihrem psychologischen Spürsinn getreu, bemerkt, daß die „Empfindung" auf seiten ihrer alten Schulkameradin, über die sie sich so freute, gänzlich eine Sache von Tätigkeit und Bewegung war und bis auf ein häufig eingeworfenes plumpes „mein Schatz", häufiger, als sie selbst es vielleicht verwendet hätte, kaum über die sonstigen großen Verbrämungen hinausging. Sie sann interessiert diesem weiteren Merkmal der Stammeseigenart nach, spürte in ihrem eigenen Gemüt eine unterschiedliche Anordnung. Für sie bestand das Glück darin, zu wissen, *warum* sie handelte – mit dem Grund war die Sache schon halb getan; wohingegen es für Mrs. Lowder keinen Grund hätte zu geben brauchen: das „Warum" war ein banales Aroma, Vanille oder Muskat, das man bei dem nahrhaften Pudding weglassen konnte, ohne ihn zu verderben. Mrs. Lowders Wunsch, beider junge Gefährtinnen sollten ebenfalls gut miteinander auskommen, war recht deutlich; und Mrs. Stringham beschrieb all das in den ersten Tagen Milly gegenüber mit den Worten, wenn sie am Lancaster Gate nicht gerade davon in Anspruch genommen sei, von ihr zu erzählen, sei sie davon in Anspruch genommen, viel von der Lebensgeschichte der außergewöhnlichen Nichte ihrer Gastgeberin zu hören.

In dieser Richtung hatten sie, die beiden älteren Frauen, genug auszutauschen, und es war der Pilgerin aus Boston nicht einmal so recht klar, ob sich das, was sie für London in erster Linie in die Wege geleitet hatte, für sie selbst nicht als eine Folge angenehmer Schauer erweisen sollte. Sie hatte ein schlechtes Gewissen, ja fast das Gefühl, sich unmoralisch zu verhalten, als sie erkennen mußte, daß sie sich, wie sie es ausdrückte, fortreißen ließ. Sie lachte auf, als sie Milly weiterhin anvertraute, sie wisse nicht, wo das enden solle; und ihr Unbehagen ging im wesentlichen darauf zurück, daß Mrs. Lowders Leben für sie von Elementen strotzte, die sie wahrhaftig zum ersten Mal zu Gesicht bekam. Sie glaubte, diese repräsentierten die Welt, jene Welt, die deshalb, weil ihr die Pilgerväter die kalte Schulter zugewandt hatten, bisher noch nie dreist die Überfahrt nach Boston gewagt hatte – gewiß hätte sie auch das stärkste Schiff der Cunard-Linie zum Sinken gebracht –, und sie konnte nicht so tun, als stelle sie sich dem, was die Zukunft an Aussichten bot, lediglich wegen einer Laune Millys. In eben diesem Augenblick entwickelte sie selbst eine solche genau auf das gegenwärtige Schauspiel zielende Laune. Sie konnte nur in dem Gedanken Kraft suchen, daß sie bisher noch nie eine gehabt oder daß sie noch nie einer nachgegeben hatte, was letztlich dasselbe war. Zudem fiel der rückenstärkende Gedanke, all das stelle literarisches Material dar, ganz von ihr ab. Sie mußte abwarten, sie würde ja sehen: so weit sie bisher gelangt war, berührte sie der Stoff als unermeßlich, unklar, düster. In schlaflosen Stunden überlegte sie, wahrscheinlich werde sie einfach der Sache wegen Gefallen daran finden – vielmehr der Sache und Millys wegen. Eigenartigerweise konnte sie sich ohne Bangen ausmalen, Milly könnte Gefallen daran finden – oder wenn doch mit Bangen, so nicht mit Rücksicht auf Gewissensskrupel, sondern auf den Seelenfrieden. Jedenfalls war es vorläufig ein Segen, daß beider Phantasie die gleichen Sprünge machte.

Während sie in dieser ersten Woche, die auf ihr Dinner folgte, am Lancaster Gate alles begierig in sich einsog, war ihre Gefährtin nicht weniger günstig versorgt, schien in der Tat genauso reichlich romantische Nahrung zu finden. Das gutaussehende Mädchen aus dem wuchtigen englischen Haus war ihr gleichsam als eine mittels Zauberkraft aus ihrem Rahmen herabgestiegene Figur in einem Gemälde erschienen: es war in Wahrheit ein Fall, für den Mrs. Stringham schließlich das treffendste Gleichnis fand. Ihr war keineswegs, vielmehr ganz im Gegenteil, jene andere Idee entglitten, nach der Milly die umherirrende Prinzessin war: was konnte also jetzt mehr damit in Einklang stehen als das Erlebnis, wie die würdigste Jungfrau, die auserwählte Bürgerstochter am Stadttor der Prinzessin aufwartete? Es war sichtlich wiederum echt, daß auch die Prinzessin Freude an der Begegnung empfand; lebten Prinzessinnen doch überwiegend in so gedämpftem Stil, auf der Ebene bloßer eleganter Repräsentation. Deshalb stürzten sie sich ja an den Stadttoren auf die dahin abgeordneten blumenstreuenden Jungfrauen; deshalb war ihnen ja nach Schaubildern, Festzügen und anderen pomphaften Darbietungen ein freimütiger menschlicher Umgang willkommen. Wirklich stellte sich Kate Croy für Milly – letztere sprudelte Mrs. Stringham gegenüber ihre Berichte darüber heraus – als das märchenhafte Londoner Mädchen in Person dar, nach allem, was sie sich schon von jeher unter der Londonerin vorgestellt hatte, auf Grund der Erzählungen Reisender und der New-Yorker Anekdoten, des einstigen Studiums des „Punch“ und reichlicher Bekanntschaft mit der zeitgenössischen Belletristik. Nur war sie netter, denn das betreffende Wesen war für unsere junge Frau eher eine furchterregende Vorstellung gewesen. Sie hatte sie sich bestenfalls genauso gutaussehend ausgemalt, wie Kate es war, mit denselben Kopfwendungen und vergleichbaren Stimmnuancen, mit harmonischer Statur und Haltung, den „zugelegten" und übrigens auch den abgelegten Dingen, all den Merkmalen des Produkts einer dichtgefügten Gesellschaft, das gleichzeitig die Heldin einer kraftvollen Geschichte sein sollte. Diese beeindruckende junge Person versetzte sie von Anfang an in eine Geschichte, sie sah in ihr, von der eigenen Einbildungskraft beflügelt, eine Heldin, empfand das als die einzige Rolle, in der sie nicht umsonst existierte; und das, obwohl die Heldin sympathisch kurz angebunden war, sich aller Schwärmerei enthielt, auch trotz ihrer Regenschirme und Jacken und Schuhe – wie diese Dinge sich Milly flüchtig einprägten – und ungeachtet eines Zuges in ihrem Auftreten und der gelegentlichen Ungezwungenheit ihrer lässigen Sprache, das eher an einen leichtfertigen Knaben erinnerte.

Als Milly entschieden hatte, eben das Ausmaß ihrer Zuneigung mache sie schüchtern, hatte sie vorläufig einen hinlänglichen Schlüssel gefunden, und inzwischen kamen beide mit vollen Segeln miteinander voran. Das hätte gut die glücklichste Stunde sein können, die sie erleben sollten, als sie in freundschaftlicher Unabhängigkeit ihr gewaltiges London in Angriff nahmen – das London der für Milly merkwürdig interessanten Läden und Straßen und Vororte sowie das der Kate merkwürdig unvertrauten Museen, Denkmale, „Sehenswürdigkeiten", während ihre älteren Gefährtinnen einen getrennten Weg gingen, beide ihr vertrautes Beisammensein genossen und jede das junge Mädchen der anderen als eine großartige Erwerbung für ihr eigenes betrachtete. Milly versicherte Susan Shepherd mehr als einmal, Kate habe irgendein Geheimnis, einen unterdrückten Kummer, von der ganzen übrigen Lebensgeschichte abgesehen; und wenn sie Mrs. Lowder bei ihrem Empfang so gutmütig zur Seite getreten war, dann eben, um sich eine Ablenkung zu verschaffen und auf andere Gedanken zu kommen. Doch zu dieser aufgestellten Behauptung hatte unsere junge Amerikanerin bisher noch keinen Schlüssel gefunden: sie spürte nur, wenn die Aufhellung käme, würde sie die Farbe weitaus kräftiger hervortreten lassen; und sie gefiel sich in dem Gedanken, sie sei auf alles vorbereitet. Überdies entsprach das, was sie bereits wußte, in ihren Augen nicht wenig dem englischen, exzentrischen, thackerayschen Charakter, da sich Kate Croy nach und nach recht ausführlich über ihre Lebenslage ausgesprochen hatte, über ihre Vergangenheit, ihre Gegenwart, ihre allgemeine Bedrängnis, ihren bis zur Stunde geringen Erfolg, gleichzeitig ihren Vater, ihre Schwester, ihre Tante und sich selbst zufriedenzustellen. Es war Millys leise Ahnung, die sie ihrer Susie mitteilte, das Mädchen habe noch jemand anderen, bisher ungenannten, zufriedenzustellen, lag es doch auf der Hand, daß ein solches Geschöpf unvermeidlich jemanden haben mußte; ein Geschöpf, das zwar, wenn man so wollte, vielleicht nicht direkt dazu geschaffen war, Leidenschaften zu entfachen, denn das schloß immer ein gewisses Maß Einfältigkeit mit ein, dennoch sah das bewundernde Auge der Freundschaft sie notwendig im klar umrissenen Schatten eines vermutlich überragenden männlichen Interesses. Der klar umrissene Schatten, wo auch immer sein Ursprung sein sollte, hing jedenfalls die ganze Woche über Millys Gefährtin, und Kate Croys gutaussehendes Gesicht lächelte unter sanftem Oberlicht daraus hervor, gleichermaßen in Gegenwart alter, passiv in ihrem Ruhm verharrender Meister wie gänzlich neuer, der allerneuesten, die rastlos mit Stecknadeln und geschwungenen Schneiderscheren hantierten.

Mittlerweile war es ein hübscher Zug des Umgangs zwischen diesen jungen Damen, daß jede die andere beachtlicher fand als sich selbst – jede hielt sich, oder versicherte es jedenfalls der anderen, für ein vergleichsweise trübes Ding und die andere für einen Liebling der Natur und des Schicksals. Kate war belustigt, verblüfft, wie ihre Freundin derart hartnäckig von ihr „angetan" war, und Milly fragte sich, ob Kate aufrichtig sei, wenn sie in ihr den ungewöhnlichsten – ganz davon abgesehen auch den bezauberndsten – Menschen sah, dem sie begegnet sei. Während langer Spazierfahrten plauderten sie miteinander und ließen es dabei nicht an einem Strom dichtgedrängter Lebensgeschichte fehlen – in diesem Licht hätte Mrs. Lowders Nichte, oberflächlich betrachtet, in ihrem Wettstreit den Sieg davontragen können. Die Bezüge ihres Gastes auf Amerika mit ihren verwirrenden Unermeßlichkeiten, ihrem einschüchternden, geldstrotzenden New York, ihren hochgespannten Erregungen, ihren Möglichkeiten ungezügelter Freiheit, ihrem Register aufgezehrter Verwandter, Eltern, intelligenter, lebensfroher, offenherziger, schlanker Brüder – diese die meistgeliebten –, allesamt, ebenso wie die Folge einander ablösender Vormunde, in hohem Übermaß der Spekulation und Verschwendung hingegeben, die diesem erlesenen Wesen das schwarze Kleid, das bleiche Gesicht und das flammende Haar als letztes zerbrochenes Glied in der Kette hinterlassen hatten: ein solches Bild stellte die kurze, wenn auch hier und da etwas ausgeweitete Biographie eines bloßen Niemand aus dem Mittelstand in Bayswater gänzlich in den Schatten. Und obwohl das auch nur eine Darstellung nach Bayswater-Art hätte sein können, zumal Milly sich außerdem in dem Stadium eines besonderen Interesses für die Bayswater-Art befand, brachte es diese Kritikerin doch fertig, daß sie, wie Mrs. Stringham selbst, ihre Gefährtin geradezu zwang, ihr abzunehmen, sie käme durchaus einer Prinzessin am nächsten, die Bayswater jemals kennenzulernen hoffen konnte. Es war eine Tatsache – es wurde eine nach Ablauf von drei Tagen –, daß Milly wahrhaftig von dem gutaussehenden Mädchen eine bestimmte Sicht ihrer Position zu übernehmen begann; der Eindruck des gutaussehenden Mädchens davon war augenscheinlich so aufrichtig. Dieser Eindruck war ein Tribut, unzweifelhaft ein Tribut an die Macht, die Macht, mit deren Ursprung Kate gar nicht hinter dem Berge hielt. Es gab Situationen unter all den Oberlichtern, denn die Zahl der von ihnen besuchten Läden war groß, wo die zwanglose, doch eine winzige Spur zu sarkastische Art der letzteren ausreichend kundtat, würde *sie* so im Geld schwimmen ...!

Außerdem schien sie ihrer Freundin durchaus nicht vorzuwerfen, ihr gehe die Phantasie zum Geldausgeben ab, sondern sie machte ihr eher den Vorwurf, sich nicht die Angst, die Knauserei ausmalen zu können und nicht die Vorstellungskraft zu besitzen oder überhaupt zu erkennen, was es bedeute, von anderen abhängig zu sein. Wenn zum Beispiel die ganze Wigmore Street ein einziges Getümmel war und das blasse Mädchen all den Wimmelnden meist so unterschiedslos die Stirn zu bieten schien – den Briten als Einzelwesen, als Personen, als Partner einer Beziehung und vielleicht sogar als in Wirklichkeit bemerkenswerten Menschen –, solche Augenblicke besonders festigten in Kate die Erkenntnis des hohen Glücks der Freiheit ihrer Gefährtin. Millys Spielraum war dadurch unermeßlich; sie brauchte niemanden um etwas zu bitten, sich an niemanden zu wenden; ihre Freiheit, ihr Vermögen und ihre Neigung waren ihr Gesetz; eine dienstbeflissene Welt umgab sie, sie konnte bei jedem Schritt ihren Dunst atmen. Und Kate befand sich in diesen Tagen gänzlich in der Phase, ihr soviel Seligkeit zu verzeihen; zudem in der Phase der Überzeugung, sie werde, falls sie weiter miteinander verkehrten, bei dieser Großmut bleiben. Zu diesem Zeitpunkt hatte sie noch keinen Verdacht auf eine Verstimmung – womit wir nicht nur den Verdacht meinen, es könne etwas zwischen sie treten, sondern auch den, bei soviel reiner Qualität könne sich doch ein bestimmter Mangel herausstellen. Und dennoch, wenn Milly bei Mrs. Lowders Bankett Lord Mark gegenüber erklärt hatte, die junge Frau an der anderen Seite der Tafel habe sie freundlich behandelt, weil sie unklar spürte, das erfordere der Anstand, so paßten in Wirklichkeit auf seiten der jungen Frau nicht näher analysierte, aber gemischte Gefühle dazu, ein versteckter Eindruck, Mildred Theale sei letztlich doch nicht die Person, mit der man die Stellung, ja nicht einmal die Aussichten tauschen mochte. Gewiß hätte Kate vielleicht nicht recht gewußt, was sie mit diesem Vorbehalt meinte, und es gelang ihr diesen erst annähernd in Worte zu kleiden, als sie sich sagte, so reich Milly sei, würde man sie wahrscheinlich nie – und das sei einzigartig – dafür hassen. Dem gutaussehenden Mädchen kamen heimlich solche treffenden Erkenntnisse und rohen Gedanken: ihr war nicht verborgen, daß es sich, ohne die Hilfestellung eines ganz besonderen Grundes, als Prüfstein für die eigene Lebensphilosophie erweisen könne, sich nicht von einer Herrin über Millionen, oder wieviel es nun war, irritiert zu fühlen, die, als Mädchen, so leicht, genau wie sie selbst, nichts als unbestimmt und schicksalhaft weiblich hätte sein können. Sie war sich durchaus nicht sicher, Tante Maud so gern zu haben, wie *diese* es verdiente, und Tante Mauds Kapitalkraft war Millys offensichtlich unterlegen. So wirkte eindeutig zugunsten letzterer irgendein Einfluß, der sich später deutlicher abzeichnen würde; und inzwischen genügte es vollkommen, daß sie so bezaubernd wie eigenartig und so eigenartig wie bezaubernd war – was alles ein köstliches Vergnügen bedeutete; zudem genügte es übrigens weiterhin, daß sie Kate bereits wertvolle Gegenstände aufgedrängt hatte. Eine Woche in ihrer Gesellschaft unter solchen Umständen – Umständen, die Milly derart zusammenzufassen beliebte, sie verschafften einer blind tastenden, unsicheren Pilgerin ungemein viel Hilfe und Behagen – zeichnete sich schon früh als voraussichtlich eine Woche voller Geschenke, Erkenntlichkeiten, Erinnerungsgaben, Bekundungen der Dankbarkeit und Bewunderung ab, die samt und sonders einseitig waren. Kate hielt sich auch prompt an die Forderung des Anstands und machte deutlich, sie müsse allen Läden entsagen, wenn sie nicht die Zusicherung erhalte, man werde ihr nicht den Inhalt jedes Ladens, den sie als bescheidene Begleiterin betrete, zu Füßen legen; doch das geschah in Wahrheit erst, als sie sich bereits, nach wieviel Protesten auch immer, im Besitz einigen kostbaren Zierats und anderer kleinerer Annehmlichkeiten fand.

Bedeutend war auch die Ungereimtheit, als sich an einem Tag gegen Ende der Woche ergab, daß sich Milly als eindeutige „Revanche", wie man hätte sagen können, lediglich erbat, ein wenig über Lord Mark zu erfahren und der Ehre eines Besuches bei Mrs. Condrip teilhaftig zu werden. Man hatte ihr ganz andere Vergnügungen angeboten, doch ihre Neugier richtete sich ungeniert auf Menschen, und sie schien sich wirklich mehr von dem Anblick der bekümmerten Dame in Chelsea zu erhoffen als von den glanzvollsten Opernabenden. Kate bewunderte eine derartige Furchtlosigkeit und gab das auch zu erkennen: in diesem Zusammenhang hätte sie so offensichtlich Anlaß zur Furcht vor der Langeweile gehabt. Milly antwortete darauf mit dem Hinweis auf ihre Neugier – was ihre Freundin in Staunen darüber versetzte, welch ausgefallene Richtungen diese einschlug. Einiges darunter war gewiß eher verständlich, und Kate hatte ohne Verwunderung vernommen, daß sie sich auf Lord Mark keinen Reim machen könne. Was diese junge Dame über ihn zu sagen hatte, war zugleich, wie sie offen zugab, unvollständig; denn am Lancaster Gate kannten sie ihn am besten von einer Seite, die schwer zu erläutern war. Man kenne die Menschen im allgemeinen von einer Seite, die sie vorzuweisen hätten, die, ob sie nun für oder gegen sie spreche, jedenfalls faßbar oder benennbar oder vorweisbar sei; und sie könne sich auf keinen anderen Fall besinnen, wo man einen Wert für so überragend gehalten hätte, ihn ungeprüft triumphieren zu lassen. Sein Wert bestehe in seiner Zukunft, und Tante Maud habe diese irgendwie so zweifelsfrei akzeptiert, als handele es sich um seine gute Köchin oder seine Dampfyacht. Sie, Kate, meine damit nicht, daß sie ihn für einen Blender halte; womöglich werde er große Dinge vollbringen – aber das sei bisher sozusagen alles, was er vollbracht habe. Andererseits bedeute es freilich eine gewisse Leistung, zu der nicht jeder fähig sei, es fertiggebracht zu haben, von Tante Maud so ernst genommen zu werden. Insgesamt sei das Beste an ihm sicherlich, daß Tante Maud an ihn glaube. Sie habe oft genug ihre Grillen, aber sie erkenne einen Blender, und – nein, das sei Lord Mark nicht. Er habe auf kurze Zeit dem Parlament angehört, auf der konservativen Seite, jedoch bei der ersten Gelegenheit seinen Sitz wieder verloren, und das sei alles, worauf er verweisen könne. Er verweise jedoch auf nichts, was sehr wahrscheinlich nur ein Zeichen seiner echten Gescheitheit sei, etwas, das die echt Gescheiten mit den echten Hohlköpfen gemeinsam hätten. Sogar Tante Maud gebe oft zu, bevor sie sich eine Meinung über ihn bilde, müsse noch eine ganze Menge zutage treten. Und inzwischen verhalte er sich nicht gleichgültig – sich selbst gegenüber –, denn er bearbeite Lancaster Gate nach Kräften; genau wie man dort zweifellos *ihn* bearbeite, und genau wie in London stets die Bearbeitenden und die Bearbeiteten, so könnte man es vielleicht erklären, in jeder Beziehung die Partner seien.

Kate erläuterte es ihrer aufmerksamen Freundin: jeder, der etwas zu geben habe – freilich seien das die wenigsten –, versuche es so teuer wie möglich loszuschlagen, bekomme wenigstens seinen Wert heraus. Das Merkwürdigste sei weiterhin, daß das in manchen Fällen ein wechselseitig günstiger Abschluß sein könne. Der Bearbeitende in dem einen Zusammenhang sei der Bearbeitete in einem anderen; das Ganze sei so breit wie lang – wobei das Getriebe des Systems, wie man sehen könne, wohlgeschmiert laufe. Bei alledem könnten die Leute darin durchaus Sympathie füreinander empfinden, wie Tante Maud allem Anschein nach Lord Mark durchaus möge und wie Lord Mark hoffentlich Mrs. Lowder möge, denn falls nicht, sei er ein größeres Ekel, als man für möglich halten könne. Sie, Kate, habe allerdings noch nicht herausbekommen, was er für sie tue – zumal ihn die gute Frau, selbst beim Äußersten, was er tun könnte, viel weniger brauche, als sie sich einbilde; all das betreffend gebe es überdies auf beiden Seiten viele Dinge, die sie noch nicht herausgefunden habe. Im großen ganzen glaube sie an jeden, mit dem Tante Maud Beziehungen knüpfe; und sie lege Milly nahe, immer daran zu denken: was für erstaunliche Menschen diese junge Dame im Lande auch kennenlernen möge, einer außergewöhnlicheren Frau werde sie nicht begegnen. Größere Berühmtheiten gebe es massenhaft, und natürlich auch Personen von höherem Rang, doch nach einer größeren *Persönlichkeit*, einem ohne jede Künstelei in jeder Hinsicht imposanteren Menschen, könnte man nach Kates Ansicht lange suchen. Als Milly sich interessiert erkundigte, ob Kates Vertrauen in *sie* sich auch in erster Linie darauf gründe, mit wem Mrs. Lowder Beziehungen knüpfe, konnte ihre Gesprächspartnerin das großzügig bejahen, da sie nach demselben Prinzip auf sich selbst vertraue. Mit wem sonst habe Tante Maud in hervorstechendem Maße Beziehungen geknüpft, wenn nicht mit Tante Mauds Nichte, und wer treibe demnach bei ihr tiefer in der Strömung des Bearbeitens und Bearbeitetwerdens? „Sie fragen vielleicht", fuhr Kate fort, „was in aller Welt ich zu geben habe; und genau das versuche ich herauszubekommen. Es muß etwas da sein, wenn sie es aus mir herausholen zu können meint. Sie *wird* es herausholen – auf sie kann man sich verlassen; dann sehe ich ja, was es ist. Und Sie müssen mir glauben, von selbst hätte ich es nie entdeckt." Sie lehnte es ab, irgendwelche Fragen hinsichtlich Millys eigener „Zahlungsfähigkeit" als der Erörterung wert zu behandeln; daß Milly einhundert Prozent zurückzahlen werde – und zuletzt sogar einen Wucherpreis, zweifellos – sei gerade die schöne Basis, auf der sie sich fänden.

Das waren feingeschliffene Einfälle, Scherze, Spötteleien, all diese Schwelgereien in Klatsch und Betrachtungen über London und das Leben, und sie wurden zwischen den beiden rasch zur gängigen Art der Unterhaltung, wobei Milly ihr Entzücken darüber äußerte, zu wissen, daß man mit ihr etwas vorhabe. Wenn die außergewöhnlichste Frau Englands es vorhabe, um so besser, und wenn die außergewöhnlichste Frau Englands sie beide gemeinsam in der Hand habe, sei das doch für jede ganz famos. Als sie allerdings ein wenig stutzte, es sei doch sonderbar, daß sie zwei auf einmal wolle, fand Kate die natürliche Antwort, eben das beweise ihre Aufrichtigkeit. Sie gebe unweigerlich dem Gefühl nach, und eindeutig sei bei der Ankunft ihrer Jugendfreundin das Gefühl emporgeschossen. Woher der Wind wehen werde, wenn sie etwas bewege, sei immer wieder interessant zu beobachten; zudem habe er ganz ersichtlich schon lange nicht mehr annähernd so stark geweht. In der Tat blieb das, wie wir bereits wissen, ein Wunder für Milly Theale, die bereits beim ersten Anblick Mrs. Lowders in bezug auf Susie fünfzig Glieder in der Assoziationskette vermißt hatte. Sie wußte so genau, was sie selbst von Susie hielt, daß sie von der Herrin vom Lancaster Gate eine ganz andere Einstellung zu Susie erwartet hätte; daß dem nicht so war, gab ihr endlose Rätsel auf. Doch ihre Ratlosigkeit war für sie die Ursache eines weiteren fein empfundenen Eindrucks, denn als sie sich Kate gegenüber die Bemerkung erlaubte, Susan Shepherd – zumal Susan Shepherd ohne jede Einladung aus einer kaum bedeutsamen Vergangenheit aufgetaucht war – hätte füglich Tante Maud einfach langweilen müssen, da stimmte ihre Vertraute ihr ohne Protest zu und gab ihrer Verwunderung lebhaften Ausdruck. Susan Shepherd langweilte zumindest die Nichte – das war deutlich; diese junge Frau sah in ihr nichts – nichts, das irgend etwas, nicht einmal Millys Nachsicht, erklärte: welche geringfügige Tatsache wiederum für die letztere zu einer bedeutungsvollen Tatsache wurde. Sie warf ein Licht auf das gutaussehende Mädchen – ein Licht, das mehr enthüllte, als an der Oberfläche lag –, daß die arme Susie für sie einfach ein Nichts war. Das bedeutete in gewisser Weise auch eine Warnung an die Gefährtin der armen Susie, die dadurch eine Richtung abgesteckt zu sehen meinte, wo sie am meisten aufzupassen hätte. Es wurmte sie nur ein wenig, daß eine Person, die für Milly Theale mehr als gut genug war, für ein anderes Mädchen nicht gut genug sein sollte; obwohl sie Mrs. Lowder selbst diese Unduldsamkeit seltsamerweise ohne weiteres hätte verzeihen können. Mrs. Lowder empfand keine, aber Kate Croy empfand sie spontan; doch am Ende, das sei angefügt, begriff sie den Grund, und dieser bereicherte ihr Verständnis. War es nicht ein ausreichender Grund, daß das gutaussehende Mädchen, neben ihren zwanzig anderen vortrefflichen Eigenschaften, auch eine winzige Spur brutal war, und wies das ihre neue Freundin nicht darauf hin, wie es bisher noch von keiner Seite aus geschehen war, daß eine ungezügelte Schönheit darin liegen könne, und sogar ein eigenartiger Reiz? Kate war nicht auf brutale Art brutal – was Milly bis dahin einfältig für die einzige Form gehalten hatte; sie war es nicht einmal auf aggressive, sondern eher auf gleichgültige Art, abwehrend und, wie man sagen könnte, aus einer zur Gewohnheit gewordenen Voraussicht. Sie vereinfachte die Dinge von vornherein, hatte vorzeitig Bedenken und wußte ungewöhnlich rasch, was ihr, wie man in New York sagen würde, nicht lag. Zumindest in dieser Hinsicht waren die Menschen in England eindeutig rascher als daheim; und Milly vermochte nach einem Weilchen einzusehen, wie sich solche Instinkte in einer von Gefahren strotzenden Welt allgemein verbreiten konnten. Um Lancaster Gate herum gab es sichtlich mehr Gefahren, als man in New York ahnte oder sich in Boston auch nur träumen ließ. Jedenfalls entwickelte man bei größerem Bewußtsein der Gefahren mehr Vorsichtsmaßnahmen, und es war eine rundum merkwürdige Welt, in der es, aus welchem Grund auch immer, Vorsichtsmaßnahmen gegen Susie geben konnte.

9

Gewiß machte sie bei Susie aber sofort jedes Zugeständnis, das sie etwa insgeheim im Sinne einer lauwarmen Wertschätzung hatte machen müssen, wieder gut; denn die langen Gespräche dieser beiden, spät am Abend, umfaßten nicht nur alles, was sich in den getrennt verbrachten Stunden als Stoff angeboten und angedeutet hatte, sondern darüber hinaus eine ganze Menge mehr. Um vier Uhr nachmittags mochte sie so sehr über den Dingen stehen, wie es die Situation erforderte, doch niemandem gegenüber tat sie sich in irgend etwas so wenig Zwang an wie üblicherweise Susan Shepherd gegenüber um Mitternacht über alles. Trotzdem, das hätte mit viel weniger Verzögerung erwähnt werden müssen, hatte sie noch nicht – das heißt, hatte sie nach Ablauf von sechs Tagen noch nicht – irgendwelche Neuigkeiten vorzuweisen gehabt, die sich mit einer Mitteilung der letzteren hätten messen können, im Gefolge einer Spazierfahrt mit Mrs. Lowder, der Abwechslung halber im sehenswerten Battersea Park. Die älteren Freundinnnen waren dort gesellig vereint dahingerollt, während die jüngeren in der prächtigen Equipage, die man Milly im Hotel zur Verfügung gestellt hatte – ein schwererer, mit Wappen kunstgerecht verzierterer, amüsanterer Wagen, als sie daheim, mit berüchtigt schlechtgeführten „Ställen", je kennengelernt hatte –, unternehmungslustigere Pläne verfolgten; dabei war im Laufe der mehr als einmal wiederholten Runde „herausgekommen", wie Mrs. Stringham sagte, daß die Damen vom Lancaster Gate ausgerechnet mit Mildreds anderem englischen Freund bekannt waren – dem Herrn, jenem mit der englischen Zeitung in Verbindung stehenden Herrn (Susie rückte nicht gleich mit seinem Namen heraus), der so kurz vor den jetzigen Abenteuern bei ihr in New York gewesen sei. Selbstverständlich sei er im Battersea Park beim Namen genannt worden – sonst hätte sie ja nicht gewußt, wer gemeint war; und Susie mußte natürlich, bevor sie ihren eigenen Anteil an der Sache als eine Art Geständnis vorbringen konnte, deutlich machen, sie meine Mr. Merton Densher. Das lag daran, daß Milly anfangs ein klein wenig den Eindruck machte, nicht zu wissen, von wem sie spreche; und das Mädchen behielt sich tatsächlich ebenfalls einigermaßen im Zaum, als sie bemerkte, das sei ein erstaunlicher Fall mit einer Chance von eins zu tausend. Beide, Maud und Miss Croy, kannten ihn anscheinend recht gut, wenngleich sein Name durchaus nicht mit dem Ausdruck intimer Freundschaft gefallen sei. Nicht sie – darauf legte Susie Wert – habe ihn ins Gespräch gebracht; in Wahrheit habe man gar nicht von ihm gesprochen, sondern nur einen jungen Journalisten erwähnt, den Mrs. Lowder kenne und der kürzlich im Auftrag seiner Zeitschrift in ihr herrliches Land gereist sei – Mrs. Lowder sagte immer „euer herrliches Land". Doch Mrs. Stringham habe es aufgegriffen – allerdings mit den Fingerspitzen; und das sei das Geständnis: sie habe ohne jede böse Absicht Mr. Densher als einen Bekannten Millys identifiziert, obwohl sie sich noch gebremst habe, ehe sie zu weit darauf einging. Mrs. Lowder sei sichtlich betroffen gewesen – das sei nicht übertrieben; dann habe auch sie sich gebremst, so habe es ausgesehen; und einen flüchtigen Augenblick lang hätte es so aussehen können, als halte jede etwas vor der anderen zurück. „Nur", fuhr Millys Partnerin fort, „fiel mir zum Glück rechtzeitig ein, daß ich überhaupt nichts zurückzuhalten hatte – das war viel einfacher und netter. Ich weiß nicht, was Maud zu verheimlichen hat, aber so steht es. Es hat sie sichtlich interessiert, daß Sie ihn kennen – daß er Sie drüben, ohne viel Zeit zu verlieren, kennengelernt hat. Aber ich nahm mir die Bemerkung heraus, es habe nicht so lange gewährt, daß Sie bis dahin dicke Freunde hätten werden können. Ich weiß nicht, ob das richtig war."

Wieviel Zeit diese Erklärung auch beansprucht haben mochte, waren in der Angelegenheit inzwischen doch genügend Augenblicke verstrichen – bevor das Gewissen der älteren Frau sich gerechtfertigt hatte –, um Milly die Antwort zu ermöglichen, obwohl die fragliche Tatsache zweifellos ihr Gewicht habe, würden sie ihrer Meinung nach das Gewicht doch nicht erdrückend finden. Es *sei* sonderbar, daß ihr einer Engländer sich so ohne Umstände in das Bild einfüge; jedoch sei es nicht gerade ein Wunder – sie hätten doch alle gewiß oft genug erlebt, wie es auch jedermann behaupte, die Welt sei außerordentlich „klein". Unzweifelhaft habe Susie auch nur das Naheliegendste getan, als sie seinen Namen nicht unbeachtet durchgehen ließ. Warum in aller Welt sollte das ein Geheimnis sein? – und würde es nicht den Eindruck erwecken, daß sie ein riesiges Geheimnis daraus gemacht hätten, wenn er zurückkäme und herausfände, daß sie ihre Bekanntschaft mit ihm verschwiegen hätten! „Ich weiß nicht, liebe Susie", bemerkte das Mädchen, „was ich Ihrer Meinung nach zu verheimlichen hätte."

„Es spielt keine Rolle", gab Mrs. Stringham zurück, „was Sie zu einem gegebenen Zeitpunkt von meinen Gedanken wissen oder nicht wissen; denn im nächsten Moment bekommen Sie es doch immer heraus, und wenn Sie es herausfinden, liebstes Kind, ist es Ihnen nie *wirklich* wichtig. Nur", erkundigte sie sich dann, „haben Sie von Miss Croy etwas über ihn gehört?"

„Über Mr. Densher? Kein Wort. Wir haben ihn nicht erwähnt. Warum sollten wir auch?"

„Daß *Sie* ihn nicht erwähnt haben, verstehe ich; aber daß sie ihn nicht erwähnt hat", meinte Susie, „hat vielleicht etwas zu bedeuten."

„Was zu bedeuten?"

„Nun ja", äußerte Mrs. Stringham nach einer kurzen Pause, „ich sage Ihnen alles, wenn ich Ihnen sage, daß Maud mich Ihnen nahezulegen bittet, es sei vielleicht vorläufig besser, ihn nicht zu erwähnen; das heißt, nicht mit ihrer Nichte über ihn zu sprechen, es sei denn, sie fängt zuerst damit an. Aber Maud glaubt, das wird sie nicht tun."

Milly war bereit, sich auf alles einzulassen; doch im Hinblick auf die Tatsachen – wie sie diese bisher überblickten – klang alles ein wenig kompliziert. „Etwa weil zwischen ihnen etwas ist?"

„Nein – soweit ich es verstehe, nicht; aber Maud denkt vorbeugend. Sie befürchtet etwas. Oder vielleicht wäre es zutreffender zu sagen, sie befürchtet alles."

„Sie fürchtet, meinen Sie", fragte Milly, „daß sie – hm – einander mögen?"

Susie dachte angespannt nach und stieß dann hervor: „Mein liebes Kind, wir bewegen uns in einem Labyrinth."

„Gewiß! Das ist ja gerade der Spaß!" versetzte Milly mit einer wunderlichen Heiterkeit. Dann fuhr sie fort: „Erzählen Sie mir nur nicht, daß es – zum Beispiel in dieser Geschichte – keine Abgründe gibt. Ich will meine Abgründe haben."

Ihre Freundin sah sie – das kam nicht selten vor – ein wenig schärfer an, als der Anlaß es oberflächlich zu erfordern schien; und wäre in solchen Fällen jemand anders dabeigewesen, hätte er sich vielleicht gefragt, welchem eigenen geheimen Gedanken die gute Dame ihre Worte anzupassen suchte. Sie neigte gewiß zu sehr dazu, die Worte ihrer jungen Freundin als Symptome eines vermuteten Leidens zu behandeln. Nichtsdestoweniger galt ihr als höchstes Gesetz, sich heiter zu geben, wenn das Mädchen heiter war. Sie vermochte sich verschroben auszudrücken, wie es die neue Verschrobenheit verlangte – die große Gabe Bostons; glücklicherweise war das auch in den Magazinen ihr Ton gewesen; und Maud Lowder, der das wirklich neu war und die noch nie etwas auch nur im entferntesten Ähnliches gehört hatte, hegte sie deswegen regelrecht als einen neuen gesellschaftlichen Aktivposten. Also sollte es ihr auch jetzt nicht daran mangeln; in der Tat konnte man damit dem meisten begegnen. „Ah, hoffentlich loten wir also – ich bin auf das Schlimmste gefaßt – die Tiefen von Not und Sünde aus! Aber sie möchte – das ist uns ja nicht unbekannt, nicht wahr? –, daß ihre Nichte Lord Mark heiratet. Hat sie Ihnen das nicht erzählt?"

„Ob Mrs. Lowder mir das nicht erzählt hat?"

„Nein, Kate. Es ist nämlich nicht so, daß sie es nicht wüßte."

Milly zog sich, vor den Augen ihrer Partnerin, eine Minute lang stumm in sich selbst zurück. Sie hatte mit Kate Croy mehrere Tage in so tief wie unerwartet vertraulichem Umgang verbracht, und unzweifelhaft waren sie im Gespräch in mancher Richtung verschiedentlich zum Äußersten gelangt. Jetzt aber erkannte sie sozusagen auf klare, kalte Art, man könnte eine Bilanz ihrer Beziehungen auch so aufstellen, daß sich darin die Menge dessen, was ihr die neue Freundin mitgeteilt hatte, gegenüber dem, was sie nicht offenbart hatte, als gering, extrem gering erweisen würde. Jedenfalls wußte sie nicht zu sagen, ob Kate darauf hingewiesen hatte oder nicht, daß ihre Tante sie für Lord Mark bestimmt habe: es war nur deutlich geworden – was ja auch ganz klar in die Augen sprang –, daß sie in die Pläne ihrer Tante einbezogen war. Irgendwie veränderte diese schroffe Ausklammerung Mr. Denshers für Milly, mochte sie mit noch so glättender Hand nervös darüber hinwischen, alle Proportionen, wirkte sich auf ihre Bewertungen aus. Es war närrisch von ihr, daß es einen Unterschied ausmachen sollte, den sie überhaupt nicht hätte definieren können – und sie war zumindest, sogar in diesen Sekunden, recht stolz darauf, auf der Stelle verbergen zu können, welchen Unterschied das ausmachte. Aber dennoch übte es eine nahezu gewaltsame Wirkung auf sie aus, daß Mr. Densher – und zwar dort, wo sie sich bis zu diesem Moment in aller Einfalt befunden hatte – bereits vor ihr dagewesen war. Sie hätte nur noch einen einzigen freien Augenblick gebraucht, um in der bloßen Tatsache, daß er in New York seine englischen Freunde verschwiegen hatte, wahre Abgründe zu sehen – da sie sich ja Abgründe wünschte. In New York hatten sie kaum Zeit für irgend etwas gehabt; doch hätte Milly gewollt, hätte sie sich zurechtlegen können, er sei dem

Thema Miss Croy ausgewichen, und dabei sei doch Miss Croy ein Thema, dem man natürlicherweise nie ausweichen könne. Gleichzeitig wäre hinzuzufügen, selbst wenn sein Schweigen auf ein Labyrinth hingedeutet hätte – was in Anbetracht auch all der übrigen Dinge, von denen er unmöglich hatte sprechen können, absurd war –, hätte ihr eben das recht sein müssen, denn es gehörte in das Kapitel der soeben Susie gegenüber vorgetragenen Beteuerung. Doch diese Dinge kamen und gingen, und zweierlei stand für die Freundinnen in dem vorliegenden Fall auf ganz eigentümliche Weise fest: daß sie zufällig alle Mr. Densher kannten – freilich außer Susie, aber das werde wohl noch kommen –, sei eine Tatsache, die in einer Welt, wo jedermann umherreiste, zu den gewöhnlichen Zufällen gehöre; und des weiteren, es sei doch amüsant – ach, furchtbar amüsant! –, die Hoffnung nähren zu können, es „stecke etwas dahinter", wenn es ohne Zutun, doch so unvermutet, wieder aufgetaucht sei. Irgendwie schien die Möglichkeit zu bestehen, der Boden oder vielmehr die Atmosphäre sei gewissermaßen in wohltuendem Sinn vorbereitet worden; wenngleich die Frage dieser Möglichkeit wahrscheinlich doch einige Erörterung in Anspruch genommen hätte. Außerdem war die Wahrheit – und da sprachen sie schon, unsere beiden, von der „Wahrheit" – genaugenommen noch nicht ganz zutage getreten. Das lag, angesichts der Bitte Mrs. Lowders an ihre alte Freundin, auf der Hand.

Auf Mrs. Lowders Empfehlung also, man solle Kate nichts sagen – auf dieses vielsagende Verhalten Tante Mauds konnte sich die Idee einer interessanten Verwicklung wohl am ehesten gründen; und als Milly nach dem soeben wiedergegebenen Gedankenaustausch wieder mit Kate zusammentraf, ohne irgendeinen Namen zu erwähnen, vermochte sie im eigenen Schweigen für sich selbst den Beginn eines neuartigen Vergnügens zu sehen. Es war zumal insofern neuartig, als es einen gewissen Anteil von Besorgnis einschloß: wenn sie bisher auf ihr Vergnügen aus gewesen war, so hatte sie dabei etwas freiere Hand gehabt. Trotzdem *war* es recht aufregend, einen noch intensiveren Grund für ihr Interesse an dem gutaussehenden Mädchen zu haben, was Kate für sie in höchstem Maße noch immer blieb; zumal es ein Grund war – das war der springende Punkt –, von dem die junge Frau selbst nichts ahnen konnte. Daher fand sich Milly, während sie zweimal auf zwei oder drei Stunden mit Kate zusammen war, in die intensivste Betrachtung von Kates Antlitz vertieft, von dem sie jetzt wußte, daß Mr. Denshers Augen mehr oder weniger vertraulich darauf geruht hatten, und welches umgekehrt, eher *noch* eindrucksvoller, in das seine geblickt hatte. Sie zügelte sich allerdings mit dem Gedanken, es habe zwangsläufig, so eindrucksvoll, wie man nur wollte, in tausend andere Gesichter geblickt, in denen man selbst es nie aufspüren würde; aber das wunderliche Resultat dieser Überlegung war es gerade, jener Seite ihrer Freundin besonderes Gewicht zu verleihen, die sie zweifelsohne mit größerer Bereitwilligkeit, als ihr bewußt gewesen war, in Gedanken als die „andere“ bezeichnete, als die nicht ganz berechenbare. Es war überspannt von ihr, und Milly sah das auch ein; doch eben diese andere Seite hatte sich ihr ganz unversehens zugewandt, als sich Mr. Denshers nahe Beziehung offenbarte. Sie hatte nicht die Entschuldigung, sie als Kates eigentliche Seite zu erkennen, da bisher gar nichts bewies, daß es sich genau darum handelte. Gleichwohl: mit dieser nun voll zutage liegenden anderen Seite kam Kate und ging, gab ihr zur Begrüßung und zum Abschied einen Kuß, plauderte wie gewohnt über alles mögliche, außer – was es für Milly so unvermittelt geworden war – außer von *der* Sache. Es ist wahr, unsere junge Frau hätte bei diesen beiden Gelegenheiten zweifellos keinen so scharfen Unterschied wahrgenommen, hätte sie nicht in so besonderem Maße die Gefahr gespürt, sie könnte sich verplappern. Erst hinterher, nachdem sie sich getrennt hatten, begann sie sich zu prüfen, ob es nicht hauptsächlich daran gelegen habe, daß sie selbst so „anders“, so sehr mit dem Unausgesprochenen beschäftigt war; das Allerseltsamste daran war, ebenfalls hinterher, als sie sich fragte, wieso Kate es nicht hatte spüren können, daß ihr bewußt wurde, hier am Rand eines gewaltigen Dunkels zu stehen. Sie würde nie erfahren, wie Kate in Wahrheit etwas spürte, was jemand wie Milly Theale ihr zu spüren gab. Kate würde es nie – und nicht aus bösem Willen, nicht aus Doppelzüngigkeit, sondern sozusagen in Ermangelung eines gemeinsamen Nenners – für das Fassungsvermögen eines solchen Jemands zurechtstutzen oder es in ihre Reichweite rücken.

Als ein solcher Jemand beobachtete Milly also drei oder vier Tage lang Kate als genau solch einen Jemand; und dann stürzte sie sich als solch ein Jemand in den ihr versprochenen, endlich durchgesetzten Besuch in Chelsea, dem Viertel des berühmten Carlyle, in dem sein Geist noch umging und seine Jünger wirkten, zugleich der Wohnsitz der „armen Marian“, der schon so oft erwähnten, die dort geistig eigentlich einigermaßen fehl am Platze war.

Beim ersten Anblick der armen Marian trat bei unserer jungen Frau alles hinter dem Eindruck zurück, wie gegensätzlich in England offenbar die soziale Stellung von Schwestern sein konnte, wie gänzlich sie des gemeinsamen Bodens für einen Platz in der Welt ermangeln konnten: ein Stand der Dinge, den sie einsichtig genug im Zusammenhang mit der hierarchischen, der aristokratischen Ordnung sah. Wo genau in dieser Ordnung Mrs. Lowder ihre Nichte etabliert hatte, war eine Frage, der es zweifellos bisher nicht ganz an Mehrdeutigkeit mangelte – obwohl Milly überzeugt war, Lord Mark hätte bei gutem Willen den Punkt genau bestimmen und ihn gleichzeitig auch für Tante Maud mit festlegen können; doch es war klar, daß Mrs. Condrip sich, wie man hätte sagen können, in einer völlig anderen Geographie befand. Kurz gesagt, sie wäre nicht auf derselben gesellschaftlichen Landkarte auszumachen gewesen, und es war gleichsam, als hätten ihre Besucherinnen gemeinsam Seite für Seite umgeschlagen, bis sie endlich zu ihrer Erleichterung ein wohlwollendes „Hier!" ausrufen konnten. Selbstverständlich wurde der Abstand überbrückt, doch die Brücke war wahrhaftig nötig, und dieser Eindruck ließ Milly darüber nachdenken, ob sich in diesem Zusammenhang dem nicht in der Tradition des Landes gedrillten Geist die Brükken oder die Abstände eher ins Bewußtsein drängten. Ihr schien es daheim im Gegensatz dazu keine zu geben – weder den Unterschied von Position zu Position selbst, noch auf jeder Seite für sich, und zumal auf der einen, die fürchterlich anständigen Manieren, die das wieder aufwogen in Gestalt des bewußten Übersehens des bewußten Tatbestands. Das bewußte Übersehen jedenfalls und die fürchterlich anständigen Manieren, der Unterschied, die Brücke, der Abstand, die überschlagenen Seiten des gesellschaftlichen Atlas – all das mußte sich eingestandenermaßen für unsere junge Dame, mangels handfesteren Materials, ein wenig in die leichte literarische Legende einfügen – das vermischte, unstete Echo eines Trollope, eines Thackeray, vielleicht am meisten eines Dickens –, unter deren Einfluß ihre Wallfahrt für sie so verlockend gewesen war. Nachher, spät am selben Abend, konnte sie Susie berichten, bevor sie sie ganz hätte überprüfen können, habe sich die Legende geklärt, kurzum, im ganzen habe der tief verehrte Autor der „Newcomes" den Ton angegeben: so fehle dem Bild mehr als erhofft oder eher zeige es vielleicht weniger als befürchtet eine gewisse Andeutung pickwickscher Konturen. Sie erklärte, damit meine sie, Mrs. Condrip habe sich nicht gänzlich als eine zweite Mrs. Nickleby herausgestellt, nicht einmal – denn nach den Äußerungen der armen besorgten Kate hätte sie sich als nahezu alles Erdenkliche erweisen können – als eine verwitwete und verbitterte Mrs. Micawber.

Bei der mitternächtlichen Konferenz gab Mrs. Stringham recht sehnsüchtig zu verstehen, wie das Ereignis auch verlaufen sein mochte, die Seiten des englischen Lebens, die solche Erlebnisse für Milly eröffneten, seien genau das, was ihr selbst „bestimmt" sei, sich entgehen lassen zu müssen – wie sich jetzt alle um sie herum dauernd ausdrückten –: neuerdings zeigten sich bei ihr in den Augen ihrer Mitbeobachterin ein wenig diese Momente schwärmerischer Reaktion – bei welcher Reaktion sie wieder ganz Susan Shepherd war – gegen die hohe Sphäre kühlerer Konventionen, in die ihre überwältigende Verbindung mit Maud Manningham sie hineingerissen hatte. Milly verlor ihre Susan-Shepherd-Seite nie ganz aus den Augen und hielt sich immer bereit, sie willkommen zu heißen, wenn sie sich zeigte, und sie auf unbestimmte, zärtliche, ungeduldige Art zu tätscheln, verbunden mit reichlich fließenden Beteuerungen, sie würden sich schon noch darum kümmern. Heute abend hatten sie jedoch eine andere Angelegenheit zu behandeln, die sich bald auf seiten des Mädchens hinsichtlich ihrer in Chelsea verbrachten Stunde als die Enthüllung herausstellte, Mrs. Condrip habe ein paar Minuten ausgenutzt, als Kate sich bei einem der Kinder aufhielt, das oben unpäßlich zu Bett lag, und plötzlich, ohne im geringsten darauf „hingelenkt" worden zu sein, geradenwegs von Mr. Densher zu sprechen begonnen, ihn unmutig als einen Menschen erwähnt, der in ihre Schwester verliebt sei. „Sie meinte, wenn mir an Kate liege, sollte ich es wissen", sagte Milly, „denn es sei einfach schrecklich, und man könne in der Sache vielleicht etwas tun."

Susie staunte. „Verhindern, daß etwas daraus wird? Das ist leicht gesagt. Was denn tun?"

Milly zeigte ein mattes Lächeln. „Ich glaube, am liebsten wäre es ihr, wenn ich öfter zu *ihr* käme, um darüber zu sprechen."

„Ja, glaubt sie denn, Sie hätten nichts weiter zu tun?"

Das Mädchen hatte es inzwischen deutlich erfaßt. „Nichts weiter, als ihre Schwester zu bewundern – die sie selbst jedoch ganz und gar nicht versteht – und viel von ihr herzumachen und dem meine ganze Zeit zu widmen und alles andere dazu." Der älteren Freundin fiel auf, daß sie mit einer bislang fast ungewohnten

Schärfe sprach, als wäre ihr Mrs. Condrip ganz besonders auf die Nerven gefallen. Nie so klar wie in letzter Zeit hatte Mrs. Stringham ihre Gefährtin so hoch in nebelhafte goldene Lüfte emporgehoben gesehen, daß jede Verärgerung am Boden zurückblieb. Das war das Großartige an Milly – es war ihre, oder wenigstens war es Susan Shepherds, charakteristische Poesie. „Aber sie hat mich ausdrücklich gebeten", fuhr erstere fort, „Kate zu verschweigen, was sie gesagt habe. Ich soll nicht erwähnen, daß sie mit mir darüber gesprochen hat."

„Und wieso", erkundigte sich Mrs. Stringham dann, „ist Mr. Densher so schrecklich?"

Milly, so schien ihr, zögerte etwas – es deutete auf ein ausführlicheres Gespräch mit Mrs. Condrip hin, als sie vielleicht wiederzugeben geneigt war. „Es ist nicht so sehr er selbst." Dann sprach das Mädchen ein wenig sozusagen wie um der Romantik der Sache willen; man konnte bei ihr nie voraussagen, wo die Romantik ins Spiel kam. „Es geht um seine Vermögensverhältnisse."

„Und sind die sehr schlecht?"

„Er hat keine ‚privaten Mittel' und hat auch keine zu erwarten. Er hat kein Einkommen und, laut Mrs. Condrip, nicht die Fähigkeit, sich eins zu verschaffen. Er ist, wie sie es nennt, ‚bettelarm', und sie sagt, sie wisse, was das heiße."

Wieder überlegte Mrs. Stringham und förderte etwas zutage. „Aber ist er nicht ungewöhnlich klug und brillant?"

Darauf hatte Milly auch einen solchen Moment, der nicht ganz fruchtlos blieb. „Ich habe nicht die geringste Ahnung."

Worauf Susie zunächst nur mit „Oh!" antwortete – obwohl sie dem nach Ablauf einer Minute ein etwas grüblerisches „Ich verstehe" anhängte und dem wiederum: „Das ist auch Maud Lowders feste Meinung."

„Daß er nie etwas erreichen wird?"

„Nein – ganz im Gegenteil: daß er außergewöhnlich befähigt ist."

„O ja; ich weiß." Milly hatte im Hinblick darauf, was ihre Freundin ihr dazu bereits erzählt hatte, wieder den trockenen Ton von vorhin. „Aber Mrs. Condrips Hauptargument ist ja, daß Tante Maud von solch einem Menschen nichts wissen will. Aus Mr. Densher, behauptet sie – so jedenfalls hat sie es mir auseinandergesetzt –, wird nie ein prominenter Mann oder ein reicher Mann werden. Wäre er prominent, wäre sie, soweit ich es verstehe, ihm zu helfen bereit; wäre er reich – und sonst nichts –, würde sie ihr Bestes tun, ihn zu schlucken. Wie die Dinge liegen, belegt sie ihn mit ihrem Tabu."

„Kurz und gut", sagte Mrs. Stringham, als geschähe es mit einer heimlichen Absicht, „sie, die Schwester, hat Ihnen alles darüber erzählt. Aber Mrs. Lowder mag ihn", fügte sie an.

„Das hat Mrs. Condrip mir nicht erzählt."

„Nun, trotzdem, sie mag ihn, liebes Kind, und zwar außerordentlich."

„So steht es also!" Worauf Milly das Gespräch abbrach und sich unvermittelt, leise seufzend, einem unklaren Verebben ihrer Kraft und einer allgemeinen Ermattung überließ, was ihre Begleiterin in jüngster Zeit mehr als einmal an ihr beobachtet hatte. Doch blieb es zwischen ihnen an dem Abend nicht dabei, obwohl keine von beiden womöglich hinterher hätte sagen können, wer zuerst darauf zurückgekommen war. Milly näherte sich dem Thema für eine kurze Weile am weitesten mit der Bemerkung, sie schienen alle – jeder, dem sie begegneten – unglaublich viel ans Geld zu denken. Das reizte Susie zu einem nachsichtigen Lachen, in dem die unschuldige Bedeutung anklang, die Gleichgültigkeit gegenüber diesem Gegenstand, dem Geld, fiele manchen Leuten leichter als anderen: fairerweise wies sie jedoch darauf hin, man habe keineswegs, etwa aus einer gröberen Transparenz des Verhaltens, darauf schließen können, welchen Stellenwert es für Maud Manningham besitze. Sie entfalte ihre materielle Gesinnung in geziemender großartiger Schweigsamkeit – sofern es nicht besser so ausgedrückt werde, daß sie ihre Zurückhaltung mit gelegentlichen großartig-energischen Vorstößen verbinde. Wie immer Susie es ausdrückte, in Wirklichkeit – um ihr Gerechtigkeit widerfahren zu lassen – dachte sie an den Unterschied, als Günstlinge des Schicksals, zwischen ihrer alten Freundin und ihrer neuen. Tante Maud saß irgendwie mitten in ihrem Geld, darauf gegründet und davon umgeben, wenn auch mit der geschickten und überlegen wirkenden Manier, so entschieden und klar dreinzuschauen, als wäre es gar nicht vorhanden. Milly verfügte, das ihre betreffend, über keinerlei Methode – was von einem gewissen Standpunkt aus möglicherweise ein Fehler war: jedenfalls befand sie sich ganz weit außen am Rande ihres Reichtums, und man mußte nicht, um sozusagen ihrem Wesen näherzukommen, auf welchem Weg auch immer, irgendein Stück ihres Besitzes durchqueren. Andererseits war klar, daß Mrs. Lowder ihren Reichtum gewissermaßen für Zwecke, Vorstellungen, Bestrebungen hütete, die sich an dem Tag ihrer Verwirklichung als ehrenhaft selbstlos erweisen würden. Sie würde ihren Willen durchsetzen, doch ihr Wille würde nur darauf zielen, daß nicht etwa eine oder zwei Personen durch mangelnde Fügsamkeit eines Vorteils verlustig gingen, den sie genössen, wenn man sie zur Unterwerfung bringen könnte. Milly als der so viel Jüngeren konnte man eine so weitreichende Sicht nicht zuschreiben: es gab niemanden, für den man bei ihr ein Interesse vermuten konnte. Es war zu früh, da sie nicht einmal für sich selbst daran interessiert war. Selbst der reichsten Frau fehlte in ihrem Alter ein Motiv, und Millys Motiv hatte zweifellos noch reichlich Zeit, sich einzustellen. Inzwischen war sie auch ohne Motiv schön, schlicht, erhaben – ob sie nun eines vermißte und tastend die Hand danach ausstreckte oder nicht; und mit einem Motiv würde sie all das übrigens genauso sein. Nur mochte sie dann durchaus, wie Tante Maud, eine Methode besitzen. Solcherart waren jedenfalls die Zusammenhänge, in deren Rahmen das Zwiegespräch unserer Damen frisch aufflackerte – in dem es sich ergab, daß die ältere die jüngere fragte, ob sie selbst am Nachmittag Mr. Densher als eine Bekanntschaft erwähnt habe.

„O nein – ich habe nichts davon gesagt, daß ich ihn kennengelernt habe. Ich dachte", erklärte das Mädchen, „an Mrs. Lowders Wunsch."

„Aber der", bemerkte ihre Freundin nach einem Augenblick, „betraf das Schweigen gegenüber Kate."

„Gewiß – aber Mrs. Condrip hätte es Kate sofort weitergesagt."

„Warum denn? Wo sie doch bestimmt ungern über ihn spricht."

„Mrs. Condrip?" Milly dachte nach. „Am liebsten sähe sie es, wenn man ihre Schwester dahin bringen könnte, schlecht von ihm zu denken; und wenn irgend etwas, das sie ihr mitteilen kann, dazu verhilft ..." Doch hier brach Milly unvermittelt ab, als werde ihre Gefährtin schon verstehen.

Das Interesse ihrer Gefährtin war jedoch ganz darauf gerichtet, was sie selbst sah. „Sie meinen, sie würde sofort davon sprechen?" Mrs. Stringham nahm an, das sei Millys Ansicht, doch ließ das noch eine Frage offen. „Wie sollte es nachteilig für ihn sein, daß Sie ihn kennen?"

„Ach, ich weiß nicht. Es wird nicht so sehr um die Bekanntschaft gehen als darum, damit hinter dem Berg gehalten zu haben."

„Ach", sagte Mrs. Stringham wie zum Trost, „*Sie* haben nicht damit hinter dem Berg gehalten. Hat das nicht viel eher Miss Croy selbst getan?"

„Es ist nicht meine Bekanntschaft mit ihm", lächelte Milly, „die sie verheimlicht hat."

„Sie hat nur die eigene verheimlicht? Nun, dann liegt die Verantwortung bei ihr."

„Ach, aber", wandte das Mädchen ein, vielleicht nicht mit hervorstechender Folgerichtigkeit, „sie hat das Recht zu tun, was ihr paßt."

„Dann haben Sie, liebes Kind, das auch!" lächelte Susan Shepherd.

Milly sah sie an, als wäre sie von beinahe verehrungswürdiger Einfalt, aber auch, als liebe man sie gerade deswegen. „Darüber streiten wir, Kate und ich, *noch* nicht."

„Ich meinte nur", erläuterte Mrs. Stringham, „daß ich nicht verstehe, was Mrs. Condrip zu gewinnen hätte."

„Wenn sie in der Lage wäre, es Kate zu erzählen?" Milly überlegte. „Ich meinte nur, daß ich nicht verstehe, was ich selbst zu gewinnen hätte."

„Aber irgendwann muß es doch herauskommen – daß er Sie beide kennt."

Milly stimmte kaum zu. „Meinen Sie, wenn er zurückkehrt?"

„Er findet Sie dann beide hier vor, und mir scheint, man kann kaum von ihm erwarten, daß er eine von Ihnen um der anderen willen ‚schneidet'."

Das gab der Frage endlich eine deutlich optimistischere Note. „Ich könnte ihn irgendwie vorher abpassen", schlug das Mädchen vor; „ich könnte ihm einen Tip geben, wie man es hier nennt – daß er mich nicht zu kennen hat, wenn wir uns begegnen. Oder noch besser, ich brauche überhaupt nicht hier zu sein."

„Wollen Sie vor ihm davonlaufen?"

Es war, sonderbar genug, ein Gedanke, den Milly halb gelten zu lassen schien. „Ich weiß nicht, *wovor* ich davonlaufen will!"

Auf der Stelle ließ das – etwas, das fur das Ohr der älteren Frau in dem traurigen, sanften Ton lag – jede Spur der Notwendigkeit einer Erklärung zerstieben. Sie lebte ständig mit der Erkenntnis, wenn ihre Beziehung gleichsam wie eine südliche Insel in einem großen, warmen Meer treibe, so bedinge das für jeden denkbaren Anlaß auch eine Randzone, eine Außensphäre allgemeiner Gemütsbewegungen; und die Wirkung irgendeines konkreten Vorkommnisses sei es nur, daß das Meer den festen Grund, die Randzone die Worte überflute. Jetzt fegte die gewaltige Woge einen Augenblick über sie hinweg. „Ich gehe mit Ihnen überallhin mit, wo immer in der Welt Sie hinwollen."

Doch Milly tauchte daraus empor. „Liebe alte Susie – wie ich Sie anstrenge!"

„Ach, das ist doch noch gar nichts."

„Möglicherweise nicht – gegen das, was noch bevorsteht."

„Sie sind nicht – und es ist sinnlos, sich zu verstellen", sagte die liebe alte Susie, die sie prüfend betrachtet hatte, „so gesund und kräftig, wie ich Sie – und darauf dringe ich – haben möchte."

„Dringen Sie nur darauf – je mehr, desto besser. Aber an dem Tag, an dem ich so gesund und kräftig wie Sie *aussehe*", fuhr Milly fort, „an dem Tag werde ich nämlich gerade gesund und kräftig genug sein, um fein artig für immer von Ihnen zu scheiden. So geht es einem", setzte sie freundlich zur Ausschmückung des Gesagten hinzu, „wenn sogar die *besten* ‚beaux moments', die man hat, nicht gerade so sind, daß sie einen dem äußeren Anschein nach für etwas Heitereres als einen schmucken Friedhof tauglich machen. Da ich all die Jahre über gelebt habe, als wäre ich tot, werde ich bestimmt sterben, als wäre ich lebendig – wie es sich trifft, wollen Sie mich ja so haben. Sehen Sie", schloß sie, „deshalb werden Sie nie so recht wissen, woran Sie mit mir sind. Ausgenommen freilich, wenn ich tot bin; und dann werden Sie nur wissen, woran Sie mit mir nicht sind."

„Ich würde *für* Sie sterben", erklärte Susan Shepherd nach einer Pause.

„‚Danke bestens!' Doch bleiben Sie lieber für mich hier."

„Aber wir können nicht bis August in London bleiben und auch nicht die ganzen kommenden Wochen."

„Dann fahren wir zurück."

Susie erbleichte. „Zurück nach Amerika?"

„Nein, ins Ausland – in die Schweiz, nach Italien, irgendwohin. Wenn ich sage, Sie sollen für mich *hier*bleiben", setzte Milly fort, „meine ich damit, Sie sollen bei mir bleiben, wo immer ich sein mag, auch wenn zu gegebener Zeit keine von uns weiß, wo das ist. Nein", drängte sie, „ich weiß *nicht*, woran ich bin, und Sie werden es auch nie wissen, und es ist ja auch egal – und es trifft wahrscheinlich durchaus zu", brach sie ab, „daß alles herauskommen muß." Ihre Freundin hätte das Gefühl gehabt, sie scherze jetzt darüber, wäre nicht ihre Skala von ernst zu heiter eine Sache von so unbezeichenbaren Schattierungen gewesen, daß die Kontraste sich nie deutlich voneinander abhoben. Sie machte Mängel an Ernst durch Mängel an Frohsinn wieder wett; das heißt, war sie zuzeiten nicht so ernst, wie man es gern gesehen hätte, so war sie mit Sicherheit zu anderen Zeiten auch nicht so vergnügt, wie sie selbst es gern gewesen wäre. „Ich muß den Dingen ins Gesicht sehen. Jedenfalls geht es nicht darum, daß es ‚herauskommt'", setzte sie hinzu; „es geht darum, daß Mrs. Condrip ihr die Tatsache so darstellen würde, daß es zu seinem Nachteil wäre."

Ihre Begleiterin wunderte sich. „Aber wieso zu *seinem*?"

„Nun, wenn er vorgibt, sie zu lieben ..."

„Und gibt er das nur vor?"

„Ich meine, wenn sie ihn vertrauensvoll in fremde Länder reisen läßt und er sie so weit vergißt, daß er anderen Leuten den Hof macht."

Der Zusatz verhalf jedoch Susie gleichsam aus Übermut zu einem bequemen Schluß. „Hat er, der Treulose, *Ihnen* den Hof gemacht?"

„Nein – aber darum geht es gar nicht. Es geht darum, was man Kate einreden könnte."

„Er müsse in Anbetracht der Tatsache, daß er die Bekanntschaft mit Ihnen offensichtlich mehr oder weniger gepflegt hat, ganz zu schweigen von Ihrer ins Auge springenden fatalen Anziehungskraft, zu mehr bereit gewesen sein, wenn Sie ihn im geringsten ermutigt hätten?"

Milly bestätigte weder diese Vermutung, noch schwächte sie sie ab; sie sagte nur nach einem Moment, sozusagen aus einer bewußt betonten Nachdenklichkeit heraus: „Nein, ich glaube nicht, daß sie direkt zu verstehen geben möchte, ich hätte *ihm* schöne Augen gemacht; denn *daß* ich das hätte tun müssen, würde nur seine Beständigkeit unterstreichen. Ich meine lediglich", fuhr sie fort – und jetzt endlich in der Tat mit äußerster Ungeduld –, „wenn sie ihn ein wenig als einen Menschen hinzustellen vermöchte, der Anlaß zur Eifersucht geben könnte, würde es ihr, die ihn ja fürchtet, ganz eindeutig dazu verhelfen, ihm im Gemüt ihrer Schwester einen wirksamen bösen Streich zu spielen."

Susan Shepherd nahm in dieser Erläuterung Anzeichen eines Appetits auf Motive wahr, wie sie sogar einer ihrer eigenen Heldinnen aus Neuengland wohl angestanden hätten. Das hieß, um mehrere Ecken herum zu spähen; aber genau das taten Heldinnen aus Neuengland eben, und überdies war es zunächst interessant, herauszufinden, um wie viele Ecken herum ihre junge Freundin wirklich schon gespäht hatte. Und schließlich, trotzten sie denn nicht den Abgründen? Sie suchten sich ihr Vergnügen, wo sie konnten. „Nur", wandte sie ein, „würde sie denn nicht ziemlich wahrscheinlich einsehen müssen, wenn Kate ihn als (wie lautet das schöne alte Wort?) volage erkennen würde, daß dann ..."

„Nun?" Sie hatte ihren Einfall nicht zu Ende geführt, doch anscheinend konnte auch Milly es nicht.

„Nun, daß sie vielleicht nur erreichen würde, wie das so oft geschieht – mindestens nach all *unseren* gepriesenen kleinen Gesetzen und Regeln –, Kates Gefühl anzuregen, statt es zu dämpfen."

Der Einfall war glänzend, doch das Mädchen machte nur schöne große Augen. „Kates Gefühl? Oh, davon hat sie nicht gesprochen. Ich glaube nicht", fügte sie an, als habe sie unbewußt einen falschen Eindruck vermittelt, „ich glaube nicht, daß Mrs. Condrip meinte, *sie* sei verliebt."

Darauf machte wiederum Mrs. Stringham große Augen. „Was befürchtet sie dann?"

„Nun, nur die Tatsache, daß Mr. Densher selbst womöglich nicht lockerläßt – sie befürchtet, daß *daraus* irgendwie etwas entsteht."

„Oh", sagte Susie, geistig ein wenig enttäuscht, „sie blickt weit voraus!"

Daraufhin streute Milly jedoch wieder eine ihrer unerwarteten, unbestimmten „Scherze" ein. „Nein – nur wir tun das."

„Dann wollen wir nicht mehr Interesse für sie aufbringen als sie für sich selbst!"

„Gewiß nicht", stimmte das Mädchen sofort zu. Ein gewisses Interesse blieb dennoch zurück; sie schien sich klar ausdrücken zu wollen. „Von etwas auf Kates Seite hat sie nicht gesprochen."

„Sie meinen, sie glaubt, daß ihre Schwester sich *nichts* aus ihm macht?"

Es war immer noch, als müsse Milly sich sekundenlang vergewissern, was sie meine; doch dann sprach sie es aus. „Würde sie sich etwas aus ihm machen, hätte Mrs. Condrip es mir gesagt."

Was Susan Shepherd sich daraufhin ein Weilchen verwundert zu fragen schien, war, warum sie dann soviel geredet hatten. „Aber haben Sie sie gefragt?"

„O nein!"

„Oh!" sagte Susan Shepherd.

Milly erklärte jedoch obenhin, sie hätte sie um alles in der Welt nicht gefragt.

Fünftes Buch

10

Lord Mark sah sie besonders an diesem Tag so an, als wollte er ihr das Eingeständnis abringen, sie habe ihm anfangs unrecht getan; und er durfte sich so viel als Vorteil oder Verdienst anrechnen, wie die Tatsache enthalten mochte, daß sein Vorhaben wirklich in gewisser Weise gelang; das heißt, ihm lag letztlich doch etwas so sehr am Herzen, daß es in ihr das absurde Gefühl weckte, sie *gestehe* es wirklich ein – wo doch die ganze Zeit der Fall so lag, daß es weder Gerechtigkeit noch Ungerechtigkeit betraf, was zwischen ihnen in Frage gestanden hatte. Er hatte sich im Hotel eingefunden, hatte sie und hatte Susan Shepherd zu Hause angetroffen, war Susan gegenüber „höflich" gewesen – es war genau diese Nuance, und Susans Phantasie hatte sie entzückt aufgefangen; und dann war er wiedergekommen und hatte sie verpaßt, und dann war er gekommen und hatte sie wieder angetroffen; außerdem hatte er ihnen leichthin zu verstehen gegeben, wäre mittlerweile nicht alles am Ende – was sie in der abgestandenen Atmosphäre spüren konnten, die einer Saison in den letzten Zügen anhaftete –, hätten sie nur zu erwähnen brauchen, welche Örtlichkeiten sie gern besuchen würden. Dem Gefühl der beiden Damen nach – oder jedenfalls ihren bescheidenen allgemeinen Beteuerungen nach – gab es keine Örtlichkeit, die sie gern besucht hätten; wo immer sie sich befanden, spürten sie nur, die Örtlichkeit, wohin man sie gebracht hatte, gefalle ihnen. Das traf in hohem Maße auf ihr gegenwärtiges Erleben zu – was in der Tat, in ebenso hervorragendem Maße, nicht anders als selbstverständlich sein konnte; hatte doch eine günstige Drehung ihres Glücksrades die Eindrücke des Nachmittags zu einem prachtvollen Büschel zusammengerafft, sie ihnen dargeboten wie einen Armvoll der kostbarsten Blumen. Sie standen vor dem Dargebotenen – man hatte sie darauf zugeführt; und hätten sie noch immer die Gewohnheit gehabt, sich zur Steigerung ihrer Einmütigkeit über Abstände hinweg anzublicken, hätten sie stumm seine Hand als diejenige gekennzeichnet, die das Rad in Schwung gesetzt habe.

Er hatte für die Abrundung gesorgt, die schon bei flüchtiger Analyse den Unterschied ausmachte – den Unterschied, wie Susie es auf der Stelle und zur Stunde für sich selbst wie für andere, soweit die Frage sie betreffen mochte, immer wieder formulierte, daß ihnen ein so schönes und interessantes Erlebnis nicht entgangen war; auch den Unterschied, daß es Mrs. Lowder ebenfalls nicht entgangen war, obwohl sie ja, oberflächlich gesehen, mit Mrs. Lowder gekommen waren, und obwohl sich unsere junge Dame während der guten halben Stunde, da sie innerlich aufs erquicklichste auf die Szene reagierte, auch weiter mit Mrs. Lowder abgab.

Das große historische Haus besaß für Milly – über die Terrasse und den Garten hinaus – als Mittelpunkt einer beinahe verschwenderisch großartigen, an Watteau gemahnenden Komposition, einen Ton wie altes Gold, „gedämpft" durch die Eigenart der Luft des üppig überschäumenden Sommers, auf den überall wahrnehmbaren erlesenen Geschmack eingestimmt. Vieles, nach ihrem Maßstab, schien ihr in der vorausgegangenen Stunde im Zusammenhang mit der Offenbarung all dessen widerfahren zu sein – und dieses drückte sich aus im Kennenlernen neuer reizender Menschen, in den Rundgängen durch Säle voller Rüstungen, Gemälde, Glasschränke, gewirkter Tapeten, Teetische, in einem Ansturm von Hinweisen dafür, daß dieser großartige Stil Zeichen einer *ererbten* Sicherheit war. Der großartige Stil war das riesige, allesumfassende Gefäß, während alles andere, der angenehme persönliche Wohlstand, die ungezwungene, gemurmelte Begrüßung, das ehrwürdige Alter des erlauchten Gastgeberpaares, alles zugleich so vornehm und so schlicht, so zugänglich und so zurückhaltend, nur zu diesem oder jenem Bestandteil der Mischung wurden. Die Bestandteile verschmolzen miteinander und würzten den Trank, und das Mädchen hätte meinen können, seine Essenz sei in das Täßchen Eiskaffee hineindestilliert worden, das sie geistesabwesend von jemandem in Empfang genommen hatte, während eine vollere Flut sie irgendwie an der Oberfläche trug – all die Reaktionsfrische ihres jungen Lebens, die Frische der ersten und einzigen Blüte. Was sie vielleicht eben jetzt zu einer Art Gipfelpunkt geführt hatte, war die Tatsache, daß sie, mit Hilfe Tante Mauds, zu erkennen glaubte, worum es sich wirklich drehe. Für eine arme schwache Jungfer konnte es nicht weniger als einen Gipfelpunkt bedeuten, unversehens vor Augen gehalten zu bekommen, es drehe sich um sie selbst – denn darauf lief es bei

Mrs. Lowder buchstäblich hinaus. Selbstverständlich war auf großen Bildern alles groß, und zweifellos war es eben ein Teil des glanzvollen Lebens – da das glanzvolle Leben, wie man es sich verschwommen ausgemalt hatte, *ersichtlich* von Menschen geführt wurde –, daß alle Eindrücke innerhalb seines Bereichs an seinem Glanz teilhatten; dennoch, ließ man das beiseite, drückte es der Stunde geradezu feierlich ein amtliches Siegel auf, so behaglich das umfassende Wohlwollen der Begleiterin in sich aufnehmen zu können. „Sie müssen bei uns bleiben – Sie müssen bleiben; alles andere wäre unmöglich und lächerlich; Sie wissen es sicherlich noch nicht – das können Sie nicht; aber bald wissen Sie es: Sie können hier in *jeder* beliebigen Position bleiben." Es waren gleichsam die gemurmelten Worte der Weihe nach dem gemurmelten Willkommen gewesen; und selbst wenn es nur zu Tante Mauds geistiger Trunkenheit gehört hätte – denn die gute Frau, das war zu sehen, „feierte" geistig den Tag –, diente es Milly nunmehr für immer als Hochwassermarke der Phantasie.

Es sollte das Ende der kurzen Episode sein, die erst neulich am Lancaster Gate begonnen hatte, als Lord Mark ihr mitteilte, sie sei ein „Erfolg" – der Grundton war damit erneut angeschlagen; und obzwar sich keine deutlich abgehobenen, keine zählbaren Offenbarungen aufgedrängt hatten, war doch, wie wir gesehen haben, für den gegebenen Rahmen von Raum und Zeit reichlich viel vorgefallen. Es war dreimal soviel geschehen, und alles ungebeten und herzlich gewährt – wenn auch im einzelnen bisher nicht eben *die* Offenbarung –, wie es von drei Wochen ohne Vorbereitung zu erwarten gewesen wäre. Mrs. Lowder hatte für die beiden Reisenden einen „Zulauf" improvisiert, jedoch, wie sich Milly jetzt ein wenig freimütiger klarmachte, aus etwas flüchtig zusammengewürfelten Elementen. Wenn sie deshalb in diesem Augenblick ihre Gründe – vollkommen persönliche Gründe – für den Gedanken hatte, die Episode neige sich ihrem Ende zu, so hatte sie hinsichtlich ihrer Partnerin eine fast ebenso tiefe Ahnung. Die Episode würde mit diesem herrlichen Bild schließen, doch in dem herrlichen Bild würde sich für Tante Maud noch nicht absolut sicher darstellen, ob es ihr bestimmt sei, darin zu bleiben. Jetzt, das mochte sogar Milly nicht entgangen sein, plauderte sie sich gerade zu einer erhabeneren Gelassenheit empor, während sie scheinbar Milly herausstellte. Das Mädchen empfand es als schön, wie sie *sie* herausstellte, sowenig unsere junge Frau es im Grunde brauchte oder sie an anderen Überzeugungen etwas auszusetzen hatte. Besonders in den Minuten, als sie sich dankbar am Eiskaffee labte – ein von dem stechenden Zweifel getrübter Genuß, ob sie klug daran tue –, stand ihr am meisten Lord Marks Verhältnis zu ihrer Anwesenheit vor Augen, oder zumindest zu der Frage, ob *sie* Freude daran habe. Nach Ablauf von fünf Minuten hätte nicht mehr viel daran gefehlt, ihr ganz das Gefühl zu vermitteln, dieses Verhältnis sei bezaubernd. Es hätte, noch einmal, einfach daran liegen können, daß alles und jedes bezaubernd wirkte, wenn man mit solchem Recht und so vollständig verzaubert war; doch, offen gesagt, hätte sie nicht vermutet, daß sich etwas so ungetrübt Verbindendes zwischen ihnen abzeichnen könnte wie das freundschaftliche Einvernehmen, das derzeit irgendwie in der Luft lag. Sie standen mit vielen anderen in der Nähe des Zeltes, das man auf einem Stück Rasen als Erfrischungstempel aufgestellt hatte und das zu allem noch die Eigentümlichkeit besaß, Milly an ein „Durbar" – einen Galaempfang des indischen Vizekönigs – zu erinnern; ihr Eiskaffee war die Folge dieser Gedankenverbindung gewesen, in die sich zudem die buntgekleidete, locker verstreute Gesellschaft ganz und gar einfügte. Gewisse Mitglieder hätten das Kontingent der „eingeborenen Fürsten" – vertrautes, aber deswegen kaum weniger von festlicher Geselligkeit kündendes Wort! – darstellen können, und Lord Mark hätte für einen solchen getaugt, obwohl er sich lieber nur als der treusorgende Freund der Familie gab. Die Familie vom Lancaster Gate hatte er deutlich im Sinn, in die er ihre amerikanischen Neuzugänge einschloß, vor allem aber Kate Croy – eine junge Person, die wohltuend leicht zu beschützen war. Sie kannte viele Leute und viele Leute kannten sie, und sie war das bestaussehende Wesen dort – letzteres eine Versicherung, die Milly in einer Art sanften Mittsommerwahnsinns, eines pfeilgeraden Lerchenflugs der Nächstenliebe, Tante Maud anvertraute.

Kate besaß in den Augen ihrer neuen Freundin die ungewöhnliche und reizvolle Eigenschaft, in einem gegebenen Moment als schöne Unbekannte zu erscheinen, ihre Verbindungen zu lösen und ihre Identität zu verlieren, wobei sie es für den Augenblick der Einbildungskraft überließ, daraus zu machen, was sie wollte – sie lediglich in eine Person zu verwandeln, die von fern die Aufmerksamkeit auf sich lenkte, immer sympathischer wurde, während man sie beobachtete, jedoch vor allem ein Gegenstand der Neugier war. Nichts hätte ihr, als Partnerin einer Beziehung, eine größere Frische verleihen können als dieses Gefühl – das immer ganz unerwartet aufkeimte –, so neugierig auf sie zu sein, als wäre man noch gar nicht mit ihr bekannt. Es war aufgekeimt, haben wir gesehen, sobald Milly sie wiedertraf, nachdem sie von Mrs. Stringham erfahren hatte, daß sie Merton Densher kenne; sie hatte da anders *ausgesehen* und, wie es nach Millys Kenntnis der wahre kritische Geist nennen würde, objektiver; und unsere junge Frau hatte auf der Stelle im voraus erkannt, sie werde noch oft so aussehen. Genau das traf an diesem Nachmittag auf sie zu; und Milly, die sich gern mit ihren Gedanken vergnügte, ähnlich der Geheimniskrämerei eines Mädchens, das mit Puppen spielt, wenn es herkömmlich als „zu groß" dafür gilt, vermochte sich fast in das Spiel zu versenken, wofür man Kate halten, wo man sie einordnen würde, wenn sie einem unbekannt wäre. So wurde sie zeitweilig zu einer Gestalt, die nur durch die herausragenden Tatbestände des Äußeren bestimmt war, zu einer Gestalt, auf die man zu warten, die man zu benennen und einzufügen hatte. Das war zweifellos nur eine andere Art, zu spüren, daß es im Kern ihres Wesens lag, auf absonderliche Weise genau das zu sein, was der wie immer beschaffene Anlaß verlangte, wenn dessen Anforderungen auf ein Höchstmaß gerichtet waren. Vermutlich lagen in dieser Richtung genug Möglichkeiten, sich das vorzustellen; eine weitere wäre zum Beispiel, zu sagen, sie sei für große gesellschaftliche Zwecke geschaffen. Milly war sich nicht ganz sicher, ob sie selbst wußte, was große gesellschaftliche Zwecke waren – es sei denn, es gehörte dazu, als gutes Beispiel, in eben einem solchen Rahmen eben solch eine Ausstrahlung auszuüben: sie hätte gegebenenfalls bei dem Argument Zuflucht gesucht, daß sie jedenfalls für ihre Freundin existierten. Es lastete einem rundum eine steife Förmlichkeit an, wenn man sich, um das eigene Entzücken an ihr verständlich zu machen, auf die Aussage beschränken mußte, sie passe immer so *richtig* hinein – da das nur zu oft selbst auf die *Unerträglichen* zutraf; doch eben damit mußte sich gegenüber Tante Maud ihr Überschwang begnügen – bis auf die lahme Steigerung, sie sei reizend. Es erfüllte jedoch seinen Zweck, verstärkte das Band, das für den Augenblick die beiden Damen verknüpfte, kurz, destillierte einen Tropfen Rosenfarbe für Mrs. Lowders eigene Sicht heraus. Diese Sicht sofort aufzugreifen oblag Milly für den größten Teil des übrigen Nachmittags; doch es verhinderte nicht das fortgesetzte Spiel jener raschen Schlaglichter, der sonderbaren Bezauberung des Geistes, auf die wir bereits einen Blick geworfen haben.

Mrs. Lowder fand, was Kate anging, die Antwort ausreichend, es sei wirklich herrlich, sie in der Welt umherzuführen; mehr Überraschung darüber drückte sie nicht aus, daß sie heute so „richtig" hineinpaßte. War es denn inzwischen nicht hinreichend offenkundig, daß man sie gerade als eben den Schatz, als der sie sich erwies, schon vor Zeiten angemessen gewürdigt und auf sie gewartet hatte? Einen primitiven Stolz vermochte man jedoch zu bezähmen, und der Umstand zeigte dennoch auf, daß sie alle miteinander in höheren Sphären schwebten. Es fiel wieder auf Lord Mark zurück, der gemächlich vor ihnen kam und ging und auch verweilte; er verkörperte in seiner Person den Ton der höheren Sphären – wie eine in Reichweite der Hand der Stickerin hängende Strähne Seide. Tante Mauds eilendes Schiffchen wikkelte in rhythmischen Abständen eine Länge davon ab; und zu den buntgemischten eingewebten Wahrheiten, die zu Milly hinübergeflattert kamen, gehörte, daß er sich mit vollem Einverständnis dessen bewußt war, mit hineingearbeitet zu werden. Das war fast wie eine Verständigung mit ihr auf Mrs. Lowders Kosten, was sie keinesfalls dulden wollte; um keinen Preis hätte sie von ihm einen Hinweis hören wollen, wenn er sie in Matcham eingeführt habe – oder was immer er gemacht hatte –, so sei das nicht nur um Tante Mauds beaux yeux willen geschehen. Was er getan hatte, ließe sich erraten, war etwas, das man sich seit einiger Zeit vergeblich von ihm gewünscht hatte; und woraus sie jetzt alle Nutzen zogen, war ein vergleichsweise plötzlicher Umschwung, der Schlußpunkt hingehaltener Hoffnung. Was den Schlußpunkt bewirkt hatte, ging Milly nichts an, das war deutlich zu erkennen; und übrigens bestand für sie zum Glück keine echte Gefahr, von ihm direkt zu hören, ihr individuelles Gewicht habe sich in der Waagschale ausgewirkt. Wieso dann lief seine allgegenwärtige, aber zurückhaltende Beteiligung darauf hinaus, als scheine er ihr geradezu erklären zu wollen: „Nun ja, lassen Sie die gute Frau ihren eigenen Ton finden!" Und er hätte fortfahren können: „Da sie nun einmal hier ist, mag sie bleiben und zusehen, was sie daraus machen kann. Aber Sie und ich sind anders." Milly wußte, daß *sie* wahrlich anders war – sein Anderssein war seine eigene Sache; doch sie wußte auch, daß Lord Marks „Tips" in dieser Hinsicht schließlich, und wären sie noch so deutlich, stumm sein würden. Praktisch erlegte er ihr – es lief wieder darauf hinaus – keinerlei Verpflichtung auf. Zugleich war es eine Sache der Bequemlichkeit, wenn sie

Mrs. Lowder ihren Ton finden ließ. Sie hätte zwanzig finden können – sie hätten nichts verdorben.

„Sie müssen bei uns bleiben; das *können* Sie nämlich, in welcher Position Sie mögen; in jeder, jeder, *jeder*, mein liebes Kind" – und ihr Nachdruck drang tief. „Sie müssen Ihr Heim bei uns finden; und es steht Ihnen wirklich offen, das schönste der Welt zu finden. Sie dürfen nicht einem Irrtum unterliegen – irgendeinem irgendwelcher Art; und Sie müssen uns alle ein wenig für Sie denken lassen, für Sie sorgen und über Sie wachen lassen. Vor allem müssen Sie mir bei Kate helfen, und ein bißchen müssen Sie auch um *ihretwillen* bleiben; schon lange ist mir nichts so Gutes widerfahren, wie daß Sie und Kate Freundinnen geworden sind. Es ist wunderschön; es ist großartig; es ist einfach alles. Was es ganz vollkommen macht, ist, daß es über unsere liebe entzückende Susie zustande gekommen ist, die mir nach so vielen Jahren durch ein solches Wunder wiedergegeben wurde. Nein – das ist für mich sogar noch zauberhafter, als daß Sie sich mit Kate verstehen. Gott hat es gut mit mir gemeint – wirklich und wahrhaftig; denn in meinem Alter hätte ich keine neue Freundin gefunden – ich meine, aus der glatten Stoffbahn das Echte hervorgezaubert. Es ist, als wollte man seine Bank wechseln – mit über fünfzig: das tut man nicht. Genau deshalb ist mir Susie bewahrt geblieben, wie man in Ihrem herrlichen Land die Menschen aufzubewahren scheint, in Lavendel und rosa Seidenpapier – und kommt schließlich geradenwegs wie aus dem Märchen zurück, und mit Ihnen als der hilfreichen Fee." Milly wußte das zu würdigen und gab zurück, eine solche Beschreibung von ihr gebe ihr das Gefühl, als wäre rosa Seidenpapier ihr Gewand und Lavendel sein Besatz; doch Tante Maud ließ sich von einem so schwachen Scherz nicht davon abhalten, bei ihrem Thema zu bleiben. Zudem konnte ihre Gesprächspartnerin spüren, daß sie es in vollkommener Aufrichtigkeit tat. Irgendwie war sie zu dieser Stunde eine sehr glückliche Frau, und ein Teil ihres Glücks mochte eben darin liegen, daß ihre Zuneigungen und ihre Ansichten sich wie nie zuvor im Gleichklang befanden. Fraglos mochte sie Susie; doch sie mochte auch Kate und mochte Lord Mark, mochte ihre komischen alten Gastgeber, mochte jeden in ihrer Reichweite bis hinab zu dem Bediensteten, der herantrat und Milly die leere Eisschale abnahm – übrigens bis hinab zu Milly selbst, die sich während ihres Gesprächs wirklich vom Zipfel eines schützenden Umhangs eingehüllt fühlte, eines Obdachs mit dem Gewicht eines orientalischen

Teppichs. Um mit Hilfe eines orientalischen Teppichs eigene Wünsche zu verwirklichen, mußte man sich wohl eher darauf als darunter befinden; dennoch, sollte es dem Mädchen an Luft mangeln, wäre es, wie sie spüren konnte, nicht Mrs. Lowders Schuld. Woran sie sich später als eines der letzten Dinge in diesem Zusammenhang erinnerte, war die Äußerung, mit der Tante Maud fortfuhr: sie und Kate müßten zusammenhalten, denn gemeinsam könnten sie alles erreichen. Selbstverständlich plante sie in erster Linie für Kate; doch der Plan, nunmehr erweitert und auf eine höhere Stufe gehoben, erforderte zu seiner vollen Ausführung irgendwie auch Millys Wohl, genau wie Millys Wohl gleichzeitig Kates einschloß. Er war bisher nebelhaft und leicht verworren, doch unverkennbar fußte er auf freizügigen und anregenden Vorstellungen, und er machte unserer jungen Frau einiges klar, was Kate über die Möglichkeiten ihrer Tante geäußert hatte, wie auch Charakterisierungen, die Susan Shepherd hatte fallenlassen. Eine der häufigsten von den Lippen der letzteren hatte gelautet, die liebe Maud sei eine Naturgewalt.

11

Ein Hauptgrund, müssen wir hinzufügen, weshalb sich verschiedene Eindrücke dem Mädchen erst später voll erschlossen, war es, daß sie zu einem bestimmten Zeitpunkt plötzlich zurücktraten und schroff von einer Viertelstunde überlagert wurden – ihrer einzigen – allein mit Lord Mark. „Haben Sie das Porträt im Haus gesehen, das schöne, das Ihnen so gleicht?" – das fragte er, als er vor ihr stand; endlich hatte er seine elegante Andeutung angebracht, wenn er an allen möglichen Drähten gezogen habe, woran er sie aber keineswegs erinnern wolle, so sei das kein rechter Grund, daß ihm überhaupt keine Freude vergönnt sein solle.

„Ich bin durch einige Räume gegangen, und ich habe viele Bilder gesehen. Aber wenn ich etwas so Schönem ‚gleiche', wie es mir die meisten zu sein schienen ...!" Kurzum, Milly benötigte Beweismaterial, das zu liefern er nur zu bereit war. Sie sei das Abbild des wunderbaren Bronzino, den sie sich aus allen möglichen Gründen ansehen müsse. So hatte er sie an seine Seite geholt und fortgeführt; um so leichter, als das Innere des Hauses mehr als alles andere das verkörperte, was bereits seinen Bannkreis um sie gezogen hatte. Ihr Weg war nicht der zielstrebigste; es war ein

Fortschreiten ohne Hast, unterbrochen durch zahlreiche zwanglose Pausen und manchen sanften Zusammenprall, gewöhnlich bedingt durch das Auftauchen von Damen und Herren, einzeln, paarweise, in Gruppen, die sie mit einem hartnäckigen „Übrigens, Mark“ zum Stehen brachten. Was sie sagten, begriff sie nie ganz; vor allem fiel ihr auf, daß sie alle mit ihm so familiär bekannt waren und er mit ihnen, während sie im übrigen den Eindruck machten, ebenfalls nur so dahinzuschlendern, noch zielloser dahinzutreiben als sie selbst, zumeist ein wenig abgenutzte Statisten, ob nun als flotte Männer oder als betont elegante Frauen. Es hätte scheinen können, als bewegten sie sich größtenteils kraft eines Impulses, der vor langer Zeit erteilt worden war, doch sie waren noch immer unerschrocken und ansehnlich, bürgten noch immer für eine ebenso lange Fortsetzung und vermittelten ihr, insbesondere als Ensemble, den Eindruck angenehmer Stimmen, angenehmer als bei Schauspielern, freundlicher, leerer Worte und wohlwollend verweilender Augen. Die verweilenden Augen musterten sie gründlich, die verweilenden Augen gehörten in beinahe eingestandener Naivität zu dem aufs Geratewohl hingesagten „Übrigens, Mark“; und wirklich am allerdeutlichsten spürbar war, daß er als angenehme Selbstverständlichkeit den Gedanken anzuregen schien, wenn es ihr nichts ausmache, sollten sie doch den Leuten, den Guten, den Armen, die Freude an ihr gönnen.

Das Eigenartige daran war, daß er sie, zu ihrer Unterhaltung, selbst an die Größe der Wohltat glauben ließ, gemessen an seinem ganzen Verhalten – denn wahrhaftig wunderbar waren als Ausdrucksmittel dessen feine Nuancen –, die ihre gegenwärtige Gutwilligkeit bereitete. Es war, wie sie leicht erkennen konnte, ein zahmer gemeinsamer Überschwang des guten Willens – eine Masse Londoner zusammen, von dieser und jener Sorte, die jedoch zum größten Teil einander kannten und auf ihre Art gewiß ihre Neugier gar nicht verhehlten. Es hatte sich herumgesprochen, daß sie hier war; sicher wollte man Näheres über sie wissen; am leichtesten war es, mit *ihm* Spießruten zu laufen – genau wie es in Wahrheit am leichtesten war, ihm ganz allgemein zu vertrauen. Konnte sie nicht von selbst und ohne Mühe sehen, wie wenig sie ihr übelwollten? – in solchem Maße, daß es keinen Unterschied machte, ob er sie ihr vorstellte oder nicht. Am merkwürdigsten war für Milly vielleicht die schwebende Selbstsicherheit und der Gleichmut, mit dem sie einfach den besonderen wohlerzogenen Starrblick zurückgeben konnte, der in solchen Fällen den höchsten Stand der Kultur zu kennzeichnen schien. Sie war so wenig daran schuld, was sich seltsamerweise über sie „herumgesprochen“ hatte, daß es am besten ohne Frage hinzunehmen war, und das mochte ein Weg wie jeder andere sein, mit dem Leben in Fühlung zu kommen. Es war unvermeidlich, den Stoff der vermutlichen Beschreibung zu liefern – als der furchtbar reichen jungen Amerikanerin, die so sonderbar aussah, aber nach allem, was man hörte, bei näherer Bekanntschaft recht nett war; und sie grübelte eigentlich nur einen Augenblick den möglichen Fabeln oder Phantasien nach, die man ursprünglich in Umlauf gesetzt hatte. Einmal nur fragte sie sich, ob Susie, so unvorstellbar das auch schien, etwas über sie ausposaunt habe; doch die Frage verflüchtigte sich wirklich sofort für immer. In der Tat wußte sie auf der Stelle und ganz klar, weshalb genau sie Susan Shepherd „erwählt“ hatte: von der ersten Stunde an war sie überzeugt gewesen, sie sei genau der Mensch auf der ganzen Welt, der mit geringster Wahrscheinlichkeit eine Klatschbase war. Also war es nicht ihre Schuld, es war nicht ihre Schuld, und mochte geschehen, was da wollte, und alles verschmolz jetzt wieder ineinander, und wohlwollende Augen waren immer noch wohlwollende Augen – wenn es nie schlimmer käme als so! Sie gelangte mit ihrem Begleiter ins Haus; sie streiften glücklicherweise an allen vorüber, die sie hätten aufhalten können. Der Bronzino befand sich offenbar weit innen, und das schräge Licht des Nachmittags blieb für sie zögernd auf Flecken alter Farbe liegen und lauerte ihnen in Winkeln und sich öffnenden Durchblicken auf.

Die ganze Zeit war es Milly, als hätte Lord Mark in Wirklichkeit etwas anderes als diesen geäußerten Vorwand im Sinn; als wollte er ihr etwas Bestimmtes sagen und schiebe es – bewußt, doch nicht unbeholfen, nur zartfühlend – auf die lange Bank. Zugleich schien es in dem Moment, als sie in die Nähe des Bildes kamen, praktisch ausgesprochen zu sein; denn worauf es offenbar hinauslief, war: „Lassen Sie doch einen Mann, der kein Dummkopf ist, ein wenig für Sie sorgen.“ Irgendwie hatte sich das mit Hilfe des Bronzinos ergeben; vorher war es ihr nicht wichtig erschienen, ob er ein Dummkopf sei oder nicht; doch jetzt, gerade an diesem Ort, war es ihr angenehm, daß er keiner war; und übrigens beeinträchtigte all das auch nicht, daß es den Ton wieder aufnahm, den Mrs. Lowder mit ihrer Mahnung eben erst angeschlagen hatte. Auch sie wünschte für sie zu sorgen – und war das nicht, à peu près, was all die Leute mit den wohlwollenden Augen wünschten? Wieder verschmolz alles miteinander – die Schönheit und die Vergangenheit und die Leichtigkeit und die prachtvolle Hochsommerglut: es war eine Art herrlicher Höhepunkt, das rosige Aufdämmern einer Apotheose, die so eigenartig früh eintraf. Was sich in Wirklichkeit zutrug, erkannte sie erst hinterher, nämlich daß Lord Mark es war, der nichts Besonderes sagte – sie selbst sagte alles. Sie konnte nicht anders – es kam einfach über sie; und der Grund dafür lag darin, daß sie sich dabei ertappte, das geheimnisvolle Porträt schon im ersten Augenblick durch einen Tränenschleier zu betrachten. Vielleicht waren es ihre Tränen, die es eben jetzt so eigenartig und schön machten – so wunderbar, wie er verheißen hatte: das Bildnis einer jungen Frau, ganz hervorragend ausgeführt, bis zu den Händen hinab prachtvoll gekleidet; das Antlitz von beinahe fahler Farbe, doch auf trauervolle Weise gutaussehend und von einer zurückgekämmten und hochgetürmten Flut von Haaren gekrönt, die, bevor die Zeit sie ausgeblichen hatte, eine Familienähnlichkeit mit den ihren gehabt haben mußten. Jedenfalls war die betreffende Dame mit ihrer leicht michelangelesken Eckigkeit, den Augen aus früherer Zeit, den vollen Lippen, dem langen Hals, dem genau wiedergegebenen Geschmeide, den brokatenen und verblaßten Rottönen eine sehr hochstehende Persönlichkeit – nur von keinerlei Freude begleitet. Und sie war tot, tot, tot. Genau mit Worten, die nichts mit ihr zu tun hatten, erkannte Milly sie an: „Ich werde nie besser sein als das hier."

Er lächelte statt ihrer das Porträt an. „Als sie? Sie brauchten kaum besser zu sein, denn das ist doch gewiß gut genug. Aber zufällig *sind* Sie besser, das fühlt man; denn so herrlich sie ist, bezweifelt man doch, ob sie gut war."

Er hatte nicht verstanden. Sie stand vor dem Gemälde, doch sie hatte sich zu ihm umgewandt, und es war ihr gleichgültig, ob er in dieser Minute ihre Tränen bemerkte. Einen besseren Moment würde sie mit ihm vermutlich nie mehr erleben. Einen besseren Moment würde sie vielleicht mit niemandem oder in keinerlei Zusammenhang mehr erleben. „Ich meine, daß heute nachmittag alles zu schön gewesen ist und daß alles vielleicht nie wieder so wunderbar zusammenstimmt. Deshalb bin ich sehr froh, daß Sie daran teilhatten."

Obwohl er sie immer noch nicht verstand, gab er sich so nett, als hätte er verstanden; er verlangte keine Beteuerung, und das eben gehörte zu seiner Fürsorge für sie. Er beschützte sie jetzt einfach vor sich selbst, und daraus sprach unendlich viel Erfahrung. „Oh, wir müssen über diese Dinge sprechen!"

Ach, sie wußte, das hatten sie bereits getan, soviel sie jemals vermöchte; und im nächsten Augenblick schüttelte sie zu ihrer bleichen Schwester hin mit unendlicher Bedächtigkeit den Kopf. „Ich wünschte, ich könnte die Ähnlichkeit erkennen. Natürlich ist ihr Teint grünlich", lachte sie, „aber meiner ist noch ein paar Schattierungen grünlicher."

„Es reicht bis zu den Händen hinab", bemerkte Lord Mark.

„Ihre Hände sind groß", fuhr Milly fort, „aber meine sind noch größer. Meine sind riesig."

„Oh, Sie sind rundum ‚eins besser' – genau das sagte ich ja. Aber Sie sind ein Paar. Das müssen Sie doch erkennen", fügte er an, als wäre es für seinen Ruf als seriöser Mann wichtig, nicht den Eindruck zu erwecken, er habe einen Vorwand zurechtgezimmert.

„Ich weiß nicht – man kennt sich selbst ja nie. Es ist ein wunderlicher Einfall, und ich kann mir nicht vorstellen, jemand wäre darauf gekommen ..."

„Wie ich sehe, *ist* jemand darauf gekommen", er war ihr bereits ins Wort gefallen. Sie hatte, vor dem Porträt stehend, eine der offenen Türen des Raumes im Rücken, und als sie sich nun umdrehte, sah sie, daß sie sich in Gegenwart dreier Personen befanden, die offenbar ebenfalls interessiert auf Erkundung aus waren. Eine der drei war Kate Croy; Lord Mark hatte sie gerade bemerkt, und sie, mitten im Schritt stockend, hatte sofort erkannt und sich damit abgefunden, daß sie an diesem Ort längst nicht die erste war. Sie hatte eine Dame und einen Herrn mitgebracht, denen sie zeigen wollte, was Lord Mark gerade Milly zeigte, und er betrachtete sie unverzüglich als Verstärkung. Jedoch hatte Kate gesprochen, bevor er Zeit gehabt hatte, ihr das zu erklären.

„*Sie* hatten es auch bemerkt?" Sie lächelte ihn an, ohne Milly anzusehen. „Dann bin ich nicht so originell – was man immer zu sein hofft. Aber die Ähnlichkeit ist so groß." Und jetzt blickte sie Milly an – für die es wiederum, in der Tat in der ganzen Runde, wohlwollende, so wohlwollende Augen waren. „Ja, das sind Sie, liebe Freundin, wenn Sie es wissen wollen. Und Sie sind erlesen." Sie warf nun einen einzigen Blick auf das Bild, obwohl es ausreichte, damit ihre Frage an ihre Freunde nicht zu direkt wirkte. „Ist sie nicht erlesen?"

„Ich habe Miss Theale", erläuterte Lord Mark letzteren, „ganz aus eigenem Antrieb hergebracht."

„Lady Aldershaw", fuhr Kate an Milly gewandt fort, „sollte es mit eigenen Augen sehen."

„Les grands esprits se rencontrent!" lachte der sie begleitende Herr, ein hochgewachsener, jedoch leicht gebeugter, schlotternder und schwankender Mensch, der mit großzügiger Hilfe einiger vorstehender Schneidezähne seine Höflichkeit demonstrierte und den Milly aus unklaren Gründen für irgendeinen großen Mann hielt.

Lady Aldershaw betrachtete inzwischen Milly, ganz als wäre Milly der Bronzino und der Bronzino nur Milly. „Erlesen, erlesen. Selbstverständlich hatte ich Sie bemerkt. Es *ist* erstaunlich", fuhr sie mit dem Rücken zum Gemälde fort, doch bestimmte jetzt irgendein anderes Verlangen, dessen wachsende Spannung Milly spürte, ihr Vorgehen. Es genügte – sie wurden einander vorgestellt, und sie sagte soeben: „Machen Sie uns doch die Freude und kommen Sie ..." Sie hatte nichts Frisches an sich, denn sie war nicht jung, auch wenn sie aus jeder Pore leugnete, alt zu sein; doch sie wirkte grell und für das Tageslicht des Hochsommers arg schmuckbeladen; und sie war ganz in blasseste Rosa- und Blautöne gekleidet. Sie, Milly, glaubte bei diesem Stand der Dinge gewiß nicht, daß sie zu irgend jemandem „kommen" könne; und sie wußte bereits, daß Lord Mark sie gerade irgendwie vor der Frage rettete. Er hatte sich eingemischt, der Dame das Wort aus dem Mund genommen, ohne sich darum zu scheren, ob die Dame es übelnahm. Das war sichtlich die richtige Art, mit ihr umzugehen – jedenfalls für ihn; denn sie hatte nur lächelnd geschwiegen und sich dann mit Lord Mark abseits gewandt. Sie hatte eine Abfuhr erteilt bekommen – es hätte einer Feindin wohlgetan. Der Herr stand noch da, ein wenig hilflos, und setzte zu einer Höflichkeitsbezeugung an, als wäre es eine große, laute Trillerpfeife; er hatte auf seine Art Übereinstimmung kundgetan, während die Dame ihren Anknüpfungsversuch machte; und in diesem Licht hatte Milly bald die Identität des Paares erfaßt. Es handelte sich um Lord und Lady Aldershaw, und die Ehefrau war die Intelligentere. Ein, zwei Minuten später hatte sich die Situation verändert, und hinterher erkannte sie, daß es an Kates geschicktem Vorgehen gelegen hatte. Sie selbst meinte gerade, leider müsse sie jetzt nachsehen gehen, ob Susie irgendwo zu finden sei; doch um das zu sagen, nahm sie auf dem nächstgelegenen Stuhl Platz. Durch offenstehende Türen erstreckten sich vor ihren Augen andere Räume, die Lord Mark mit Lady Aldershaw gemächlich durchschritt, wobei letztere, dicht neben ihm und sehr aufmerksam, von hinten den Eindruck machte, eine besonders sachverständige Kennerin zu sein. Lord Aldershaw dagegen hatte man mitten im Zimmer stehenlassen, während Kate ihm den Rücken zuwandte und sich ihr mit großer Herzlichkeit widmete. Die Herzlichkeit galt ausschließlich *ihr*; sie hatte das Gefühl, man sei mit dem armen Herrn irgendwie so umgesprungen, wie Lord Mark vorher mit dessen Frau umgesprungen war. Da stand er schlotternd herum, ein wenig schwankend; dann fiel ihm der Bronzino ein, vor dem er mit seinem Kneifer verweilte. Das Bild entlockte ihm einen seltsamen, unklaren Laut, einem Grunzen nicht unähnlich, und ein „Hm – höchst bemerkenswert!“, das in Kates Gesicht Belustigung aufleuchten ließ. Im nächsten Augenblick war er über die gebohnerten Fußböden davongeknarrt, den anderen nach, und Milly fühlte sich, als hätte *sie* sich unhöflich betragen. Doch Lord Aldershaw war in jeder Beziehung eine Nebensache, und Kate sagte gerade, es fehle ihr doch hoffentlich nichts.

So kam es, daß sie sich dort oben in dem großen, goldverzierten, historischen Gemach und in Gegenwart der blassen Persönlichkeit an der Wand, deren Augen sich die ganze Zeit mit den ihren zu beschäftigen schienen, unversehens in etwas ganz Intimes und Bescheidenes versunken fand, wozu diese Pracht als reichlich seltsamer Zeuge diente. Es war in der Form, in der sie es hatte hinnehmen müssen, ganz plötzlich vor ihr aufgestiegen, und gleichzeitig war alles andere daran weniger deutlich, als daß sie sich gewissermaßen hineingestürzt hatte, um etwas anderem zu entkommen. Dieses andere war ihr vom ersten Erscheinen ihrer Freundin vor drei Minuten an, sogar während andere ihre Aufmerksamkeit beanspruchten, gegenwärtig gewesen; etwas, das eigensinnig *da* war, wie sie immer beklommener feststellte, zumindest während der ersten Augenblicke und kraft irgendeines eigenen Mechanismus erneut bei jeder weiteren Begegnung zwischen ihnen. „Ist es diese Art, wie sie *ihm* erscheint?“ fragte sie sich – das Eigensinnige bestand in ihrer steten Erinnerung, daß Kate ihm bekannt war. Es war nicht Kates Schuld – und auch gewiß nicht die seine; und da sie großmütig und zartfühlend war, scheute sie davor zurück, einen von beiden zu behandeln, als wäre es seine Schuld. Densher gegenüber konnte sie es nicht bereinigen – er war zu weit fort; doch ihr nächster Impuls war, es gegenüber Kate wiedergutzumachen. Das tat sie jetzt mit einem sonderbaren sanften Nachdruck – der Impuls ging unmittelbar in die Tat über. „Erweisen Sie mir morgen einen großen Dienst?"

„Jeden Dienst auf der Welt, liebe Freundin."

„Aber es ist geheim – niemand darf es erfahren. Ich muß mich in dieser Hinsicht niederträchtig und unaufrichtig verhalten."

„Dann bin ich die Richtige für Sie", lächelte Kate, „denn gerade so etwas mag ich. *Tun* wir doch etwas Schlechtes. Sie sind nämlich ganz unmöglich sündenrein."

Millys Augen blieben daraufhin ein Weilchen an denen ihres Gegenübers hängen. „Ach, vielleicht entspreche ich Ihrer Vorstellung nicht ganz. Es geht nur darum, Susan Shepherd zu hintergehen."

„Oh!" sagte Kate, als wäre das freilich zahm.

„Aber gründlich – so gründlich ich nur kann."

„Und zum Betrug", fragte Kate, „tragen meine Fähigkeiten bei? Nun, ich will mein Bestes für Sie tun." Demzufolge war bald zwischen ihnen abgemacht, daß Milly den Beistand und Trost ihrer Begleitung bei einem Besuch Sir Luke Stretts genießen sollte. Es hatte nur eine Minute gebraucht, um Kate aufzuklären, und es erschien ihrer Gefährtin ganz großartig, daß dieser Name ihr nichts gesagt hatte. Für Milly selbst hatte er seit einigen Tagen insgeheim viel zu sagen gehabt. Die betreffende Persönlichkeit, erläuterte sie, sei die größte Leuchte der Medizin – falls sie, wie sie glaube (und sie sei zu diesem Zweck mit der Klugheit der Schlange vorgegangen), den richtigen Mann, einen Spezialisten, zu fassen bekommen habe. Sie habe ihm vor drei Tagen geschrieben, und er habe ihr eine Zeit angegeben, elf Uhr zwanzig; nur sei ihr einen Tag vorher aufgegangen, sie könne da nicht allein hin. Andererseits sei ihre Zofe nicht gut genug dafür, und Susie sei zu gut. Kate hatte vor allem mit erhabener Nachsicht zugehört. „Und ich liege genau dazwischen, welch glücklicher Einfall! Zu gut wozu?"

Milly überlegte. „Nun, in Angst und Sorge versetzt zu werden, falls es nichts ist. Und noch mehr in Angst und Sorge zu geraten – ich meine, bevor es nötig ist –, falls es etwas ist."

Kate fixierte sie mit ihren tiefdringenden Augen. „Was in aller Welt ist mit Ihnen?" Es hatte unvermeidlich einen Beiklang von Ungeduld, war gleichsam eine Forderung, nun auch wirklich etwas vorzuweisen; so daß Milly sie vorübergehend nur als eine viel ältere, ein wenig über ihr stehende Person empfand, die den eingebildeten Unpäßlichkeiten der unwissenden Jugend zweifelnd und ihren voreilig vorgetragenen Beschwerden mißtrauisch gegenüberstünde. Des weiteren hemmte sie ein wenig, daß sie ja gerade erst zu erfahren suchte, was mit ihr war; und sie erklärte sofort versöhnlich, falls sie sich nur etwas einbilde, werde Kate sie beschämt dastehen sehen. Kate wiederum gab lebhaft der Hoffnung Ausdruck, wo Milly doch alle Welt so zu fesseln und mit ihrem Glanz zu blenden vermöge, sei sie doch nicht etwa in ständiger Angst oder Sorge – kurz, halte sich nicht in irgendeinem Grad für ernstlich bedroht. „Nun, ich will es herausbekommen – es herausbekommen!" war alles, was das hervorlockte. Worauf Kate eine klare Antwort gab: „Nun, dann gehen wir halt hin!"

„Ich dachte", sagte Milly, „Sie würden mir helfen wollen. Aber ich muß Sie darum bitten, mir strengstes Stillschweigen zu versprechen."

„Und wie können Ihre Freunde, wenn Sie *wirklich* krank sind, ahnungslos bleiben?"

„Nun, wenn ich es bin, muß es natürlich am Ende herauskommen. Aber ich kann noch lange weitermachen." Milly sprach, die Augen wieder auf die ihrer gemalten Schwester geheftet – fast wie unter deren Eingebung. Sie saß immer noch vor Kate, und ihr Gesicht war nicht ohne Glanz. „Das wird einer meiner Vorteile sein. Ich glaube, ich könnte sterben, ohne daß es auffallen würde."

„Sie sind eine ungewöhnliche junge Frau", erklärte ihre Freundin endlich, sichtlich von ihr gefesselt. „Was für ein erstaunlicher Zeitpunkt, von solchen Dingen zu sprechen!"

„Nun, eigentlich wollen wir nicht davon sprechen", Milly hatte sich wieder in der Gewalt. „Ich wollte Ihrer nur sicher sein."

„Hier inmitten von ...!" Doch Kate konnte ihr Staunen – fast merkbar auch ihr Mitleid – nur mit einem Aufseufzen ausdrükken.

Daraus entstand ein Moment, in dem ihre Gefährtin auf ihr Wort wartete; teils aus einem Verlangen, schüchtern, aber tief, ihren Fall just so vorgetragen zu bekommen, wie er Kate anmutete; teils, als würde der Anflug von Mitleid bereits ihrem launigen „Gedankenblitz" Lord Mark gegenüber bei Mrs. Lowders erstem Dinner einen Sinn verleihen. Genau das – die mitfühlende Art des gutaussehenden Mädchens, das sich aus der Höhe ihrer eigenen Kraft freundschaftlich zu ihr herabließ – das war es, was sie damals vorausgesagt hatte. Sie knüpfte an Kates Worte an, als wollte sie förmlich den tieferen Geschmack auskosten. „Hier inmitten wovon?"

„Von allem. Es gibt nichts, was Sie nicht haben könnten. Es gibt nichts, was Sie nicht tun könnten."

„Das sagt Mrs. Lowder mir auch."

Das hielt Kates Augen gebannt, als wäre womöglich noch mehr zu erwarten; dann fuhr sie jedoch ohne Pause fort. „Wir alle beten Sie an."

„Sie sind wunderbar – so liebe Menschen!" lachte Milly.

„Nein, *Sie* sind es." Und Kate schien aufzufallen, wie wirklich interessant das war. „Innerhalb von drei Wochen!"

Milly setzte es fort. „Nie standen Menschen so gut miteinander! Um so mehr Grund", fügte sie an, „daß ich Sie alle nicht unnötig auf die Folter spanne."

„Aber ich? Was wird mit *mir*?" gab Kate zurück.

„Nun, Sie ...", Milly überlegte. „Wenn es etwas zu ertragen gibt, werden Sie es ertragen."

„Aber ich werde es *nicht* ertragen!" sagte Kate Croy.

„O doch, das werden Sie: trotzdem! Sie werden mich furchtbar bemitleiden, aber Sie werden mir sehr helfen. Und ich vertraue Ihnen voll und ganz. So steht es also." So stand es also, da Kate es so hinzunehmen hatte; aber Milly empfand, so stand es ganz besonders für sie; denn das war genau der Punkt, den sie hatte erreichen wollen. Sie hatte sich selbst beweisen wollen, daß sie ihrer Freundin nicht etwas furchtbar übelnahm, was diese ihr vorenthalten hatte; und welch besseren Beweis konnte es geben als dieses ganz besondere Vertrauen? Wenn sie Kate zu beweisen wünschte, daß sie wirklich an deren Zuneigung glaubte, wie hätte sie das besser beweisen können, als indem sie sie um Hilfe bat?

12

Was sich am nächsten Tag – bei diesem ersten Mal, als Kate sie begleitete – in der Tat ergab, war, daß der berühmte Mann sich ein wenig entschuldigen mußte; infolge eines seltenen Zufalls – denn im allgemeinen hielt er sich seine Sprechstunden strikt frei – konnte er ihr nur zehn Minuten widmen; bloße zehn Minuten, während derer er sich ihr dennoch derart zur Verfügung stellte, daß ihre Bewunderung dafür sogar noch größer war, als sie davon Gebrauch zu machen vermochte: so kristallklar war der große leere Kelch der Aufmerksamkeit, den er gleichsam zwischen sie auf den Tisch stellte. Bald sollte er eilig seine Kutsche besteigen, doch er betonte sogleich, er müsse sie noch einmal sehen, in ein bis zwei Tagen; und er nannte ihr einen neuen Termin – wobei er sie im Hinblick darauf geschickt beruhigte, sie könnte ihren Besuch etwa für nicht berechtigt halten. Tatsächlich hatte sie den Eindruck, daß die Minuten schneller verebbten, als sie ihre kleine Truppe von Symptomen zu formieren vermochte, und wahrscheinlich wären sie verstrichen, ohne daß sie viel mehr als die feste Vereinbarung eines neuen Konsultationstermins erreicht hätte, wäre nicht zum Schluß ihr Gefühl gewesen, sie habe vor allem einen Eindruck gewonnen. Der Eindruck – gänzlich in den letzten paar Augenblicken ungestüm emporgeschossen – besagte nicht mehr und nicht weniger, als daß sie unversehens in einer ganz anderen Welt einen weiteren wahren Freund gewinnen könnte, und dieser Freund würde überdies der berufenste, der in vollem Sinne geeignetste der ganzen Sammlung sein, insofern er diese Würde irgendwie wissenschaftlich, wägbar, beweisbar tragen würde – nicht bloß auf lockerer gesellschaftlicher Ebene. Weiterhin würde Sir Luke Stretts Freundschaft buchstäblich gar nicht von ihr selbst abhängen; vielleicht mußte sie deshalb so stammeln und nach Luft ringen, weil ihr so wunderlich der Gedanke kam, womöglich werde sie feststellen, sie habe über ihre Erwartung hinaus sein Interesse erweckt und werde sich in einer Strömung mitgerissen erleben, die sich im Meer der Wissenschaft verliere. Doch während sie rang, ergab sie sich zugleich auch; es kam ein Augenblick, wo sie die Förmlichkeit des Aufzählens, des Erklärens nahezu fallenließ und sich ohne Ungestüm, nur mit einem äußerst ziellosen Beben der Stimme, das in der nächsten Sekunde in ein intensiv fragendes Schweigen umgeschlagen war, ganz allgemein seinem guten Willen überantwortete. Sein großflächiges, gesetztes Gesicht, wenngleich energisch, war nicht, wie sie anfangs gedacht hatte, hart; er sah für ihr Empfinden auf ganz eigentümliche Weise halb wie ein General und halb wie ein Bischof aus, und sie war sich bald sicher, daß er innerhalb einer solchen stattlichen Spannweite zeigen werde, was für sie gut, was für sie am besten war. Sie hatte, mit anderen Worten, auf diese zeitsparende Weise eine Beziehung dazu gefunden; und die Beziehung war die besondere Trophäe, die sie vorläufig mit sich nahm. Sie glich einem absoluten Besitz, einer ganz neuen Hilfsquelle, in weichste Seide gewickelt und weggesteckt unter den Arm der Erinnerung. Als sie hineinging, hatte sie es nicht besessen, und als sie herauskam, hatte sie es; sie trug es da unter ihrem Mantel, aber verborgen, unsichtbar bei sich, als sie lächelnd, lächelnd wieder vor Kate Croy stand. Diese junge Dame hatte natürlich in einem anderen Zimmer auf sie gewartet, wo sich, da der große Mann sich fortbegeben mußte, sonst niemand aufhielt; und sie erhob sich mit einem so teilnehmenden Gesicht, wie es gut in das Vorzimmer eines Zahnarztes gepaßt hätte. „Ist er heraus?" schien sie zu fragen, als wäre es um einen Zahn gegangen; und Milly hielt sie durchaus nicht in Ungewißheit.

„Er ist ein Schatz. Ich soll wiederkommen."

„Aber was sagt er denn?"

Milly war nahezu fröhlich. „Daß ich mir um nichts auf der Welt Sorgen machen soll, und wenn ich ein braves Kind bin und genau das tue, was er anordnet, will er sich bis in alle Ewigkeit um mich kümmern."

Kate wunderte sich, als paßten die Dinge kaum zusammen. „Aber er gibt also zu, daß Sie krank sind?"

„Ich weiß nicht, was er zugibt, und es ist mir gleich. Ich *werde* es erfahren, und worum es sich auch handelt, es genügt mir. Er weiß alles über mich, und das gefällt mir. Es ist mir kein bißchen unangenehm."

Doch Kate machte trotzdem große Augen. „Aber konnte er Sie in so wenigen Minuten genug fragen ...?"

„Er hat mich kaum etwas gefragt – so etwas Dummes braucht er nicht zu tun", erklärte Milly. „Er sieht es. Er weiß es", wiederholte sie, „und wenn ich wieder hingehe – denn dann wird er ein bißchen über mich nachgedacht haben –, ist alles gut."

Nach einem Augenblick fügte Kate sich drein. „Wann sollen wir also wiederkommen?"

Das ließ ihre Freundin unversehens stocken, denn noch während sie miteinander sprachen – zumindest war es einer der Gründe –, stand sie plötzlich, ganz außer Zusammenhang, im Licht ihrer *anderen* Identität da, der Identität, die sie für Mr. Densher haben würde. Das war stets, von einem Augenblick zum anderen, ein unberechenbares Licht, das unvermeidlich beunruhigend wirkte, auch wenn es schneller erlosch, als es aufleuchtete. Es entsprang kraft einer boshaften Eigensinnigkeit der Tatsache, daß mit dem Ablauf der Stunden und Tage die Gelegenheiten, die zur Nennung seines Namens hätten führen können, weiterhin so wunderlich ausblieben. Es hätten zwanzig, es hätten fünfzig sein können, aber keine stellte sich ein. Die gegenwärtige Situation wäre freilich nicht im geringsten ein natürlicher Anlaß dazu gewesen; jedoch würde sie, erkannte Milly, dazu beitragen, daß abermals praktisch ein ganzer Tag von solchem Ausweichen geprägt sein würde. Sie sah es während eines flüchtigen Aufflackerns der Erkenntnis, zusammen mit Kates Ahnungslosigkeit; dann schüttelte sie ihre fixe Idee ab. Doch hatte sie lange genug gedauert, um ihre Antwort abzuschwächen. Nein, sie hatte Kate gezeigt, wie sehr sie ihr vertraute, und irgendwie wäre das genug an Loyalität. „Ach, Sie Gute, jetzt, wo das Eis gebrochen ist, will ich *Sie* nicht weiter bemühen."

„Sie wollen allein hingehen?"

„Ohne jeden Skrupel. Nur bitte ich Sie weiterhin um Ihre absolute Diskretion."

Draußen vor der Tür, auf dem breiten Gehweg des großen Platzes, mußten sie wieder warten, während ihre Kutsche, die Milly gleich dabehalten hatte, eine weitere Runde vollendete, für die der Kutscher wohl seine eigenen Gründe hatte. Der Bedienstete war zur Stelle und hatte ihnen gemeldet, er fahre um den Platz; und während sie also dastanden, fuhr Kate fort. „Aber verlangen Sie nicht eine ganze Menge, liebste Freundin, im Verhältnis dazu, was Sie geben?"

Das ließ Milly erst recht innehalten – so gewaltsam, daß sie nachgab, sobald sie es erfaßt hatte. Doch sie lächelte noch immer. „Ich verstehe. Dann *dürfen* Sie es weitersagen."

„Ich will es nicht ‚weitersagen'", wehrte Kate ab. „Ich bin stumm wie ein Grab, wenn ich nur die Wahrheit von Ihnen erfahre. Ich will nur, daß Sie mir nicht verschweigen, was Sie über Ihre wahre Verfassung erfahren."

„Also gut, das werde ich nie. Aber Sie sehen ja selbst", fuhr Milly fort, „in welcher Verfassung ich bin. Ich bin zufrieden. Ich bin glücklich."

Kate sah sie lange an. „Ich glaube gar, es gefällt Ihnen. Wie sich doch die Dinge für Sie wenden ...!"

Milly begegnete ihrem Blick jetzt mit keinem anderen Gedanken als für das Ausgesprochene. Sie war nun nicht mehr länger so, wie Mr. Densher sie sah; sie gemahnte ganz an sich selbst, und sie war dennoch vortrefflich. Und doch, und doch, was sich abgespielt hatte, war ein fairer Handel, und das war genug. „Natürlich gefällt es mir. Mir ist – ich kann es nicht anders beschreiben –, als hätte ich vor einem Priester auf den Knien gelegen.

Ich habe gebeichtet und die Absolution erhalten. Es ist von mir genommen."

Kates Augen ließen sie nicht los. „*Sie* müssen ihm gefallen haben."

„Ach – Ärzte!" sagte Milly. „Aber ich hoffe", fuhr sie fort, „ich habe ihm nicht zu gut gefallen." Dann, ob sie nun dem tieferen Loten ihrer Freundin ein wenig ausweichen wollte oder aus Ungeduld über das Ausbleiben der Kutsche, wandten ihre Augen sich ab und maßen den großen, müde und schal wirkenden Platz. Da seine Schalheit aber nur die der recht erschöpften Stadt war, der überhitzten Stadt London so spät in der Saison, wenn alle Tänze ausgetanzt und alle Geschichten zu Ende erzählt waren, schien die Luft ein Ding verschwommener Bilder und vermischter Echos zu sein, und ein Eindruck drängte sich der Wahrnehmung auf – ein Eindruck, der im nächsten Augenblick den zusammengepreßten Lippen des Mädchens entschlüpfte. „Ach, es ist eine schöne große Welt, und jedermann, ja, jedermann ...!" Das führte sie gleich wieder zu Kate zurück, und sie hoffte, nicht wirklich danach auszusehen, als weinte sie, wonach es für Lord Mark zwischen den Porträts in Matcham ausgesehen haben mußte.

Kate verstand jedenfalls. „Jedermann will so nett sein?"

„So nett", stimmte die dankbare Milly zu.

„Ach", lachte Kate, „wir bringen Sie schon durch! Und soll Sie künftig nicht Mrs. Stringham hierherbegleiten?"

Doch nach flüchtigem Zögern war sich Milly darüber wieder im klaren. „Erst, wenn ich ihn noch einmal gesprochen habe."

Zwei Tage später sollte sie es vollauf gerechtfertigt finden, daß sie diese Lösung vorgezogen hatte; und doch, als sie, wie ausgemacht, zu ihrer Verabredung wieder vor ihrem berühmten, bemerkenswerten Freund erschien – denn diese seine Rolle hatte sich in ihren Augen noch stärker entwickelt –, fragte er sie als erstes, ob sie in Begleitung sei. Daraufhin erzählte sie ihm augenblicklich alles; diesmal völlig frei von ihrer ersten Verlegenheit, sogar – wozu es nach ihrem Empfinden hätte kommen können – zu übertriebener Redseligkeit aufgelegt, und auch ohne irgendeine Beunruhigung zu verspüren, daß es ihm vielleicht doch lieber gewesen wäre, sie wäre nicht allein gekommen. Es schien, als hätte sich während der verstrichenen achtundvierzig Stunden ihre Bekanntschaft mit ihm irgendwie vertieft, und besonders sein Wissen über sie hätte sich auf geheimnisvolle Weise vermehrt. Bisher hatten sie kaum zehn Minuten miteinander zugebracht;

doch die Beziehung, welche jene zehn Minuten so wunderbar begründet hatten, lag offen da und ließ sich ohne Umschweife aufgreifen: und das, auf seiner Seite, nicht nur aus beruflicher Herzlichkeit heraus, als bloße Krankenbettmanier, was ihr unangenehm gewesen wäre – viel eher begleitet von dem ruhigen, wohltuenden Eindruck, als hätte er sich geradezu nach ihr erkundigt, hätte hier und da gefragt und alles erfahren. Selbstverständlich konnte er sich überhaupt nicht erkundigt oder das auch nur gewollt haben; er hatte keine Informationsquelle an der Hand, und er hatte auch gar keine benötigt: er hatte es einfach kraft seines Genies erfahren – und, wie sie meinte, buchstäblich alles erfahren. Jetzt wußte sie nicht nur, daß ihr das nicht unangenehm war – dieser Stand der Dinge, daß man etwas über sie erfahren hatte; sondern daß es im Gegenteil in Wahrheit das war, weswegen sie ihn aufgesucht hatte, und daß sie damit, zumindest vorläufig, festen Boden unter den Füßen gewinnen werde. Es kam ihr plötzlich ganz klar zum Bewußtsein, so klar wie nie zuvor, daß sie wirklich von Anfang an keinen festen Grund besessen hatte. Es wäre sonderbar, wenn der feste Halt schließlich daraus entspränge, daß sie unter diesen wohltuenden Umständen erführe, sie sei auf irgendeine Weise dem Untergang geweiht; doch vor allem würde es beweisen, wie wenig sie bisher etwas besessen hatte, das ihr hätte Halt geben können. Wenn ihr jetzt der bloße Vorgang Halt geben sollte – denn das lag womöglich in ihren Karten –, fallengelassen zu werden, würde das wiederum nur für die Wunderlichkeit ihrer kleinen Lebensgeschichte zeugen. *Jenes* Gefühl bloßen Rüttelns war überhaupt nichts gewesen; und es war lächerlich wahr: dort zu sitzen, um ihr Leben auf die Waagschale gelegt zu sehen, stellte ihre erste Annäherung an den Geschmack geordneten Lebens dar. So lautete Millys romantische Version – daß ihr Leben, besonders durch die Tatsache dieses zweiten Gesprächs, auf die Waagschale gelegt werde; und die soeben geknüpfte Beziehung mochte zum besten Teil gerade darin bestehen, daß der große ernste reizende Mann wußte, sofort gewußt hatte, daß sie romantischer Natur war, und das insoweit berücksichtigt hatte. Ihr einziger Zweifel, ihre einzige Befürchtung war, ob er sich nicht vielleicht sogar zunutze machen werde, daß sie ein bißchen romantisch war, um sie ganz und gar als romantisch zu behandeln. Das war zweifellos die Gefahr, die ihr von ihm drohte; doch sie würde ja sehen, und inzwischen fielen die Gefahren alle nacheinander von ihr ab.

Sogar die Örtlichkeit, das geräumige, „gediegene“ Zimmer, in dem schönen alten Haus weit hinten gelegen und daher lautlos still, etwas fahl nach Jahren der Berühmtheit, etwas düster selbst im Hochsommer – sogar die Örtlichkeit gewann für sie nach Ablauf weniger Minuten den Ausdruck gewohnter Nutzung, reckte sich fest und zuverlässig gleichsam mit Verheißungen und Gewißheiten um sie auf. Sie war ausgezogen, die Welt kennenzulernen, und das hier sollte also das Licht der Welt sein, die satte Dämmerung eines Londoner „Hinterzimmers“, diese hier die Wände der Welt, diese hier die Vorhänge und der Teppich der Welt. Die gewichtige Bronzeuhr und der Zierat auf dem Kamin, augenfällig vor langer Zeit in Dankbarkeit als Geschenk dargebracht, würden ihr vertraut werden; sie würde gleichsam zum Kreis hervorragender Zeitgenossen gehören, die photographiert, graviert, signiert und vor allem gerahmt und verglast den übrigen Zimmerschmuck ausmachten und zugleich so viel zu menschlichem Trost beitrugen; und während sie daran dachte, wie viele ungetrübte Wahrheiten, unverblümt und nicht von Kunstgriffen entstellt, zwischen Pausen und Wartezeiten gezwängt, diese lauschende Stille immer wieder, Jahr um Jahr, säuberlich bewahrt haben dürfte, fragte sie sich auch, wofür *sie* sich einmal als Dankesgabe entscheiden würde. Sie würde sich jedenfalls etwas Besseres einfallen lassen als die markigen viktorianischen Bronzen. Genau das war ein Beispiel dafür, was er ihrem Empfinden nach von ihr wußte, bevor er mit ihr fertig war: daß sie inmitten so vieler anderer, dringlicherer Dinge in solchem Maße ihren romantischen Träumereien nachhing. Soweit die Geheimnisse zwischen ihr und ihm, deren keines wirklich in Worte gefaßt zu werden brauchte. Ein solches Geheimnis wäre es für sie zum Beispiel allen anderen gegenüber gewesen, daß sie ohne die gute Dame, die sie kurz vor ihrer Überfahrt aufgegabelt hatte, keinerlei respektierlichen, nahestehenden Anhang hätte vorweisen können, um eine Bitte wie die eben vorgebrachte äußern zu dürfen – überhaupt niemanden, den man sozusagen anstandshalber hatte vorzeigen können. Aber daß *er* es sah, störte sie kein bißchen, und ebensowenig, daß er erfuhr, wie sie die gute Dame im dunkeln gelassen hatte. Sie sei allein gekommen, habe ihre Freundin mit einer Schwindelei beschwichtigt: sie habe Einkäufe, eine Laune, wer weiß was vorgeschützt – das Vergnügen, einmal ganz allein durch die Straßen zu gehen. Ganz allein durch die Straßen zu gehen sei für sie etwas Neues – immer habe sie eine Begleiterin oder eine Zofe bei sich gehabt; und er dürfe außerdem nie denken, sie könne irgend etwas, was er vielleicht zu sagen habe, nicht einstecken. Er zeigte sich angesichts dieser Schilderung ihres Mutes leise belustigt, und er gab das irgendwie zu erkennen, ohne sie allzu plump zu beruhigen. Trotzdem wollte er wissen, wen sie an Bekannten habe. Sei am Mittwoch nicht eine Dame mit ihr gekommen?

„Ja – eine andere. Nicht die, die mit mir reist. *Ihr* habe ich es gesagt."

Er war deutlich amüsiert, und das mehrte den Anschein – sein allergrößter Reiz –, er widme ihr Zeit in Hülle und Fülle. „Was haben Sie ihr denn gesagt?"

„Nun ja", sagte Milly, „daß ich Sie heimlich aufsuche."

„Und wie vielen Leuten wird sie es weitersagen?"

„Oh, sie ist zuverlässig. Niemandem."

„Nun, wenn sie zuverlässig ist, bedeutet das nicht eine Freundin mehr für Sie?"

Es bedurfte keiner langen Berechnung, aber sie mußte doch einen Augenblick überlegen, war sie sich doch bewußt, daß er eindeutig das Bild *auszufüllen* suchte, das er sich von ihr machte – sogar ein wenig sozusagen die Luft für sie anwärmen wollte. Das jedoch – und besser früher als später – müßte er als zwecklos gelten lassen; und sie selbst spürte flüchtig eine ganz handfeste Gewißheit, was es hinsichtlich einer erwärmten Atmosphäre auf sich hatte. Für Milly Theale sollte die Luft sich von der Natur des Falles her nie von einer nicht unerheblichen Frostigkeit befreien können. Das konnte sie ihm glaubwürdig versichern, wenn sie ihm weiter nichts versichern konnte; und kurzum, jetzt schien sie einzusehen, daß es wesentlich zur Vereinfachung dienen würde. „Ja, es bedeutet eine Freundin mehr; aber alle zusammen machen keinen – nun, ich wüßte es nur als den Unterschied zu bezeichnen. Ich meine, wenn man – wirklich allein ist. Ich habe *nie* eine solche Güte erlebt." Sie stockte eine Minute, während er abwartete – wieder abwartete, als hätte er seine Gründe, sie reden zu lassen, ja sie fast dazu zu bewegen. Ihr selbst lag daran, nicht zum dritten Male gleichsam in der Öffentlichkeit zu weinen. Sie hatte *wirklich* nie solche Güte erlebt, und sie wollte dem Gerechtigkeit erweisen; doch sie wußte, was sie wollte, und der Gerechtigkeit geschah kein Abbruch, wenn sie gleich darauf zur Hauptsache zurückzukommen vermochte. „Nur ist meine Lage nun einmal so. Das betrifft *mich.* Alles übrige ist wunderschön, aber nutzlos. Niemand kann mir wirklich helfen. Deshalb bin ich heute allein hier.

Ich *will* es so – trotz Miss Croy, die das letzte Mal mitkam. Wenn Sie mir helfen können, um so besser – und natürlich auch, wenn man es ein bißchen selbst kann. Davon abgesehen – daß Sie und ich unser Bestes tun – ist es mir lieb, wenn Sie mich genau so sehen, wie ich bin. Ja, es ist mir lieb – und ich übertreibe nicht. Sollte man nicht zu Anfang das Schlimmste offenbaren – damit alles Spätere nur eine Besserung bedeuten kann? Es würde keinen wirklichen Unterschied machen – es *macht* keinen, alles, was geschehen mag, macht keinen – für irgend jemanden. Deshalb fühle ich mich auf diese Weise, Ihnen gegenüber, genau wie ich bin; und wenn es Sie im geringsten interessiert – es richtet mich ungemein auf."

Sie setzte bei diesen Worten voraus, daß ihm etwas an dieser Mitteilung lag, denn seine ganze Art schien ihr jede Möglichkeit zu eröffnen, und sie brauchte den Eindruck nur aufzunehmen. Seltsam und tief war dieser Eindruck für sie, und folglich lotete sie ihn auf der Stelle aus. Es offenbarte – offenbarte wider seinen Willen –, daß er irgendwo tief innerlich vergleichsweise entfernten Dingen, geradezu, wie sie gesagt hätte, ganz außerhalb liegenden Dingen, feinfühlig Gewicht beimaß; es zeigte, daß er, was sie anging, an mehr als nur der Frage interessiert war, was denn mit ihr sei. Ein solches Interesse nahm sie beim höchstentwickelten Typ des wissenschaftlichen Geistes – zumal der seine auf großartige Weise der vollkommenste *war* – als normal hin, weil es sonst, das war einleuchtend, nicht vorhanden wäre; doch sie konnte es gleichzeitig als eine unmittelbare Quelle der Erleuchtung über sich selbst nehmen, auch wenn sie das ein wenig so hinstellen mochte, als maße sie sich an, ihm zu gleichen. Über einen Patienten mehr wissen zu wollen, als wie er beschaffen und in welcher Hinsicht er geschädigt sei, konnte selbst beim größten aller Ärzte nichts weiter bedeuten als diese oder jene Form des Wunsches, den Patienten möglichst schonend zu behandeln. Wenn das der Fall war, konnte der Grund nur zu offensichtlich Mitleid sein; und wenn das Mitleid sein verräterisches Gesicht erhob, wie bei einer Revolution von der Art der französischen mit einem aufgespießten Kopf gleich vor dem Fenster auf und ab tanzte, wie konnte die Schlußfolgerung anders lauten, als daß es dem Patienten schlechtgehe? Er mochte jetzt sagen, was er wollte – immer bliebe es die Wahrheit, daß sie den Kopf am Fenster gesehen hatte; und in der Tat wollte sie von diesem Moment an lediglich, daß er sage, was er sagen wolle. Er dürfte es auch mit größerer Ungezwungenheit für sich sagen, weil ihn keine ihrer Ahnungen – nur weil es *ihre* waren – irgendwie aus der Ruhe bringen würde. Letztlich, wenn er sie zum Reden brachte, *redete* sie ja; und worauf es jedenfalls für ihn hinauslaufen konnte, war, daß sie keine Angst hatte. Wenn er für sie etwas tun wollte, wäre ihr am allerliebsten, er zeigte sich davon überzeugt, daß sie keine Angst habe; diese ihre Beteuerung – ihn nicht irregeführt zu haben – zählte sie derzeit als ihren anmaßenden kleinen Wink für ihn, daß sie es mit ihm aufnehmen könne. Es förderte den kühnen Gedanken zutage, man *könnte* ihn irreführen; und wahrhaftig tauschten sie über einige Sekunden untereinander ein Zeichen aus, ein Zeichen nur mit den Augen, daß sie gemeinsam wußten, wie es stand. Das flakkerte in ihrem braunen, alten Wahrheitstempel flüchtig auf; dem folgte aber, daß er sie trotzdem in der Hand habe; und das Ganze schloß zu diesem Ende mit einem gütigen, matten Lächeln. Solche Güte im Verein mit solcher Mattheit war wunderbar; doch Glanz – sogar der Glanz scharfen Stahls – gehörte natürlich zur anderen Seite der Geschichte, und all das würde ihr auf die eine oder andere Weise bevorstehen. „Wollen Sie damit sagen", fragte er, „daß Sie überhaupt keine Angehörigen haben? – nicht Vater oder Mutter, keine Schwester, nicht einmal eine Cousine oder Tante?"

Sie schüttelte den Kopf wie mit der durch Gewöhnung erworbenen Leichtigkeit einer vielinterviewten Heldin oder einer ausgestellten Mißgeburt der Natur. „Absolut niemanden." Doch war sie zuallerletzt gekommen, um ihn damit anzuöden. „Ich bin eine Überlebende – die Überlebende eines totalen Schiffbruchs. Sie sehen", fuhr sie fort, „wie man das in Betracht ziehen muß – daß alle anderen nicht mehr sind. Als ich zehn Jahre alt war, waren wir, mit meinem Vater und meiner Mutter, zu sechst. Nur ich bin übrig. Aber", fügte sie an, um vollkommen gerecht zu sein, „sie sind an verschiedenen Sachen gestorben. Trotzdem, so steht es. Und wie ich Ihnen vorhin sagte, bin ich Amerikanerin. Ich will damit nicht sagen, das macht mich schlimmer. Aber Sie werden vermutlich wissen, wozu es mich macht."

„Ja", äußerte er mit diskreter Nachsicht; „ich weiß ganz genau, wozu es Sie macht. Zunächst einmal macht es Sie zu einem prächtigen Fall."

Sie seufzte, wenn auch dankbar, als habe sie wieder die gesellschaftliche Szene vor sich. „Ach, da haben wir es."

„O nein, da haben *wir* es überhaupt nicht. Da habe nur *ich* es –

aber soviel Sie nur wollen. Ich habe unzählige amerikanische Freunde: *die* habe ich, bitte schön, und es ist eine Tatsache, daß Sie wohl kaum besser untergebracht sein könnten als in ihrer Gesellschaft. Es bringt Sie mit vielen anderen zusammen – und das bedeutet nicht mehr pure Verlassenheit." Dann fuhr er fort: „Ich bin überzeugt, Sie sind ungemein tapfer; aber versuchen Sie nicht, mehr zu ertragen, als Sie müssen." Was er nach kurzer Pause näher erklärte. „Sie haben in jungen Jahren Schweres durchgemacht, aber Sie dürfen nicht glauben, das ganze Leben wird Ihnen nur Schweres bringen. Sie haben das Recht, glücklich zu sein. Sie müssen sich dazu entschließen. Sie müssen das Glück in jeder Gestalt hinnehmen, in der es Ihnen begegnet."

„Oh, ich will es in absolut jeder Gestalt hinnehmen!" gab sie beinahe fröhlich zurück. „Und mir scheint übrigens, daß ich es täglich in einer neuen hinnehme. Jetzt in dieser!" lächelte sie.

„Das ist soweit ganz gut und schön. Sie können sich", sagte der große Mann, „auf mein grenzenloses Interesse verlassen. Aber ich bin schließlich nur ein Element unter fünfzig. Wir müssen eine Menge mehr zusammentragen. Stoßen Sie sich nicht daran, wer es erfährt. Wer erfährt, meine ich, daß Sie und ich Freunde sind."

„Ach, Sie wollen also doch mit jemandem sprechen!" stieß sie hervor. „Sie wollen an jemanden herankommen, dem an mir liegt." Zugleich jedoch, da er mit seiner Art, diesen spontanen Ausbruch einfach hinzunehmen, erkennen ließ, daß er Derartiges bei jungen Leuten ihres Volkes oft genug erlebt habe und sich selbst mit den möglichen Spielarten ihrer Vertraulichkeit gut auskannte, zugleich also empfand sie, er habe mit seinem Schweigen die Freiheit, die sie sich herausgenommen hatte, zunichte gemacht, und sie versuchte sich sofort auf etwas zu besinnen, was sie wohl am vernünftigsten sagen könnte. Das würde eben das Thema ihrer Freiheit betreffen, die sie jetzt rasch für unbegrenzt erklärte. „Das ist selbstverständlich an sich schon eine große Wohltat; glauben Sie also bitte nicht, das wüßte ich nicht. Ich kann tun und lassen, was mir gefällt – alles in der ganzen weiten Welt. Ich muß keinen Menschen fragen – kein Finger rührt sich, mich aufzuhalten. Ich kann mich herumschütteln lassen, bis ich grün und blau bin. Das ist vielleicht nicht *eitel* Freude; aber ich weiß, viele Leute würden es gern einmal probieren." Offenbar hatte er gerade eine Frage stellen wollen, sie dann aber fortfahren lassen, was sie prompt tat, denn wie sie im nächsten Moment begriff, hatte er auf diese Weise herausgehört, ihre Mittel seien so groß wie nur irgend möglich. Sie hatte es ihm einfach so zu verstehen gegeben, und das war alles, was zu diesem leidigen Kapitel zwischen ihnen je ausgetauscht werden sollte. Doch sie konnte auch nicht umhin zu bemerken, daß es hinsichtlich seines Urteils oder zumindest seines Vergnügens an der Sache – und das war sein Mitgefühl, denn wunderbarerweise besaß er Mitgefühl – eine erhebliche Wirkung ausübte. All ihre kleinen Teilchen hatten sich für ihn zusammengefunden, wie sich seinerzeit in ihrer Kindheit die winzigen bunten Glassplitter in der Tiefe des vieleckigen Kaleidoskops unterderhand zu verschiedenen Mustern zusammenfügten. „Wenn es also darum geht, daß ich irgend etwas Menschenmögliches tue, was helfen kann ...!"

„Dann werden Sie alles Menschenmögliche tun? Gut." Er nahm das auf wunderbare, unendlich liebenswürdige Art so hin, wie es gemeint war; doch es brauchte Zeit – etwa zehn Minuten brauchte es auf der Stelle –, um die wesentliche Frage auch nur einstweilig abzuhandeln. Es war schon recht günstig, daß es nichts gab, was sie nicht tun würde; doch es erschien auch in hohem Maße und wohltuend unklar, ob sie überhaupt etwas zu tun haben würde. So schienen im Augenblick beide gemeinsam und beinahe nur der freundschaftlichen Übereinstimmung halber vorauszusetzen, sie sei bereit, bis zum unverlangten Äußersten zu gehen; das wiederum bewirkte, da nach allerlei Befragen, Auskultieren und Explorieren, dem Notieren von allerlei Ergebnissen von seiner Seite und dem Vernachlässigen der ihren die Unbestimmtheit fortbestand, daß sie untereinander oder zumindest uns gegenüber hätten den Eindruck erwecken können, sie kehrten von einer unerschrockenen, aber nutzlosen Reise zum Nordpol zurück. Milly war, auf Befehl, zum Aufbruch in Richtung Nordpol bereit; diese Tatsache verursachte gewiß die betäubende Enttäuschung, als ihr Freund sich aller Befehle enthielt. „Nein", hörte sie ihn es deutlich wiederholen, „ich möchte, daß Sie vorläufig überhaupt nichts tun; vielmehr, daß Sie lediglich ein, zwei unbedeutende Verordnungen beachten, die man Ihnen erläutern wird, und mir außerdem gestatten, Sie in einigen Tagen zu Hause aufzusuchen."

Das war zunächst himmlisch. „Dann lernen Sie ja Mrs. Stringham kennen." Aber das störte sie jetzt gar nicht mehr.

„Nun, ich werde mich vor Mrs. Stringham nicht fürchten." Und er sagte es noch einmal, als sie noch einmal fragte: „Absolut nicht; ich ‚schicke' Sie nirgendshin. England ist mir recht – überall, wo es schön, bequem, ordentlich ist, soll es mir recht sein. Sie sagen, Sie können tun, was Ihnen gefällt. Seien Sie also mir zuliebe so freundlich, es zu tun. Nur eines noch: natürlich müßten Sie jetzt, sobald ich Sie noch einmal gesehen habe, aus London heraus."

Milly überlegte. „Darf ich also aufs Festland zurückkehren?"

„Meinetwegen aufs Festland. Fahren Sie doch wieder aufs Festland."

„Wie konsultiere ich Sie dann weiter? Aber vielleicht", fügte sie rasch an, „wollen Sie gar nicht, daß ich Sie weiter konsultiere."

Er hatte es sich zurechtgelegt; er hatte sich wirklich alles zurechtgelegt. „Ich behandele Sie weiter; aber wenn Sie meinen, ich wolle nicht, daß Sie *mich* wiedersehen ..."

„Nun?" fragte sie.

Erst hier hatte sie den Eindruck, er gerate ein ganz klein wenig ins Stolpern. „Nun, sehen Sie sich alles an, was Sie können. Darauf läuft es hinaus. Machen Sie sich um nichts Sorgen. Wenigstens *haben* Sie keine Sorgen. Das ist eine große, seltene Chance."

Sie war aufgestanden, denn sie hatte von ihm erfahren, daß er ihr etwas schicken und ihr umgehend das Datum seines Besuches bei ihr mitteilen werde, womit sie praktisch entlassen war. Doch von sich aus hielten sie noch ein oder zwei Dinge auf. „Darf ich auch nach England zurückkommen?"

„Gewiß! Wann immer Sie Lust haben. Und wenn Sie kommen, lassen Sie es mich immer sofort wissen."

„Ach", sagte Milly, „es wird kein großes Hin- und Herfahren werden."

„Dann, wenn Sie lieber bei uns bleiben, um so besser."

Es rührte sie, wie er seine Ungeduld ihr gegenüber beherrschte; und die Tatsache selbst erschien ihr so kostbar, daß sie dem Wunsch nachgab, noch mehr davon zu genießen. „Sie meinen also nicht, ich sei verrückt?"

„Vielleicht *ist* das alles", lächelte er, „was mit Ihnen ist."

Sie blickte ihn länger an. „Nein, das ist zu gut. Immerhin, werde ich zu leiden haben?"

„Kein bißchen."

„Und bleibe also doch am Leben?"

„Meine liebe junge Dame", gab ihr berühmter Freund zurück, „versuche ich denn nicht gerade, Sie dazu zu bewegen, sich die Mühe zu machen und zu *leben*?"

13

Als sie ging, hatte sie diese letzten Worte noch so im Ohr, selbst als sie schon ein Stück fort war – diesmal allein, wieder auf dem großen Platz –, daß ihr schien, es tue sich ihr dort eine sofortige Anwendungsmöglichkeit auf. Diese Wirkung glich geradezu einer sie vorwärtstragenden Erregung; im Bewußtsein, einen Impuls empfangen zu haben, einen einfachen und unmittelbaren, vor allem leicht zu befolgenden Impuls, schritt sie in den leeren Raum hinaus. Gegenwärtig fühlte sie sich aufgerichtet, und jetzt wußte sie, warum sie allein hatte kommen wollen. Niemand auf der Welt hätte sich hinlänglich in ihren Zustand einfühlen können; keine Bindung wäre eng genug gewesen, um eine Begleiterin in die Lage zu versetzen, ohne jede Disharmonie neben ihr herzugehen. In dieser ersten Aufwallung empfand sie buchstäblich, nur die menschliche Gattung ganz allgemein dürfe ihr Gesellschaft leisten, rings um sie her gegenwärtig, jedoch beflügelnd unpersönlich, und jetzt und hier dürfe Londons graue Unermeßlichkeit ihr einziges Gesichtsfeld sein. Irgendwie war die graue Unermeßlichkeit mit einemmal ihr Element geworden, mit grauer Unermeßlichkeit hatte ihr hervorragender Freund ihre Welt für einen Augenblick erfüllt, und die Frage des „Lebens", wie er es ihr dargestellt hatte, des Lebens aus freier Wahl, aus freiem Willensentschluß, nahm unvermeidlich sofort deren Gesicht an. Sie ging immer geradeaus, ohne Schwäche, durchaus kraftvoll; und als sie so dahinschritt, war sie erst recht froh, allein zu sein, denn niemand – nicht Kate Croy, auch nicht Susan Shepherd – hätte mit ihr so ungestüm dahineilen wollen. Zum Schluß hatte sie ihn gefragt, ob sie, da sie ja zu Fuß gekommen sei, auch zu Fuß nach Hause oder woandershin gehen dürfe, und er hatte, erneut von ihrem Überschwang fast belustigt, geantwortet: „Zum Glück sind Sie von Natur aus aktiv – das ist gut: freuen Sie sich also daran. *Seien* Sie aktiv, ohne Unvernunft – denn Sie sind nicht unvernünftig; seien Sie so aktiv, wie Sie können und wie Sie mögen." Das hatte ihr in der Tat den abschließenden Schubs versetzt, und es war auch der letzte Anstoß dazu, ihr Bewußtsein in einer bunten Mischung durcheinanderzurütteln, eine sonderbare Mischung, die gleichzeitig danach schmeckte, was sie verloren hatte und was ihr geschenkt worden war. Während sie ohne festes Ziel ihren Weg nahm, empfand sie es als wunderbar, daß diese Größen sich so gleichwertig anfühlten: sie war behandelt worden – etwa nicht? –, als läge es in ihrer Macht, am Leben zu bleiben; jedoch wurde man nicht so behandelt – oder doch? –, sofern sich nicht ebenso stark abzeichnete, man werde womöglich sterben. Das bescheidene alte Gefühl der Sicherheit hatte den Flor der Schönheit verloren – das war deutlich: sie hatte es für immer dort zurückgelassen. Doch dafür war ihr die Schönheit des Gedankens an ein großes Abenteuer geboten worden, an ein riesiges unklares Experiment oder ein Ringen, in das sie mit größerer Verantwortung als je zuvor eingreifen könnte. Es war, als hätte sie sich irgendeinen freundlichen Putz, der zu ihrer täglichen Kleidung gehörte, eine liebgewordene Blüte, ein kleines altes Schmuckstück von der Brust reißen, es fortwerfen und zum Ersatz eine fragwürdige Verteidigungswaffe aufnehmen und schultern müssen, eine Muskete, einen Speer, eine Streitaxt – die vielleicht in höherem Maße zu einer eindrucksvollen Erscheinung beitrug, aber den vollen Einsatz einer militärischen Haltung erforderte.

Sie spürte dieses Instrument übrigens schon auf dem Rücken, so daß sie nun wahrhaftig wie ein Soldat auf dem Marsch voranschritt – voranschritt, als hätte man, für ihre Feuertaufe, das erste Mal zur Attacke geblasen. Sie lief durch unbekannte Straßen, auf staubigen, mit Abfall beschmutzten Wegen, zwischen langen Reihen von Häuserfronten, die das Augustlicht nicht gerade schöner machte; sie fühlte sich noch zu vielen Meilen imstande und wünschte sich geradezu, sich zu verirren; in gewissen Momenten, an Straßenecken, wo sie stehenblieb, um sich für eine Richtung zu entscheiden, folgte sie ganz seiner Ermahnung, sich daran zu freuen, daß sie aktiv war. Es kam einer neuen Freude gleich, einen solchen neuen Grund zu haben; sie würde ohne Aufschub ihre freie Wahl, ihren freien Willensentschluß durchsetzen; diese persönliche Inbesitznahme dessen, was sie umgab, war für den Anfang eine angemessene Bekräftigung; und es war ihr wirklich gleich, wenn es auf Kosten banger Augenblicke für Susie geschah. Susie würde sich mit der Zeit wundern, „was denn bloß", wie man im Hotel sagte, aus ihr geworden sei; doch das wäre wahrscheinlich noch gar nichts im Vergleich zu den noch bevorstehenden verwunderten Fragen. Verwunderung begleitete wahrlich, empfand Milly, schon jetzt ihre Schritte: ihr war ganz, als sähe sie in den Augen der Leute die Widerspiegelung ihrer Erscheinung und ihres Marschtempos. Sie fand sich zuweilen in Vierteln, die sichtlich nicht oft von eigenartig wirkenden, düster gekleideten, tiefschwarz befederten, ganz unpraktisch beschuhten und überspannt um sich blickenden Mädchen aus New York heimgesucht wurden; nach der Neugier zu urteilen, die sie in den Nebengassen merklich erregte, in mit schmutzstarrenden Kindern bevölkerten und mit den Karren der Straßenhändler vollgestopften Seitenstraßen, die sie hoffnungsvoll für Slums hielt, hätte sie buchstäblich ihre Muskete über der Schulter tragen und lauthals verkünden können, sie befinde sich frisch auf dem Kriegspfad. Hätte sie nicht befürchtet, diese Rolle zu übertreiben, hätte sie hier und da ein Gespräch angeknüpft, nach dem Weg gefragt; ungeachtet der Tatsache, daß sie, da das den Erfordernissen eines Abenteuers dienlicher war, ihren Weg gerade *nicht* wissen wollte. Das Seltsame war, daß sie ihn zuletzt durch Zufall doch fand; sie war, bemerkte sie nach einiger Zeit, am Regent's Park herausgekommen, den ihre Mietkutsche bei zwei oder drei Ausfahrten mit Kate Croy in gemessenem Tempo umrundet hatte. Doch diesmal drang sie tiefer ein; hier war das Wahre; das Wahre hieß, sich ganz abseits der Prachtstraßen aufzuhalten, ganz in der Mitte und auf den Flächen spärlichen Grases. Hier gab es Bänke und rußgraue Schafe; hier spielten müßige junge Burschen Ball, ihr Geschrei hing weich in der dicken Luft; hier wanderten Leute umher, beklommen und müde wie sie; hier waren zweifellos Hunderte andere in genau derselben üblen Lage. Ihre üble Lage, ihre große gemeinsame Beklommenheit, was war sie an diesem abstoßenden Flecken zum Atemschöpfen anderes als die praktische Frage des Lebens? Sie konnten am Leben bleiben, wenn sie wollten; vielmehr, das hatte man ihnen, wie ihr selbst, gesagt; sie sah sie alle um sich her sitzen, die Auskunft verdauen, ihre Veränderung während der Assimilation fühlen, sie in leicht veränderter Gestalt als etwas ganz Vertrautes wiedererkennen, die gesegnete Wahrheit, daß sie am Leben bleiben würden, wenn sie könnten. Alles, was sie auf diese Weise mit ihnen teilte, weckte ihren Wunsch, bei ihnen zu sitzen; was so weit ging, daß sie nach einer leeren Bank Ausschau hielt und einen absolut leeren Stuhl links liegenließ, den sie ganz in ihrer Nähe sah und für den sie, sich über die anderen erhebend, hätte eine Gebühr zahlen müssen.

Den letzten Rest Überheblichkeit hatte sie bald genug eingebüßt, wenn auch nur, weil sie binnen kurzem merkte, daß sie erschöpfter war, als sie es sich gewünscht hatte. Das und ein gewisser Reiz der Situation an sich ließen sie verweilen, um sich ein wenig auszuruhen; ein gewisser Zauber lag in der Erkenntnis, daß niemand auf der Welt wußte, wo sie war. Das geschah zum ersten Mal in ihrem Leben; bisher schien in jedem Augenblick *immer* jemand gewußt zu haben, wo sie war; so daß sie sich jetzt plötzlich klarzumachen vermochte, das sei kein Leben gewesen. Also war vielleicht das Gegenwärtige das Leben – und genau das war es wohl, wo ihr hervorragender Freund sie hinzuführen wünschte. Freilich wünschte er auch, daß sie nicht, wie es im Augenblick womöglich zutraf, von ihrer Absonderung zuviel Wesens machte; während er ihr doch gleichzeitig offenkundig keine angemessene Quelle des Interesses vorzuenthalten suchte. Er legte Wert darauf – dazu gelangte sie schließlich –, daß sie sich so viele Quellen wie möglich erschloß; und während sie dort saß und saß, sickerte es förmlich in sie ein, daß im wesentlichen er sie aufrecht hielt. Hätte sie es selbst getan, hätte sie es „den Rücken steifhalten" genannt – etwas, das den Schwachen einfach zukam; und unverwandt grübelnd, trug sie die Beweise dafür zusammen, daß er sie als eine der Schwachen behandelte. Gewiß hatte sie ihn als eine der Schwachen aufgesucht – aber ach! mit welch verstohlener Hoffnung, er möge sie hinsichtlich aller unabdingbaren Eigenschaften zu einer wahren jungen Löwin erklären! In Wahrheit war sie mit der Erkenntnis konfrontiert, daß er sich in keiner Richtung klar über sie geäußert hatte: sie nährte in sich den Eindruck, er habe sich elegant herausgewunden. Glaubte er aber, so fragte sie sich, er könne sich bis zum Schluß heraushalten? – obwohl sie die Frage, während sie das noch abwog, doch ein wenig ungerecht fand. Milly wog in dieser außergewöhnlichen Stunde zahlreiche und seltsame Fragen ab; doch hatte sie sich, ehe sie weiterging, glücklich zu einer Vereinfachung durchgearbeitet. Am allerseltsamsten war zum Beispiel, was mit der Wirkung einer Woge über sie hereinbrach, wenn sie recht bedachte, er sei womöglich zu der einen Tür „entwischt", nur um mit einer schönen, wohltuenden Unaufrichtigkeit zu einer anderen wieder hereinzukommen. Es hielt sie noch mehr in regloser Spannung, was er im Grunde „im Schilde führe", sei vielleicht die verkappte Absicht, als Freund zu ihr zu stehen. Betonten die Frauen nicht stets derlei Vorsätze, wenn sie die Aufmerksamkeiten von Herren abwiesen, mit denen sie kein engeres Verhältnis eingehen konnten? Bestimmt bildeten sie sich aufrichtig ein, sich Männer zu Freunden machen zu können, die sie sich nicht zum Gatten machen konnten. Und sie schlußfolgerte nicht einmal, kraft eines ähnlichen Gesetzes sei das für Ärzte im allgemeinen der Ausweg bei Kranken, die sie sich nicht zu Patienten machen konnten: irgendwie war sie sich so hinreichend darüber im klaren, daß *ihr* Arzt – wie eingebildet das auch klingen mochte – ungewöhnlich bewegt war. Das war der belastende kleine Umstand – sofern sie von Belastung reden durfte: daß sie ihn dabei ertappt zu haben meinte, unsachlich Sympathie für sie zu empfinden. Sie war nicht zu ihm gegangen, um Sympathie zu wecken, sondern um klar beurteilt zu werden; und er war als Persönlichkeit hervorragend genug, um in der Regel schon aus Gewohnheit den Unterschied zu beachten. Sie konnte *ihn* sympathisch finden, was unbedingt zutraf – das war etwas anderes; um so mehr, da sich das, bei ihr so augenscheinlich, mit einer sachlichen Beurteilung vereinbaren ließ. Doch hätte sich das alles bedrohlich vermischt, wäre ihr nicht, wie man so sagt, eine letzte rettende Welle, ziemlich kühl und ernüchternd, zu Hilfe gekommen, die alles klar wusch.

Es kam unversehens, als alles weitere Denken sich erschöpft hatte. Sie hatte sich gerade gefragt, sofern ihr Fall ernst sei – und sie wußte, was sie damit meinte –, wieso er dann überhaupt mit ihr darüber gesprochen hatte, was sie nutzloserweise „tun" könne; oder wieso er andererseits, wenn es ein leichter Fall sein sollte, solchen Wert auf den Dienst der Freundschaft legte. Sie hatte ihn, völlig allein mit ihrem bescheidenen Scharfsinn – was in den Hundstagen im Regent's Park eben als Scharfsinn hingehen mochte –, in der Zange: entweder war sie für ihn von Bedeutung, und dann war sie krank; oder sie war ohne Bedeutung, und dann war sie gesund genug. Jetzt „tat er so", wie man daheim sagte, als wäre sie von Bedeutung – bis er das Gegenteil bewiesen hätte. Es lag zu sehr auf der Hand, daß ein Mensch unter so intensivem Druck wie er seine Widersprüchlichkeiten, die wahrscheinlich seine höchste Kurzweil darstellten, nur für die allerbedeutendsten Anlässe aufheben mußte. Kurz, ihr Blick voraus dahin, wo genau sie ihn erwischen würde, lieferte das Licht für jene Beurteilung, die sie sich, wie wir soeben schildern, zu gönnen wagte. Und eben die Beurteilung machte ihr Empfinden einfach. Er *hatte* sie ausgezeichnet – das war es, was sie frösteln ließ. Er hatte nicht gewußt – wie konnte er? –, daß sie teuflisch schlau war, schlau genau in der Art der Verdächtigten, der Mißtrauischen, der Verurteilten. In der Tat bekannte er sich auf seine Weise dazu, mit seinem Interesse an ihren Beziehungen, an ihrem komischen Volk, ihren komischen Verlusten, ihren komischen Gewinnen, ihrer komischen Freiheit und gewiß, vor allem, ihren komischen

Manieren – komisch wie die der Amerikaner, die sich von ihrer besten Seite zeigten, ohne gewöhnlich zu sein, wodurch sie die Herzlichkeit legitimierten und sich damit durchzukommen halfen. In seine Würdigung dieser Randerscheinungen kleidete er für sie jenes Mitleid ein, das er sich so auffallend zu verschwenden gestattete; doch auf sie selbst wirkte es unmittelbar, als würde sie entkleidet, entblößt, preisgegeben. Es führte sie auf ihren letztendlichen Zustand zurück, den eines armen Mädchens – das zum Beispiel ihre Miete zu zahlen hatte –, das in einer großen Stadt vor sich hinstarrte. Milly hatte ihre Miete zu zahlen, die Miete für ihre Zukunft; bis auf die Frage, wie sie zahlen sollte, fiel alles in Stücken, in Fetzen von ihr ab. Das war die Empfindung, die der hervorragende Mann mit Sicherheit nicht beabsichtigt hatte. Nun, sie mußte nach Hause gehen, wie das arme Mädchen, und abwarten. Womöglich gab es doch Wege; auch das arme Mädchen würde jetzt überlegen. Übrigens kam es vielleicht auf bereits dargelegte Einsichten zurück. Schon auf den Füßen, betrachtete sie wieder ihre um sie her verstreuten, trübsinnigen Genossen – manche so trübsinnig, daß sie bäuchlings im Gras lagen, von der Welt abgewandt, sie ignorierend, in sich vertieft; sie hatte noch einmal, wie sie, die zwei Gesichter der Frage vor Augen, die beide durchaus keine beflügelnden Alternativen eröffneten. Oberflächlich gesehen war es vielleicht eindrucksvoller, daß man am Leben bleiben konnte, wenn man wollte; doch ansprechender, einnehmender, kurzum unwiderstehlicher war, daß man am Leben bleiben würde, wenn man konnte.

Ein oder zwei Tage lang danach fand sie an der Tatsache – sofern es nicht reine Einbildung war –, Susie hinters Licht zu führen, mehr Vergnügen, als sie zu hoffen gewagt hatte; und bald spürte sie, was den Unterschied ausmache, sei die bloße Einbildung – denn dies *war* eine –, ihrem berühmten Mann einen Gegenzug zu bieten. Daß er es auf sich nahm – falls er das täte –, sich an ihre Begleiterin zu wenden, entledigte sie ihrer Meinung nach sofort der Verantwortung und rechtfertigte in ihren Augen jede eigene Absicht; wenngleich sie freilich im selben Augenblick, als sie sich ermahnte, diese Straffreiheit zu genießen, eines neuen Grundes zur Überraschung gewahr wurde, oder wenigstens zum Nachdenken. Sie hätte sich eigentlich vorgestellt, Mrs. Stringham werde sie streng anblicken – da ihre flüchtige Darstellung der Gründe für ihren langen selbständigen Ausflug, das konnte sie fühlen, beinahe zynisch wirkte. Doch die liebe

Frau unterließ es schließlich so ganz, sich jegliches Recht zur Kritik herauszunehmen, daß es sie verständlicherweise eine Stunde lang zu der Frage reizte, ob Kate Croy wirklich ganz fair gespielt habe. Hatte sie nicht womöglich, von edelster Güte und tiefster Besorgnis getrieben, der armen Susie doch etwas zugespielt, etwas, das sie einen „direkten Tip" genannt hätte? Man muß jedoch sofort erwähnen, daß Milly, ganz abgesehen von der Erinnerung an die Eindeutigkeit von Kates Versprechen, gleich darauf eine Erklärung fand, die den Vorzug hatte, eine allgemeingültige Wahrheit zu sein. Wenn Susie sie in dieser Krise argwöhnisch schonte, lag es in Wirklichkeit daran, daß Susie ständig argwöhnisch schonte – jedoch gelegentlich auch mit außergewöhnlicher, unheilverkündender Barmherzigkeit. Dem Mädchen wurde bewußt, daß sie zuweilen unversehens in unergründliche, undurchdringliche Ehrerbietung verfiel – eine Einstellung, die ganz unbeabsichtigt ihre freundschaftliche Vertraulichkeit und intime Ungezwungenheit beeinträchtigte. Es war, als besänne sie sich auf ihre Manieren, auf die Gesetze der höfischen Etikette – vor allem letzteres verhalf unserer jungen Frau zur richtigen Einschätzung. Ihr war klar, wenn auch nicht unerschütterlich, daß es für ihre Begleiterin geradezu ein geistiges Bedürfnis war, sie als Prinzessin zu behandeln; weshalb sie nichts daran ändern konnte, wenn diese Dame ihre überlegenen Ansichten hegte, wie die betreffende Klasse zu behandeln sei. Susan hatte viel Geschichtliches gelesen, Gibbon und Froude und Saint-Simon; sie verfügte über höhere Einsichten bezüglich der besonderen Zugeständnisse, die man den Angehörigen dieser Klasse machen mußte, und da sie sie in ihrem Jugendstadium als schwächlich und im Übermaß gehofmeistert, als unvermeidlich ironisch und unendlich kultiviert ansah, mußte es recht amüsant wirken, wenn sie zu einer wahrhaft byzantinischen Nachsicht neigte. *Könnte* man doch nur byzantinisch sein – verführte sie einen nicht hinterhältig zu solchen Seufzern? Milly gab sich Mühe, ihr den Gefallen zu tun – denn es versetzte Susan selbst so schön in die Lage, sich jetzt byzantinisch zu geben. Die großen Damen jenes Volkes – sicher stand es irgendwo bei Gibbon – fragte man offenbar nicht nach ihren Geheimnissen aus. Aber ach! die arme Milly und die ihren! Jedenfalls zeigte sich Susan kaum wißbegieriger, als wenn sie ein Mosaik in Ravenna gewesen wäre. Susan war ein Porzellandenkmal für die wunderliche Moral, hinter der Rücksichtnahme könnten sich, wie hinter dem Zynismus, Abgründe verbergen. Außerdem, die endlich befreite Puritanerin ...! Wie viele ausgehungerte Generationen wollte Mrs. Stringham nicht in ihren Gedanken entschädigen?

Kate Croy kam direkt ins Hotel – an diesem Abend kurz vor dem Dinner; zudem ausdrücklich und vor aller Augen in einer Droschke, die offenbar sehr schnell gefahren war und mit einem ratternden Getöse, als hätte es einen Unfall, einen Zusammenstoß gegeben, unter ihren Fenstern zum Halten gebracht wurde. Milly, gerade allein in der riesigen, reichgeschmückten Leere ihres Salons, wo sie, wirklich ein wenig wie eine Byzantinerin in ihrem Käfig, in der eigentümlichen, langwährenden, beinahe unheimlichen Zeitspanne vor dem immer noch sich hinzögernden Einbruch der Nacht auf und ab geschritten war, ein Effekt, der ihr doch auch zusagte –, Milly trat bei dem Lärm, da eines der Flügelfenster offenstand, auf den Balkon hinaus, der hochmütig den Haupteingang überwölbte, und konnte daher noch rechtzeitig den Blick auffangen, den Kate, während sie ausstieg und den Kutscher entlohnte, über die Hausfront in die Höhe schweifen ließ. Die Besucherin mußte auch noch auf einen Shilling Wechselgeld warten, während Milly vom Balkon aus auf sie hinabsah, und stumm, jedoch unter Lächeln und Nicken, vollzog sich ihr Austausch über das, was sich am Vormittag ereignet hatte. Deswegen war Kate gekommen, und so stand für Milly der Ton der Unterhaltung beinahe durch Zufall schon fest, ehe ihre Freundin heraufkam. Was jedoch ebenfalls für sie feststand, war wieder da und ließ sich nicht unterdrücken, nämlich daß das ihr vor Augen geführte Bild, die prachtvolle junge Frau, die in ihrer Ungeduld und mit der schönen Ungezwungenheit ihrer grüßenden Geste so besonders gut aussah, das besondere Eigentum im Blickfeld eines anderen war, kurz und gut, daß diese schöne Ungezwungenheit genau die schöne Ungezwungenheit darstellte, die sie Mr. Densher gegenüber zur Schau trug. Genauso sah sie ihn an, und genauso fand sich Milly von ihr gefesselt – gefesselt von dem eigenartigen Gefühl, gleichsam mit den Augen jener fernen Person zu sehen. Wie üblich hielt sich das eigenartige Gefühl nur fünfzig Sekunden lang; doch solange es währte, zeitigte es eine Wirkung. In Wahrheit zeitigte es mehr als eine, und wir behandeln sie nacheinander. Die erste lautete, daß unsere junge Frau die These als absurd empfand, wenn ein Mädchen einen Mann so anblicke, wäre das ohne eine nähere Beziehung möglich; und die zweite lautete, daß Milly, noch bevor Kate das Zimmer betreten hatte, sich vollkommen darüber im klaren war, welche entscheidende Beziehung das für sie selbst bedeuten sollte.

Dieses Ergebnis wies sie auf der Stelle vor – das heißt, sie wies es in unmittelbarer Antwort auf Kates freimütiges „Also – was?" vor. Natürlich bezog sich die Frage, bei Kates gespanntem Ton, auf den Ausgang der Szene am Vormittag, auf die jüngste Weisheit des berühmten Mannes, und ein wenig berührte es Milly zweifellos so, wie die fröhliche Erkundigung nach Neuigkeiten beunruhigte Gemüter zu berühren pflegt, wenn die Neuigkeiten quasi noch nicht in einer der gefälligeren Verpackungen zur Auslieferung vorbereitet sind. Sie hätte nicht zu sagen gewußt, was genau vom Fleck weg ihre Linie bestimmte; am nächsten wäre dem vielleicht die Beschreibung gekommen, es sei der unmittelbare Eindruck gewesen, was ihre Freundin alles als gegeben voraussetzte. Der Gegensatz zwischen dieser unbeschränkten Größe und dem Irrgarten von Möglichkeiten, durch den sie selbst sich stundenlang einen Weg gesucht hatte, nahm, kurz gesagt, so grobe Züge an, die sogar freundschaftliche Formen kaum milderten: es half tatsächlich ihrer eigenen Entdeckung voran, daß sie absolut nichts zu erzählen habe. Wobei sicherlich noch etwas anderes hinzukam – ein in eben diesem kritischen Moment noch verstohlener Einfluß. Kate hatte auf dem Weg nach oben den Ausdruck – *den* Ausdruck – verloren, der ihrer jungen Gastgeberin so hintergründig zu denken gegeben hatte, und eines der Merkmale dieses Ausdrucks war, daß sie ihn nie mehr als wenige Augenblicke hintereinander beibehielt; aber dennoch stand sie so in all ihrer Kraft und Blüte da, so vollständig wieder und viel mehr als alle anderen das „gutaussehende Mädchen", als das Milly sie zu Anfang so dankbar akzeptiert hatte, daß es jetzt, würde sie ihr in klagsamem Ton begegnen, irgendwie auf eine Niederlage, auf ein Eingeständnis hinausgelaufen wäre. *Sie* würde nie im Leben kränkeln; der berühmteste Arzt würde sie schlimmstenfalls ganz wenige Minuten festhalten; und es war, als hätte sie sich gerade *mit* dieser zweckmäßigen Makellosigkeit danach erkundigt, was an ihrer Freundin am sterblichsten war. Diese Dinge tanzten bei Milly innerlich im Kreis; doch die davon herrührende Erschütterung und der aufgewirbelte Staub waren von kürzerer Dauer als unsere Schilderung. Fast ehe sie es selbst bemerkte, antwortete sie schon, antwortete großartig, ohne sich einer Täuschung bewußt zu sein, sondern gleichsam getragen von einem plötzlichen Aufflammen der berühmten „Willenskraft", von der sie gehört, gelesen hatte und auf die ihr medizinischer Berater sie hauptsächlich zurückverwiesen hatte. „Ach, alles ist in Ordnung. Er ist reizend."

Kate war wunderbar, und jetzt wäre es Milly klargeworden, wenn sie weiterer Argumente bedurft hätte, daß sie Mrs. Stringham kein Wort verraten hatte. „Sie meinen, es war alles absurd?"

„Absurd." Es war ein leicht zu äußerndes Wort, doch sobald es gesprochen war, hatte es für unsere junge Frau das Gefühl zur Folge, sie habe etwas für ihre Sicherheit getan.

Und Kate hing wirklich an ihren Lippen. „Es ist gar nichts?"

„Nichts, worüber man sich Sorgen machen müßte. Man muß mich ein wenig im Auge behalten, aber ich muß nichts irgendwie Schreckliches, selbst nur im geringsten Unangenehmes machen. Ich kann tun, was ich will." Es war für Milly erstaunlich, wie allein die Formulierung bewirkte, daß sich alle Teile vorläufig ganz passend zurechtrückten.

Doch sogar bevor die volle Wirkung eintrat, hatte Kate sie umhalst, geküßt, beglückwünscht. „Mein Schatz, Sie sind einfach süß! Es ist so schön! Aber ich war mir ja gleich sicher." Dann erfaßte sie die volle Schönheit der Situation. „Sie können tun, was Sie wollen?"

„Vollkommen. Ist das nicht zauberhaft?"

„Oh, aber wehe", frohlockte Kate übermütig, „wenn Sie es *nicht* tun! Und was *werden* Sie tun?"

„Zunächst werde ich es einfach genießen. Werde genießen" – Milly leuchtete geradezu vor Klarheit –, „daß ich aus meiner Klemme heraus bin."

„Sie meinen, daß Sie so spielend leicht erfahren haben, daß Sie gesund *sind*."

Anscheinend hatte Kate ihr die Worte nur zu bequem in den Mund gelegt. „Ich meine, daß ich so spielend leicht erfahren habe, daß ich gesund *bin*."

„Nur ist natürlich niemand gesund genug, jetzt in London zu bleiben. Das kann er", fuhr Kate fort, „nicht von Ihnen verlangen."

„Meine Güte, nein – ich soll mich herumtreiben. Ich soll verreisen, mir etwas ansehen."

„Aber nicht etwa in ein gräßliches ‚Klima' – Engadin, Riviera, Langeweile?"

„Nein, einfach, wie gesagt, wohin ich möchte. Ich soll mich ins Vergnügen stürzen."

„Ach, das Herzblatt!“ – Kate strömte über vor Vertraulichkeit ihrer besonderen Art. „Aber Vergnügen welcher Sorte?“

„Der vollkommensten“, lächelte Milly.

Ihre Freundin entgegnete ebenso nobel. „Welches *ist* die vollkommenste?“

„Nun, das herauszufinden ist unsere große Chance. Sie müssen mir helfen.“

„Habe ich Ihnen denn nicht helfen wollen“, fragte Kate, „von dem Moment an, als ich Sie zum ersten Male sah?“ Doch zugleich hatte auch Kate Grund zur Verwunderung. „Ich finde es aber gelungen, wie Sie davon sprechen. Welche Hilfe, mit all Ihrem Glück um Sie herum, brauchen Sie denn?“

14

Milly konnte letzten Endes doch nichts sagen; so daß sie mit ihrer Erkenntnis vorläufig nur bis zu dem Punkt gelangt war, dem das Eintreffen ihrer Besucherin in ihren Augen eine so markante Bedeutung verliehen hatte, mit der Wahrheit, daß sie beneidenswert kräftig war. Von jenem Abend an richtete sie sich danach, für jede Stunde, die ihr noch blieb, und vielleicht um so leichter, da die Stunden jetzt knapp gezählt waren. Alles, worauf sie wirklich wartete, war Sir Luke Stretts versprochener Besuch; ihr Entschluß stand fest, wie sie dabei vorgehen wollte. Da er mit Susie in Verbindung zu treten wünschte, sollte er das ganz ungehindert tun, und dann mochte er sehen, wie ihm das behagte. Was zwischen *ihnen* war, mochten sie unter sich ausmachen, und jede Last, die ihr das womöglich von der Seele nahm, durften sie nach Belieben zu eigenem Nutzen verwenden. Wenn der geschätzte Mann Susan Shepherd für ein noch höheres Ideal zu erwärmen versuchte, würde er schließlich nur, schlimmstenfalls, Susan auf dem Halse haben. Mit einem Wort, wenn es auf das anteilnehmende Paar zukommen sollte, aufopferungsvolle Hingabe zu organisieren, war sie ihrerseits bereit, sie als mundgerecht vorgelegtes Gericht zu verzehren. Er hatte mit ihr über ihren „Appetit“ gesprochen, und sie hatte den Eindruck, ihre Äußerung darüber dürfte unklar gewesen sein. Doch für die aufopferungsvolle Hingabe, das erkannte sie jetzt, würde dieser Appetit grenzenlos sein. Grob, gierig, gefräßig – das waren zweifellos die passenden Bezeichnungen für sie: jedenfalls war sie im voraus auf die Ränke des Mitgefühls gefaßt. Der Tag, der auf Millys einsamen Ausflug folgte, sollte der zweit- oder drittletzte ihres Aufenthalts in London sein; und der Abend dieses Tages galt für sie, was die Beziehungen nach draußen anbetraf, praktisch als der allerletzte. Mittlerweile hatten sich die Leute schon ganz zerstreut, und viele von denen, die sich bei Besuchen oder schriftlich so großzügig und anscheinend aufrichtig über spätere Besuche auf dem Lande ausgesprochen hatten, waren geradezu unter Musikbegleitung entschwunden; ob letztere eher als Mitglieder von Mrs. Lowders unmittelbarem Kreis zählten oder als Mitglieder von Lord Marks Kreis – unsere Freundinnen waren inzwischen imstande, diese Unterscheidung zu treffen. Die allgemeine Hochspannung war somit entschieden abgeflaut, und die Anlässe, mit denen sie sich noch zu befassen hatten, waren besonderer Art und gering an Zahl. Einer davon kündigte sich für Milly als der bereits erwähnte Besuch des Arztes an, worüber sie inzwischen von ihm Nachricht hatte: der einzige andere von Bedeutung war ihre Verabredung zum Abschiednehmen – vor einer ganz kurzen Trennung – von Mrs. Lowder und Kate. Die Tante und die Nichte sollten allein, intim und zwanglos bei ihnen dinieren – so zwanglos, wie es sich damit vereinbaren ließ, daß sie anschließend gemeinsam eine unsinnig spät angesetzte Gesellschaft besuchen sollten, auf der sie sich, wie ihnen Tante Maud zu verstehen gegeben hatte, doch besser sehen lassen sollten. Sir Lukes Besuch war für den darauffolgenden Tag vorgesehen, und hinsichtlich dieser Komplikation hatte Milly ihren Plan schon fertig.

Der Abend war jedenfalls heiß und stickig, und es war ziemlich spät, bis die vier Damen sich für ihre kleine Sitzung im Hotel versammelt hatten, wo die Fenster zu den hohen Balkonen noch offenstanden und die Kerzenflammen hinter den rosigen Schirmen – wie für eine Totenwache angeordnet – reglos in die Luft ragten, wo entseelt die Saison ruhte. Bald war zwischen ihnen abgemacht, daß Milly, die bei dieser Gelegenheit nachdrücklicher einen Wunsch äußerte als gewöhnlich, sich nicht für verpflichtet halten sollte, an diesem Abend die Leiter des gesellschaftlichen Erfolgs zu erklimmen, wie weit diese sich ihr auch entgegenstrekken mochte, daß vielmehr Mrs. Lowder und Mrs. Stringham sich gemeinsam der harten Prüfung unterwerfen würden, während Kate Croy bei ihr bleiben und die Rückkehr der Damen abwarten sollte. Es war für Milly stets eine Freude, Susan Shepherd auf den Weg zu schicken; sie sah sie mit Wohlgefallen gehen, speiste die Leute gern sozusagen mit ihr ab und nahm, wenn sie sie zur Kutsche schreiten sah, mit Genugtuung die gleichsam weiter fortgeschrittene Abtragung – nunmehr eine betont zurückweichende Wasserlinie – ihres kleinen gütigen Rückens zur Kenntnis. Wenn es überdies nicht ganz Tante Mauds Ideal war, die komische Freundin des neuen amerikanischen Mädchens auszuführen statt des neuen amerikanischen Mädchens selbst, vermochte nichts besser die Vortrefflichkeit dieser Dame in vollem Maße zu kennzeichnen als die Tatsache, in welchem Geiste sie sich – wie zum Beispiel in der gegenwärtigen Stunde – auf bestmögliche Art mit dem minderen Vorzug abfand. Und das tat sie mit einer großzügigen, fröhlichen Illusionslosigkeit; sie tat es – und vertraute das sogar der armen Susie an –, weil sie, offen gesagt, wirklich gutmütig *war*. Als Mrs. Stringham bemerkte, ihr Licht sei in geradezu demütigendem Maße geborgtes Licht und man schätze sie allein als – glücklicherweise nicht fehlendes – Bindeglied, pflichtete ihr Tante Maud soweit mit der Äußerung bei: „Nun, meine Liebe, du bist besser als nichts." Des weiteren ergab es sich an diesem Abend für Milly, daß Tante Maud etwas Bestimmtes auf der Seele lag. Mrs. Stringham war, bevor sie mit ihr aufbrach, einen Schal oder sonst ein Zubehör holen gegangen, und Kate hatte sich, wohl ein wenig ungeduldig auf ihren Aufbruch wartend, auf den Balkon hinausbegeben, wo sie vorläufig außer Sicht verweilte, wenn sich ihr auch kaum mehr zur Betrachtung darbot als die matten Londoner Sterne und der grellere Schein einer kleinen Schenke an der Straßenecke, vor dem sich der Umriß eines abgetriebenen Droschkenpferdes abhob. Mrs. Lowder machte sich den Moment zunutze: sobald sie gesprochen hatte, empfand Milly, daß ihr Vorgehen irgendwie ganz zweckgerichtet war.

„Die liebe Susan erzählt mir, daß Sie in Amerika Mr. Densher begegnet sind – nach dem ich Sie bisher, wie Sie vielleicht bemerkt haben, noch nie gefragt habe. Aber macht es Ihnen etwas aus, im Zusammenhang mit ihm, nunmehr etwas für mich zu tun?" Sie hatte ihre schöne Stimme in eine tiefere Lage gesenkt, wenn sie auch mit all ihrer klangvollen Geläufigkeit sprach; und nach einem kleinen Stich der Überraschung erriet Milly schon den Sinn ihrer Bitte. „Wollen Sie ihn, auf welche Weise Sie mögen, *ihr* gegenüber erwähnen" – und Tante Maud nickte zum Fenster hin, „damit Sie womöglich herausbekommen, ob er zurück ist?"

Unendlich viele Dinge rückten sich daraufhin für Milly zurecht; es war ein Wunder, dachte sie hinterher, daß sie so viele zugleich im Blick behalten konnte. Sie lächelte jedoch kaltblütig darüber.

„Aber ich wüßte nicht, daß es für mich wichtig wäre, es ‚herauszubekommen'." Die Heerschar der Dinge schwoll jedoch noch an, so daß es ihr vorkam, als sage sie zuviel. Deshalb versuchte sie ebenso rasch, weniger zu sagen. „Außer natürlich, Sie meinen, es sei wichtig für *Sie*." Sie bildete sich ein, Tante Maud sehe sie fast so kaltblütig an, wie sie selbst lächelte, und das gab ihr einen neuen Anstoß. „Sie wissen, daß ich ihn ihr gegenüber bisher noch *nie* erwähnt habe; wenn ich also jetzt damit herausplatze ..."

„Nun?" Mrs. Lowder wartete.

„Wundert sie sich vielleicht, wieso ich ein Geheimnis daraus gemacht habe. Sie selbst hat ihn", fuhr Milly fort, „mir gegenüber noch nie erwähnt."

„Nein", ihre Freundin wog es ein wenig schwerfällig ab, „das kann ich mir vorstellen. Also ist sie es, verstehen Sie, die ein Geheimnis daraus gemacht hat."

Ja, Milly wollte es gern verstehen; nur war es so vieles. „Freilich bestand auch kein besonderer Grund dazu." Doch das tat in diesem Moment nichts zur Sache. „Glauben Sie", fragte sie, „er *ist* zurück?"

„Seine Zeit muß in etwa um sein, soviel ich weiß, und es wäre mir recht angenehm, es genau zu wissen."

„Können Sie sie denn nicht selbst fragen?"

„Ach, wir sprechen nie von ihm!"

Das verhalf Milly zunächst zu der Annehmlichkeit einer Verlegenheitspause. „Meinen Sie damit, Sie heißen die Bekanntschaft mit ihm nicht gut?"

Auch Tante Maud ließ auf sich warten. „Ich heiße *sie* für den armen jungen Mann nicht gut. Ihr liegt nichts an ihm."

„Und *ihm* liegt so viel ..."

„Zu viel, zu viel. Und meine Befürchtung ist", sagte Mrs. Lowder, „daß er ihr heimlich zusetzt. Sie behält es für sich, aber ich will nicht, daß man sie plagt. Und, ehrlich gesagt", schloß sie zugleich großmütig und vertraulich, „will ich auch *ihn* nicht."

Milly ließ sich all ihr Bemühen anmerken, sich dem Fall gewachsen zu zeigen. „Aber was kann *ich* tun?"

„Sie können herausfinden, wie sie miteinander stehen. Wenn ich selbst es versuche", setzte ihr Mrs. Lowder auseinander, „erwecke ich den Eindruck, ich handelte aus dem Verdacht heraus, sie hintergingen mich."

„Und das glauben Sie nicht. Sie glauben nicht", grübelte Milly an ihrer Stelle, „daß sie Sie hintergehen?"

„Nun", sagte Tante Maud, deren schöne Onyxaugen und Wimpern nicht einmal zuckten, obwohl man hätte vermuten können, Millys Fragen lockten sie weiter aus sich heraus, als sie ursprünglich hatte gehen wollen – „nun, Kate ist, was sie selbst betrifft, über meine Absichten vollkommen im Bilde, auch darüber, daß ich ihren derzeitigen Aufenthalt bei mir, so, *wie* sich dieser Aufenthalt gestaltet, wenn Sie wissen, was ich meine, als eine loyale Zustimmung betrachte. Da nun meine Absichten, wie es sich ergibt, überhaupt keinen Platz für Mr. Densher offenlassen, sosehr ich ihn in gewisser Weise mag ..." – deshalb, kurz gesagt, deshalb hatte sie sich zu diesem Schritt veranlaßt gesehen, obwohl sie das, was sie damit meinte, nur allzu flüchtig mit dem Rauschen ihres großen Fächers abrundete.

Jedoch half ihnen vielleicht zunächst weiter, daß Milly aus ihrer Äußerung das herauszuzupfen vermochte, was sich am klarsten abgezeichnet hatte. „Sie mögen ihn also?"

„Meine Güte, ja. Sie nicht?"

Milly zögerte, denn die Frage wirkte irgendwie wie eine unerwartet scharfe Spitze auf einen Nerv, der mit schmerzhaftem Zukken reagierte. Ihr stockte nur der Atem, aber sie hatte später Grund zur Freude, als sie fand, sie habe wirklich nicht verfehlt, ausreichend schnell unter fünfzehn möglichen Antworten die eine auszuwählen, die ihr am besten dienen würde. Und sie war dann auch ziemlich stolz, daß sie fröhlich gelächelt hatte. „Er hat mir gefallen – die drei Male – in New York." So vollzog sie, in diesen einfachen Worten, die Aussage, die für sie später in der Nacht von allem, was sie je vorgebracht hatte, als dasjenige dastehen sollte, was sie am meisten gekostet hatte. Sie sollte jedenfalls die halbe Nacht wach liegen vor Glück, daß sie sich wirklich nicht darauf eingelassen hatte, einen erfreulichen Eindruck zu verleugnen.

Zudem waren ihre einfachen Worte auch für Mrs. Lowder die richtigen; jedenfalls lagen sie, das zeigte das Auflachen dieser Dame, ganz auf der Linie der naturgegebenen Schlagfertigkeit. „Sie liebes amerikanisches Ding! Aber manche Menschen können zwar sehr gut sein, und doch taugen sie nicht für das, was man will."

„Ja", stimmte das Mädchen zu, „vermutlich sogar, wenn das, was man will, etwas sehr Gutes ist."

„Ach, mein Kind, eben jetzt würde es zu lange dauern, Ihnen alles aufzuzählen, was ich will! Ich will alles auf einmal und zusammen – und nämlich auch unendlich viel für Sie. Aber Sie haben uns erlebt", fuhr Tante Maud fort, „Sie haben es sicher herausgefunden."

„Oh", sagte Milly, „ich finde *nichts* heraus"; denn wieder einmal – es kam in solchen Aufwallungen – spürte sie eine Unklarheit in den Dingen. „Aber wenn unsere Freundin hier ihn nicht mag ..."

„Müßte ich ihr dann ein Interesse unterstellen, mir Dinge vorzuenthalten?" Mrs. Lowder ging auf das Problem ein. „Liebes Kind, wie können Sie fragen? Versetzen Sie sich in ihre Lage. Sie kommt mir entgegen, aber unter ihren Bedingungen. Stolze junge Frauen sind nun einmal stolze junge Frauen. Und stolze alte sind – nun, was *ich* bin. Da wir beide Sie gern haben, können Sie uns helfen."

Milly bemühte sich um eine Eingebung. „Läuft es also wieder darauf hinaus, daß ich sie ohne Umschweife frage?"

Doch daraufhin gab Tante Maud es schließlich auf. „Ach, wenn Sie so viele Gründe haben, es nicht zu tun ...!"

„Ich habe nicht so viele", lächelte Milly, „nur einen einzigen. Wenn ich so unerwartet damit herausplatze, daß ich ihn kenne, was wird sie davon halten, daß ich das nicht schon eher erwähnt habe?"

Mrs. Lowder blickte verständnislos drein. „Warum sollte es Sie kümmern, was sie davon hält? Vielleicht waren Sie nur gebührend diskret."

„Ach, *das* war ich", beeilte sich das Mädchen zu versichern.

„Außerdem", fuhr ihre Freundin fort, „habe ich Ihnen, über Susan, zu diesem Verhalten geraten."

„Ja, dieses Motiv ist ein Motiv für *mich*."

„Und für *mich*", beharrte Mrs. Lowder. „Also ist sie nicht so beschränkt, derart gewichtige Gründe nicht gelten zu lassen. Sie können ihr ohne weiteres sagen, ich hätte Sie gebeten, nichts zu sagen."

„Und darf ich ihr jetzt sagen, daß Sie mich gebeten haben, zu sprechen?"

Mrs. Lowder mochte wohl daran gedacht haben, doch seltsamerweise ließ sie das stocken. „Geht es nicht ohne ...?"

Milly schämte sich fast, so viele Schwierigkeiten zu machen. „Ich will tun, was ich kann, wenn Sie mir freundlicherweise noch einen einzigen Umstand mitteilen." Sie zögerte ein wenig – es klang so aufdringlich neugierig; doch sie brachte es heraus. „Meinen Sie, er hat ihr geschrieben?"

„Genau das, liebes Kind, wüßte ich gern." Mrs. Lowder war mit ihrer Geduld am Ende. „Dringen Sie selbst in sie, und vermutlich erzählt sie es Ihnen."

Dennoch wich Milly auch jetzt noch nicht zurück. „Ich werde", und sie lächelte dabei weiter, „für *Sie* in sie dringen." Sie ließ ihrer Partnerin jedoch keine Zeit, darauf einzugehen. „Der heikle Punkt ist nur, *wenn* er geschrieben hat, hat sie vielleicht geantwortet."

„Aber was für ein heikler Punkt, Sie spitzfindiges Wesen, sollte das sein?"

„Es ist nicht spitzfindig, scheint mir, sondern ganz einfach", sagte Milly, „nämlich, wenn sie ihm geantwortet hat, so hat sie mich höchstwahrscheinlich erwähnt."

„Sogar mit Sicherheit. Aber was macht das für einen Unterschied?"

Dem Mädchen kam es daraufhin einen Moment lang so vor, als mangelte es ihrer Gesprächspartnerin selbst an Spitzfindigkeit. „Es macht den Unterschied, daß er ihr zur Antwort geschrieben haben wird, er kenne mich. Und das wiederum", setzte unsere junge Frau auseinander, „läßt mein Schweigen befremdlich wirken."

„Wie das, wenn sie ganz genau weiß, daß sie Ihnen keinen Anknüpfungspunkt gegeben hat? Befremdlich", behauptete Tante Maud klarsichtig, „ist es lediglich für Sie. Nämlich, daß *sie* nicht gesprochen hat."

„Ach, da haben wir es!" sagte Milly.

Und sie hatte es offenbar in einem Ton ausgesprochen, der ihrer Freundin auffiel. „Also *hat* es Sie befremdet?"

Aber ach, die Frage brauchte nur gestellt zu werden, um ihr mit schöner Inkonsequenz die bei ihr so selten sichtbare Farbe ins Gesicht zu treiben. „Eigentlich kein bißchen!" Und in rascher Erkenntnis der Notwendigkeit, nachdrücklich in diesem Sinn fortzufahren, wollte sie, um die Sache kurz zu machen, gerade erklären, letztlich kümmere es sie keine Spur, wo und wie sie wem Gefälligkeiten erweise. Nur spürte sie in diesem Augenblick auch, daß noch andere Dinge dazwischenkamen. Zunächst einmal war ihr Mrs. Lowder bereits voraus, war selbst gleichsam betroffen von der plötzlichen Erkenntnis, zu weit vorgeprescht zu sein. Milly konnte ihr das vorherrschende Motiv nie vom Gesicht ablesen – es war so wenig in seinem harten, glatten Schmelz jene Art von Menschenantlitz. Sie sah hart aus, wenn sie freundlich sprach; nur daß sie, wenn sie hart sprach, auch nicht sanft aussah. Trotzdem war etwas in ihr aufgestiegen – eine merkliche Flut, die durch den Riß in irgendeiner Sperre eindrang. Sie erklärte, wenn das, worum sie gebeten habe, sich im geringsten als lästig erweisen sollte, dürfe ihre junge Freundin nicht im Traum daran denken; gleichzeitig aber regte ihr veränderter Ton die junge Freundin auf der Stelle zu noch ausschweifenderem Denken an. Sie sprach mit verspäteter Einsicht, erahnte Milly – zu erahnen vermochte sie immer –, und aus Mitleid heraus; und die Folge dieser Wahrnehmung war für das Mädchen ungewöhnlich: sie bewies ihr sogleich, daß Kate, ihr Geheimnis wahrend, ihr gegenüber ehrlich gespielt hatte. Von Kate wußte Tante Maud also entschieden nichts darüber, weshalb sie bemitleidenswert sein sollte, und legte damit einfach Zeugnis für die gute Seite ihres Charakters ab. Diese gute Seite war, daß sie fast jederzeit, kraft einer angefachten Vorliebe oder kraft abgelenkter Energie, für andere Interessen als die eigenen erglühen konnte. Auch rief sie in diesem Augenblick aus, Milly müsse sich in Gedanken mit dem Fall viel mehr befaßt haben, als sie vermutet habe; und diese Bemerkung vermochte das Mädchen auf der Stelle so scharf zu treffen wie der Vorwurf der Schwäche in jeder anderen Form. Wenn sie nicht aufpaßte, würde das bald jedermann sagen – „Mit Ihnen ist doch etwas!" Weshalb man sofort zweifelsfrei kundzutun trachtete, daß absolut nichts war. „Ich will Ihnen gern helfen; ich will in gewisser Weise auch Kate helfen", erklärte sie, so eilig sie nur konnte; inzwischen schweiften ihre Augen über die Breite des Zimmers hinweg zu jenem Zwielicht auf dem Balkon, wo ihre Gefährtin ein wenig unerklärlich lange verweilte. Damit gab sie zu verstehen, daß ihre Ungeduld sich regte; sie verwunderte sich nahezu unverhüllt, wieviel Zeit ihnen diese Freundin einräumte – bezog es jedoch, soweit es die Worte ausdrückten, auf die andere Freundin, indem sie mit einem belustigten: „Wie maßlos Susie sich verschönert!" abbrach.

Dennoch ließ das nur erkennen, daß Tante Maud zu sehr mit ihren Gedanken beschäftigt war, um auf ihre Anspielung einzugehen. Die Onyxaugen waren mit einem blankpolierten Druck auf sie geheftet, der ein gesteigertes Wohlwollen bedeuten mußte. „Lassen Sie es, liebes Kind. Schließlich werden wir es ja bald genug sehen."

„Wenn er zurückgekommen *ist*, sehen wir es gewiß", gab Milly nach einem Augenblick zurück. „Denn vermutlich wird er das Gefühl haben, einen Besuch bei mir höflicherweise nicht unterlassen zu können. *Dann*", bemerkte sie, „haben wir es. Dann käme es nämlich überhaupt nicht von Kate – es käme von ihm. Nur", schloß sie mit einem Lächeln, „daß er mich dann nicht antrifft."

Sie hatte das ganz merkwürdige Gefühl, ihre Gesprächspartnerin wider Willen mehr zu interessieren, als ihr lieb war; und es war, als risse ihr Verhängnis sie mit, so daß sie nicht innehalten konnte – mittels genau desselben Streichs, den es ihr beim Arzt gespielt hatte. „Wollen Sie vor ihm davonlaufen?"

Sie überging die Frage, wollte jetzt nur vom Thema abrücken. „Dann", fuhr sie fort, „bekommen Sie es mit Kate direkt zu tun."

„Wollen Sie vor *ihr* davonlaufen?" fragte Mrs. Lowder bohrend, während sie bemerkten, daß Susie durch das Zimmer hinter ihnen, in dem sie diniert hatten, zurückkehrte.

Das erregte bei Milly das Gefühl, sie habe nur noch Sekunden; und plötzlich trat ihr alles, was sie in dem Zusammenhang empfand, mit einer Frage auf die Lippen, der sie, wie sie beim Sprechen merkte, keinen gleichgültigen Klang zu geben vermochte. „Sind Sie selbst davon überzeugt, *daß* er mit ihr in Verbindung ist?"

Tante Maud erfaßte es – das heißt, sie erfaßte alles an Millys Ton, was diese gerade nicht gewollt hatte; und die Folge war sekundenlang nur, daß ihre Augen sich stumm begegneten. Mrs. Stringham war zu ihnen getreten und fragte, ob Kate gegangen sei – eine Erkundigung, die die Rückkehr der jungen Dame sofort beantwortete. Sie sahen sie wieder in dem offenen Fenster, wo sie, zu ihnen blickend, stehengeblieben war – wodurch sie bei Tante Maud ein fast zu eindrucksvolles „Pst!" auslöste. In der Tat erstickte Mrs. Lowder, ohne Zeit zu verlieren, jede Gefahr in einem schwungvollen Rückzug mit Susie; doch Millys eben an sie gerichteten Worte, sie werde sich mit ihrer Nichte direkt zu befassen haben, schienen unserer jungen Frau bereits auf sie selbst zurückzufallen. Der direkte Weg, wie immer sie ihm auch ausgewichen war, bliebe *ihr* nicht erspart; tatsächlich wäre für sie nichts je so direkt gewesen wie ein Ausweichen. Kate war in der Türöffnung stehengeblieben, sehr gutaussehend und aufrecht, und die Dunkelheit draußen umrahmte höchst vorteilhaft ihre sommerlich schlichte und helle Kleidung. Angesichts des Abstands hatte Milly nicht wirklich die Befürchtung, sie habe das Gespräch mitgehört; nur verharrte sie dort gleichsam mit wissenden Augen und irgendwie gesteigerter Überlegenheit. Dann allerdings erkannte ihre Freundin mit geringer Verzögerung genug. Die wissenden

Augen, die gesteigerte Überlegenheit waren nur das, worüber sie jetzt immer verfügte – sie gehörten zu der Person, die, wie Milly wußte, Merton Densher bekannt war. Mehrere Sekunden lang war es wiederum, als wäre die *Gesamtheit* ihrer Identität die der Person, die ihm bekannt war – eine Feststellung, die einen weiteren scharfsichtigen Schluß ganz eigener Art zeitigte. Kate brauchte buchstäblich nur dort zu stehen, einfach so, um ihr zu eröffnen, daß er zurückgekehrt war. Kurz, zwischen ihnen schien sich ohne Worte die Botschaft zu übertragen, daß er in London war, daß er sich vielleicht in nächster Nähe befand; und niemals hätte deshalb Millys Umgang mit ihr so direkt sein können wie jetzt.

15

Gewiß lag es daran, daß ihr anscheinend diese eigentümliche Form der Direktheit zu dieser Stunde an sich schon ausreichte, so daß Milly später erkannte, sie habe wirklich die ganze Zeit – während der seltsamen, unbeschreiblichen Sitzung vor der Rückkehr ihrer Gefährtinnen – nichts getan, um sie zu vertiefen. Wenn sie es erst nachher entdeckte, in der langwährenden, unverhüllten Drangsal des Morgengrauens, so lag das daran, daß sie wirklich, bis ihr Abend zu Ende ging, an ihrer scheinbaren Behaglichkeit nichts mehr vermißte. Was dahinter lag, schimmerte oder blinzelte nur flüchtig durch; was sich im Vordergrund abspielte, gestand in keiner Weise ein, nicht die Bühne zu beherrschen. Es waren keine drei Minuten vergangen, da wußte Milly genau, sie hätte nichts von dem getan, wozu Tante Maud sie gerade aufgefordert hatte. Sie erkannte es zudem kraft derselben Erleuchtung, die bei dieser Dame und bei Sir Luke Strett auf sie gewirkt hatte. Hier und jetzt drängte sich ihr auf, daß sie sich noch in einer Strömung befand, die, wegen ihrer Gleichgültigkeit, Schüchternheit, Tapferkeit, Großzügigkeit – sie konnte kaum sagen, durch was –, von anderen bestimmt wurde; daß nicht sie etwas bewirkte, sondern die Strömung, und daß stets jemand anders die Schleuse oder den Damm bewachte. Kate zum Beispiel brauchte nur das Schleusentor zu öffnen: die Strömung setzte sich in vollem Schwall in Bewegung – die Strömung, die wie bisher bestimmte, daß sie tat, was Kate wollte. Was *hatte* denn Kate, irgendwie auf die ungewöhnlichste Art der Welt, anders gewollt als unversehens interessanter zu sein denn je zuvor? Milly hielt ihren gemeinsamen Abend hindurch förmlich den Atem an, so sehr wußte sie es zu würdigen. Wäre sie nicht sicher gewesen, daß ihre Partnerin von den Minuten mit Mrs. Lowder her keinen Anhaltspunkt besaß, hätte sie beinahe zu sehen gemeint, wie das bewunderungswürdige Wesen „eingriff", um einer Gefahr vorzubauen. Gewiß verlor diese Phantasie, während sie zusammensaßen, ein wenig an Kraft; und wäre es nur, weil andere Phantasien sich vervielfachten und zusammenballten und für unsere junge Frau geradezu das tragende Element darstellten, in dem ihre Freundin sprach und umherging. Sie saßen beisammen, sage ich, doch Kate schritt so viel umher, wie sie sprach; sie zeigte sich rastlos und reizend, nur vielleicht eine Spur zu oberflächlich, verließ wiederholt ihren Platz, durchmaß gemächlich, hin und her, mit dem nachschleppenden Faltenwurf ihres leichten Gewandes die Länge des Zimmers und gab nahezu eingestandenermaßen zum Vergnügen ihrer Gastgeberin eine Vorstellung.

Mrs. Lowder hatte Milly in Matcham erklärt, sie und ihre Nichte könnten als Verbündete praktisch die Welt erobern; doch obwohl es eine Redensart war, der damals auf unbestimmte Weise ein großartiger Zauber angehaftet hatte, las das Mädchen jetzt erst annähernd einen Sinn heraus. Übrigens konnte Kate für sich allein alles mögliche erobern, und *sie*, Milly Theale, ging die „Welt" wahrscheinlich nur insofern etwas an, als ein Zipfel davon ihr besonders entgegenstrebte und sie sich deshalb damit zuerst zu befassen hatte. Auf dieser Basis, sich damit zu befassen, würde sie sicherlich auch ihr Teil zur Eroberung beitragen; sie hätte etwas zu geben, Kate etwas zu nehmen – jede von beiden steuerte in diesem Ausmaß etwas dazu bei, Tante Mauds Ideal gerecht zu werden. Darauf lief es, kurzgefaßt, jetzt hinaus – daß der Abend, im stillen späten Lampenlicht, die Eigenschaft einer ersten Probe zu dem möglichen großen Drama besaß. Milly wurde klar, daß man sich mit ihr befaßte – großzügig, vollständig: sie fügte sich diesem Wissen, denn auf diese Weise, empfand sie, steuerte sie ihre hilfreiche Kraft bei. Und was Kate zu nehmen hatte, nahm Kate ebenso unbefangen und allem Anschein nach ebenso dankbar; wobei sie von neuem, mit jedem ihrer langen, gemächlichen Gänge auf und ab, die zwischen ihnen so gegründete Beziehung bestätigte und die Auslieferung ihrer Gefährtin einfach durch das Interesse absegnete, das sie dafür zeigte. Natürlich meinen wir Millys eigenes Interesse; Kates Interesse empfand Milly als wahrscheinlich geringer. Ungezwungen und umfassend stellte es sich zu ihrem derzeitigen Gespräch ein, für den raschen Flug der Stunde, bevor der Zauberbann gebrochen war – alles rührte, wenn man es recht bedachte, von dem überhaupt nicht anomalen Umstand her, daß das gutaussehende Mädchen ungewöhnlich „in Form" war. Milly erinnerte sich, daß Kate einmal gesagt hatte, spätabends sei sie in ihrer besten Verfassung; sie erinnerte sich daran, weil es sie auf Grund seiner schönen Überzeugungskraft zu der Frage veranlaßt hatte, wann *sie* eigentlich in ihrer besten Verfassung sei und wie glücklich Menschen sein mußten, die solche festen Zeiten hatten. Sie hatte überhaupt keine festen Zeiten; sie war nie in bester Verfassung – es sei denn, diese bestünden gerade, wie jetzt, im Zuhören, Beobachten, Bewundern, Schwinden der Kräfte. War Kate überdies, ganz unbarmherzig, noch nie so gut gewesen, so lag das Schöne, das Wunderbare darin, daß sie noch nie wirklich so offen gewesen war: war sie doch ein Mensch von solchem Kaliber, wie Milly gesagt hätte, daß sie sich sogar gehenlassen konnte, während sie sich mit einem „befaßte" und deshalb gleichsam ihre Schritte vorsichtig setzte, einem mit Ironie, aber vertrauensvoll und überschwenglich Dinge mitteilen konnte, die sie noch niemals ausgesprochen hatte. Das war der Eindruck – daß sie Dinge mitteilte, und durchaus denkbar zugleich auch zu ihrer eigenen Erleichterung; beinahe, als erwiesen sich die Irrtümer in ihrer Voraussicht, die Fehler in den Proportionen, die noch verbliebene geistige Arglosigkeit, der bei ihrer Zuhörerin noch abzuhelfen war, in bestimmten Augenblicken als zuviel für ihre Nerven. Jetzt nahm sie das alles in Angriff, diese Quellen gereizter Stimmungen, mit einer belustigten Energie, die Milly ohne weiteres als zynisch hätte betrachten können, und die dennoch erforderlich war – diesbezüglich drückte sich die andere klar aus –, weil der amerikanische Geist in bestimmten Zusammenhängen einfach versagte. Zumindest scheine er – der amerikanische Geist, wie er in Millys Gestalt so geblendet und aufgewühlt dasaß – die englische Gesellschaft nicht ohne die Konfrontation, einzeln, nacheinander, mit *allen* gegebenen Fällen zu verstehen. Er bediene sich nicht der – ihr fehlte ein Fachbegriff, bis Milly Analogie oder Induktion vorschlug und dann wiederum Instinkt, von denen keines es traf: man müsse ihm das Monster aus jedem Blickwinkel neu vorführen und erklären, ihm ermöglichen, es ganz zu umkreisen, ob nun mit der Folge übersteigerten Entzückens oder eines – wie es dieser Kritikerin erschien – unverhältnismäßig stärkeren Schocks. Das Monster, räumte Kate ein, mochte in den Augen von Menschen, die inmitten weniger entwickelter und deshalb gewiß weniger amüsanter Gebilde geboren waren, in unermeßlich großer Gestalt aufragen; zum Teil mochte es ein fremdartiges und furchterregendes Ungeheuer sein, dazu bestimmt, die Unvorsichtigen zu verschlingen, die Stolzen zu demütigen, bei den Gutgesinnten Ärgernis zu erregen; doch wenn man mit ihm zu leben habe, sei man genötigt, um nicht ewig auf der Hut sein zu müssen, den Umgang mit ihm zu erlernen: das war es in Kürze, was das gutaussehende Mädchen ihr heute abend dem Wesen nach beibrachte.

In diesem Prozeß stellte sie ganz öffentlich Lancaster Gate bloß und alles, was es enthielt; Schritt für Schritt stellte sie, wie Milly mit nicht nachlassender Erregung wahrnahm, Tante Maud und Tante Mauds Herrlichkeit und Tante Mauds Selbstzufriedenheit bloß; am allermeisten stellte sie sich selbst bloß, und das trug natürlich am meisten zu ihrer Aufrichtigkeit bei. Sie sprach zu ihrer Freundin nicht noch einmal in Tante Mauds Tonart davon, daß sie den Himmel erstürmen könnten; mit der eigenwilligen Unverblümtheit, der sie bei dieser Gelegenheit den Vorzug gab, sprach sie von der Notwendigkeit, in erster Linie weder dumm noch vulgär zu sein. Es mochte für unsere junge Amerikanerin eine Lektion in der Kunst sein, die Dinge zu sehen, wie sie wirklich waren – eine so vielseitige und konsequent zu Ende geführte Lektion, daß die Schülerin, das haben wir gezeigt, nur lauschend den Mund aufzusperren brauchte. Sonderbar war des weiteren, daß all dies seinem Zweck dienen konnte, während sie zugleich jede persönliche Voreingenommenheit in Abrede stellte. Nicht etwa, daß sie Tante Maud nicht möge, auf die alles das zutreffe, was sie bei anderer Gelegenheit beteuert habe; doch die liebe Frau, unauslöschlich geprägt von der unergründlichen Natur und einer fürchterlichen Verschlagenheit, sei eben nicht – wie *könnte* sie es sein? –, was sie nicht sei. Sie sei niemand. Sie sei nichts. Sie sei nirgends. Milly dürfe es nicht glauben – als gute Freundin dürfe man sie nicht in dem Glauben lassen. Jene Stunden in Matcham seien inespérées, seien pures Manna vom Himmel gewesen; oder wenn vielleicht nicht ganz das, mit dem alten schaumschlagenden Lord Mark als Helfer, jedenfalls als Grundlage für Hoffnung und Vorausberechnung seien sie nichtig. Lord Mark sei soweit ganz gut, aber er sei nicht der gescheiteste Mensch in England, und selbst wenn er es wäre, wäre er immer noch nicht der entgegenkommendste. Er wiege es unzenweise aus, und in Wirklichkeit warte jeder von beiden ab, was der andere auflegen werde.

„Sie hat *Sie* aufgelegt", bemerkte Milly, immer noch von dem Thema angetan; „und ich glaube, was Sie meinen, ist, daß sie Sie noch auf dem Ladentisch festhält."

„Damit er" – Kate griff es auf – „mich nicht plötzlich schnappt und davonrennt? Ach, da er nicht bereit ist, davonzurennen, ist er natürlich noch viel weniger bereit, mich zu schnappen. Ich *bin* – soweit haben Sie recht – auf dem Ladentisch, wenn ich mich nicht gerade im Schaufenster befinde; wo man mich je nach Geschäftslage ganz bequem hineinstellen und auch rasch wieder herausholen kann: das ist, im Kern der Dinge, genau meine Lage und, genauso angemessen, der Preis, den meine Tante für ihre Protektion erhebt." Es war das Stichwort Lord Mark, mit dem sie angefangen hatte, sobald sie allein waren; sogar jetzt noch stand Milly unter dem Eindruck, sie habe in bewußtem Widerstand seinen Namen genannt und ihn als Thema durchgesetzt, als Gegenstück zu dem anderen Namen, den Mrs. Lowder hatte in der Luft schweben lassen und den ihr eigener Blick zu Anfang, wie wir sahen, für ihre Gefährtin dort festgebannt hatte. Die unmittelbare Wirkung war sonderbarerweise gewesen, daß sie ganz bewußt eine Art Alibi gesucht – und es auf diese Weise auch gefunden hatte. Sie hatte es gänzlich ausgeschöpft, es über den Kurs, den Tante Maud für Milly abgesteckt hatte, hin- und hergetrieben, und jetzt hatte sie es sozusagen zugeritten. „Das Dumme ist, wenn sie ihn so unbedingt haben will – ihn, der Himmel verzeihe ihr!, für *mich* haben will –, hat er uns seit Ihrer Ankunft alle aus dem Konzept gebracht, weil er jemand anderen möchte. Ich will damit sagen, niemand anders als Sie."

Milly löste sich so weit aus ihrer Verzauberung, daß sie den Kopf schüttelte. „Dann habe ich nicht herausgefunden, wer es ist. Wenn ich meinerseits irgendwo zu seinen Alternativen gehöre, sollte er lieber da aufhören, wo er ist."

„Wirklich, wirklich? – niemals, niemals?"

Milly bemühte sich, mit gleichem Übermut darauf zu bestehen. „Soll ich schwören?"

Einen Augenblick lang schien Kate – obwohl das sicherlich auch nur Übermut war – zu überlegen. „Haben wir nicht schon genug geschworen?"

„Sie vielleicht, aber ich nicht, und ich müßte Ihnen etwas Gleichwertiges bieten. Hier haben Sie es jedenfalls. ‚Wirklich,

wirklich', wie Sie sagen – ‚niemals, niemals'. Ich stehe also nicht im Wege."

„Danke", sagte Kate, „aber das hilft mir nicht."

„Ach, ich spreche davon, die Dinge für *ihn* zu vereinfachen."

„Das wirkliche Problem liegt darin, daß er ein Mensch mit so vielen Ideen ist, weshalb es besonders schwerfällt, etwas für ihn zu vereinfachen. Genau das hat natürlich Tante Maud versucht. Er will sich, was mich angeht", fuhr Kate fest fort, „einfach nicht entschließen."

„Nun", lächelte Milly, „geben Sie ihm Zeit."

Ihre Freundin begegnete dem meisterhaft. „Das *tut* man ja – *wirklich*. Aber trotzdem bleibt man nur eine seiner Ideen."

„Das schadet nichts", gab Milly zurück, „wenn Sie sich am Ende als die beste dieser Ideen erweisen. Was ist ein Mann", setzte sie fort, „besonders ein ehrgeiziger, ohne eine Vielfalt von Ideen?"

„Zweifellos. Je mehr, je lieber." Und Kate blickte sie erhaben an. „Man kann nur hoffen, sich als Beste zu erweisen, und nichts tun, um es zu behindern."

Was alles zu dem Eindruck eines Alibis beitrug, ob nun eingebildet oder nicht. Das Großartige, das erhabene Gebaren verkörperte für Milly den kühnen ironischen Geist dahinter – für sich genommen ja auch recht interessant. Nicht weniger interessant war überdies die Tatsache, die unsere junge Frau feststellte, daß Kate ihre Argumentation, soweit sie selbst betroffen war, auf die Schwierigkeiten beschränkte, die Lord Mark verursachte. Sie brachte keine zur Sprache, die ihr eigener Geschmack hervorbringen könnte; welcher Umstand wiederum nicht unwichtig war. Soweit es sich um eine andere Person handelte, tat sie, was sie wollte, und ihre weiteren Auslassungen über Lord Mark, der nicht jung und nicht aufrichtig sei, waren nur die Zeichen ihres klar hervorstechenden Selbstbewußtseins, lagen alle auf der Linie ihrer ein wenig hartherzigen, aber deshalb kaum weniger anmutigen Extravaganz. Sie mochte nicht zu deutlich ihre Zustimmung dazu offenbar werden lassen, daß man sie vermittelte, doch das war etwas anderes, als nicht hinlänglich den Wunsch zu hegen, ihre Zustimmung zu erteilen. Zudem lag über alledem etwas, das Milly doch Gelegenheit zu der Äußerung gab: „Wenn Ihre Tante, wie Sie sagen, meinetwegen etwas eingebüßt hat, so scheint sie mir dafür bemerkenswert freundlich geblieben zu sein."

„Ach, aber sie hat – was immer in dieser Hinsicht geschehen sein mag – reichlich Verwendung für Sie! Sie verschaffen ihr mehr Gewinn, liebe Freundin, als sie durch Sie einbüßt. Sie merken es kaum, aber sie hat sich an Ihren Rockzipfel geklammert. Sie können alles mögliche tun – ich meine, Sie können eine Menge tun, was *wir* nicht können. Sie stehen außerhalb, sind unabhängig und ohne Anhang; Sie sind nicht so scheußlich mit ganzen Legionen anderer Leute verknüpft." Und Kate ging in diese Richtung immer noch weiter; schloß, während Milly offenen Mundes lauschte, mit ungewöhnlichen Worten. „Wir nützen Ihnen nichts – das muß man Ihnen anständigerweise klarmachen. Sie würden uns nützen – aber das steht auf einem anderen Blatt. Mein ehrlicher Rat an Sie würde lauten" – sie ging wirklich bis zum Äußersten –, „lassen Sie uns fallen, solange Sie das noch können. Es wäre komisch, wenn Sie nicht bald erkennen würden, wieviel unendlich Besseres Sie erreichen können. In Wirklichkeit haben wir für Sie absolut nichts getan, das der Rede wert wäre – nichts, das Sie nicht leicht auf andere Weise genauso hätten haben können. Deshalb sind Sie niemandem für etwas verpflichtet. Nächstes Jahr werden Sie nichts mehr von uns wollen; nur wir werden weiterhin etwas von *Ihnen* wollen. Aber das ist für Sie kein Grund, und Sie dürfen nicht zu teuer dafür bezahlen, daß die arme Mrs. Stringham Ihnen den Zutritt verschafft hat. Sie hat das beste Gewissen der Welt; sie ist entzückt davon, was sie vollbracht hat; aber Sie sollten Ihre Mitmenschen nicht über *sie* beziehen. Es war ganz schrecklich, Sie dabei zu beobachten."

Milly versuchte, sich belustigt zu fühlen, um nicht – es war zu absurd – geradezu beängstigt zu sein. Wirklich ganz sonderbar – wenn nicht ganz natürlich –, daß sich, spät am Abend, in einem bloß gemieteten Haus, in Susies Abwesenheit, ein Mangel an Selbstvertrauen ihrer bemächtigen sollte. Am Tag darauf, während sie im Morgengrauen ein Ding zum anderen fügte, rief sie sich zusammen mit allem übrigen ins Gedächtnis zurück, daß sie sich mit einem Geschöpf allein gefühlt hatte, das auf und ab geschritten war wie ein Panther. Das war ein starkes Bild, doch es milderte ein wenig die Beschämung, sich gefürchtet zu haben. Trotz ihrer Furcht hatte sie doch noch genug Verstand gehabt, Worte zu finden. „Und doch hätte ich ohne Susie *Sie* nicht gehabt."

An dieser Stelle jedoch war Kate am höchsten aufgelodert. „Ach, Sie können mich durchaus eines Tages hassen!"

Das war nun wirklich zuviel gewesen; was Milly mit ihrem eigenen letzten schwachen Aufflackern, nach einem verwunderten

Aufmerken, zu erkennen gegeben hatte. Sie hatte sich nicht vorgesehen; sie hatte es zu dringend wissen wollen; und obwohl sich leise ein ernster Vorwurf, ein trauriger Klang in ihren Ton eingeschlichen hatte, sollte das ihrer Absicht, Mrs. Lowder zu dienen, am nächsten kommen. „Warum sagen Sie mir so etwas?"

Das hatte sich, durch einen plötzlichen Umschwung in Kates Verhalten, unerwartet als eine geschickte Formulierung erwiesen. Sie war bei ihren Worten aufgestanden, und Kate war vor ihr stehengeblieben und hatte sie augenblicklich mit einem sanfteren Glanz angestrahlt. Hierdurch wurde der armen Milly eine ihrer Einsichten zuteil, wie die Menschen sich so oft, sonderbar zusammenfahrend, von ihr angerührt fühlten. „Weil Sie eine Taube sind." Wobei sie sich unendlich zart, rücksichtsvoll umarmt fand; nicht vertraulich oder aufdringlich, sondern beinahe zeremoniell und in der Art einer accolade; teils, als wäre man, obzwar eine Taube, die sich auf einem Finger niederlassen konnte, auch eine Prinzessin, der gegenüber man die Form zu wahren hatte. Mittels der Berührung der Lippen ihrer Gefährtin erfaßte sie sogar, daß diese Förmlichkeit, dieser kühle Druck, den Sinn dessen geradezu besiegelte, was Kate soeben gesagt hatte. Das Mädchen überkam es zudem wie eine Inspiration: während ihr vor Erleichterung der Atem stockte, empfand sie mit voller inneren Zustimmung den Namen, den sie soeben erhalten hatte, als zutreffend. Sie reagierte im selben Augenblick darauf, wie sie auf die Enthüllung einer Wahrheit reagiert hätte; es hellte das eigenartige Zwielicht auf, in dem sie sich neuerdings bewegt hatte. *Das* also war mit ihr. Sie war eine Taube. Oder doch nicht? – es hallte in ihr wider, während die Geräusche draußen sie gewahr werden ließen, daß ihre Freundinnen zurückkehrten. Nachdem sich Tante Maud zwei Minuten im Zimmer aufgehalten hatte, bestand kaum noch ein Zweifel daran. Mrs. Lowder war mit Susan heraufgekommen – was sie um diese Zeit nicht hätte zu tun brauchen, statt Kate zu sich herunterkommen zu lassen; so daß Milly ganz sicher sein konnte, sie wolle damit das von ihnen zurückgelassene lose Ende ihrer Unterhaltung wieder aufgreifen. Nun, ihre Art des Aufgreifens bestand einfach in der Andeutung, daß es inzwischen völlig unwichtig geworden war. Dazu hatte sie die Treppe erklommen, und sie hatte wieder einen Moment mit ihrer jüngeren Gastgeberin für sich allein, während Kate, wie letztere gleich bemerkte, auf der Stelle Susan Shepherd ganz ungewohnte Chancen bot. Mit anderen Worten, Kate hörte sich, indes Tante Maud ihre Freundin mit Beschlag belegte, mit der freundlichsten Anteilnahme an, welchen Eindruck die soeben verlassene Szene auf Mrs. Stringham gemacht hatte. Im Ton liebreichster Milde – wirklich fast wie Taube zu Taube gurrt – gab Mrs. Lowder Milly gegenüber der Hoffnung Ausdruck, alles sei wunderbar verlaufen. Ihr „alles" drückte grenzenlose Güte aus; es besänftigte und vereinfachte; sie sprach, als wären es die zwei jungen Frauen gewesen, nicht sie und ihre Freundin, die miteinander der Stadt die Stirn geboten hatten. Doch in Milly hatte sich die Antwort vorbereitet, während Tante Maud noch auf der Treppe war; das Mädchen hatte in einem Schwall alle Gründe auf einmal dafür erfaßt, daß ihre Antwort möglichst taubenhaft ausfallen sollte; und sie gab sie, wenn sie schon dabei war, ebenso ernst, ebenso offen. „Ich *glaube* nicht, Madam, daß er hier ist."

Es vermittelte ihr sofort ein Maß dafür, welchen Erfolg sie als Taube haben konnte: das zeichnete sich in dem langen Blick tiefer Kritik ab, einem Blick ohne Worte, den Mrs. Lowder abschoß. Und Worte, gleich darauf, machten es noch deutlicher. „Ach, Sie exquisites Wesen!" Die schwülstige Anzüglichkeit darin, beinahe bestürzend, blieb noch nach dem Aufbruch der Besucherinnen im Zimmer hängen wie ein übersüßer Duft. Und mit Mrs. Stringham allein geblieben, atmete ihn Milly immer noch: sie unterzog erneut das Taubenhafte einer Prüfung und lenkte ihre Gefährtin so erfolgreich in die Bahn einer ausführlichen Berichterstattung, daß sie sie von jeder Erkundigung nach ihrem eigenen Abend abbrachte.

Das war, mit dem neuen Tag, erneut ihr Gesetz – obwohl sie selbstverständlich als eine gewisse Komplikation vor Augen hatte, jedesmal neu entscheiden zu müssen. Sie müßte sich darüber klar sein, *wie* eine Taube handeln würde. Das meinte sie an diesem Morgen ganz gut zu treffen, indem sie ihren Plan im Hinblick auf Sir Luke Strett unverändert wiederaufgriff. Dieser Plan, bedachte sie erfreut, war ursprünglich auf den Ton eines lediglich irisierenden Graubraun abgestimmt gewesen; und obwohl Mrs. Stringham nach dem Frühstück zunächst darauf starrte, als wäre es ein plötzlich vor ihren Füßen entrollter unbezahlbarer orientalischer Teppich, hatte Milly nach Ablauf von fünf Minuten keine Skrupel, sie zurückzulassen, um das Beste daraus zu machen. „Um elf kommt Sir Luke Strett zu einem Hausbesuch zu mir, aber ich gehe absichtlich fort. Man soll ihm bitte die falsche Auskunft geben, ich sei zu Hause, und wenn er heraufkommt, sprechen Sie ihn stattdessen als meine Vertreterin. Das wird ihm diesmal lieber sein. Seien Sie also nett zu ihm.“ Es hatte natürlich mehr Erklärungen erfordert und vor allem den Hinweis, der Besucher sei der berühmteste aller Ärzte; doch als Susie der Schlüssel erst einmal ausgehändigt war, ließ sie ihn rasch auf ihr Schlüsselbund gleiten, und ihre junge Freundin konnte wieder einmal spüren, wie ihre liebenswerte Phantasie arbeitete. Sie arbeitete in Wahrheit fast genauso wie am Vorabend zum Schluß die Mrs. Lowders: die Luft war wieder übersättigt vom Überschwang der Zustimmung. Es hätte unsere junge Frau beinahe von neuem erschrecken können, wahrzunehmen, wie die Menschen ihr eilends entgegenkamen; *hatte* sie also so wenig Zeit zu leben, daß man ihr stets jeden Weg ersparen mußte? Es war, als wollten sie ihr helfen, alles auf der Stelle auszuschöpfen. Susie – sie konnte es nicht abstreiten und versuchte es auch gar nicht – hätte in Wahrheit *ihrerseits* eine solche Neuigkeit lediglich als unheimliches Wetterleuchten behandelt; und in dieser Hinsicht war, um Susie Gerechtigkeit widerfahren zu lassen, der damit verbundene Schmerz nicht wegzuleugnen. Aber dennoch war der Spielraum, der ihrer jungen Freundin stets gestattet war, ebenfalls nicht wegzuleugnen; und der Vorschlag, der ihr jetzt unterbreitet wurde – war er nicht, kurz gesagt, byzantinisch? Diese Sicht, so erkannte Milly die Richtigkeit ihres Vorgehens, hatte jedenfalls, soweit es ihre Haltung betraf, rasch jede Überraschung und jeden Schock beiseite gefegt; deshalb wünschte sie als nächstes nur darüber informiert zu werden, was vorgegangen war. Diesbezüglich konnte Milly ohne weiteres reden, als handele es sich nur um einen Punkt: den anderen, daß sie sich bedroht gefühlt hatte, überging sie. Die überragende Tatsache war schließlich, daß sie *wußte*, eben jetzt wünsche er vordringlich, ganz im Vertrauen unter vier Augen mit jemandem zu sprechen, der an ihr Anteil nahm. Wer nahm wohl mehr Anteil als ihre getreue Susan? Der einzige weitere Umstand, den sie, bevor sie ihre Freundin allein ließ, der Erwähnung wert gefunden hatte, war der, daß sie anfangs vorgehabt habe, den Mund zu halten. Ursprünglich hätte sie sich am liebsten als geheimnisvoll verschwiegen gesehen. Diesbezüglich habe sie sich anders besonnen, und die Folge sei ihre jetzige Bitte. Sie sagte nicht, weshalb sie sich anders besonnen habe, doch sie vertraue ihrer getreuen Susan. Ihr Besucher werde ihr nicht weniger vertrauen, und sie selbst werde für ihren Besucher schwärmen. Überdies werde er ihr – das Mädchen sei sich da sicher – nichts Schreckliches mitteilen. Das

Schlimmste wäre, daß er verliebt sei und eine Vertraute brauche, um sein Anliegen zu fördern. Und jetzt gehe sie in die Nationalgalerie.

16

Der Gedanke an die Nationalgalerie hatte sie von dem Moment an nicht losgelassen, als sie von Sir Luke Strett den Termin seines Besuches erfuhr. Sie war ihr in den Sinn gekommen, weil es eine spärlich besuchte Örtlichkeit war, aber auch eine der Stätten, die man zu Hause zu den großen Attraktionen Europas gezählt hatte und als eines der erhabensten Werkzeuge kultureller Bildung, wenn nur nicht – die alte Geschichte – die typisch Leichtfertigen sie letztlich immer vulgären Vergnügungen zuliebe, opfern würden. In jenen wunderlichen Momenten auf dem Brünigpaß hatte sie halb beschämt das Gefühl gehabt, solchen Möglichkeiten zur echten Erbauung, wie sie ihr von jeher in Verbindung mit der Bildungsreise durch Europa unter der umfassenden Rubrik „Gemälde und so etwas" vorgeschwebt hatten, den Rücken zu kehren; und jetzt wußte sie, wie es dazu gekommen war. Das Argument war eindeutig gewesen – dem Leben zuliebe hatte sie so gehandelt, dem Leben im Gegensatz zur Bildung; was darauf hinausgelaufen war, daß für das Leben jetzt vortrefflich gesorgt war. Trotz jener wenigen flüchtigen und hastigen Bäder im vielfarbigen Strom der Geschichte, für die sie in letzter Zeit mit Kate Croys Hilfe Zeit gefunden hatte, gab es womöglich wichtige Gelegenheiten, die sie vernachlässigt, womöglich wichtige Augenblicke, die sie, bis auf heute, beinahe versäumt hatte. Sie hatte gemeint, inmitten der Tizians und der Turners könnte sie immer noch einen oder zwei dieser Momente einholen; sie hatte in Erwartung dieser Stunde ehrliche Vorfreude gehegt, und als sie sich erst in der wohltuenden Aura der Säle befand, sah sie ihre Zuversicht gerechtfertigt. Das war die Luft, nach der sie verlangte, und die Welt, die sie jetzt ausschließlich erwählen wollte; die stillen Kabinette, überwältigend edel und köstlich, aber leicht verschleiert, taten sich um sie herum auf und entlockten ihr bald die Worte: „Könnte ich mich *hier* verlieren!" Es waren Besucher da, im Überfluß, aber wunderbarerweise gab es hier keine Frage von persönlichem Belang. Draußen erhob sie sich unermeßlich groß, diese persönliche Frage; doch glückselig hatte sie sie draußen gelassen, und am ehesten drängte sie sich ihr auf, eine Viertelstunde lang, als matter Schimmer in Sichtweite, als sie ein Weilchen einer der ernsthafteren Kopistinnen zusah. Besonders zwei oder drei, bebrillt, bekittelt, vertieft, hatten es ihr in absurdem Maße angetan, schienen ihr vorübergehend die rechte Art zu leben vorzuführen. Sie hätte Kopistin sein sollen – es entsprach so ganz dem Fall. Es ging um den Fall des Entkommens, eines Lebens unter Wasser, darum, zugleich unpersönlich und fest zu sein. Da hatte man es vor Augen – man brauchte nur unverdrossen auszuharren.

Milly gab sich diesem Zauber hin, bis sie sich beinahe schämte; sie sah den Kopistinnen zu, bis sie sich bei der Frage ertappte, was andere Leute wohl von einer jungen Frau von annehmbarem Aussehen halten mochten, die jene anscheinend als den Hauptanziehungspunkt des Museums betrachtete. Sie hätte gern mit ihnen gesprochen, sich, wie sie es sich vorstellte, in ihr Leben begeben, und ließ sich nur dadurch abhalten, daß sie sich nicht so recht als Käuferin von Imitationen sah und doch fürchtete, womöglich Hoffnung auf einen Kauf zu wecken. In Wirklichkeit wußte sie binnen kurzem, was sie an diesem Ort hielt, war, daß er ihr als Zuflucht diente, daß etwas in ihrem Inneren doch zu schwach war für die Turners und Tizians. Sie bildeten um sie her einen allzu unermeßlichen Kreis, wenn es sie auch ein Jahr früher nur zu sehr danach verlangt hätte, neugierig diesen Kreis nachzuziehen. Sie waren wahrlich auf ein weitläufigeres Leben zugeschnitten, nicht auf ein eingeengtes Leben, dessen wahrer Grundton zum Beispiel die Anteilnahme, die Anteilnahme des Mitleids, an irregeleiteten Bemühungen war. Sie bestimmte auf absurde Weise ihre bescheidenen Haltepunkte, blinzelte mit schrumpfender Neugier flüchtig die herrlichen Wände an, behielt jedoch Gänge und Türen im Auge, um nicht schmählich erwischt zu werden. Die Gänge und Türen zogen sie auf diese Weise von Saal zu Saal, und sie hatte, wie sie vermutete, schon viele Teile der Ausstellung durchschritten, als sie sich zum Ausruhen niederließ. In spärlichen Gruppen standen Stühle da, an Stellen, von wo aus man einen günstigen Blick hatte. In der Tat heftete Milly derzeit die Augen mehr als auf andere Ziele auf das Phänomen, daß sie erstens einem Prüfer doch nicht über die Reihenfolge der verschiedenen „Schulen" hätte Rechenschaft ablegen können, und dann, daß es sie mehr angestrengt hatte als vorgesehen, obwohl sie so viel weniger hinzugelernt hatte. Ihre Augen, das sollte angefügt werden, fanden auch noch andere Beschäftigung, der zu folgen sie ihnen bereitwillig gestattete: mit Millys eigener Unbestimmtheit ruhten sie in großem Maße auf der Unbestimmtheit anderer Besucher; sie richteten sich besonders, mit gemischtem Ergebnis, auf den überraschend reichen Strom ihrer Landsleute. Der Umstand beeindruckte sie, daß das berühmte Museum, Anfang August, von diesen Pilgern heimgesucht wurde, wie auch, daß sie sie schon von weitem erkannte, sie sämtlich mühelos herausfand und nicht weniger prompt gewahr wurde, daß sie ihr immer neue Erkenntnisse brachten – neue Erkenntnisse hinsichtlich ihrer eigenen Unwissenheit. Schließlich gab sie sich selbst auf, und es war ein Ende so gut wie jedes andere: der Grund, warum sie heute in die Nationalgalerie gekommen war, würde einfach der sein, die Kopistinnen zu beobachten und die Baedeker zu zählen. Das war vielleicht die Moral einer bedrohten gesundheitlichen Verfassung – daß man an öffentlichen Orten sitzen und die Amerikaner zählen würde. Es vertrieb gewissermaßen die Zeit; aber es schien bereits die zweite Verteidigungslinie zu sein, und das ungeachtet der so unverkennbaren Schablone ihrer Landsleute. Sie schienen wie mit der Schere ausgeschnitten, bunt ausgemalt, etikettiert, aufgestellt; doch ihre Beziehung zu Milly bewirkte nichts – irgendwie taten sie nichts für sie. Teils bemerkten oder erkannten sie sie sicherlich gar nicht, erfaßten nicht einmal ihre Gemeinsamkeit im Zusammenbruch, das Zeichen auf ihrer Stirn, so, wie sie dort saß, daß auch für sie Europa „schwierig" war. So ging ihr spielerisch auf – denn ihr Humor war dazu noch in der Lage –, daß sie bei ihnen nicht denselben Erfolg zu haben schien wie bei den Einwohnern Londons, die sie bei kaum näherer Bekanntschaft in ihrem Kreis aufgenommen hatten. Sie konnte sich fragen, ob sie anders wären, wenn sie, von diesem gewissen Glanz umwittert, heimkehrte; und sie konnte sich übrigens auch fragen, ob sie jemals heimkehren werde. Ihre Freunde streiften jedenfalls mit einer Lebhaftigkeit vorüber, die von ihrer mangelnden Kritik zeugte, und zuletzt hatte sie sogar das Gefühl, auf gemeine Art einen Vorteil auszunutzen.

Jedoch gab es einen heikleren Moment, als drei Damen, sichtlich Mutter und Töchter, vor ihr stehengeblieben waren, genötigt von einer Bemerkung, welche die eine soeben geäußert hatte und die sich auf etwas auf der anderen Seite des Raumes bezog. Milly hatte das Ziel des Interesses im Rücken, das Gesicht jedoch ganz ihrer jungen Landsmännin zugewandt, jener, die gesprochen hatte und in deren Ausdruck sie ein gewisses Aufdämmern des Erkennens wahrnahm. Das Erkennen lag übrigens eingestandenermaßen auch in Millys Augen: sie *erkannte* die drei, als Gattung, so mühelos wie ein Schuljunge mit einem Spickzettel auf dem Schoß im Unterricht die Antwort gefunden hätte; sie fühlte sich, wie der Schuljunge, recht schuldbewußt – zweifelte der Ehrenhaftigkeit halber, ob sie das Recht habe, Menschen, die sie nicht bewußt dazu herausgefordert hatten, so in Besitz zu nehmen, ihres Besitzes zu berauben. Sie hätte zu sagen vermocht, wo sie wohnten und wie, hätten der Ort und die Art und Weise es nur möglich gemacht, das zur Kenntnis zu geben; in ihrer Phantasie neigte sie sich liebevoll über den Gatten und Vater daheim, Mr. Soundso, den man ständig in aller Gelassenheit und in Ehren im Munde führte, der jedoch nie zu sehen war und der nur als jemand existierte, von dem in finanziellen Zusammenhängen zu hören war. Die Mutter, deren auftoupiertes und frisiertes weißes Haar nichts mit ihrem erkennbaren Alter zu tun hatte, zeigte ein geradezu chemisch gereinigtes Antlitz; ihre Begleiterinnen machten den Eindruck eines unbestimmten Grolls, den nur die Erschöpfung menschlicher stimmte; und alle drei zierten kurze Capes aus farbigem Tuch, über denen Hütchen im Schottenmuster thronten. Die Schottenhütchen waren sicherlich als verschiedenartig erkennbar, doch die Capes ließen eigenartigerweise nur an ein und dasselbe denken. „Ansehnlich? Nun, wenn du so willst." Gesprochen hatte die Mutter, und nach einer Pause, während Milly vermutete, sie beziehe sich auf ein Gemälde, fügte sie an: „Im englischen Geschmack." Die drei Augenpaare hatten sich auf einen Punkt gerichtet, und ihre Besitzerinnen hatten einen Moment lang zwecks Charakterisierung darauf geruht, mit dem Ergebnis, das Thema fallenzulassen – mit einem Trübsinn, der bei der einen Tochter, die stumm blieb, nicht weniger Ausdruck fand als bei der anderen, die murrte. Millys Herz strebte ihnen zu, während sie sich von ihr abwandten; sie sagte sich, die drei hätten erkennen müssen, zwischen ihnen sei etwas, das sie vortrefflich hätten zusammenlegen können. Doch sie hatte auch *diese* verloren – sie waren kaltherzig; sie ließen sie mit der matten Frage zurück, was sie eigentlich betrachtet hatten. Das „ansehnlich" machte ihr Lust, sich umzudrehen – um so mehr, als es sich bei dem „englischen Geschmack" wohl um die englische Schule handelte, die sie mochte; nur ersah sie, bevor sie sich rührte, aus der Reihe von Bildern an der Wand vor ihr, daß sie sich ja zwischen kleinen holländischen Werken befand. Die Wirkung dessen war wieder bemerkenswert – die unklare Vermutung, demnach sei es kein Bild gewesen, was die Reaktion bei den drei Damen ausgelöst hatte.

Jedenfalls war es für sie Zeit zu gehen, und im Aufstehen wandte sie sich um. Sie hatte einen der Eingänge und mehrere Besucher in ihrem Rücken gehabt, die hereingekommen waren, während sie dasaß, einzeln und paarweise – und einer der ersteren fesselte auf Anhieb ihre Blicke.

Das war ein Herr mitten im Saal, ein Herr, der den Hut abgenommen hatte und sich einen Moment lang, während er den Blick geistesabwesend, das war zu erkennen, auf die oberste Reihe der Sammlung richtete, die Stirn mit dem Taschentuch abtupfte. Die Beschäftigung nahm ihn lange genug in Anspruch, um Milly inzwischen die Gewißheit gewinnen zu lassen – und ein paar Sekunden genügten –, daß sein Gesicht das Ziel war, das ihre fremden Freundinnen soeben betrachtet hatten. Das konnte nur so gewesen sein, und sie pflichtete ihrer, wenn auch eingeschränkten Anerkennung bei, in der Tat war es der „englische Stil" des Herrn – vielleicht durch den unmittelbaren Kontrast zum amerikanischen –, der die faszinierende Kraft besaß. Gleichzeitig hatte sich diese faszinierende Kraft – und das war das Erstaunliche – schon beinahe zum Schmerz gesteigert, denn mitten im Begriff, den entblößten Kopf unbefangen zu beurteilen, erlebte sie die Erschütterung der Erkenntnis, daß sie ihn kannte. Es war Merton Denshers Kopf, und dort stand Densher, stand nichtsahnend lange genug da, daß sie ihn ins Auge fassen konnte, bevor sie innezuhalten begann. Das folgte alles rasch aufeinander, so daß ihr immer noch die Erwägung freistand, ob sie sich von ihm sehen lassen sollte. Darauf konnte sie noch antworten, es wäre ihr nicht recht, wenn er sie bei einem Ausweichmanöver ertappen würde; und sie hätte weiterhin entschieden, er sei zu gedankenversunken, um etwas um sich her zu sehen, hätte sich nicht eine Wahrnehmung dazwischengedrängt, die an Heftigkeit die erste übertraf. Später war sie außerstande, zu sagen, wie lange sie ihn angeblickt hatte, bevor sie merkte, daß sie von anderer Seite angeblickt wurde; alles, was sie sich rückwirkend zusammenreimen konnte, war, daß sich für sie ein weiteres Wiedererkennen ereignet hatte, ohne daß er sie bemerkt hatte. Die Quelle letzteren Schocks war keine Geringere als Kate Croy – Kate Croy, die plötzlich auch im Blickfeld war und deren Augen den ihren bei der nächsten Bewegung begegneten. Kate war nur drei Schritt entfernt – Mr. Densher war nicht allein. Kates Gesicht verriet das nachdrücklich, denn nach einem anfangs so bestürzten Blick wie Millys brachte es ein aus weiter Ferne kommendes Lächeln zustande. Das war es, was wunderschön – zusätzlich zum Wunder ihres Zusammentreffens – von ihr zu Milly hinüberströmte; verharmloste sofort die Tatsache, daß sie, die zwei jungen Frauen, gleichzeitig hier waren, zu einer belanglos angenehmen Begebenheit. Vielleicht empfand das Mädchen erst später voll und ganz den Zusammenhang zwischen dieser Geste und ihrer bereits feststehenden Überzeugung, daß Kate eine ungeheure Persönlichkeit war; aber dennoch erkannte sie bereits an Ort und Stelle, daß sie manipuliert wurde, und wieder, wie am Abend vorher, daß man sich mit ihr befaßte – sich unbedingt sogar um ihrer größeren Freude willen mit ihr befaßte. Kurz, keine Minute war verstrichen, da hatte Kate sie irgendwie dazu gebracht, vorläufig alles als natürlich hinzunehmen. Das Vorläufige war gerade der Reiz – wobei es diese Eigenschaft von einem Moment zum anderen annahm; es stand verheißungsvoll für so vieles, was Kate bei allererster Gelegenheit erklären würde. Das ließ überdies – und das war das größte Wunder – genügend Raum zur Erheiterung, wie der Zufall doch spiele, wie ungeheuerlich seltsam es sei, daß sie beide an einem solchen Ort auftauchten, unmittelbar nachdem sie sich ohne Anspielung auf solches Vorhaben getrennt hatten. Auf diese Weise hatte das gutaussehende Mädchen die Szene buchstäblich unter Kontrolle, bis Merton Densher so weit war, errötend oder erglühend – man konnte die Verlegenheit nicht von der Freude unterscheiden – auszurufen: „Nanu, Miss Theale: so etwas!" und „Nanu, Miss Theale; welch ein Glück!"

Miss Theale hatte inzwischen das Gefühl, auch für ihn sei von Kates Seite her etwas Wundersames und Unausgesprochenes bestimmend; und das, obzwar ihm seine Begleiterin eindeutig ebensowenig mit den Augen einen Wink gegeben, wie er sie fragend angesehen hatte. Nur Milly selbst hatte er angeblickt und blickte er an, unendlich freundlich und rücksichtsvoll – sie wußte es kaum zu bezeichnen; aber dennoch beeinträchtigte das nicht ihre Überzeugung, daß Frauen sich besser aus fatalen Lagen herauswanden als Männer. Selbstverständlich ließ sich die fatale Lage nicht greifen oder in Worte fassen – und die Art, wie sie jede ausdrückliche Formulierung vermieden, sollte unserer jungen Frau später als charakteristischer Triumph kultivierter Umgangsformen wieder zu Bewußtsein kommen; doch nahm sie es beharrlich mit einem heimlichen, ganz persönlichen Aufflackern der Leidenschaft als gegebene Tatsache hin, denn das einzige, was ihr einfiel, was sie für ihn tun könnte, war, ihm zu zeigen, wie leicht sie es ihm machte. So erschöpft und nervös, wie sie war, wäre sie wirklich erheblich aus der Fassung geraten, hätte besagte Gelegenheit sie nicht gerettet. Diese hatte ihr am meisten geholfen, hatte sie, nach den ersten paar Sekunden, fast so tapfer für Kate – wie Kate für sie – handeln lassen und hatte sie nur zu der Überlegung veranlaßt, was ihr gemeinsamer Freund von ihr erwartete. Daß er innerhalb dreier Minuten ohne die geringste komplizierende Anspielung so reibungslos „ihr gemeinsamer" Freund war, beruhte allein darauf, daß sie alle drei so erlesen kultiviert waren. Der Erkenntnisblitz, mit dem er das erfaßte, war für Milly geradezu beflügelnd – in solchem Maße, daß sie sich sogar jetzt, auf solcher Ebene, danach verzehrte, sich als „erhaben" zu erweisen. Es bedurfte der Erleuchtung zweifellos in gewaltiger Dosis, die anomale Situation nicht als komisch zu behandeln – oder zumindest nicht als peinlich –, die für Kate darin bestand, daß Milly ihrer beider Gentleman kannte, und für Milly, daß Kate den Vormittag mit ihm verbrachte; doch alles zielte weiter darauf hin, nachdem Milly erst einmal von ihrem Trank genippt hatte. Bei späterer Betrachtung sollte sie sich fragen, was in aller Welt sie wirklich gesprochen hatten, da sie das, was sie nicht aussprachen, so erfolgreich bewältigt hatten; die Süße des Tranks bestand jedenfalls vorläufig in dem Gefühl, der Erfolg sei gesichert. Was für Mr. Densher davon abhing, war ihr gänzlich unklar, und vielleicht dachte sie sich seine Notlage nur aus, als eine Abkürzung auf dem Wege, ihm nützlich sein zu können. Wie die Tatsachen auch immer aussahen, ihrer aller untadelige Manieren halfen ihnen durch. Der schönste Teil von Millys Erleuchtung, das darf weiterhin erwähnt werden, war die rasche Erkenntnis, am dienlichsten wäre ihr der eigene, sozusagen heimische Zungenschlag. Sie war schon lange beschämt über die eigene Dünnblütigkeit oder war sich zumindest der mangelhaften Verwertung ihres bislang nicht ausgenutzten breiten Spielraums am Rande als Amerikanerin bewußt – so gedrängt freilich in englischer Luft quasi der Text die aufgeschlagene Seite zu bedecken schien. Sie besaß noch Reserven an Spontaneität, wenn nicht an Komik; so daß dieses ganze Barvermögen jetzt Einsatz finden konnte. Sie gab sich jetzt so spontan wie möglich und so amerikanisch, wie es Mr. Densher, nach seinen Reisen, bei ihr am angenehmsten berühren würde. Sie plauderte drauflos, und doch schmeichelte sie sich, ihm nicht den Eindruck zu machen, sie spreche im Ton der Erregung, sondern im Tone New Yorks. Im Tone New Yorks war die Erregung zum

Glück nicht zugelassen, und sie vermeinte jetzt hinreichend abzusehen, wieviel ihr das demnach weiterhelfen könnte.

Die Hilfe trat schon ein, ehe sie das Gebäude verließen; als nämlich ihre Freunde ihre Einladung annahmen, sich mit ihr zum Lunch in ihr Hotel zu begeben, hätte die Mahlzeit ohne weiteres auch in der Fifth Avenue auf sie warten können. Kate war nie so unvermittelt dort gewesen, doch Milly nahm sie jetzt einfach mit; und wenn Mr. Densher auch dort gewesen war, hatte er sich zumindest nie so schnell dahin begeben müssen. Sie schlug es vor als das Natürlichste von der Welt – für ein amerikanisches Mädchen; und sie sah sich unmittelbar gerechtfertigt, als man sich ihrem raschen Tempo anschloß. Das Schöne an der Sache war, daß sie für all das anscheinend nur dem Fingerzeig Kates zu folgen brauchte. Dieser hatte, mit ihrem schönen ersten Lächeln, besagt: „O ja, es wirkt alles recht kurios – aber geben Sie mir Zeit"; und das amerikanische Mädchen vermochte Zeit zu gewähren wie sonst niemand. Was Milly auf diese Weise gab, mußten sie somit nehmen – selbst wenn es, wie sie argwöhnen mochten, eigentlich mehr war, als sie haben wollten. In der Vorhalle des Museums brachte sie ihren Wunsch vor, eine Droschke zu nehmen; wenn sie ihren Weg auf diese Weise zurücklegten, würde das die ihnen vergönnten Minuten noch vervielfachen. Wie gerechtfertigt das war, zeigte der eindeutige Zauber, den ihr Charme sogar der Verwendung dieses vierrädrigen Gefährts mitzuteilen vermochte; und sie erreichte ihren Höhepunkt – jedenfalls gewiß für sich selbst –, als sie ihre Gefährten nunmehr Susie zuführte. Susie war da, in Erwartung der Mahlzeit nach ihrer Rückkehr; und nichts hätte jetzt Millys Selbstgefühl so randvoll zu füllen vermocht wie die Beobachtung, diese gute Freundin habe erfaßt, wie wenig verächtliche Bangigkeit sie fühlte. Der dieser guten Freundin kredenzte Becher konnte wahrlich verblüffend genannt werden, denn er setzte sich fraglos aus einer wunderlichen Mischung von Zutaten zusammen. Sie fing Susies Blick auf, die sie aufmerksam ansah, als wollte sie wissen, ob sie Gäste mitgebracht habe, um Sir Luke Stretts Bericht mitanzuhören. Nun, es war besser, ihre Begleiterin hatte zuviel, worüber sie sich Gedanken machen konnte, als zuwenig; sie war „sowieso", wie man daheim sagte, aus Interesse an der Sache mit herübergekommen; und Interesse sprach fürwahr aus ihren Augen. Trotzdem tat sie Milly, inmitten der schärfsten Krise, ein wenig leid; natürlich konnte sie der eigenartigen Szene so vergleichsweise wenig entnehmen, was einem beruhigenden Geheimnis glich. Sie sah unerwartet Mr. Densher auftauchen, doch sie erfuhr weiter nichts von dem, was vorgefallen war. In gleicher Weise erlebte sie ihre junge Freundin dem Verhängnis ihrer jungen Freundin gegenüber gleichgültig, und es mangelte ihr an allem, was das hätte erklären können. Das einzige, was sie Geduld wahren ließ, war die Art, wie Kate ihr nach dem Essen, man konnte schon sagen, schöntat. Das war es vielleicht auch am ehesten, was Milly die Geduld wahren half. Wahrhaftig besaß das für unsere junge Frau geradezu Schönheit – wich so ausgeprägt vom bisherigen Verhalten des gutaussehenden Mädchens ab. Susie war dem gutaussehenden Mädchen auf die Nerven gegangen, und der Wandel war jetzt vielsagend. Die zwei saßen, nachdem sie sich vom Tisch erhoben hatten, in dem Zimmer zusammen, wo man gespeist hatte, und machten es auf diese Weise dem anderen Gast und seiner Gastgeberin leicht, im Nebenzimmer zu sitzen. Darin lag für letztere Person die Schönheit; es war, von seiten Kates, geradezu wie eine flehentliche Bitte um Beistand. Wenn es ihr ehrlich besser gefiel, mit Susan Shepherd „zusammengeworfen" zu werden als mit ihrem anderen Freund, nun, dann sagte das praktisch alles. Es sagte vielleicht nicht ganz, wieso sie mit ihm am Vormittag ausgegangen war, aber es besagte, konnte man meinen, doch so viel, wie sie ihm ins Gesicht hätte sagen können.

In der Tat rückten sich unter dem lebhaften Nachdruck von Kates Verhalten die Wahrscheinlichkeiten ganz allmählich wieder in die angemessene Ordnung zurecht. Merton Densher war verliebt, und Kate konnte nichts dafür – konnte ihn nur bedauern und begütigen: sollte das nicht, ohne jeden Aufruhr, alles abdekken? Milly jedenfalls erprobte es vorderhand als Decke, erprobte es nach Kräften; zog sie über sich, im vorderen, größeren Zimmer, zog sie sich energisch bis zum Kinn. Bewirkte die Decke, dergestalt strapaziert, für sie nicht alles, so bewirkte sie doch genug, damit sie selbst den Rest besorgen konnte. Sie glich das durch das Interesse an ihrer großen Frage aus, der Frage, ob sich bei diesem Wiedersehen, nach all dem, was, wie sie es bei sich nannte, gekommen und gegangen war, ihr Eindruck von ihm von dem in New York empfangenen Eindruck unterscheiden werde. Das hatte sie von dem Moment an beschäftigt, als sie das Museum verließen; es begleitete sie auf ihrer Fahrt und beim Lunch; und jetzt, da sie eine Viertelstunde mit ihm allein war, wurde die Frage akut. Sie spürte in dieser Krise bald, daß ihr in diesem

Punkt keine klare, keine gewöhnliche Antwort, keine direkte Gewißheit zuteil werden sollte; bald genug sah sie ihre Frage einfach zerschellen. Sie konnte nicht sagen, ob er anders war oder nicht, und sie wußte nicht und fand es auch gleichgültig, ob *sie* verändert war: diese Dinge hatten im Lichte des einen, was sie wußte, ihre Bedeutung verloren. Das war, daß sie ihn, wie sie es vor sich selbst ausdrückte, so gern hatte wie eh und je; und wenn das darauf hinauslaufen sollte, einen neuen Menschen gern zu haben, wäre das Vergnügen nur um so größer. Anfangs hatte sie ihn recht still gefunden, auch nachdem er sich von der ersten Verwirrung erholt hatte; obwohl selbst der Anflug von Bestürzung, den sie noch immer bemerkte, nicht an einer Unsicherheit hinsichtlich ihrer wiederaufgefrischten Bekanntschaft gelegen hatte, wie sie die Berührung mit vermutlich Tausenden ihrer Art dort drüben ausreichend begründet hätte. Nein, er war während der ersten Hälfte der Zeitspanne unvermeidlich still, weil Millys klare Linie – die Linie der Spontaneität – alles andere relativierte; und weil, soweit sich auch Kate spontan verhielt, unendlich fein in der Luft zwischen ihnen die Forderung hing, die normale Tonhöhe sei unbedingt einzuhalten. Später, als sie sich ein wenig mehr an die gleichsam unterschiedliche Ebene der jeweiligen Glückseligkeit gewöhnt hatten, sprach er allmählich mehr, hatte sich in einem gegebenen Moment merklich darauf besonnen, was bei *ihm* natürlicherweise die klare Linie wäre. Sie bestünde darin, vorauszusetzen, daß sie von den Staaten zu hören wünsche, und ihr der Reihe nach alles zu erzählen, was er dort gesehen und unternommen hatte. Plötzlich floß er über – er ließ beinahe nicht mehr ab; nach Unterbrechungen nahm er den Angriff wieder auf; und die Wirkung war vielleicht besonders befremdlich, weil er keine Anhaltspunkte dafür gab, was er unterwegs bewundert hatte und was nicht. Er überschüttete sie förmlich mit seiner geselligen Berichterstattung – besonders während der Zeit, als sie abseits von den anderen saßen. Da hatte sie aufgehört, sich amerikanisch zu geben – alles, damit er sich englisch geben konnte; ein Zugeständnis, das er sich, das konnte sie spüren, zugleich maßlos und unbewußt zunutze machte. Ihr war wirklich nie weniger an den „Staaten" gelegen als in diesem Augenblick; doch das hatte nichts mit der Sache zu tun. Es wäre die Chance ihres Lebens gewesen, etwas darüber zu erfahren, denn nichts konnte ihn davon abbringen, und er wagte nicht die leiseste Anspielung darauf, wie es ihr selbst ergangen sei. Es hätte fast so aussehen können, als wüßte er, daß das größte ihrer Abenteuer genau das war, was sie jetzt tat.

An diesem Punkt nun erkannte sie ihre große Frage als vollständig zerschellt, erkannte, das einzige, was sie etwas anging, war das Erlebnis, hier mit ihm zusammen zu sein. Und das erfuhr auch dadurch keine Abkühlung, was sie auch bald erkannte – daß er, wie immer er begonnen hatte, jetzt aus einem besonderen, entweder durch neue Tatsachen oder neue Ideen bestimmten Wunsch heraus handelte, wie alle anderen ganz vereinfachend „freundlich" zu ihr zu sein. Er hatte bereits die Form begriffen – hatte sich zwischen all die anderen eingereiht; und wenn seine Stimmung *wirklich* gestiegen war, mochte es durchaus daran liegen, daß er gespürt hatte, damit auf das Mittel gegen jede Peinlichkeit gestoßen zu sein. Was immer er tat oder nicht tat, Milly wußte, sie würde ihn trotzdem gern haben – da gab es keine Wahl; dennoch konnte ihr das Herz bei dem Gedanken ein wenig sinken, wie sehr doch seine Sicht ihrer Person dazu verurteilt war – angesichts dessen seufzte sie jetzt –, mit *der* Sicht übereinzustimmen. Sie hätte sich erträumen können, er hätte nicht *die* Sicht, er besäße von sich aus irgendeine andere oder, wenn nötig, ganz und gar keine; doch sollte er haben, was ihm die geringste Mühe machte, und *die* Sicht würde schließlich kein unbedingter Hinderungsgrund dafür sein, ihn wiederzusehen. Der Mangel *der* Sichtweise im allgemeinen war – wenn sie so unfreundlich Kritik üben durfte –, daß sie mittels ihrer holden Allgemeingültigkeit alle Beziehungen auf recht prosaische Weise selbstverständlich machte. Sie nahm das – ebenfalls holde – Wirken echter Gemeinsamkeiten voraus und überdeckte sie. Das war es sicherlich, was sich jetzt in ihrer Macht, ihn festzuhalten, abzeichnete – das und Millys etwas glasig schimmernde Aufmerksamkeit für sein verbindliches Geplauder über die Landschaft in den Rocky Mountains. In Wahrheit maß sie ein wenig ihren Erfolg, ihn festzuhalten, an Kates Erfolg, Susan zu „ertragen". Wenn es in ihrer Macht lag, würde es nicht Mr. Densher sein, der als erster aufgab. Solcherart war zumindest eine der Ausprägungen der inneren Spannung des Mädchens; doch sogar unter diesem tiefen Grund wirkte ein noch subtileres Motiv. Was sie zu Hause zurückgelassen hatte, als sie ausging, um dem eine Chance zu geben, war immer noch lebendig, war noch eindringlicher da und wirksam. Was diesbezüglich ihre Gedanken beherrscht hatte, um dann gewaltsam unterdrückt zu werden – diese Größe arbeitete sich wieder nach oben. Sobald ihre Freunde gingen, würde Susie ausbrechen, und zu welchem Thema sie ausbrechen würde, wäre nicht – sosehr sie sich mehr als einmal an diesem Herrn interessiert gezeigt hatte – die reale Person Mr. Denshers. Milly hatte beim Essen in ihrer Miene ein hektisches Glitzern beobachtet, und dies verriet, was sie erfüllte. Mr. Denshers Person war ihr jetzt gleichgültig. Mr. Densher war vor ihr aufgetaucht, nur um unversehens seinen gehörigen Platz in ihrer Phantasie schon besetzt zu finden. Seine Person vermochte, soweit es sie betraf, *kein* persönliches Gewicht zu erlangen, und ihre Gefährtin nahm dieses Unvermögen zur Kenntnis. Das konnte nur heißen, daß sie bis zum Rand von Sir Luke Strett erfüllt war und davon, was sie von ihm erfahren hatte. Was *hatte* sie von ihm erfahren? In der Tat arbeitete es sich wieder in den Vordergrund, daß Milly gut daran täte, sich darüber zu informieren, wenngleich das Wissen im Lichte von Susies Glitzern vielleicht schwer zu ertragen wäre. Daß nur eine so dünne Wand Denshers junge Gastgeberin davon trennte, war demnach wohl der Grund, weshalb sie sich weiter an die Rocky Mountains klammerte.

Sechstes Buch

17

„Also weißt du, Kate – du *hast* dich aber aufgehalten!" So hatte pünktlich Merton Denshers Kommentar zu ihrem Abenteuer gelautet, nachdem sie diesem gleichsam entkommen waren; auf welche Bemerkung hin sie ihrerseits ihn nicht weniger prompt merken ließ, sie verzeihe ihm lediglich, weil er ein Mann sei. Wie enttäuscht auch immer, mußte sie doch anerkennen, es sei zweifellos das Hilfreichste, was er in dieser Eigenschaft zu äußern vermochte. Die Tatsache des Abenteuers stand unverhüllt zwischen ihnen; als sie auf die Straße gelangten, hatten sie einander angesehen wie Menschen, die soeben gemeinsam eine gefährliche Ecke umrundet haben, und dadurch war bereits soviel Einmütigkeit umrissen, daß es für ihren Gefährten alles Zweideutige an ihrem Vorgehen erhellt hatte. Doch wie enorm *viel* Licht die Männer brauchten! – in diesem Moment hätte sich Kate beredt darüber auslassen können. Was ihn jedoch, als er klarer sah, an ihr am lebhaftesten berührte, war ihre Auffassung, nach seiner Abwesenheit wiedervereinigt und nun schon den halben Vormittag beisammen, müßten sie sich nun ohne weiteren Aufschub der Gestaltung ihrer unmittelbaren Zukunft zuwenden. Daß sie einiger Gestaltung bedürfte, daß sie sich noch immer mit Schwierigkeiten und Verzögerungen zu befassen hätten, und zwar auf geschickte Weise zu befassen hätten, das war das überragende Thema, auf das er zurückgekommen war und das wichtiger war als alles andere, mit Ausnahme der erneuerten Gewißheit, wie sehr sie einander brauchten. Dieses Bedürfnis nach dem anderen hatte am Nachmittag davor zwanzig Minuten Zeit gehabt, um sich seiner selbst zu vergewissern, und der Zauber der Offenbarung, wie es darum stand, hatte die Zeit vollauf gerechtfertigt. Um fünf war er in Euston angekommen, nachdem er ihr unmittelbar nach seiner Landung in Liverpool telegraphiert hatte, und sie hatte rasch entschieden, ihn am Bahnhof abzuholen, wieviel öffentliche Aufmerksamkeit ein solches Vorgehen auch immer erregen mochte. Als er sie nach dem Aussteigen dafür gelobt hatte, hatte sie ganz aufrichtig geantwortet, über solche Dinge müsse man sich mit einem Sprung hinwegsetzen. Heute sei es ihr gleich, wer sie sehe, und der Lohn dafür sei ihre Freude. Morgen werde sie unvermeidlich Zeit zum Überlegen haben und dann, ebenso unvermeidlich, wieder ein völlig vorsichtiger Mensch werden. Trotzdem hatte sie ihre nächste Begegnung für den Tag darauf zu einer frühen Stunde vereinbart, denn sie dachte an ihre Verpflichtung, sich um sechs am Lancaster Gate sehen zu lassen. Unter Verwünschungen hatte sie den Grund genannt – Gäste zum Tee, wie immer und ewig, und ihr Versprechen gegenüber Tante Maud; doch hatte sie sich an Ort und Stelle großzügig erwiesen und für den Vormittag die Nationalgalerie vorgeschlagen, gleichsam ganz aus einer Idee heraus, die in der Vorfreude herangereift war. Auch dort könnte man sie sehen, aber niemand würde sie kennen; genau wie sie übrigens jetzt, in dem Bahnhofsrestaurant, in das sie sich begeben hatten, schlimmstenfalls nur die Aufmerksamkeit Unbekannter auf sich ziehen würden. Sie würden dort „etwas verzehren", weil sich ganz zwanglos die Gelegenheit dazu bot. So stand ihnen schon wieder vor Augen, daß sie über keinen Ort der Begegnung verfügten.

Er fand sich mit buntgemischten Gefühlen wieder auf englischem Boden, doch hatte er sich noch nicht ganz darauf eingestellt, mit einer gewissen Bekümmerung über eben diesen Punkt als einem der gewichtigsten rechnen zu müssen. Später erkannte er, daß er in seiner Ungeduld gewissen Fragen einfach ausgewichen war; weshalb es ihn jetzt ziemlich betrübte, daß er, unvorbereitet, wie er war, und ohne Selbstvertrauen kein Plätzchen hatte, wo er mit seiner Liebsten hätte „hingehen" können. So hatte er sie im Bahnhof Euston – und zwar auf Kates Vorschlag hin – in den Raum geführt, wo man Bier und Semmeln bekam, und hatte an einem kleinen Ecktisch Tee bestellt. Was sicherlich, da sie sich in der Menge verloren, als Notbehelf ganz gute Dienste tat. Es diente seinem Zweck vielleicht ebensogut, wie wenn sie einfach mit ihm bis vor seine Haustür gefahren wäre, was sich als der einzige von seinem eigenen Verstand hervorgebrachte Einfall erwiesen hatte. Dieser Verstand hatte in Wahrheit ein wenig versagt angesichts der vorauszusehenden bitteren Tatsache, daß sie, an seiner Haustür angelangt, hätte einhalten müssen. Sie müßte dort stehenbleiben, würde nicht mit ihm eintreten, könnte es auf keinen Fall; und er vermöchte sie nicht dazu aufzufordern, würde spüren, daß es unmöglich wäre, ohne – was man selbst bei dem fortgeschrittenen Stand ihrer Beziehungen so nennen würde – einen Mangel an Achtung ihr gegenüber zu verraten: das war wiederum das einzige daran, was klar war, bis auf die weitere Tatsache, daß es zum Tollwerden war. Verdichtet und konzentriert, auf ein, zwei vereinzelte scharfe Stiche begrenzt, aber dennoch da auf dem Bahnsteig in Euston auf ihn lauernd und den Kopf hebend wie eine Schlange im Paradies, regte sich das bedrückende Gefühl, daß bei dem Spiel, das sie trieben, „Achtung" irgendwie – er wußte es nicht recht zu benennen – wie das fünfte Rad am Wagen wirkte. Eigentlich war es etwas Innerliches, nichts Äußerliches, etwas, das die Liebe mehren, nicht das Glück mindern sollte. Sie hatten sich ihres Glückes wegen wiedergesehen, und während seiner ein oder zwei lichtesten Momente war es ihm klar bewußt, er werde alles im Auge zu behalten haben, was diese Wohltat wirklich bedrohte. Hätte Kate eingewilligt, mit ihm davonzufahren und vor seinem Haus auszusteigen, wäre es höchstwahrscheinlich am Fuße der Eingangsstufen zu einem jener eigenartigen Augenblicke zwischen Mann und Frau gekommen, die den roten Funken anfachen, den Funken des Konflikts, der sich stets in den Tiefen der Leidenschaft verbirgt. Die Frage des Eintretens hätte sie mit Kopfschütteln – ach, traurigem, hinreißendem Kopfschütteln – beantwortet; und er hätte, bei allem Verständnis für ihre Ablehnung, doch gespürt, wie seine Augen tiefer in die ihren eindrangen, als in so einem Moment irgendein denkbares Wort hätte reichen können. Das hätte den Verdacht, die Angst vor dem Schatten eines entgegenwirkenden Willens bedeutet. Ein Glück also, daß die knappen Minuten in Wirklichkeit einen anderen Verlauf nahmen und daß Kate in der halben Stunde, die sie trotz allem mit ihm zu verbringen ermöglichte, so überaus gut ihre Fähigkeit bewies, mit dem fertig zu werden, was zum „Tollwerden" war. Sie schien ihn zu bitten, schien ihn anzuflehen, und das nur zu seinem besseren Wohl, es ihr jetzt und immerdar zu überlassen, all dem auf ihre Art zu begegnen.

Sie war dem auch begegnet, als sie als nächsten Treffpunkt so ohne Umschweife eines der berühmten Museen nannte; und wahrhaftig so geschickt, daß er erst voll erkannte, wohin sie ihn manövriert hatte, nachdem sie sich getrennt hatten. Seine so viele Wochen währende Abwesenheit hatte alles getan, um seine Bedürfnisse, seine Begierden anwachsen zu lassen; und noch am Abend vorher, als sein Schiff unter sommerlichen Gestirnen in

Sicht der irischen Küste dampfte, hatte er die ganze Gewalt dieses speziellen Dranges verspürt. Er hatte, mit anderen Worten, zu keinem Zeitpunkt bezweifelt, daß er auf dem Weg war, ihr zu erklären, sie müßten nun wirklich mit ihrem Irrtum Schluß machen. Ihr Irrtum bestehe darin, daß sie geglaubt hatten, sie *könnten* sich behaupten – das heißt, nicht gegen Tante Maud, sondern gegen eine Ungeduld, die, je länger sie währte, einen Mann krank machte. Als sie sich in der Bahnhofshalle verabschiedeten, war ihm mehr denn je bewußt geworden, wie krank ein Mann, und sogar eine Frau, davon werden konnte; doch ihm ging auch auf, er habe bereits zugelassen, daß Kate geschickt die Fäden in die Hand genommen hatte. Es hatte einen vulgären Klang – wie in der Liebe durchweg die Namen der Dinge, die Begriffe des Umgangs miteinander, verglichen mit der Liebe selbst, vulgär waren; doch ihm war, als sei er schließlich zurückgekommen, um sich womöglich „abgemeldet" zu finden, wenn er auch freilich einen Tag oder zwei brauchen würde, um das zu merken. Seine Briefe aus den Staaten hatten denen, die es anging, gefallen, wenn auch nicht so sehr, wie er es sich ausgemalt hatte; er sollte nach Vereinbarung honoriert werden und würde jetzt sein Geld abholen. Es war in Wahrheit nicht allzuviel abzuholen, so daß er keineswegs, ein Scheckbuch schwingend, zurückgekommen war; dieses neue Motiv, die Geliebte zum Einlenken zu zwingen, konnte er also nicht vorweisen. Ideal wäre die Gewißheit gewesen, veränderte Zukunftschancen als Rechtfertigung für eine veränderte Einstellung vorweisen zu können, und ohne das würde er sich nur mit dem Argument behelfen müssen, wieviel Zeit verstrichen war. Die verstrichene Zeit – immerhin nicht so übermäßig viele Wochen, konnte sie freilich dagegenhalten – mußte jedenfalls etwas für ihn bewirkt haben; und diese Erwägung war es, die ihm soeben darüber hinweggeholfen hatte, um so mehr, als er sich sein eigenes Bild davon machte, was die Zeit für Kate persönlich bewirkt hatte. Das war ihm mit solchem Glanz ins Auge gesprungen, daß es ihn sogar in ihrem Winkel in der Gaststube in Euston geradezu ängstigte – ihn geradezu ängstigte, weil es ihm flammend vorzuhalten schien, das Abwarten sei ein Plan für Gimpel. Noch nie war sie so das Geschöpf gewesen, das er ursprünglich in ihr gesehen hatte; noch nie hatte er sich ihrer so ganz und gar, so zuverlässig sicher gefühlt. Es war alles für ihn da, spielte auf seinem Besitzerstolz gleichsam wie ein dem Blick entzogener Meister in einer großen dämmerigen Kirche auf der herrlichsten Orgel. Sein abschließendes Gefühl war, eine Frau könne nicht so sein und dann das Unmögliche von einem verlangen.

Am nächsten Tag war sie erneut so gewesen; daher vermochten sie sich vorläufig im bloßen Glück am Kontakt treiben zu lassen – einem solchen Kontakt, wie es ihre Situation in mit Gemälden vollgehängten, öffentlichen Sälen gestattete. Dieser armselige Notbehelf für ein enges Beisammensein offenbarte sich in Wahrheit durch zwanzig leise Zeichen der Unrast, sogar bei Kate, als unzureichend; so wenig konnte ein gebührendes Interesse für den anregenden Ort darauf pochen, sie an seine Ansprüche zu erinnern. Sie hatten sich dort getroffen, um sich nicht auf der Straße zu treffen und auch nicht wieder, aus einem Mangel an Phantasie, auf einem Bahnhof; auch nicht wieder in Kensington Gardens, die, darüber konnten sie sich unschwer und stillschweigend einig werden, zu sehr nach ihren alten Ernüchterungen geschmeckt hätten. Der jetzige Geschmack, der Geschmack an diesem Vormittag in den mit Gemälden vollgehängten Sälen, war eine Abwechslung gewesen; doch hatte Densher nach Ablauf einer Viertelstunde genau gewußt, was er daraus zu schließen habe. Das tröstete ihn einigermaßen über ihr Unbehagen hinweg, als hätte er dessen Wirkung auf Kate beobachtet. Sie mochte so edel bezaubernd sein, wie sie beliebte, und in den Staaten war ihm nichts begegnet, was an sie herangereicht hätte; sie konnte unter Bedingungen wie diesen nicht so tun, als glaubte sie, das genüge ihm. Ihr selbst genügte es nicht – sie ließ es ihn merken. Er durfte sich freuen, sie durch den Augenschein so weit gebracht zu haben. Er hätte ihr gesagt, hätte es ungeschminkt und auf der Stelle so in Worte gefaßt: „Verstehe ich dich richtig, daß du *jetzt* noch meinst, das kann so weitergehen?“ Gewiß hätte ihr die Erwiderung offengestanden, ihn wieder bei sich zu haben, ganz so liebevoll und in allen Situationen vollendet geprüft und bewährt, wie sie ihn in der Zwischenzeit sehnsuchtsvoll vor sich gesehen habe, sei etwas, das er ihr ohne Streit zu genießen erlauben müsse; doch das wäre lediglich eine Geste ihrer Huld, lediglich eine Variante ihres gewandten Spiels. Sie wußte genausogut wie er, was sie wollten; trotzdem war ihm nicht recht klar, wie schön er es womöglich erneut benannt und wie er darauf gedrungen hätte, hätte sie nicht in einem bestimmten Moment die Einmütigkeit gewissermaßen ausgelöscht. Sie hatten sich bald gesetzt, um sich besser unterhalten zu können, und so waren sie eine Weile geblieben, in innig oberflächlicher Verbundenheit. Es waren viele Dinge gewesen, die sie sich sofort mitzuteilen hatten, und in Euston hatten sie sie noch nicht erschöpft. Jetzt beuteten sie diese kräftig aus, und Kate schien ganz vergessen zu haben – was ihr erstaunlich gut stand –, sich umzusehen und gegen Überrumpelung zu sichern. Später sollte er sich, vergeblich, zu erinnern suchen, welche Worte oder welches Verstummen von seiner Seite, welches spontane Zeichen der Augen oder welche versehentliche Berührung der Hand unerwartet mitten darin bei Kate einen anderen Impuls ausgelöst hatte. Sie war jäh aufgestanden, als wollte sie den Zauberbann brechen, obwohl ihm nicht klar war, was er in jenem Moment getan hatte, um den Zauber zu einer Gefahr werden zu lassen. In der nächsten Minute hatte sie es recht gewinnend durch eine hingeworfene Bemerkung über ein Gemälde eingerenkt, die er keiner Antwort gewürdigt hatte; unabhängig davon hatte er selbst sich über die schreckliche Stickigkeit in den Sälen beklagt. Er hatte gemeint, sie müßten wieder hinaus, um Luft zu schöpfen; und es war, als zeigten beide, während sie in einen anderen Teil der Gemäldesammlung hinübergingen, den schuldbewußten Ausdruck von Personen, die, unendlich miteinander beschäftigt, überrascht worden waren und sich bemühten, natürlich zu wirken. Wahrscheinlich während sie derart in Anspruch genommen waren – wie der junge Mann sich später zurechtlegte –, waren sie über seine kleine New-Yorker Freundin gestolpert. Aus irgendeinem Grunde sah er sie als klein an, obwohl sie etwa Kates Größe hatte, auf die er, ebensowenig wie auf jeden anderen erfreulichen Zug bei seiner Geliebten, nie die Verkleinerungsform angewendet hatte.

Was ihm im Rückblick deutlicher werden sollte, war der Prozeß, durch den er erfaßt hatte, daß Kate viel näher mit ihr bekannt war, als er verstanden hatte. Sie hatte seinerzeit von ihr als einer neuen und amüsanten Bekanntschaft geschrieben, und er hatte zurückgeschrieben, er habe die junge Frau drüben kennengelernt und finde sie sympathisch, woraufhin sie geantwortet hatte, er müsse sich in ihrer Heimat nach ihr erkundigen. Später war Kate jedoch nicht darauf zurückgekommen, und er war selbstverständlich, da er sich ja nach so vielen Dingen erkundigen mußte, anderweitig in Anspruch genommen gewesen. Die Geschichte der kleinen Miss Theale war kein Stoff für seine Zeitung; zudem lernte er nur zu viele kleine Misses Theale kennen. Das ging sogar so weit, daß sie sich als eine der Gruppierungen gesellschaftlicher Phänomene erwiesen, die in den Rahmen seiner Zeitungskorrespondenz fielen. Vielleicht ganz besonders für diese Gruppe – die unbezähmbaren, die alles überragenden jungen Frauen – lag seine beste Feder bereit. So geschah es, daß ihn in London, ein oder zwei Stunden nach ihrem Essen mit dem amerikanischen Paar, das Gefühl überkam, in einer Situation zu sein, auf die ihn Kate nicht angemessen vorbereitet hatte. Womöglich sogar ebenso deutlich war seine wiederaufgelebte Wahrnehmung, daß sie sich, wie er gestern und heute auch spürte, eindeutig mit verschiedenerlei Vorbereitungen befaßte. Das wurde für ihn jetzt sogar zu einem so lebhaften Argwohn, daß er ihn nachdrücklich verjagen mußte. Nachdem sie sich erst von ihren Gastgeberinnen und dann voneinander getrennt hatten, schüttelte er das auf einem langen und recht ziellosen Spaziergang einigermaßen ab. Später mußte er in die Redaktion, doch die nächsten zwei oder drei Stunden hatte er für sich, und vor sich selbst nannte er den Vorwand, er habe zuviel gegessen. Nachdem Kate ihn gebeten hatte, sie in eine Droschke zu setzen – was ihm, wie er merkte, als Ankündigung der Wiederaufnahme ihrer taktischen Klugheit mißfiel –, stand er eine Weile an einer Ecke und blickte ziellos in sein London. Sicherlich kam für den Heimkehrer aus dem Ausland immer ein Moment – *der* Moment, in dem die erste Aufwallung des Gemüts verebbte –, wo unwiderleglich feststand, daß man zurück war. Seine volle Parenthese war geschlossen, und er war nun wieder nichts als ein Satz in dem allumfassenden Text, dem Text, der sich von seiner derzeitigen Straßenecke aus als große graue Druckseite zeigte, die es irgendwie fertigbrachte, gedrängt voll und doch nicht „überladen“ zu sein. Das Grau war jedoch mehr oder weniger die Verschwommenheit eines noch nicht ganz wiedergewonnenen Standpunktes; es würde schon noch genug Farbe hervortreten. Er war ganz offenbar zurückgekehrt, doch zu Möglichkeiten und Perspektiven, und wenn er jetzt den Bezirk etwas blicklos durchmaß, so bedeutete das einen Akt erneuter Inbesitznahme.

Er schritt nach Norden, ohne Plan, ohne Verdacht, ganz in die Richtung, die seine kleine New-Yorker Freundin vor ein oder zwei Tagen bei ihrem rastlosen Umherschweifen eingeschlagen hatte. Wie Milly langte er am Regent's Park an; und obwohl er weiter ausschritt und schneller ging, setzte er sich schließlich, wie Milly, unter dem Gewicht der Gedanken hin. Auch für ihn, das sei angefügt, legten in dieser Position – und er hätte geradezu auf derselben Bank sitzen können – verschiedene beklommene Ideen die Flügel an. Er hatte bisher genausowenig gesagt, was er wirklich wollte, wie Kate selbst Zeit dazu gefunden hatte. In zwei Tagen sollte sie genug davon zu hören bekommen. Praktisch hatte er sie in dem Punkt, der sie beide am meisten anging, noch gar nicht bedrängt; in diesen ersten Stunden hatte sie anscheinend nichts anderes beschäftigt, als einander, im übertragenen Sinne, ans Herz zu drücken. Das eine war jedenfalls offensichtlich, daß inzwischen eher mehr als weniger zwischen ihnen stand. Erläuterungen, die beiden Damen betreffend, würden einen Teil des Postens ausmachen; das konnte mit allem übrigen zusammen warten. Inzwischen waren sie – die fehlenden Erklärungen – gewiß nicht das, was ihn am meisten umtrieb. Vielmehr war es das, was sie schon so oft gesagt hatte, und immer mit der Wirkung eines unvermittelten Abbruchs ihrer Begegnung: „Rufe mir jetzt bitte eine anständige Droschke." Wenn sie das südliche Ende des Parks erreicht hatten, waren auch ihre früheren Begegnungen auf diese besondere Art abrupt zu Ende gegangen. Das war wirklich, was sie am meisten trennte, denn wären nicht ihre Gründe gewesen, hätte er im allgemeinen bei ihr mit einsteigen können. Was glaubte sie, was er ihr antun wollte? – diese Frage zu stellen hatte er Gelegenheit gehabt. Zwar eine Kleinigkeit, gewiß – denn was das betraf, waren sie für ihr Zusammengehörigkeitsgefühl nicht von Droschken abhängig, anständigen oder weniger anständigen: die Bedeutung lag weniger in dem speziellen Verlust als in dem irritierenden Hinweis auf ihre meisterliche Geschicklichkeit im Arrangieren. Diese Meisterschaft war dank einer glücklichen Fügung von Anfang an groß genug, soweit es darum ging, mit ihm zusammenzukommen; und er nahm nur daran Anstoß, weil sie, auch schon von Anfang an, noch überlegener gewesen war, wenn es darum ging, ihn wieder allein zu lassen. An diesem Nachmittag hatte er sie daran erinnert, als sie erneut ihre Bitte aussprach – hatte sie wieder einmal gefragt, was er ihr ihrer Meinung nach antun wolle. Auf seiner Bank im Regent's Park erinnerte er sich an die zugleich witzige und gefällige Schlagfertigkeit, mit der sie geantwortet hatte; an den Moment selbst, als wie üblich die Droschke auf sie zukam, während er spürte, wie er trotz aller Enttäuschung grinsen mußte angesichts der Überlegenheit ihres „Humors" mit dem ihm eigenen zusätzlichen Reiz der Heiterkeit im Vergleich zu dem berühmten trockenen amerikanischen. Jedenfalls war ihre nächste Verabredung bereits getroffen, und er würde sehen, was ihre diesbezügliche Wahl – eine Überraschung wie auch eine Erleichterung – dazu beitragen würde, die Dinge wirklich zu vereinfachen. Es bedeutete entweder neuen Beistand oder neue Nachteile, wenn es sie auch wenigstens von der Straße wegholte. Und als sie diesen Vorzug erwähnte, hatte ihn das natürlich zu der Frage veranlaßt, ob Mrs. Lowder von seiner Rückkehr wisse.

„Nicht von mir", hatte Kate geantwortet. „Aber jetzt spreche ich mit ihr." Und gleichsam angesichts einer recht belebenden neuen Perspektive hatte sie behauptet, jetzt sei es ganz leicht. „Wir haben uns monatelang so gut betragen, daß ich doch wohl genügend Spielraum habe, dich erwähnen zu können. Du kommst zu *ihr* zu Besuch, und sie läßt dich mit mir allein; damit beweist sie ihre Gutmütigkeit und zugleich, daß sie nicht zu befürchten habe, irgendwie hintergangen zu werden. Mit ihr hast du ja nicht gebrochen, ganz im Gegenteil, und sie mag dich wie eh und je. Wir verlassen die Stadt; vorläufig ist es damit zu Ende; deshalb ist es eine bescheidene Bitte. Ich frage heute abend", hatte Kate geschlossen, „und wenn du es mir überläßt – ich kann dir versichern, meine Schlauheit ist teuflisch geworden –, richte ich es ein."

Selbstverständlich hatte er es ihr überlassen und wunderte sich jetzt mehr darüber als dort in der Brook Street. Er wiederholte sich mehrmals, falls es nicht auf einen Triumph hinausliefe, dann gewiß auf ein heilloses Durcheinander. Das war sicherlich nur eine in einer Reihe weiterer verwunderter Fragen. Kate war wirklich davongekommen, ohne sich seiner bescheidenen Herausforderung zu stellen, wie sie ihren Umgang mit ihrer lieben Milly gestalten sollten. Ihre liebe Milly, das war zu spüren, *gehörte* irgendwie ins Bild. Ihre liebe Milly, während seiner Abwesenheit aufgetaucht, hielt wirklich mehr Platz im Vordergrund besetzt – er hätte nicht recht sagen können, wieso er das so empfand –, mehr, als man dort für sie frei zu finden im voraus hätte erwarten können. Sie nahm Raum in Anspruch, und es war fast, als hätte man für sie Raum geschaffen. Kate schien einfach sein Verständnis dafür vorauszusetzen, weshalb man das getan hatte; doch das war es ja eben. Es war ein Platz, wo er selbst, wo seine Verbindung mit Kate kaum Bewegungsfreiheit fanden. Aber Miss Theale bot vielleicht im gegenwärtigen Stadium Möglichkeiten derselben Art wie die besänftigte, wenn schon nicht erweichte, Tante Maud. Auch für sie mochte es zutreffen, wenn sie keine Plage sei, dann eine Annehmlichkeit. Nachdem er seinen Spaziergang fortgesetzt hatte, überrollte ihn die Erkenntnis, das könne durchaus sein, was Kate gemeint habe. Das reizende Mädchen himmelte sie an – Densher hatte das selbst bemerkt – und würde ihre Verabredungen decken, würde sich hilfreich dabei erweisen. Mit anderen Worten, diese könnten in ihrer Wohnung stattfinden, was noch besser dazu dienen würde, sie von der Straße wegzuholen. *Das* war eine Erklärung, die aufging. Freilich war sie ein wenig durch die Tatsache beeinträchtigt, daß ihre nächste Begegnung recht betont nicht mit ihr in Zusammenhang stehen sollte. Doch diese Tatsache ließe sich wiederum damit erklären, daß es noch weiterer Vorbereitungen bedurfte. Was er am Donnerstag am Lancaster Gate voraussichtlich unter anderem gewinnen würde, sollte wohl ein tieferer Einblick sein, ob das alles so stimmte.

18

Es war ganz erstaunlich, daß er, als der Donnerstag kam, zu der Feststellung gelangte, er habe beinahe ins Schwarze getroffen. Kate war ihm nicht gerade entgegengekommen, doch nach Ablauf einer Viertelstunde hatte er schon eine ganze Menge begriffen. Begonnen hatte sie damit, daß sie sich überrascht zeigte, ihm am Dienstag überhaupt noch etwas scheinbar Ungeklärtes zurückgelassen zu haben. Die Teile fügten sich, wie er jetzt sah, unter ihren Händen mehr oder weniger zusammen, und es erweckte nicht einmal den Anschein, als hätte sie die Zwischenzeit damit zugebracht, sie zurechtzubiegen und ineinanderzuzwängen. Im Lichte umfassender Klarheit erschien sie strahlend und schön, keinesfalls erschöpft und abgemattet; denn es sprang doch gewiß ausreichend ins Auge: wenn sich die amerikanischen Damen selbst nicht herumkriegen ließen, was ein absurder Gedanke war, so nötigte sie das unvermeidlich, es erneut bei Tante Maud zu versuchen. Man konnte ihnen nicht sagen, so freundlich sie ihnen auch begegnet waren: „Wir möchten uns bitte, wann immer Sie es uns gestatten, in Ihrem Haus treffen; aber wir verlassen uns darauf, daß Sie uns helfen, das geheimzuhalten." Sie müßten es, anders gesagt, unvermeidlich Tante Maud mitteilen – es wäre äußerst geschmacklos, sie zu bitten, das nicht zu tun: Kate hatte das alles bei ihrer Entscheidung mit berücksichtigt, als erste zu sprechen. Was alles Kate ganz umfassend mit berücksichtigte, erschien Densher heute wirklich bewundernswert, obwohl er vielleicht eher den Eindruck hatte, es Stück für Stück aus ihr herausholen zu müssen, statt es in Gestalt eines stetigen Stroms der Erleuchtung zu empfangen. Er hatte es jedoch schon immer so empfunden, je mehr er ihr abforderte, desto mehr fand er sie bereit, wie er es sich bildlich vorstellte, etwas auszuteilen. Schon vor seiner Reise hatte er ihr mehr als einmal gesagt: „Du gibst den Schlüssel zum Speiseschrank nicht her, und ich sehe voraus, wenn wir erst verheiratet sind, teilst du mir den Zucker stückweise zu." Sie hatte geantwortet, sie freue sich über seine Annahme, Zucker werde seine tägliche Nahrung sein; es schien, als wäre die derart ausgemalte häusliche Ordnung bereits in Kraft getreten. Das Angebot aus dem Schrank war zur Stunde, ehrlich gesagt, nicht eben übermäßig süß; doch befriedigte es in gewisser Weise seine unmittelbaren Bedürfnisse. Wenn jedenfalls ihre Erklärungen Fragen auslösten, erschöpften die Fragen jene genausowenig wie Kates Geduld. Und es waren natürlich aus der ganzen Serie die einfacheren; wie zum Beispiel, daß er ihr abnahm, Miss Theale könne also nichts für sie tun. Er sprach offen aus, was er sich auszumalen erkühnt hatte. „Wenn wir uns hier nicht treffen können und die Reize der Begegnungen im Freien oder inmitten einer Menschenmenge restlos ausgeschöpft haben, so hat mir dafür während der letzten zwei Tage vorgeschwebt, so ein kleines Floß im Schiffbruch, dann und wann so eine Gelegenheit wie am Dienstag, wäre besser als nichts. Aber wenn unsere Freundinnen diesem Haus in solchem Maße rechenschaftspflichtig sind, gibt es natürlich nichts weiter zu sagen. Und es ist gottlob ein weiterer Nagel im Sarg unseres scheußlichen Aufschubs." Er war nur zu froh, ohne weitere Umstände die Moral aufzuzeigen. „Ich hoffe, jetzt siehst du ein, daß wir damit sowieso nichts erreichen."

Wenn sie darüber lachte – und sie schien wirklich glänzend aufgelegt zu sein –, so deshalb, weil er im Hotel gezeigt hatte, welche Gelegenheit er am liebsten genutzt hatte. „Deine Idee ist wunderbar, wenn man bedenkt, daß du außer für Milly für keinen ein Wort hattest." Doch sie war wunderbar aufgeräumt. „Du könntest dich natürlich an sie gewöhnen – das *wirst* du auch. Du hast ganz recht – solange sie bei uns oder in unserer Nähe sind." Und sie setzte ihm klar auseinander, daß die lieben Wesen gar nicht anders *konnten*, einfach als reizende Freundinnen, als ihnen weiterzuhelfen. „Sie werden mit Tante Maud sprechen, aber sie werden uns nicht ihre Tür verschließen: das wäre etwas ganz anderes. Eine Freundin hilft immer – und sie ist eine echte Freundin." Mittlerweile hatte sie Mrs. Stringham aus dem Spiel gelassen; sie beschränkte es auf Milly. „Außerdem hat sie uns besonders gern. Sie hat besonders *dich* gern. Also, alter Junge, mach etwas daraus." Er spürte, daß sie dem Ultimatum auswich, das er soeben scharf gestellt hatte, seinem entschiedenen Hinweis, wie wenig sie bestenfalls erreichen könnten; doch bestimmte Äußerungen von seiner Seite – meistens die von tieferer Einsicht geprägten – pflegte sie schon von Anfang an nicht angemessen, nicht ehrfürchtig genug zu beachten. Manchmal ließ sie sich deren Wirkung in weniger banaler Weise anmerken. So geschah es jetzt: er glaubte nicht, daß sie in Wahrheit gleichmütig geblieben war. Dennoch forderte sie ihn in einer untergeordneten Frage heraus. „Du sagst, hier können wir uns nicht treffen, aber wie du siehst, tun wir genau das. Was könnte angenehmer sein?"

Sie wollte ihn nicht etwa damit quälen – das glaubte er auch wieder nicht; aber er war mit einigem Unbehagen ins Haus gekommen, so daß er ein wenig die Stirn runzelte, als sie es derart einen Hochgenuß nannte. Lag nicht ein Element darin, in die Knechtschaft zurückzufallen? Die Knechtschaft mochte verschleiert und beschönigt sein, doch er spürte es in den Knochen, wie wenig auch die allerhöchsten Privilegien Lancaster Gates jemals ein Zeichen ihrer Freiheit sein könnten. Sie befanden sich im ersten Stock, in einem der kleineren Paradezimmer, einem als Boudoir eingerichteten, aber sichtlich ungenutzten Gemach – es bot der Behaglichkeit Trotz –, das in einem denkbar häßlichen Blau möbliert war. Er hatte sofort interessiert die geschlossenen Türen gemustert, und Kate war seinem Interesse mit der Versicherung begegnet, es habe seine Richtigkeit, Tante Maud vertraue ihnen – soweit es diese spezielle Gelegenheit betreffe; sie würden allein sein und hätten nichts zu befürchten. Doch der erneute Hinweis darauf, den er ihr entlockt hatte, wirkte jetzt unmittelbarer auf ihn, brachte ihn noch näher an die Frage heran. Sie *waren* allein – es *hatte* seine Richtigkeit: er nahm erneut die geschlossenen Türen und die ihnen bewilligte Abgeschiedenheit, die gediegene Stille des großen Hauses zur Kenntnis. All das verknüpfte sich auf der Stelle mit etwas, was das ganze jetzige Spiel ihres berückenden starken Willens doppelt stark in ihm aufleben ließ. Worauf es hinauslief, war, daß er ihre Ausflüchte nicht hinnehmen konnte – das kam überhaupt nicht in Frage! Er konnte und wollte es nicht – wollte nicht, daß sie ihm auswich. Er mochte sie nicht tiefgründiger als sich selbst, wiewohl das einer geistvollen Persönlichkeit auch stehen mochte; er wollte sie auf einer Ebene behalten, wo ihr Gedankenaustausch offen und zwanglos wäre und sie unabhängig miteinander umgehen könnten. Das wirkte sich so aus, daß er einen Augenblick später sagte: „Willst du mich einfach so nehmen, wie ich bin?"

Sie erbleichte ein wenig vor dem Klang der Wahrheit darin – was für sein Empfinden ihre Willensstärke wohltuend dämpfte; und seine Freude daran wurde nicht gemindert, als sie nach Sekunden in einen Ton verfiel, der ihn so sehr erregte wie bisher kein anderer von ihrer Seite. „Ach, laß es mich doch auf meine Art versuchen! Ich versichere dir, ich sehe meinen Weg – also verdirb es nicht: warte auf mich und gib mir Zeit. Liebster", sagte Kate, „du mußt nur an mich glauben, dann wird alles wundervoll."

Er war nicht zurückgekehrt, um sie von seinem Glauben an sie reden zu hören, als gäbe es den nicht; vielmehr war er zurückgekehrt – und er hatte das jetzt alles vor Augen –, um sich ihrer mit einer jähen Intensität zu bemächtigen, die unwiderstehlich war, wie es ihrem inständigen Flehen nach den erfreulichen Anschein hatte. Er packte sie mit starken Händen und stieß beinahe wütend hervor: „Liebst du mich denn, liebst du mich, liebst du mich?" Und sie schloß die Augen, als hätte sie das Gefühl, er werde sie womöglich schlagen, sie vermöchte das jedoch freudig hinzunehmen. Daß sie sich ergab, war ihre Antwort, ihre Antwort, daß sie sich ihm ergab; und obwohl er kaum vernahm, was sie sagte, gewann er so viel aus alledem, daß er sich vorläufig dessen sicher sein konnte, er halte sie fest. Die lange Umarmung, in der sie sich aneinanderklammerten, bedeutete die Niederlage aller Ausflüchte, und er entnahm daraus die Gewißheit, was sie von ihm empfing, war echt. Es war stärker als ein in Worte gefaßtes Gelübde, und als er später darüber nachdachte, bezeichnete er es bei sich so, sie sei erhaben aufrichtig gewesen. *Mehr* verlangte er gar nicht – schuf doch die Aufrichtigkeit ein Fundament, das beinahe alles tragen konnte. Das erledigte so vieles und erledigte es so gründlich, daß nichts mehr übrigblieb, um einen Schwur von ihr zu verlangen. Gelübde und Eid nunmehr beiseite, konnten sie jetzt miteinander reden. Tatsächlich schienen erst jetzt ihre Fragen auf den Tisch zu kommen. Nach fünf Minuten war er ausdrücklicher auf Kates Argumente für ihren eigenen Plan eingegangen, und es wurde deutlich, daß der Unterschied, den die soeben gespielte Szene ausmachte, ein Unterschied zugunsten ihrer Wahl der Mittel war. Irgendwie waren diese plötzlich zu einer Einzelheit geworden – in ihrem Bereich und in ihrer Verantwortung; es war ständig deutlicher geworden, daß ihre Intelligenz und ihre Leidenschaft eins waren. „Ich will ganz bestimmt nicht", sagte er – und er konnte es mit einem nachsichtigen Lächeln sagen –, „die ganze Zeit damit kommen, daß ich dir nicht vertraue."

„Das möchte ich doch hoffen! Was glaubst du denn, was ich vorhabe?"

Daraufhin mußte er sich tatsächlich ein wenig darüber klarwerden, was er glaubte, und das erste, was sich abzeichnete und was er nun offen zur Sprache bringen konnte, war natürlich, wie merkwürdig doch ihr Plan sei. „Indem wir versuchen, auf eine so besondere Art Zeit zu gewinnen, tun wir bestenfalls etwas, wofür uns die meisten Menschen als Dummköpfe bezeichnen würden." Doch sein Besuch verlief trotzdem ohne einen erneuten Versuch von seiner Seite, sich der Worte „einfach so, wie er war" zu bedienen. Einfach so, wie er war, hatte er nicht mehr Geld, als er einfach so, wie er gewesen war, gehabt hatte, oder als er im übrigen einfach so, wie er immer sein würde, voraussichtlich haben würde; während sie, verglichen mit ihrer Lage vor einigen Monaten, greifbar mehr aufzugeben hatte. Er erkannte ohne weiteres, daß ihre Zusammenkunft am Lancaster Gate diesen Faktor stärker unterstrich als ihre Zusammenkünfte in Bahnhöfen oder Parks; und doch konnte er das andererseits nicht dagegen vorbringen. Wenn Mrs. Lowder sich gleichgültig verhielt, so mehrte ihre Gleichgültigkeit in gewisser Weise das, was Kate, falls sie ihn so nahm, wie er war, zu opfern hätte. Kurzum, so geschickt sprang sie mit ihm um, daß sie die Frage ihres weiteren Abwartens in ganz andere Begriffe zu fassen schien als diejenigen von häßlichem Blau, reichverziertem Sèvres, verschnörkeltem Messing, in denen das Boudoir es ausdrückte. In der Tat sagte sie beinahe alles, als er sie Tante Maud betreffend erneut bedrängt hatte und sie im Hinblick auf diese erklärte, wenn er mit ihr spreche, was unvermeidlich bald geschehen müsse, werde er schon verstehen. „Meinst du", erkundigte er sich darauf, „es gibt ein *deutliches* Zeichen dafür, daß sie sich anders besinnt? Ich spreche nicht davon", erläuterte er, „daß sie bloß etwas vorheuchelt oder sich bloß gewagt zweideutig ausdrückt. Vergiß immerhin nicht, so überragend gescheit wir auch sind, welch unvergleichlich starkes Gespann wir, zugegeben, auch bilden – vergiß nicht, daß sie genau so sehr ihr Spiel mit uns treiben kann wie wir mit ihr."

„Mit *mir* will sie nicht ihr Spiel treiben, Liebster", gab Kate mit klarer Einsicht zurück; „sie möchte mir kein bißchen mehr Leid zufügen, als sie unbedingt muß. Ihr liegt zuviel an mir, und alles, was sie tut oder nicht tut, hat seinen Wert. *Das* hier hat seinen Wert – wie sie sich im Hinblick auf heute verhalten hat. Ich glaube, sie ist in ihrem Zimmer, wo sie strikt bleibt, solange du hier bei mir bist. Aber das bedeutet nicht ‚ein Spiel treiben' – keine Spur."

„Was bedeutet es dann?" erkundigte sich der junge Mann – „von dem Moment an, wo es nicht ihren Segen und einen Scheck bedeutet?"

Kate eröffnete sich vollständig. „Es bedeutet einfach, daß ihr jede Kleinlichkeit abgeht. Es *steckt* etwas in ihr, das sich über Banalitäten erhebt. Sie vertraut uns ganz *allgemein*; sie hat nicht die Absicht, uns in irgendwelche Ecken zu treiben; und wenn wir offen um etwas bitten – nun", sagte Kate, „dann zuckt sie die Achseln, aber läßt es durchgehen. Sie hat wirklich nur einen Fehler – von dem Standpunkt aus, den sie uns betreffend eingenommen hat, ist sie gleichgültig gegenüber Einzelheiten. Jedoch", fuhr das Mädchen fröhlich fort, „es geht nicht um Einzelheiten, worin wir gegen sie ankämpfen."

„Mir scheint", sagte Densher, nachdem er einen Augenblick darüber nachgedacht hatte, „daß wir sie in Einzelheiten hintergehen"; eine Feststellung, die ihm wie sichtlich auch seiner Gefährtin, sobald er sie ausgesprochen hatte, auf die Umstände ihrer kürzlichen Umarmung anwendbar schien.

Jede daran haftende Verwirrung glitt jedoch an Kate ab, denn wie er mit frommem Glück erkennen konnte, bedurfte es weit mehr, um Zerknirschung bei ihr hervorzurufen. „Ich sage nicht, wir könnten es wieder tun. Ich meine", erläuterte sie, „uns hier zu treffen."

Densher hatte sich wirklich gerade gefragt, wo sie es wieder tun könnten. Wenn Lancaster Gate solchen Einschränkungen unterlag, tauchte dieses Problem erneut auf. „Ich darf überhaupt nicht wiederkommen?"

„Gewiß – um sie zu besuchen. In Wirklichkeit ist sie es", lächelte seine Gefährtin, „die in dich verliebt ist."

Doch das veranlaßte ihn, sie – eine Spur ernster – einen Moment lang anzusehen. „Beweise lieber nicht, daß alle in mich verliebt sind."

Sie zögerte. „Ich sage nicht alle."

„Eben hast du gesagt, Miss Theale."

„Ich habe gesagt, sie mag dich – ja."

„Nun, das läuft auf dasselbe hinaus.“ Worauf er jedoch fortfuhr: „Natürlich müßte ich Mrs. Lowder persönlich danken. Ich meine für das hier – in meinem Namen.“

„Ach, aber nur nicht zu nachdrücklich!“ Sie brachte für die unausgesprochenen Bedeutungen seines „das hier“ eine ironische Heiterkeit auf, zudem wünschte sie die Notwendigkeit umfassender Vorsicht zu betonen. „Sie wird sich sonst fragen, wofür du ihr dankst!“

Densher ließ beide Bedenken gelten. „Ja, ich kann ihr nicht gut alles sagen.“

Vielleicht, weil er es so ernst vorbrachte, war Kate in gewisser Weise amüsiert. Doch sie verschaffte ihm Aufklärung. „Du kannst ihr nicht gut irgend etwas ‚sagen‘, und das ist auch unwichtig. Sei nur nett zu ihr. Bemühe dich, ihr zu gefallen; führe ihr vor Augen, wie gescheit du bist – nur laß sie nicht merken, daß du es mit Absicht machst. Wenn du reizend zu ihr bist, brauchst du nichts weiter zu tun.“

Doch auch sie vereinfachte zu stark. „Soweit ich es sehe, kann ich nur ‚reizend‘ zu ihr sein, indem ich sie glauben lasse, ich gebe dich auf – was ich nicht ums Verrecken mache! Wir *spielen*“, brachte er mit Gefühl vor, „eine Partie.“

„Selbstverständlich spielen wir eine Partie. Aber sie wird nie glauben, du gibst mich auf – oder ich *dich* –, wenn du sie immer wieder daran erinnerst, wie sehr du unsere Zusammenkünfte genießt.“

„Wenn sie uns als hartnäckig und unwandelbar sehen muß“, fragte Densher, „was nützt es dann?“

Kate war einen Augenblick unsicher. „Was nützt was ...?“

„Wenn ich sie zufriedenstelle – oder sonst etwas. Ich *kann*“, erklärte er ungeduldig, „sie nicht zufriedenstellen.“

Kate sah ihn wieder fest an, enttäuscht über diesen Mangel an Übereinstimmung; doch schien es bei ihr etwas Besseres als lediglich Vorwürfe auszulösen. „Dann kann *ich* es! Überlasse es mir.“ Worauf sie, noch einmal, unter demselben Zwang, der sie kurz zuvor vereinigt hatte, auf ihn zukam und sich drangvoll zu demselben zärtlichen Zweck seiner bemächtigte. Es war, erneuert und wiederholt, die Form ihrer Bitte, die letztlich, während er ihr nachkam, ihnen die alles überragende Tatsache klarmachte. Und einander so zu besitzen, klärte irgendwie *alle* Dinge. Das Ergebnis war, daß ihm unter diesen Bedingungen erneut nichts anderes übrigblieb, als großmütig zu sein. Er hatte nun so spontan alles ihr überlassen, daß sie in wenigen Sekunden auf eine ihrer früheren – und wie es geradezu schien – ihrer liebsten Ideen zurückkam. „Du hat mir eben vorgeworfen, ich hätte gesagt, Milly sei in dich verliebt. Nun, wenn du so willst, ich sage es wirklich. Also bitte. Das ist der Nutzen, den sie uns bringen wird. Es ist der Grund, dich sehen zu wollen, und sie hilft uns damit, unsere Beziehungen fortzusetzen."

Densher starrte sie an – sie war rundum erstaunlich. „Und welchen Grund gibt es für mich, sie sehen zu wollen?"

„Ach, das macht mir nichts aus!" lächelte Kate.

„Es macht dir nichts aus, daß ich sie umgarne?"

Sie formulierte es anders. „Es macht mir nichts aus, daß sie *dich* umgarnt."

„Na, das wird sie nicht – also ist es nicht schwer, sich nichts daraus zu machen. Aber wie kann uns das ‚helfen'", bohrte er weiter, „bei allem, was sie weiß?"

„Was sie weiß? Das muß doch kein Hindernis sein."

Er staunte. „Kein Hindernis, daß sie uns gern hat?"

„Kein Hindernis, daß sie dir hilft. Sie *ist* so", setzte ihm Kate Croy auseinander.

Das mußte man allerdings erst begreifen. „Und tut die Tatsache einfach ab, daß ich eine andere liebe?"

„Macht alles daraus", sagte Kate, „um dich zu trösten."

„Aber weswegen trösten?"

„Weil du deine andere nicht bekommst."

Er starrte sie immer noch verwundert an. „Aber woher weiß sie …?"

„Daß du sie *nicht* bekommst? Das weiß sie nicht; aber andererseits weiß sie auch nicht, daß du sie doch bekommst. Inzwischen sieht sie deine Absichten durchkreuzt, denn sie ist über Tante Mauds Standpunkt im Bilde. *Das*" – Kate sah es klar – „gibt ihr Gelegenheit, nett zu dir zu sein."

„Und wozu gibt es *mir* Gelegenheit?" gab der junge Mann dennoch vernünftig zurück. „Sie auf gemeinste Weise zu täuschen?"

Kate beherrschte ihre Fakten so gut, daß sie über sein Aufbrausen lächelte. „Sie wird dir außerordentlich gut gefallen. Sie ist entzückend. Und es gibt Gründe. Ich meine, noch andere."

„Was für andere?"

„Nun, ich erzähle es dir gelegentlich. Die, die ich dir nannte", fügte das Mädchen an, „genügen, um fortzufahren."

„Womit fortzufahren?"

„Na, sie wiederzusehen – sagen wir, sobald du kannst: was außerdem nach Lage der Dinge nur anständig von dir ist."

Natürlich erfaßte er ihre Anspielung, und er hatte vollkommen in Erinnerung, was in New York zwischen ihnen vorgegangen war. Es war nicht sehr bedeutsam gewesen, doch hatte es ihm damals entschieden Vergnügen bereitet; weshalb alles, was auf einen Appell in dieser Richtung zielte, ein gelindes Wiederaufflackern zur Folge haben konnte. „Oh, selbstverständlich spreche ich ohne Verzug wieder bei ihr vor. Ja", sagte Densher, „daß sie in mich verliebt sein soll, ist Unsinn; aber ganz unabhängig davon muß ich mich für empfangene Freundlichkeiten erkenntlich erweisen."

Mehr schien Kate praktisch gar nicht zu verlangen. „Du verstehst also. Ich treffe dich dort."

„Ich sehe nicht recht ein", gab er darauf zurück, „wieso sie deswegen *dich* zu empfangen wünschen sollte."

„Sie empfängt mich um meinetwillen – das heißt um *ihret*willen. Sie schätzt mich unendlich. Daß ich dir das einpauken muß!"

Doch er erfaßte es immer noch nicht. „Dann gestehe ich, sie übersteigt mein Verständnis."

Nun, Kate konnte es nur so darstellen, wie sie es sah. „Sie betrachtet mich bereits – innerhalb dieser paar Wochen – als ihre liebste Freundin. Das ist eine Sache für sich. Wir beide – sie und ich – stecken bis über beide Ohren darin." Und um das zu bestätigen, als wäre ihr blitzartig aufgegangen, daß er gar nichts mehr verstand, steckte sie ihm endlich aus ihrer Sicht ein wahres Licht auf. „Natürlich weiß sie nicht, daß *ich* dich mag. Sie glaubt, ich mache mir so wenig aus dir, daß es nicht der Rede wert ist." Daß er wirklich nichts mehr verstanden hatte, brachten diese Bemerkungen rasch zutage, und Kate nahm die Wirkung mit Überraschung auf. „Hast du etwa die ganze Zeit vermutet, sie wüßte ...?"

„Von unserer Situation? Gewiß, wenn ihr solche Freundinnen seid, wie du es mir schilderst – und wenn du es ihr nicht anders dargestellt hast." Darauf stieß sie einen so ungeduldigen Laut aus, daß er schlicht im dunkeln tappte. „Du *hast* es ihr gegenüber abgestritten?"

Angesichts seiner Schwerfälligkeit schlug sie die Hände über dem Kopf zusammen. „Es ‚abgestritten'? Mein Lieber, wir haben nie von dir gesprochen."

„Überhaupt nie?"

„So unverständlich es deinem Stolz auch erscheinen mag – nie."

Er konnte sich keinen Reim darauf machen. „Aber wird nicht Mrs. Lowder davon gesprochen haben?"

„Sehr wahrscheinlich. Aber von *dir.* Nicht von mir."

Das schien ihm unverständlich. „Wie kennt sie mich denn, wenn nicht als wesentlichen Bestandteil von dir?"

„Wie?" fragte Kate triumphierend. „Nun, gut genug, um es herunterzuspielen, um sich herauszuhalten, um sich konsequent an ihre diesbezügliche Taktik zu halten. Tante Mauds Taktik besteht darin, unserer Beziehung – das heißt, einer mir von dir drohenden Gefahr – jegliche Realität vorzuenthalten, indem sie nicht einmal etwas davon ahnt oder davon gehört hat. Sie glaubt, sie wird es los, indem sie es ignoriert und versenkt – wenn es nur nachdrücklich genug geschieht. Deshalb wird *sie* es auf ihre Art ‚abstreiten', wenn du so willst. Insofern kennt sie dich, aber nicht als wesentlichen Bestandteil von mir. Sie hat bestimmt keine Sekunde lang weder Mrs. Stringham noch Milly gegenüber zugegeben, ich hätte dich irgendwie, wie sie sagen, ausgezeichnet."

„Und du meinst nicht", sagte Densher, „sie müßten es selbst herausgefunden haben?"

„Nein, Liebster, das glaube ich nicht; nicht einmal", erklärte Kate, „nachdem Milly am Dienstag so komisch über uns gestolpert ist."

„*Daraus* schließt sie nicht ...?"

„Daß du sozusagen verrückt nach mir bist. Doch, sie sieht bestimmt, daß du mich mit einem wohlgefälligen Blick betrachtest – denn ich meine, du läßt es dir immer zu sehr ansehen. Aber weiter nichts. *Ich* lasse es mir nicht zu sehr anmerken; vielleicht lasse ich es mir – um dich ganz zufriedenzustellen, wo es andere betrifft – nicht genug anmerken."

„Du kannst es dir anmerken lassen oder nicht, wie es dir gerade paßt?" wollte Densher wissen.

Das ließ sie kurz stocken, doch sie wand sich glänzend heraus. „Nicht, wo es *dich* betrifft. Darüber hinaus, daß du ziemlich verliebt bist", fuhr sie fort, „sieht Milly nur, daß ich dich einigermaßen wohlwollend behandele."

„Ungemein wohlwollend muß es ihr vorkommen!"

„Dann also ungemein wohlwollend. Sie betrachtet mich ohne weiteres", lächelte Kate, „als ungemein wohlwollend."

Der junge Mann grübelte. „Aber in einem Sinn, der einiger Erklärung bedarf."

„Dann erkläre ich es." Sie war wirklich listig; es lief im wesentlichen auf ein Plädoyer für ihre Handlungsfreiheit und sein wunderschönes Vertrauen hinaus. „Ich meine“, setzte sie hinzu, „ich *werde* es erklären.“

„Und was mache *ich*?“

„Du nimmst zur Kenntnis, welchen Unterschied es macht, wenn sie darüber nachdenkt.“ Doch in Wahrheit zögerte Kate an dieser Stelle. Vorläufig nahm allein sein Schweigen den scheinbaren Sinn ihrer Worte auf; und bevor er wieder sprach, war sie auf das Thema von Ermahnungen und vorausschauender Klugheit zurückgekommen. Sie sollten jetzt nicht vergessen, wo doch Tante Mauds Toleranz es für sie zu einer Frage der Ehre gemacht habe, daß sie ihre Sache nicht verderben dürften, indem sie sie mißbrauchten. Er müsse sie rechtzeitig verlassen; wahrscheinlich würden sie merken, daß es ihnen förderlich sei. Doch sie kam auch auf Milly zurück. „Denke ja daran, sie zu besuchen.“

Doch Densher ging immer noch auf nichts ein. „Dann darf ich wiederkommen?“

„Zu Tante Maud – so oft du willst. Aber *diesen* Streich“, sagte Kate, „können wir ihr nicht wieder spielen. Ich kann dich hier nicht allein empfangen.“

„Wo dann?“

„Besuche Milly“, konnte sie nur wiederholen, als einzigen Beitrag, ihn zufriedenzustellen.

„Und was nützt mir das?“

„Versuche es, und du wirst sehen.“

„Du meinst, du richtest es ein, dort zu sein?“ fragte Densher. „Angenommen, du bist dort, wie kommen wir unter vier Augen zusammen?“

„Versuche es – du wirst sehen“, gab das Mädchen noch einmal zurück. „Wir müssen uns behelfen, so gut es geht.“

„Genau das denke ich auch. Ich meine, wir könnten uns besser behelfen.“ Seine Vorstellung, wie das vor sich gehen sollte, war etwas, das ihn flüchtig zögern ließ; doch dann brachte er es mit Überzeugung heraus. „Warum willst du nicht zu *mir* kommen?“

Auf diese Frage schienen ihm ihre verwirrten Augen zu sagen, es sei nicht sehr edelmütig von ihm, mit einer bindenden Antwort von ihr darauf zu rechnen, und während sie ihn mit ihren Blicken wenigstens abzuwarten bat, sprach sie in ihm etwas an, das er bald als Mitleid für sie empfand. Er fand sich also wieder auf diese besondere Schattierung der Zärtlichkeit zurückverwiesen; indes er seinen Geist und sein Fleisch befragte, auf welches Zugeständnis genau sie sich einigen könnten, bedrängte sie ihn noch einmal zum Thema ihrer wunderlichen Abhilfe für ihr gemeinsames Dilemma. Es hätte ihn aufbringen können, hätte er je den Eindruck gehabt, sie könne irgendwo in ihrem Hirn einen Winkel der Einfalt besitzen. „Du wirst sehen", sagte sie, „was es für einen Unterschied macht."

Nun ja, da sie nicht einfältig war, war sie intelligent; der Einfältige war er – der Beweis dafür war, daß er tun würde, was sie wollte. Doch er machte noch eine letzte Anstrengung, zu begreifen, worauf ihn ihre Anspielung auf den „Unterschied" brachte. In der Tat erhaschte er noch beim Sprechen etwas Hauchfeines, aber Starkes. „Hast du vorhin gemeint, der Unterschied werde darin bestehen, ihr einzureden, du könntest mich nicht leiden?"

Für diese plumpe Art der Formulierung hatte Kate jedoch nur eines ihrer deutlicheren Zeichen der Ungeduld übrig, womit sie auch ihre Diskussion schroff abbrach. Auf ihren Wink öffnete er die Tür, und ihre Miene, während sie ihn zur Treppe begleitete, sprach deutlich genug, sie habe ihre Möglichkeiten derart vor ihm ausgebreitet, daß Fragen müßig und Zweifel verstockt seien. „Ich glaube wahrhaftig, ich *kann* dich nicht mehr leiden, wenn du mir die Schönheit dessen verdirbst, was ich vor mir sehe!"

19

Dessenungeachtet sollte er doch noch mehr von ihr darüber erfahren, was sie vor sich sah; und schon die nächste Gelegenheit barg für ihn noch mehr Überraschungen. Am Morgen nach seinem Besuch bei Kate empfing er von Mrs. Lowder telegraphisch eine Nachricht, in der sie ihre Hoffnung ausdrückte, er sei frei, am Abend bei ihnen zu dinieren; und daß er frei war, erschien ihm günstig, wenn ihre Botschaft das auch in gewissem Maße einschränkte. „Erwarte amerikanische Freunde, die Sie kennen, wie ich zu meiner Freude erfahre!" Seine Bekanntschaft mit den amerikanischen Freunden war eindeutig ein Zufall, dessen Frucht er bis zur letzten Bitterkeit auskosten sollte. Doch diese Befürchtung, beeilen wir uns anzufügen, schrumpfte sich für ihn, wie die Dinge sich unmittelbar ergaben, in gewissem Grade gnädig zurecht; was sich unmittelbar ergab, war, daß fünf Minuten nach seiner pflichtschuldigen Ankunft am Lancaster Gate, die ihm für acht Uhr dreißig vorgeschrieben war, Mrs. Stringham allein eintrat. Das langwährende Tageslicht, das das Anzünden der Lampen hinauszögerte, die Gewohnheit, zu einer bestimmten Zeit zu speisen, hatte zur Folge, daß die Dinners spät begannen und die Gäste noch später kamen; und so hatte er, pünktlich, wie er war, Mrs. Lowder allein angetroffen – Kate selbst war noch gar nicht auf dem Feld. Dergestalt machte er mehrere bestürzende Minuten mit ihr allein durch – bestürzend, weil er sie als stumme Aufforderung erlebte, sich übernatürlich einfach zu geben. Genau das, Gott wußte es, wollte er sein; doch hatte man es ihm noch nie so umfassend und zwanglos – *so* übernatürlich einfach, könnte man sagen – als leichte Aufgabe nahegelegt. Es war ein Detail, für das sich Tante Maud als Vorbild anzubieten schien; es war, als sage sie ganz leutselig: „Was ich von Ihnen möchte – merken Sie das nicht? – ist, sich ganz genau so zu geben wie *ich*." Die Menge des erheischten Artikels mochte es sein, was ihn besonders in Unsicherheit gestürzt hatte – im allgemeinen sagte ihm das Quantum durchaus zu, mit dem Mrs. Lowder sich abgab. Er hätte sie gern auch gefragt, wie weit ihrer Ansicht nach ein armer junger Mann ihr in irgendeinem Punkt gleichen könne; doch hatte er schließlich bald genug wahrgenommen, daß er ihrem Wunsch entsprach, indem er sich seine Verwunderung als eine Spur zu einfältig anmerken ließ. Zudem war er sich einer sonderbaren kleinen Furcht vor den Folgen einer Diskussion mit ihr bewußt – wahrlich sonderbar, denn es war ihre Gutmütigkeit, nicht ihre Schroffheit, die er fürchtete. Schroffheit hätte ihn zornig machen können – was immer auch eine Wohltat in sich barg; Gutmütigkeit hatte unter seinen Umständen die Tendenz, ihn zu beschämen – und Tante Maud, die ihn erstaunlicherweise um seiner selbst willen mochte, schien das wirklich erraten zu haben. Aus Nachsicht für ihn vermied sie deshalb auch eine Diskussion; sie hielt ihn nieder, indem sie sich weigerte, mit ihm zu streiten. Das zu genießen trug sie ihm jetzt an, und sein heimliches Unbehagen entstammte dem Gefühl, im ganzen komme ihm das gelegen. Niedergehalten zu werden war lästig, aber seine große Furcht war in Wahrheit, beschämt zu werden, was etwas ganz anderes war; und es hatte nur wenig zu sagen, daß er sich auch deswegen schämte.

Es lag im Wesen seiner Position, daß in einem Haus wie diesem der Spieß jederzeit gegen ihn gekehrt werden konnte. „Was hast du zu bieten, was hast du zu bieten?" – so summte das Haus ihm, wie auch immer von Behaglichkeit und Anstand gedämpft, mit solch lastender Ironie unaufhörlich zu. Die Ironie war ein erneuerter Hinweis auf augenfällige Verlockungen, und er hatte bereits erlebt, wie wenig Hilfe ihm daraus erwuchs, die Form der Verlokkung als häßlich bloßzustellen. Das konnten sich die Edelmetalle – sie allein – leisten; insofern war es recht müßig, wenn er seiner eigenen vergleichsweise minderwertigen Münze Glanz zu verleihen versuchte. Eben die Demütigung durch diese Ohnmacht war es, was Tante Maud für ihn abzumildern versuchte, indem sie ihn niederhielt; und da ihr Bestreben in dieser Richtung bisher gewiß noch nie so sichtbar gewesen war, hatte er sich wahrscheinlich noch nie so klar in diese Welt eingeordnet gefühlt wie während der Minuten, als er mit ihr auf das halbe Dutzend weitere Gäste wartete. Sie hieß ihn fröhlich aus den Staaten willkommen, ihre wenigen Fragen zu seinem Eindruck darüber waren, wenn auch nicht zusammenhängend, so doch umfassend, und er hatte das Vergnügen, bei ihr wie durch klares Glas hindurch zu beobachten, wie ein Plan hervorbrach und sich plötzlich Neugier ihres Bewußtseins bemächtigte. Vor seinen Augen wurde sie Amerikas als eines möglichen Schauplatzes für gesellschaftliche Operationen gewahr; der Gedanke eines Besuches in dem herrlichen Land war ihr sichtlich eben erst gekommen, doch nach Ablauf einer Minute sprach sie davon als ihrem liebsten Traum; er glaubte das zwar nicht, tat aber so; das half ihr so gut wie irgend etwas anderes, ihn als harmlosen jungen Mann zu behandeln. Damit war sie beschäftigt, und sie verzichtete dabei so völlig auf Anspielungen, als Kates großartiger Auftritt ihrer Methode zu höchster Wirkung verhalf. So erfuhr diese Methode allseits Unterstützung, denn kein junger Mann konnte harmloser sein als der, dessen Schüchternheit abzuhelfen ihre Nichte offenkundig kam. Das Offenkundige in Kates Verhalten kam ihm bei dieser Gelegenheit geradezu unglaublich vor; während übrigens kaum weniger unglaublich war, wie er vom Fleck weg die Beziehung zwischen seinen Partnerinnen erriet – eine Beziehung, die ihm der direkte Blick erhellte, nicht gerade liebevoll verweilend, doch forschend und sanft, auf den das Mädchen beim Näherkommen von seiten ihrer Tante rechnen mußte. Der Blick musterte sie von Kopf bis Fuß und erzählte dabei eine Geschichte, von der dem armen Densher wieder eine winzige Spur übel wurde: sie bezeichnete so sehr etwas, was Kate gewohnheitsmäßig und vollendet im voraus in ihre Berechnungen einbezog.

Das war die Geschichte – daß sie jederzeit für ihren wohltätigen Drachen unter Waffen stand; stündlich, doch besonders zu festlichen Stunden, den „Wert“ verkörpern mußte, den

Mrs. Lowder ihr zugemessen hatte. Auf hohem Niveau festgeschrieben, beherrschte diese Veranschlagung bei jeder Gelegenheit am Lancaster Gate die gesellschaftliche Szene; so daß unser junger Mann jetzt etwas darin erkannte wie die künstlerische Grundidee, die bildsame Substanz, die hinsichtlich eines vorgegebenen Charakterbilds sowohl Überlieferung wie Genie wie Kritik einer hervorragenden Schauspielerin aufzwingen. Wie eine solche Person sich nach der Rolle kleiden, in Gang, Aussehen, Sprache in jeder Hinsicht die Rolle ausdrücken muß, so hatte Kate all das für die Figur zu tun, die sie unter dem Dach ihrer Tante darzustellen auf sich genommen hatte. Diese Figur baute sich aus genau bestimmten Elementen und Merkmalen auf – Dingen, die sämtlich einer kritischen Würdigung durchaus zugänglich waren; und ihre Art, der Kritik zu begegnen, bestand offensichtlich darin, sich gleich zu Anfang zu vergewissern, daß ihre Ausstaffierung richtig war und daß sie zumindest nicht weniger vorteilhaft als sonst aussah. Tante Mauds Musterung all dessen war heute abend wahrlich eines Theaterdirektors würdig und Kates Beitrag geradezu der des tadellosen Soldaten zur Parade. Densher sah sich flüchtig wie auf seinem für den Abend bezahlten Parkettplatz im Theater; der wachsame Direktor hielt sich in der Tiefe einer Loge auf und die arme Schauspielerin im grellen Schein des Rampenlichts. Doch sie *wirkte,* die arme Schauspielerin – er konnte sehen, daß sie immer wirkte; ihre Perücke, ihre Schminke, ihr Schmuck, jeder Zug ihres Ausdrucks mustergültig und entsprechend beim Auftritt mit dem gehörigen Beifall empfangen. Eindrücke, wie wir sie hier bei Densher verzeichnen, kommen und gehen, das muß man einräumen, sehr viel schneller, als sie aufgezeichnet werden können; nichtsdestoweniger dürfen wir darauf hinweisen, daß die Zeit dazwischen dennoch ausreichte, damit er sich beinahe allzu geängstigt fühlte, um am Applaus teilzunehmen. Er kam sich vor, als habe er für einen kurzen Augenblick seine Geistesgegenwart verloren – jedenfalls starrte er nur stumm auf die kunstgerechte Herausforderung der älteren Frau und das disziplinierte Gesicht der jüngeren. Es war, als spielte sich das Drama – so erschien es ihm, denn der Tatsache eines Dramas ließ sich nicht ausweichen – zwischen *diesen* ab, ganz überwiegend zwischen diesen; Merton Densher blieb dabei auf den Status eines Zuschauers verwiesen, auf einem bezahlten Platz ganz vorn, einem der teuersten. Das war der Grund, weshalb seine Anerkennung vorübergehend in Furcht – sogar, wie wir sagten, in Übelkeit umgeschlagen war;

und das trotz der Tatsache, daß das disziplinierte Gesicht ihm über das Rampenlicht hinweg, wie er glaubte, das Fünkchen, fein, schwach, aber köstlich, eines besonderen Einvernehmens zeigte. So mochte eine erfahrene Darstellerin, sogar im Kreuzfeuer doppelläufiger Gläser, scheinbar ganz in ihrer Rolle aufgehen und doch dem Menschen im Publikum, den sie am meisten liebte, ein Zeichen zukommen lassen.

Jedenfalls nahm das Drama, wie Densher es sah, inzwischen seinen Lauf – bald genug erweitert durch das Eintreffen zweier anderer Gäste, beides umherirrende Herren, Nachzügler im ungeordneten Rückzug der Saison, die sich Kate in den nächsten Minuten sichtlich als Ziele einer gleich unpersönlichen Behandlung und Teilhaber eines gleicherweise üblichen Gnadenerweises darboten. An entgegengesetzten Enden der gesellschaftlichen Lebensbahn postiert, stellten sie hinsichtlich der „Figur", die jeder auf seine Weise machte, der eine die ausweitende, der andere die einschnürende Wirkung der untadeligen weißen Weste zur Schau. Eine zusammengewürfelte Gruppe zweier harmloser junger Männer und eines zur Ruhe gekommenen Veteranen war es daher, was sich jetzt Mrs. Stringham darbot, die ein wenig atemlos hereinrauschte, ganz zerknirscht, weil sie hatte allein kommen müssen. Ihre Gefährtin sei im letzten Moment unpäßlich geworden – fühle sich wirklich nicht wohl genug und habe sie daher dringlich, mit Entschuldigungen, mit dem Ausdruck allertiefsten Bedauerns, hergeschickt. Dieser Umstand, die Krankheit ihrer reizenden Freundin, war das erste, was Kate mit Densher erörterte, als sie nach dem Dinner „ganz natürlich", wie sie es nannte – *er* nannte es nicht so –, zehn Minuten miteinander verbringen konnten, ohne herausfordernd auffällig zu wirken; doch es war bereits, als hätte der junge Mann kraft eines eigenartigen Eindrucks die ganze Mahlzeit über Miss Theales Gegenwart nicht ganz entbehren müssen. Mrs. Lowder hatte die liebe Milly zum Thema gemacht, und es stellte sich sofort als ein Thema heraus, das dem schwärmerischen jungen Mann ebenso vertraut war wie dem scharfsinnigen älteren. Soweit sie der Kenntnis bestimmter Tatsachen noch ermangelten, stellte sie ihnen Mrs. Lowders Nichte zudem prompt zur Verfügung, während man sich an Densher ungezwungen als den aus der Gesellschaft wandte, der offenkundig der Höchstprivilegierte war. War er es nicht, der das zauberhafte Geschöpf gewissermaßen erfunden hatte – indem er es als erster gesehen, in ihrem heimatlichen Dschungel eingefangen hatte?

Hatte er ihr nicht mehr oder weniger den Weg gebahnt, als er sofort ihre Seltenheit erfaßte, als er ihr in freundlichem Wohlwollen – er, der das „Ohr“ der Gesellschaft besaß – mit ein oder zwei grellen Scheinwerfern vorausgeschritten war?

Er ging auf diese Erkundigungen ein, so gut er konnte, der arme Densher, und hörte mit Interesse, jedoch mit Unbehagen zu; insbesondere verzog er schmerzlich das Gesicht, der nüchterne Journalist, der er war, als er der offenbar herrschenden Meinung auf die Spur kam, er habe seine Feder – ach, seine „Feder“! – in den Dienst einer privaten Huldigung gestellt. Das Ohr der Gesellschaft? – sie redeten, oder doch beinahe, als hätte er eine zurückhaltende junge Dame mit einem Zeitungsartikel der Öffentlichkeit überantwortet. Sie träumten wahrhaftig Träume, schien er zu erkennen, die *ihn* geradezu aufweckten, und er setzte sich fester zurecht, um zugleich gegen seine Verlegenheit anzugehen und die volle Offenbarung aufzufangen. Seine Verlegenheit entsprang natürlich der Tatsache, wenn er sich schon kein Verdienst an Miss Theales Erfolg zuschreiben konnte, so konnte er doch auch nicht mit Anstand darauf beharren, er habe nichts mit ihr zu tun gehabt. Was ihn besonders berührte, war aber, daß der Abend irgendwie in die Atmosphäre eines Gedächtnisbanketts hineinglitt, eines Festmahls zur Feier einer glanzvollen, wenn auch kurzen Lebensbahn. Selbstverständlich sprach man mehr über die Hauptperson, als wenn sie nicht abwesend gewesen wäre, und er fühlte sich ziemlich betäubt vom Ausmaß von Millys Triumph. Mrs. Lowder wußte Wunderdinge davon zu berichten; die zwei Westenträger bekannten sich, entweder aufrichtig oder geheuchelt, zu einer gleichartigen Sachkenntnis, so daß sich Densher schließlich einem gesellschaftlichen „Ereignis“ gegenüber zu sehen meinte. Es leuchtete ein, daß man an erster Stelle Mrs. Stringham zum Zeugnis aufgerufen hätte, wäre sie nicht, als Stellvertreterin ihrer Freundin, mehr auf die Funktion beschränkt gewesen, den Weihrauch einzuatmen; so daß Kate, die ganz reizend zu ihr war, sie über den Tisch hinweg anlächelte, aufmunterte und tröstete, zugleich warmherzig für sie zu sprechen und für sie zu dolmetschen schien. Kate sprach, als werde Mrs. Stringham womöglich die Art, wie die Versammelten Milly würdigten, nicht recht verstehen, werde ihnen aber dennoch angesichts ihrer guten Absicht gestatten, es auf ihre gröbere Art auszudrücken. Densher selbst fühlte sich in dieser Beziehung in einer gewissen weitläufigen Kameradschaft mit Mrs. Stringham verbunden; in der Tat fragte er sich, während er der Unterhaltung folgte, wie es sich wohl auf amerikanische Nerven auswirken mochte. Früher hatte er von diesen nur gehört, doch bei seiner kürzlichen Reise hatte er sie in Aktion erlebt, und jetzt gab es ein, zwei Momente, wo ihm der Gedanke kam, er habe vielleicht – und nicht in Form einer Flucht – etwas von ihnen angenommen.

Sie bebten sichtlich, sie summten und schwirrten, sie zuckten in Mrs. Stringhams typischem Organismus – diese Dame schien ihm vor allem so angeregt oder, nach ihrer heimischen Redensart, so hochgespannt überdreht zu sein, daß sie bei diesem Anlaß mehr Elemente wahrnahm, als er selbst zu zählen vermochte. Sie war für bestimmte Aspekte empfänglich, stellte er sich vor, die ihm bisher noch dunkel waren; denn obwohl sie unverkennbar erfreut war und in höheren Sphären schwebte, wirkte sie dennoch augenblicksweise noch exaltierter auf ihn, als ihre Freude es rechtfertigte. Sie legte eine Gefühlsverfassung an den Tag, aus der wohl kaum einfach die Ungeduld sprach, zu Hause berichten zu können. Ihre bescheidene, nüchterne neuenglische Lebhaftigkeit – er hatte alle Schattierungen der komplexen amerikanischen Wesensart „registriert", sofern es sich um etwas Komplexes handelte – hatte triftige Gründe, die meiste Erleichterung im Schweigen zu finden; so daß ihm, noch ehe das Thema gewechselt wurde, klar genug war – wobei er sich über die anderen wunderte –, man habe ihr mehr als genug davon vorgesetzt. Er hatte selbst schon völlig genug davon, als man ihn fragte, ob es zutreffe, daß ihre Freundin in ihrer Heimat nicht das Aufsehen erregt habe wie in so hohem Maße in London. Mrs. Lowder selbst richtete diese Frage an ihn; indessen wußte er kaum, ob es ihn stärker beeindruckte, daß sie sie unmittelbar in Mrs. Stringhams Gegenwart losließ oder daß sie hoffte, er werde die Ehre der Entdekkung London zusprechen. Der harmlose junge Mann stellte die Theorie auf, in London sähen sie letzten Endes doch viel weiter – trotz allen Geredes – als in den Staaten; es wäre nicht das erste Mal, machte er nachdrücklich geltend, daß sie die Amerikaner gelehrt hätten, ein einheimisches Erzeugnis – besonders wenn es komisch sei – zu würdigen. Er meine natürlich nicht, Miss Theale sei komisch – eher sei sie eigentümlich, und das sei gerade das Magische an ihr; doch es könne durchaus sein, daß New York, als es sie hervorbrachte, seines Glücks gar nicht gewahr geworden sei. Es *gebe* eine Menge Leute, die drüben nichts seien und doch in England kolossal Furore machten; genau wie sie – um das

Gleichgewicht zu halten, Gott sei Dank – manchmal Schönheiten und Berühmtheiten herüberschickten, die den Briten kaltließen. Die Temperatur des Briten lasse sich wahrhaftig nicht vorausberechnen – zu welcher Formulierung des Sachverhalts er jedoch nicht gelangte, ohne bei Mrs. Stringham abschließend einen fiebrigen Ausbruch auszulösen. Sie verkündete, wenn man auch in New York den richtigen Standpunkt für eine angemessene Bewunderung ihrer jungen Freundin wirklich ein wenig vermissen mußte, so stehe es doch ganz außer Zweifel, daß sie Boston im Sturm erobert habe. Die Moral laute, was den feineren Geschmack betreffe, sei Boston New York haushoch überlegen; und der guten Dame als Vertreterin dieser Doktrin – die sie recht ausführlich auseinandersetzte – gelang es nach Denshers Meinung eindeutig am besten, etwas von der Eigentümlichkeit beizusteuern, deren es in Millys Abwesenheit ermangelt hatte. Derart überzeugend wirkte es in der Tat auf ihn, als sie sich plötzlich an ihn wandte.

„Sie, Sir, wissen gar nichts – aber auch nicht das geringste – über meine Freundin."

Er hatte das gar nicht behauptet, doch in Mrs. Stringhams Ton und Miene lag eine vorwurfsvolle Reinheit, eine Aufrichtigkeit, die offenbar voll ernster Bedeutung war; so daß er sich flüchtig, so bescheiden sein Anspruch auch gewesen war, nicht gegen das Gefühl wehren konnte, sie übertreibe. Er fragte sich, was sie damit meine, verteidigte sich jedoch dabei. „Ich weiß gewiß nicht allzu viel – davon abgesehen, daß sie in New York ungemein freundlich zu mir als einem armen verwirrten, frisch eingetroffenen Fremdling war und daß ich es ungeheuer zu schätzen wußte." Worauf er etwas anfügte, er wußte kaum warum, das prompt einen Erfolg zeitigte. „Vergessen Sie nicht, Mrs. Stringham, daß Sie damals nicht anwesend waren."

„Aha, da sehen Sie!" sagte Kate in munterem, lebhaftem Ton, doch ob an ihn oder an Mrs. Stringham gerichtet, vermochte er jetzt nicht zu erkennen.

„*Damals* warst du nicht anwesend, meine Liebe", pflichtete Mrs. Lowder vielsagend bei. „Du weißt nicht", fuhr sie mit jovialer Heiterkeit fort, „wie weit die Dinge womöglich gegangen sind."

Daraufhin verlor die kleine Frau wirklich den Kopf, er konnte es erkennen. Ihr lagen mehr Dinge auf der Seele als jedem von ihnen, Kate vielleicht ausgenommen, deren beobachtenden Blick er während dieses albernen Dialogs indirekt auf sich gerichtet spürte, obgleich er – auch wegen der Albernheit des Ganzen –

ihrem Blick nicht zu begegnen beliebte. Er begegnete Mrs. Stringhams Blick, der ihn anrührte; mit ihr konnte er es bei Gelegenheit klären – ein Gefühl, entstanden aus dem stummen Einvernehmen zwischen ihnen und in Wahrheit der Beginn, wie sich in der Folge erweisen sollte, von etwas ganz Ungewöhnlichem. Es war sogar bereits ein wenig die Wirkung dieses Einvernehmens, daß Mrs. Stringham in ihrer Erwiderung auf Mrs. Lowders Scherz sichtlich stockte. „Ach, es ist ja gerade mein Argument, daß Mr. Densher nicht viel Gelegenheit gehabt haben *kann.*" Und dann lächelte sie ihm zu. „Ich war nämlich nicht lange fort."

Das brachte für ihn, auf die eigenartigste Weise, sofort alles ins rechte Lot. „Und ich war auch nicht lange *dort.*" Er sah dabei geradezu, daß für ihn, soweit es sie betraf, nie wieder etwas falsch laufen würde. „Sie ist schön, aber ich behaupte nicht, es wäre leicht, sie wirklich zu kennen."

„Ach, sie ist tausendundeines in einem!" gab die Dame zurück, wie um sich von nun an gut mit ihm zu stellen.

Nichts war ihm lieber. „Sie war im Nu mit Ihnen auf und davon, in diese Richtung hier. Ich selbst war auch auf und davon – in Richtung herrlicher Gegenden, wo ich noch unendlich viel zu sehen bekam."

„Aber Sie haben sie nicht vergessen!" warf Tante Maud mit beinahe drohender Schalkhaftigkeit ein.

„Nein, selbstverständlich habe ich sie nicht vergessen. Solche bezaubernden Eindrücke vergißt man nicht. Aber ich habe nie", brachte er klar und deutlich vor, „mit anderen über sie geschwatzt."

„Das wird sie Ihnen danken, Sir", sagte Mrs. Stringham mit rosig überhauchter Entschiedenheit.

„Doch beweist in so einem Fall das Schweigen", erkundigte sich Tante Maud sanft, „nicht sehr oft, wie tief der Eindruck ist?"

Es hätte ihn amüsiert, hätte es ihm nicht ein wenig mißfallen, was sie ihm anscheinend alles anhängen wollten. „Nun, der Eindruck war so tief, wie Sie nur wollen. Aber ich lege wirklich Wert darauf, daß Miss Theale erfährt", fuhr er an Mrs. Stringham gerichtet fort, „daß ich ohne jedes eigene Zutun als Autorität über sie gelte."

Kate kam ihm zu Hilfe – sofern es Hilfe war –, bevor ihre Freundin Zeit hatte, diesem Angriff zu begegnen. „Sie haben recht damit, daß es nicht leicht ist, sie wirklich zu kennen. Man *sieht* sie intensiv – sieht sie fast deutlicher als irgendwas sonst;

aber dann entdeckt man, daß das nicht bedeutet, sie zu kennen, und daß man einen Menschen, den man nicht halb so gut ‚sieht', wie ich es nenne, vielleicht besser kennt."

Die Unterscheidung war interessant, doch sie brachte die Versammelten auf die Tatsache von Miss Theales Erfolg zurück; und diesen ihnen derart in voller Größe vor Augen geführten, vergleichsweise plumpen Sachverhalt betrachtete nun Millys besorgte Begleiterin – betrachtete ihn fast so, wie zu alten Zeiten im Zirkus ein Zuschauer das absonderliche Schauspiel verfolgt hätte, wie in der Arena eine christliche Jungfrau unter sanften Liebkosungen zu Tode gemartert wurde. Es war das Beschnüffeln und Betatschen nicht durch Löwen und Tiger, sondern durch Haustiere, die man sozusagen spaßeshalber losgelassen hatte. Selbst bei dem Spaß war Mrs. Stringham nicht wohl, und das bestimmte zunehmend ihr stummes Einvernehmen mit Densher, wovon wir schon sprachen. Hinterher fragte er sich, ob Kate das wohl entdeckt habe; obzwar er sich tatsächlich erst viel später in Gedanken dabei ertappte, die Dinge, die sie vielleicht wahrgenommen hatte, von den anderen zu trennen, die sie übersehen haben mußte. Wenn ihr jedenfalls wirklich Mrs. Stringhams Unbehagen entgangen war, bewies das nur, wie sehr sie im Banne ihrer eigenen Idee stand. Ihre eigene Idee war es, auf der herausragenden Bedeutung des Mädchens als der prägenden Erscheinung des Endes der Saison zu beharren und Densher so für alle übrigen Anwesenden in Beziehung zu deren Gegenwart und Vergangenheit zu belassen. „Alles, was seither geschehen ist, macht Sie, was sie betrifft, natürlicherweise ein wenig zurückhaltend. Sie wissen nicht, was seither geschehen ist, aber wir; wir haben es gesehen und verfolgt; wir hatten ein wenig unseren Anteil daran." Das Wichtige daran für ihn, wie es ihm Kate vermittelte, war ganz widerspruchslos die Tatsache, daß es sich um einen realen Fall handelte – etwas in der Art, wie man es, wenn die Geduld nicht mit der Neugier Schritt hielt, in London irgendwie vage für möglich gehalten, womit man jedoch niemals selbst in geringstem Umfang zu tun bekommen hatte. Das unerwartete gesellschaftliche Abenteuer der kleinen Amerikanerin, ihren glücklichen und zweifellos harmlosen Aufschwung, hatten vermutlich mehrere Zufälle begünstigt, vor allem anderen jedoch das einfache Sprungbrett, als das sich ihr die Szene zur Verfügung gestellt hatte, mit einer jener üblichen Launen der zahllosen einfältigen Menge, deren Herdenbewegungen so unerforschlich sind wie Meeresströmungen. Die zusammengedrängte Herde war blindlings auf sie zugetrieben – ebenso blindlings hätte sie von ihr forttreiben können. Selbstverständlich hatte es ein Signal gegeben, doch der wichtigste Grund war vermutlich, daß im Augenblick kein größeres Tier in der Nähe war. Das größere Tier würde auftauchen, und dann würde das kleinere verschwinden. Jedenfalls war es typisch, und der Kern all dessen war Wasser auf seine Schreibmühle, Stoff für seine journalistische Hand. Diese Hand spielte bereits einleitend einige Läufe – das „Motiv", als Zeichen der Saison, ein Merkmal der Zeit, der absolut überstürzten und rücksichtslosen Natur des gesellschaftlichen Triumphes. Der Triumph *an sich* – das sollte der Grundton sein; der Gegenstand des Vorgangs war eine vergleichsweise untergeordnete Frage. Alles Beliebige ließ sich hinreichend aufbauschen, wenn sich nicht etwas Geeigneteres dafür anbot: der Autor des „pikanten" Buches, die Schönheit, die keine Schönheit war, die Erbin, die nichts als das war, der Fremde, der zum größten Teil davor bewahrt blieb, unbequem fremd zu sein, indem er sich unbequem familiär gab, der Amerikaner, dessen Amerikanertum schon lange verzweifelt im Wert herabgesetzt war, kurz, ein Mensch, dessen hinreichend ausgeprägte oder aufgesetzte Streifen oder Flecken sich laut genug ausrufen ließen.

So urteilte er zumindest innerhalb seiner Grenzen, und der Gedanke, was er derart auf frischer Tat ertappt habe, sei der charakteristische Trick der Mode und der wahre Ton der Gesellschaft, reichte so weit, ihn auf seinen Sinn für Unabhängigkeit zurückgreifen zu lassen. Er hatte sich für zivilisiert gehalten; doch wenn das hier die Zivilisation war ...! Man konnte seine Pfeife draußen rauchen, wenn drin Geplapper herrschte. Er hatte, wie wir bemerkt haben, Kates Augen eher gemieden, aber es gab einen Moment, da hätte er ihr am liebsten über den Tisch hinweg vorgehalten: „Hör mal, Licht meines Lebens, ist *das* die große Welt?" Und es gab einen weiteren Moment, muß angefügt werden – und zweifellos als Folge von etwas, das über dem Tischtuch zwischen ihnen hing –, da hatte er den Eindruck, sie habe geradezu geantwortet: „Meine Güte, nein – wofür hältst du mich? Nicht im geringsten: nur eine armselige, dümmliche, wenn auch ganz harmlose Imitation." Was sie anscheinend hätte sagen wollen, ging jedoch praktisch in das ein, was sie wirklich sagte, denn sie sprang ihm offen bei, ganz als erriete sie einige seiner Gedanken. Um ihm seine Ratlosigkeit zu erleichtern, sprach sie die einleuchtende Wahrheit aus, in dieser Jahreszeit könne man London nicht drei

Monate verlassen und erwarten, seine Freunde an eben dem Punkt wiederzufinden, wo sie vorher gestanden hatten. Da sie *selbstverständlich* davongehüpft seien, mochten sie durchaus einen so roten Kopf haben, daß man sie nicht wiederzuerkennen vermochte. Kurzum, sie versöhnte sein Dementi in Sachen Millys mit der Ehre, sie entdeckt zu haben, der er sich trotz aller Bescheidenheit nicht entziehen konnte. Er *habe* sie ans Tageslicht gebracht, doch sie seien es, sie alle miteinander, die ihre Entwicklung bewirkt hätten. Sie sei stets ein bezauberndes Wesen gewesen, eines der bezauberndsten, die man je erlebt habe, aber sie sei nicht die Person, auf die er „gesetzt" habe.

Densher sollte später die Gewißheit haben, daß Kate bei diesen Neckereien nicht bewußt, vor allem nicht dreist beabsichtigt hatte, das Besitzrecht der armen Susan Shepherd an ihrer Freundin zu schmälern – welches durch solche Bemerkungen stark an die Wand gedrückt wurde; doch er sollte auch erfahren, daß Mrs. Stringham diese Worte insgeheim übelgenommen hatte und daß Mrs. Stringham der Ansicht war – mit der er letztlich auch noch flüchtig vertraut werden sollte –, alle Kate Croys der Christenheit seien nichts als Staub unter den Füßen ihrer Milly. Freilich würde sie das erst enthüllen, wenn sie sich in ihren letzten Graben zurückgedrängt und mit ihrer leidenschaftlichen Zuneigung in die Enge getrieben sehen sollte – einer einzigartigen Freundschaft, der einzigen Leidenschaft ihres anspruchslosen Lebens, außer der gelasseneren und mehr geistigen, die sie für die Kunst Guy de Maupassants hegte. Sie warf die Bemerkung ein, ihre Milly sei unfähig, sich zu verändern, bleibe im Gegenteil ganz genau dieselbe Milly; doch das machte in der Richtung der Behauptung Kates wenig Unterschied. Sie begegnete Susie vollkommen freundlich: es schien, als wisse sie genau, Mrs. Stringham sei bei jeder Meinungsverschiedenheit im Nachteil, da diese ja spürte, sie, Kate, sei ein „Typ", und nicht umhinkönne, einen Typ zu bewundern. Kate hatte in der Folge Gelegenheit – irgendwie fand sie diese –, unserem jungen Mann gegenüber zu erwähnen, Milly habe zu ihr über diesen Gesichtspunkt der guten Dame gesprochen. Milly hatte von ihr gehört, sie würde Kate Croy gern in ein Buch bringen und zusehen, was da mit ihr anzufangen sei. „Mich kleingehackt zu servieren oder im Ganzen anzurichten" – Kate bekannte ihre Furcht vor einer derartigen Behandlung. Es wäre jedoch Mrs. Stringhams Art der Behandlung, soweit sie es verstand, denn Mrs. Stringham hatte kurioserweise das Gefühl, daß sich mit einem Material wie dem, aus dem das eigenartige englische Mädchen gemacht war, einem Material, das sie (trotz Maud Manningham und ihrer satten Sentimentalität) noch nie zuvor kennengelernt hatte, wahrhaftig nichts anderes anfangen ließ. Diese Dinge stellten sich erst später heraus, doch Densher hätte sie jetzt schon in der Luft spüren können. Sie waren praktisch darin bereits fühlbar, als Kate die Frage der chemischen Veränderung ihrer Freundin aufgab und mit dem Vorschlag schloß, gegen den eigentlich nichts einzuwenden war, nachdem er so vieles verpaßt habe, müsse er von nun an sie alle auf Treu und Glauben hinnehmen. Er entgegnete friedlich, vielleicht auch ein wenig als Beispiel für Mrs. Stringham – „Ach, soweit Sie nur wollen!" Sogar das hatte seine Wirkung: Mrs. Stringham machte sich so viel davon zu eigen, wie vielleicht für sie gemeint war. Das Nette an ihr war, daß sie ermessen konnte, wieviel; so daß sie, als das Dinner vorüber war, wirklich an Boden gewonnen hatten.

20

Der jüngere der anderen Männer, wie sich später zeigte, befand sich erst am Klavier in seinem Element; so daß man oben Kaffee und Couplets genoß – die Herren, vorübergehend freigegeben, fügten sich vor ihrem Rückzug zu diesem Zweck leichthin Mrs. Lowders Mahnung, sich nicht allzu fest niederzulassen. Unser besonderer junger Mann ließ sich fester nieder, als er in den Salon zurückkam; er machte es Kate deutlich klar, sie könnten sich doch hin und wieder, ohne Anstoß zu erregen, zusammenfinden. In diesem ganzen Zusammenhang war vielleicht sein Bedürfnis stärker als das ihre; doch sie verfügte über die besseren Bezeichnungen für die kärglichen Wagnisse, auf die sie sich einließ. Es war das Angenehme an einem großen Haus, daß sich dort die Zwischenpausen ausdehnten, genügend Raum war und, an einem Augustabend, die Fenster offenstanden; dadurch konnte Tante Maud, wenn Lieder in genügender Zahl gesungen waren, mit ihrem kleinen Gefolge auf dem breiten Balkon in frischerer Luft hofhalten. Densher und Kate setzten sich in diesen Momenten nebeneinander auf ein kleines Sofa – ein Genuß, den letztere für den Fall, daß es zu kritischen Bemerkungen kommen sollte, als Beweis ihres bemerkenswert guten Gewissens formulierte. „So zu tun, als kenne man sich nicht – wo du nun einmal hier bist", meinte das Mädchen, „hieße es zu übertreiben"; und sie legte es entzückend zurecht, sie *müßten* ein wenig miteinander plaudern, um Tante Maud von der Spur abzulenken. Sonst würde sie sich fragen, wo in aller Welt sie auf ihre Kosten kämen. Trotzdem war für Densher der Gewinn solch flüchtig erhaschter Augenblicke, erhaschter Kontakte, nur mangelhaftes Stückwerk; insbesondere lagen ihm gegenwärtig manche Dinge auf der Seele, die er nicht vorbringen konnte, während er die Fenster im Auge behielt. Andererseits traf es zu, daß sie unvermittelt die meisten selbst ansprach – und das in höherem Maß, als er sogleich erfassen konnte –, indem sie ihm einen Hinweis zu Milly gab, dessen Tonart nicht mit ihren Äußerungen beim Dinner übereinstimmte. „Weißt du, es geht ihr gar nicht gut. Ich meine gesundheitlich. Nimm nur heute abend. Ich meine, es sieht ernst aus. Deinetwegen wäre sie nämlich gekommen, wenn es überhaupt möglich gewesen wäre."

Er nahm das mit der ganzen Geduld auf, die er aufbringen konnte. „Was ist mit ihr?"

Doch Kate fuhr fort, ohne es zu sagen. „Es sei denn, deine Anwesenheit wäre für sie genau der Grund gewesen, sich zu drükken."

„Was ist mit ihr?" fragte Densher noch einmal.

„Nun, einfach, was ich dir gesagt habe – daß sie dich so sehr mag."

„Warum sollte sie sich dann das Vergnügen versagen, mich zu treffen?"

Kate zögerte ein wenig – eine Erklärung würde so lange dauern. „Und vielleicht ist es wahr, daß es ihr *wirklich* schlechtgeht. Das kann leicht sein."

„Durchaus, würde ich sagen, nach Mrs. Stringham zu urteilen, die sichtlich besorgt und beunruhigt ist."

„Sichtlich genug. Aber das braucht nicht", meinte Kate, „nur deswegen zu sein."

„Weswegen dann?"

Doch auch auf diese Frage ging sie nicht ein, nachdem sie sie überdacht hatte. „Wenn es etwas Echtes ist, warum geht sie nicht nach Hause? Sie müßte sich doch Sorgen machen, und der Höflichkeit hat sie Genüge getan."

„Ich finde", bemerkte Densher, „sie hat sich ganz wunderbar höflich erwiesen."

Ihm schien, Kate blicke ihn darauf eine Spur schärfer an; doch sie erläuterte es in gewisser Weise bereits. „Wahrscheinlich ist sie aus zwei verschiedenen Gründen in Unruhe. Der eine würde sie schleunigst nach Hause treiben, aber der andere zwingt sie zu bleiben. Sie hat den Auftrag, Milly alles über dich zu erzählen."

„Nun", sagte der junge Mann halb lachend, halb seufzend, „dann bin ich aber froh, daß ich mich unten im Speisezimmer irgendwie zu ihr ‚gezogen' gefühlt habe. War ich nicht ganz anständig zu ihr?"

„Furchtbar nett. Du hast einen gewissen Instinkt, du Teufel. Es ist alles", erklärte Kate, „wie es sein muß."

„Außer vielleicht", gab er nach einem Augenblick zynisch zu bedenken, „daß sie gerade jetzt nicht viel von mir hat. Wird sie Milly über *das hier* berichten?" Und dann, da Kate zu überlegen schien, was „das hier" sein könnte: „Daß wir uns derzeit so über die Wahrung des Scheins hinwegsetzen."

„Ach, überlaß die Wahrung des Scheins mir!" Sie sprach in ihrer hochfahrenden Art. „Ich rücke das schon zurecht. Außerdem", fügte sie an, „hat Tante Maud sie so mit Beschlag belegt, daß sie es gar nicht merken wird." Densher spürte daraufhin, daß seine Gefährtin wahre Höhenflüge der Klarsicht hatte, mit denen er sich nicht zu messen hoffen konnte – zum Beispiel noch einen, als sie fortsetzte: „Und Mrs. Stringham scheint darauf einzugehen, nur um diesen Eindruck zu erwecken."

„Nun", ließ Densher mit einigem Humor fallen, „das Leben ist doch interessant! Ich hoffe, für dich ist es wirklich genauso interessant, wie du es für andere machst; danach zu urteilen, meine ich, wie du es für mich machst. Mir scheint, du stellst es als erregend für ces dames dar, und für jede auf verschiedene Weise: Tante Maud, Susan Shepherd, Milly. Aber was", schloß er, „*ist* denn nun mit ihr? Meinst du, sie ist so krank, wie sie aussieht?"

Es kam ihm vor, als würde Kates Miene ihm anfangs erwidern, seine spöttische Rede verdiene keine Antwort; dann schien sie einem inneren Drang nachzugeben – dem Drang, darauf hinzuweisen, „so krank, wie sie aussehe", könne Milly kaum sein. Wäre sie so krank, wie sie aussehe, könne sie für sie beide kaum ein Problem darstellen, denn in diesem Fall wäre ihr Ende nahe. Sie halte sich jedoch – und Kate könne nicht umhin, das auch so zu sehen – für ernstlich bedroht. Da bleibe immer noch die Tatsache, daß sie im Begriff gewesen waren, die Stadt zu verlassen, und sie plötzlich etwas zurückgehalten habe. „Tante Maud und ich haben ihnen an dem Abend Lebewohl gesagt – oder so gut wie –, bevor Milly so überaus sonderbar zu einem Abschiedsblick in die Nationalgalerie hineingeplatzt kam und uns beide beisammen fand. Einen oder zwei Tage später wollten sie abreisen. Aber sie sind nicht abgereist – sie reisen nicht ab. Wenn ich mit ihnen zusammenkomme – und das war erst heute vormittag der Fall –, haben sie immer gute Gründe. Sie wollen wirklich fahren, aber sie haben es aufgeschoben." Worauf das Mädchen verkündete: „Sie haben es *deinetwegen* aufgeschoben." Er protestierte, soweit ein Mann das ohne dünkelhafte Einfalt vermochte, da ein Protest schon auf den Glauben daran schließen ließ; doch wie immer verstand Kate von selbst. „Du bist der Grund dafür, daß Milly es sich anders überlegt hat. Sie will nicht deiner Nähe beraubt sein, dabei möchte sie sich aber auch nicht anmerken lassen, daß sie deine Nähe wünscht; deshalb hat sie sich heute abend womöglich auch, wie ich eben andeutete, bewußt im Hintergrund gehalten. Sie weiß nicht, wann sie dich wiedersieht – sie weiß nicht, ob das überhaupt jemals wieder der Fall sein wird. Sie sieht keine Zukunft vor sich. In diesen letzten Wochen hat sich diese als etwas Dunkles, Verworrenes vor ihr aufgetan."

Densher wunderte sich. „Nachdem sie sich, wie ihr mir alle erzählt habt, so ungeheuer amüsiert hat?"

„Das ist es ja. Es liegt ein Schatten darauf."

„Der Schatten dessen, was deiner Andeutung nach einem körperlichen Zusammenbruch gleichkommt?"

„Einem körperlichen Zusammenbruch. Nichts Geringeres. Sie hat Angst. Sie hat so vieles zu verlieren. Und sie will noch mehr."

„Nun ja", versetzte Densher mit einem jähen seltsamen Gefühl des Unbehagens, „könnte man ihr denn nicht erklären, daß sie nicht alles haben kann?"

„Nein – das würde niemand wollen. Sie war hier", fuhr Kate fort, „wirklich jemand. Frage Tante Maud – mich hältst du vielleicht für voreingenommen", lächelte das Mädchen eigenartig. „Tante Maud wird es dir sagen – die Welt liegt ihr zu Füßen. Das ist alles eingetreten, seit du sie gesehen hast, und es ist zu schade, daß du es versäumt hast, denn es hätte dich bestimmt amüsiert. Sie ist wirklich ein absoluter Erfolg – ich meine natürlich, soweit das in dem knappen Zeitraum überhaupt möglich war –, und sie hat es aufgenommen wie ein wahrer Engel. Wenn du dir einen Engel mit einem dicken Bankkonto vorstellen kannst – das bringt es nämlich am besten zum Ausdruck. Ihr Vermögen ist schlichtweg sagenhaft; Tante Maud hat alle Tatsachen, oder wenigstens genügend, unter dem Siegel der Verschwiegenheit von ‚Susie' erfahren, und Susie weiß, wovon sie spricht. Nimm sie also, ebenso in äußerstem Vertrauen, von *mir*. So liegen die Dinge." Kate sprach vor allem aus, worauf es am meisten hinauslief. „Du siehst, es steht ihr offen, die allerbeste Partie zu machen. Ich versichere dir, wir führen uns nicht vulgär auf. Ihre Möglichkeiten liegen auf der Hand."

Densher ließ sich anmerken, daß er diese weder anzweifelte noch sie darum beneidete. „Aber was in aller Welt kann ich ihr dann nützen?"

Nun, sie hielt es schon bereit. „Du kannst sie trösten."

„Und worüber?"

„Über alles, was sie fortgefegt sehen muß, wenn sie gezeichnet ist. Sie würde mich nicht weiter kümmern, wenn sie nicht so viel hätte", sagte Kate ganz einfach. Und dann, als ihm das ein eher unfrohes Lachen entlockte: „Ich würde mir um sie keine Gedanken machen, wenn sie auch nur etwas hätte." Das Mädchen sprach mit wirklich edlem Mitgefühl. „Sie hat nichts."

„Nicht all die jungen Herzöge?"

„Nun, wir müssen abwarten – abwarten, ob von ihrer Seite etwas kommt. Jedenfalls liebt sie das Leben. Einen Menschen wie dich kennengelernt zu haben", erläuterte Kate weiter, „bedeutet das Erlebnis, daß du, zusammen mit all den anderen schönen Dingen, zu einem Teil des Lebens geworden bist. Ach, sie hat dich eingeordnet."

„Mir scheint, das hast du getan, mein Schatz" – und er sah zugleich Abstand nehmend und zerknirscht drein. „Bitte, was soll ich mit den Herzögen anfangen?"

„Ach, die Herzöge werden enttäuscht!"

„Warum dann nicht ich?"

„Du hast weniger erwartet", lächelte Kate wunderbar. „Außerdem wirst du es auch sein. Dazu wirst auch du genug erwartet haben."

„Und doch willst du, daß ich mich darauf einlasse?"

„Ich möchte", erklärte das Mädchen, „für sie alles so angenehm wie möglich machen. Zu diesem Zweck verwende ich, was ich habe. Du bist das Kostbarste, was ich habe, und deshalb bist du das, was ich an erster Stelle verwende."

Er sah sie lange an. „Ich wünschte, ich könnte *dich* ein bißchen mehr verwenden." Danach, da sie ihn weiter anlächelte: „Ist es ein schweres Lungenleiden?"

Kate machte ein wenig den Eindruck, als wünschte sie, das wäre es. „Nicht die Lungen, glaube ich. Ist die Schwindsucht, rechtzeitig behandelt, jetzt nicht heilbar?"

„Gewiß, die Menschen werden zurechtgeflickt." Doch er überlegte. „Meinst du, sie hat etwas, das sich schon nicht mehr zurechtflicken läßt?" Und bevor sie antworten konnte: „Es ist wirklich, als stellte sie ihr Aussehen außerhalb solcher Sachen – es ist, trotz ihrer Jugend, das Aussehen eines Menschen, der alles durchgemacht hat, dem er erdenklicherweise hätte ausgesetzt sein können. Sie berührt einen, möchte ich sagen, wie ein Mensch, der aus einem Schiffbruch gerettet wurde. Ein solcher Mensch kann sich nach der Wahrscheinlichkeitstheorie heutzutage gewiß wieder vertrauensvoll aufs Meer wagen. Sie *hat* ihren Schiffbruch hinter sich – sie hat ihr Abenteuer erlebt."

„Ach, ihren Schiffbruch lasse ich gelten!" – soweit ging Kate voll darauf ein. „Aber laß sie noch ihr Abenteuer erleben. Es gibt Schiffbrüche, die keine Abenteuer sind."

„Nun, sofern es auch Abenteuer gibt, die keine Schiffbrüche sind!" Kurzum, Densher war willig, doch er kam auf sein Argument zurück. „Was ich meine, ist, daß sie auf einen – auf die Nerven oder was sonst – überhaupt nicht wie eine Schwerkranke wirkt."

Das ließ wiederum Kate gelten. „Nein – das ist das Schöne an ihr. "

„Das Schöne ...?"

„Ja, sie ist so wunderbar. Sie wird sich das nicht anmerken lassen, genausowenig wie deine Taschenuhr dich rechtzeitig warnt oder sonstwie anders aussieht, obwohl sie bald stehenbleibt, weil sie niemand aufgezogen hat. Sie wird nicht zollweise sterben oder leben. Sie wird nicht gleichsam nach Arznei riechen. Sie wird nicht gleichsam nach Medizin schmecken. Niemand wird es merken."

„Worüber", wollte er wissen, jetzt ehrlich ratlos, „sprechen wir dann eigentlich? In welch ungewöhnlicher Verfassung *befindet* sie sich denn?"

Kate fuhr fort, als legte sie es sich daraufhin gewissermaßen selbst zurecht. „Ich glaube, wenn sie überhaupt krank ist, dann ist sie sehr krank. Ich glaube, wenn es ihr schlechtgeht, geht es ihr nicht nur ein *bißchen* schlecht. Ich kann dir nicht sagen, warum, aber so sehe ich sie. Sie wird wirklich am Leben bleiben oder wirklich nicht. Sie wird alles bekommen oder alles entbehren. Im Moment glaube ich aber nicht, daß sie alles bekommen wird."

Der Journalist Merton Densher (Linus Roache) zwischen zwei Frauen. Kate Croy, dargestellt von Helena Bonham Carter (sie erhielt für ihre Rolle eine Oscar-Nominierung) und Millie Theale, gespielt von Alison Elliott (v. l. n. r.).

Maskentreiben in Venedig. Kate, Millie und Merton.

Millie gesteht in Venedig Merton ihre große Liebe zu ihm.

Helena Bonham Carter als Kate Croy.

Kate und Millie.

Der Journalist Merton Densher.

Millie, Kate und Merton.

Verbotenes Treffen zwischen Kate und Merton.

Die zwei Freundinnen Millie und Kate.

Millie und Kate.

Millie und Kate.

Merton und Kate in Venedig.

Helena Bonham Carter als Kate Croy.

Das tragische Ende naht. Millie ist todkrank.

Merton Densher.

Maskenball in Venedig. Millie zeigt sich wie verwandelt.

Kate Croy, dargestellt von Helena Bonham Carter.

Picknick am Canale Grande. Millie und Merton.

Millie Theale erfährt in Venedig von ihrer tödlichen Krankheit.

Merton Denshers Leidenschaft gehört Kate Croy.

Kate ist fassungslos. Sie erfährt von der tödlichen Krankheit ihrer Freundin.

Streng und unnachgiebig ist Kates Tante Maude (Charlotte Rampling). Sie mißbilligt die Liaison mit Merton.

Merton Densher und Kate.

Kate Croy.

Melancholie spiegelt ihr schönes Antlitz wider: Millie Theale hat Todesahnung.

Densher war dem gefolgt, die Augen auf sie gerichtet – die ihren waren nachdenklich abgeschweift –, als wäre das alles eher beeindruckend als klar. „Du ‚glaubst' und du ‚glaubst nicht', und doch hast du die ganze Zeit keinen Schimmer, woran sie leidet?"

„Nein, *keinen* Schimmer nicht gerade; aber es ist eine Sache, worüber ich keine Kenntnis haben möchte. Außerdem will sie selbst nicht, daß man das möchte: hinsichtlich dessen, was an ihr zehren mag, hegt sie eine sozusagen ingrimmige Zurückhaltung, eine Art – ich weiß nicht, wie ich es nennen soll – intensiven Stolzes. Und dann – und dann ..." Doch hier stockte sie.

„Und dann was?"

„Ich bin ein Scheusal, wenn es um Krankheiten geht. Ich hasse sie. Du hast Glück, Liebster", fuhr Kate fort, „daß du kerngesund bist."

„Besten Dank!" lachte Densher. „Dann hast auch du ziemlich Glück, daß du bärenstark bist."

Sie betrachtete ihn jetzt einen Moment lang mit gleichsam selbstsüchtiger Freude an ihrer beider Immunität als junge Menschen. Es war alles, was sie gemeinsam besaßen, aber sie besaßen es wenigstens ohne Makel – jeder besaß die Schönheit, die körperliche Wohlbeschaffenheit, den persönlichen Wert, die Liebe und das Verlangen des anderen. Doch es war, als stieße sie eben dieses Bewußtsein im nächsten Augenblick zum Mitleid für das arme Mädchen zurück, das alles andere auf der Welt besaß, das große freudespendende Gut, das ihnen leider abging, doch wiederum jenes nicht. „Wie wir über sie reden!" seufzte Kate reumütig. Doch die Tatsachen lagen vor. „Von Krankheit halte ich Abstand!"

„Aber das tust du doch gar nicht – da du hier, trotz allem, was du sagst, mitten darin steckst."

„Ach, ich sehe nur zu ...!"

„Und schiebst mich an deiner Stelle nach vorn? Danke bestens!"

„Ach", wandte Kate ein, „ich richte dich nur ab. Laß dir das zum Maß dienen, was ich von dir noch erwarte. Man kann nicht früh genug damit anfangen."

Wie unter dem Eindruck einer Bewegung auf dem Balkon zog sie die Hand zurück, die er eine Minute vorher ergriffen hatte; und auf die Warnung hin war er wieder ganz bei der Sache. „Du hast nicht einmal eine Vorstellung, ob es ein Fall für einen chirurgischen Eingriff ist?"

„Vielleicht ist es das; das heißt, wenn es überhaupt zu etwas führt, könnte es das sein. Natürlich ist sie in illustren Händen."

„Die Ärzte sind also hinter ihr her?"

„Sie ist hinter *ihnen* her – es ist dasselbe. Ich denke, jetzt darf ich darüber reden – sie konsultiert Sir Luke Strett."

Er zuckte zusammen. „Ach, fünfzigtausend Messer!" Dann nach einigen Sekunden: „Man glaubt es zu erraten." Gewiß, doch sie wischte es beiseite.

„Rate nicht. Tu nur, was ich dir sage."

Eine Weile lang ließ er sich nun alles stumm durch den Kopf gehen, als sähe er es vor sich. „Was du von mir verlangst, ist also, einem kranken Mädchen den Hof zu machen."

„Du gibst doch selbst zu, daß sie dir nicht den Eindruck macht, krank zu sein. Außerdem weißt du, genau wie weit – und genau wie zurückhaltend."

„Es ist erstaunlich", antwortete er nach einer Pause, „was du mir zu wissen zutraust."

„Nun, wenn du mich schon darauf gebracht hast, mein Lieber", gab sie zurück, „dann ist das deine Art gewesen, *mich* abzurichten. Außerdem, soweit es darum geht, ihr den Hof zu machen, werden das noch genug andere tun."

Auf diesen Gedankenanstoß hin meinte Densher ihre junge Freundin für eine Weile so vor sich zu sehen: auf einem Stoß Kissen und ständig im Nachmittagsgewand, zwischen Blumen und bei herabgelassenen Jalousien, vom höheren Adel umringt. „Die anderen können tun, was ihnen beliebt. Außerdem, die anderen sind frei."

„Aber das bist du doch auch, Liebster!"

Sie hatte mit Ungeduld gesprochen, und daß sie sich plötzlich von ihm entfernte, hatte diese für ihn zugespitzt; trotzdem behielt er seinen Platz und blickte nur zu ihr auf. „Du bist unglaublich!"

„Natürlich bin ich unglaublich!" – und bei dem, was sich unmittelbar darauf abspielte, legte sie ein weiteres Zeugnis dafür ab, das er geradezu gebannt beobachtete. Die Tür zum Vorsaal war, während sie sprach, für einen Herrn aufgestoßen worden, der sie direkt in seinem Blickfeld fand und daher zur Begrüßung auf sie zutrat, bevor die Ankündigung seines Namens ihren Gefährten erreichen konnte. Dennoch sah sich Densher rasch zu ihm in Beziehung gesetzt; Kates Empfang des Besuchers wurde fast überstürzt zu einer Bitte an ihren Freund, der sich gemächlich erhob, um ihr zu folgen. „Ich weiß nicht, ob Sie Lord Mark kennen." Und dann für den anderen Herrn: „Mr. Merton Densher – der gerade aus Amerika zurück ist."

„Oh!" sagte der andere Herr, während Densher nichts sagte – er war auf der Stelle vor allem davon in Anspruch genommen, den erwähnten Laut auszuloten. Im nächsten Moment erkannte er, daß er weniger unwägbar war, als es hätte scheinen können, daß er geradezu bestimmte Ansprüche erhob. Nicht etwa, daß er das „Oh!" eines Idioten darin erkannt hätte, wie groß oberflächlich die Ähnlichkeit auch sein mochte: es war das des gescheiten, des kultivierten Mannes; es war die spezielle Besonderheit des Sprechers, und eine Menge aufwendiger Übung und Erfahrung hatte dazu beigetragen, es so hervorbringen zu können. Densher hatte irgendwie den Eindruck, als zufällig aufgespürtes Ding von Wert würde es den Reiz einer Kuriosität behalten. Die drei standen ein Weilchen beieinander, in einiger Verlegenheit, zu der er, wie er merkte, sein Teil beitrug; Kate forderte Lord Mark nicht auf, Platz zu nehmen, sondern ließ ihn wissen, er werde Mrs. Lowder mit einigen anderen Gästen auf dem Balkon finden.

„Ach, auch Miss Theale, nehme ich an? – da ich draußen von oben Mrs. Stringhams unverkennbare Stimme zu hören meinte."

„Gewiß, aber Mrs. Stringham ist allein da. Milly ist unpäßlich", erklärte das Mädchen, „und mußte uns leider enttäuschen."

„Ach, ‚enttäuschen' – allerdings!" Und noch ein wenig verweilend, hielt er die Augen auf Densher gerichtet, während er sich näher erkundigte. „Ich hoffe, es geht ihr nicht wirklich schlecht?"

Nach allem, was er gehört hatte, konnte Densher leicht vermuten, er interessiere sich für Milly; doch er konnte sich auch vorstellen, ihn interessiere der junge Mann, den er im Gespräch mit Kate angetroffen hatte und den er noch ohne sichtbares Zeichen dafür musterte, daß er ihn irgendwie einzuordnen vermochte. Im nächsten Moment war Densher jedoch überzeugt, daß er seine Absicht ausführte, indem er sich über beide Punkte Gewißheit verschaffte. Dazu verhalf ihm Kate, die ein promptes: „Meine Güte, nein; ich glaube nicht" vorbrachte. „Eben habe ich Mr. Densher beruhigt", fuhr sie fort, „der ebenso besorgt ist wie wir alle. Ich habe seine Befürchtungen beschwichtigt."

„Oh!" sagte Lord Mark wieder – und wieder war es genauso gut. Das galt Densher, konnte dieser erkennen oder glaubte es zu erkennen. Und dann für die anderen: „*Meine* Befürchtungen bedürfen auch der Beschwichtigung. Wir müssen gut auf sie achtgeben. Hier entlang?"

Sie begleitete ihn ein paar Schritte, und während Densher, müßig herumstehend, ihnen offen mit dem Blick folgte, blieb sie wieder stehen und sprach mit Lord Mark. Was sie untereinander austauschten, entging unserem jungen Mann, doch bald war sie wieder bei ihm, und Lord Mark schloß sich den anderen an. Inzwischen war Densher ganz auf sie vorbereitet. „Ist *das* der Kandidat deiner Tante?"

„Ach, und wie!"

„Ich meine für *dich*."

„Das meine ich auch", lächelte Kate. „Da hast du ihn. Jetzt kannst du selbst urteilen."

„Worüber urteilen?"

„Über ihn."

„Weshalb sollte ich über ihn urteilen?" fragte Densher. „Ich habe nichts mit ihm zu tun."

„Warum fragst du dann nach ihm?"

„Um über dich zu urteilen – was etwas anderes ist."

Kate schien ein Weilchen den Unterschied abzuwägen. „Meinst du, um die Gefahr für mich zu ermessen?"

Er zögerte; dann sagte er: „Ich denke dabei, glaube ich, an die Gefahr für Miss Theale. Wie vereinbart deine Tante sein Interesse an ihr ...?"

„Mit seinem Interesse an mir?"

„Mit ihrem eigenen Interesse an dir", sagte Densher, während sie überlegte. „Wenn dieses Interesse – also Mrs. Lowders – die Gestalt Lord Marks annimmt, müßte er nicht ziemlich darauf achten, welche Gestalten *er* annimmt?"

Kate schien die Frage fesselnd zu finden, antwortete aber: „Ach, er nimmt die Dinge leicht. Das Schönste ist, daß sie ihm nicht traut."

„Daß Milly ihm nicht traut?"

„Ja, Milly auch nicht. Aber ich meine Tante Maud. Nicht richtig wenigstens."

Densher verwunderte sich darüber. „Sie nimmt ihn an ihr Herz und glaubt doch, er spielt falsch?"

„Ja", sagte Kate, „so sind die Menschen. Was sie von ihren Feinden halten, ist weiß Gott schlimm genug; aber mich erstaunt noch mehr, was sie von ihren Freunden halten. Millys Einstellung aber", fuhr sie fort, „verheißt Gutes. Das bedeutet Sicherheit für Tante Maud, auch wenn sie es noch nicht ganz erkennt – davon abgesehen, daß es auch Millys Sicherheit ist."

„Du meinst also, man ist glücklich davongekommen, wenn einem nichts an ihm liegt?“

In wunderschöner, ernster Ablehnung schüttelte sie den Kopf. „Du darfst mich nicht dazu bringen, zuviel zu sagen. Aber ich bin froh, daß es nicht zutrifft.“

„Daß du nicht zuviel sagst?“

„Daß mir nichts an Lord Mark liegt.“

„Oh!“ antwortete Densher mit einem Laut wie dem Seiner Lordschaft. „Du glaubst also fest, daß diesem armen Mädchen auch nichts an ihm liegt?“

„Ach, du weißt, was ich von diesem armen Mädchen glaube!“ Das hatte erneut ihre Ungeduld geweckt.

Doch er hielt eine Minute an dem Thema fest. „Ich nehme an, du nennst ihn wohl kaum einen der Herzöge.“

„Himmel, nein – bei weitem nicht. Er ist, verglichen mit anderen Möglichkeiten, gar nicht ‚im Spiel‘. Milly, das ist wahr“, räumte sie der Exaktheit halber ein, „hat keinen natürlichen Sinn für den gesellschaftlichen Wertbegriff, versteht unsere Abstufungen überhaupt nicht, weiß nicht, wer wer und was was ist.“

„Ich verstehe“, lachte Densher. „Das ist der Grund, weshalb sie *mich* mag.“

„Ganz recht. Sie gleicht nicht mir“, sagte Kate, „die wenigstens weiß, was sie verliert.“

Nun, das alles hatte für Densher beträchtliches Interesse gewonnen. „Und Tante Maud – warum sollte *sie* es nicht wissen? Ich meine, daß dein Freund da wirklich nicht viel darstellt. Meint sie, er hätte herzoglichen Wert?“

„Kaum; außer in dem Sinne, daß er der Onkel eines Herzogs ist. Das ist unbestreitbar etwas. Außerdem ist er das Beste, was wir kriegen können.“

„Na, na!“ sagte Densher, und sein Zweifel war in keiner Weise spöttisch.

„Es ist nicht Lord Marks hoher Rang“, fuhr sie fort, ohne darauf einzugehen. „Allein in dieser Richtung – da er kein Geld hat – ließe sich vielleicht mehr machen. Aber sie ist kein bißchen eigennützig; sie rechnet nur mit dem Eigennutz anderer. Außerdem ist er, mit einem Herzog in der Familie, und das am anderen Ende der Reihe, vornehm genug. Das Entscheidende ist sein Genie.“

„Und daran glaubst du?“

„An Lord Marks Genie?“ Als hätte sie eine endgültige Meinung abzugeben, wie sie bisher niemand von ihr verlangt hatte, nahm sich Kate einen Moment Zeit zum Überlegen. Sie machte wahrhaftig einen Eindruck, daß man kaum hätte erraten können, was man von ihr zu erwarten hatte; aber schließlich brachte sie hervor, was seinem Zweck genügte: „Ja!"

„Politisch?"

„Allumfassend. Jedenfalls weiß ich nicht", erklärte sie, „wie ich es sonst bezeichnen soll, wenn ein Mann imstande ist, sich ohne Anstrengung, ohne Gewalt, ohne Hilfsmittel irgendwelcher Art so intensiv bemerkbar zu machen. Irgendwie übt er eine Wirkung aus, ohne auf irgendeine nachweisbare Art deren Ursache zu sein."

„Ah, aber wenn die Wirkung", wandte Densher bewußt oberflächlich ein, „nicht ansprechend ist ...?"

„Oh, das ist sie aber!"

„Doch wohl nicht für jeden."

„Wenn du damit meinst, nicht für dich", versetzte Kate, „magst du deine Gründe haben – und Männer zählen nicht. Die Frauen wissen nicht, ob sie ansprechend ist oder nicht."

„Siehst du wohl!"

„Ja, eben – dazu braucht es auf seiner Seite Genie."

Densher stand vor ihr, als fragte er sich, inwieweit sich all das, womit sie ihm so prompt, mühelos und vor allem amüsant entgegnete, bei näherer Analyse als wirklich „brauchbar" herausgestellt hätte. Unversehens, wie unter einem letzten entscheidenden Anstoß, wallte etwas in ihm auf und floß über – das Bewußtsein, welches Glück er hatte und wie vielseitig sie war, welche Zukunft sie verhieß und welches Interesse sie erweckte. „Alle Frauen außer dir sind beschränkt. Wie kann ich da eine andere ansehen? Du bist immer wieder anders – und dann bist du noch einmal anders. Kein Wunder, daß Tante Maud auf dich baut – nur daß du viel zu gut dafür bist, *wofür* sie das tut. Sogar die ‚Gesellschaft' wird nicht verstehen, was sie an dir hat; sie ist viel zu beschränkt, und du stehst weit darüber. Du müßtest sie bergauf zerren – du selbst bist es, die auf dem Gipfel steht. Die Frauen, die man so kennenlernt – was sind sie anderes als Bücher, die man schon gelesen hat? Du stellst eine ganze Bibliothek unbekannter, unaufgeschnittener Bücher dar." Er ächzte beinahe, empfand fast schmerzhaft die Tiefe seiner Erfüllung. „Auf mein Wort, ich habe ein Abonnement!"

Sie nahm es von ihm entgegen, während ihr Antlitz zur Antwort wieder alles enthüllte, was es besaß, und erneut verharrten sie einander gegenübergestellt und zugleich vereinigt in ihrem grundlegenden Reichtum an Leben. „Du bist es, der mich aus mir hervorholt. Ich existiere in dir. Nicht in anderen."

Doch war ihm gewesen, als löste gerade das erregende Gefühl ihrer engen Verknüpfung, wie es bei großen Glückserlebnissen vorkommt, die stechende Feder der Angst aus. „Also, hör mal: daß du mich nicht, daß du mich *ja* nicht ...!"

„Was denn?"

„Daß du mich ja nicht verläßt. Es würde mich töten."

Sie blickte ihn eine Minute lang an, in der sie nur mit den Augen antwortete. „Du meinst, wenn es soweit ist, willst du *mich* töten, um das zu verhindern?" Sie lächelte, doch im nächsten Augenblick sah er, daß sie unter Tränen lächelte; und noch einen Augenblick darauf war sie ihm, was diesen besonderen Punkt betraf, ganz entschlüpft. Sie war auf ein anderes Thema ausgewichen, eines ihrer eigenen; die ihren reihten sich so dicht aneinander, daß die Denshers bestenfalls Einschiebungen darstellten. Dennoch mußte sie auf etwas zurückkommen. „Du siehst also deinen Weg?" Diese Frage legte sie ihm vor, ehe sie sich – es war höchste Zeit – den anderen anschlossen. Und sie machte ihm klar, daß sie seinen Weg mit Milly meinte.

Angesichts dieser Erläuterung hatte er ein wenig den Faden verloren; dann hatte sie ihm zu einer Art Verständnis verholfen. In diesem Licht vermochte er etwas von dem zu erkennen, was er vor sich sah, doch blieb noch immer einiges verschwommen, was sich seit seiner Rückkehr nicht aufgeklärt hatte. „Da ist noch etwas, das du mir klipp und klar sagen mußt. Wenn unsere Freundin weiß, daß die ganze Zeit ...?"

Sie kam ihm sofort zu Hilfe, faßte für ihn seine Besorgnis in Worte, wenn auch nur, um sie ganz zu beschwichtigen. „Daß die ganze Zeit, während sie und ich uns hier immer enger anfreundeten, du und ich in einer Beziehung standen, die nie erwähnt wurde? Wenn sie das weiß, ja, dann weiß sie, daß unsere Beziehung darin bestand, daß du mir geschrieben hast."

„Wie könnte sie dann annehmen, daß du nicht geantwortet hast?"

„Das nimmt sie nicht an."

„Wie kann sie dann glauben, daß du sie nie erwähnt hättest?"

„Das glaubt sie nicht. Sie weiß jetzt, daß ich sie erwähnt habe. Ich habe ihr alles erzählt. Sie hat Gründe an der Hand, die dem Zweck völlig genügen."

Immer noch grübelte er. „Sie nimmt dir die Dinge genauso ab wie ich?“

„Genauso wie du.“

„Sie ist dir einfach genauso zum Opfer gefallen?“

„Genauso. Ihr zwei könnt euch die Hand geben.“

„Wenn also etwas passiert“, sagte Densher, „können wir uns gegenseitig trösten?“

„Ach, *vielleicht* passiert wirklich etwas“, rief sie aus, „wenn du nur geradlinig voranschreitest!“

Einen Moment lang beobachtete er durch das Fenster die anderen. „Was meinst du damit, geradlinig voranzuschreiten?“

„Dir keine Sorgen zu machen. Zu tun, was du willst. Versuche es, wie ich dir schon einmal gesagt habe, und du wirst sehen. Ich stehe dir uneingeschränkt zur Verfügung, du kannst dich stets an mich wenden.“

„Ach, das will ich doch hoffen! Aber wenn sie abreist?“

Es brachte Kate nur eine Sekunde zum Stocken. „Ich bringe sie zurück. Bitte sehr. Du sollst nicht behaupten können, ich hätte dir den Weg nicht geebnet.“

Er musterte das Ganze, und es war gewiß fragwürdig. Doch nicht die Fragwürdigkeit behielt nach einer weiteren Minute die Oberhand. Er steckte in einem wundersamen Seidengespinst, und es *war* amüsant. „Du verwöhnst mich!“

Er war sich nicht sicher, ob Mrs. Lowder, die in diesem kritischen Moment wieder erschien, seine Worte aufgefangen hatte, als sie ihm entschlüpften; wahrscheinlich nicht, dachte er, da sie ihre Aufmerksamkeit auf Mrs. Stringham richtete, mit der sie hereinkam und die sich jetzt, keineswegs zu früh, von ihr verabschiedete. Ihnen folgten Lord Mark und die anderen Herren, doch zwei oder drei Dinge spielten sich noch ab, bevor die Gesellschaft sich aufzulösen begann. Eines davon war, daß Kate Zeit fand, ihn mit verstohlenem Nachdruck zu mahnen: „Du mußt jetzt gehen!“ Ein zweites war, daß sie sich in aller Offenheit an Lord Mark wandte, mit einem beinahe vorwurfsvollen „Kommen Sie, und sprechen Sie jetzt mit *mir*!“ zu ihm trat – eine Herausforderung, die für Densher nach einer Minute auf die Wahrnehmung hinauslief, daß sie sich zusammen abseits in einer entfernten Ecke niederließen, wenn auch nicht derselben, die er selbst bis jetzt mit ihr besetzt gehalten hatte. Noch ein anderes war, daß Mrs. Stringham ihm bei ihren aufs Geratewohl verteilten, besonders nachdrücklichen Abschiedsgrüßen den Eindruck machte, als spiele sie mit ihrem Blick verhalten und ernst auf etwas an, woraus er hinterher den Sinn herauslas, wenn er nach dem Essen womöglich ein paar Worte mit ihr zu wechseln gewünscht hätte, hätte er sie dazu bereit gefunden. Dieser Eindruck war natürlich nur angedeutet, doch hinterließ er in ihm das Gefühl, auf Grund seiner eigenen Unaufmerksamkeit etwas übersehen und nicht ausreichend gewürdigt zu haben. Die milde Förmlichkeit ihres „Gute Nacht, Sir", als sie an ihm vorbeiging, verlieh dem womöglich eine geringfügig schärfere Nuance; daran ließ sich jedoch jetzt nichts mehr ändern, dank der flinken Aufmerksamkeit des jungen Mannes, den er mittlerweile sogar als noch harmloser als sich selbst erkannt hatte. Diese Person war ihm dabei zuvorgekommen, die Tür für sie zu öffnen, und hatte offenbar vor – mit verdeckten Absichten betreffs Millys im Auge, so hätte Densher urteilen können –, sie zu ihrer Kutsche zu geleiten. Weiterhin ereignete sich, daß Tante Maud, sobald sie ihre Freundin verabschiedet hatte, unverzüglich ein Wort an ihn richtete. Es war ein gebieterisches „Warten Sie eine Minute", mit dem sie ihn zugleich aufhielt und entließ; sie legte Wert auf ihre Minute, dabei, wie es sich traf, hatte er ihr noch gar kein Zeichen seines Aufbruchs gegeben.

„Besuchen Sie doch unsere kleine Freundin wieder. Sie werden sie wirklich interessant finden."

„Wenn Sie Miss Theale meinen", sagte er, „werde ich sie gewiß nicht vergessen. Aber erinnern Sie sich daran, daß ich sie, soweit es ihre ‚Interessantheit' betrifft, entdeckt, sie – wie beim Dinner gesagt wurde – erfunden habe."

„Nun, man hatte eher den Eindruck, daß Sie kein Patent darauf erhoben haben. Ich meine nur, vernachlässigen Sie sie im Drange anderer Dinge nicht zu sehr."

Betroffen, überrascht davon, wie sehr ihre Aufforderung mit der Kates übereinstimmte, überlegte er schnell, ob es ihm nicht bei ihr nützen könnte. Immerhin konnte er es versuchen. „Sie achten alle so auf meine Manieren. Genau das hat mir nämlich Miss Croy gerade gesagt. *Sie* läßt nicht von mir ab – sie hatte eine ganze Menge dazu zu sagen."

Es machte ihm Vergnügen, seiner Gastgeberin eine Darstellung seiner Szene mit Kate geben zu können, die ganz die Wahrheit enthielt und doch beruhigend auf sie zu wirken vermochte. Doch Tante Maud, bewundernswert geradlinig, nahm es auf, als gründe sich ihre Zuversicht auf andere Pfeiler. Wenn sie seine Absicht darin erkannte, zuckte sie doch weder zweifelnd noch beifällig mit der Wimper; sie äußerte nur gelassen: „Ja, sie selbst wird alles für ihre Freundin tun; deshalb predigt sie nur, was sie selbst auch tut."

Densher fragte sich wirklich, ob Tante Maud wisse, wie weit Kates Ergebenheit reichte. Zudem gab ihm diese besondere Übereinstimmung doch Rätsel auf; in Anbetracht dessen überlegte er schnell, ob Mrs. Lowder eingefallen sei, die Amerikanerin könnte als Ablenkung für ihn dienen, und ob Kates Intensität folglich nur ein für ihre Tante bestimmtes Scheinmanöver sei. Was bei alledem aus der Amerikanerin werden mochte, war deshalb eine Frage, die in letzterem Fall nichts von ihrer Eindringlichkeit verlieren würde. Doch Fragen konnten warten, und soweit er es begriff, war es leicht, auf Mrs. Lowder einzugehen. „Trotzdem ist es überhaupt nicht so, daß ich mich etwa sträube, wissen Sie. Ich finde Miss Theale bezaubernd."

Nun, mehr wollte sie nicht. „Versäumen Sie also keine Gelegenheit."

„Das einzige ist", fuhr er fort, „daß sie – wie es jetzt ganz natürlich ist – die Stadt verläßt und, wie ich höre, ins Ausland reist."

Tante Maud sah flüchtig wirklich aus, als habe sie sich selbst bereits mit dieser Schwierigkeit befaßt. „Sie wird nicht abreisen", lächelte sie dennoch, „bevor sie mit Ihnen gesprochen hat. Außerdem, wenn sie wirklich abreist ..." Sie brach ab und ließ ihn im ungewissen. Aber im nächsten Augenblick verstand er überhaupt nichts mehr. „Wir reisen auch."

Er lächelte auf eine Weise, die er selbst leicht befremdlich empfand. „Und was soll *mir* das nützen?"

„Wir werden uns irgendwo in ihrer Nähe aufhalten, und Sie besuchen uns dort."

„Oh!" sagte er ein wenig unbeholfen.

„Ich sorge dafür. Ich meine, ich schreibe Ihnen."

„Ach, besten Dank, besten Dank!" lachte Merton Densher. Sie packte ihn wahrlich bei seiner Ehre, und er zuckte ein wenig zusammen, als er sich recht hilflos hinnehmen sah, welchen Gebrauch sie von dieser Ehre machen zu können glaubte. „Da ist noch allerlei zu bedenken", bemerkte er unbestimmt.

„Zweifellos. Aber vor allem anderen geht es um die Hauptsache."

„Und was ist das, bitte?"

„Nun, wie wichtig es ist, daß Ihnen nicht die beste Gelegenheit Ihres Lebens entgeht. Ich tue allerhand für Sie, ich kümmere mich für Sie darum. Ich kann Ihnen den Weg ebnen – ich *kann* es. Sie ist bezaubernd, sie ist klug und sie ist gutherzig. Und ihr Vermögen ist ein wirkliches Vermögen."

Aha, da hatte er sie, die Tante Maud! Die Teile fügten sich für ihn zusammen, als er merkte, wie sie ihn in dieser Form abfand, ihn auf diese Weise kaufen wollte, und noch dazu – es wäre komisch gewesen, wenn es nicht so ernst gewesen wäre – mit Miss Theales Geld. Er wagte spöttisch, es als geradezu übertrieben abzutun. „Ich bin Ihnen sehr zu Dank verpflichtet, daß Sie mir so großzügig anbieten ..."

„Was mir nicht gehört?" Sie ließ sich nicht in Verlegenheit bringen. „Ich behaupte nicht, daß es mir gehört – aber es besteht kein Grund, weshalb es nicht *Ihnen* gehören sollte. Außerdem, wohlgemerkt" – sie hielt es durch –, „bin ich kein Mensch, der ins Blaue hineinredet. Und Sie sind mir etwas schuldig – wenn Sie denn einen Grund wissen wollen."

Er spürte deutlich ihren Druck; er spürte, von ihrem Standpunkt aus betrachtet, ihre Konsequenz; er spürte sogar, und zwar in einem Maße, das sofort eine sonderbare Bestätigung finden sollte, ihre Aufrichtigkeit. In aller Aufrichtigkeit hielt sie ihn übrigens für bestechlich: eine Überzeugung, die für ihn selbst so, wie sie da standen, das Ganze aufhellte. Was hielt dann Kate in diesem Licht von ihm? Aber das war nicht die Frage, die er laut stellte. „Selbstverständlich weiß ich, daß ich Ihnen für manches freundliche Entgegenkommen Dank schulde. Daß Sie mich zum Beispiel heute abend eingeladen haben ...!"

„Ja, daß ich Sie heute abend eingeladen habe, gehört auch dazu. Aber Sie wissen gar nicht", fuhr sie fort, „wie weit ich zu Ihren Gunsten gegangen bin."

Er merkte, daß er rot wurde, und fühlte sich, als erröte auch seine Ehre; doch er lachte wieder, so gut er konnte. „Ich sehe, wie weit Sie gehen."

„Ich bin die ehrlichste Frau der Welt; aber trotzdem habe ich für Sie getan, was nötig war." Und dann, da er angesichts ihres nunmehr ganz düsteren Ernstes nur große Augen machte: „Es *war* notwendig, um Sie auf den Weg zu bringen. Das Gewicht hat es von *mir*." Er starrte sie nur weiter an, und sie nahm seine Ratlosigkeit überrascht auf. „Verstehen Sie mich denn nicht? Ich habe zu Ihren Gunsten die Lüge vorgebracht, die hier am Platze war." Immer noch zeigte er ihr nur sein Erröten, sein gezwungenes Lächeln; trotzdem wandte sie sich, mit Nachdruck sprechend, von ihm ab, als müsse er erkennen, was sie meine, wenn er nur eine Minute nachdachte. „Ich verlasse mich jetzt darauf, daß Sie mein Vorgehen rechtfertigen!“

Die Minute zum Nachdenken konnte er sich natürlich zwangloser nehmen, nachdem er das Haus verlassen hatte. Er ging die Bayswater Road entlang, blieb aber plötzlich unter den trüben Sternen vor der modernen Kirche in der Mitte des Platzes stehen, der sich, nach Osten verlaufend, links von ihm auftat. Er hatte seine kurze Episode der Begriffsstutzigkeit hinter sich, doch jetzt verstand er. Sie hatte sich über Mrs. Stringham bei Milly Theale dafür verbürgt, daß Kate sich nichts aus ihm mache. Sie hatte über denselben Kanal bestätigt, die Neigung bestehe nur auf seiner Seite. Er erfaßte es, er erfaßte es und konnte erkennen, was sie damit meinte, sie habe ihn damit auf den Weg gebracht. Sie hatte Kate als lediglich mitfühlend dargestellt, damit auch Milly mitfühlend sei. „Am Platze“ war sie in der Tat, ihre Lüge – die denkbar beste am Platze und die zutiefst und reichhaltigst diplomatische. Also hatte man Milly mit Erfolg getäuscht.

21

Ihr allein zu begegnen, dem armen Mädchen, so empfand er dennoch unmittelbar darauf, hieß, ihr letztlich doch sehr auf der alten Basis zu begegnen, der Basis seiner drei Besuche in New York; was neu war, lief, als er ihr wieder gegenüberstand, auf nicht viel mehr als die ein wenig überraschende Erkenntnis hinaus, welch günstigen und weiten Rahmen die alte Basis bot. Alles andere, jede Peinlichkeit fiel von ihm ab, als er die ersten fünf Minuten dagewesen war: es war in der Tat erstaunlich, daß ihre vorzügliche, ihre angenehme, ihre erlaubte und schickliche und harmlose amerikanische Beziehung – er vermochte kaum genügend Bezeichnungen zu finden, um auszudrücken, wie legitim sie war – von anderen Belangen derart ungetrübt erschien. Seither hatten beide große Abenteuer erlebt – solch ein Abenteuer bedeutete für ihn die geistige Aneignung ihres Landes; und vorübergehend war ihm jetzt, als wäre das gewaltigste von allen diese neugewonnene Bewußtsein anderer Gründe als jener, die bereits ihren Dienst erfüllt hatten. Am Tag nach Tante Mauds Dinner hatte sich Densher im Hotel bei ihr melden lassen, mit einem ausgeprägten, das heißt einem stark beunruhigten Vorgefühl, welche Rolle Kates und

Mrs. Lowders so eigenartig übereinstimmenden und so wahrhaft überflüssigen Versuche, ihm Milly interessant zu machen, für ihn derzeit bei jeder Begegnung mit ihr vermutlich spielen würden. Auch ohne dies war sie ihm interessant genug gewesen – heute schien ihm das wieder einzufallen; und so bewundernswert und schön der wohltätige Eifer der beiden Damen war, hätte er leicht die Anfänge einer unvermeidlich begrenzten, aber dennoch durchaus tragenden freundschaftlichen Beziehung im Keime ersticken können. Was zum Glück die Notwendigkeit zum Abbruch seiner Annäherung abgewendet hatte, was sie zum Glück auch weiterhin abwenden würde, waren sein eigener Verstand und sein Humor, gewissermaßen eine Sprungfeder seines Geistes, die ihm mit Hilfe der Vorstellungskraft zu manchem Verständnis und Zugeständnis verhalf, und buchstäblich noch nie hatte er eine Gelegenheit wie eben jetzt erlebt, sich des Besitzes dieser Eigenschaft zu freuen. Mancher Mann – diese Überlegung stellte er praktisch an – hätte die Sache nicht so genommen, wäre unwirsch geworden, da er das in Frage stehende Ansuchen unvernünftig, ja unerhört gefunden hätte; er hätte kurzen Prozeß damit gemacht und damit zugelassen, daß jede weitere Bekanntschaft mit Miss Theale unmöglich geworden wäre. Er hatte mit Kate davon gesprochen, diese junge Frau werde „geopfert“, und das wäre, soweit es ihn betraf, ein Weg gewesen, sie zu opfern. Jedoch hatte sich seine zunächst verwirrte Sicht seit dem Vorabend nicht in solchem Ausmaß geklärt. Es war nicht so sehr, daß er nicht zu den Männern der Sorte gehörte, die jemanden „sitzenließen“, denn er kannte sich als einen Mann der Sorte, die intelligent genug war, die Fälle zu erkennen, wo das Sitzenlassen das kleinere Übel und die geringste Grausamkeit wäre. Es war vielmehr, daß er alle Betroffenen zu gern hatte, um sich bereitwillig als lediglich widerspenstig zu erweisen. Er mochte Kate, das wußte der Himmel, und er mochte auch, ganz eindeutig, Mrs. Lowder. Insbesondere mochte er Milly; und war ihm am Vorabend nicht aufgegangen, daß er sogar Susan Shepherd durchaus mochte? Noch nie hatte er sich so durchweg barmherzig erlebt. Jedenfalls war es eine Beziehung, wie immer sie sich erklärte, wo er ein rechter Stümper wäre, wenn es ihm nicht auf die eine oder andere Art gelingen sollte, sich dem Anschein der Ungefälligkeit zu entziehen. Sollte er feststellen, daß er es nicht schaffte, bliebe immer noch Zeit. Die Vorstellung, es zu schaffen, kristallisierte sich vor ihm in solcher Gestalt heraus, daß sie nicht nur viel Interessantes verhieß – im Falle des Erfolges sogar mancherlei Aufregendes, einem Versagen allerdings den Anstrich von Grausamkeit verlieh.

Als er derart zugleich mit den besten Vorsätzen und mit einem bewußt offengelassenen Spielraum für eine mögliche anfängliche Verlegenheit in der Brook Street eintraf, fand er zu seiner großen Erleichterung seine Last unerwartet wenig drückend. Was die ihm so neu und so geschickt vorgezeichnete Verantwortung an Verlegenheiten einschloß, kehrte sich auf der Stelle um und zeigte ihm ein anderes Gesicht. Dieses war einfach das Gesicht seines früheren Eindrucks, den er jetzt voll bestätigt fand – den Eindruck, daß amerikanische Mädchen, wenn sie so reizend waren wie Milly, was selten vorkam, unbedingt die natürlichsten Menschen der Welt waren. Hatte der Zufall es gewollt, daß dieses Exemplar der Gattung von Anfang an so der Natürlichkeit verpflichtet war, daß nichts, was später eintrat, sie jemals kompliziert werden lassen *könnte*? Das berührte ihn jetzt als noch wahrscheinlicher als anläßlich der kürzlich mit ihr in Kates Gesellschaft verbrachten ein oder zwei Stunden. In Denshers Sicht hatte Milly Theale keine Komplikation wahrgenommen, als sie ihn und seine Begleiterin von der Nationalgalerie mit nach Hause nahm und sie beim Lunch unterhielt; deshalb war es kaum anzunehmen, daß ihr die Komplikationen so bald über den Kopf gewachsen sein sollten. Sein Vorwand für den Besuch war zum Glück einer der besten und einfachsten; das Mindeste, was er angesichts ihrer erfreulichen Bekanntschaft anständigerweise tun konnte, war, sich nach ihr zu erkundigen, nachdem er erfahren hatte, daß eine Unpäßlichkeit sie verhindert hatte, ihm beim Dinner zu begegnen. Und dann war da noch der günstige Zufall ihrer anderen Freundschaftsbezeugung; er mußte jedenfalls mit einem angemessenen Zeichen auf die Gastfreundschaft antworten, die er bei ihr mit Kate geteilt hatte. Nun, jetzt gab er ein Zeichen – so gut es eben war; zunächst einmal war sie zu sprechen und freute sich ganz natürlich und reizend, ihn zu sehen. Er war zeitig nach dem Lunch gekommen, wenn auch nicht so zeitig, daß sie nicht bereits ausgegangen sein könnte, sofern sie sich wohl genug fühlte; und sie fühlte sich wohl genug und war trotzdem noch zu Hause. Dabei hörte er förmlich den Kommentar, den Kate dazu abgegeben hätte: in seine Gedanken mischte sich auch der, nach *ihrer* Darstellung sei Milly absichtlich zu Hause geblieben, weil sie nach einem Gespräch mit Mrs. Stringham erwarten durfte, daß sich womöglich eine gewisse Person einstellen würde. Er war sogar – so erfreulich liefen die Dinge – unbefangen genug, darin unter dieser Voraussetzung ein neues Zeichen der wunderschönen Heuchelei der Frauen zu begrüßen. Er ging so weit, den Gedanken auszukosten, das Mädchen *könnte* seinetwegen dageblieben sein; das half ihm, es zu genießen, daß sie so tat, als wäre das nicht der Fall. Das heißt, sie brachte genau das richtige Maß von Überraschung zum Ausdruck; sie übertrieb es kein bißchen: die Lehre daraus war ganz deutlich, soweit seine kürzliche Erleuchtung einem Mangel an Natürlichkeit bei ihren Begegnungen die Tür geöffnet haben sollte, könne er sich ganz darauf verlassen, daß sie sich für ihn wie für sich selbst darum kümmern werde.

Damit hatte sie bei seinem Eintritt bewunderungswürdig schon begonnen, indem sie sich von dem Tisch abwandte, an dem sie offenbar gerade Briefe geschrieben hatte; schon innerhalb der ersten Minute hatte sie die Möglichkeit weggehext, er könne für sie als Leidende Besorgnis an den Tag legen. Nie, niemals durfte sie – verstand er das? – für ihn eine Leidende sein; und wie er das verstand, mit welcher Freude er darauf reagierte, die er sich, wie er selbst gewahr wurde, auch noch anmerken ließ, das bedeutete, das sollte er sich schon sehr bald eingestehen, etwas wie der Anfang einer engen Freundschaft. Wenn sich so etwas ereignen konnte, mußte sich der andere in Wahrheit gleichermaßen einer Beziehung bewußt sein. Jedenfalls brachte es bald eine hervor, sofern vorher noch keine bestanden haben sollte. Sie hatte ihm die Frage gestattet – dazu war Zeit gewesen, denn sein Hinweis darauf, daß ihre Freundin sich ohne sie, dafür mit Entschuldigungen, am Lancaster Gate eingefunden hatte, war unvermeidlich; doch sie hatte, und zwar ebenso mit dem Ausdruck ihrer Augen wie mit dem Lächeln auf ihren Lippen, jeden Grund zur Besorgnis und jede Gelegenheit zu dringenden Fragen verjagt. Wie es ihr ging? – nun, ihr ging es, wie er sie vor sich sah und wie sie gesehen zu werden wünschte, wofür sie ihre eigenen Gründe hatte, die niemand sonst etwas angingen. Kates Darstellung, sie sei zu stolz für Mitleid, wahre verbissene Zurückhaltung hinsichtlich eines so persönlichen Geheimnisses, fiel ihm wieder ein; so daß er froh war, ihren Wink verstehen zu können, zumal wenn er wollte. Die Frage, die das Mädchen rasch abgetan hatte – „Ach, es war nichts, mir geht es gut, danke" –, war eine, die er mit Freuden verbannen konnte. Das ging ihn überhaupt nichts an, obwohl sich Kate gerade darauf berufen hatte; denn man hatte sein Interesse im Namen des Mitgefühls beschworen, und gerade das Wort Mitgefühl, empfand er nach Ablauf von zwei Minuten, durfte er nicht einmal flüstern. Man hatte ihn zu ihr geschickt, damit er sie bedauere, und wie sehr er sie zu bedauern hätte, ganz heimlich, mußte er erst noch herausfinden. Sollte das jedoch nicht heißen, fast gar nicht? – denn wie immer sein Ergebnis lautete, er durfte es sie nie wissen lassen. Auf diese Weise war unerwartet freie Bahn geschaffen; obwohl er sich erst nach längerer Zeit ganz sicher war, zunächst belustigt und dann mit einem gewissen Respekt, was am meisten seine Wirkung getan hatte. Es war außergewöhnlich, wenn nicht ganz erstaunlich, aber er begann einzusehen, wenn sein Mitleid nicht hätte anderem weichen müssen, dann ganz entschieden *ihrem* Mitleid. So hatte der Fall sich umgekehrt: er hatte seinen Besuch gemacht, um *sie* zu bedauern, doch er würde ihn wiederholen – sofern er ihn wiederholte –, damit sie *ihn* bedauern könnte. Seine Lage machte ihn, so sah sie es an – wenn man ihn erst einmal mochte –, zu einem Gegenstand solcher warmherzigen Fürsorge: er ahnte dieses Urteil von ihrer Seite und empfand es als etwas, womit er sich wirklich, aus Anstand, aus Würde, aus einfacher Ehrlichkeit, sehr bald auseinanderzusetzen hätte.

Sonderbar genug war es gewiß, daß sich die ursprünglich vor ihm stehende Frage, die von Kate da hingesetzte Frage, so unversehens ganz von einer anderen verdrängt finden sollte. Diese andere, das war leicht zu erkennen, kam sogleich angesichts der Tatsache auf, wie schön man sie irregeführt hatte und wie sehr sie ihre Barmherzigkeit verschwendete; die ganze Sache bereitete für ihn einen so hübschen Fall übler Gewissensbisse vor, wie er ihn sich nur wünschen konnte, und bei der Aussicht zuckte er jetzt schon zusammen. Wenn er für sie interessant war, so, weil er unglücklich war; und wenn er unglücklich war, so, weil seine Leidenschaft für Kate sich umsonst verausgabt hatte; und wenn Kate gleichgültig, unerbittlich war, so, weil sie Milly nicht darüber im Zweifel gelassen hatte. Das vor allem sah er – welch deutlichen Eindruck dieser Haltung, welch entschiedene Darstellung seines Mißerfolges Kate ihrer Freundin gegeben haben mußte. Die unmittelbar anschließende Viertelstunde mit dem Mädchen tauchte eine solche Folgerung in geradezu grelles Licht; es war fast, als wäre die andere Partnerin ihres erstaunlichen Einvernehmens bei ihnen, während sie miteinander sprachen, als schwebte sie im Raum, hätte sich eingestellt, um nach ihrem Werk zu sehen. Der Wert des Werkes erschien ihm anders, sobald er es so in der armen Milly verkörpert sah. Da es unrichtig war, daß er nicht geliebt wurde, war sein Recht, aus diesem Grunde als bedeutende Größe zu erscheinen, ganz erloschen; und wenn er nicht aufpaßte, würde er sich dabei ertappen, daß er auf eine der Rechtschaffenheit gänzlich widersprechende Weise an Millys gutgläubiger Mildtätigkeit Gefallen fand. *Hier* waren Skrupel angebracht; hier war es absolut nötig, zu bedenken, was er vorhatte. Wenn es sich für ihn nicht gehörte, auf gänzlich falscher Grundlage Zuwendung zu genießen, was garantierte ihm, wenn er weitermachte, daß er nicht selbst den Kummer vortäuschen würde, um die Annehmlichkeiten nicht entbehren zu müssen? Zuwendung – seitens eines reizenden Mädchens – war wohltuend, ganz gleich, auf welcher Theorie sie fußte; und der Gedanke half ihm nicht viel weiter, daß er bisher noch nichts dazu beigetragen hatte, sie irrezuführen. Es war Kates Darstellung seiner Person, seiner Niederlage, sie stammte nicht von ihm; seine Verantwortung würde erst beginnen, so könnte man sagen, wenn er in diese Rolle einstiege. Der heikle Punkt lag jedoch in dem Unterschied zwischen Verstellung und Nichtverstellung; dieser Unterschied war es in Wahrheit, was den Gewissenskonflikt ausmachte. Er sah mit einem gewissen Schrekken vor sich die Wahrheit aufsteigen, daß alles Verstellung bedeutete, was nicht das Aussprechen der besonderen Worte einschloß. „Wenn Sie mich mögen, weil Sie glauben, daß *sie* mich nicht mag, so trifft das überhaupt nicht zu: sie *mag* mich grenzenlos!" – das wäre jener besondere Satz gewesen; gleichzeitig standen dem nur zu handgreifliche Schwierigkeiten entgegen, das zu äußern. Wäre es in gewisser Weise nicht genauso taktlos, sie zu brüskieren, wie sie in ihrer Täuschung zu belassen? – und das ganz abgesehen von der Bloßstellung Kates, der gegenüber es eine Art Verrat bedeuten würde. Kates Plan war etwas so außerordentlich für Kate Spezifisches, daß er sich vor den Komplikationen zurückschrekken sah, die damit verbunden waren, ihn zu verurteilen. Die Frau, die man liebte, nicht bloßzustellen, sondern ihr in ihren Fehlern beizustehen – wenn diese erst einigermaßen weit gegangen waren –, das war vielleicht die gewichtigste der Folgen unterwürfiger Liebe. Die Loyalität war selbstverständlich die vornehmste Pflicht angesichts jeden wie immer umständlichen Planes von ihrer Seite, einem nichts als Gutes anzutun.

Densher mußte sich förmlich zusammennehmen, um nicht angesichts dessen, wie unendlich viel Gutes ihm seine Freundin, nach all diesen Beweisen, hatte antun wollen, in Andacht zu verfallen. Einer Sache war er sich mittlerweile freilich sicher: Milly Theale selbst würde sein Eingreifen nicht überstürzt nötig machen. Sie würde ihm absolut niemals sagen: „*Ist* es denn so unmöglich, daß sie Sie jemals ernstlich mag?“ – und ohne das konnte nichts weniger heikel sein, als wenn er sie in aggressiver Manier aufgeklärt hätte. Kate stünde es frei, das zu tun, falls Kate aus einer gewissen Vorsicht, aus Zerknirschung, kurz, aus irgendeinem besseren Grund, ihren Plan ändern sollte; doch fragte er sich, wenn das nicht einträte, was *er* denn dann tun könnte, was nicht letztlich plumper wäre, als nichts zu tun. Das führte ihn wieder darauf zurück, die Tatsache hinzunehmen, daß das arme Mädchen ihn mochte. Von sich aus stellte sie es auf eine einfache, eine schöne Grundlage, eine Grundlage, die ihr bereits den benötigten Vorwand lieferte. Die Grundlage war da, das heißt, sie bestand aus dem Eindruck, den sie empfangen, behalten, genährt hatte; der darauf aufgebaute Vorwand war der Vorwand, danach zu handeln. Daß sie jetzt glaubte, was sie glaubte, verlieh ihr endlich die Sicherheit, handeln zu können; demnach wäre Densher also auf den Grund ihrer Seele und die Wurzel einer reinen Freude gestoßen. Sie hob geradezu den Kopf und blühte auf, diese reine Freude, während der junge Mann jetzt bei ihr saß, und Dinge schien sie zu sagen, die ihm die Worte aus dem Mund nahmen. Das war aber nicht alles, was sie sagte; eher war es, was solches im Lichte dessen bedeutete, was er wußte. Daß sie ihn zum Beispiel von der Frage abhielt, wie es ihr gehe, der rasche, tapfere, kleine Kniff, mit dem sie das bewirkte, stand in seiner Vorstellungskraft für eine Wahrheit, die sie nicht aussprach. „Für *Sie* geht es mir gut – das ist alles, was Sie angeht oder worum Sie sich kümmern müssen: Ihnen werde ich nie etwas so Abscheuliches darbieten, wie krank zu sein. Da sehen Sie also; sorgen Sie sich um mich sowenig wie möglich, schonen Sie mich bitte sowenig wie möglich. Kurz, scheuen Sie sich nicht, meine ‚interessante‘ Seite zu ignorieren. Es ist ja nicht so, sogar jetzt, während Sie hier sitzen, als hätte ich nicht noch eine ganze Reihe anderer Seiten. Werden Sie nur auch *denen* gerecht, und wir kommen wunderbar miteinander aus.“ Das war es, was sich letztlich hinter ihrem Geplauder verbarg – das sich anscheinend ganz um ihre Eindrücke und ihre Absichten drehte. Sie versuchte Densher wieder auf seine Amerika-Erlebnisse zu bringen, aber davon wollte er heute nichts wissen. Als er daran dachte, wie er neulich nachmittag in Kates Anwesenheit dagesessen und selbstzufrieden „gequatscht“ hatte, warf er sich vor, das Maß überschritten, es übertrieben zu haben, seine Gesprächspartnerin – zumindest scheinbar – mehr „hofiert“ zu haben, als er jedenfalls damals beabsichtigte. Er drehte den Spieß um, holte sie über London aus, über ihre Sicht des hiesigen Lebens, und behandelte sie nur zu gern als eine Person, mit der er mühelos andere Themen finden konnte als ihre Beschwerden. Vor allem sprach er darüber, welche Beweise er am Lancaster Gate erhalten hatte, daß sie nur gekommen sei, um Eroberungen zu machen; und als sie das mit vorbehaltloser und fröhlicher Zustimmung aufgenommen hatte – „Wie konnte ich anders als das Ereignis der Saison zu sein, das Dingsda, das Tagesgespräch?“ –, plauderten sie ungehemmt über alles, was sich seit ihrer abgebrochenen Begegnung in New York für jeden begeben hatte.

Gleichzeitig, während viele Dinge in rascher Folge vor ihnen auftauchten, besonders vor Densher, war vielleicht nichts ganz so eindringlich wie die eigentümliche Einwirkung ihrer derzeitigen Umstände auf ihre Sicht der vergangenen. Es schien, als hätten sie gar nicht gewußt, wie „dick“ sie sich ursprünglich angefreundet hatten, als wären sie in gewisser Weise wirklich so weit geraten, sich an so viele gutfreundschaftliche Episoden zu erinnern, wie sie damals tatsächlich gar nicht hätten Raum finden können. Sie standen jetzt in einer Beziehung zueinander – ob nun ausgehend von dem, was sie sagten oder was sie nicht sagten –, die so kompliziert war, daß sie deren geschwindes Wachstum hätten durch einen Rückgriff zu rechtfertigen suchen können, einen Rückgriff in jene sagenumwobenen Zeiten, in die blühende Staaten gern ihre Anfänge zurückverlegen. Ihm fiel ein, was bei Mrs. Lowder gesagt worden war, über die Schritte und Stufen in der Lebensentwicklung der Menschen, die man infolge eigener Abwesenheit versäumt habe, was häufig zu dem Gefühl führe, man treffe sie ein Stück weiter; eine Bemerkung, die er zusammen mit einigen anderen, die ihm noch einfielen, bei dieser Gelegenheit an Milly weitergab. Die Dinge, die er nicht erwähnen konnte, mischten sich mit denen, die er erwähnte; so daß es sicherlich schwer zu sagen gewesen wäre, welche der zwei Gruppen jetzt die größere Rolle spielte. Eine Kraft hielt ihn Angesicht zu Angesicht bei dieser jungen Dame fest, eine Kraft, die gänzlich der Situation entsprang und, so empfanden es seine Nerven, mit der Schnelligkeit der Kräfte wirkte, die sensible Menschen gemeinhin als außerhalb ihrer Kontrolle betrachten. Die dadurch bedingte Strömung hatte sich für ihn, als er nur zehn Minuten in dem Zimmer geweilt hatte, förmlich zu etwas entwickelt, das er, wäre es nicht absurd gewesen, ganz Kleines und ganz Großes nebeneinanderzustellen, rundheraus mit den Strudeln des Niagara verglichen hätte. Eine keineswegs beanstandete Bekanntschaft zwischen einem intelligenten jungen Mann und einer auf ihn eingehenden jungen Frau konnte bestenfalls gar nicht anders als laufen, und sein gegenwärtiges Experiment lief und lief und lief. Wahrscheinlich trug nichts so sehr dazu bei, es am Laufen zu halten, wie der auffallende Umstand, daß sie die ganze Zeit kein Wort über Kate gesprochen hatten; und das, obwohl sich, hätte es sich bei ihnen um die Frage gehandelt, was sich in den vergangenen Wochen ereignet hatte, in dieser Zeit nichts ereignet hatte, was sich mit Kates vorherrschendem Einfluß hätte messen können. Densher hatte sie erst am Abend vorher um Anweisungen gebeten, wie er sich, sie betreffend, verhalten solle: doch er verzog schmerzlich das Gesicht gegenüber der Feststellung, auf wie wenig das hinauslief. Sie hatte ihm natürlich erklärt, auf wie wenig; doch es war eine Wahrheit, die ganz anders aussah, wenn Milly sie ihm darbot. Es bewies, wie frei man mit letzterer wirklich umgesprungen war, doch es weckte in ihm den Gedanken, man könne Kate zweckmäßigerweise vielleicht noch einmal befragen. Vor seinem nächsten Schritt hätte er gern mit ihr gesprochen – sich vergewissert, ob sie wirklich wollte, daß er tatsächlich soviel Erfolg habe. Mit all dem Unterschied, der, wie wir sagten, für ihn aufkam, kam natürlich von neuem auf, daß er seinen Besuch kurz halten könnte und ihn nie zu wiederholen brauchte; doch das Allerseltsamste war, daß das Argument gegen diesen Ausweg genau der schönen schweigsamen Beredsamkeit entsprungen wäre, die sich in dem ausdrückte, was Milly anzuschneiden vermied.

Voreilig mochte das durchaus sein, da es die Tatsache hervorhob, daß sie im Lichte der empfangenen Beteuerungen vorging. Letzteren gegenüber hatte sie sichtlich nicht gezögert, denn hatten sie nicht den Vorzug, ihr eine Chance zu geben? Densher sah, fühlte geradezu, wie sie nach der Chance griff, der Chance, nicht mehr und nicht weniger, ihm zu helfen, wie es ihr freistand. Das hatte Kate ihr hinterlassen: „Ihn erhören, *ich*? Niemals! Tun Sie also, was Ihnen gefällt." Was Milly „gefiel", war, wie sich herausstellte, zu tun, was sie jetzt tat: der flüchtige Einblick, den unser junger Mann davon bekam, wäre nicht weniger ein flüchtiger Blick in die Richtung gewesen, welche besondere Brutalität es erfordern würde, sie abzuschütteln. Ihre Wahl atmete einen zaghaften Duft nach Heroismus, denn ihr kam nicht zu Hilfe, es könnte die Frage einer Trennung von Kate geben. Sie würde zu Kate ebenso wie zu Kates Verehrer reizend sein; sie würde jeden Schmerz auf sich nehmen, der für sie in dem Anblick liegen konnte – falls sie weiterhin dem Anblick ausgesetzt sein sollte, daß der Verehrer mit der Verehrten zusammenkäme. Es hätte wahrhaftig nicht mehr viel gebraucht, daß er sich gefragt hätte, ob er nicht einen jener seltenen Fälle von Überspanntheit vor sich habe – Nahrung für die Literatur, Nahrung für die Poesie –, in denen das Glück eines Mannes bei der Frau, der nichts an ihm liegt, von der Frau gefördert wird, der an ihm liegt. Es war, als hätte Milly sich gesagt: „Nun, er kann sie wenigstens in meiner Gesellschaft treffen, wenn ihm das etwas bedeutet; also kann meine Linie nur sein, meine Gesellschaft reizvoll zu machen." Mit Sicherheit hätte sie keinen anderen Eindruck erwecken können, wenn sie wirklich für sich so argumentiert *hätte.* Was ihn alles doch nicht hinderte, sie bald genug zu fragen, ganz als sollte sie ins Nichts hinausgewirbelt werden: „Und was wird jetzt also mit Ihnen? Fangen Sie an, von einem Landsitz zum anderen zu stürzen?"

Sie wehrte den Gedanken mit einem Kopfschütteln ab, das ihm, welche Miene sie auch annahm, wider Willen etwas von ihrer verdrängten Voraussicht verriet, vielleicht nie, niemals wieder die Möglichkeit zu solchen Unternehmungen zu haben. Jetzt kamen sie jedenfalls für sie nicht in Frage. „Meine Güte, nein – wir reisen ins Ausland – auf ein paar Wochen irgendwo in Höhenluft. Das haben wir schon seit einigen Tagen vor; uns haben nur noch letzte unvermeidliche Dinge hier festgehalten. Aber jetzt ist alles getan, und wir haben Wind in den Segeln."

„Mögen Sie also fröhlich vor dem Wind laufen! Aber wann", erkundigte er sich, „kommen Sie zurück?"

Sie blickte ganz unbestimmt drein; dann, gleichsam um es richtigzustellen: „Oh, wenn der Wind sich dreht. Und was fangen Sie mit Ihrem Sommer an?"

„Ach, ich verbringe ihn mit mühsamer Arbeit. Ich tränke ihn mit käuflicher Tinte. Meine Arbeit in Ihrem Land zählt auch als Zeitvertreib. Sie sehen, wie man das Ergötzen einschätzt, das Ihr Land einem zu geben vermag. Mein Urlaub ist vorbei."

„Es tut mir leid, daß Sie ihn zu einer ganz anderen Zeit als wir nehmen mußten. Hätten Sie doch arbeiten können, während wir gearbeitet haben ..."

„Könnte ich mich jetzt vergnügen, während Sie sich vergnügen? Ach, der Unterschied ist bei mir nicht so groß. Für mich steckt in beidem ein bißchen Arbeit und ein bißchen Vergnügen. Aber Sie und Mrs. Stringham, mit Miss Croy und Mrs. Lowder – Sie alle", fuhr er fort, „haben sich, wie Kulis oder Nigger, wirklich körperlich abgerackert. Ihre Erholung ist etwas, das Sie sich verdient haben und das Sie brauchen. Meine Arbeit ist vergleichsweise leicht."

„Sehr richtig", lächelte sie; „aber trotzdem gefällt mir die meine."

„Sie fordert Ihnen nicht das Letzte ab?"

„Überhaupt nicht. Ich werde nicht müde, wenn mich etwas interessiert. Ach, ich könnte allerlei tun."

Er überlegte. „Warum tun Sie es dann nicht? – da Sie hier, wie ich höre, die ganze Stadt in der Tasche haben."

„Nun, es ist eine Art Einteilung – ich spare mir noch etwas auf. Ich habe das, wovon Sie sprechen, so genossen – wenn Ihre Darstellung davon auch zu phantastisch klingt –, daß ich über seine Zukunft wache, daß ich zwangsläufig ängstlich und vorsichtig sein muß. Ich möchte – im Interesse dessen, was ich erlebt habe und vielleicht noch erlebe – keine Fehler machen. Die beste Art, keine zu machen, ist, wieder etwas Abstand dazu zu gewinnen und die Situation aus der Entfernung zu überblicken. Vermöge dieser klugen Einteilung", schloß sie, als sei sie selbst mit der Findigkeit ihrer Erklärung recht zufrieden, „erhalte ich es mir bis zu meiner Rückkehr frisch."

„Ah, dann *kommen* Sie zurück? Können Sie das versprechen?"

Ihr Gesicht leuchtete geradezu auf, als er sie um dieses Versprechen bat; doch sie tat, als feilsche sie noch ein wenig. „Ist London im Winter nicht ziemlich schlimm?"

Er hätte sie fast gefragt, ob sie meine, für Kranke; doch hielt er diese unglückliche Bemerkung zurück und ging auf die Erkundigung ein, als beziehe sie sich auf das gesellschaftliche Leben. „Nein – im ganzen genommen gefällt es mir; es ist nicht so eine lärmende Rotte da wie später; und es hätte für *uns* den Vorzug – falls Sie dann hier sind –, daß wir wahrscheinlich mehr von Ihnen zu sehen bekämen. Also tun Sie uns doch bitte den Gefallen – sofern es nicht eine Frage des Klimas ist."

Darauf blickte sie ein wenig ernster drein. „Sofern *was* nicht eine Frage des Klimas ist ...?"

„Nun, die Entscheidung über Ihre künftigen Schritte. Sie sprachen eben davon, daß Sie deswegen irgendwohin reisen wollten."

„Wegen besserer Luft?" – sie erinnerte sich. „O ja, freilich will man im August London den Rücken kehren."

„Aber natürlich!" – er verstand vollkommen. „Obwohl ich froh bin, daß Sie lange genug ausgehalten haben, damit ich Sie noch erwischen konnte. Versuchen Sie es jedenfalls", fuhr er fort, „noch einmal mit uns."

„Wen meinen Sie mit ‚uns'?" fragte sie darauf.

Das ließ ihn flüchtig stocken – er sah, daß es scheinen konnte, als stellte es eine Anspielung auf sich selbst in Verbindung mit Kate dar, die er ebensowenig zu erwähnen gedachte wie seine Gastgeberin. Doch der Ausweg war leicht. „Ich meine uns alle zusammen, jeden einzelnen, der Sie nur zu gern mit Sympathie umgeben wird."

Dennoch war es für sie ein Anlaß, ihn auf ihre eigentümliche, bezaubernde Art von neuem herauszufordern. „Warum sagen Sie Sympathie?"

„Nun, es ist gewiß ein blasses Wort. Was wir *wirklich* für Sie empfinden werden, kommt der Anbetung viel näher."

„Dann also so nahe, wie Sie wollen!" Womit endlich Kates Name anklang. „Die Leute, um derentwillen ich am liebsten wiederkäme, sind die, die Sie kennen. Mrs. Lowders wegen täte ich es, die wunderbar gütig zu mir gewesen ist."

„Zu *mir* auch", sagte Densher. „Mir ist", fügte er an, da sie zunächst nicht antwortete, „als hätte ich, ganz im Gegensatz zu allen meinen früheren Erwartungen, in ihr eine gute Freundin gewonnen."

„*Ich* hatte es auch nicht erwartet – daß es so ausgefallen ist. Aber erwartet hatte ich es", sagte Milly, „bei Kate. Auch ihretwegen komme ich zurück. Für Kate", sie hielt daran fest, „täte ich alles."

Als sie ihn bei diesen Worten gleichsam mit bewußter Klarheit ansah, hätte es für den Augenblick scheinen können, als habe sie solchen Überbleibseln seiner idealen Rechtschaffenheit, über die er noch verfügte und die sich zur Aktion aufzuraffen vermochten, eine geschickte Falle gestellt. Hinterher sollte er sich sagen, in diesem Augenblick habe für ihn etwas an einem Haar gehangen. „Ach, ich weiß, was man für Kate tun würde!" – es hatte für ihn an einem Haar gehangen, diesen Satz hervorzustoßen, und er empfand, ein noch stärkeres Element in seinem Bewußtsein habe ihn davon abgehalten. Der Beweis der betreffenden Wahrheit bestand gerade in seinem Schweigen; dem Impuls zu widerstehen, mit diesen Worten hervorzubrechen, *das* war es, was er für Kate tat. Das kam und ging zudem ziemlich schnell; in der nächsten Minute bemühte er sich nur, Millys Anspielung ihr selbst als ganz selbstverständlich erscheinen zu lassen. „Natürlich weiß ich, wie befreundet Sie sind – und natürlich verstehe ich", gestattete er sich anzufügen, „in welchem Maße eine so bezaubernde Person Zuneigung einflößt. Das ist also der gute Dienst, den sie uns allen leisten wird – ich meine, daß sie sich für Ihre Rückkehr einsetzt."

„Ach, Sie wissen ja nicht", sagte Milly, „wie sehr sie mich wirklich auf dem Hals hat."

Er vermochte nur hinzunehmen, daß er den Eindruck machte, sich zu fragen, wieviel von seinem Wissen er sich anmerken lassen konnte. „Oh, sie ist sehr despotisch."

„Sie ist großartig. Aber ich behaupte nicht, daß sie mich schurigelt."

„Nein – das ist nicht die rechte Art. Jedenfalls ist es nicht die ihre", lächelte er. Er erinnerte sich jedoch, eine unangemessene Vertrautheit mit Kates Art war genau das, was er nicht zutage treten lassen durfte; und er verfolgte das Thema nur noch bis zu der Bemerkung, die er in guter Absicht äußerte und die noch den Vorzug besaß, eine Wahrheit wiederzugeben: „Ich habe nicht das Gefühl, sie zu kennen – was man wirklich kennen nennt."

„Nun, wenn wir schon dabei sind, das habe ich auch nicht!" lachte sie. Die Worte gaben ihm, sobald sie ausgesprochen waren, ein Gefühl der Verantwortlichkeit für seine eigenen; obwohl er während einer darauffolgenden Minute des Schweigens Zeit zu der Erkenntnis hatte, daß die seinen schließlich doch kein Element der Falschheit enthielten. Deshalb war es seltsam genug, daß er zu weit gegangen sein konnte – *wenn* es zu weit war –, ohne falsch zu sein. Diese Feststellung war von einer Art, die er ohne weiteres auch an Kate selbst hätte richten können. Und bevor er wieder sprach, auch bevor Milly wieder sprach, nahm er sich für noch etwas anderes Zeit – für das Gefühl, just hier müsse er abbrechen, wenn sein Entschluß gefaßt sei, nicht weiterzugehen. Es war, als stünde er an einer Ecke – und als hätten ihn seine letzten Worte dorthin postiert, und so, daß es von ihm abhinge, ob er um die Ecke bog oder nicht. Hätte das Schweigen nur noch einen Moment länger angehalten, hätte es ihm sogar das Gefühl eingegeben, sie warte ab, was er tun werde. Gleich darauf war es für beide von dem für einen Augustnachmittag doch auffällig geräuschvollen Gerassel schwerer Kutschenräder auf der Straße unter ihnen ausgefüllt und von dem Hufschlag im Gleichschritt trabender Pferde. Auf ein Rumpeln, ein mächtiges Schüttern, ein lautes, effektvolles Getrappel folgte offenbar eine Pause an der Pforte des Hotels, die nun ein entsprechend ruhigeres Klirren und Stampfen ausfüllte. „Sie haben einen Besucher", lachte Densher, „und es muß mindestens ein Botschafter sein."

„Es ist nur meine Kutsche; so geht es – ist es nicht fabelhaft? – Tag für Tag. Aber wir, Mrs. Stringham und ich, finden es in unserer Herzenseinfalt sehr amüsant." Beim Sprechen war sie aufgestanden, um sich ihrer Worte zu vergewissern, und nach wenigen Schritten standen sie zusammen auf dem Balkon und blickten auf die wartende Karosse hinab, die wirklich einen stolzen Anblick bot. „Ist sie sehr schlimm?"

Für Denshers Augen war sie – bis auf ihre absurde Wuchtigkeit – nur sympathisch prunkvoll. „Es scheint mir ein reizendes Rokoko zu sein. Aber woher soll ich das wissen? Sie sind die Gebieterin über diese Dinge, stehen mit der höchsten Weisheit in Kontakt. Zudem füllen Sie eine Position aus, dank derer Ihre Kutsche ... nun, mittlerweile in den Augen Londons ebenfalls eine ausfüllt." Doch sie wolle am Ende ausfahren, und er dürfe sie nicht davon abhalten. Was sich in der nächsten Minute abspielte, war erstens, daß sie abstritt, ausfahren zu wollen, damit er länger bliebe; und zweitens, daß sie sagte, sie werde mit Vergnügen ausfahren, wenn er mitkommen wolle – in der Tat gebe es immer etwas zu tun, heute würde es für sie darum gehen, mehrere bestimmte Wege zu erledigen, und kurzum, das sei der Grund, weshalb man die Kutsche so früh bestellt habe. Während sie all das vorbrachte, wurden sie gewahr, daß sich jemand eingefunden hatte, und als sie wieder hineingingen, fanden sie Millys Bedienten vor, der die Kutsche meldete und sich zu ihrer Begleitung bereithielt. Das schien für sie die Angelegenheit zu erledigen – das heißt, auf der Grundlage von Denshers freudiger Zusage. Denshers freudige Zusage hatte jedoch bisher auf sich warten lassen, da der innere Prozeß, den wir bei ihm geschildert haben, inzwischen mit höchster Intensität ablief. Die Vorgehensweise, nicht innezuhalten, nicht abzubrechen, hatte ihn bereits, wie ihm schien, Hals über Kopf dahin gebracht, wo sie derzeit standen; und eben jetzt verhielt es sich ganz nachdrücklich so, daß er entweder das eine oder das andere tun mußte. Er hatte einige Augenblicke abgewartet, die ihm wahrscheinlich länger vorkamen, als sie waren; das lag daran, daß er sich selbst beklommen beim Abwarten beobachtete. Er konnte das nicht ewig weiterführen; und da er das eine oder das andere tun mußte, wurde ihm bald bewußt, daß er sich für das andere entschieden hatte. Hatte er sich bisher dahintreiben lassen, so entschied es sich in der Art eines recht heftigen Aufpralls an einen festen Gegenstand in der Strömung. „O ja; ich begleite Sie mit Vergnügen. Eine reizende Idee."

Sie dankte ihm mit keinem Blick – eher blickte sie weg; sie wies nur sofort ihren Bedienten an: „In zehn Minuten", und sagte dann ihrem Besucher, als der Mann hinausging: „Wir fahren irgendwohin – ich freue mich darauf. Aber ich muß Sie um etwas Zeit bitten – so wenig wie möglich –, um mich fertigzumachen." Sie sah sich im Zimmer nach etwas um, ihn zu beschäftigen, ihn dort festzuhalten. „Da sind Bücher und sonst allerhand – eine ganze Menge; und ich bin immer sehr rasch umgezogen." Erst als sie ging, begegnete er ihren Augen und fand diese hübsch und rührend.

Warum in diesem Moment besonders rührend, hätte er kaum zu sagen vermocht; es hing mit dem Gefühl zusammen, ging darin auf, daß sie ihm einen Gefallen tun wollte. Was geschehen war, war eindeutig, daß sie es sich so gewünscht hatte, daß sie ihn einfach dazu gebracht hatte, in höflicher Erkenntlichkeit *ihr* einen Gefallen tun zu wollen; was er nun vollauf getan hatte, indem er um seine Ecke bog. Bis die Tür sich hinter ihr geschlossen hatte und er allein dastand, war er ganz um diese Ecke geschwenkt. Allein blieb er weitere drei Minuten – allein damit, über mehrere höchst wichtige Kleinigkeiten nachdenken zu müssen. Eine davon war das Phänomen – typisch, zutiefst amerikanisch, hätte er gesagt – der ausgeprägten Spontaneität Millys. Womöglich hätte er geradezu in der fast ausschließlichen Betrachtung dieser Frage Zuflucht gesucht – Zuflucht vor einer anderen. Doch das führte ihn nirgendwohin; nicht einmal zu einer handfesten Verallgemeinerung über Amerikanerinnen. Es war von seiner jungen Freundin spontan gehandelt, ihn einzuladen, allein mit ihr auszufahren – da sie ihre Begleiterin nicht erwähnt hatte; doch indem sie es tat, kam sie ihm schließlich nicht emanzipierter vor als zum Beispiel Kate, die keine Amerikanerin war, wenn sie es nicht getan hätte. Außerdem *hätte* Kate es getan, obwohl Kate überhaupt nicht, in demselben Sinn wie Milly, spontan war. Und dann kam dazu, daß Kate es getan *hatte* – oder doch ganz ähnliche Dinge. Des weiteren war er mit Kate verlobt – selbst wenn der Umstand, daß er es nach außen hin nicht war, ihre Unabhängigkeit in der Öffentlichkeit auf eine andere Grundlage stellte. Jedenfalls war nach allen Grundlagen die Beziehung zwischen Kate und der Unabhängigkeit, zwischen der Unabhängigkeit und Kate, eine andere, als er sie in irgendeiner Hinsicht mit dem Mädchen in Verbindung bringen konnte, das ihn eben verlassen hatte, um sich fertigzumachen, sich ihm zu überantworten. Das war ihm bisher noch nie aufgefallen, und während er darüber nachdachte, schritt er durch das Zimmer, rührte aber keines der ihm zur Verfügung gestellten Bücher an. Milly war weit vorgeschritten, hätte man sagen können, doch nicht fortschrittlich; während Kate zurückgeblieben war – sogar als Engländerin vergleichsweise zurückgeblieben –, und doch in hohem Grade fortschrittlich. Jedoch – obwohl das die Sache nicht entwirrte – war Kate freilich zwei, drei Jahre älter; was im Alter der beiden jungen Damen erheblich zählte.

Während Densher solche spitzfindigen Unterscheidungen anstellte, schlenderte er weiter gemächlich umher; jedoch vermochte er nicht lange das Bewußtsein in Schach zu halten, daß er um seine Ecke gebogen war. Das war so unwiderruflich geschehen, daß ihm nach seinem Gefühl sogar die Wahl entglitten war, Millys Abwesenheit auszunutzen, um alles rückgängig zu machen. Hätte er fünf Minuten vorher noch, vulgär gesprochen, kneifen können, konnte er das jetzt nicht mehr; er mußte einfach dort warten, sein Bewußtsein zum Überlaufen angefüllt. Zudem wurde ihm dieser Ausweg rasch genug von außen verwehrt; nach Ablauf von weiteren drei Minuten war Miss Theales Diener zurückgekommen. Er schritt einer Besucherin voran, der er offenbar unten an der Treppe begegnet war und die er, die Tür aufstoßend, laut als Miss Croy meldete. Kate, die ihm folgte, blieb bei Denshers Anblick stehen – erst nach Sekunden, wie der junge Mann erkannte, mit offener Belustigung, nicht aus Überraschung und noch weniger aus peinlicher Verwirrung. Densher erklärte sofort die Situation – Miss Theale habe sich zurückgezogen, um sich zum Ausfahren anzukleiden –, woraufhin der Diener das Feld räumte.

„Und du fährst mit?" fragte Kate.

„Ja – mit deiner Zustimmung, die ich, wie du siehst, vorausgesetzt habe."

„Oh", lachte sie, „meine Zustimmung ist grenzenlos!" Sie nahm es vollkommen konsequent und großzügig auf.

„Ich meine natürlich", fuhr er fort – denn er war von ihrer

Fröhlichkeit merklich betroffen, „auf dein so lebhaftes Betreiben hin."

Sie hatte sich im Zimmer umgesehen – als halte sie unbestimmt nach Anzeichen für die Dauer und den Charakter seines Besuches Ausschau, als suche sie eine momentane Hilfe, zu einem Entschluß zu gelangen. „Nun, dann also auf mein Betreiben hin, wenn du so willst." Sie tat es als sehr erfreulich ab, welchen Erfolg ihre Vorstellungen bei ihm gehabt hatten; sie münzte diesen unmittelbaren Eindruck davon zu einem neuen Scherz um. „Dermaßen viel ist schon betrieben? Weißt du, ich glaube, ich warte lieber nicht."

„Du willst sie nicht sprechen, obwohl du gekommen bist?"

„Nun, wenn du das Feld beherrschst ...! Ich bin gekommen, um mich zu erkundigen, wie es ihr geht. Aber sie muß ja wohlauf sein. Wenn sie es ist ..."

Doch er nahm sie flugs beim Wort. „Ach, woher soll ich das wissen?" Er fühlte sich getrieben, noch mehr zu sagen. „Nicht *ich* bin für sie verantwortlich, mein Schatz. Mir scheint, du bist es." Sie schien die Angelegenheit etwas auf die leichte Schulter zu nehmen, worüber er sich schon unzählige Skrupel gemacht hatte; so daß sie beide nicht ganz gerecht sein konnten. Entweder war sie zu leichtfertig oder er zu besorgt gewesen. Er wollte jedenfalls deswegen nicht dumm dastehen. „Ich mache gar nichts – und werde auch, das kann ich dir versichern, ausschließlich das tun, was man mir sagt."

Ihre Augen begegneten sich mit einiger Spannung angesichts des Nachdrucks, den er in seine Worte gelegt hatte; und im nächsten Moment hatte er erfaßt, daß er sich wirklich nicht zu ereifern brauchte. Was in aller Welt sei denn los? Allein das gab sie interessiert zur Antwort. „Geht es ihr nicht besser – wenn sie imstande ist, dich zu empfangen?"

„Sie versichert mir, daß es ihr ausgezeichnet geht."

Kates Interesse wuchs. „Das habe ich von ihr erwartet." Worauf sie anfügte: „Sie wird gestern abend wohl nicht krankheitshalber zu Hause geblieben sein."

„Weswegen dann?"

„Nun – aus Nervosität."

„Nervosität weswegen?"

„Ach, das weißt du doch!" Sie sprach mit einem Anflug von Ungeduld, lächelte jedoch im nächsten Moment. „Ich habe es dir gesagt."

Er blickte sie an, um in ihrem Gesicht wiederzufinden, was sie ihm gesagt hatte; dann war es, als veranlaßte ihn das Gesehene zu der Frage: „Was hast du *ihr* gesagt?"

Sie schenkte ihm ihr beherrschtes Lächeln, und es war ganz, als falle ihnen wieder ein, wo sie sich befanden, ständig in Gefahr, überrascht zu werden, und selbst wenn sie mit gedämpfter Stimme sprachen, überspannten sie mit solchem Reden den Rahmen ihrer günstigen Gelegenheit so weit, daß ihnen nicht ganz wohl dabei sein konnte. Millys Zimmer lag gewiß ganz in der Nähe, und doch sagten sie Dinge ...! Dennoch verfolgten sie die Frage noch einen Augenblick weiter. „Frage *sie* doch, wenn du willst; es steht dir frei – sie wird es dir sagen. Tu, was du für richtig hältst; zerbrich dir nicht den Kopf darüber, was ich gesagt oder nicht gesagt haben mag. Ich bin mit ihr im reinen", erklärte Kate. „Da stehst du also."

„Wenn du meinst, *hier* stehe ich", antwortete er, „ist das unverkennbar. Wenn du außerdem meinst, mich habe nur zu kümmern, daß sie an dich glaubt, hast du insoweit recht, daß sie allerdings fest an dich glaubt."

„Nun, dann nimm dir an ihr ein Beispiel."

„Sie tut es wirklich für dich", fuhr Densher fort. „Sie fährt um deinetwillen mit mir aus."

„Nun, dann", sagte Kate mit ihrer sanften Gelassenheit, „kannst du es ein wenig um *ihretwillen* tun. Ich habe keine Angst", lächelte sie.

Er blieb einen Augenblick vor ihr stehen, nahm wieder auf, welche Miene sie dazu machte, und war erneut, wie schon so oft, von so vielem in diesem Gesicht und ihrer lebendigen Gegenwart ergriffen, daß er wahrhaft erleichtert war, keine Worte dafür finden zu müssen. Angesichts solcher Eindrücke handelte es sich aber auch nicht um eine Frage der Worte. „Ich tue nichts für irgend jemanden auf der Welt außer für dich. Aber für dich tue ich alles."

„Gut, gut", sagte Kate. „So gefällst du mir."

Er wartete wieder sekundenlang ab. „Dann beschwörst du es?"

„‚Es'? Was denn?"

„Nun, daß ich dir wirklich ‚gefalle'. Denn nur deswegen lasse ich nämlich zu, daß du – nun, weiß Gott was mit mir anstellst."

Darauf machte sie mit großen Augen eine entmutigte Geste – deren Sinn sie sofort näher erklärte. „Wenn du nicht an mich glaubst, solltest du dann nicht doch lieber abbrechen, ehe du dich noch weiter vorwagst?"

„Mit dir abbrechen?"

„Mit Milly abbrechen. Du könntest jetzt gehen", sagte sie, „und ich bleibe hier und erkläre ihr, warum."

Er überlegte, als mache es Eindruck auf ihn. „Was würdest du denn sagen?"

„Na ja, du hättest gemerkt, daß du sie nicht ausstehen kannst, und mir bliebe nichts weiter übrig, als dich zu ertragen, so gut ich kann."

Er bedachte das. „Wie weit machst du mich ihr gegenüber schlecht?"

„Genau hinreichend. So weit, wie du aus ihrem Verhalten schließen kannst."

Wieder überlegte er. „Ich habe nicht den Eindruck, ich müßte mir um ihr Verhalten Gedanken machen."

„Also dann, ganz wie du willst. Ich bleibe hier und tue mein Bestes für dich."

Er sah, daß sie aufrichtig war, ihm wirklich eine Chance bot; und das allein machte die Dinge klarer. Das Gefühl, wie weit er sich vorgewagt hatte, kam ihm wieder, nicht in Gestalt von Reue, sondern durch diese Vision einer Möglichkeit des Entrinnens; und jetzt wog er nicht die Konsequenz dessen ab, was er getan hatte, sondern was Kate anbot. „Wird es sie – daß sie mich nicht mehr hier vorfindet – nicht eher darin bestärken, daß etwas zwischen uns ist?"

Kate dachte nach. „Ach, ich weiß nicht. Es wird sie natürlich mächtig aufwühlen. Aber darüber brauchst du dir keine Sorgen zu machen. Sie wird nicht daran sterben."

„Meinst du, sie *wird* sterben?" fragte Densher darauf.

„Stelle mir keine Fragen, wenn du doch nicht glaubst, was ich sage. Du stellst zu viele Bedingungen."

Sie sprach jetzt mit einem gewissen Maß geistiger Ermüdung, die sein mangelndes Anpassungsvermögen, sein fehlendes Entgegenkommen erbärmlich und häßlich wirken ließ; so daß es für ihn plötzlich wieder auf seine Unzulänglichkeit in den Dingen hinauslief, die ein Mann, der überhaupt Feingefühl besaß und derart verpflichtet, derart zur Gefolgschaft aufgerufen war, gern hätte vorweisen mögen – Phantasie, Takt, ja sogar Humor. Der Umstand ist gewiß wunderlich, doch ist es nichtsdestoweniger die Wahrheit, daß in diesem kritischen Moment bei ihm die Überlegung die Oberhand behielt: Was, wenn ich anfangen sollte, dieses Geschöpf zu langweilen? Und binnen weniger Sekunden hatte sich das in Worte umgesetzt: „Wenn du noch einmal schwörst, daß du mich liebst ...!"

Sie sah sich um, zur Tür und zum Fenster, als verlangte er nach mehr, als er aussprach. „Hier? Hier ist nichts zwischen uns", lächelte Kate.

„Ach, *wirklich* nicht?" Allein ihr Lächeln hatte bei diesen Worten für ihn etwas derart beigelegt, daß er mit bittend ausgestreckten Händen auf sie zugekommen war, die sie sofort ergriff, um ihn gleichsam zugleich abzuwehren und festzuhalten. Indem sie ihn eine Minute lang so festhielt, wehrte sie ihn ab; sie hielt ihn lange genug, während sie mit tief ineinandergesenkten Augen schweigend abwarteten, bis er sich gefaßt hatte und seine Besonnenheit zurückgewann. Er errötete, als besänne er sich wieder darauf, wo sie sich befanden, und genau das schenkte ihr wie üblich den Sieg, der unverzüglich weitere Gestalt annahm. Als er ihre Hände hatte sinken lassen, hatte er gewissermaßen wieder Millys Hände ergriffen. Mit Milly hatte er jedenfalls nicht gebrochen. „Ich tue alles, was du willst", erklärte er, wie um die Annahme seiner Bedingung zu bestätigen, die er ihr praktisch doch entrissen hatte – eine Erklärung, auf die sie, zu ihrer ersten Idee zurückkehrend, prompt reagierte.

„Wenn du wirklich *so* brav bist, gehe ich. Du sagst ihr, ich hätte nicht warten wollen, als ich dich bei ihr antraf. Das mußt du von dir aus sagen. Sie versteht es schon."

Damit hatte sie die Tür erreicht – sie war voller Entschlußkraft; doch bevor sie ihn verließ, kam ihm noch ein Zweifel. „Ich begreife nicht, wie sie genug verstehen kann, weißt du, ohne zuviel zu verstehen."

„Das brauchst du nicht zu begreifen."

Er wollte es ein letztes Mal eingeschärft bekommen. „Ich muß es einfach blind angehen?"

„Du mußt einfach freundlich zu ihr sein."

„Und den Rest dir überlassen?"

„Überlaß den Rest *ihr*", sagte Kate und verschwand.

Alles war also wieder so wie vorher. Drei Minuten, nachdem Kate gegangen war, kam Milly in voller Gala zurück – mit dem großen schwarzen Hut, so gar nicht sklavisch der Mode folgend, den feinen, durchweg schwarzen Gewändern, der Drapierung um den Hals, die Densher vage für endlos viele Meter unbezahlbarer Spitze hielt und deren Faltenwurf von schweren Perlenschnüren festgehalten wurde und ihr wie die Stola einer Priesterin bis zu den Füßen herabhing. Er erzählte ihr sofort von dem Besuch und der Flucht ihrer Freundin. „Sie hatte nicht gewußt, daß sie mich antreffen würde", sagte er – und sagte es jetzt ohne Mühe. Er war so um seine Ecke geschwenkt, daß es nicht mehr um ein Wort mehr oder weniger ging.

Sie nahm diese Darstellung der Sache als vollkommen ausreichend hin; was vielleicht peinlich gewesen wäre, beschönigte sie. „Das tut mir leid – aber natürlich komme ich mit *ihr* oft zusammen." Er spürte die Unterscheidung zu seinen Gunsten, und wie es Kates Verhalten rechtfertigte. Das war Millys Ton, wenn man die Sache ihr überließ. Nun, jetzt sollte sie ganz ihr überlassen bleiben.

Siebentes Buch

22

Als Kate und Densher Milly mit Mrs. Stringham allein ließen, nachdem sie die beiden getroffen und zum Lunch mitgebracht hatte, erlebte unsere junge Dame Aug in Auge mit ihrer Begleiterin einen jener Momente, da der vorgewarnte, der beklommene Kämpfer in der Schlacht des Lebens, als taste er noch einmal nach dem Schwert an seiner Seite, die Hand geradenwegs an den Sitz seines Mutes führt. Sie preßte die ihre fest ans Herz, und die beiden Frauen standen da und zeigten einander eine eigenartige Miene. Susan Shepherd hatte den Besuch des berühmten Arztes empfangen, was für sie offensichtlich keine Kleinigkeit gewesen war; doch Milly hatte seither, gleichsam zur Abwehr jeglicher Mitteilung oder jeglichen Verrats, beharrlich die eingeladenen Gäste als Barrikade aufgerichtet und stehenlassen, wie sie jetzt praktisch eingestand. „Sie waren so lieb. Bei allem, was Sie sichtlich erfüllt, haben Sie sie wunderbar behandelt. *Ist* Kate nicht bezaubernd, wenn sie will?"

Der Ausdruck der armen Susie, der sich anfangs wie unter einer erheblichen, fein verborgenen krampfhaften Anstrengung mit unterschiedlichen Gefahren auseinandergesetzt hatte, zerfiel jetzt in sich. Sie mußte sich Mühe geben, sich auf etwas bereits so weit Zurückliegendes zu konzentrieren. „Miss Croy? Ach, sie war freundlich und gescheit. Sie hat es gewußt", fügte Mrs. Stringham an. „Sie hat es gewußt."

Milly versteifte sich – empfand jedoch im Augenblick vor allem lebhaftes Mitgefühl für ihre Kameradin. Sie erkannte, daß sie rang – mit all ihrer Natur dagegen rang, Mitleid zu verraten, was für sie, in Anbetracht ihrer Natur, nur eine Qual sein konnte. Milly entnahm diesem Ringen, wieviel Mitleid sich dahinter verbarg, und wie Mrs. Stringham demnach sowohl hinsichtlich ihrer zarten Besorgnis wie ihres Gewissens litt. Wunderbar und schön war es, daß dieser Eindruck das Mädchen auf der Stelle festigte. Während sie sich noch kläglich fragte, auf welcher Basis sie sich ungezwungen zusammenfinden würden, nun, da ihre Barrikade gefallen war, spürte sie die Antwort darauf als eine Erleichterung, die beinahe beglückend war. Die Basis, die unvermeidliche Basis bestand darin, daß sie Susie bedauern werde, Susie, die allem Anschein nach auf so sehr viel unbehaglichere Weise dazu verurteilt worden war, *sie* zu bedauern. Mrs. Stringhams Kummer würde Mrs. Stringham weh tun; doch wie konnte der ihre jemals weh tun? Jedenfalls machte das arme Mädchen an Ort und Stelle fünf Minuten einer hochgespannten Gefühlsaufwallung durch, während derer sie ihrer Freundin gegenüber mit einer Handbewegung den Spieß umdrehte, mit einer so energischen Geste, daß sie einen Luftzug hervorrief. „Kate hat gewußt", fragte sie, „daß Sie ganz von Sir Luke Strett erfüllt waren?"

„Sie hat nichts davon erwähnt, aber sie war sanft und nett; sie schien mir darüber hinweghelfen zu wollen." Was die gute Dame jedoch kaum ausgesprochen hatte, als sie schon auf fast tragische Weise über sich selbst erschrak. Sie starrte Milly, Beherztheit heuchelnd, an. „Ich meine, sie hat gemerkt, daß einen etwas beschäftigte. Wenn ich sage, sie weiß, müßte ich eigentlich sagen, sie ist ein Mensch, der errät." Und auch ihre Grimasse war auf ihre Weise heroisch. „Aber *sie* ist hier unwichtig, Milly."

Das Mädchen empfand, inzwischen sei sie auf alles gefaßt. „Niemand ist wichtig, Susie – niemand." Dem widersprachen jedoch ihre nächsten Worte einigermaßen. „Hat er es übelgenommen, daß ich nicht da war? War es in Wirklichkeit nicht genau das, was er wollte – die Sache so sehr viel einfacher mit *Ihnen* abzuhandeln?"

„Wir haben gar nichts ‚abgehandelt', Milly", wandte Mrs. Stringham mit leicht zitterndem Stimmchen ein.

„Haben Sie ihm nicht schrecklich gefallen", fuhr Milly fort, „und hat er Sie nicht für die denkbar reizendste Person gehalten, auf die ich ihn wegen eines Berichts über mich hätte verweisen können? Haben Sie sich nicht ungeheuer gut verstanden, ja sich sogar richtig ineinander verliebt, so daß es eigentlich ein großer Vorteil für Sie ist, mich als gemeinsamen Ausgangspunkt zu haben? Ich sehe schon, Sie werden unendlichen Vorteil aus mir schlagen."

„Mein Herzenskind, mein Herzenskind!" murmelte Mrs. Stringham flehend; ließ jedoch dabei erkennen, daß sie sogar die Wirkung einer mißbilligenden Abwehr fürchtete.

„Ist er selbst nicht herrlich, und noch dazu gut? – insgesamt, was immer er auch vorbringt, eine reizende Bekanntschaft? Sie sind genau die Richtigen für mich – das merke ich jetzt; und wissen Sie, was Sie gemeinsam machen müssen?" Dann, da Susie sie immer noch nur anstarrte, von Staunen ergriffen und sich beherrschend: „Sie müssen mir einfach darüber hinweghelfen. Auf welche Weise Sie es für richtig halten. Sprechen Sie das miteinander ab. Ich meinerseits will auch großartig sein, und dann sind wir – wir drei, mit wem sonst noch, ach, so vielen, wie der Fall erfordert, mit wem Sie wollen! – ein Anblick für Götter. Es wird für Sie so leicht, als trügen Sie eine Feder." Susie nahm es einen Augenblick in solchem Schweigen hin, daß ihre junge Freundin darin beinahe sah – und die Beobachtung kaum zurückhielt –, daß sie es als einen „Teil des Leidens" auffaßte. Das half wiederum Milly, sich, wie sie meinte, bestimmt und verständig zu geben. „Er ist jedenfalls schrecklich interessant, nicht? – und das ist um so besser. Wenigstens haben wir nicht – wie es hätte kommen können, so, wie wir blindlings hineingestolpert sind – einen langweiligen erwischt."

„Interessant, Liebes?" – Mrs. Stringham fühlte wieder Boden unter ihren Füßen. „Ich weiß nicht, ob er interessant ist oder nicht; aber eines weiß ich genau, mein Herzenskind", ihre Stimme zitterte immer noch, „daß er so starken Anteil nimmt, wie Sie es sich nur wünschen können."

„Gewiß – so ist es. Wie alle Welt."

„Nein, mein Schatz, nicht wie alle Welt. Sehr viel tiefer und intelligenter."

„Ah, da haben wir es!" lachte Milly. „Genau so will ich Sie haben, Susie. Also ‚Kopf hoch', liebe Freundin. Wir werden schöne Zeiten mit ihm erleben. Machen Sie sich keine Sorgen."

„Ich mache mir keine Sorgen, Milly." Und die Miene der armen Susie zeigte die Erhabenheit ihrer Lüge auf.

Daraufhin trat ihre Gefährtin, zu schmerzhaft durchbohrt, zu ihr und wurde von ihr in eine Umarmung geschlossen, in der Dinge gesagt wurden, die sich nicht in Worte fassen ließen. Jede hielt die andere umklammert, wie um sie über diese unausgesprochene Pein zu trösten, die Pein für Mrs. Stringham, die Qual der Hilflosigkeit zu erfahren, die Pein für Milly, in solcher Zeit an *sie* denken zu müssen. Millys Vermutungen waren unermeßlich, und die Schwierigkeit für ihre Freundin bestand darin, sie nicht abstreiten zu können, ohne sie klarer zum Ausdruck zu bringen, als zärtliche Besorgnis und Unbestimmtheit es gestatten konnten. Tatsächlich kam zwischen ihnen weiter nichts zum Ausdruck, als daß sie sich so aneinanderklammern konnten – außer freilich, daß, wie wir dargelegt haben, das Gelöbnis zu Schutz und Beistand ganz von der jüngeren Frau ausging. „Ich frage Sie nicht", sagte sie dann, „was er Ihnen zu Ihrer eigenen Information mitgeteilt hat, noch was Sie mir mitteilen sollen, noch wie er es wirklich aufgenommen hat, daß ich ihn Ihnen überlassen habe, noch was zwischen Ihnen in irgendeiner Hinsicht über mich gesprochen wurde. Nicht, um das aus Ihnen herauszuholen, habe ich auf meine Weise sichergestellt, daß Sie frei sprechen konnten – denn gewisse Dinge will ich nicht wissen. Ich treffe immer wieder mit ihm zusammen, und ich erfahre noch mehr als genug. Alles, was ich will, ist, daß Sie mir auf *seiner* Basis, wie immer die auch aussieht, durchhelfen; dazu genügt es, daß Sie selbst es wissen: das heißt, daß es Ihnen zeigt, wie. Ich mache es Ihnen ganz behaglich – das meine ich; ich stelle Sie auf solche Weise dazu an, daß Sie die halbe Zeit gar nicht merken, daß Sie es tun. Und dazu müssen Sie sich auf mich stützen. So. Das ist abgemacht. Wir halten uns gegenseitig in Gang, und Sie dürfen das feste Gefühl haben, daß ich nicht zusammenbrechen werde. Also, da Sie nicht einmal einen Rippenstoß zu befürchten haben, wie könnten Sie getroster sein?"

„Er hat mir gesagt, ich *kann* Ihnen helfen – natürlich hat er mir das gesagt", beteuerte Susie ihrerseits eifrig. „Warum sollte er das nicht, und wozu sonst bin ich mit Ihnen herübergekommen? Aber er hat mir nichts Schlimmes gesagt – nichts, aber auch gar nichts", versicherte die arme Dame leidenschaftlich. „Nur, daß Sie tun sollen, was Ihnen gefällt und was er Ihnen vorschreibt – und das *ist* nur, einfach zu tun, was Ihnen gefällt."

„Ich muß in seiner Sichtweite bleiben. Ich muß ihn von Zeit zu Zeit aufsuchen. Aber das heißt natürlich, zu tun, was mir gefällt. Ein Glück", lächelte Milly, „daß es mir gefällt, ihn aufzusuchen."

Hier pflichtete Mrs. Stringham bei; sie griff fest nach jener Darstellung ihrer Situation, die am deutlichsten zeigte, sie lasse sich bewältigen. „*Das* wird sehr behaglich für mich sein, und ich bin überzeugt, das verlangt er in Wirklichkeit von mir – Ihnen dabei zu helfen, zu tun, was Ihnen gefällt."

„Und nicht auch ein wenig", lachte Milly, „mich vor den Folgen zu schützen? Natürlich", fügte sie hinzu, „muß es erst einmal Dinge *geben*, die mir gefallen."

„Ach, ich glaube, Sie werden welche finden", gab Mrs. Stringham beherzter zurück. „Ich glaube, es *gibt* welche – wie zum Beispiel eben das hier. Ich meine", erläuterte sie, „daß wir so sind, wie wir sind."

Milly überlegte. „Genau wie ich wollte, daß Sie sich *ihm* gegenüber wohl fühlen und er sich Ihnen gegenüber? Ja – das wird mir guttun."

Susan Shepherd schien von hier aus in eine leichte Verworrenheit abzugleiten. „Von welchem von beiden reden Sie?"

Milly wunderte sich einen Moment – dann kam ihr die Erleuchtung. „Ich spreche nicht von Mr. Densher." Wobei sie sich auch noch amüsiert zeigte. „Obwohl, wenn Sie sich auch Mr. Densher gegenüber wohl fühlen können, um so besser."

„Ach, Sie meinten Sir Luke Strett? Gewiß, er ist ein feiner Mensch. Wissen Sie", fuhr Susie fort, „an wen er mich erinnert? An *unseren* berühmten Mann – Dr. Buttrick aus Boston."

Milly erwies Dr. Buttrick aus Boston die Ehre, ließ ihn jedoch nach einer pflichtschuldigen Pause fallen. „Was halten Sie von Mr. Densher, nachdem Sie ihn nun gesehen haben?"

Erst nach einiger Überlegung, die Augen auf die ihrer Freundin geheftet, brachte Susie ihre Antwort heraus. „Ich finde, er sieht sehr gut aus."

Milly lächelte sie weiter an, wenngleich sie ein wenig die Art eines Lehrers gegenüber einem Schüler annahm. „Gut, für das erste Mal genügt das. Ich *habe* getan", fuhr sie fort, „was ich wollte."

„Mehr wollen *wir* ja gar nicht. Wie Sie sehen, gibt es eine Menge Dinge."

Milly schüttelte über die „Menge" den Kopf. „Das beste ist, gar nichts zu wissen – das schließt sie alle ein. Ich weiß nichts. Nichts über irgend etwas – außer, daß Sie *bei* mir sind. Denken Sie bitte immer daran. Es gibt nichts, das wiederum ich, Sie betreffend, vergesse. Also ist alles in Ordnung."

Das wirkte sich mittlerweile, wie beabsichtigt, dahin aus, Susie zu stützen, die wider besseres Wissen in einen beruhigenden Ton verfiel. „Aber gewiß ist alles in Ordnung. Ich meine, Sie sollten eigentlich begreifen, daß er keinen Grund sieht ..."

„Warum mir nicht ein großartiges langes Leben bevorstehen soll?" Milly hatte es flugs aufgenommen, als wollte sie es besser verstehen und abwägen. Doch sie tat es auf andere Weise ab. „Ach, selbstverständlich, *das* weiß ich." Sie sprach, als wäre der Hinweis ihrer Freundin von geringem Gewicht.

Mrs. Stringham versuchte ihn auszuweiten. „Nun, was ich

meine, ist, daß er mir nichts gesagt hat, was er nicht auch Ihnen gesagt hat."

„Wirklich? – An seiner Stelle hätte ich es getan." Sie mochte enttäuscht sein, doch sie hatte ihren Humor. „Er sagt, ich soll *leben*" – und sie schränkte das Wort eigenartig ein.

Daraufhin war Susie ein wenig ratlos. „Was wollen Sie mehr?"

„Liebe Freundin", sagte das Mädchen darauf, „ich ‚will', das versichere ich Ihnen, überhaupt nichts. Immerhin", fügte sie an, „ich *lebe* ja. O doch, ich lebe."

Daraufhin sahen sie einander wieder ins Gesicht, doch es hatte Mrs. Stringham in Form gebracht. „Also lebe ich auch, Sie werden sehen!" – sie sprach in einem Ton, der von ihrer wiedergewonnenen Fassung zeugte. Doch jetzt hielt sie es für klüger – da sie damit so vieles meinte –, nicht mehr als das zu sagen. Mit Millys Hilfe hatte sie sich in gewissem Grade zur Bewältigung dessen aufgeschwungen, was vor ihnen lag; die zehn Minuten ihres Gesprächs hatten sie in der Tat deutlicher wahrnehmen lassen, daß sie einen neuen Gedanken hegte. Vielleicht war es sogar ein alter Gedanke mit einer neuen Wertigkeit; jedenfalls hatte er in der vergangenen Stunde, wenn auch anfangs nur matt, mit einem besonderen Licht zu blinken begonnen. Das kam daher, weil am Vormittag so jählings die Dunkelheit hereingebrochen war – ein hinreichend nachtähnlicher Schatten, um die Leuchtkraft eines Sterns hervortreten zu lassen. Die Dämmerung mochte noch tief sein, doch der Himmel war vergleichsweise aufgeklart; und von dieser Zeit an blinkte Susan Shepherds Stern für sie weiter. Vorläufig, nach ihrer Aussprache mit Milly, war er der letzte Funken am Firmament. Während sie ihn nicht aus den Augen ließ, erkannte sie, daß in Wahrheit Sir Luke Stretts Besuch ihn da angebracht hatte und daß die unmittelbar darauf folgenden Eindrücke nicht mehr als seine Festigung und Sicherung bewirkt hatten. Millys Rückkehr mit Mr. Densher im Gefolge – oder, so merkwürdig, vielleicht in Miss Croys Gefolge, da Miss Croy in Millys Gefolge gekommen war – hatte zu dieser Wirkung beigetragen, obwohl Susie das erst erkannte, als die tiefere Dunkelheit gewichen war. In der Stunde des Besuchs ihrer Freunde hatte die Dunkelheit geherrscht; sie hatte sich allerdings schwach aufgehellt, während in dem einen Zimmer Kate Croys erstaunliches Entgegenkommen ihr gegenüber der Tatsache stärkeren Nachdruck verlieh, daß in dem anderen Milly und der junge Mann beisammen waren. Wenn diese Tatsache nicht auf der Stelle den ganzen Nachdruck gewonnen hatte, der ihr innewohnte, so lag es daran, weil die arme Dame immer noch in ihrer anfänglichen Düsternis dasaß, der Düsternis, die der berühmte wohltätige Arzt praktisch hinterlassen hatte.

Der Nachdruck, den der betreffende Umstand auf die wohlinformierte Phantasie ausüben *könnte*, wäre uns zweifellos in genügendem Maße – und mit anderen zur Sache gehörenden Dingen – in zwei, drei der vertraulichen Aussprachen mit Mrs. Lowder enthüllt worden, die sie sich jetzt gestattete. Noch nie zuvor war sie so froh gewesen, daß sie an ihre alte Freundin glaubte; denn hätte sie in dieser schlimmen Lage nicht irgend jemanden gehabt, an den sie glauben konnte, wäre sie mit Sicherheit unterwegs gestrauchelt. Die Diskretion bestand nun nicht mehr im Schweigen; das Schweigen war plump und dumm; während die Klugheit sich, wie bebend auch immer, zu einer klaren Spitze verjüngen sollte. Am Morgen nach der soeben aufgezeichneten Aussprache begab sie sich zum Lancaster Gate; und dort, in Maud Manninghams Allerheiligstem, fand sie nach und nach Erleichterung, indem sie Rechenschaft über sich ablegte. Rechenschaft abzulegen gehörte zu den Dingen, die sie aus langer Gewohnheit regelmäßig von sich erwartete – die Regelmäßigkeit hing freilich sehr davon ab, welche Bewährungsproben, nach nicht in ihrer Macht liegenden Gesetzen, auf ihrem Weg auftauchten. Sie ersparte sich, kurzum, nie eine angemessene Schärfe der Erkenntnis, wie sie sich verhalten hatte, und sie fand sich meist fähig zu solcher Bestandsaufnahme. Was sich jetzt zugetragen hatte, war, daß ihrem Gefühl nach keine Instanz ihrer Persönlichkeit übriggeblieben war, der sie Bericht erstatten konnte; sie war zu tief im Unvermeidlichen und im Abgründigen versunken. Um Rechenschaft über sich abzulegen, mußte sie das jemand anderem gegenüber tun, und die erste Rate, die sie ihrer Gastgeberin anvertraute, war, sie müsse sie bitte weinen lassen. Sie konnte nicht in Millys Gesichtskreis im Hotel weinen, das sie folglich zu diesem Zweck verlassen hatte; und mit der günstigen Gelegenheit kam ihr glücklicherweise auch die Fähigkeit. Anfangs weinte sie und weinte – darauf beschränkte sie sich; es war fürs erste die zweckmäßigste Erklärung, was sie auf dem Herzen hatte. Überdies faßte es Mrs. Lowder verständig als solche auf, wenngleich sie rasch noch, wie sie sagte, ein, zwei kurze Briefe erledigte, während Susie in der Nähe ihres Tisches saß. Sie konnte der ansteckenden Kraft der Tränen widerstehen, doch ihre Nachsicht ließ das leidenschaftliche Plädoyer ihrer Besucherin dafür gelten. „Ich werde nämlich nie wieder weinen können – oder doch nie wieder vor *ihr*; darum muß ich es loswerden, wenn ich Gelegenheit dazu habe. Auch wenn sie selbst weint, darf ich mir nie etwas anmerken lassen; denn was wäre das anderes als ein Eingeständnis der Verzweiflung? Dazu bin ich nicht bei ihr – ich bin bei ihr, um mich gleichmäßig würdevoll zu verhalten. Außerdem wird Milly selbst nicht weinen."

„Ich will doch sehr hoffen", sagte Mrs. Lowder, „daß sie nie Anlaß dazu hat."

„Sie wird nicht einmal weinen, wenn sie Anlaß dazu hat. Sie wird keine Träne vergießen. Da ist etwas, das sie daran hindert."

„Ach!" sagte Mrs. Lowder.

„Ja, ihr Stolz", erläuterte Mrs. Stringham trotz des Zweifels ihrer Freundin, und damit nahm ihre Eröffnung eine zusammenhängende Form an. Es sei nie Stolz gewesen, hatte Maud Manningham zu verstehen gegeben, was *sie* vom Weinen abgehalten habe, wenn anderes sie dazu getrieben hätte; nur hätten genau diese Dinge sie in solchen Fällen noch stärker zum Handeln, zu Anordnungen, zur Korrespondenz, zum Läuten von Klingeln, zum Kommandieren der Dienstboten, zum Treffen von Entscheidungen getrieben. „Jetzt könnte ich weinen", sagte sie, „wenn ich nicht gerade Briefe schriebe" – und das ganz ohne Barschheit gegenüber ihrer angstvollen Freundin, der sie knapp einen Spielraum zubilligte, der ihr einräumte, anders zu sein. Sie hatte sie genausowenig unterbrochen, wie sie den Klavierstimmer unterbrochen hätte. Das gab der armen Susie Zeit; und als Mrs. Lowder, um den Schein zu wahren und die abgehende Post zu erreichen, mit ihren adressierten und frankierten Briefen an der Zimmertür den durch einen Knopfdruck herbeigerufenen Diener abgefangen hatte, lag der Tatbestand hinreichend vor ihr ausgebreitet da. Es bedurfte jedoch nur zweier oder dreier Fakten, angesichts deren Wichtigkeit, um den Boden für das alles überragende Faktum vorzubereiten – Mrs. Stringhams Unterredung am Tag vorher mit Sir Luke Strett, der sie Millys wegen hatte sprechen wollen.

„Er hatte es selbst gewünscht?"

„Ich glaube, er war froh darüber. Er war ganz sichtlich froh. Er ist eine Viertelstunde geblieben. Ich konnte sehen, daß das für *ihn* lange war. Er hat Interesse", sagte Mrs. Stringham.

„Meinst du, an ihrem Fall?"

„Er sagt, es *ist* kein Fall."

„Was ist es dann?"

„Zumindest ist es", erläuterte Mrs. Stringham, „nicht der Fall, für den sie es hielt – oder doch glaubte, das *könnte* es sein –, als sie ohne mein Wissen zu ihm ging. Sie ging hin, weil es etwas gab, vor dem sie Angst hatte, und er hat sie gründlich untersucht – er hat sich vergewissert. Sie irrt sich – sie hat nicht, was sie glaubte."

„Und was hat sie geglaubt?" wollte Mrs. Lowder wissen.

„Das hat er mir nicht gesagt."

„Und du hast nicht gefragt?"

„Ich habe nichts gefragt", sagte die arme Susie, „ich habe ihm nur abgenommen, was er mir gab. Er gab mir nicht mehr, als er mußte – er war herrlich", fuhr sie fort. „Er *hat,* Gott sei Dank, Interesse."

„Er muß an *dir* Interesse gehabt haben, liebste Freundin", bemerkte Maud Manningham gütig.

Ihre Besucherin nahm es in aller Offenheit hin. „Ja, meine Liebe, ich glaube, das *hat* er. Ich meine, er sieht, was er mit mir erreichen kann."

Mrs. Lowder erfaßte es richtig. „Für *sie.*"

„Für sie. Alles in der Welt, was er will oder muß. Er kann mich bis zum letzten Blutstropfen benutzen, und mindestens das sagt ihm zu. Er erklärt, das Wichtigste für sie sei, glücklich zu sein."

„Das ist doch gewiß für jeden das Wichtigste. Wieso", fragte Mrs. Lowder behutsam, „sollten wir deswegen so bitterlich weinen?"

„Nur", jammerte die arme Susie, „daß es so ungewöhnlich ist, so gar nicht in unserer Macht liegt. Ich meine, wenn sie nicht glücklich sein kann."

„Sie muß es werden." Mrs. Lowder kannte nichts Unmögliches. „Sie *soll* es werden."

„Nun, wenn du mithilfst. Er meint nämlich, wir *können* helfen."

Einen Augenblick musterte Mrs. Lowder auf ihre massive Art, was Sir Luke Strett meinte. Sie saß zurückgelehnt da, die Knie auseinander, einer malerischen Matrone mit Ohrringen an einem Marktstand nicht unähnlich; während ihre Freundin, vor ihr, all die verschiedenen Posten fallenließ, ihr die einzelnen Wahrheiten der ganzen Geschichte nacheinander in den geräumigen Schoß warf. „Aber ist das alles, weswegen er zu dir gekommen ist – um dir zu sagen, daß sie glücklich sein muß?"

„Daß man sie glücklich *machen* muß – das ist der springende Punkt. Als er mir das sagte, schien es genug zu sein", fuhr

Mrs. Stringham fort, „irgendwie machte er es zu einer so wichtigen und auch möglichen Sache."

„Nun ja, wenn er sie möglich macht!"

„Ich meine besonders, er macht sie wichtig. Das heißt, das hat er mir als *meine* Aufgabe übertragen. Der Rest ist seine."

„Und was ist der Rest?" fragte Mrs. Lowder.

„Ich weiß es nicht. *Seine* Aufgabe. Er gedenkt, sie zu halten."

„Warum sagst du dann, es ist kein ‚Fall'? Es muß ein recht erheblicher sein."

Alles in Mrs. Stringham bekannte sich zu seinem erheblichen Ausmaß. „Es ist nur, daß es nicht *der* Fall ist, den sie selbst vermutete."

„Es ist ein anderer?"

„Es ist ein anderer."

„Als er sie auf das hin untersucht, was sie vermutete, findet er etwas anderes?"

„Etwas anderes."

„Und was findet er?"

„Ach", rief Mrs. Stringham, „Gott bewahre mich davor, es zu erfahren!"

„Das hat er dir nicht gesagt?"

Doch die arme Susie hatte sich wieder gefaßt. „Was ich meine, ist, daß ich es rechtzeitig erfahre, wenn es an dem ist. Er erwägt noch, aber ich kann darauf vertrauen – weil er mir vertraut, das fühle ich. Er erwägt noch", wiederholte sie.

„Mit anderen Worten, er ist sich nicht sicher?"

„Nun, er beobachtet. Ich glaube, das meint er. Jetzt soll sie verreisen, aber ihn in drei Monaten wieder konsultieren."

„Dann finde ich", sagte Maud Lowder, „daß er uns inzwischen keine Angst einjagen dürfte."

Das brachte Susie ein wenig auf, da Susie bereits der Sache des berühmten Arztes verpflichtet war. Das zeigte sich zumindest in einem ganz leichten Vorwurf. „Jagt es uns Angst ein, uns für ihr Glück einzusetzen?"

Mrs. Lowder reagierte recht starr. „Ja. *Mir* macht es Angst. Ich habe immer Angst – ich darf es so nennen –, bis ich begreife. Von was für einem Glück spricht er?"

Darauf kam Mrs. Stringham zur Sache. „Ach, du weißt schon!"

Sie hatte es wirklich so vorgebracht, daß ihre Freundin es erfassen mußte; in der Tat ließ letztere nach einem Augenblick erkennen, daß das geschehen war. Vielleicht sogar durch Nachhilfe mittels eines unerwarteten, sonderbaren, leicht humoristischen Aspekts der Angelegenheit nahm sie es mit einem gewissen Entgegenkommen auf. „Nun, sagen wir, man glaubt es zu verstehen. Der springende Punkt ist ..." Aber die Frage erfüllte sie offenbar so stark, daß sie abbrach.

„Der springende Punkt ist, kann das *heilen*?"

„Eben. Ist es mit Sicherheit ein Heilmittel – *das* spezifische Mittel?"

„Nun, ich meine, wir dürften das wissen!" erklärte Mrs. Stringham taktvoll.

„Ah, aber wir haben nicht das Leiden."

„Warst du, meine Liebe, nie verliebt?" erkundigte sich Susan Stringham.

„Doch, mein Kind, aber nicht auf ärztliche Anweisung."

Maud Manningham hatte unwillkürlich mit einem kurzen Heiterkeitsausbruch gesprochen, der – glücklicherweise – als belebende Herausforderung auf die Stimmung ihrer Besucherin wirkte. „Ach, natürlich bitten wir ihn nicht um Erlaubnis, in Liebe zu verfallen. Aber es ist doch schon etwas, zu wissen, daß er meint, es täte uns gut."

„Meine Beste", rief Mrs. Lowder, „mir scheint, das wissen wir ohne ihn. Wenn *das* also alles ist, was er uns zu sagen hat ...!"

„Ah", warf Mrs. Stringham ein, „das ist nicht alles. Ich spüre, daß Sir Luke noch mehr zu sagen hat; er hat mich bestimmt nicht mit irgend etwas Unzulänglichem abgespeist. Ich soll wieder mit ihm sprechen; er hat mir so gut wie erklärt, daß er das möchte. Es wird also nicht umsonst sein."

„Wofür wird es dann sein? Meinst du, er hat selbst jemanden vorzuschlagen? Meinst du, du hast ihm nichts erzählt?"

Mrs. Stringham handelte diese Fragen ab. „Ich habe ihn merken lassen, daß ich verstanden habe. Mehr konnte ich nicht tun. Ich fühlte mich nicht frei, deutlich zu werden; aber obwohl mich sein Besuch so aufgeregt hat, habe ich es als tröstlich empfunden, was ich vorgestern abend von dir erfahren habe."

„Wovon ich im Wagen mit dir sprach, als wir sie mit Kate zurückgelassen hatten?"

„Du *hattest* es offenbar in drei Minuten erfaßt. Und wo er jetzt da ist, wo ich ihn jetzt kennengelernt und mir einen Eindruck von ihm gemacht habe, finde ich", sagte Mrs. Stringham, „daß du großartig warst."

„Natürlich war ich großartig. Wann", fragte Maud Manningham,

„war ich je anders? Aber weißt du, Milly ist es nicht, wenn sie Merton Densher heiratet."

„Ach, es ist immer großartig, den Mann zu heiraten, den man liebt. Aber wir gehen zu rasch voran!" lächelte Mrs. Stringham wehmütig.

„Es kommt darauf an, rasch voranzugehen, wenn ich den Fall richtig erfasse. Was hatte ich schließlich, bis auf meinen Instinkt, als ich vorgestern abend mit dir zurückkam, um Kate abzuholen? Ich fühlte, was ich fühlte – ich hatte es in den Knochen, daß der Mann zurück war."

„Eben da bist du, wie gesagt, großartig. Aber warte ab", mahnte Mrs. Stringham, „bis du ihn gesprochen hast."

„Ich werde ihn ohne Aufschub sprechen" – Mrs. Lowder griff das mit Entschiedenheit auf. „Was *ist* also", fragte sie, „dein Eindruck?"

Mrs. Stringhams Eindruck schien sich unter ihren Zweifeln aufzulösen. „Wie kann er sie jemals mögen?"

Ihre Gefährtin blieb auf ihre gewichtige Art bei ihrer Ansicht. „Indem man ihn auf den Weg bringt."

„Dann *bringe* ihn um Gottes Willen", jammerte Mrs. Stringham, „auf den Weg. Du hast ihn in der Hand, das spürt man."

Darauf blieben Maud Lowders Augen an denen ihrer Freundin hängen. „Ist das dein Eindruck von ihm?"

„Liebste, es ist mein Eindruck von dir. Du dirigierst jeden."

Mrs. Lowders Augen ruhten immer noch auf ihr, und Susan Shepherd fühlte sich jetzt erstaunlicherweise nicht weniger aufrichtig, als sie sah, daß sie das befriedigte. Doch da bestand eine wichtige Einschränkung. „Kate dirigiere ich nicht."

Das deutete etwas an, das ihre Besucherin bisher noch nicht von ihr erfahren hatte – etwas, dessen Sinn Mrs. Stringham nach Luft schnappen ließ. „Meinst du, Kate mag *ihn*?"

Diese Tatsache hatte die Dame vom Lancaster Gate, wie wir wissen, bis zu diesem Augenblick verhehlt, und die rasche Frage ihrer Freundin hatte in ihrer Miene eine Veränderung hervorgerufen. Sie zuckte mit den Wimpern – dann faßte sie die Frage scharf ins Auge; und ob sie sich nun versehentlich verraten hatte oder zu einem Entschluß gelangt war und Mrs. Stringhams Überraschung sie dann durch ihr Ausmaß beeindruckt hatte, sie nahm daraufhin alle Folgen auf sich. Was sich für Susan Shepherd in ihr abspielte, war nicht einfach, daß sie das Beste daraus machte, sondern daß sie unversehens mehr darin erkannte, was ihren Absichten dienen konnte, als sie sich hätte träumen lassen. Sogar eine gewisse Ungeduld kennzeichnete bei ihr diesen Umschwung: sie hatte mit aller Kraft eine wichtige Wahrheit zurückgehalten und hätte ungern zu hören bekommen, sie habe sie nicht geschickt genug verborgen. Dennoch hatte Susie das Gefühl, in ihren Augen als eine dumme Gans zu gelten, weil sie nicht daraufgekommen war. Woran Susie jedoch derzeit unter der rasch aufgeblitzten neuen Erleuchtung wirklich am meisten dachte, war das Wunder von Kates Verstellungskunst. Sie hatte Zeit für diese Betrachtung, während sie auf eine Antwort auf ihren Ausruf wartete. „Kate glaubt, daß sie ihn mag. Aber sie irrt sich. Und kein Mensch weiß es." Diese Aussagen, deutlich und gewichtig, waren Mrs. Lowders Erwiderung. Doch das war noch nicht alles. „*Du* weißt es nicht – das muß deine Taktik sein. Oder vielmehr muß deine Taktik sein, es ganz und gar abzustreiten."

„Abzustreiten, daß sie ihn mag?"

„Abzustreiten, daß sie ihn auch nur zu mögen meint. Entschieden und absolut. Streite ab, daß du auch nur davon gehört hast."

Susie stellte sich dieser neuen Pflicht. „Du meinst, Milly gegenüber – falls sie fragt?"

„Natürlich Milly gegenüber. Niemand sonst *wird* fragen."

„Nun", sagte Mrs. Stringham nach einer kurzen Pause, „Milly wird auch nicht fragen."

Mrs. Lowder wunderte sich. „Bist du sicher?"

„Ja, je mehr ich darüber nachdenke. Und zum Glück für *mich*. Ich kann schlecht lügen."

„*Ich* kann gut lügen, gottlob", schnaubte Mrs. Lowder beinahe, „wenn, wie es sich manchmal trifft, nichts anderes so nützlich ist. Man muß immer das Bestmögliche tun. Aber dann eben ohne Lügen", fuhr sie fort, „bringen wir es vielleicht auch fertig." Ihr Interesse regte sich; ihre Freundin sah sie innerhalb weniger Minuten stärker beteiligt und entflammt – merkte ihr bald an, was den Wandel bewirkt hatte. Gewiß, Mrs. Stringham machte es zu der Zeit nur unklar aus; sie erkannte anfangs nur, daß Maud einen Grund gefunden hatte, ihr zu helfen. Der Grund lautete, daß auch sie, seltsamerweise, Maud helfen könnte, wofür sie sich jetzt sogar zum Lügen bereit erklären wollte. Was ihr vielleicht am meisten auffiel, daß ihre Gastgeberin über ihre Zweifel an der gesellschaftlichen Solidität dieser Maßnahme ein wenig enttäuscht war; und das wiederum sollte zu einer dauerhafteren Einsicht führen. Die Wahrheit über Kates Selbsttäuschung, wie ihre Tante es darstellte, ihre Täuschung hinsichtlich ihrer eigenen Gefühlsverfassung, die sich womöglich ausräumen ließ – das war offenbar die Grundlage, auf der sie sich jetzt intimer begegnen konnten. Mrs. Stringham sah sich dazu herangezogen, Kates Verblendung ausräumen zu helfen – freilich mittels Listen, die sie bisher noch gar nicht zu überschauen vermochte. Oder sollte das vielleicht nur dazu dienen, Mr. Denshers Gefühlsverirrung auszuräumen? – wobei ein Erfolg in diesem Punkt wirklich weitere Erfolge nach sich ziehen könnte. Bedauerlicherweise hatte ihr Mut vor dieser Aufgabe bereits versagt. Sie spürte, daß sie tiefinnerlich dasselbe wie Milly glaubte, was es jetzt zu einer so grausamen Mühe machen würde, für Milly zu wirken. All das war in ihrem Inneren verworren gegenwärtig – eine Wolke von Fragen, aus der jedoch Maud Manninghams gewichtig hingepflanzte Person herausragte, als eine sich immer klarer abzeichnende Masse, die, was ihre beratende Funktion anging, irgendwie sogar die Gestalt eines Orakels annahm. Von dem Orakel gingen Laute aus – oder doch ein Sinn, und zwar ganz in Übereinstimmung mit der Ausweitung ihrer Konturen, die sie soeben hatte wirksam werden sehen. „Ja", lautete der Sinn, „ich helfe dir bei Milly, denn wenn das gelingt, hilft es mir dadurch bei Kate" – eine Sicht, in die sich Mrs. Stringham jetzt hinlänglich einfühlen konnte. Eigenartig, mit einem Mal fand sie sich durchaus bereit, zu Kates Schaden zu wirken oder doch zu Kates Nutzen, wie ihn Mrs. Lowder mit edler Besorgnis ermaß. Kurz, sie fand, daß es ihr gleichgültig war, was aus Kate wurde – nur war sie im Grunde davon überzeugt, daß Kates guter Stern die Oberhand behalten würde. Kate war nicht in Gefahr, Kate rührte nicht an das Mitgefühl; was immer auch geschah, Kate Croy würde schon für Kate Croy sorgen. Mittlerweile merkte sie zudem, daß ihre Freundin sogar noch schneller vorauseilte als sie selbst. Mrs. Lowder hatte in Gedanken bereits in groben Zügen einen Aktionsplan entworfen, einen Plan, den sie deutlich genug umriß, als sie sagte: „Ihr müßt noch ein paar Tage bleiben, und ihr müßt unbedingt, alle beide, beim Dinner mit ihm zusammenkommen." Noch dazu nahm Maud das Verdienst für sich in Anspruch, kraft eines Instinkts des Mitleids, der vorausahnenden Klugheit, zwei Tage zuvor viel dazu beigetragen zu haben, den Boden vorzubereiten. „Als ich dort mit ihr zusammen war, während du deinen Schal holtest, hat sich das arme Kind mir gegenüber ganz verraten."

„Ach, ich erinnere mich, wie du es mir später dargestellt hast.

Obwohl es nichts weiter war", bemerkte Susie, um sich Gerechtigkeit zu erweisen, „als was ich auch deutlich gespürt hatte."

Doch daraufhin griff Mrs. Lowder sie so an, daß sie sich fragte, was sie denn gesagt habe. „Ich soll mich wohl erbaut darüber fühlen, was du mit so schöner Geste aufgeben kannst."

„Aufgeben?" wiederholte Mrs. Stringham. „Aber ich gebe doch nichts auf – ich halte fest."

Ihre Gastgeberin ließ sich Ungeduld anmerken, drehte sich etwas unwirsch wieder ihrem gewaltigen messingbeschlagenen Zylinderschreibtisch zu und versetzte ein, zwei darauf liegenden Gegenständen einen Stoß. „Also gebe *ich* auf. Du weißt, wie wenig ein Mensch wie Mr. Densher meiner Vorstellung für sie entsprechen konnte. Du weißt, was ich für durchaus möglich gehalten habe."

„Oh, du bist großartig gewesen" – Susie war vollkommen fair. „Ein Herzog, eine Herzogin, eine Prinzessin, ein Palast: du hast auch mich daran glauben lassen. Aber wo wir festsitzen, ist, daß *sie* nicht daran glaubt. Zum Glück für sie – wie es sich herauszustellen scheint – will sie so etwas gar nicht. Was soll man also machen? Ich kann dir versichern, ich habe viele Träume gehegt. Aber jetzt hege ich nur noch einen Traum."

Mrs. Stringhams Ton bei diesen letzten Worten gab so voll wieder, was sie meinte, daß Mrs. Lowder sich nur anmerken lassen konnte, sie habe verstanden. Sie verharrten noch einen Augenblick in dieser Vorstellung. „Daß sie bekommt, was sie haben will?"

„Wenn es etwas für sie bewirkt."

Mrs. Lowder schien zu überlegen, was es bewirken könnte; doch sie sprach zunächst von etwas anderem. „Es ärgert mich ein bißchen, weißt du – denn natürlich bin ich ein Scheusal. Und ich hatte an alle möglichen Dinge gedacht. Doch das ändert nichts an der Tatsache, daß wir uns schicklich verhalten müssen."

„Wir müssen sie nehmen" – Mrs. Stringham führte das zu Ende –, „wie sie ist."

„Und wir müssen Mr. Densher nehmen, wie *er* ist." Worauf Mrs. Lowder ein bitteres Lachen ausstieß. „Ein Jammer, daß er nicht besser ist!"

„Nun, wenn er besser wäre", versetzte ihre Freundin, „hättest du ihn gern für deine Nichte gehabt; und in dem Fall käme Milly störend dazwischen. Ich meine", setzte Susie hinzu, „sie käme *dir* dazwischen."

„Sie kommt mir ohnehin dazwischen – das hat jetzt nichts mehr zu sagen. Aber ich sah Kate und sie vor mir – wirklich, sobald du zu mir kamst –, Seite an Seite etabliert. Ich sah vor mir – ich kann es ja sagen –, daß dein Mädchen meinem Mädchen half; und wenn ich das sage", fuhr Mrs. Lowder fort, „wirst du dir wahrscheinlich selbst zusammenreimen können, daß es zum Teil der Grund dafür war, wie ich dich empfangen habe. Du siehst also, was ich aufgebe. Ich gebe es wirklich auf. Aber wenn ich diese Linie einschlage", erklärte sie des weiteren, „dann großzügig. Ade zu alledem. Willkommen für Mrs. Densher. Herrgott!" knurrte sie.

Susie beherrschte sich eine Minute lang. „Auch als Mrs. Densher wird mein Mädchen noch jemand sein."

„Ja, ein Niemand wird sie nicht sein. Außerdem", sagte Mrs. Lowder, „reden wir ins Blaue hinein."

Ihre Gefährtin stimmte niedergeschlagen zu. „Wir lassen alles aus."

„Trotzdem ist es interessant." Und Mrs. Lowder hatte einen neuen Einfall. „*Er* ist auch nicht ganz ein Niemand." Das brachte sie zu der Frage zurück, die sie bereits gestellt hatte und auf die ihre Freundin noch nicht eingegangen war. „Was hältst du eigentlich von ihm?"

Susan Shepherd fühlte sich daraufhin aus Gründen, die sie selbst nicht einmal durchschaute, ein wenig zur Vorsicht gemahnt. Daher hielt sie sich im Allgemeinen. „Er ist reizend."

Sie war Mrs. Lowders Augen mit jener extremen Nachdrücklichkeit in den ihren begegnet, auf die Menschen zurückgreifen, wenn sie nicht ganz freimütig sind – ein Umstand, der seine Wirkung hatte. „Ja – er ist reizend."

Die Wirkung dieser Worte war jedoch gleichfalls deutlich; sie lösten bei Mrs. Stringham beinahe erneut Heiterkeit aus. „Ich dachte, du magst ihn nicht!"

„Ich mag ihn nicht für Kate."

„Aber du magst ihn auch für Milly nicht."

Mit diesen Worten stand Mrs. Stringham auf, und auch ihre Freundin erhob sich. „Ich mag ihn, liebe Freundin, für mich."

„Dann ist das die beste Art überhaupt."

„Nun, es ist eine Art. Er ist nicht gut genug für meine Nichte, und er ist nicht gut genug für euch. Man ist Tante, und man ist eine niederträchtige dumme Gans."

„Oh, *ich* nicht – keines davon", erklärte Susie.

Doch ihre Gefährtin fuhr fort. „Man lebt für andere. *Du* auch. Würde ich für mich allein leben, würde er mich gar nicht stören."

Mrs. Stringham aber war standhafter. „Ach, wenn ich ihn reizend finde, dann ganz gleich, unter welchen Umständen ich lebe."

Nun, das bezwang Mrs. Lowder. Sie zögerte nur einen Augenblick, dann verriet sie sich mit einem Lachen. „Natürlich ist er an sich in Ordnung."

„Mehr behaupte ich nicht", sagte Susie mit mehr Zurückhaltung; und die fragliche Note – was Merton Densher „an sich" war – beschloß praktisch, mit einiger Inkonsequenz, diese erste ihrer Beratungen.

23

Immerhin durften sie nunmehr das Gefühl haben, es habe für sie den entscheidenden Unterschied bewirkt, in Hinsicht auf den berühmten Arzt Bescheid zu wissen und jetzt annehmen zu dürfen, er beobachte, warte ab, erwäge oder gedenke jedenfalls solches zu tun, bevor er ein Urteil fällte. Mrs. Stringham nahm es als ausgemacht an, daß er den Fall inzwischen in einem Geiste erwog, wie sie ihn bei eben dieser Gelegenheit am Lancaster Gate in groben Zügen umrissen hatte, bevor sie sich verabschiedete. Sie folgte seinen Überlegungen. Wenn das, worüber sie gesprochen hatten, geschehen *könnte* – das heißt, wenn man Millys Gedanken von sich selbst ablenken könnte –, würde das nichts schaden und mochte durchaus denkbar manchen Nutzen bringen. Könnte es nicht geschehen – könnten sie mit vereinten Kräften, bei eifrig besorgtem, wenn auch taktvollem Vorgehen nichts dazu beitragen –, wären sie nicht schlimmer dran als vorher. Nur hätte in letzterem Fall das Mädchen den Sommer, den Herbst über ihre Bewegungsfreiheit gehabt; sie hätte in dem ihr aufgetragenen Sinne ihr Bestes getan, und wenn sie sich am Ende wieder bei ihrem berühmten Mann einstellte, würde sie ihn – davon abgesehen, daß sie mehr vorzuweisen hätte – bereitwilliger finden, ihre Behandlung fortzusetzen. Des weiteren war sich Susan Shepherd gewiß – zugleich war es der Grund für einen zweiten Bericht an ihre alte Freundin –, daß Milly ihr Teil zur praktischen Seite des Falles durchaus beitrug, alldieweil sie offen und prompt erwähnte, sie wolle Sir Luke Strett aufsuchen, um sich von ihm zu verabschieden und ihm zu danken. Sie äußerte sich sogar genauer darüber, wofür sie ihm danken wolle, nämlich daß er ihr Benehmen so nachsichtig hingenommen hatte.

„Ich wußte nämlich nicht, ob ich – dafür, was ich mir erlaubt hatte – hinterher nicht eine förmliche Absage bekommen würde."

Soviel hatte Milly ihr gesagt, und es hatte sie ein wenig unvorsichtig gemacht. „Ach, in Ihrem ganzen Leben bekommen Sie von ihm keine steife Absage."

Im nächsten Moment wurde sie sich ihrer überstürzten Antwort bewußt, als ihre junge Freundin fragte: „Warum nicht, genau wie jeder andere, der ihm einen üblen Streich gespielt hat?"

„Nun, weil er es nicht als üblen Streich betrachtet. Er konnte Ihre Handlungsweise verstehen. Sie sehen, es ist alles in Ordnung."

„Ja – ich sehe es. Alles *ist* in Ordnung. Er behandelt mich nachsichtiger als jedermann sonst, weil das die beste Art ist, mich fallenzulassen. Er verstellt sich nur, und es lohnt nicht, mich abzukanzeln."

Zerknirscht, erneut dieses unselige Aufflammen ausgelöst zu haben, haschte die arme Susie nach ihrem einzigen stichhaltigen Argument. „Beschuldigen Sie wirklich einen Mann wie Sir Luke Strett, Sie an der Nase herumzuführen?"

Sie konnte nicht übersehen, welchen Blick ihre Gefährtin auf sie richtete – eine seltsame, halb belustigte Wahrnehmung, was sie wohl daraus machte. „Nun, soweit es mich an der Nase herumzuführen bedeutet, mich so sehr zu bemitleiden."

„Er bemitleidet Sie nicht", hielt ihr Susie ernst vor. „Er mag Sie einfach – genau wie alle anderen."

„Dann kommt es ihm nicht zu, mich zu mögen. Er und die anderen – da besteht ein Unterschied!"

„Warum nicht, wenn er sich für Sie einsetzen will?"

Milly richtete wieder einen Blick auf sie, doch diesmal ein wunderbares Lächeln. „Aha, sehen Sie wohl!" Mrs. Stringham errötete und fühlte sich ertappt. Doch Milly ließ von ihr ab. „Sich für mich einsetzen, trotzdem – sich für mich einsetzen! Genau das will ich natürlich." Dann gab sie, wie üblich, ihrer Freundin einen Kuß. „Zu *ihm* bin ich nicht so scheußlich wie jetzt."

„Das möchte ich auch nicht hoffen!" – und Mrs. Stringham lachte wegen des Kusses. „Dabei zweifle ich nicht daran, daß er es von Ihnen hinnehmen würde! *Sie*, liebes Kind, Sie sind nicht genau wie alle anderen."

Daß Milly dem nach flüchtigem Zögern beipflichtete, gab ihr

das letzte Wort. „Nein, so daß die Leute von mir alles hinnehmen können.“ Und was Mrs. Stringham darauf in der Tat resigniert hinnahm, war, daß sie ihrerseits jeden Bericht über den danach erfolgten Besuch unterließ. In Wahrheit war es zwischen ihnen der Beginn einer eigentümlichen Abstandnahme – einer in Verhalten und Gewohnheit zutage tretenden Abstandnahme – von dem Thema der Zukunft Millys. Mit nachdrücklicher Zustimmung des Mädchens gingen sie getrennte Wege; das war in Wahrheit nichts anderes, als wofür sie sich nach Mrs. Stringhams erstem Treffen mit Sir Luke so beredt eingesetzt hatte. Sie fand geradezu Gefallen an der Idee, Susie habe noch weitere Begegnungen gehabt oder werde welche haben – privat, konkret zur Sache, persönlich; sie hegte allerlei Gedanken, aber vor allem den, sie selbst solle weitermachen, als wäre nichts. Da man sich für sie einsetzen würde, sollte das ihr Verhalten regeln; und obwohl ihre Begleiterin von ihr selbst nichts davon erfuhr, so verhielt sie sich gegenüber ihrem ärztlichen Berater ganz ebenso. Sie fand für ihren Besuch bei ihm den einfachsten Grund; sie sei nur gekommen, um ihm zu sagen, wie seine Gutmütigkeit sie gerührt habe. Das bedurfte kaum einer Erläuterung, denn, wie Mrs. Stringham gesagt hatte, er verstand vollkommen, er konnte nur antworten, es sei schon gut.

„Ich habe eine reizende Viertelstunde mit dieser klugen Dame verbracht. Sie haben gute Freunde.“

„Das meinen sie alle – von jedem anderen. Aber das meine ich auch“, fuhr Milly fort, „von allen miteinander. Alle sind sie füreinander vorzüglich. Und in diesem Sinne sind Sie für mich vermutlich am besten.“

Bei dieser Gelegenheit empfing sie einen ihrer eigenartigsten Eindrücke, der gleichzeitig eine der subtilsten Warnungen an sie bedeutete – den Schimmer der Einsicht, sie könnte, falls sie gleichsam zu weit ginge, ihrer Beziehung die Leichtigkeit nehmen, wenn nicht gar sie ihres Werts berauben. Zu weit zu gehen hieß, bei dem Versuch zu versagen, wenigstens einfach zu bleiben. Er könnte durchaus Abscheu gegen sie zu entwickeln geneigt sein, wenn sie ihn in jedem Punkt abwehrte und ihn so im Erweis einer Güte behinderte, die in seinen Händen zweifellos in gewisser Hinsicht eine hervorragende Methode bedeutete. Susie würde keinen Abscheu gegen sie entwickeln, denn Susie wünschte förmlich für sie zu leiden; Susie hegte eine edle Vorstellung, sie könne auf diese Weise etwas Gutes für sie tun. Das war jedoch nicht die Methode, die man vom berühmtesten Londoner Arzt erwarten konnte. Er hätte nicht die Zeit dazu, selbst wenn er es gewollt hätte; wodurch sich Milly, mit einem Wort, im Innersten gewarnt fühlte. Aug in Auge mit ihrem milden, starken Berater genoß sie in einem bestimmten Moment gerade solch eine Gefühlserhebung, wie sie es bei ihrem entscheidenden Gespräch mit Susie erlebt hatte. Es lief wieder auf dasselbe hinaus; auch ihm würde sie helfen, ihr zu helfen, wenn es irgend möglich wäre; war es aber unmöglich, würde sie auch mithelfen, das so einfach wie möglich zu machen. Auf der entsprechenden Grundlage hatte es nicht vieler Minuten mehr bedurft, um für sie die Rollen von Patient und Arzt umzukehren. Was *war* er in der Tat anderes als ein geduldiger Patient, was war sie anderes als ein Arzt, von dem Moment an, da sie ein für allemal die Notwendigkeit anerkannte, sich ein für allemal für das Verfahren entschied, ihm Besorgnisse hinsichtlich ihres Ahnungsvermögens zu ersparen? Das Ahnungsvermögen würde sie ihm überlassen; er würde seine Freude an dessen Gebrauch haben; und sie selbst würde sich gewiß mit der Zeit an seiner Freude freuen. Sie ging so weit, sich einzubilden, der innerliche Erfolg dieser Überlegungen verleihe ihr in seinen Augen vorübergehend einen gewissen rosigen Hauch, einen Anschein relativer Gesundheit; und wahrhaftig trat als nächstes ein, daß er ihre Ahnung bestätigte. „Zweifellos hilft jede Kleinigkeit!" – er ging gutgelaunt auf ihren harmlosen Angriff ein. „Aber ob nun Hilfe oder nicht, Sie sehen bemerkenswert gesund aus."

„Ach, ich dachte, das wäre ich", antwortete sie; und es war, als hätte sie bereits seine Taktik erkannt. Nur fragte sie sich, was er wohl erraten hatte. Wenn er überhaupt etwas erraten hätte, wäre das doch recht beachtlich gewesen. Was es zu erraten *gab*, konnte er – falls es ihm gegenwärtig war – nicht anders als kraft seines eigenen Scharfblicks erfaßt haben. Dieser Scharfblick war demnach gewaltig; und wenn ihm daraus das Ahnungsvermögen erwüchse, das sie ihm zu überlassen gedachte, wäre sein Anteil gar nicht so schlecht. Übrigens auch der ihre nicht – den sie sogar regelrecht genoß. Sie fragte sich, ob dann nicht wirklich Aussicht für sie bestehe. Als sie zu ihm kam, war sie sich nicht sicher gewesen, ob es ihr „besser gehe", und er hatte diesen verräterischen Begriff, auf sie bezogen, nicht gebraucht, würde sich überdies davor hüten, ihn zu gebrauchen; trotz alledem wäre sie bereit gewesen, der freundschaftlichen Sympathie zuliebe zu sagen: „Ja, es *muß* mir wohl besser gehen", denn er hegte dieses spontane Gefühl, mit ihr sei etwas geschehen. Das Gefühl war spontan, denn wer hätte ihm etwas sagen können? Susie, dessen war sie sich sicher, hatte ihn noch nicht wieder gesprochen, und bestimmte Dinge konnte sie ihm unmöglich beim ersten Mal mitgeteilt haben. Da er also ein so durchdringendes Einfühlungsvermögen besaß, warum sollte sie nicht in Anerkennung dessen mit Anstand den neuen Sachverhalt, denjenigen, zu dem er sie sichtlich beglückwünschen wollte, als einen ausreichenden Grund hinnehmen? Wenn man eine Ursache liebevoll genug pflegte, brachte diese vielleicht eine Wirkung hervor; und das hier wäre zunächst einmal eine Art der Pflege. „Sie haben mir neulich", fuhr sie fort, „reichlich Stoff zum Nachdenken mitgegeben, und das habe ich getan – darüber nachgedacht –, genau wie Sie es von mir wahrscheinlich gewünscht haben. Ich muß wohl ziemlich leicht zu behandeln sein", lächelte sie, „da Sie mir schon so gutgetan haben."

Das einzige Hindernis zur Wechselseitigkeit bestand bei ihm darin, daß er schon im voraus so eng mit allen Möglichkeiten, die man besaß, verknüpft schien, daß man die Freude, etwas wirklich noch besser zu machen, entbehrte. „O nein, Sie sind äußerst schwierig zu behandeln. Ich versichere Ihnen, bei Ihnen brauche ich meinen ganzen Verstand."

„Nun, ich meine, ich komme doch vorwärts." Sie hatte seiner Antwort inzwischen kein bißchen Glauben geschenkt, war sie doch davon überzeugt, wäre sie *wirklich* schwierig gewesen, so hätte er das ihr zuallerletzt verraten. „Ich tue jetzt", sagte sie, „was ich will."

„Dann ist es so, wie *ich* es will. Aber Sie müssen wirklich, auch wenn wir noch so anständiges Wetter haben, unverzüglich abreisen." Als sie bereitwillig geantwortet hatte, ihre Abreise – nach Tirol und dann nach Venedig – sei fest für den Vierzehnten vorgesehen, ging er demzufolge lebhaft darauf ein. „Nach Venedig? Das ist ausgezeichnet, denn dann treffen wir uns dort. Es schwebt mir für den Oktober vor, von dem ich mir drei freie Wochen erhoffe; in diesen drei Wochen, wenn ich sie mir freihalten kann, soll meine Nichte, eine junge Person, die mich regelrecht unter dem Pantoffel hat, mit mir reisen, wohin immer sie am liebsten möchte. Erst gestern hörte ich von ihr, wahrscheinlich möchte sie am liebsten nach Venedig."

„Das ist reizend. Ich erwarte Sie dort. Und falls ich im voraus oder sonstwie irgend etwas für Sie tun kann ..."

„Oh, danke sehr. Mir scheint, meine Nichte erledigt alles. Aber es wird prächtig, Sie dort vorzufinden."

„Ich glaube, Sie müßten das Gefühl haben", sagte sie nach einer kurzen Pause, „daß ich wirklich leicht zu behandeln bin."

Doch er schüttelte wieder den Kopf; er wollte nichts davon wissen. „*So weit* sind Sie noch nicht."

„So schlecht muß es einem dazu gehen?"

„Nun, ich glaube nicht, daß es mir schon einmal vorgekommen ist – eine Behandlung für ‚leicht' zu halten. Ich bezweifle, ob das möglich ist. Wenn es an dem ist, habe ich noch nie jemanden gefunden, dem es schlecht genug dafür gegangen wäre. Die Leichtigkeit, verstehen Sie, gilt für *Sie*."

„Ich verstehe – ich verstehe."

Darauf trat zwischen ihnen eine eigenartige, freundliche, aber vielleicht eine Spur zu verlegene Pause ein; worauf Sir Luke fragte: „Und diese kluge Dame – *sie* begleitet Sie?"

„Mrs. Stringham? Aber ja. Ich hoffe, sie bleibt bis ans Ende bei mir."

Er ließ heitere Verständnislosigkeit erkennen. „Bis ans Ende wovon?"

„Nun – von allem."

„Ach, dann", lachte er, „sind Sie glücklich dran. Das Ende von allem ist noch weit. Dies, so hoffe ich nämlich", sagte Sir Luke, „ist erst der Anfang." Und die nächste Frage, die er wagte, hätte einen Teil seiner Hoffnung offenbaren können. „Nur Sie beide miteinander?"

„Nein, noch zwei Freundinnen; zwei Damen, mit denen wir hier mehr als mit sonst jemandem zusammengewesen sind und die genau die Richtigen für uns sind."

Er überlegte einen Augenblick. „Sie werden also vier Frauen sein?"

„Ach", sagte Milly, „wir sind Witwen und Waisen. Aber ich denke", fügte sie an, wie um auszusprechen, was ihn, wie sie sah, beruhigen würde, „daß wir unterwegs auch für Herren nicht unattraktiv sind. Wenn Sie vom ‚Leben' sprechen, meinen Sie vermutlich vor allem Herren."

„Wenn ich vom ‚Leben' spreche", antwortete er nach einer Pause, in der er womöglich ihre Keckheit würdigte, „wenn ich vom Leben spreche, meine ich wohl mehr als alles andere seine schöne Seite, wie sie, in all ihrer Frische, in jungen Personen Ihres Alters erscheint. Also bleiben Sie weiter, wie Sie sind. Ich erkenne immer deutlicher, *wie* Sie sind. Sie können", er ging in seiner Freundlichkeit so weit, „gar nichts daran verbessern."

Sie nahm es ihm mit einem übertriebenen Ausdruck der Beruhigung ab. „Eine unserer Reisegefährtinnen ist Miss Croy, die mich beim ersten Mal herbegleitet hat. In *ihr* manifestiert sich das Leben auf herrliche Weise; und ein Teil davon ist sogar, daß sie an mir hängt. Aber vor allem ist sie prachtvoll an sich. Wenn Sie also", warf sie offenherzig ein, „*sie* gern kennenlernen möchten ..."

„Ach, ich will gern jeden kennenlernen, der an Ihnen hängt, denn es dürfte offensichtlich Spaß machen, ‚dabei' zu sein. Wenn sie also auch in Venedig ist, *werde* ich sie doch wohl kennenlernen?"

„Wir müssen es einrichten – ich werde nichts unterlassen. Sie hat außerdem einen Freund, der vielleicht auch dort ist" – Milly ertappte sich dabei, dazu überzugehen. „Er kommt wahrscheinlich auch, glaube ich, denn er folgt ihr stets."

Sir Luke wunderte sich. „Sie meinen, sie sind ein Liebespaar?"

„*Er* liebt", sagte Milly lächelnd, „aber sie nicht. Sie macht sich nichts aus ihm."

Sir Luke fand das interessant. „Was ist mit ihm?"

„Nichts, außer daß sie ihn nicht mag."

Sir Luke ließ nicht ab. „Ist er in Ordnung?"

„Ach, er ist ganz nett. Sogar ungewöhnlich nett."

„Und er kommt nach Venedig?"

„Wie sie sagt, befürchtet sie es. Denn wenn er dort ist, wird er dauernd um sie herum sein."

„Und sie wird dauernd um Sie herum sein?"

„Da wir so gute Freundinnen sind – ja."

„Nun, dann", stellte Sir Luke fest, „sind Sie ja nicht vier Frauen allein."

„O nein. Ich gebe zu, daß es vielleicht männliche Gesellschaft geben wird. Aber er ist ja dann nicht", setzte Milly auf die gleiche wunderbare Art fort, „*meinet*wegen gekommen."

„Nein – ich verstehe. Aber können Sie ihm nicht helfen?"

„Können *Sie* es nicht?" fragte Milly nach einem Moment verschmitzt. Dann erläuterte sie wie im Scherz: „Wie Sie sehen, setze ich Sie schon zu meiner entourage in Beziehung."

Es hätte mittlerweile ebenfalls wie im Scherz sein können, wie ihr berühmter Freund darauf einging. „Aber wenn dieser Herr *nicht* zu Ihrer entourage gehört? Ich meine, wenn er zu – wie nannten Sie sie doch? – Miss Croys gehört? Freilich, es sei denn, auch Sie interessieren sich für ihn."

„Oh, gewiß interessiere ich mich für ihn!"

„Sie meinen, dann könnte er noch eine Chance haben?"

„Ich mag ihn genug", sagte Milly, „um das zu hoffen."

„Dann ist es ja in Ordnung. Aber was, bitte", fragte Sir Luke dann, „habe ich mit ihm zu schaffen?"

„Nichts", sagte Milly, „außer daß er, wenn Sie dort sind, vielleicht auch dort ist. Und auch, daß wir in diesem Fall nicht bloß vier langweilige Frauen sind."

Er musterte sie, als stellte sie nunmehr seine Geduld doch ein wenig auf die Probe. „*Sie* sind die am wenigsten ‚langweilige' Frau, die ich überhaupt jemals kennengelernt habe. Jemals, hören Sie? Es besteht kein Grund, weshalb Sie nicht ein wirklich herrliches Leben führen sollten."

„Das sagt mir jeder", gab sie prompt zurück.

„Diese Überzeugung, die schon stark war, als ich Sie das erste Mal gesprochen hatte, ist bei mir noch stärker geworden, nachdem ich Ihre Freundin kennengelernt habe. Es besteht kein Zweifel. Die Welt liegt vor Ihnen."

„Was hat Ihnen meine Freundin gesagt?" fragte Milly.

„Nichts, das Ihnen nicht Freude gemacht hätte. Wir haben über Sie gesprochen – ganz offenherzig. Das leugne ich nicht. Aber es zeigt mir, daß ich von Ihnen nichts Unmögliches verlange."

Sie war aufgestanden. „Ich glaube, ich weiß, was Sie von mir verlangen."

„Nichts *ist* für Sie unmöglich", fuhr er fort. „Machen Sie also weiter." Er wiederholte es – sie sollte unbedingt spüren, daß er heute davon überzeugt war. „Bei Ihnen ist alles in Ordnung."

„Nun", lächelte sie, „halten Sie mich so."

„Ach, Sie werden sich von mir lösen."

„Halten Sie mich, halten Sie mich", fuhr sie einfach fort, die sanften Augen auf ihn gerichtet.

Sie hatte ihm zum Abschied die Hand gegeben, und auf diese Weise hielt er sie noch einen Moment. Da fiel ihm, während er zu überlegen schien, ob noch etwas zu sagen blieb, etwas ein; wenn auch etwas, woraus sich nicht allzuviel machen ließ. „Wenn es natürlich etwas gibt, das ich für Ihren Freund tun *kann*: ich meine den Herrn, den Sie erwähnten ..." Kurzum, er gab zu verstehen, daß er dazu bereit sei.

„Ach, Mr. Densher?" Es war, als wäre ihr das entfallen.

„Mr. Densher – heißt er so?"

„Ja – aber sein Fall ist nicht so sehr schlimm." Sie hatte sich binnen einer Minute davon entfernt.

„Zweifellos – wenn *Sie* dafür Interesse zeigen." Sie hatte sich entfernt, doch es war, als läse er in ihren Augen – obwohl auch sie sich ziemlich entfernt hatten – einen Grund, sie zurückzurufen. „Trotzdem, wenn man irgend etwas tun kann ..."

Sie sah ihn an, während sie überlegte, während sie lächelte. „Ich fürchte, man kann da wirklich gar nichts tun."

24

Noch nie so deutlich wie an diesem Vormittag hatte sie gespürt, wie sie in das Gefühl des Besitzens hineinsank; froh und dankbar, daß sich die Wärme des südlichen Sommers noch in den hohen, reichverzierten Zimmern hielt, Palastgemächern, wo harte, kühle Steinfußböden in ihrem immerwährenden Glanz Reflexe aufnahmen und wo die Sonne auf dem bewegten Seewasser, durch offene Fenster hereinblinkend, über die gemalten „Sujets" an den prachtvollen Decken spielte – Medaillons in Purpur und Braun, von kostbarer alter melancholischer Farbe, Rundbilder wie aus altem, rot angelaufenem Gold, erhaben herausgearbeitet und drapiert, alle von der Zeit gedämpft und alle umschnörkelt und umkerbt und umgoldet, in ihre große ausgeformte und verzierte Hohlrundung eingelegt (ein Nest weißer Cherubim, freundlicher Geschöpfe der Luft) und recht zur Geltung gebracht mit Hilfe jener zweiten Reihe kleinerer Oberlichter, direkter Öffnungen nach vorn, die alle dazu beitrugen, wenn auch die Baedeker und die Photographien von Millys Gruppe als furchtbar ins Auge fielen, aus dem Raum ein Staatsgemach zu machen. Erst jetzt schien das, obwohl sie schon seit drei Wochen den Palazzo genossen hatte, als wirkliche Besitznahme zu zählen; vielleicht, weil sie zum ersten Mal allein war – was man füglich allein nennen konnte –, seit sie London verlassen hatten, kam ihr umfassend und von nichts behindert eine Ahnung, was der treffliche Eugenio für sie getan hatte. Der treffliche Eugenio, von Großherzögen und Amerikanern empfohlen, war in den allerletzten Stunden in ihre Dienste getreten – war nach vielfachen pourparlers mit Mrs. Stringham, der sie mehr denn je freie Hand gelassen hatte, von Paris herübergekommen, um sie aufs Festland zu begleiten und sie dort mit allen

Schätzen seiner Erfahrung zu umgeben, die er ihr vom ersten Moment ihrer Begegnung an gewidmet hatte. Von vornherein hatte sie ihn, den Vielsprachigen und universell Bewanderten, sehr Fürsorglichen und sehr Verschlagenen, als vermutlichen Gauner durch und durch beurteilt; denn ständig legte er eine wohlgepflegte italienische Hand aufs Herz und fuhr ihr mit der anderen in die Tasche, die seiner Hand wie angegossen paßte, was er nach Millys Beobachtung sofort gemerkt hatte. Das Erstaunliche war, daß diese Elemente ihrer gemeinsamen Feststellung sich rasch zu einer unzerstörbaren Bindung verdichtet hatten, die Grundlage einer erfreulichen Beziehung bildeten; stellten sie doch mittlerweile ganz eigenartig, grotesk, bezaubernd dar, was am meisten das Vertrauen zwischen ihnen aufrechterhielt und was es am meisten ausdrückte.

Sie hatte rasch genug erkannt, was da geschah – wieder einmal das Übliche, schon wieder einmal. In einer Unterredung von fünf Minuten hatte Eugenio ihr Wesen erfaßt, hatte sich, wie alle Welt, eine Vorstellung davon gemacht, nicht so sehr, mit welcher Sorgfalt man sich ihrer annehmen, sondern mit welcher Behutsamkeit man sie aufgeben müsse. Alle Welt verstand sie, alle Welt hielt fest; doch für niemanden bisher, empfand sie, hatte diese Vorstellung eine so enge Bindung hervorgebracht oder ihr ein so geduldiges Nachgeben abgewonnen. Gewandt, respektvoll, beschlagen genug – mit Händen jederzeit bereit, rasch zu reagieren, und mit seinem dichten, gepflegten weißen Haar, seinem glatten, feisten Gesicht und den schwarzen, professionellen, fast theatralischen Augen wie bei einem berühmten Tenor, zu alt für die Liebe, doch noch immer mit dem Spürsinn fürs Geld –, gab er ihr gelegentlich zu verstehen, daß sie von allen Klienten seiner ruhmreichen Laufbahn diejenige sei, für die er das persönlichste und väterlichste Interesse aufbrachte. Die anderen wären etwas rein Geschäftliches gewesen, doch für sie empfinde er etwas Besonderes. Somit stützte sich das Vertrauen darauf, daß sie das uneingeschränkt glaubte: es gab nichts, dessen sie sich sicherer fühlte. Jedesmal, wenn sie miteinander zu tun hatten, hing das zwischen ihnen; er war abgründig, doch dieses Vertrauensverhältnis lebte an der Oberfläche. Er hatte für sie bereits seinen Platz unter denen eingenommen, die ihr durchhelfen sollten, und tieferes Nachsinnen ordnete ihn in der weiteren Sicht für die letzte Verrichtung Seite an Seite mit der armen Susie ein – die sie jetzt mehr denn je bemitleidete, weil sie so traurig sein mußte und so wenig darüber sagen durfte. Eugenio besaß den ganzen Takt eines Universalerben – was eine Rolle war, die sich unbedingt spielen ließ; während sie Susie im Falle ihres Todes in überhaupt keiner Rolle sehen konnte, denn Susie war hartnäckig und ausschließlich daran interessiert, die Frist ihres notdürftigen Überlebens im Auge zu behalten. Übrigens empfand Milly derzeit mit einem erneuten Aufflackern der Phantasie, sie hätte selbst gern an dieses Prinzip geglaubt. Eugenio hatte wirklich mehr für sie getan, als er vermutlich wußte – schließlich wußte er nicht alles –, als er sie für den Rest des Herbstes auf ein kraftlos geäußertes Wort hin so bewundernswert, so unübertrefflich untergebracht hatte. Ihr kraftloses Wort, als allgemeine Andeutung hingeworfen, hatte gelautet: „In Venedig bitte möglichst kein gräßliches, kein vulgäres Hotel; sondern, wenn es sich irgendwie machen läßt – Sie wissen, was ich meine –, schöne alte Zimmer, ganz separat, für mehrere Monate. Und recht viele Zimmer, und je interessanter, desto besser: ein Teil eines Palastes, historisch und malerisch, aber absolut geruchlos, wo wir ganz für uns sind, mit einem Koch, verstehen Sie? – mit Dienerschaft, Fresken, Wandteppichen, Antiquitäten, mit dem vollständigen Anschein einer dauerhaften Häuslichkeit.“

Der Beweis, wie zunehmend besser er sie verstand, sprach aus dem ganzen Gebäude; zu dessen meisterhaftem Erwerb hatte sie ihm von vornherein keine Fragen gestellt. Sie hatte ihm ausreichend zu erkennen gegeben, was sie davon hielt, und ihre nachsichtige Großzügigkeit sagte ihm zu; den Teil des Geschäfts, der in erster Linie sie anging, würde sie bald genug kennenlernen, und seine Verbindung mit den Beträgen, die sie dann aufgeführt finden würde, konnte nicht anders, als gleichsam das Erbteil zu vergrößern. Entzückende Leute, ersichtlich bewußte Liebhaber Venedigs, hatten ihr ihren Wohnsitz überlassen und waren weit weg geflüchtet, in andere Länder, um ihr Erröten darüber zu verbergen, was sie, auf wie kurze Zeit auch immer, veräußert und was sie, wie dauerhaft auch immer, daran verdient hatten. Sie hatten all das bewahrt und heiliggehalten, und Milly – ihr Teil daran war schamlos – eignete sich das nun an und genoß es. Der Palazzo Leporelli bewahrte noch immer seine Geschichte in seinem geräumigen Schoß, einem gemalten Götzen gleich, einer feierlichen Marionette, reich mit Zierat behängt. Reich mit Gemälden und Andenken behängt, war die kostbare venezianische Vergangenheit, der unauslöschliche Charakter, hier verehrte und umhegte Gegenwart; was uns auf die vorhin ausgesprochene Wahrheit zurückbringt – die Tatsache, daß an diesem Oktobermorgen mehr denn je Milly, mochte sie auch noch eine linkische Novizin sein, langsam umherwandelte als Priesterin der Andacht. Gewiß kam das von dem holden Geschmack der Einsamkeit, wiedergefunden und geliebt, solange sie währte, zudem stets ein Bedürfnis ihres Wesens, wenn die Dinge eindringlich zu ihr sprachen. Meist sprachen sie in der Stille am deutlichsten zu ihr; von Stimmen umgeben, verlor sie das Gespür dafür. Stimmen waren seit Wochen um sie gewesen, und sie hatte sich bemüht, zuzuhören, hatte mit ihnen Umgang gepflegt und hatte geantwortet; in diesen Wochen gab es noch anderes, auf das zu lauschen die Stimmen sie gehindert hatten. Mehr als die Erwartung zunächst verheißen oder damit gedroht hatte, bewegte sie sich stets in einer Menschenmenge, und zwar mit vermehrtem Gefolge; die vier Damen, die sie Sir Luke Strett gegenüber als vergleichsweise geschlossene und abgesonderte Phalanx dargestellt hatte, hatten sich in Wirklichkeit als eine Art rollender Schneeball erwiesen, dazu verurteilt, von Tag zu Tag rascher an Boden zu gewinnen. Susan Shepherd hatte diesen Teil des Ausflugs der jungen Dame mit der berühmten Reise der Zarin Katharina über die russischen Steppen verglichen; an jeder Wegbiegung tauchten improvisierte Siedlungen auf, die Bewohner erwarteten sie mit Huldigungsadressen, die in der Sprache Londons abgefaßt waren. Kurz, alte Freunde lagen auf der Lauer, Mrs. Lowders, Kate Croys, ihre eigenen; wenn die Adressen sich nicht der Sprache Londons bedienten, dann der eindringlicheren Mundarten der amerikanischen Zentren. Sogar Susies Verbindungen ließen den Strom anschwellen; so daß es Tage gab, in Hotels, bei Picknicks in den Dolomiten, auf Ausflugsdampfern auf den Seen, wo sie Tante Maud und Kate beinahe mit Zinsen die Schuld zurückzuzahlen vermochte – ein Konto, aufgemacht während ihres Londoner „Erfolgs", zu dem sie die Tür geöffnet hatten.

Mrs. Lowders und Kates Erfolg unter den elektrisiert auffahrenden Landsleuten Millys und Mrs. Stringhams fehlte wirklich nur wenig an der Konzertlautstärke; er hatte sich fast so rasch eingestellt wie jenseits des großen Wassers die Hochkonjunktur des neuesten, großen einheimischen Romans. Diese Damen waren „so anders" – anders, merklich genug, als die Damen, die sie so einschätzten; denn es handelte sich durchweg vor allem um Damen, manchmal ein Dutzend gleichzeitig in Millys Suite, die, ebenfalls gleichzeitig, auf diese Moral und noch viele andere Gesichtspunkte mehr hinwiesen. Man rühmte Millys Begleiterinnen nicht nur als an sich restlos faszinierend, die nettesten Leute, die der Ruhmeschor je kennengelernt hatte, sondern als unverkennbar hilfreiche Hände, gesellschaftlich gesprochen, für die exzentrische junge Frau, die ihr Wege zu öffnen und zu ebnen vermochten, auch indem sie ihre Exzentrizität dämpften. Selbst kurze Zeiträume von Abwesenheit standen jetzt nach ihrem eigenen Gefühl für gewaltige Unterschiede, und dieses erneute Einatmen ihrer heimischen Luft hatte ihr irgendwie den Eindruck vermittelt, sie komme den Landsleuten bereits als durch und durch wunderlich und abseits stehend vor. Wie es schien, bewegte sie eine solche Kritikerin eher zu einem sonderbaren Verdacht, einem vom Mangel an vollständigem Vertrauen angeregten Wohlwollen: was alles ihre Person in dem Licht zeigte, als wäre sie jemand, der zu unansehnlich und zu schlecht gekleidet ist, um sich gründlich zu amüsieren, und doch zu reich und mit zu wichtigen Freunden umgeben – für letzteres sorgte eine intuitive Schlauheit in ihr –, um sich gründlich zu langweilen. Kurz gesagt, nach Millys Beobachtung hießen die Landsleute ihre Freunde wegen deren klugen Geschicks im Umgang mit ihr gut; trotz dieses kritischen Scharfsinns waren es die Landsleute, die sich als arglose Gemüter erwiesen. Sie erkannte in diesen Tagen Dinge, die sie noch nie zuvor erkannt hatte, und sie hätte keinen Grund dafür angeben können – es sei denn nach einem Prinzip, das zu schrecklich war, um es zu benennen; wodurch sie erkannte, daß weder Lancaster Gate war, wofür New York es hielt, noch New York, was Lancaster Gate sich gern vorstellte, wenn es mit dem Plan einer Reihe von Besuchen in Amerika liebäugelte. Witzigerweise hätte der Plan auf Mrs. Lowders Seite als Vervollkommnung ihrer gesellschaftlichen Stellung gelten können – und er folgte wahrlich in dieser Richtung einer Eingebung, die vielleicht nur um ein halbes Jahrhundert zu voreilig war; bei alledem assistierte Kate Croy mit der kühlen, beherrschten Gewandtheit, die, wie die anderen sagten, so vortrefflich zu der speziellen Art ihres guten Aussehens paßte, der Art, die einen erwarten ließ, die Person, die sich ihrer erfreute, würde Streitigkeiten, Spekulationen, Bestrebungen mit wenigen, ganz klar und gescheit gesetzten Worten erledigen, Worten, die jedoch im Sinn so vereinfacht waren, daß sie, selbst wenn sie harmlos waren, wie die ziemlich übertriebene Sprache ihrer Kaste klangen. Nicht etwa, daß Kate nicht auch zu erkennen gegeben hätte, sie würde gern nach Amerika fahren; nur war Milly mit dieser jungen Frau ständig, und neuerdings mehr denn je, auf der Basis der Theorie vertraulicher Geständnisse vorangekommen, unverhüllter ironischer Äußerungen, die sie für ihre Grimassen in der Öffentlichkeit entschädigten und inmitten derer sie, miteinander allein, erschöpft die Maske ablegten.

Dieses Ablegen der Maske war es, was schließlich zur Form der Momente ihres Beisammenseins geworden war, freilich nicht zunehmend häufiger und nicht lang ausgedehnter Momente, weil Milly ihre Erschöpfung spürte, wann immer sie, wie sie selbst es ausdrückte, die Rüstung abstreifte. Sie spielten mit ihren Masken, dieses unabhängig gesinnte Paar, wie mit spanischen Fächern; sie lächelten und seufzten, wenn sie sie ablegten; doch, sonderbar genug, man hätte argwöhnen können, die Geste, das Lächeln, das Seufzen seien das Echteste daran. Sonderbar genug, sagen wir, denn keine von beiden hätte bei näherer Prüfung das Ausmaß des Redeflusses in angemessenem Verhältnis zu all dem Drum und Dran der Erleichterung gefunden. Gerade wenn sie einander darauf aufmerksam machten, nun habe das Heucheln ein Ende, gerade dann lag das, was sie verschwiegen, am meisten in der Luft. Zweifellos bestand ein Unterschied, hauptsächlich zu Kates Vorteil: Milly sah nicht recht ein, was ihre Freundin verschweigen könnte, kurz, was sie besaß, das so der Zurückhaltung bedurfte; während es für Kate vergleichsweise auf der Hand lag, daß die arme Milly eine Kostbarkeit zu verhehlen hatte. Es handelte sich nicht um die Kostbarkeit einer scheuen, demütigen Zuneigung – das Verheimlichen in diesem Punkt gehörte zu einer ganz anderen Phase solcher Zustände; es war viel eher ein verhältnismäßig kühnes und hartes Prinzip des Stolzes, ein Prinzip, das wie eine feine Stahlfeder beim leichtesten Druck eines sich nähernden Schrittes reagierte. So unüberwindlich bewacht war die Wahrheit über des Mädchens eigenen Begriff ihrer Stärke; so war eine staunende, mitfühlende Schwester dazu verurteilt, von der anderen Seite des Grabens her, den sie rings um ihren Turm herum ausgehoben hatte, ernst zu ihr hinüberzublicken. Gewisse Aspekte der Beziehung dieser beiden jungen Frauen zeichnen sich für uns, von solcher Art ist das sich um sie zusammenziehende Zwielicht, als Abbild einer düsteren Szene in einem Schauspiel von Maeterlinck ab; wir sehen im zarten Halbdunkel die so miteinander verknüpften und doch so entgegengesetzten, wechselseitig so wachsamen Figuren geradezu vor uns: die der eckigen, bleichen Prinzessin, mit Straußenfedern geschmückt, schwarz gewandet, mit Amuletten, Andenken, Reliquien behängt, zumeist sitzend, zumeist still, und die der hochaufgerichteten, rastlosen, langsam im Kreise schreitenden Hofdame, die mit ihr, über das schwarze, von abendlichen Lichtern streifige Wasser hinweg, dann und wann Fragen und Antworten austauscht. Die hochaufgerichtete Dame, der die dicken, dunklen Haarflechten über den Rücken hängen, zieht eine reicher bestickte Schleppe über das Gras, während sie einmal die ganze Runde vollendet und noch einmal, und die abgerissenen Worte, knapp und von karger Aussage, scheinen beider Gedanken mehr zu verhüllen als freizulegen. Dies, weil sie sich, wenn es wirklich dazu kommt, auf keine anderen Rücksicht nehmen zu müssen, in einer Atmosphäre begegnen, die recht beklommen ihrer Worte zu harren scheint. Ein derartiger Eindruck war in der Tat ernst und konnte sogar tragisch sein; so daß sie sich zuletzt deutlich genug systematisch damit abfanden, darauf zu achten, was sie sagten.

Insbesondere konnte man Milly nicht mit groben Worten erklären, wenn sie nicht so stolz wäre, könnte man wahrscheinlich tröstlicher mit ihr fühlen – tröstlicher für die mitfühlende Person; es war keine Bestätigung durch Worte möglich, keine deutlichere Kundgebung als eine unbeirrt rücksichtsvolle Haltung, daß sie dank dieser wundersamen Mischung aus ihrer Schwäche und ihrer Kraft, ihrer Gefahr, wenn es denn eine solche war, und ihrer freien Wahl unwiderstehlich interessant war, interessant blieb. Kates Verlegenheit in der Sache war letztlich in ziemlichem Maße die gleiche wie Mrs. Stringhams, und in der Tat hätte Susan Shepherd selbst, in unserem maeterlinckschen Bild, gut im Dämmer am Wallgraben umherstreifen können. Man darf jedenfalls für Kate erklären, daß ihre Aufrichtigkeit, was ihre Freundin betraf, diese Zeit über tief war, ihre mitfühlende Vorstellungskraft stark; und daß diese Dinge ihr eine Reinheit verliehen, ein gutes Gewissen, sozusagen eine Glaubwürdigkeit vor sich selbst, die später für sie kostbar werden sollten. Mit ihrem wachen Verstand erfaßte sie die Logik ihrer gemeinsamen Zweideutigkeit, machte ohne Beistand dieselbe Qual durch wie Millys andere verstummte Begleiterin, erkannte unschwer: deutlich zu werden hieße für das Mädchen, Ahnungen, Dankbarkeit, Einblicke in den empfundenen Gegensatz zwischen ihren glücklichen Lebensumständen und ihrer Angst zu verraten – was alles ihrer systematischen Prahlerei widersprochen hätte. Das war es, erkannte Kate staunend: ein Eingeständnis bedeutete, die Lawine ins Rollen zu bringen – die

Lawine, auf die Milly ein so wachsames Auge hatte und die der leichteste Hauch auslösen konnte; wenn auch weniger wahrscheinlich der Hauch ihrer eigenen erstickten Wehklage als der einer leeren Anteilnahme, der lediglich hilflosen, gaffenden Einmischung anderer. Da sie also so vieles voreinander zurückhielten, mußte ihr gemeinsamer Rückzug, um sich der Maske zu entledigen, wie wir angedeutet haben, auf einen vorgeschützten Grund zurückgreifen – den leidlich die Freude darüber lieferte, daß das Geplapper aufhörte. Geplapper hatte wahrlich immerfort ihre Schritte begleitet, doch sie ertrugen es mit der verzweifelten Absicht, um, wenn sie sich miteinander allein fanden, irgendeine Ansicht zu irgend etwas zur Hand zu haben. Die Erleichterung, die Rüstung abzulegen – das war die Moral ihrer Zusammenkünfte; doch deren Moral war wiederum, sie könnten einander nicht einmal fragen, wieso man eine Rüstung tragen müsse. Milly trug sie, um gegen alles gewappnet zu sein.

Derzeit war sie aus irgendeinem Grunde ihrer Rüstung so völlig ledig wie seit Wochen nicht mehr; das heißt, sie war immer ihrer ledig, wenn sie allein war; aber sie hatte bisher noch nie so sehr empfunden, ihre Freundinnen seien in alle Winde verstreut und aus dem Wege. Es war, als hätte Eugenio sie noch erstaunlicher als sonst stillschweigend verstanden, ihr alles abgenommen, einfach kühn und genial im Namen, zum Beispiel, des schönen Wetters: „Ja, verschaffen Sie mir eine Stunde für mich allein; bringen Sie alle fort – mir ist es gleich, wohin; Sie können sie ablenken, unterhalten, fortlocken; Sie können sie ertränken, umbringen, wenn Sie wollen: damit ich nur ein wenig, ganz für mich allein, sehe, wo ich eigentlich stehe." Sie war sich der bösen Ungeduld darin bewußt, denn sie lieferte Susie ebenso wie die anderen an ihn aus – Susie, die buchstäblich für sie ins Wasser gegangen wäre; lieferte sie einem käuflichen Ungeheuer aus, durch das sie sich auf diese Weise Ruhepausen erkaufte. Eigentümlich waren die Wendungen des Lebens und die Launen der Schwäche; eigentümlich die Flackerlichter der Phantasie und die betrügerischen Tricks der Hoffnung; aber dennoch rechtmäßig – oder nicht? – jene Experimente mit der Wahrheit, die schlimmstenfalls nur darin bestanden, sie an sich selbst vorzunehmen. Gerade jetzt spielte sie mit dem Gedanken, Eugenio könnte ihr *umfassend* beistehen: er hatte ihr, und zwar immer nur durch Bemerkungen, die in Wirklichkeit ganz stumm waren, die Augen für das bislang noch nicht erfaßte Konzept geöffnet, ihren Reichtum in irgendeiner

Weise vollständig einzusetzen, einzusetzen im Gegenzug wider das Schicksal. Zwischen ihnen war die Unsinnigkeit dessen aufgekommen, daß sie mit soviel Geld einfach dumm und unbeholfen *Mangel* leiden sollte – an einem Lebensinhalt, einer Position, einem ausgefüllten Bewußtsein – nicht anders, als müßte sie ein Haus, eine Kutsche, eine Köchin entbehren. Es war, als hätte sie von ihm eine Art fachmännischen Maßstabs dafür erhalten, was er notfalls für sie zu unternehmen in der Lage sei; dessen Gründlichkeit konnte sie übrigens genau mit der Lässigkeit von Sir Luke Strett vergleichen, die – zumindest im Palazzo Leporelli an einem schönen Morgen – nahezu dilettantisch wirkte. Sir Luke hatte ihr nicht gesagt: „Zahlen Sie genug Geld, und überlassen Sie den Rest *mir*" – was Eugenio deutlich sagte. Sir Luke hatte zwar den Eindruck gemacht, von Kauf und Bezahlung zu sprechen, doch mit Bezug auf eine andere Währung. Da handelte es sich um Beträge, die man nicht nennen noch abrechnen konnte, und zudem solche, bei denen sie sich nicht sicher war, ob sie darüber verfügte. Eugenio – das war der Unterschied – konnte nennen, konnte abrechnen, und Preise *seiner* Art waren etwas, wovon sie sich nie hatte Angst einjagen lassen. Sie war weiß Gott bereit gewesen, für alles und jedes genug zu bezahlen, und hier lag einfach nur eine neue Sicht des angemessenen Betrages vor. Es machte ihr Spaß – denn darauf lief es hinaus, weil Eugenio ja da war, die Quittung zu unterschreiben, – über verschiedene Möglichkeiten zu verfügen, die Rechnung zu begleichen. Sie war mehr denn je bereit, die Rechnung zu bezahlen, und genau wie eh und je zuviel zu bezahlen. Wozu sonst – wenn in diesen Punkten der Diener versagte, auf den man sich am meisten verließ – sollte es nützen, eine, wie die lieben Susies der Welt einen nannten, Prinzessin in einem Palast zu sein?

Sie machte nun allein den vollen Rundgang durch das edle und friedliche Gebäude, während das sommerliche Meer, hier und da einen Vorhang oder eine Jalousie bewegend, in seine verschleierten Räume hineinatmete. Sie träumte davon, daran festzuhalten; das könnte vielleicht Eugenio bewerkstelligen. Sie befand sich *darin* wie in der Arche ihrer Sintflut und von so zärtlicher Liebe dazu erfüllt, sollte das nicht, um schlichten Erbarmens willen, eine ausreichende Berechtigung sein? Sie würde es nie, niemals verlassen – dazu würde sie sich verpflichten; würde sich nichts weiter wünschen, als darin still zu sitzen und immer weiterzutreiben. Die Schönheit und Intensität dieser Idee, die für den Augenblick wahre Erleichterung durch sie, erreichten ihren Höhepunkt in dem festen Vorsatz, an Eugenio bei seiner Rückkehr die Frage so zu stellen, wie bisher noch nicht geschehen; obwohl der Vorsatz, das muß man anfügen, ein wenig verflachte, als sie in den großen Salon zurückkehrte, wo sie ihren besinnlichen Weg angetreten hatte, und Lord Mark vorfand, von dessen Ankunft in Venedig sie nichts gewußt hatte und der jetzt – während ein Diener ihr durch die leeren Räume folgte – während ihrer Abwesenheit zu warten gebeten worden war. Er hatte also gewartet, Lord Mark, er wartete – oh, unverkennbar; noch nie hatte sie von ihm so sehr den Eindruck gehabt, er sei der Mann, das gegebenenfalls mit Geduld zu tun, es wahrhaftig gleichsam mit Dankbarkeit für die Gelegenheit zu tun, wenn auch zugleich mit einer Art ausdrucksvoller Bestimmtheit. Das Eigenartige war, wie sie sich später erinnern sollte, daß sie sich nicht sofort über den Grund seines Kommens wunderte, sondern erst nach Ablauf von fünf Minuten; und auch, ganz zusammenhanglos, daß sie sich fast so sehr über die Begegnung freute und seinen Einbruch in ihre Einsamkeit fast so nachsichtig hinnahm, als ob er bereits in ihren Gedanken gewesen oder sogar auf ihren Wink hin gekommen wäre. Irgendwie bedeutete er, bestenfalls, das Ende einer Atempause; man konnte ihn recht gern haben und doch fühlen, daß seine Gegenwart die kostbare Einsamkeit mehr abschwächte als die jedes anderen: trotz allem, da er weder die gute Susie noch die gute Kate noch die gute Tante Maud war, nicht einmal letztlich der gute Eugenio in Person, fügte sein Anblick ihrem Gefühl, ihre Freunde verstreut zu wissen, keinen Schaden zu. Sie war nie wieder so gänzlich allein mit ihm gewesen seit jenen Minuten, als er ihr das wunderbare Porträt in Matcham zeigte, jenen Minuten, die genau die Hochwassermarke ihrer Sicherheit bezeichnet hatten, jenen Minuten, als sogar ihre Tränen, deren sie sich danach schämte, ein Zeichen setzten, daß sie bewußt ihr schützendes Vorgebirge umrundet, die blaue Bucht vergleichsweiser Ahnungslosigkeit verlassen und den Ausblick auf die aufgewühlte See erreicht hatte. Seine jetzige Anwesenheit verwies sie auf seine damalige Anwesenheit, erinnerte sie daran, wie vollendet gütig er sich ihr gegenüber in Matcham erwiesen hatte, und sagte ihr unerwartet, zu einer Zeit, als sie es besonders zu empfinden vermochte, angesichts solcher Güte und angesichts der Schönheit dessen, woran sie sich gemeinsam erinnerten, sie habe ihn nicht verloren – ganz im Gegenteil. Ihn gastlich zu empfangen, ihn hier zu empfangen, ihn interessiert und bezaubert zu sehen, zudem eindeutig entzückt darüber, sie ohne eine andere Person angetroffen zu haben, die es hätte verderben können – diese Dinge waren in den ersten paar Minuten so wohltuend, daß sie eine erfreuliche Vorahnung auf ihrer Seite hätten bedeuten können.

Sie berichtete von ihren Begleiterinnen, während er es seinerseits unterließ, sich eingehender nach ihnen zu erkundigen, wenn er auch sein so völlig unangemeldetes Erscheinen als Folge eines unverweilt befolgten Impulses darstellte. Er habe sich frostbebend in Karlsbad aufgehalten, zu spät für die dortige Saison und deprimiert, als der Impuls ihn ergriff; und da er wußte, wo sie alle sich befanden, sei er also einfach in den nächsten Zug gestiegen. Er erklärte, woher er gewußt hatte, wo sie sich befanden; er habe es – was war natürlicher? – von ihren Freunden, Millys und seinen, erfahren. Er erläuterte das beizeiten, doch eigenartigerweise wurde sich das Mädchen erst bei diesem Hinweis ihrer innerlichen Frage nach dem Grund seines Kommens bewußt. Sie bemerkte seinen Plural, der Mrs. Lowder mit einschloß oder auch Kate; doch sie bemerkte dann auch, daß er ihr nicht den Eindruck einer ausreichenden Erklärung machte. Tante Maud hatte ihm geschrieben; offenbar hatte Kate – und das war interessant – ihm auch geschrieben; doch hatten sie vermutlich nicht beabsichtigt, daß er komme und dasitze, als sei er, soweit es sie beide betraf, über einen Aufschub recht erleichtert. Er sagte nur „Oh!" und noch einmal „Oh!", als sie ihm umriß, wie die anderen voraussichtlich den Vormittag verbrachten, unter Eugenios und Mrs. Stringhams Obhut – und es klang ganz so, als würde ihn jede Anregung, sie am Rialto oder an der Seufzerbrücke einzuholen, zur Zeit kaltlassen. Genau das war es, was bei Milly nach kurzer Zeit als unklares, aber immer noch recht direktes Hemmnis wirkte, ihm offenherzig zu begegnen. Von den anderen hatte er erfahren, wo sie sich alle befanden, aber nicht um der anderen willen war er, nach seinen wirklichen Vorkehrungen, gekommen. Das war, seltsamerweise, schade; denn, noch seltsamer, sie hätte ihm mehr Vertrauen entgegenbringen können, wenn er selbst weniger Zielstrebigkeit bewiesen hätte. Von dem Augenblick an, da sie seine Absicht zu erahnen begann, kühlte diese sie so ab, daß sie, nur um der Freude willen, mit ihm auf gutem Fuße zu bleiben, nur um der Freude ihrer gemeinsamen Erinnerung an Matcham und den Bronzino willen, den Gipfelpunkt ihres Schicksals, so weit hätte kommen mögen, ihm mit Bitten und Vernunftgründen zuzusetzen, um ihm rechtzeitig die Augen zu öffnen. Wie sie ihn freimütig willkommen geheißen hatte und wie ihn das sichtlich freute, darin hatte während der zehn Minuten so etwas wie der Gunsterweis einer Wiedergutmachung gelegen, auch wenn er das nicht wissen konnte – einer Wiedergutmachung dafür, daß sie sich anfangs nicht sicher gefühlt hatte, zum Beispiel bei jenem ersten Dinner bei Tante Maud, ob er hinreichend menschlich sei. Jenes erste Dinner bei Tante Maud fügte sich zu der Stunde in Matcham, fügte sich zu anderen Dingen, um für ihr jetziges Wohlwollen die Zwanglosigkeit ihrer Beziehung zu festigen, so daß es plötzlich ganz reizend wirkte, daß er hier so aufgetaucht war. Während er sich umsah, bewunderte er den Zauber des Hauses: „Welch ein Tempel des Geschmacks und Ausdruck des stolzen Lebens, und doch bei alledem welch gemütliches *Heim*!" – so daß sie sich erbot, ihn zu seinem Vergnügen herumzuführen, obwohl sie erwähnte, daß sie gerade zu ihrem eigenen überall umhergestreift sei und alles empfänglicher als zuvor in sich aufgenommen habe. Er nahm ihr Angebot ohne jeden Skrupel an und schien sich zu freuen, daß er sie so empfänglich finden sollte.

25

Sie hätte nicht sagen können, was es unter diesen Umständen war, das den ganzen Ernst wieder aufleben ließ, doch nach Ablauf von zwanzig Minuten hatte sich eine Art gedankenvollen Schweigens auf beide herabgesenkt, wie vor etwas tief Bewegendem, woran auch ihr Besucher teilhatte. Das war wahrlich nichts als die Vollkommenheit des Zaubers – oder eher nichts als sich angesichts solcher Gegenwart ausgeschlossen und enterbt zu fühlen. Der Zauber wandte ihnen ein Antlitz zu, das in seiner Schönheit kalt war, voller Poesie, die nie die ihre sein würde, mit einem ironischen Lächeln von einem möglichen, jedoch verbotenen Leben sprechend. All das stürzte von neuem über Milly herein: „Ach, die unmögliche Romantik ...!" Für sie würde die Romantik einmal mehr darin bestehen, für immer, ihre ganze Lebenszeit hindurch, dort wie in einer Festung zu sitzen; und der Gedanke wurde zu dem Traumbild, nie hinabzusteigen, hoch oben in der himmlischen, staubfreien Luft zu bleiben, wo sie nur das Plätschern des Wassers gegen Stein hören würde. Das herrliche Stockwerk, durch das sie schritten, lag ziemlich weit oben, und das rief eine wehmütige Phantasie hervor. „Ach, nicht hinabzusteigen – nie, nie hinabzusteigen!" wandte sie sich mit einem rätselhaften Seufzen ihrem Freund zu.

„Aber warum denn nicht?" fragte er. „Mit dieser sagenhaften alten Treppe in Ihrem Hof? Natürlich müßten immer oben und unten Leute in Veroneser Kostümen stehen, die Ihnen dabei zusähen."

Leicht und recht kummervoll zugleich schüttelte sie den Kopf darüber, daß er nicht begriff. „Nicht einmal für Leute in Veroneser Kostümen. Ich meine, das wirklich Schöne ist gerade, daß man nicht hinabzusteigen braucht. Tatsächlich", fügte sie hinzu, „rühre ich mich jetzt nicht von der Stelle. Ich war noch nicht draußen, wissen Sie. Ich bleibe oben. Darum haben Sie mich auch glücklicherweise angetroffen."

Lord Mark wunderte sich – er war, o ja, hinreichend menschlich. „Sie gehen nicht aus?"

Sie blickte durch den Raum, im Stockwerk über den Gemächern, wo sie ihn empfangen hatte, dem sala, die dem sala unten entsprach und mit seinen gotischen Bögen auf den Canal Grande hinausging. Die Fensterflügel in den Bögen standen offen, die Brüstung des Balkons war breit, der Abschnitt des Kanals, über dem er hing, hinreißend, und die ihnen entgegenwehenden losen weißen Vorhänge winkten eine Aufforderung, sie hätte kaum sagen können, wozu. Doch nach einem Augenblick war das ganze Geheimnis verschwunden; noch nie hatte sie sich so sehr zu etwas aufgefordert gefühlt wie dazu, das, und nur das, genau diesen Ort, zu ihrem Abenteuer zu machen. Es würde – darauf lief es immer wieder hinaus – das Abenteuer sein, sich nicht zu rühren. „Ich gehe nur hier herum."

„Meinen Sie", fragte Lord Mark darauf, „daß es Ihnen wirklich nicht gutgeht?"

Sie standen am Fenster, innehaltend, verweilend, die schönen alten verblichenen Paläste gegenüber und die träge adriatische Flut unter ihnen; doch nach einer Minute, und bevor sie Antwort gab, hatte sie die Augen vor dem geschlossen, was sie sah, und ließ widerstandslos das Gesicht in ihre Arme sinken, die auf dem Sims ruhten. Sie war auf dem Kissen der Fensternische in die Knie gefallen, und dort lehnte sie in einem langen Schweigen mit gesenkter Stirn. Sie wußte, daß ihr Schweigen an sich eine allzu rückhaltlose Antwort war, doch es ging jetzt über ihre Kraft, zu sagen, sie wisse weiter. Anderen gegenüber hätte sie die Frage selbst unmöglich gemacht – beispielsweise einem Mann wie Merton Densher; und sie konnte sich sogar auf der Stelle fragen, was es in ihren Gefühlen für Lord Mark bedeutete, daß die Frage von seinen Lippen sie beinahe in Versuchung brachte, zusammenzubrechen. Sicherlich lag es daran, daß sie sich so wenig aus ihm machte; sich ihm gegenüber so gehenzulassen, zuzulassen, daß sein Anstoß ihren Becher zum Überfließen brachte, wäre eine Erleichterung – da es wirklich, für ihre Nerven, eine Frage der Erleichterung war –, die sie die geringste Anstrengung kosten würde. Falls er überdies mit der Absicht zu ihr gekommen war, die sie vermutete, oder selbst wenn nur der Zauberbann ihrer Situation diese Absicht bei ihm hervorgerufen hatte, durfte er über ihren Wert nicht im Irrtum bleiben – denn welchen Wert besaß sie jetzt noch? Es pochte in ihr, während sie dort kniete, sie habe überhaupt keinen; obwohl sie, sich zurückhaltend, noch nicht sprechend, sich bereits bemühte, soviel wie möglich davon wiederzuerlangen. Dabei kam ihr eine Erleuchtung: bestünde ihr Wert für den Mann, der sie heiraten würde, nicht eben in den verheerenden Folgen ihres Leidens? *Sie* mochte nicht von Dauer sein, aber ihr Geld. In den Augen eines Mannes, der ihr Geld intensiv genug im Blick hielt, für den es der stärkste Grund dafür wäre, ihr „den Hof zu machen“, könnte jeder in Aussicht stehende Mißerfolg in ihrem Bestreben, lange auf dieser Welt zu bleiben, leicht geradezu als Verlockung zählen. Ein solcher Mann, der sich vornähme, ihr zu gefallen, sie zu überreden, sie mit Beschlag zu belegen, sie sich für die längere oder kürzere Zeitspanne anzueignen, die die Natur und der Arzt ihr gewährten, würde das Beste daraus machen, wie krank, mitgenommen, widerwärtig sie auch sein mochte, und das um letztlicher Vorteile willen: war sie doch offenkundig eine Person, von der man füglich erwarten durfte, sie werde einen heimgesuchten und trauernden Gatten freigebig mit allen Annehmlichkeiten versehen.

Schon früh hatte sie sich ganz allgemein vorgenommen, welche Gewohnheiten sie in ihrer Jugend auch ausbilden mochte, diejenige, hinter jedem Busch einen eigennützigen Bewerber zu wittern, solle bestimmt nie dazugehören – eine Einstellung, die sie von klein auf als unwürdig, als vergiftend verworfen hatte. Demnach hatte sie wirklich so wenig wie möglich damit im Sinn, und sie wußte kaum, wieso sie sich in diesem Augenblick dabei ertappt haben sollte, jemandem ein solch häßliches Motiv zu unterstellen. Dieses häßliche Motiv lag nicht in Lord Marks kühlen englischen Augen; jedenfalls zeigte sich die dunklere Seite in ihrer

Einbildungskraft nur ganz kurz. Zudem vereinfachte sich damit der Verdacht: es bestand ein wunderbarer Grund – eigentlich waren es zwei –, warum das Motiv ihres Gastes nichts zu bedeuten hätte. Der erste war, daß sie ihn, selbst wenn er sie ohne einen Penny haben wollte, nicht um alles in der Welt heiraten würde; der andere war, daß sie spürte, er sei letztlich doch feinfühlig, gütig, sehr freundlich und menschlich um sie besorgt. Es waren auch zweierlei Dinge, sein Wunsch, sich gut, sich sehr gut mit ihr zu stellen, und seine einsetzende Wahrnehmung, sie sei gefährdet, heimgesucht, in der Blüte geknickt; doch jetzt schmolz für ihn beides ineinander, ließ ihn in der Verbindung nur um so gewisser spüren, daß er sie, wie er es vermutlich bei sich selbst nannte, gern hatte. Und dieser Eindruck blieb bei ihr haften – daß er sie wirklich gern hatte; und mit der natürlichen und angemessenen Nebenwirkung, sich durch ihre Schwäche versöhnt zu fühlen. Wäre es ihr wirklich lieber gewesen – das konnte sie sich fragen –, es hätte ihn verwirrt oder abgestoßen? Sofern er gerade genug angerührt wäre, um zu tun, was ihr gefiele, keine Frage anzuschneiden, auf keiner zu bestehen, könnte er ihr einen viel besseren Dienst leisten, als indem er sie lediglich in die Lage versetzte, ihn zurückzuweisen. Wieder einmal war es eigentümlich, doch im Moment stellte er sich für sie als der einzige sicher und wahrhaftig Mitfühlende dar. Mit anderen zu sprechen, hätte ihr Befinden verschlechtert, doch bei ihm hatte sie keine Angst davor, wie er zusammenzucken und erbleichen mochte. Das heißt, er würde der einzige sein, zu dem sie eine ungezwungene Beziehung aufrechterhalten wollte – in dem Sinne, daß sie für ihn ungezwungen wäre. Mittlerweile hatte der gegenwärtige Ausblick auf beide einen solchen Zauber ausgeübt, trug alles, was sie drin und draußen umgab, so viel dazu bei, ein verständnisinniges Schweigen genauso natürlich wie in der Oper zu machen, daß sie meinen konnte, sie habe ihn nicht in Spannung gehalten, als sie schließlich, statt zu sagen, ob sie gesund oder krank sei, wiederholte: „Ich gehe hier herum. Es wird mir nicht über. Das könnte es nie – es liegt mir so. Ich liebe den Ort leidenschaftlich“, fuhr sie fort, „und am liebsten möchte ich ihn gar nicht mehr aufgeben.“

„Das würde ich auch nicht, wenn ich Ihr Glück hätte. Trotzdem, wenn dieses Glück *alles* ist, was man hat ...! Würden Sie wirklich gern hier leben?“

„Ich glaube“, sagte die arme Milly nach einer Sekunde, „ich würde gern hier sterben.“

Was ihn, wie erwartet, zum Lachen brachte. Eben das brauchte sie – wenn jemandem an ihr lag; es war die umgängliche menschliche Art, ohne dunkle Tiefen. „Ach, *dafür* ist es nicht gut genug! Da muß man mit allem Bedacht wählen. Aber können Sie es denn nicht behalten? Es ist nämlich genau das Haus, das Ihnen den Rahmen gibt. Sie verwirklichen seinen Charakter, füllen es aus, bevölkern es ganz allein, und Sie könnten nichts Besseres tun – ich meine, für Ihre Freunde –, als sich alljährlich eine Weile, für drei oder vier Monate, hier aufzuhalten. Aber es entspricht nicht meiner Idee für die übrige Zeit. Man hat für Sie noch ganz andere Verwendungen."

„Welche Art Verwendung für mich ist es", erkundigte sie sich lächelnd, „mich umzubringen?"

„Meinen Sie, in England würden wir Sie umbringen?" fragte Lord Mark zurück.

„Nun, ich habe Sie kennengelernt, und ich habe Angst. Sie sind zuviel für mich – zu viele. England strotzt von Fragen. Das hier liegt mir mehr, wie Sie dort sagen würden."

„Oho, oho!" – er lachte wieder, gleichsam nachgebend. „Können Sie es dann nicht kaufen – für einen anständigen Preis? Verlassen Sie sich darauf, für Geld lassen sie mit sich reden. Das heißt, für genug Geld."

„Genau darüber habe ich nachgedacht", erwiderte sie, „ob sie es wohl täten. Ich glaube, ich versuche es. Aber wenn ich es bekomme, klammere ich mich daran fest." Sie sprachen jetzt aufrichtig. „Es wird mein Leben sein – als solches bezahlt. Es wird meine große vergoldete Muschel; so daß jene, die mich finden möchten, herkommen und mich aufstöbern müssen."

„Ah, dann *bleiben* Sie lebendig", sagte Lord Mark.

„Nun, vielleicht nicht ganz ausgelöscht, aber zusammengeschrumpft, geschwächt, runzlig; hier drin herumklappernd wie ein vertrockneter Nußkern."

„Oh", gab Lord Mark zurück, „wenn Sie uns auch noch sowenig trauen, können wir für Sie etwas Besseres zustande bringen."

„In dem Sinne, daß es Ihnen besser erscheint, wenn ich es wirklich hinter mich gebracht habe?"

Er ließ sich jetzt anmerken, daß sie ihn beunruhigte, und nach einem recht langen Blick auf sie, ohne Gläser – die stets den Ausdruck seiner Augen veränderten –, setzte er sich wieder den Kneifer auf die Nase und wandte sich erneut der Aussicht zu. Doch die Aussicht wiederum fesselte ihn nicht lange. „Erinnern

Sie sich an etwas, das ich Ihnen damals in Matcham sagte – oder wenigstens ernstlich zu sagen vorhatte?"

„O ja, ich erinnere mich an alles in Matcham. Es ist ein anderes Leben."

„Das wird es bestimmt sein – ich meine etwas in der Art: was es nach meinem Wunsch damals für Sie darstellen sollte. Matcham", fuhr er fort, „ist nämlich ein Symbol. Ich glaube, ich habe ein wenig versucht, Sie darauf zu stoßen."

Sie kam ihm mit der vollen Erinnerung daran entgegen, was er versucht hatte – kein Zoll, keine Unze davon war ihrem Gedächtnis entfallen. „Was ich meinte, ist, daß es hundert Jahre her zu sein scheint."

„Ach, für mich schneidet es besser ab. Vielleicht erinnere ich mich zum Teil deshalb daran", führte er weiter aus, „weil ich mir vollkommen darüber im klaren war, wie man das, was ich tat, hätte auslegen können. Ich wollte, daß Sie mir glaubten, ich sei vielleicht imstande, mich – nun ja, etwas besser um Sie zu kümmern. Etwas besser, natürlich, als speziell gewisse andere Leute."

„Ganz recht – als Mrs. Lowder, als Kate Croy, sogar als Mrs. Stringham."

„Oh, Mrs. Stringham ist ganz in Ordnung!" stellte Lord Mark rasch richtig.

Das belustigte sie, ungeachtet allem, was sie sonst noch zu bedenken hatte; und sie konnte ihm immerhin zeigen, wie wenig ihr, trotz der hundert Jahre, von dem entgangen war, worauf er anspielte. Wie er sich in diesem Moment ihr gegenüber gab, ließ in der Tat den anderen Moment so lebendig werden, daß seine Art fast wieder dieselben Tränen auslöste wie damals. „Sie konnten so viel für mich tun, ja. Ich hatte Sie vollkommen verstanden."

„Wissen Sie, ich wollte", erläuterte er trotzdem, „Ihr Vertrauen *festnageln*; ich meine, Sie verstehen, an der rechten Stelle."

„Nun, Lord Mark, das haben Sie – es befindet sich jetzt genau dort, mein Vertrauen, wo Sie es damals angebracht haben. Der einzige Unterschied", erklärte Milly, „ist, daß ich jetzt anscheinend keine Verwendung dafür habe. Außerdem", fuhr sie dann fort, „habe ich das Gefühl, daß Sie geneigt sind, auf eine Art vorzugehen, die es ein wenig untergraben würde."

Er nahm von diesen letzten Worten so wenig Notiz, als hätte sie sie nicht gesprochen, musterte sie jetzt nur wie mit einer aufdämmernden neuen Erkenntnis. „Sind Sie *wirklich* in irgendwelcher Gefahr?"

Darauf ging wiederum sie nicht ein. Sie gewahrte, daß seine Erkenntnis ein wenig auch eine Erkenntnis für sie war. „Sagen Sie nichts, versuchen Sie nichts zu sagen, das unmöglich ist. Sie könnten etwas viel Besseres tun."

Er faßte das fest ins Auge und blickte dann direkt darüber hinweg. „Es ist einfach ungeheuerlich, daß man Sie nicht als Freund fragen kann, was man so dringend wissen möchte."

„Was wollen Sie denn wissen?" Sie sprach, wie in einem jähen Umschwung, mit einer leichten Schärfe. „Wollen Sie wissen, ob ich schwerkrank bin?"

Der Klang dieser Worte, wenngleich nicht, weil sie die Stimme erhoben hätte, umkleidete den Gedanken wahrlich mit einem gewissen Grauen, doch einem Grauen ausschließlich für die anderen. Lord Mark zuckte zusammen und errötete – sichtlich gegen seinen Willen; doch er bewahrte Haltung und sprach sogar mit unerwarteter Lebhaftigkeit. „Meinen Sie etwa, ich kann Sie leiden sehen und sage kein Wort dazu?"

„Sie werden mich nicht leiden sehen – haben Sie keine Angst. Ich werde kein öffentliches Ärgernis erregen. Deshalb hätte ich *das* hier ja gern gehabt: es ist an sich so schön, und doch liegt es abseits der Straße. Sie werden überhaupt nichts erfahren", setzte sie hinzu; und dann, wie um mit Entschiedenheit ein Ende zu machen: „Und Sie *wissen* nichts! Nein, nicht einmal Sie." Er wandte ihr dabei das Gesicht mit den letzten Spuren eines bestürzten Ausdrucks zu, und sie erkannte, daß er deutlich – für *seine* Begriffe – ratlos war; was in ihr den Wunsch, sich zu vergewissern, weckte, daß sie nicht unfreundlich gewesen war. Sie wollte ein für allemal freundlich sein; das wäre das Ende. „Ich bin sehr schwer krank."

„Und Sie tun überhaupt nichts?"

„Ich tue alles. Alles ist *das* hier", lächelte sie; „soeben tue ich es. Man kann nicht mehr tun als leben."

„Ach, als auf die richtige Art leben, nein. Aber tun Sie denn *das*? Warum lassen Sie sich nicht behandeln?"

Er hatte mit dem Blick das elegante Rokoko um sich her gestreift, als wüßte er fünfzig Dinge, die es ihr nicht gab, so daß er dringlich das am eindeutigsten Fehlende vorschlug. Doch sie begegnete seinem Mittel mit einem Lächeln. „Ich habe die beste Behandlung der Welt. Jetzt eben richte ich mich danach. Ich richte mich danach, wenn ich Sie empfange, wenn ich so mit Ihnen spreche. Man kann, wie ich schon sagte, nicht mehr tun als leben."

„Ach, leben!“ stieß Lord Mark hervor.

„Nun, für *mich* ist es unermeßlich.“ Endlich sprach sie gleichsam des Geplauders wegen; nun, da sie ihre Wahrheit in Worte gefaßt hatte, da er sie von ihr selbst erfahren hatte wie bisher noch niemand, hatte die Tatsache ihre Erregung versiegen lassen. Da stand sie nun; doch es war, als würde sie nie wieder darüber reden. „Ich werde“, fügte sie an, „nicht alles versäumt haben.“

„Warum sollten Sie *überhaupt* etwas versäumen?“ Als er das äußerte, merkte sie, wie er sich binnen einer Minute entschieden hatte. „Es gibt doch keine Person auf der Welt, für die das weniger notwendig ist; bei der man es sogar für ganz unmöglich erklären möchte; bei der überhaupt etwas zu ‚versäumen‘ doch sicher eine ganze Menge fehlgeleiteten guten Willens erfordern würde. Da Sie an einen guten Rat glauben, nehmen Sie um Himmels willen den *meinen* an. Ich weiß, was Sie brauchen.“

Oh, sie wußte, daß er das wissen würde. Doch sie hatte es selbst herausgefordert – oder doch beinahe. Dennoch sprach sie mit Güte. „Ich glaube, was ich brauche, ist, nicht zu sehr geplagt zu werden.“

„Was Sie brauchen, ist, angebetet zu werden.“ Endlich kam es rückhaltlos. „Nichts würde Sie weniger plagen. Ich meine, wie ich es vorhabe. Es *ist* so“, er blieb fest dabei, „Sie werden nicht genug geliebt.“

„Genug wozu, Lord Mark?“

„Nun, um den vollen Gewinn davon zu haben.“

Sie machte sich nun doch nicht über ihn lustig. „Ich verstehe, was Sie meinen. Jenen vollen Gewinn, der darin besteht, sich so überwältigt zu finden, daß man wiederliebt?“ Sie hatte es erfaßt, doch sie zögerte. „Ihrer Vorstellung nach könnte ich mich überwältigt finden, *Sie* zu lieben?“

„Ach, ‚überwältigt‘ ...!“ Er war so feinfühlig und so erfahren, allem im geringsten Lächerlichen gegenüber so hellwach, und von einem Typ, der sich mit dem Predigen von Leidenschaften irgendwie so schlecht vertrug – und all das in einem solchen Grad, daß er es absolut selbst in Betracht ziehen mußte. Und das tat er, mit einer einzigen Modulation der Stimme, wunderbar. Er gefiel Milly wieder, gefiel ihr um eben solcher Nuancen willen, gefiel ihr so, daß es betrüblich anzusehen war, wie er es verdarb, und noch betrüblicher, ihn unter jenen kleineren Reizen des Daseins einordnen zu müssen, die sie hin und wieder nach Luft ringen ließen, wenn ihr wieder einmal einfiel, daß sie all das aufgeben müsse. „Ist es für Sie undenkbar, es vielleicht zu versuchen?"

„Einen so günstigen Eindruck von Ihnen zu bekommen ...?"

„An mich zu glauben. An mich zu glauben", wiederholte Lord Mark.

Wieder zögerte sie. „Es zu ‚versuchen' als Gegenleistung dafür, daß Sie es versuchen?"

„Oh, das müßte ich nicht!" erklärte er sofort. Der klaren, raschen, nachdrücklichen Art, mit der er ihre Frage abfertigte, mangelte es jedoch an der wahren Überzeugungskraft, wie er im nächsten Augenblick scharfsichtig, hilflos, beinahe humorvoll selbst erkannte – und der Mangel trat noch mehr hervor, als Milly vor Überraschung prompt auflachte. Als Anreiz zu einer heilenden und erhebenden Leidenschaft für sie *war* es allerdings mangelhaft; es taugte nicht zur Übertragung einer Kraft, die sie beide fortreißen sollte. Und das Schöne an ihm war, daß auch er das, sogar während er sie überredete, sich selbst überredete, einzusehen vermochte und damit nur um so besser auswies, wie gut er in den angenehmen Umgang des Wohlstands passe. Auf die Art, wie sie ihn ansah, ließ sie ihn erkennen, daß ihm von der Sache selbst her gefährliche Dienstleistungen verwehrt seien – was ihm gegenüber eine Abgrenzung bedeutete, wie er sie noch nie erlebt hatte – zumindest wie er sich ihrer noch nie bewußt geworden war. Geboren, um in einer Atmosphäre zu schweben, die ihn ständig trug, wäre dies seine erste Begegnung mit einem Urteil, das sich im unheilvollen Licht der Tragik gebildet hatte. Die einfallende Dämmerung *ihrer* persönlichen Welt bot sich ihm in ihren Augen als ein Element dar, in dem er sich nicht heimisch fühlen und auch vergeblich vorgeben würde, es zu können, da es mit immer neuer Verzagtheit und dem Vorgefühl des Verhängnisses belastet war, mit den Kälteschauern des verlorengehenden Spiels. Fast ohne daß sie zu sprechen brauchte und einfach durch die Tatsache, daß es in einem solchen Fall keinen anständigen Ersatz für eine empfundene Intensität geben konnte, mußte er von ihr erfahren, daß er praktisch Angst hatte – ob Angst davor, unecht genug zu beteuern, oder nur Angst davor, was sich in einer Verbindung, die nur ein Kompromiß sein könnte, als unangenehm herausstellen würde, war dabei eine untergeordnete Frage. Sie glaubte außerdem zu erkennen, das wunderbare Mädchen, daß er nie so recht erwartet hatte, irgend etwas über die Grenze dessen hinaus, was ihm von Natur aus annehmlich war, beteuern zu müssen –

kurzum, mehr, als sein Charakter und seine Gewohnheiten, desgleichen seine Erziehung, also seine persönlichen moyens es zuließen. Deshalb befand er sich in einer fatalen Lage, die ihm nicht gefallen konnte und die sie ihm auch gern erspart hätte, hätte er sich nicht selbst hineinmanövriert. Ihr war völlig klar, daß es für keinen Mann ein Vergnügen war, auf diese Weise von ihr zu erfahren, daß er dafür nicht taugte, was sie ihre eigene Wirklichkeit genannt hätte. Es hätte nicht viel gefehlt, und sie wäre imstande gewesen, ihm im Grunde anzumerken, daß er zu der Andeutung fähig war – hätte sein innerstes Gefühl gesprochen –, in seinem Interesse gehöre es sich eigentlich, die anstößige Wirklichkeit etwas zurückzustutzen, etwas zu verkleiden. Dem würde er auf halbem Wege entgegenkommen, doch die Wirklichkeit müsse auch *ihm* entgegenkommen. Millys eigene Einsicht, die so offenkundig auch finanziell untermauert war, konnte oder wollte ihm diesen Gefallen nicht tun, und diese Wahrnehmung zeichnete sich nach einem Augenblick geradezu wie der Abdruck eines Schlages in seinem Gesicht ab. Das hatte die eine Minute abgesteckt, in der er sie wieder zu rühren vermochte. Als er doch noch einmal zu drängen versuchte, hatte er aufgehört, rührend zu sein.

Um abzulenken, hatte sie sich von ihrem Fenster abgewendet, hatte ihn durch weitere Räume geleitet, noch einmal den inneren Zauber des Hauses beschworen, war zu diesem Zweck sogar so weit gegangen, von neuem auf ihren unabhängigen Standpunkt hinzuweisen, zu wiederholen, wenn man nur ein solches Haus zum Eigentum habe und es genügend liebe und hege, werde es einem mit gleicher Münze zurückzahlen, werde einen gegen alles Böse schützend umschließen. Eine Viertelstunde lang hielt er sich an der Stange fest, die sie ihm hinreichte – das heißt, er hielt sich mit einer Hand daran fest, während sie spürte, daß er mit der anderen an seinem eigenen Anhaltspunkt hing; er war, um ihm alle Gerechtigkeit widerfahren zu lassen, keineswegs so gekränkt oder so beschränkt, als daß er nicht imstande gewesen wäre, sich mehr oder weniger so zu benehmen, als wäre nichts geschehen. Es war eine seiner guten Seiten, der sie ebenfalls Gerechtigkeit widerfahren ließ, daß sowohl sein angeborener wie auch sein anerzogener Begriff von Benehmen auf der umfassenden Annahme fußte, nichts – nichts, was für ihn einen tödlichen Unterschied ausmachte – *könne* je geschehen. Es war im gesellschaftlichen Umgang eine praktische Ansicht wie jede andere und half ihnen verhältnismäßig leicht über den größeren Teil ihres noch verbleibenden Abenteuers hinweg. Als sie jedoch wieder unten angelangt waren, das Ende seines Besuchs heranrückte, als alles gesagt war, wurde für sie letztlich doch wieder der Abdruck des Schlages sichtbar, zeichnete sich zudem, mit einer eigenartigen Wirkung, in einer erneuten, womöglich ganz ehrlich gemeinten Anspielung auf ihren Gesundheitszustand ab. Was dies betrifft, hatte er vielleicht auch erkannt, wie er es als einen Grund zur Klage hinstellen könnte, daß sie ihn wegen einer, auf seiner Seite, heftig angefachten Barmherzigkeit abwies. „Es ist nämlich trotzdem wahr, und es kümmert mich überhaupt nicht, daß Sie einen zu Eis erstarren zu lassen versuchen.“ Er schien ihr tapfer beweisen zu wollen, der Ärmste, wie wenig es ihn kümmerte. „Jeder weiß, daß die Liebe oft etwas bemerkt, wo die Gleichgültigkeit nichts wahrnimmt. Und deshalb weiß ich, daß *ich* es wahrnehme.“

„Sind Sie sicher, daß Sie das richtig verstanden haben?“ lächelte das Mädchen. „Ich dachte eher, die Liebe soll blind sein.“

„Blind für Fehler, nicht für Schönheit“, gab Lord Mark prompt zurück.

„Und sind meine äußerst persönlichen Sorgen, meine gänzlich privaten Komplikationen, in die Ihnen Einblick gegeben zu haben ich mich schäme – sind das Schönheiten?“

„Ja, für Menschen, denen an Ihnen liegt – was für alle zutrifft. Alles an Ihnen ist Schönheit. Außerdem glaube ich nicht“, erklärte er, „an den Ernst dessen, was Sie mir da sagen. Es ist zu absurd, daß Sie *irgend*einen Kummer haben sollten, gegen den sich nicht etwas machen ließe. Wenn *Sie* sich nicht das Richtige beschaffen können, wer denn dann auf der ganzen weiten Welt, möchte ich wissen? Sie sind die erste junge Frau Ihrer Zeit. Ich meine, was ich sage.“ Er sah, das muß man gerechterweise sagen, ganz so aus, als meinte er es; nicht feurig, aber klar – einfach so kompetent, in solcher Lage, Vergleiche anzustellen, daß seine ruhige Behauptung den Nachdruck, vielleicht nicht sosehr eines Tributs als einer Garantie besaß. „Wir sind alle in Sie verliebt. Ich will es so ausdrücken und jeden eigenen Anspruch fallenlassen, wenn Sie das besser ertragen können. Ich spreche als einer von vielen. Sie sind nicht geboren, uns einfach zu quälen – Sie sind geboren, uns glücklich zu machen. Deshalb müssen Sie auf uns hören.“

Sie schüttelte mit aller Bedächtigkeit den Kopf, die ihr eigen war, doch diesmal auch mit all ihrer Sanftmut. „Nein, ich darf nicht auf Sie hören – genau das darf ich nicht. Der Grund dafür ist, bitte, daß es mich einfach umbringt. Ich muß ihnen allen zugetan sein, wie Sie es mir wünschen, da Sie diese schöne Darstellung von sich geben. Ich gebe Ihnen dafür die denkbar festeste Überzeugung davon, wie es sein würde ..." Und sie stockte ein wenig. „Ich gebe und gebe und gebe – bitte sehr; halten Sie so beharrlich an mir fest, wie Sie mögen, und Sie werden es erleben. Nur kann ich nicht anhören oder empfangen oder annehmen – ich kann nicht *zustimmen*. Ich kann keinen Handel abschließen. Ich kann es wirklich nicht. Sie müssen mir das glauben. Das ist alles, was ich Ihnen sagen wollte, und weshalb sollte es etwas verderben?"

Er ließ ihre Frage fallen – wenn auch deutlich, hätte man meinen können, weil, ob aus bestimmten Gründen oder nicht, schon so vieles verdorben war. „Sie brauchen jemanden ganz für sich." Darauf kam er zurück, sei es nun wohlgemeint oder berechnend; und sie schüttelte daraufhin noch einmal den Kopf. Er blieb dabei, als meine er es absolut ehrlich. „Sie brauchen jemanden, Sie brauchen jemanden."

Später sollte sie sich fragen, ob sie in diesem kritischen Moment nicht im Begriff gewesen sei, etwas Nachdrückliches und Grobes zu äußern. „Nun, jedenfalls brauche ich nicht *Sie*!" Irgendwie ergab sich jedoch, daß das bei ihr ausgelöste Mitleid größer war als ihre Verärgerung – als das Bedrückendste daran empfand sie nur zu lebendig, daß er so peinlich vom Weg abgekommen war, in einer Wüste umherirrte, in der es nichts gab, um ihn zu nähren –, daß sein Fehler geradezu auf ein Vergehen hinauslief. Zudem war ihr eine völlig andere Sphäre, wo man ihn hätte brauchen können, so gut bekannt, daß es sie beinahe der Taktlosigkeit überführte, sein Drängen zu dulden. Warum hatte sie ihm nicht sofort Einhalt geboten, als sie seine Absichten klar erkannte? Das konnte sie jetzt nur mittels jener Anspielung tun, die sie gern vermieden hätte. „Wissen Sie, ich finde, Sie verhalten sich nicht ganz richtig – und ich meine, das hat gar nichts damit zu tun, daß ich Sie anhöre. Auch das ist nicht richtig – nur, daß ich Sie eben *nicht* anhöre. Sie hätten nicht nach Venedig kommen dürfen, um *mich* zu besuchen – und in Wirklichkeit sind Sie auch nicht deshalb gekommen, und Sie dürfen nicht so tun, als wäre es so. Sie haben viel ältere Freunde als mich, und unendlich viel bessere. Wirklich, wenn Sie überhaupt gekommen sind, können Sie – schicklich und, wenn ich so sagen darf, ehrenhaft – nur um der besten Freundin willen hier sein, die Sie auf der Welt haben, denn dafür halte ich sie."

Als sie das ausgesprochen hatte, nahm er es eigenartigerweise so auf, als hätte er es mehr oder weniger erwartet. Dennoch sah er sie sehr eindringlich an, und es verging ein Moment, in dem keiner von beiden einen Namen aussprach, da jeder offenbar entschlossen war, es dem anderen zu überlassen. Wie sich herausstellte, war Millys leiser Zwang schließlich der stärkere. „Miss Croy?“ fragte Lord Mark.

Es hätte sich schwer erkennen lassen, daß sie lächelte. „Mrs. Lowder!“ Er nahm wirklich etwas wahr und errötete dann geradezu, weil es ihm seine vergleichsweise Einfalt verriet. „Ich nenne *sie* insgesamt die Beste. Ich kann mir nicht vorstellen, daß ein Mann eine Bessere haben könnte.“

Die Augen immer noch auf sie geheftet, dachte er darüber nach. „Wollen Sie, daß ich Mrs. Lowder heirate?“

Woraufhin ihr schien, er sei es, der nahezu vulgär war! Doch das wollte sie keinesfalls dulden. „Sie wissen, Lord Mark, was ich meine. Man stößt Sie durchaus nicht in die kalte Welt hinaus. Ich glaube, für Sie gibt es überhaupt keine kalte Welt“, fuhr sie fort, „nur eine ganz warme und wachsame und erwartungsvolle Welt, die jederzeit für Sie bereitsteht, wo es Ihnen beliebt, es mit ihr aufzunehmen.

Er rührte sich nicht, doch sie standen auf dem gebohnerten Steinboden, und nach wenigen Minuten hatte er seinen Hut an sich genommen. „Wollen Sie, daß ich Kate Croy heirate?“

„Mrs. Lowder möchte das – ich begehe wohl keinen Vertrauensbruch, wenn ich das sage; und sie ist auch davon überzeugt, daß Sie es wissen.“

Nun, er bewies ihr, mit welch vornehmem Anstand er das hinnehmen konnte; und ihr wiederum war deutlich, daß es ein Trost war, mit einem Gentleman zu tun zu haben. „Es ist unendlich gütig von Ihnen, solche Gelegenheiten für mich ausfindig zu machen. Aber was hat es für einen Sinn, mich Miss Croy zu nähern?“

Milly war sofort überglücklich, das so gut erläutern zu können. „Weil sie das bestaussehende und gescheiteste und bezauberndste Wesen ist, das ich je kennengelernt habe, und weil ich sie, wäre ich ein Mann, einfach anbeten würde. Auch so bete ich sie an.“ Es war eine überschwengliche Reaktion.

„Ach, meine Verehrteste, eine ganze Menge Leute beten sie an. Aber das kann nicht die Sache *aller* fördern.“

„Ah“, fuhr sie fort, „ich weiß über die ‚Leute‘ Bescheid. Wenn die Sache des einen schlecht steht, steht die Sache des anderen gut. Ich sehe nicht ein, was Sie von irgend jemand anderem zu befürchten hätten", sagte sie, „außer indem Sie sich wie eben *meinetwegen* närrisch aufführen."

So sprach sie, aber im nächsten Augenblick wurde ihr klar, wie er das auslegte, was sie nicht wußte. „Sind Sie der Ansicht – da wir schon von diesen Dingen sprechen –, die junge Dame, die Sie mit so begeisterten Worten beschreiben, sei auf eine einfache Frage hin zu haben?"

„Nun, Lord Mark, versuchen Sie es. Sie *ist* ein großartiger Mensch. Aber seien Sie nicht demütig." Sie war beinahe ausgelassen.

Offenbar war das endlich zuviel für ihn. „Aber Sie *wissen* es nicht wirklich?"

Praktisch als Herausforderung an das mindeste Verständnis, das sie für sich beanspruchen konnte, weckte das natürlich ihren Wunsch, fair zu sein. „Ja, ich ‚weiß', daß eine bestimmte Person sehr in sie verliebt ist."

„Dann müssen Sie auf Grund derselben Anzeichen auch wissen, daß sie sehr in eine bestimmte Person verliebt ist."

„Ah, verzeihen Sie!" – und Milly errötete geradezu darüber, daß man ihr einen so groben Schnitzer zutrauen konnte. „Sie befinden sich ganz und gar im Irrtum."

„Es trifft nicht zu?"

„Es trifft nicht zu."

Sein erstaunter Blick ging in ein Lächeln über. „Sind Sie ganz, ganz sicher?"

„So sicher man nur sein kann" – und Millys Art war der seinen gewachsen –, „wenn man jede Bestätigung hat. Ich weiß es aus bester Quelle."

Er zögerte. „Mrs. Lowder?"

„Nein. Ich nenne Mrs. Lowder nicht die beste Quelle."

„Ach, ich dachte, Sie hätten eben erst gesagt", lachte er, „alles an ihr sei so gut."

„Gut für Sie" – sie drückte sich vollkommen deutlich aus. „Für Sie", fuhr sie fort, „soll sie die beste Quelle sein. Sie glaubt nicht, was Sie da erwähnen, und Sie müssen selbst wissen, wie wenig sie davon hält. Also können Sie ihr Glauben schenken. *Ich* schenke ..." Doch Milly, mit ihrem geradezu bebenden Nachdruck, stockte hier.

„Sie schenken Kate Glauben?"

„Kate selbst."

„Daß sie an gar niemanden denkt?“

„An gar niemanden.“ Dann fuhr sie mit aller Eindringlichkeit fort. „Sie hat mir ihr Wort darauf gegeben.“

„Oh!“ sagte Lord Mark. Worauf er dann anfügte: „Und was nennen Sie ihr Wort?“

Das wiederum ließ Milly staunen – wenn auch vielleicht zum Teil nur aus dem Instinkt heraus, Zeit für das Bewußtsein zu gewinnen, daß sie bereits ein wenig weiter „darinsteckte“, als sie vorgehabt hatte. „Aber Lord Mark, was würden *Sie* denn ihr Wort nennen?“

„Ach, ich bin nicht verpflichtet, das zu sagen. Ich habe sie nicht gefragt. Sie haben es offenbar getan.“

Nun, es zwang sie zur Verteidigung – zu einer Verteidigung, die sie jedoch besonders als Verteidigung Kates empfand. „Wir sind sehr eng befreundet“, sagte sie nach einer Pause. „Deshalb vertraut sie mir natürlich einiges an, ohne daß wir deshalb gegenseitig die Nase in unsere Angelegenheiten stecken.“

Lord Mark lächelte wie über eine etwas lahme Schlußfolgerung. „Sie wollen also sagen, daß sie Ihnen aus eigenem Antrieb die Erklärung abgegeben hat, die Sie zitieren?“

Milly überlegte wieder, obzwar eher behindert als unterstützt durch ihr Bewußtsein, wie ihre Augen sich jetzt begegneten – sich begegneten, als wolle jeder im anderen mehr erkennen, als er sagte. Was sie ihrem Gefühl nach am eindringlichsten wahrnahm, war der eigenartige Hang ihres Besuchers, Kates Glaubwürdigkeit herabzusetzen. Für sie konnte es nur darum gehen, dafür „geradezustehen“.

„Ich meine, was ich sage: als sie davon sprach, daß sie kein heimliches Interesse habe ...“

„Hat sie es auf ihren Eid genommen?“ unterbrach Lord Mark.

Milly sah nicht ganz ein, wieso er sie derart ins Gebet nehmen sollte; doch Kate zuliebe ging sie auch darauf ein. „Sie hat mich absolut nicht im Zweifel darüber gelassen, daß sie frei ist.“

Darauf blickte Lord Mark sie an, wenn auch immer noch lächelnd. „Und damit auch nicht im Zweifel darüber, daß auch *Sie* es sind?“ Es war jedoch, als hätte er, kaum hatte er das ausgesprochen, gespürt, daß es irgendwie ein Fehler gewesen war, und sie hätte selbst nicht sagen können, durch welchen sonderbaren Zornesblick sie das sofort zu erkennen gegeben hatte. Er jedenfalls ließ ihrem Zornesblick keine Zeit, weiterzuwirken; auf der Stelle und mit einer kaum sichtbaren Bewegung wich er in seine Schranken zurück. „Das ist ja alles gut und schön, aber warum in aller Welt sollte sie, meine Verehrteste, Ihnen etwas schwören?"

Sie mußte dieses „Verehrteste" als auf sich bezogen auffassen; was sie verwirrte, da er es jetzt so elegant auf die geschmähte Kate hätte anwenden können. Wieder ging ihr auf, daß sie sich selbst einen Anteil an der Schmähung zuschreiben mußte. „Weil wir, wie ich schon sagte, so riesig befreundet sind."

„Oh", sagte Lord Mark, der vorübergehend aussah, als hätte das eher dafür sprechen müssen, solche strengen Förmlichkeiten zu unterlassen. Er schickte sich jedoch zum Gehen an, als hätte er in gewisser Weise zum Schluß mehr oder weniger bekommen, was er wollte. Milly hatte das Gefühl, während er mit seinen nächsten Worten seinen Abschied einleitete, sie habe doch mehr preisgegeben, als sie vorgehabt hatte oder als sie, wenn sie sich erst wieder in der Gewalt hätte, theoretisch zu verteidigen imstande wäre. Eigentlich recht merkwürdig, daß er von ihr über sie selbst erfahren hatte – und unter dem tiefdringenden Zauberbann des Hauses unendlich direkt –, was sonst noch niemand erfahren hatte: weder Kate noch Tante Maud noch Merton Densher noch Susan Shepherd. Zumal hatte er sie binnen einer Minute, erkannte sie jetzt, ihre Geistesgegenwart verlieren lassen, und sie wünschte sich jetzt, daß er rasch ginge, damit sie sie entweder wiederfinden oder sich in Einsamkeit besser in den Verlust fügen könne. Wenn er jedoch innehielt, das erkannte sie fast im selben Moment, so, weil er beobachtete, wie von der anderen Seite der sala ein Gondoliere näher kam, der sich, welche Ausflüge auch immer für die Gesellschaft unter Teilnahme seiner Zunftgenossen verabredet waren, als der dekorativste, mit der breitesten Schärpe umwundene und dem bestgestärkten Hemd, stets im Palazzo aufhielt, und zwar für den Fall, sie könnte ihn aus einer Laune heraus doch benötigen – was aber, in ihrer Vogelkäfigfreiheit, noch nie vorgekommen war. Der braune Pasquale, in weißen Schuhen über den Marmor gleitend und ihren immer wieder entzückten Blick an, sie vermochte kaum zu sagen, woran erinnernd, entweder an einen sanften Hindu, beinahe zu lautlos für ihre Nerven, oder einfach an einen barfüßigen Matrosen auf einem Schiffsdeck – Pasquale bot ein kleines Tablett dar, das er ihr unterwürfig mit der Last einer Visitenkarte hinhielt. Lord Mark – gleichsam auch aus Bewunderung für ihn – schob seinen Aufbruch auf, damit sie sie an sich nehmen konnte; woraufhin sie sie mit der sofortigen Wirkung eines weiteren Schlages für ihre Geistesgegenwart las. Diese unsichere Größe war jetzt in der Tat so gänzlich dahin, daß sie sich sogar bei ihrer Rücksprache mit Pasquale zusammennehmen mußte, um ihren Verlust zu verbergen. Trotzdem unternahm sie die Anstrengung, nachdem sie gefragt hatte, ob der Herr unten sei, und begriffen hatte, daß er schon heraufgekommen war. Er war dem Gondoliere gefolgt und wartete oben auf dem Treppenabsatz.

„Ich will ihn gern empfangen." Worauf sie für ihren Gefährten anfügte, während Pasquale sich entfernte: „Mr. Merton Densher."

„Oh!" sagte Lord Mark – auf eine Weise, die es durch den großen, kühlen Saal widerhallen ließ und es sogar an Denshers Ohr hätte tragen können, wie ein schon einmal vernommenes und festgehaltenes Urteil über seine Identität.

Achtes Buch

26

Densher merkte von neuem, daß sein Hotel ihm nicht gefiel – und das um so schneller, da er schon früher Anlaß zu derselben Erkenntnis gehabt hatte. Das Etablissement, in dieser Jahreszeit von einer vielsprachigen Herde überfüllt, von Kleinbürgern aus allen Himmelsgegenden, vor allem von Deutschen, vor allem Amerikanern, vor allem Engländern, das stellte sich heraus, als der entsprechende empfindliche Nerv getroffen wurde, klang laut und nicht angenehm, klang alles andere als italienisch, als venezianisch. Das Venezianische war ganz ein Dialekt, das wußte er; doch neben einigen der Dialekte in dem menschenwimmelnden Gasthaus schien es ihm reines, verfeinertes Attisch. Es trug, „im Ausland", zugleich zu seinem Vergnügen wie zu seiner Qual bei, daß er fast an jedem Punkt empfinden mußte, er habe alles schon einmal durchgemacht. Drei-, viermal hatte er in Venedig in früheren Jahren diese angenehme Gereiztheit durchgemacht, einfach davonwandern zu wollen – fort von dem Konzert falscher Töne in der vulgär gewordenen Hotelhalle, fort von den leutseligen amerikanischen Familien und den wohlgenährten deutschen Dienstmännern. Jedesmal hatte er sich für ein privateres und nicht kostspieligeres Logis entschieden, und er rief sich liebevoll diese schäbigen, aber freundlichen Zufluchtsstätten in die Erinnerung zurück, deren Fenster er ohne weiteres wiedererkennen würde, wenn er auf dem Kanal oder über den Campo daran vorbeikäme. Das Schäbigste reizte ihn jetzt nicht mehr, doch nach Ablauf von achtundvierzig Stunden spielte er schon mit dem Gedanken an ein kleines unabhängiges quartiere weit unten am Canal Grande, wo er einmal einen Monat lang mit einem Gefühl von Pracht und Aufwand gewohnt hatte, und doch auch mit dem Gefühl, in die mehr häuslichen venezianischen Geheimnisse eingeweiht zu werden. Die Stimmung jener Tage kam ihm für eine Stunde wieder, und was des weiteren in diesem Zeitraum geschah, war, um es kurz zu machen, daß er auf einem traghetto herauskam, das betreffende Haus vor sich sah und an den grünen Läden seiner alten, seiner Fenster aus jungen Jahren die aufgeklebten weißen Papierstreifen wahrnahm, die in Venedig als Einladung für Mieter dienen. Das geschah im Verlauf seines allerersten allein unternommenen Spaziergangs, eines Spaziergangs, angefüllt mit Eindrücken, auf die er stark reagierte. Seit seiner Ankunft hatte er sich fast ununterbrochen im Palazzo Leporelli aufgehalten, wo am zweiten Tag ein Umschlag zu schlechtem Wetter die Gesellschaft ständig im Haus festgehalten hatte. Die Episode war für ihn wie eine Reihe Stunden in einem Museum verstrichen, wenn auch ohne deren Anstrengung; und sie hatte auch etwas anderem geglichen, für das er immer noch, so angeregt seine Phantasie auch war, einen Namen suchte. Es hätte aussehen können, als hielte er nach dem Namen Ausschau, während er sich anschließend zu seinem Streifzug aufmachte – er merkte, daß er sich sogar nach Jahren nicht verlaufen konnte –, den sein gespannter Blick über das Wasser hinweg auf die schmalen Papierstreifen krönte.

In ein oder zwei Stunden sollte er im Palazzo zu Abend essen, und am Vormittag hatte er dort an einem Gabelfrühstück teilgenommen. Dann war er mit den drei Damen ausgewesen, nämlich Mrs. Lowder, Mrs. Stringham und Kate, und war mit ihnen hinlänglich im Banne Venedigs auf dem Wasser dahingetrieben, bis Tante Maud ihn angewiesen hatte, sie zu verlassen und zu Miss Theale zurückzukehren. Zwei Umstände, die mit dieser Verfügung über seine Person zusammenhingen, waren ihm immer noch nicht aus dem Sinn gekommen; der erste bestand darin, daß die Dame vom Lancaster Gate sich in aller Öffentlichkeit an ihn gewandt hatte, als drücke sie gleichermaßen die Meinung ihrer Begleiterinnen aus, die nicht gesprochen hatten, die man jedoch – o ja, Susan Shepherd ganz genau wie Kate – für unergründliche Partnerinnen ihres Plans hätte halten können. Was ihm ebensowenig zu vergessen gelang, war, daß er vor den Augen der beiden anderen, wie ihm auffiel – sollte heißen, besonders vor den Augen Kates –, prompt gehorcht hatte; er war widerspruchslos aufgestanden und zum Palazzo zurückgekehrt. Immer noch beschäftigte ihn die Frage, ob ihn das wie einen Tölpel wirken ließ, ob die Unbeholfenheit, die er empfand, als die Gondel bei seinem umständlichen Ausstieg ins Schwanken geriet – sie konnten vorschriftsmäßig nur einen Landungsplatz ansteuern, der nicht eben günstig war –, seinen Freundinnen so viel Belustigung verschafft habe, daß sie hinter seinem Rücken ein verständnisvolles Lächeln austauschten. Zwanzig Minuten später hatte er Milly Theale allein angetroffen und bei ihr gesessen, bis die anderen zum Tee zurückkamen. Das Eigenartige daran war, daß alles ganz einfach, ungewöhnlich einfach gewesen war. Er erkannte es erst als eigenartig, als er nicht mehr bei ihr war, denn als er nicht mehr bei ihr war, kam er mit bestimmten Dingen in Berührung, die es eigenartig machten. Vorher, in ihrer Gegenwart, war es so einfach, als säße er bei seiner Schwester, und wenn man tiefer gebohrt hätte, nicht sehr viel aufregender. Er sah sie weiterhin, wie er sie zuerst gesehen hatte – das blieb unauslöschlich zurück. Mrs. Lowder, Susan Shepherd, seine eigene Kate mochten sie, jede nach ihrem Maß, als Prinzessin sehen, als Engel, als Stern, doch für ihn selbst hielt sie glücklicherweise noch keine Komplikationen bereit, die in irgendeiner Weise hätten zu Unbehagen führen können; die Prinzessin, der Engel, der Stern waren, unendlich leicht und hell, von dem jungen amerikanischen Mädchen verdeckt, das ihm in New York so freundlich begegnet war und dem er dafür gewiß – wenn auch ohne für beide zuviel davon herzumachen – herzlich gern genauso freundlich begegnen wollte. Sie wußte zu würdigen, daß er extra ihretwegen gekommen war, aber daran war nichts – in Anbetracht dessen, daß sie immer zu Hause war –, was sie nicht völlig harmlos fortsetzen konnten. Der einzige ein klein wenig höhere Ton, der je zwischen ihnen aufgeklungen war, bestand in dem Eingeständnis von ihrer Seite, sie finde es am besten, zu Hause zu bleiben. Sie ließ nicht zu, daß er es „Stillhalten" nannte, denn sie beharrte darauf, ihr Palazzo habe – mit all seiner Romantik und Kunst und Geschichte – einen Wirbelsturm von Anregungen um sie her ausgelöst, der nie auch nur eine Stunde nachlasse. Deshalb sei es, innerhalb solcher Mauern, keine Gefangenschaft, es sei die Freiheit aller Jahrhunderte: woraufhin Densher launig zugestand, also würden sie sich gemeinsam, sie und er, soviel sie nur wolle, durch den Raum wehen lassen.

Kate hatte bei dieser Gelegenheit einen Moment für die Andeutung gefunden, er erinnere an einen intelligenten Vetter, der eine leidende Cousine besuche und zum Dank Langeweile ernte; und obwohl er sofort die „Langeweile" abstritt, vermochte er soviel zu erkennen, womöglich mache er diesen Eindruck, so daß er sich fragte, ob sich nicht Milly dasselbe Bild aufgedrängt habe. Sobald Kate wieder erschien, trat der Unterschied hervor – der eigentümliche Umstand, wie er es da sogleich empfand, daß er so tief gesunken war. Es war ein Absinken, weil es ganz ein Vorgehen war, das Kate für ihn erdacht hatte; es war nicht im geringsten ein Vorgehen – und das war sein Begriff von seinem Leben gewesen –, wie er es für sich selbst entworfen hätte. Dieser Unterschied, ein aufgefrischter, empfindlicher wunder Punkt, war demzufolge die Irritation, unter der er den Palazzo verlassen hatte – und trotzdem mußte er sich so gut wie möglich damit abfinden, dort wieder zu dinieren. Er sagte sich, er habe aus allem das Beste zu machen; das lag ihm auf dem traghetto im Sinn, sogar während er, mit seinem Quartierwechsel beschäftigt, über den Kanal hinweg das Aussehen seiner früheren Wohnung musterte. In der Vergangenheit hatte sie genügt, würde sie in der Gegenwart genügen? Würde sie sich in irgendeiner Form in die alles umfassende Notwendigkeit einfügen, deren er sich bewußt war? Diese Notwendigkeit, aus allem das Beste zu machen, war der Instinkt – wie er ja auch selbst wußte – eines Mannes, dem irgendwie klar war, wenn er an einer Stelle losließe, würde er überall loslassen. Zöge er die Hand zurück, die Hand, die wenigstens half, es zusammenzuhalten, würde das ganze wunderliche Gefüge, das ihn umschloß, in einer Minute zusammenfallen und das Licht hereinlassen. Eigentlich war es eine Nervensache; eben *weil* er nervös war, konnte er geradlinig vorgehen; doch sollte dieser Zustand sich steigern, würde er gewiß ganz außer sich geraten. Kurzum, er schritt auf einem hohen Grat entlang, der zu beiden Seiten steil abfiel, wo die Wohlanständigkeit – sofern er überhaupt den Mut fand, dort zu bleiben – sich darauf beschränkte, daß er einen klaren Kopf behielt. Kate war es, die ihn in diese exponierte Lage versetzt hatte, und augenblicksweise überkam ihn, während er sich dabei fand, einen Fuß genau vor den anderen zu setzen, eine spürbar scharfe Ironie, wie sie mit ihm umsprang. Nicht etwa, daß sie ihn in Gefahr gebracht hatte – mit ihr in echter Gefahr zu sein, hätte einen anderen Rang besessen. In Wahrheit brannte in ihm gewissermaßen eine Wut darüber, was er nicht besaß; eine Erbitterung, ein Groll, wahrhaft von der Ungeduld des Verlangens gezeugt, über seine untergeordnete und ausgelieferte, seine so ungemein manipulierte Lage. Es war von ihr herrlich gemacht, doch was war der Sinn des Ganzen, wenn nicht, daß er beständig ihrem Willen unterworfen war? Von Anfang an, vom allerersten Kennenlernen an hatte er die Vorstellung gehabt, ihr bon prince, wie die Franzosen es nannten, zu sein, eingedenk der guten Laune und Großzügigkeit, der, was das Vertrauen betraf, Verachtung kleiner Auslagen und kleiner Ersparnisse, wie es dem Manne anstand, der sich im allgemeinen nicht fürchtete. Es gab genug Dinge, der Himmel wußte es – denn es war die Moral seiner mißlichen Lage –, die er sich nicht leisten konnte; doch was hatte für ihn Reiz gehabt, wenn nicht die Idee, großzügig zu leben, sich auf andere Weise dafür zu entschädigen? – auf keinen Fall, den Roman seines Daseins in einer billigen Ausgabe zu lesen. Alles, was er anfangs in ihr gespürt hatte, fiel ihm wieder ein, war genaugenommen so gegenwärtig wie eh und je – wie er das, was er bei sich ihr unmittelbares Talent zum Leben nannte, bewundert und beneidet hatte, im Unterschied zu dem seinen, einem armseligen, schwachen Gelegenheitstalent, laienhaft zusammengeschustert, nur brachte es ihn um so mehr auf, daß genau das, unendlich charakteristisch, bei ihr jetzt hervorstach.

Wahrlich eben dank ihres unmittelbaren Talents zum Leben befand er sich da, wo er war, und befand sich dort vor allem, *wie* er war. Der Beweis einer anständigen Reaktion bei ihm gegen so viel Passivität bestand, nicht sonderlich ergiebig, darin, daß er sich dessen wenigstens bewußt war – das heißt, daß er wußte, wie er war und wie wenig es ihm zusagte, das lediglich passiv hinzunehmen. Im Moment fühlte er sich wehmütig – das beschrieb es vor allem anderen; es war ein so großer Teil der Kraft, die ihn, als der Herbstnachmittag sich neigte, auf seinem traghetto festhielt, von seiner Frage förmlich durchbebt. Seine Frage verknüpfte sich, noch während er dastand, mit seiner speziellen unterdrückten Empfindlichkeit, beinahe einem Gefühl der Scham; und die Empfindlichkeit und die Scham nahmen ab, als er sich mit Hilfe der Bedingungen seiner Umwelt gestattete, die Frage als ernst zu betrachten. Sie entsprang übrigens zum Teil den Bedingungen, jenen Bedingungen, denen Kate derart geradezu unverschämt getrotzt hatte und denen gegenüber sie ihn ohne alle Gewissensbisse der Lächerlichkeit – Lächerlichkeit nur insoweit, als von Selbstzufriedenheit begleitet – preiszugeben bereit gewesen war. Wie wenig es sich hier um Selbstzufriedenheit handeln *konnte*, sollte er mit letzter Gründlichkeit spüren, bevor er sich von seinem Aussichtspunkt entfernt hatte. Seine Frage, wie wir es genannt haben, war die interessante Frage, ob er wirklich keinen Willen mehr besitze. Wie konnte er das wissen – das war der springende Punkt –, ohne den Fall auf die Probe zu stellen? Es war richtig gewesen, bon prince zu sein, und das Glück, etwas von dem Stolz, im Geiste großzügig gelebt zu haben, ließ sich sogar jetzt noch mit dem Impuls vereinbaren, eine gegenseitige Rechnung aufzumachen; doch ihm stockte ein wenig der Atem, als ihm mit überwältigender Schärfe aufging: während er absolut alles getan hatte, was Kate wollte, hatte sie überhaupt nichts getan, was er wollte. Kurz und gut, so kam es, daß seine Idee der Probe, mittels derer er diese Möglichkeit untersuchen müsse, in der warmen, frühen Dämmerung beim Nahen der südlichen Nacht – auch dies „Bedingungen", wie wir sie soeben erwähnten – immer wieder auf den im verblassenden Licht zunehmend geisterhaften Schimmer der schmalen weißen Papierstreifen an seinen alten grünen Fensterläden zurückkam. Als er auf seine Uhr blickte, hatte er eine Viertelstunde auf diesem Posten der Beobachtung und des Nachdenkens gestanden; doch als er ihn verließ, hatte er seine Antwort auf den Gedanken gefunden, der so aufdringlich geworden war. Da es eines Beweises für seine Willenskraft bedurfte, wartete dieser auch wirklich auf ihn, lauerte dort auf der anderen Seite des Kanals. Ein Fährmann bei der kleinen Anlegestelle hatte ihn von Zeit zu Zeit angesprochen; doch es gehörte zum wechselvollen Ausdruck seiner Nervosität, dieser Bequemlichkeit den Rücken zu kehren. Er würde zu Fuß hinübergehen, und er umrundete mit schnellem Schritt mehrere Ecken und wechselte schließlich auf der Rialtobrücke hinüber. Wie sich herausstellte, waren die Zimmer unbesetzt; die alte padrona war noch da, ihr Lächeln ein einziges Strahlen, doch ihr Wiedererkennen ein einziges Lügenmärchen; auch die alte wacklige Einrichtung, kultiviert in ihrer Schäbigkeit, freundlich in ihrem Verfall, hinsichtlich derer der Überschwang auf seiner Seite liebevoll echt war; somit hatte er, bevor er sich wieder auf den Weg machte, verabredet, am nächsten Morgen einzuziehen.

Am Abend beim Dinner plauderte er amüsant darüber – trotz eines eigenartigen ersten Impulses, der sich im Palazzo gänzlich auflöste, es lediglich als eine Sache zu seiner eigenen Genugtuung zu behandeln. Dieses Bedürfnis, diesen Anstand hatte er für selbstverständlich gehalten, bis er im Laufe des Gesprächs plötzlich spürte, der Vorfall würde zu harmloser Fröhlichkeit beitragen. Das war auch tatsächlich die Wirkung, mit Hilfe seines Bildes – einer Beschwörung des wunderlichen, des bescheidensten Rokoko eines venezianischen Interieurs im echten alten Stil. Er wies seine Gastgeberin darauf hin, ihre eigenen hohen Gemächer, obwohl sie tausenderlei Großartiges böten, seien nicht wirklich *das*; wies sie mit solchem Erfolg darauf hin, daß sie es sofort als seine eindeutige Pflicht bezeichnete, sie recht bald zum Tee einzuladen. Bisher hatte sie – er empfand, daß sie alle es empfanden – noch keinen so deutlichen Wunsch ausgesprochen, irgendwohin zu gehen, nicht einmal, sich um eines Gemeindefestes oder eines herbstlichen Sonnenuntergangs willen zu bemühen, auch nicht, für Tizian oder Gianbellini ihre Treppe hinabzusteigen. Es war Denshers stehende Ansicht, daß er und Kate sich untereinander ohne Worte verstanden, so daß er bei ihr, wie sie nur zu ungehindert bei ihm, zahllose Zeichen davon auffangen konnte, den ganzen sanften Atem der Begegnung und Anregung zwischen Bewußtsein und Bewußtsein. Diese Ansicht war an jenem Abend soweit berechtigt, als Millys Anerbieten eines Besuches bei ihm für seine Wahrnehmung von Kate aufgenommen wurde, obwohl sie nichts dazu tat, es zu zeigen. Es fügte sich so vollkommen in das, was sie gewünscht und vorausgesagt hatte, daß sie sich – und das fiel ihm am meisten auf – davon derart befriedigen und blenden ließ, der falschen Qualität seiner Reaktion, seinem Ton und sogar seinem Blick, der instinktiv rasch den ihren suchte, nicht anzumerken, er habe unvermeidlich, nahezu schamlos, bloß im Sinne eines Zeitgewinns reagiert. Das Versagen ihres Wahrnehmungsvermögens gab ihm auf der Stelle beinahe den Anfang jenes Vorteils, auf den er gezielt hatte – das heißt, zumindest falls nicht auch sie heimlich unaufrichtig war. Vielleicht hatte sie, darüber war er sich nicht im unklaren, in einer verborgenen Tiefe erfaßt, welche Bedeutung der von ihm verkündete geringfügige Umstand für sie selbst haben könnte; denn dazu war sie immerhin fähig, etwas zugleich zu erraten und das Erratene zu verbergen. Es spannte ihn dennoch ein, zwei Umdrehungen weiter an, ihr jetzt eine Kurzsichtigkeit beizumessen, auf Grund derer er sich desto stärker fühlen konnte. Welcher Argwohn hinsichtlich seines Motivs für den Wohnungswechsel sie auch flüchtig gestreift haben mochte, jedenfalls erriet sie bestimmt nicht, daß er ihrer Freundin eine hohle Versprechung machte. Das hatte sie selbst ihm aufgezwungen; von Anfang an hatte es in der Vorausschau einen ganz bestimmten Punkt gegeben, wo die Hohlheit, um es bei seinem am wenigsten bloßstellenden Namen zu nennen, einsetzen mußte. Daher hatte dessen Stunde jetzt verlockend geschlagen.

Aus welchem erdenklichen Grunde er seine alten Zimmer wieder gemietet hatte, jedenfalls nicht, um Milly Theale zu empfangen: was keinen größeren Unterschied in seiner Miene erfreuter Bereitwilligkeit machte, als wäre er – genau was er nicht zu sein erstrebte – gänzlich hartgesotten und gänzlich gemein. So schnell war der Rhythmus seines inneren Dramas, daß das flüchtige Bild der Unmöglichkeit, das die klare und unerwartete Bitte seiner Gastgeberin in ihm hervorrief, die leicht unheimliche Wirkung hatte, ihm förmlich Angst zu machen. Das gab ihm ein Maß der Intensität, der Wirklichkeit seines nunmehr gereiften Motivs. Es brachte ihn gewiß nicht dazu, mit diesen Dingen zu hadern, doch es ließ sie so lebendig vor ihn hintreten, als strömte bereits die Kraft des Erfolges in sie ein. Vor der Kraft des Erfolges klopfte sein Herz nahezu in Furcht. Die Furcht war nur die Furcht vor dem allzu umfassenden Glück; aber das war an sich schon ein Symptom. Daß ein Besuch von Milly ihm in dieser Reihung von Unvermeidlichkeiten als das denkbar Unpassendste erscheinen sollte, als ein ganz schauderhafter Gedanke, und vor allem als etwas, das ihm, wollte man es grob ausdrücken, die Tour vermasselte – wenn er sich eine solche Ansicht zu eigen machte, mochte das freilich mit einer jener zahlreichen Arten identisch sein, sich als Dummkopf zu erweisen, die für ihn anscheinend so überreichlich auf der Lauer lagen. Es würde trotzdem die Art bleiben, mit der er sich im voraus am ehesten versöhnen würde. Sein herangereiftes Motiv, über das er sich kein Fünkchen Illusion gestattete, hatte auf diese Weise binnen einer Stunde von seiner Wohnung gedanklich Besitz ergriffen: genauso sah er es dort nur zu deutlich hocken, alles bereits ausgepackt und eingerichtet, als daß Millys Unschuld, als daß Millys Schönheit, gleichgültig wie kurze Zeit, mit ihm dort hätte unter einem Dach weilen dürfen. Gewisse Dinge würde sie nie erkennen, nie spüren, nie in der Luft erfassen; doch das änderte nichts an der Tatsache, daß es niemandem etwas nützen würde, wenn sie damit in Berührung käme. Die Abgrenzung der Dinge voneinander und die Skrupel kamen *ihm* zu. So spürte er sämtliche Aspekte des Problems, während Kate bewundernswert den Eindruck machte, als spürte sie keinen einzigen. Freilich stand Kate – wann mußte das nicht sein letztes Wort sein? – erhaben über allem.

Das trat im Verlauf dieser restlichen ersten Zeit in allen Zusammenhängen zutage; insbesondere kam es unter dem Druck der Tatsache zutage, daß unser verlobtes Paar jedesmal, wenn es das flüchtige Glück einer gemeinsamen halben Stunde erhaschte, dazu verurteilt war – wenngleich Densher es ganz durch *sein* Handeln herbeigeführt sah –, einen Teil der seltenen Gelegenheit damit zu verbringen, sich über dieses Glück zu wundern und dessen fragwürdigen Charakter zu untersuchen. Das war der Fall, nachdem man hätte erwarten können, er habe sich einigermaßen daran gewöhnt; es war sogar der Fall, nachdem das Mädchen – stets, wie gesagt, das letzte Wort parat haltend – ihm Beistand gewährt hatte, jeden falschen Anschein zurechtzurücken, eine Unterstützung, die ihm bezüglich anderer Phasen inzwischen wohlvertraut war. Es war immer noch der Fall, nachdem er vielleicht mit ein wenig Phantasie, wie sie freimütig betonte, an dem, was von der Krise sichtbar war, hätte erkennen können, welche Idee auf Mrs. Lowders Seite sie ausgelöst hatte. Nach dieser Idee – und daß sie Kate ins Konzept paßte, gab sie offen zu – brauchte er nur zu sehen, welchen Verlauf die Dinge nahmen, um sie überraschend gerechtfertigt zu finden. Denshers Antwort auf all diese geistige Lebendigkeit war: freilich sei Tante Mauds Eingreifen nicht verborgen geblieben, nicht einmal *seiner* geistigen Lebendigkeit, von dem Moment an, als sie ihm in ihrer typischen bündigen Art geschrieben hatte, falls er es möglich machen könne, auf vierzehn Tage nach Venedig zu kommen, wolle sie dafür sorgen, daß er es nicht als Mißgriff betrachten müsse. Das brachte wirklich nur Tante Maud fertig, solche Dinge auf solche Weise zu tun; genau wie nur er es fertigbrachte, das gab er bereitwillig zu, solcherlei andere Dinge zu tun, zu denen er nun in den Augen aller – war es nicht so? – verpflichtet schien. Mrs. Lowders Ermahnung war natürlich ein unmittelbarer Hinweis darauf gewesen, was sie ihm am Lancaster Gate an dem Abend, als Milly krankheitshalber ausgeblieben war, bei seiner Verabschiedung anvertraut hatte; nur hatte es wenigstens hinsichtlich des Ausmaßes an Gutmütigkeit, die es bei ihm voraussetzte, zu jenem ungewöhnlichen Ausbruch gepaßt. Des jungen Mannes Erörterungen seiner Situation – die sich auf Kate beschränkten; mit Tante Maud selbst fanden keine statt – litten, das kann man sich denken, ein wenig unter dem Gefühl, er könne nicht, wie er es bei sich ausdrückte, alles auf andere Leute abschieben. Wenn er allein war, bekam er oft rote Ohren bei dem Gedanken, Mrs. Lowder habe ihn einfach ausgeforscht, ihn gesehen, wie er war, und erkannt, was sich mit ihm anfangen ließ. Sie hatte nur nach ihm zu pfeifen brauchen, und er war gekommen. Wenn sie seine Gutmütigkeit als selbstverständlich vorausgesetzt hatte, so hatte sie damit genauso recht gehabt, wie Kate es behauptete. Die Unbehaglichkeit seines Gewissens, sowohl in Hinsicht auf seine allgemeine Anpassungsfähigkeit, das Resultat seiner Einsicht, Anpassungsfähigkeit sei, in Grenzen, eine Lebensweise wie jede andere und gewiß besser als manche, als auch besonders im Hinblick auf eine womöglich herrschende Verwirrung darüber, weshalb er wirklich gekommen war – diese innerliche Pein ließ sich nicht ganz durch den Stil, so berückend dieser auch war, von Kates poetischen Lesarten zerstreuen. Sogar das grenzenlose Staunen und Entzücken über Kate konnte ihn nicht vor sich selbst ins Recht setzen, wenn etwas von diesem ganz Verschiedenes ihn ins Unrecht setzte.

Solange es ihm nicht gelang, mit sich selbst ins reine zu kommen, beobachtete er zunächst einmal mit Interesse – und wirklich zum ersten Mal in seinem Leben –, ob das, bei einem gegebenen Anlaß, ganz so notwendig zum Glück sei, wie allgemein angenommen wurde und wie er bis zu diesem Augenblick nie bezweifelt hatte. Er war eindeutig in ein Abenteuer verstrickt – er, der nie geglaubt hatte, dazu geschaffen zu sein, und es half ihm geradezu, daß er sich gelegentlich zu sagen vermochte, er dürfe nicht unter dessen Niveau absinken. Nachts, allein, in seinem Logis oder bei den wenigen späten Spaziergängen, zu denen er Zeit fand, durch finstere labyrinthische Gassen und über menschenleere campi, überragt von verfallenden Palästen, wo er verärgert über sein Unbehagen stehenblieb und wo der Schall eines seltenen Schrittes auf dem allseits umschlossenen Pflaster an einen verspäteten Tänzer in einem verlassenen Festsaal erinnerte – während dieser Zwischenspiele sah er die Dinge ganz kalt, verstieg sich, nach dem Prinzip, kurze Torheiten seien die besten, sogar dazu, eine sofortige Abreise als nicht nur möglich, sondern sogar ratsam zu erwägen. Er brauchte jedoch nur wieder die Schwelle des Palazzo Leporelli zu überschreiten, um zu sehen, wie alle Elemente der Geschichte sich zu ganz anderen Entwürfen, wie die Maler es nannten, ordneten. Dann begann ihm aufzugehen, daß die Abreise seine unsinnige Unternehmung nicht nur abkürzen, sondern auffallend vergröbern würde, und daß er vor allem, da er eigentlich noch nichts „angefangen", sondern lediglich nachgegeben, zugestimmt, nur allzu großzügig die Unternehmungen anderer mit Nachsicht behandelt und entschuldigt hatte, keine Veranlassung sah, sich mit übertriebener Strenge zu behandeln. Das einzige, was im Falle von Komplikationen feststand, war, daß man sich, was immer auch geschah, als Gentleman zu benehmen hatte – wozu allerdings die vielleicht ein bißchen weniger strahlende Wahrheit kam, daß die Beschwerlichkeit von Komplikationen sich manchmal mit einer Untersuchung der Frage erleichtern ließe, wie sich denn dann ein Gentleman zu benehmen habe. Diese Frage, beeile ich mich anzufügen, war in letzter Instanz nicht Denshers größte Sorge. Drei Frauen zugleich verließen sich auf ihn, und obwohl eine solche peinliche Lage niemals leicht zu bewältigen und nie ganz das Ideal sein konnte, besaß sie doch, Gott sei Dank, ihr unmittelbar anwendbares Gesetz. Das Gesetz lautete, sich zum Dank für Liebenswürdigkeiten nicht wie ein Barbar aufzuführen. Er war nicht den ganzen Weg von England herübergekommen, um sich wie ein Barbar aufzuführen. Er hatte nicht daran gedacht, sich dessentwegen, was es ihm geben mochte, zwei wie immer mit Einschränkungen belastete Wochen mit Kate in Venedig zu verbringen, wie ein Barbar aufzuführen. Er hatte Mrs. Lowder nicht behandelt, als hätte er sie, ihrer Anregung folgend, richtig verstanden, um sich hinterher wie ein Barbar aufzuführen. Und was er sich am allerwenigsten für einen solchen Abgesang zurechtgelegt hatte, war die prompte und unvermeidliche, die tatsächlich erfolgte Kapitulation – als Gentleman, oh, das unzweifelhaft! – vor dem unerwarteten Eindruck der armen, bleichen, kostbaren Milly als Herrin eines großartigen alten Palastes und Spenderin einer Gastfreundschaft, die dank aller Umstände unwiderstehlicher war als alles ihm sonst Geläufige.

Dieses Schauspiel war für ihn so vielsagend, so gewichtig, so gelungen – er wußte kaum, mit welchem ungewöhnlichen Namen er es bezeichnen sollte –, daß er nicht darauf gefaßt gewesen war. Ihr Willkommen, ihre Offenheit, ihre Lieblichkeit, Traurigkeit, Heiterkeit, ihre verwirrende Poesie, wie er es gelegentlich aus Verlegenheit nannte, all das noch getragen von der Schönheit ihrer ganzen Umrahmung und zugleich von der Erkenntnis des Beobachters, dieses Element gewinne von ihr in gewisser Weise an Wirkung und Harmonie ebenso viel, wie es ihr schenke – ihr ganzes Auftreten drückte für seine Phantasie Bedeutungen aus, die sie umschwebten, sie begleiteten, umkreisten, herabsinkend und sich zitternd wieder erhebend wie verschwommene, leise Bruchstücke, bloße Schemen altmodischer, schwermütiger Musik. Es war unbedingt gut für ihn, überlegte er hin und wieder, daß er es nicht auf Kate und Mrs. Lowder schieben konnte, denn das täte ein Gentleman so eindeutig nicht, daß – nun, daß er sich ziemlich hatte überrumpeln lassen, weil er es nicht vorausgesehen hatte. Inzwischen hatte all das schon fünf Tage gedauert, ohne daß er auch nur Kate allein gegenüber eine Anspielung gewagt hätte, was er hätte wissen sollen und was ihn deshalb im besonderen überrumpelt hatte. Die Wahrheit war zweifellos, daß sie wirklich, wenn es zu einer freimütigen Behandlung und Benennung der Dinge käme, alle fünf in einer Atmosphäre zusammenlebten, in der jemand leicht mit etwas häßlich „herausplatzen" hätte können. Bei jeder Gelegenheit kam er bei seiner Freundin auf das glückselige Wunder der erneuerten Nähe zurück, das in diesem günstigen Klima einen doppelten Wert hatte. Er hauchte darauf, als könnte er es kaum glauben, doch trotz dieses Vorzugs war die Zeit vergangen, ohne daß er sich, für ihr Ohr, gänzlich auf irgendeinen Kommentar zu Millys erhabenem Stil und Prunk festgelegt hatte, wie es dem Maß der in ihm erregten Bewunderung entsprochen hätte. Für ihn stand hinter allem seine neu erwachte Erinnerung, die ihm förmlich zur Gewohnheit geworden war, er habe sie als erster gekannt. Das hatten in Millys Abwesenheit damals bei Mrs. Lowder alle hervorgehoben; und das war es im besonderen, was seinen Einfluß geltend gemacht hatte, als er sie unmittelbar danach zum zweiten Male besuchte. Der Einfluß war voll gegenwärtig, befand sich von dem Moment an, wo sie ihn auf Spazierfahrten mitnahm, zwischen ihnen in der hochrädrigen, rumpelnden Kutsche, hüllte sie gemeinsam ein, als wäre er eine Decke aus feinster Seide. Er hatte als deutliche Verknüpfung mit etwas in ihrer Vergangenheit Beheimatetem gewirkt, mit etwas, das sie bereits besaßen. Mehr als einmal hatte er sich ins Gedächtnis zurückgerufen, wie er sich sogar in jener Situation, an irgendeinem Punkt der Spazierfahrt, gesagt hatte, *hier* befinde er sich nicht, nicht genauso, wie es gerade geschah, kraft Kate und Kates Idee, sondern kraft Milly und Millys Idee und kraft seiner selbst und *seiner* Idee, unverkennbar, sowie kraft der bescheidenen Tatbestände, worauf immer sie hinausliefen, seiner Zeit in New York.

27

Endlich ergab sich mit allem, was immer dazu verholfen hatte, eine Gelegenheit, wo er von Kate auf das, was sie jetzt seinen ewigen Refrain nannte, eine Antwort bekam, deren beschleunigende Wirkung er erst hinterher ermessen sollte. Sein ewiger Refrain betraf das Rätsel, worin Mrs. Lowder eigentlich ihren Nutzen sehe – eine Sicht, die sich so schwer damit vereinbaren ließ, welche Gelegenheiten sie ihnen für Zusammenkünfte gab. Ungeduldig darüber, stellte das Mädchen die Gelegenheiten in Abrede und wollte mit einer feinen Ironie, die ihn recht direkt traf, von ihm wissen, ob er ihre Gelegenheiten als gar so großartig empfinde. Er blickte ihr tief in die Augen, als sie diesen Ton angeschlagen hatte; es war das wenigste, womit er sie dafür davonkommen lassen konnte, daß sie ihn sichtbar zum Erröten gebracht hatte. Darauf verlor ihr Ton aus irgendeinem Grund die Schärfe und wurde sanft und aufrichtig. „Zusammenkünfte, Liebster", wiederholte sie ausdrucksvoll; „findest du, daß wir letztlich so sehr viel von unseren Zusammenkünften haben?"

„Im Gegenteil – es ist eine Hungerration. Ich meine nichts weiter – und habe vom Tag meiner Ankunft an nichts weiter gemeint –, als daß wir wenigstens mehr davon haben als Tante Maud."

„Ah, aber bedenke", gab Kate zurück, „du verstehst ja nicht, was Tante Maud davon hat."

„Ganz recht – und eben was ich nicht verstehe, fesselt mich so an der Sache. *Sie* gibt mir keine Erklärung; sie ist umwerfend. Sie nimmt alles hin wie von einem Schwachsinnigen ...!"

„Sie nimmt es derart ‚wie von einem Schwachsinnigen' hin, daß ich mir, wenn es so weitergeht, bald meine Gedanken über dich mache. Für sie hat alles den Anschein", fuhr Kate fort, „daß, was sie nach ihrem Ratschluß für möglich erklärt hat, auch wirklich möglich *ist*; daß, was ihrer Meinung nach mit großer Wahrscheinlichkeit eintreten sollte, auch *wirklich* eintritt. Wie du inzwischen sicher selbst erkannt hast, ist es geradezu der Kern ihres Wesens, daß sie, wenn sie einmal eine Meinung gefaßt hat – nun, für ihre eigenen Begriffe die Sache wirklich zuwege bringt, mit ihrer Meinung jede andere, entgegengesetzte Meinung förmlich terrorisiert und damit auch jene, die sie vertreten. Ich habe oft gedacht, sie gelangt zu ihrem Erfolg" – Kate fuhr fort, das Phänomen zu untersuchen –, „indem ihr Charakter die Idee herausfordert, sich als falsch zu erweisen. Immer und immer wieder hat man dann erlebt, daß sie allen Widerständen zum Trotz die richtige *geworden* ist."

Densher hörte mit einem Lächeln umfassendster Zustimmung zu. „Ach, mein liebes Kind, wenn du es *erklären* kannst, brauche ich es selbstverständlich nicht zu ‚verstehen'. Dazu bin ich nun verurteilt", erläuterte er seinerseits, „wenn das Verständnis versagt." Er überlegte einen Augenblick; dann fuhr er fort: „Glaubt sie denn, sie terrorisiert *uns*?" Worauf er sogleich anfügte, während Kate, ohne sich gleich zu äußern, die Augen über die Umgebung schweifen ließ: „Glaubt sie steif und fest, daß du dich, was mich betrifft, wirklich verändert hättest?“ Er wußte jetzt, daß er das Mädchen tief auslotete – etwas verriet ihm das; doch das war nur ein Grund mehr. „Hat sie sich in den Kopf gesetzt, daß du mich nicht magst?“

Kates Antwort darauf war unversehens nachdrücklich. „Du selbst könntest es ihr leicht in den Kopf setzen!“

Er wunderte sich. „Indem ich es ihr sage?“

„Nein“, sagte Kate, als wäre sie über seine Einfalt amüsiert, „das verlange ich nicht von dir.“

„Ach, liebe Freundin“, lachte Densher, „wo du doch so wenig verlangst ...!“

Darin lag auf seiner Seite die reinste Ironie, und er beobachtete, wie sie dem Impuls widerstand, diese aufzugreifen. „Ich finde mich vollkommen darin gerechtfertigt, was ich von dir verlangt habe“, versetzte sie ruhig. „Es wirkt sich für dich ganz wunderbar aus.“ Ihre Augen senkten sich wieder ineinander, und die Wirkung war, daß sie fortfuhr. „Du bist durchaus nicht unglücklich.“

„Ach, bin ich das nicht?“ brachte er ohne Umschweife heraus.

„Man sieht es dir praktisch nicht an – was Tante Maud genügt. Du bist wunderbar, du bist großartig“, sagte Kate; „und wenn du wirklich wissen willst, ob ich glaube, daß du es schaffst, darfst du mir ohne weiteres abnehmen, daß ich es kommen sehe.“ Worauf sie ihn mit einem abrupten Wechsel des Themas, als hätte sie den Fall erledigt, nach der Uhrzeit fragte.

„Ach, erst zehn nach zwölf“ – er hatte auf seine Uhr geblickt. „Wir haben nur dreizehn Minuten gebraucht; wir haben noch Zeit.“

„Dann müssen wir aufbrechen. Wir müssen ihnen entgegengehen.“

Von der Stelle aus, wo sie die ganze Zeit gestanden hatten, maß Densher mit dem Blick die Länge des Platzes. „Sie sind noch in ihrem Laden. Eine halbe Stunde ist uns sicher.“

„Da siehst du es also, da siehst du es!“ sagte Kate.

Diese Unterhaltung hatte mitten auf der Piazza San Marco stattgefunden, wie stets einem prächtigen Salon der Geselligkeit gleichend, ein gefliestes, blau überdachtes, annehmliches Gemach, förderlich für jedes Gespräch; oder eher, um genau zu sein, nicht in der Mitte, sondern an der Stelle, wo unser Paar aus gemeinsamem Antrieb stehengeblieben war, nachdem es die großartige moscheengleiche Kirche verlassen hatte. Jetzt ragte diese, kuppelüberwölbt und türmchengekrönt, nur ein kurzes Stück hinter ihnen auf, und sie hatten den weiten leeren Raum vor sich, eingefaßt von seinen Arkaden, auf die sich zu dieser Stunde das Leben und Treiben zumeist beschränkte. Venedig saß beim Frühstück, das Venedig des Besuchers und der womöglich zu treffenden Bekannten, und bis auf die Schwärme aufdringlicher Tauben, die die Krumen ihres unerschöpflichen Festes aufpickten, war ihre Aussicht unbehindert, und sie konnten sehen, daß das Spitzengeschäft in einer der loggie ihre Begleiter bisher noch nicht ausgespien hatte und wahrscheinlich noch eine ganze Weile zurückhalten würde; sie hatten ihre Gefährten kurz zuvor dort zurückgelassen, um in die Markuskirche hineinzuschauen – der listige Ausdruck stammte von Densher. Der Vormittag war so verlaufen, daß er diese Gelegenheit gewährt hatte; doch seine soeben zu Kate geäußerte Anspielung war keine übertriebene Darstellung ihrer Gelegenheiten im allgemeinen gewesen. Das Schlimmste, was sich von ihren allgemeinen Gelegenheiten sagen ließ, war, daß sie sich vorwiegend in Gesellschaft abspielten – in der Gesellschaft aller; „alle" bedeutete unter diesen Umständen in einer vielbevölkerten Welt Susan Shepherd, Tante Maud und Milly. Doch den Beweis, wie sich sogar in solcher Gegenwart eine besondere Gelegenheit entwickeln konnte, lieferte eben diese Einsicht, daß sich ihre Annehmlichkeit mit einem gewissen Maß an Gemächlichkeit vereinbaren ließ. Die anderen waren einverstanden gewesen, daß sie nicht im Geschäft warteten; freilich war es das wenigste, was die anderen tun konnten. Was ihnen an diesem Vormittag wirklich geholfen hatte, war der Umstand, daß Milly, als er im Palazzo „auftauchte", wie er es immer nannte, nicht in der Lage gewesen war, sich wie sonst zu zeigen. Brauch und Gewohnheit schienen bislang ziemlich eingefahren; wenn er sich einfand, Tag für Tag – acht Tage hatten sich nun schon so angenehm herausgehoben –, zerstreuten sich ihre, Millys und seine, Freunde, denen das gelegen kam, und überließen es ihm, bis zum Mittagessen bei ihr zu sitzen. So reibungslos funktionierte der Plan, in den man ihn, wie er es für sich selbst formulierte, eingefügt hatte; daher war Kates Vision eines Erfolges in diesem Maße gewiß berechtigt. Er *machte* auf Mrs. Lowder – es konnte gar nicht anders sein, wenn er dort saß – den angestrebten Eindruck, nicht so tief in Kates Bann zu stehen, als daß es beunruhigend wäre. Noch an keinem Vormittag hatte er ihre junge Gastgeberin im Stich gelassen, ebensowenig wie sie ihn; erst heute war es ihr nicht gut genug gegangen, um ihn empfangen zu können.

Das hatte ringsum Eindruck gemacht; welchen Eindruck, sprach aus der Art, wie sie – die übrigen –, wie immer in dem zur rechten Zeit ganz hellen und kühlen, blumengeschmückten Paradezimmer versammelt, um Milly beim Herabkommen zu empfangen, einander einfach ansahen. Es war unheimlich – aller Wahrscheinlichkeit nach für jeden von ihnen insgeheim unheimlich –, daß sie nicht das übliche Bedauern geäußert hatten. Vor allem fand unser junger Mann es seltsam, wenn das arme Mädchen in *solchem* Maße unpäßlich war, daß dann ein ernstes, ein besorgtes, ein wie immer bedeutungsvolles Verstummen das Äußerste sein sollte, was die Lage – die Lage der Gäste – gestatten konnte. Übrigens hielt sich der Bann des Schweigens noch, nachdem die vierköpfige Gruppe zur Gondel hinabgestiegen war und darin Platz genommen hatte. Milly hatte ihnen ausrichten lassen, sie hoffe, sie würden ausgehen und sich gut unterhalten, und das hatte in der Tat wechselseitig einen zweiten auffallenden Blick ausgelöst, einen Blick, als wüßten sie, einer ganz so gut wie der andere, was eine solche Botschaft als Vorkehrung für den anderweitigen Zeitvertreib Denshers bedeutete. Sie wünschte ihm den Vormittag nicht verdorben zu haben, und höflichkeitshalber hatte er es so hinzunehmen, daß alles erfreulich eingerenkt sei. Mrs. Stringham hatte ihnen herausgeholfen, Mrs. Stringham, die letztlich ihre Freundin besser kannte als jeder andere von ihnen. Sie kannte sie so gut, daß sie wußte, sie handelte angesichts der ziemlich unklaren, für die anderen nahezu furchterregenden Umstände vollkommen angemessen, wenn sie es nicht für nötig hielt, zu Hause zu bleiben. Sie hatte jenes Element des Behelfsmäßigen korrigiert, den kleinen Makel, den die Unternehmung für sie alle trug; sie hatte für Mrs. Lowder und sich selbst etwas erfunden, was sie liebend gern täten; sie hatte sich an den langgehegten Wunsch erinnert, sich Spitzen anzusehen, den irgendwelche zufälligen anderen Dinge bislang immer wieder beiseite gedrängt hatten, und ihr war auch eingefallen, daß Kate am Tag zuvor davon gesprochen hatte, welche Rolle das Schicksal dabei gespielt habe, daß ihr eine gründliche Bekanntschaft mit dem Inneren der Markuskirche bisher versagt worden war. Denshers Wahrnehmung des bewußten Eingreifens Susan Shepherds hielt mittlerweile ganz für sich allein einen Winkel in seinem Geist besetzt; etwas, das sich zwischen ihnen beiden am Lancaster Gate zu entwickeln begonnen hatte, war jetzt eine Gestalt gewordene Empfindung; ihr Vorgehen, unsagbar diskret, vermochte ihm jedenfalls den Eindruck zu vermitteln, es diene größtenteils unaufdringlich, wenn auch nicht oberflächlich, seinem eigenen Interesse. Sie waren nicht, als Paar, als „Gespann", wirklich vereint; zu viele Personen, mindestens drei, und zu viele Dinge standen zwischen ihnen; doch inzwischen bereitete sich etwas vor, das sie enger zusammenführen würde. Er wußte kaum, was: wahrscheinlich nichts, als daß er irgendwann einmal feststellen werde, und zwar dann, wenn es sich als nützlich für ihn erwiese, daß sie ihn die ganze Zeit über verstanden habe. Ihn überkam sogar die Vorahnung eines kritischen Moments, wo das Verständnis aller anderen versagen und nur das dieses tiefgründigen Persönchens übrigbleiben würde.

Solcherart war heute, in all ihrer Frische, die innerliche Atmosphäre, wenn wir so sagen dürfen, die unsere jungen Freunde einhüllte; diesen kleinen Zufällen und still wirksamen Kräften verdankten sie die günstige Gelegenheit, die sie, wie wir sahen, einigermaßen genossen. Sie schien sich für sie sogar noch zu steigern, als sie erneut stehenblieben; der prachtvolle Platz, der in all den Jahren bekanntermaßen mehr Lebensfreude gesehen hatte als jeder vergleichbare Fleck in Europa, sorgte für sie, mit genügendem Abstand außer Hörweite, für Einsamkeit und Sicherheit. Es war, als könnten sie, da der Platz ganz ihnen gehörte, sagen, was ihnen paßte; und es war auch, als hegte jeder eine bange Vorahnung, was der andere sagen könnte. Überdies war es für sie vor allem anderen, als ob eben das, was ihnen in der strahlenden historischen Atmosphäre, wo als einziger Laut das Flattern der Tauben an ihr Ohr drang, auf den Lippen lag, in beider Herz eine gewisse Furcht erweckte. Die Art, wie Densher das auf Kates letzte Worte folgende Schweigen brach, hätte das verraten können. „Was hast du eben damit gemeint, daß ich etwas tun kann, um Mrs. Lowder zu überzeugen? Ich jedenfalls sehe nicht, beschränkterweise, wenn du so willst, aber da ich sie nicht anlügen kann, was außer Lügen *sonst* noch möglich wäre."

Nun, sie konnte es ihm erklären. „Du kannst ihr etwas zugleich Nettes und Aufrichtiges über Milly sagen – die du aufrichtig so gern hast. Das wäre nicht gelogen; und von deinen Lippen hätte es eine Wirkung. Du sagst nämlich nicht viel über sie." Und Kate stellte ihm das Resultat ihrer Beobachtungen vor Augen. „Du sprichst nämlich überhaupt nicht von ihr."

„Hat Tante Maud", erkundigte sich Densher, „dir das erzählt?" Dann rief er aus, als das Mädchen zur Antwort nur zögerte: „Ihr müßt ganz ungewöhnliche Gespräche führen!"

Ja, sie hatte gezögert. Doch sie entschloß sich. „Wir führen ganz ungewöhnliche Gespräche."

Sein Ausdruck, während ihre Augen sich begegneten, ließ erkennen, daß er gern mehr darüber gehört hätte; doch offenbar lag in den ihren etwas, das die Möglichkeit vereitelte. Einen Moment darauf fragte er statt dessen nach etwas anderem, etwas, das ihn seit einer Woche beschäftigte, hinsichtlich dessen er jedoch noch keine so günstige Gelegenheit wie jetzt gehabt hatte. „Weißt du dann zufällig auch, da so erstaunliche Dinge zwischen euch vorgehen, was sie von Lord Marks äußerst flüchtigem Besuch neulich hält? – daß er sich, wie ich höre, nur die zwei, drei Stunden hier aufgehalten hat, um unsere Freundin zu besuchen, und sich, da er mit dem Nachtzug desselben Tages abgereist ist, überhaupt keine Zeit genommen hat, sonst jemanden zu treffen? Wie kann sie sich erklären, daß er nicht auf *dich* oder sie selbst gewartet hat – bei allem, was er ihr schuldet?"

„Ach", sagte Kate, „natürlich versteht sie das. Er kam, um Milly seinen Heiratsantrag zu machen – ausschließlich deswegen. Da Milly ihn klipp und klar abgewiesen hat, hatte sich sein Anliegen vorläufig erledigt. Er konnte nicht gut auf der Stelle kehrtmachen und *uns* schöntun."

Kate hatte überrascht ausgesehen, daß Densher das nicht als eine Frage des guten Geschmacks auf seiten eines solchen Abenteurers erkannte. Doch Densher ging einem anderen Gedanken nach. „Willst du damit sagen, als ich selbst dort auftauchte und ihn dabei antraf, sich von ihr zu verabschieden, hatte sich *das* zwischen ihnen abgespielt?"

„Hast du das nicht gemerkt, Liebster?" erkundigte sich Kate.

„Was für ein täppischer Wetterhahn *ist* er dann bloß?" fuhr der junge Mann in seinem Staunen fort.

„Ah, setze ihn nicht zu sehr herab!" sagte Kate lächelnd. „Willst du behaupten, Milly hätte es dir nicht erzählt?"

„Wie sehr er sich zum Esel gemacht hat?"

Kate lächelte weiter. „Du bist also *doch* in sie verliebt."

Er richtete wieder einen langen Blick auf sie. „Wieso sollte, da sie ihn abgewiesen hat, meine Meinung über Lord Mark das verraten? Ich bin aber nicht verpflichtet, ihn sonderlich zu schätzen, wenn er mit den anderen von mir erwähnten Personen so umgesprungen ist, und ich glaube, du hast mir nicht klargemacht, weshalb Mrs. Lowder es tun sollte."

„Sie tut es nicht – aber es macht ihr nichts aus", setzte ihm Kate auseinander. „Du weißt genau, auf welchem Fuß so viele Londoner miteinander stehen, sogar wenn sie sich angeblich ganz gut vertragen. Er ist uns nicht verpflichtet – er hat es eben probiert. Darf ein unbefriedigter Mann", fragte sie, „es nicht auch einmal probieren?"

„Und anschließend, seines freundlichen Empfangs sicher, zum Opfer seiner Wankelmütigkeit zurückkehren?"

Kate war bereit, sich sozusagen der Diskussion zuliebe als Opfer betrachten zu lassen. „Ach, aber er *hat* es ja bei *mir* probiert. Also ist alles in Ordnung."

„Du meinst, da auch du ihn abgewiesen hast?"

Einen Augenblick lang hielt sie sich in der Schwebe, während Densher sich flüchtig hätte fragen können, ob die reine historische Wahrheit gleich eine leichte Verzerrung erfahren werde. Doch sie sprang quasi nach der richtigen Seite ab. „Ich habe es nicht dazu kommen lassen. Ich war zu abweisend. Tante Maud", fuhr sie fort – jetzt so klarsichtig wie immer –, „ist sicherlich der Meinung, sie hätte in bezug auf mich ein Versprechen von ihm; ein Versprechen, das er gebrochen hätte, wenn Milly seinen Antrag angenommen hätte. Wie die Dinge liegen, macht es keinen Unterschied."

Densher lachte heraus. „Es ist nicht *sein* Verdienst, daß er abgewiesen wurde."

„Es ist immer noch sein Verdienst, mein Schatz, daß er Lord Mark ist. Er ist genau das geblieben, was er vorher war und dessen er sich stets bewußt war. Es kommt mir auch nicht zu, mich abfällig über ihn zu äußern, nachdem ich ihn so behandelt habe."

„Ach", sagte Densher unwirsch, „du hast ihn wunderbar behandelt."

„Ich freue mich", lächelte sie, „daß du noch eifersüchtig sein kannst." Doch bevor er darauf eingehen konnte, hatte sie noch mehr zu sagen. „Ich verstehe nicht, wieso es dir zu denken geben sollte, daß Millys so klare Haltung Tante Maud mehr erfreut, als irgend etwas anderes sie verärgern kann. Sie sieht doch nur, daß Milly ihre Situation mit dir als zu kostbar betrachtet, um sie zu verderben. Eine solche Betrachtung muß ihr zwangsläufig den Eindruck machen, sie schließe in gewissem Grade deine eigene

Betrachtung mit ein. Daraus folgert sie also, je mehr du für Milly übrig hast, desto weniger hast du für mich übrig."

Es gab wieder Momente – wir wissen, sie waren von Anfang an zahlreich –, da er mit eigentümlich gemischten, aber leidenschaftlichen Gefühlen ihre Meisterschaft in der Kunst empfand, die Dinge darzustellen. Es lag etwas darin, das ihn sogleich zwanghaft überzeugte und reagieren ließ. Und diese Wirkung, wie immer man sie nennen mochte, brach jetzt in seinem Ton hervor. „Ach, wenn sie auch nur entfernt wüßte, was ich für dich übrig habe ...!"

Es war nicht doppelsinnig, doch Kate nahm es auf. „Zu unserem Glück dürfen wir davon ausgehen, daß sie es nicht weiß. So erfolgreich sind wir gewesen."

„Nun", sagte er nach einer Pause, „ich nehme dir ab, was du mir gibst, und ich vermute, um konsequent zu sein – um fest auf dem Boden zu stehen, auf dem ich nun stehe –, müßte ich dir danken. Nur kommt es mir vor, weißt du, als ließe das, was du mir gibst, mehr und mehr den Umfang meiner Aufgabe anwachsen. Mehr als sonst etwas scheint es mir das zu sein, was du von *mir* erwartest. Irgendwie scheint es mir nie das zu sein, was ich von *dir* erwarten darf. So vieles gibst du mir *nicht*."

„Und was ist das, bitte?"

„Ich gebe dir Beweise", sagte Densher. „Du gibst mir keine."

„Was nennst du also Beweise?" wagte sie nach einem Augenblick zu fragen.

„Daß du etwas für mich tust."

Sie dachte überrascht nach. „Tue ich nicht *das* hier für dich? Nennst du das nichts?"

„Überhaupt nichts."

„Ach, Liebster, ich setze dafür alles aufs Spiel."

Sie waren langsam weitergeschlendert, doch darauf verhielt er den Schritt. „Ich dachte, du behauptest gerade, wenn deine Tante derart der Täuschung unterliegt, setzt du nichts aufs Spiel!"

Zum ersten Mal, seit sie Kates wunderbare Idee in Gang gesetzt hatten, sah er sie in Verlegenheit. Im nächsten Moment schloß er zudem, daß es ihr nicht gefiel – sowohl in Verlegenheit zu sein als auch dabei beobachtet zu werden, denn die Ungeduld, mit der sie gleich darauf sprach, bewies, daß sie sich verletzt fühlte; und dieser Eindruck löste bei ihm nicht weniger rasch eine beinahe schmerzhafte Nachsicht aus. „Was soll *ich* also deinem Wunsch nach aufs Spiel setzen?"

Die Anrufung aus Gefahr rührte ihn, doch nur, um ihn, wie er gesagt hätte, zu Schlimmerem zu führen. „Mein Wunsch ist, geliebt zu werden. Wie kann ich auf diese Weise spüren, *daß* es an dem ist?“ Oh, sie verstand ihn, mochte sie es auch noch so tapfer verbergen, und dadurch fühlte er sich redlicher, als wenn sie ihn nicht verstanden hätte. Tief war, wie stets, das Lebensgefühl, das er in ihr spürte – tief wie von jenem Moment an, als sie im düsteren London vor zwei Wintern erstmals derartige „Lebenszeichen“ ausgetauscht hatten. Nie hatte er sie für schutzlos, unwissend, schwach gehalten; und wenn er ihr gegenüber Anspruch auf ein stärkeres Vertrauen erhob, dann nur, weil er glaubte, diese Forderung würde sie begreifen, und sie könne sie erfüllen. „Vielleicht kann ich weitermachen“, sagte er, „mit Beistand. Aber ohne kann ich es nicht.“

Sie wich jetzt seinem Blick aus, und das bewies ihm, wie sie verstand.

„Wir müßten da drüben sein – ich meine, wenn sie herauskommen“, sagte sie.

„Sie kommen *nicht* heraus – noch nicht. Und es ist mir auch egal.“ Worauf er unverzüglich anfügte, wie um den Vorwurf des Egoismus abzuwehren, denn seine Worte klangen ihm selbst danach und hätten ihr die Möglichkeit gegeben, ihn anzuklagen: „Warum nicht alles hinter uns bringen und uns den Folgen stellen, wie wir sind?“ Es brach in vollkommener Aufrichtigkeit aus ihm heraus. „Guter Gott, würdest du mich nur *nehmen*!“

Das zog ihre Augen wieder zu ihm zurück, und er konnte erkennen, daß sie irgendwo tief innen seine Rebellion doch eher als süß denn als bitter empfand. Die Wirkung auf ihr Gefühl und ihren Verstand war sichtlich, sie sekundenlang zu bannen. „Wir sind zu weit gegangen“, antwortete sie dennoch, indem sie sich zusammennahm. „Willst du sie umbringen?“

Er zögerte, nicht ganz aufrichtig. „Du meinst, Tante Maud umbringen?“

„Du weißt, wen ich meine. Wir haben uns zu viele Lügen geleistet.“

Oh, darauf hob er den Kopf. „Ich, meine Liebe, habe mir keine geleistet!“

Das hatte er mit einer Schärfe vorgebracht, die ihm guttat, aber selbstverständlich mußte er trotzdem den Blick hinnehmen, den sie ihm daraufhin zuwarf. „Ich danke verbindlichst.“

Ihr Ausdruck vermochte jedoch die Worte nicht aufzuhalten,

die ihm bereits auf den Lippen lagen. „Ehe ich mich dem geringsten Anschein davon aussetze, gehe ich noch heute abend."

„Dann geh!" sagte Kate Croy.

Gleich darauf, während sie zusammen weitergingen, wußte er, was da so beunruhigend für ihn in der Luft lag, war nicht die Heftigkeit, sondern viel eher die kalte Ruhe, mit der sie das vorgebracht hatte. Sie gingen zusammen weiter, und eine Minute lang schien es, als hätte ihre Meinungsverschiedenheit ganz plötzlich und ganz wirklich zum Bruch geführt – als wäre seine Abreise eine grundsätzlich abgemachte Sache. Dann, ganz inkonsequent und noch unvermittelter, leichtsinnig zudem, da sie jetzt unter den Arkaden hervor hätten beobachtet werden können, schob er die Hand mit einem Nachdruck unter ihren Arm, der sie beide erneut innehalten ließ. „Ich will mir jede Lüge leisten, die du verlangst, jede, die dein Plan erfordert, wenn du nur zu mir kommst."

„Wenn ich zu dir komme?" Sie sprach leise.

„Zu mir."

„Wie? Wohin?"

Sie sprach leise, doch irgendwie ließ es ihn in seiner Ungewißheit erstaunen, daß sie ihm derart gewachsen war. „In meine Wohnung, die vollkommen geeignet ist, und als ich sie neulich mietete, habe ich, das mußt du gespürt haben, besonders an dich gedacht. Wir können es einrichten – mit einem Quentchen Mut. Menschen in unserer Lage richten es immer ein." Sie lauschte gleichsam um einer gründlichen Aufklärung willen, und es half ihm – da es sich für ihn darum handelte, schrittweise vorzugehen –, daß sie nicht darin Zuflucht suchte, sich schockiert zu zeigen. In Wirklichkeit hatte er von ihr diese bestimmte Form der Gewöhnlichkeit gar nicht erwartet, doch daß sie ausblieb, fügte seinem Bewußtsein der offenstehenden Möglichkeiten nur noch die Erregung einer tieferen Berechtigung hinzu. Um zu wissen, was sie war, mußte er sie jetzt einfach *sehen*, wie sie, ohne jede Ausflucht, im vollen Licht des Tages und seiner verblüffenden, mitleidlosen Absicht vor ihm stand. Allein ihr Zuhören brachte ihn wahrhaftig dazu, sich selbst zu verstehen wie bisher noch nie. Idee gegen Idee, war die seine bereits, im Keime, etwas Herrliches. „Ich bin zu nichts imstande, außer wenn ich spüre, daß ich kein Gimpel bin. Mehr habe ich nicht zu sagen, aber du mußt wissen, was es bedeutet. *Mit* dir kann ich es schaffen – ich gehe so weit, wie du es verlangst oder wie du selbst gehen willst. Ohne dich – werde ich den Teufel tun! Und ich muß Gewißheit haben."

Sie hörte so genau zu, daß sie sogar noch zuhörte, als er schon nicht mehr sprach. Er hielt sie immer noch fest und hatte sie eng an sich gezogen, und obwohl sie wieder stehengeblieben waren, hätten seine Äußerungen – aus der Sicht anderer, weiter entfernter Personen – an diesem unvergleichlichen Ort die eines begeisterten Touristen an eine etwas weniger beeindruckte Begleiterin sein können. Als er sie beim Arm nahm, hatte er sie umgedreht, so daß erneut die Markuskirche vor ihnen lag, über deren edles Äußere seine Augen schweiften, während sie spielerisch ihren Sonnenschirm kreiseln ließ. Jetzt jedoch machte sie ein paar Schritte, nach denen beide der entgegengesetzten Seite zugewandt standen. Dann erst sprach sie – „Laß bitte meinen Arm los." Er verstand sofort: sie hatte im Schatten der Arkaden wahrgenommen, wie die anderen aus der Stätte ihrer Einkäufe hervortraten. So gingen sie Seite an Seite auf sie zu, und alles hatte seine Richtigkeit. Die anderen hatten sie auch gesehen und warteten ganz behaglich unter einem der Bogen. Auch sie selbst – meinte er Kates Meinung zu erraten – wirkten vollkommen bereit, leidlich geduldig, gebührend fügsam. Sie ließen an nichts Schlimmeres denken – immer nach Kates System – als an ein paar Kinder eines überzivilisierten Zeitalters, die aus einer schiefen Situation das Beste machten. Dennoch beeilten sie sich nicht – das hieße es übertreiben; so hatte er gleichsam Zeit zu empfinden, was er empfand. Er empfand unendlich deutlich – damit trat er Mrs. Lowder gegenüber –, daß er bereits in gewissem Sinne besaß, was er verlangte. Mehr stand noch bevor – alles; er hatte mit seiner Gefährtin durchaus noch nicht alles ausgestanden. Doch was er besaß, war real – die Tatsache, daß sie über seine Klarheit nicht den gräßlichen Schatten billiger Zurechtweisung geworfen hatte. Davor hatte er so gewaltige Angst gehabt, daß es an sich schon Seligkeit bedeutete, sie zerstreut zu sehen. Die Gefahr war verschwunden – sie lag hinter ihm, dort in dem weiten, sonnigen Raum. Soweit war auf Kate Verlaß.

28

Auf sie war, wie sich herausstellte, so weit Verlaß, daß er ihr am selben Abend, und mit weiterreichendem Grund, die nächste scharf formulierte Frage stellte, die ihm am Vormittag auf der Zunge gelegen – die ihm sein wichtigeres Anliegen zu diesem Zeitpunkt aus dem Sinn verdrängt hatte. Wie es sich fügte, bekam er erneut eine Gelegenheit, als er von Mrs. Stringham erfuhr, nachdem er sich wie gewohnt am frühen Abend im Palazzo eingestellt hatte, Milly müsse sie zum Dinner wieder im Stich lassen, sei aber allem Anschein nach in der Lage, später herunterzukommen. Er hatte Susan Shepherd allein in dem großen Salon angetroffen, wo noch mehr Kerzen, als ihre Freundin ohnehin großzügig bewilligte – sie wurde täglich prachtliebender; es fiel allen auf, und sie neckten sie damit –, das alles durchwebende Mysterium des „Stils" beleuchteten. So waren ihm fünf Minuten mit der guten Dame vergönnt, ehe Mrs. Lowder und Kate erschienen – Minuten, die in der Tat eine weitere Strecke erhellten als die große Zahl von Millys Kerzen.

„*Darf* sie denn herunterkommen – ist das richtig, wenn sie dem nicht wirklich gewachsen ist?"

Das hatte er aus dem Staunen heraus gefragt, das ihn stets erfüllte, wenn er flüchtige Einblicke – so selten diese waren – in die innere Wahrheit über das Mädchen erhielt. Natürlich bestand die Frage ihrer Gesundheit – sie geisterte in der Luft, im Grund unter seinen Füßen, in den Speisen, die er zu sich nahm, in den Lauten, die er vernahm, sie geisterte überall umher. Doch sie hatte da überall die Wirkung einer Bitte an ihn – geradezu an sein Zartgefühl, an die ganz banale Diskretion anderer wie auch der seinen –, keine Anspielung darauf zu machen. Am Vormittag hatte man solche auf ihr Nichterscheinen hin praktisch unterlassen – obwohl das Ausbleiben von Bemerkungen dazu, wie wir wissen, ganz unnatürlich war; und dieses Zwiegespräch mit Mrs. Stringham erlaubte ihm zum ersten Mal, die Augen zu öffnen. Er hatte sie ganz gern verschlossen gehalten, zumal er sich damit selbst nützte. Wenn er ausdrücklich nicht mit der Nase auf Millys Befindlichkeit gestoßen zu werden wünschte, gab es denn einen besseren Beweis dafür, daß sein Verhalten von Redlichkeit bestimmt war? Bei ihr war es vielleicht ergreifend, und bei ihm selbst war es vielleicht sogar lächerlich; doch er brachte nicht einmal soviel Neugier auf, wie es bei einem gewöhnlichen Freund der Fall gewesen wäre. Er hätte sich dann und wann selbst schütteln mögen, um sich aus einem gewissen dürren Anstand heraus darum zu bemühen; aber selbst das, so schien es, wollte sich nicht einstellen. Wo steckte also die Heuchelei? Zumindest war er sich über seine Gefühle im klaren – stand doch damit fest, daß er überhaupt keine besaß. Sie galten alle Kate, da blieb auch nicht das Gewicht einer Feder übrig. Er handelte für Kate und nicht, auch nur um einen Zollbreit davon abweichend, für ihre Freundin. Demzufolge interessierte es ihn nicht, denn hätte es ihn interessiert, wäre ihm daran gelegen gewesen, und wäre ihm daran gelegen, hätte er Bescheid wissen wollen. Hätte er Bescheid wissen wollen, hätte er sich nicht rein passiv verhalten, und es war seine reine Passivität, die für seine Ehre herhalten mußte. Gleichzeitig, wollen wir anfügen, gelang es seiner Ehre an diesem Abend glücklicherweise nicht, sein kleines Gespräch mit Susan Shepherd zu verderben. Ein flüchtiger Einblick – es schien, als hätte sie ihm den geben wollen; und ihm schien vor sich selbst, er könne ihr, nach dem derzeitigen Stand der Dinge, diesen Gefallen erweisen. Sie gestattete ihm nicht nur, sie forderte ihn geradezu auf, die Augen zu öffnen. „Ich bin so froh, daß Sie da sind." Das war keine Antwort auf seine Frage, doch es mußte im Augenblick genügen. Und der Rest sollte ausführlich folgen.

Er lächelte sie an, und bald ertappte er sich dabei, gleichsam als Folge des Einvernehmens mit ihr, daß er in der ihr eigenen Weise sprach. „Es ist ein ganz wunderbares Erlebnis."

„Nun" – und ihr emporgewandtes Gesicht strahlte zu ihm auf –, „mehr sollen Sie nicht darüber empfinden. Wenn ich nicht Angst hätte", fuhr sie fort, „würde ich Ihnen gern bestimmte Dinge sagen."

„Wovor haben Sie denn Angst?" fragte er aufmunternd.

„Daß ich womöglich etwas anderes verderbe. Außerdem finde ich irgendwie nie Gelegenheit dazu. Sie sind ja immer *bei* ihr."

Er fand, fiel ihm auf, eine eigenartige Unterstützung in seinem erstarrten Lächeln; das um so mehr erstarrte, als er in diesen letzten Worten eine genaue Beschreibung seines Vorgehens erkannte. Es war sonderbar, dahin gelangt zu sein, aber er *war* immer bei ihr. „Ach", lächelte er dennoch, „jetzt bin ich nicht bei ihr."

„Nein – und ich bin so froh darüber, denn dadurch habe ich diese Gelegenheit. Es geht ihr sehr viel besser."

„Besser? Dann *ging* es ihr schlechter?"

Mrs. Stringham machte eine Pause. „Sie war wundervoll – das war sie. Sie *ist* wundervoll. Aber es geht ihr wirklich besser."

„Ach, wenn es ihr also wirklich besser geht …!" Doch er hielt ein, wollte sich nur unbesorgt geben und vor allem nicht zeigen, daß er bis zur vorsätzlichen Irreführung darinsteckte. „Um so mehr werden wir sie beim Dinner vermissen."

Susan Shepherd jedoch ging ganz auf ihn ein. „Sie schont sich.

Sie werden ja sehen. Sie werden wirklich nichts zu vermissen haben. Es soll ein kleines Fest werden."

„Ah, das sehe ich – an der gesteigerten Pracht."

„Nun ja, es *ist* hübsch, nicht? Ich möchte alles in vollem Glanz. Sie wohnt zum ersten Mal so, wie es ihr von ihrer Persönlichkeit her gebührt; und das – ich meine damit, die ganze Herrlichkeit des Hauses ins rechte Licht zu rücken – macht sie zutiefst glücklich. Es ist ein Gemälde von Veronese, so ähnlich es nur sein kann – mit mir als dem unvermeidlichen Zwerg, dem kleinen Mohren, zur Steigerung des Effekts in einer Ecke des Vordergrunds. Hätte ich nur einen Falken oder ein Windspiel oder etwas dergleichen, würde ich der Szene noch ehrenvoller gerecht werden. Die alte Haushälterin, die hier alles verwaltet, hat einen großen roten Kakadu, den ich mir für den Abend borgen und auf meinem Daumen hocken lassen könnte." Diese Erläuterungen und noch manche andere mehr gab Mrs. Stringham ab, wenn sich auch nicht alle dahin auswirkten, daß er sich in das Gemälde einbezogen fühlte. Welche Rolle sollte *er* wohl spielen, mit seiner Haltung, die des höchsten Stils ermangelte, inmitten einer Komposition, wo alles andere ihn um so mehr besäße? „Sie nehmen aber nicht am Dinner teil, die wenigen Leute, die sie erwartet; sie kommen erst hinterher von ihren jeweiligen Hotels herüber; und Sir Luke Strett und seine Nichte, die Ehrengäste, sind offenbar erst vor ein, zwei Stunden aus London eingetroffen. *Ihm* hat sie Ehre erweisen wollen – der heutige Abend ist nur ein Anfang. Wir werden ihn öfter zu sehen bekommen, denn sie mag ihn; und ich freue mich so – sie wird sich auch freuen –, daß *Sie* ihn kennenlernen werden." Die gute Dame begann in diesem Zusammenhang nachdrücklich, beinahe unnatürlich zu strahlen. „Deshalb hoffe ich wirklich sehr ...!" Doch ihre Hoffnung verlor sich förmlich im weitreichenden Licht ihres Frohsinns.

Er überdachte ein wenig diesen Eindruck, während sie ihm, fand er, noch mehr Aufklärung zukommen ließ, als sie aussprach. „Was hoffen Sie denn?"

„Nun, daß Sie noch bleiben."

„Meinen Sie, nach dem Dinner?" Sie meinte, so glaubte er zu spüren, so vieles, daß er kaum zu sagen vermochte, wo es anfing oder aufhörte.

„Ach, das selbstverständlich. Sogar Musik gibt es – schöne Instrumente und Lieder; und nicht etwa Deklamationen von Tassos Versen, wie es in den Reiseführern steht. Sie hat dafür gesorgt –

oder vielmehr ich. Das heißt, Eugenio war es. Außerdem sind Sie ja mit im Gemälde."

„Oh – ich!" sagte Densher fast mit dem ernsten Nachdruck eines echten Protestes.

„Sie werden der eindrucksvolle junge Mann sein, der alle anderen übertrifft und den Kopf und den Weinpokal hoch erhoben hält. Was wir hoffen", verfolgte Mrs. Stringham das weiter, „ist, daß Sie uns treu bleiben – daß Sie nicht bloß für ein paar sinnlose Tage gekommen sind."

Densher spürte, wie sich seine mehr privaten und persönlicheren allzu schäbigen Realitäten unbehaglich zu regen begannen, in dem künstlichen Schlaf, den herbeizuführen ihm nur halb gelungen war. Wie doch liebliche Damen, die zum Vergnügen reisten und in Bildern von Veronese wohnten, zu einfachen, befangenen Arbeitsleuten sprachen, die in beispielloser Weise ihre Zeit und die Gelegenheit zu bescheidenem Erwerb opferten! Was sie alles für selbstverständlich hielten und was für ein Elend es war, die Dinge klarstellen zu müssen! Er konnte ihnen nicht erzählen, wie er sich zu arbeiten bemüht hatte, daß er zum Teil deswegen jene Zimmer bezogen hatte, nur um sich, fast zum ersten Mal in seinem Leben, festgefahren und steril zu erleben; denn das würde ihnen ein falsches Bild vom Ursprung seiner Rastlosigkeit geben, wenn nicht von deren Ausmaß. Es würde, vielleicht indirekt, aber unfehlbar dahin wirken, jene Last bewußter Verantwortlichkeit auf seinem Herzen zu mehren, die eben diese Augenblicke mit Mrs. Stringham immer stärker verankerten. Er hatte sie auf sich geladen, die bewußte Verantwortlichkeit; die Sache war geschehen, und weiteres Reden war sinnlos; wieder, wieder lag der kalte Hauch in der Luft. Da hatte er es also. Und bestenfalls zappelte er sich hilflos ab. „Ich fürchte, Sie werden es nicht verstehen, wenn ich sage, ich muß auf sehr lästige Dinge Rücksicht nehmen. Allerlei Verdrießliches und Unabweisbares zu Hause. Der Druck, das Joch in London."

Doch sie hatte volles Verständnis; sie zeigte sich dem Druck und dem Joch gewachsen und ließ erkennen, daß diese ihr eigenes wahres Element gewesen waren. „Ach so, das Tagewerk und der Tageslohn, das goldene Entgelt oder Salär? Niemand weiß besser als ich, wie sie einem im Flug der kostbaren, trügerischen Tage auf den Fersen sind. Ist es nicht genau das, was ich selbst aufgegeben habe? Ich habe alles aufgegeben, um *ihr* zu folgen. Ich wünschte, Sie vermöchten zu empfinden wie ich. Und können Sie nicht", erkundigte sie sich, „über Venedig schreiben?"

In dieser Minute wünschte er wirklich fast, er könne empfinden wie sie; und er schenkte ihr ein freundliches Lächeln. „Schreiben *Sie* über Venedig?"

„Nein, aber ich täte es – und wie gern! –, wenn ich nicht alles so restlos aufgegeben hätte. Sie ist nämlich meine Prinzessin, und seiner Prinzessin ..."

„Bringt man das ganze Opfer?"

„Ganz recht. Sie haben es erfaßt!"

Damit drängte sich ihm auf, nie habe ein Mann so vieles zugleich gesehen. „Ich verstehe vollkommen, daß sie Ihre Prinzessin ist. Nur, sehen Sie, sie ist nicht die meine." Er spürte, das könne er irgendwie der Ehrlichkeit halber wagen, da er die unbedingte Überzeugung hegte, sie werde es nicht ausplaudern, am allerwenigsten Mrs. Lowder gegenüber, die eine beunruhigende Folgerung darin entdecken würde. Es war etwas davon, was ihm an der guten Dame gefiel, daß sie nichts weiterplauderte und daß sie ihm zudem taktvoll das Gefühl vermittelte, sie wünsche in scheuer Zurückhaltung, daß er das wisse. Das war an sich schon eine Andeutung von sich zwischen ihnen eröffnenden Möglichkeiten, von einer für ihn wohltuenden und elastischen Beziehung, die ihn nicht weiter binden würde, als er zu überblicken vermochte. Doch sogar während er das von neuem wahrnahm, empfand er, wie sonderbar das alles war. Sie, Susan Shepherd, wollte also, wie es schien, dasselbe wie Kate, nur wollte sie es, wie es schien, auf ganz andere Weise und aus einem ganz anderen Grund, der allerdings kaum weniger schwerwiegend war. Dann wollte Mrs. Lowder kraft einer so wunderlichen Entfaltung ihrer Überschwenglichkeit genau dasselbe wie jede der beiden anderen; und er befand sich zwischen ihnen allen, er steckte mitten darin. Solche Wahrnehmungen schufen Anlässe – nun, Anlässe, sich wahrhaftig zu fragen, ob er sich nicht am besten einfach wohlig dareinschicken sollte, der Esel zu *sein*, der nun einmal in diese ganze Geschichte gehörte. Zu versuchen, es nicht zu sein, und doch dabei zu bleiben, war von den zwei Dingen das eselhaftere. Er war froh, daß kein männlicher Zeuge dabei war; es war ein Kreis von Unterröcken; er hätte sich ungern vor einem Mann sehen lassen. Nur einen Moment lang kam ihm ein stechender Gedanke an Sir Luke Strett, den berühmten Meister des Skalpells, von dem Kate in London erwähnt hatte, Milly stehe mit ihm in Verbindung, und dessen erneutes Eingreifen, über solche Entfernung hinweg, das ihm soeben angekündigt worden war, einige Begründung erforderte. Er hatte eine Vorstellung von berühmten Londoner Chirurgen – falls dieser ein Chirurg war –, sie seien rundum schneidend; so daß er vielleicht doch nicht ganz der ironischen Aufmerksamkeit seines eigenen Geschlechts entgehen würde. Äußerstenfalls brächte er es fertig, sich nichts daraus zu machen; während er sich darum bemühte, könnte er es verarbeiten. Das war jedoch ein Gedankengang, der auch das Bild Lord Marks heraufbeschwor. Lord Mark hatte ihn zweimal ertappt – in seiner absurden Position; und das machte schon einen zweiten Mann aus. Doch es war vergleichsweise leicht, sich nicht um Lord Mark zu kümmern.

Vorher hatte seine Gefährtin, und zwar in einem Ton, der ihre Diskretion bestätigte, seine Äußerung aufgegriffen, Milly sei nicht seine Prinzessin. „Natürlich ist sie das nicht. Sie müssen zuerst etwas tun."

Densher dachte darüber nach. „Müßte nicht eher *sie* etwas tun?"

Es hatte mehr als beabsichtigt die Wirkung, sie aufzuhalten. „Ich verstehe. Zweifellos, wenn man es so nimmt." Ihre gute Stimmung war jetzt ausgelöscht, und sie blickte, seinen Augen ausweichend, durch das Gemach, als fragte sie sich, was Milly tun könne. „Und dabei wollte sie doch freundlich sein."

Auf der Stelle fühlte er sich wie ein Rohling. „Aber gewiß war sie das. Niemand hätte reizender sein können. Sie hat mich behandelt, als wäre *ich* jemand. Nennen Sie sie meine Gastgeberin, wie ich noch nie eine hatte oder mir hätte träumen lassen, und ich stimme Ihnen voll und ganz zu. Selbstverständlich", fügte er für sie im rechten Geist an, „sehe ich genau, daß es ganz ein Leben bei Hofe ist."

Sie ließ sofort erkennen, daß das beinahe alles war, was sie von ihm verlangte. „Mehr meine ich auch nicht, wenn Sie es als einen Hof verstehen, wie es ihn nie gab: einen Hof im Himmel, den Hof eines Engels. Das genügt vollkommen."

„Ach, nun, dann stimme ich zu. Nur, wissen Sie, soll sich das Leben bei Hofe", bemerkte er, „im allgemeinen nicht auszahlen."

„Ja, das hat man gelesen; aber das hier geht über jedes Buch hinaus. Das ist ja hier gerade das Schöne; eben deshalb ist sie die große und einzige Prinzessin. Bei ihr, an ihrem Hof", sagte Mrs. Stringham, „zahlt es sich aus." Dann, als hätte sie all seine Zweifel ausgeräumt: „Sie werden ja selbst sehen."

Er wartete einen Augenblick ab, sagte aber nichts, was sie hätte abschrecken können. „Ich glaube, Sie hatten vorhin recht. Man muß erst etwas tun."

„Nun, Sie haben doch etwas getan."

„Nein – das finde ich nicht. Ich kann noch mehr tun."

Nun ja, schien sie zu sagen, wenn er unbedingt wolle! „Sie können alles tun, wissen Sie."

„Alles" war ihm nun doch zuviel, um im Ernst darauf einzugehen, und er überging es bescheiden, sprach jedoch im nächsten Augenblick, um nicht albern zu wirken, über ein anderes, wenn auch damit verknüpftes Thema. „Warum hat sie Sir Luke Strett kommen lassen, wenn es ihr, wie Sie mir versichern, so viel besser geht?"

„Sie hat ihn nicht kommen lassen. Er ist von sich aus gekommen", erläuterte Mrs. Stringham. „Er wollte es so."

„Ist das dann nicht eher schlimmer – wenn es zeigt, daß er beunruhigt ist?"

„Er wollte von Anfang an kommen, um seine Ferien hier zu verbringen. Sie weiß das schon seit Wochen." Worauf Mrs. Stringham anfügte: „Sie *können* ihn beruhigen."

„*Ich*?" staunte er aufrichtig. Es war wirklich der Kreis von Unterröcken. „Was habe ich einem solchen Mann gegenüber damit zu tun?"

„Woher wissen Sie", fragte seine Freundin, „was für ein Mann er ist? Er gleicht niemandem, den Sie je kennengelernt haben. Er ist ein großes wohltätiges Wesen."

„Ach, dann braucht er mich nicht. Mir als Außenstehendem kommt es nicht zu, mich einzumischen."

„Sagen Sie ihm trotzdem", drängte Mrs. Stringham, „was Sie von ihr halten."

„Was ich von Miss Theale halte?" Densher war verblüfft. Das war, wie man so sagte, ein dicker Brocken. Doch er fand den richtigen Ton. „Die geht ihn gar nichts an."

Einen Augenblick lang schien das auch für Mrs. Stringham der richtige Ton zu sein. Sie faßte ihn zumindest mit einem immer noch klaren, aber forschenden Ausdruck ins Auge, der fast im Übermaß zu erkennen gab, was sie darin sah; obwohl er erst hinterher herausfinden sollte, was das war. „Dann sagen Sie ihm *das*. Für ihn taugt alles als Mittel, an Sie heranzukommen."

„Und warum sollte er an mich herankommen wollen?"

„Geben Sie ihm Gelegenheit dazu. Gestatten Sie ihm, daß er mit Ihnen spricht. Dann werden Sie ja sehen."

Was alles, von seiten Mrs. Stringhams, sein Gefühl verstärkte, in ein eher sonderbar als angenehm warmes Element eingetaucht zu sein – ein Gefühl, das überdies in den nächsten zwei, drei Stunden verschiedene andere Eindrücke noch bis zum Überdruß nähren sollten. Milly kam nach dem Dinner herunter, und inzwischen war ein halbes Dutzend Freunde – offenbar hauptsächlich für die Damen vom Lancaster Gate Gegenstände des Interesses – eingetroffen; inmitten dieses Anspruchs, den sie auf ihre Aufmerksamkeit erhoben, dem weiteren Anspruch ihrer von Eugenio gemeldeten, jedoch persönlich und einzeln von ihr begrüßten Musiker und dem überragendsten Ereignis des Abends, der Ankunft des berühmten Arztes, der als allerletzter kam, erlebte er sie als Quelle eines sich in mächtigen warmen Wellen allseits ausbreitenden Zaubers einer irgendwie verklärten Milde. Ohne Zweifel hatte diese für manche weit mehr Tiefe als für andere; ihm jedenfalls war bewußt, daß er bis zum Halse darin zu stehen meinte. Er bewegte sich darin, und es plätscherte nicht; lautlos trieb er, schwamm er darin; und was das betraf, glichen sie alle zusammen den Fischen in einem kristallklaren Teich. Die Wirkung des Palazzos, die Schönheit der Szene hatten wahrscheinlich viel damit zu tun; die güldene Anmut der hohen Säle, Kunstgemächer in sich selbst, sorgte als bestimmender Einfluß für den allgemeinen Ton und verlieh den Menschen Verbindlichkeit, ohne sie steif zu machen. Es waren nur Leute, wie Mrs. Stringham gesagt hatte, die für eine Woche oder zwei in Gasthöfen wohnten, Leute, die den Tag über mit ihren Baedekern hantiert, ihre Fresken bestaunt und sich um Bruchteile von Francs mit ihren Gondolieri gestritten hatten. Doch Milly, in einem zauberhaften weißen Kleid zwischen ihnen umherschweifend, brachte sie irgendwie in Beziehung zu etwas, das ihnen einen reineren Frohsinn verlieh; wenn sich also das Gemälde von Veronese, über das er mit Mrs. Stringham gesprochen hatte, nicht ganz zusammenfügte, war zumindest die vergleichsweise nüchterne Prosa der vorausgegangenen Stunden, waren die vom „Herunterhandeln" charakterisierten Spuren der Gefühlsstumpfheit nunmehr beinahe vornehm verleugnet. Vielleicht machte für ihn der Umstand, daß er sie zum ersten Mal in Weiß sah, etwas aus, doch hatte sie bisher noch nie Gelegenheit gehabt – während ein noch stärkeres Leuchten von ihr ausstrahlte, als sie herumging –, ihn als alles ringsum so geglückt durchschimmernd zu berühren. Sie war anders, jünger, hübscher, mit dem Ton ihrer Haarflechten mehr denn je auf eine nicht ganz glückliche Art zur Aufmerksamkeit herausfordernd; doch er mochte es nicht ausschließlich damit erklären, daß sie dieses eine Mal aus irgendeinem unbekannten, doch zweifellos bezaubernden Grund ihr nahezu klösterliches, ihr bisher unabänderliches Schwarz abgelegt hatte. Soviel die Veränderung auch zum Wert ihrer Gegenwart beitrug, hatte sie sie schließlich und endlich bisher noch nie *seinet*wegen vorgenommen; und ihm sollte auch die amüsante Beobachtung nicht versagt bleiben, daß Sir Luke Stretts Besuch sie dazu veranlaßt hatte. Hätte er in diesem Zusammenhang Eifersucht auf Sir Luke Strett zu empfinden vermocht, dessen kraftvolles Antlitz und markante Erscheinung, vielleicht weniger in der Szene aufgehend als alle anderen, er bald von der anderen Seite des Salons mustern sollte, so hätte ihm das gewiß noch mehr Vergnügen gemacht als alles übrige. Doch er konnte nicht gehässig sein, nicht einmal, um aus einem so günstigen Umstand Nutzen zu ziehen; er empfand, daß er zu sehr „darin"-steckte, wie er gesagt hätte: eine flüchtige Überlegung versetzte ihn mehr hinein als sonst jemanden. Die Art, wie Milly ihn anderer Pflichten wegen vernachlässigte, während Kate und Mrs. Lowder ihn, ohne es auch nur mit einem Scherz abzumildern, englischen Damen vorstellten – das war für sich genommen schon ein Beweis; denn wirklich hatte es bisher zwischen ihnen noch nie einen so engen Kontakt gegeben wie durch den einen leuchtenden Blick und die drei heiteren Worte – alle betont und in höchstem Grade obenhin –, mit denen ihre eingestandene Bewußtheit ihn im Vorbeigehen streifte.

Heute abend spielte sie die Gastgeberin, wie er sah, nach irgendeiner erhabenen Vorstellung, unter einer Inspiration, die halb ihren Nerven entsprang und halb einer unausweichlichen Harmonie; doch was er ganz besonders darin erkannte, war die Rolle, in die sie bereits mehrmals ausgebrochen war und die sie offenbar so eigenartig, entweder willkürlich oder kraft einer instinktiven Neigung, zu unterdrücken oder zur Schau zu stellen vermochte. Sie war die junge Amerikanerin, wie er sie ursprünglich vorgefunden hatte – gewiß, in bestimmten Momenten in New York mehr als in bestimmten anderen; sie war die junge Amerikanerin, wie er sie, noch ausgeprägter als damals, an dem Tag gesehen hatte, als sie ihm in London in Kates Begleitung begegnet war. Er sah bei ihr darin ein großartiges, wenn auch wunderliches gesellschaftliches Hilfsmittel – zu dem beispielsweise ein Mann, da es ihn entwürdigte, nie im Leben greifen könnte; und er hätte nicht gewußt, ob er es als Ausdehnung oder als Schrumpfung der „Persönlichkeit" anzusehen hätte, nahm er es doch am unmittelbarsten als eine verwirrende Ausdehnung der Oberfläche auf. Sichtlich war es an diesem Abend auch rundum das richtige: das erwies sich für ihn aus einer Bemerkung Kates, als sie zu ihm trat, um ihn erneut damit zu behelligen, ihn jemandem vorzustellen. Unter dem Schutz der Musik hatte er sich von der Dame weggestohlen, der sie ihn zuerst zugeschoben hatte; und sie hatte etwas an sich, worin er, wenn auch nicht recht greifbar, den Nachklang ihres Gesprächs auf der Piazza erkannte. Wozu wollte sie ihn zwingen, in welcher Form wollte sie ihn entgelten lassen, was er ihr dort angetan hatte? Als sie zusammentrafen, stand daher für ihn vor allem anderen fest, daß er etwas getan hatte; er hatte nicht nur ihren klaren Verstand in seinem Interesse handeln lassen, sondern sie der Möglichkeit beraubt, kraft einer innerlichen Anstrengung seiner unangreifbaren Logik zu entrinnen. In seiner Anwesenheit und so sehr in seiner Nähe – es war beim Dinner unverkennbar gewesen – gab es für sie überhaupt kein Entkommen, weniger denn je zuvor: so daß sie sich nur entweder direkt mit der Frage befassen, also entweder offen nachgeben oder sich fruchtlos wehren oder unaufrichtig Einwände machen konnte, oder aber sich einfach darin auszudrücken vermochte, den Vorteil, den sie besaß, auszunutzen. Es gehörte vorläufig zu diesem Vorteil – eine kurze, trügerische Zugabe zu dem Druck, dem er ausgesetzt war –, daß noch genug übrigblieb, worin er ihren Willen zu spüren bekam. Sie verrieten ihm nur, diese Anzeichen, wie sehr sie in solcher Nähe den seinen spürte; und es genügte ihm wiederum, daß allein ihre Erscheinung, auf ihre Art genauso gewaltig vom Üblichen abweichend wie die Millys, ihm wieder bewußt machte, was er getan hatte. Noch nie im Leben war es ihm vergönnt gewesen, wie in diesen Minuten beinahe körperlich den Stand der Dinge zu spüren, den man gewöhnlich Sieg nennt. Er war lange genug auf der Welt, um gelegentlich „Zuneigung“ zu wecken, doch nie annähernd in solchem Maße bei solch einem Menschen. Es war eine größere Zuneigung als Millys – oder würde es sein: er fühlte sich imstande, dafür zu bürgen. So jedenfalls legte er sich die Sache aus, während er wahrnahm, daß Kate es irgendwie – für ihre Verhältnisse – an Ausstrahlung fehlen ließ. Als auffallende junge Erscheinung war sie praktisch ausgestochen; von der Sanftmut, die von Milly ausging, hatte sie ihren vollen Anteil aufgenommen; sie hätte heute abend geradezu das kleine schwarze Kleid tragen können, bei flüchtiger Betrachtung nicht zu unterscheiden, das Milly abgelegt hatte.

Das stellte, so erkannte er, den Gegenpol zu einer Wirkung dar wie bei ihrem herrlichen Auftritt unter den Augen ihrer Tante – er hatte es nie vergessen – an dem Tag, als ihre jüngere Freundin am Lancaster Gate ausblieb. Auch jetzt befand sie sich, in ihrer bereitwilligen Zurückhaltung – es war wirklich ihre Bereitwilligkeit, die die Schönheit ausmachte und die Einbuße ausglich –, unter den Augen ihrer Tante; doch wessen Augen waren nicht gänzlich anderweitig in Anspruch genommen? Trotzdem fiel ihm freilich auf, daß fast die ersten Worte, die sie an ihn richtete, die erlesene Bemühung verrieten, wenn schon nicht unüberzeugt, so doch wenigstens beherrscht zu erscheinen.

„Findest du sie *jetzt* nicht gut genug?"

Von der Stelle, wo sie standen, blickte sie zu Milly hinüber, sah sie zur Erörterung ihrer weiteren Wünsche im Gespräch mit dem kleinen Orchester, dessen Mitglieder unter Respektsbezeugungen, aufgelockert durch natürliche Ungezwungenheit, an sie herangetreten waren, ganz im Geist der alten venezianischen Komödie. Mit der Musik hatte das Mädchen einen glücklichen Einfall gehabt – das wahre und doch kein zu drastisches Mittel zur Lösung der Befangenheit; dank der Pausen, der Zurückhaltung, einer zur Gewohnheit gewordenen umfassenden Nachsicht gegenüber versammelten Barbaren, die die guten Manieren ihrer Interpreten widerspiegelten, mochten diese auch nur Vertreter der Klasse sein, bei der der gute Geschmack angeboren war und die Melodie üppig gedieh. Jedenfalls war es nicht schwer, Kate zu antworten. „Ach, Liebste, du weißt, wie gut ich sie finde!"

„Aber sie ist *zu* nett", gab Kate anerkennend zurück. „Alles steht ihr so gut – besonders ihre Perlen. Sie passen so zu der alten Spitze. Sieh sie dir nur richtig an." Densher wußte zwar, daß er sie schon gesehen hatte, hatte sie sich aber vielleicht nicht „richtig" betrachtet und dadurch die Gestalt gewordene Poesie – darauf kam er in Gedanken bei Millys Anblick immer wieder zurück – nicht gewürdigt, die ihnen einen Teil ihres Stils verdankte. Kates Ausdruck, während sie sie betrachtete, fiel ihm auf; die lange, unschätzbar kostbare Kette, zweimal um den Hals geschlungen, hing schwer und makellos über die Brust ihrer Trägerin herab – so weit herab, daß Millys offenbar unbewußte Angewohnheit, ein Stück davon zu halten und gedankenlos zu betasten und um die Finger zu winden, vermutlich der Bequemlichkeit diente. „Sie ist eine Taube", fuhr Kate fort, „und irgendwie stellt man sich Tauben nicht mit Schmuck behängt vor. Aber sie passen zu ihr von Kopf bis Fuß."

„Ja – bis zu den Füßen ist der richtige Ausdruck." Densher sah jetzt, wie gut sie zu ihr paßten, nahm jedoch vielleicht noch deutlicher bei seiner Partnerin etwas Gespanntes wahr, das sie angesichts dieses Anblicks empfand. Milly war wahrhaft eine Taube; das war das richtige Bild, obgleich es am besten auf ihren Charakter paßte. Doch er merkte sogleich, daß Kate eben jetzt, aus ihm verborgenen Gründen, außergewöhnlich unter dem Eindruck jenes Elements des Reichtums stand, das eine Macht, eine gewaltige Macht darstellte, und das nur insoweit taubenhaft war, als man bedachte, daß Tauben Flügel besitzen und wahre Höhenflüge vollbringen, genauso wie sie über zarte Farbtöne und sanfte Laute verfügen. Densher ging sogar unklar auf, daß solche Schwingen sich gegebenenfalls schützend ausbreiten konnten – es in dem ihn betreffenden Fall wirklich getan hatten. Hatten sie übrigens in letzter Zeit nicht eine unmäßige Spannweite erreicht, und hatten sich nicht Kate und Mrs. Lowder, hatten sich nicht Susan Shepherd und er, besonders *er*, daruntergeschmiegt und eine gewaltige Steigerung des unmittelbaren Behagens erfahren? All das war ein hellerer Fleck inmitten des herrschenden Lichts, aus dem er Kate gleich darauf weitersprechen hörte.

„Perlen haben eine solche Zauberkraft, daß sie jedem stehen."

„Dir würden sie ganz besonders gut stehen", gab er aufrichtig zurück.

„O ja, ich sehe mich damit!"

Während sie sich damit sah, sah er sie plötzlich auch – sie wäre eine prachtvolle Erscheinung gewesen; und zugleich empfand er stärker, woran sie dachte. Millys fürstlicher Schmuck hatte – unter einem nicht mehr ganz verborgenen Druck – die Rolle eines Symbols der Unterschiede angenommen, Unterschiede, deren Wahrnehmung förmlich aus Kates Miene sprach. Aus ihrer Miene hätte auch sprechen können, so gut sie gewiß mit Perlen aussehen würde, Perlen seien genau das, was Merton Densher ihr nie zu schenken vermöchte. War nicht *das* der gewaltige Unterschied, den Milly heute abend symbolisierte? Unbewußt stellte sie Kate vor Augen, und Kate nahm es mit allen Poren auf, sie habe mit niemandem weniger gemeinsam als mit einem bemerkenswert gutaussehenden Mädchen, verheiratet mit einem Mann, der außerstande war, ihr in dieser Richtung auch nur das allerkleinste Geschenk zu machen. An diese Ungereimtheiten dachte Densher jedoch erst hinterher. Jetzt konnte er einigermaßen gesammelt nur daran denken, was Mrs. Stringham ihm vor dem Dinner eröffnet hatte. Er konnte nur auf die vorhin gestellte Frage seiner Freundin zurückkommen. „Sie ist sicherlich gut genug, wie du es nennst, in dem Sinne, daß man mir versichert, es gehe ihr besser. Vor einer Stunde war Mrs. Stringham in dieser Hinsicht guter Dinge. Sie glaubt offensichtlich, es gehe ihr besser."

„Nun, wenn sie es so nennen wollen ...!"

„Und wie nennst *du* es – im Gegensatz zu ihnen?"

„Ich nenne es nur dir gegenüber irgendwie. Ich stehe nicht ‚im Gegensatz' zu ihnen!" fügte Kate an, gleichsam mit einem erneuten Anflug von Ungeduld, was man ihm alles beibringen müsse.

„Davon spreche ich ja", sagte er. „Wie nennst du es mir gegenüber?"

Darauf machte sie eine kleine Pause. „Es geht ihr nicht besser. Es geht ihr schlechter. Aber das hat nichts damit zu tun."

„Nichts damit zu tun?" Er wunderte sich.

Doch sie drückte sich klar aus. „Nichts mit *uns*. Außer freilich, daß wir unser Bestes für sie tun. Wir bringen sie dazu, daß sie leben möchte." Und Kate beobachtete sie erneut. „Heute abend will sie leben." Sie sprach mit einer Güte, die die seltsame Eigenschaft hatte, ihm inkonsequent zu erscheinen – so sehr, und zweifellos so ungerecht, hatte all ihre Klarheit auf Härte hingedeutet. „Es ist wunderbar. Es ist schön."

„Es ist wirklich schön."

Irgendwie war ihm die Hilflosigkeit seines Tons unangenehm; doch sie hatte nicht darauf geachtet. „Sie tut es für *ihn*" – und sie nickte in die Richtung von Millys ärztlichem Besucher. „Für ihn will sie sich in bester Verfassung zeigen. Aber sie kann ihn nicht täuschen."

Densher hatte auch hingesehen; was ihn nach einem Augenblick zu der Frage veranlaßte: „Und glaubst du, *du* kannst es? Ich meine, wenn er sich hier bei uns aufhalten soll, über deine Gefühle. Wenn Tante Maud so eng mit ihm befreundet ist ...!"

Wirklich hielt Tante Maud jetzt einen Platz an seiner Seite besetzt und bemühte sich sichtlich nach Kräften, ihn zu unterhalten, obwohl das seine Augen nicht von einer Richtung abzulenken vermochte – wie solche Dinge geschehen, eben von der Aufmerksamkeit der anderen bestimmt –, was Densher gewahr wurde und was auch Kate prompt bemerkte. „Er sieht zu *dir* herüber. Er will mit dir sprechen."

„Das hat Mrs. Stringham", lachte der junge Mann, „mir vorausgesagt."

„Dann laß ihn. Stelle dich gut mit ihm. Ich", fuhr Kate als Antwort auf die vorhergehende Frage fort, „brauche ihn nicht zu täuschen. Das besorgt Tante Maud, wenn es nötig ist. Ich meine, da er nichts von mir weiß, kann er mich nur so sehen, wie sie mich sieht. Sie sieht mich jetzt so vorteilhaft. Er hat nichts mit mir zu schaffen."

„Außer, dich zurechtzuweisen", gab Densher zu bedenken.

„Weil mir nicht an *dir* liegt? Ausgezeichnet. Als hochbegabten jungen Mann, der dadurch in die Beziehung zu Milly getrieben wurde – als all *das* überlasse ich dich ihm."

„Nun", sagte Densher ganz aufrichtig, „ich glaube, ich darf dir dafür danken, daß du mich jemandem überläßt, der vielleicht entgegenkommender zu mir ist als du."

Sie hatte sich inzwischen wieder, da die Dame den Platz gewechselt hatte, nach der Freundin Mrs. Lowders umgesehen, der sie zugesagt hatte, ihn ihr vorzustellen. „Um so mehr Grund, weshalb ich dich Lady Mills überlassen müßte."

„Ach, warte doch." Nicht nur, daß er von fern Lady Mills ausmachte, daß sie keinen besonderen Eifer in ihm weckte und daß er sich, irgendwo im Hinterkopf, des Keims der Frage bewußt war, ob er mit Personen solcher Art zu tun hätte, wenn sie verheiratet wären. Mehr noch, das Bewußtsein, am Vormittag habe er von Kate etwas nicht bekommen, was ihn logischerweise stark beschäftigte, hatte sich in eben diesem Augenblick verschärft – ganz zu schweigen von seiner Erkenntnis, angesichts ihrer im allgemeinen so spärlichen Gelegenheiten müsse er jeden Zufallsaugenblick bis zum letzten auspressen. Wenn er Tante Maud, da drüben bei Sir Luke, als ein wenig zu „aufmerksam" auffiel, mochte das als eine belanglose Kundgebung seitens eines Herrn durchgehen, der es sich, nicht eben mit Anstand, anders überlegt zu haben bekennen mußte. Außerdem lag ihm gerade jetzt nichts an Tante Maud, außer insoweit, wie er gleich zu erkennen gab. „Wie kann Mrs. Lowder glauben, sie sei mich endgültig los, wenn sie mich nur an ein Mädchen los wird, das bald stirbt? Wenn du damit recht hast – wenn der Fall wirklich so liegt –, irrst du dich darin, daß Mrs. Lowder beruhigt ist. Wenn Milly, wie du sagst", setzte er klarsichtig fort, „einen berühmten Chirurgen, oder was sonst, nicht täuschen kann, wird der berühmte Chirurg andere Leute nicht täuschen – das heißt, nicht die direkt davon Betroffenen.

Mrs. Stringham wird er jedenfalls nicht täuschen, die Millys engste Freundin ist; und es wäre sehr sonderbar, wenn Mrs. Stringham Tante Maud täuscht, die wiederum die ihre ist."

Kate wies ihm daraufhin den kalten Glanz einer Idee vor, derentwegen es sich wirklich gelohnt hatte, sie aufzuhalten. „Warum wäre das sonderbar? Ich staune, wie wenig du dich auskennst."

Selbst die bloße Neugier hinsichtlich seiner Gefährtin barg für ihn jetzt Augenblicke rasch aufflackernder, bebender Intensität. Wie wir wissen, hatte er sie einmal mit einem „neuen Buch" verglichen, einem unaufgeschnittenen Band von höchster, erlesenster Qualität; und seine Empfindung, um das zu begründen, glich immer wieder dem Freudenschauer beim Umblättern einer Seite. „Nun, du weißt, wie tief ich darüber staune, wie *du* dich auskennst!"

„Daraus folgt überhaupt nicht", fuhr Kate fort, „daß irgend etwas in der Art dessen, was du Täuschung nennst, bei Mrs. Stringham das wäre, was du sonderbar nennst. Warum sollte sie die Wahrheit nicht verheimlichen?"

„Vor Mrs. Lowder?" Densher starrte sie an. „Warum sollte sie?"

„Dir zuliebe."

„Und wie in aller Welt kann das mir zuliebe sein?"

Kate wandte den Kopf ab, als habe sie seine Beschränktheit nun wirklich beinahe satt. Doch als sie sprach, sah sie ihn wieder an. „Nun, dann Milly zuliebe." Und bevor er fragen konnte: „Merkst du inzwischen immer noch nicht, daß es nichts gibt, was Susan Shepherd nicht für dich täte?"

Er mußte es in Wahrheit nach einem Augenblick einsehen, so deutlich stimmte es damit überein, wie die gute Dame ihn kürzlich empfangen hatte. Es war wiederum das Seltsamste von allem, wie sie sich alle um ihn zusammenscharten. Doch das war eine alte Geschichte, und Kates vielfältige Aufschlüsse brachten ihn immer weiter voran. Jedoch gestand er das mit einem Vorbehalt ein. „Sie ist unendlich gütig. Nur hat sie darüber, was richtig ist, vielleicht nicht die gleiche Ansicht wie du."

„Wie kann sie anders sein, wenn sie zur Absicht hat, dir zu dienen?"

Densher zögerte einen kurzen, aber nur einen kurzen Moment. „Ach, das Schwierige ist, daß ich, Ehrenwort, sogar jetzt noch nicht ganz erkenne, inwieweit die deine mir dient."

„Es hilft dir – sagen wir es so", erklärte Kate ganz einfach, „*mir* zu dienen. Du gewinnst dadurch Zeit."

„Zeit wofür?"

„Für alles!" Wieder sprach sie zunächst mit Ungeduld; dann, wie üblich, milderte sie das ab. „Für alles, was auch geschehen mag."

Densher brachte ein Lächeln zustande, spürte aber selbst, daß es gezwungen war. „Du drückst dich dunkel aus, Liebste!"

Darauf hielt sie die Augen auf ihn gerichtet, und so konnte er sehen, daß diese sich, kraft eines ihrer unberechenbaren Antriebe, ohne die sie nicht ein Viertel so interessant gewesen wäre, aus einer von ihm zu unsanft berührten Quelle halb mit Tränen füllten. „Ich nehme deinetwegen soviel Verdruß auf mich, nie hätte ich mir träumen lassen, ich brächte das für irgendeinen Menschen fertig!"

Oh, das hatte getroffen, ließ ihn erröten; doch bald genug spürte er seine Antwort auf den Lippen. „Zielt denn jetzt all mein Drängen nicht darauf, daß ich jedweden Verdruß wegzaubern kann?" Und er ließ es, sein Drängen, wieder zutage treten; die ganze Woche über hatte es sich nie mehr als nur ein, zwei Schritte vorgewagt. „Zwischen uns *braucht* ja gar keiner zu sein. Es braucht nichts anderes dazusein als unser Bewußtsein voneinander."

Das hatte anfangs nur die Wirkung, ihre Augen zu trocknen, während sie wieder eines der so zahlreichen Glieder in ihrer enggeknüpften Kette aufnahm. „Du kannst ihr alles sagen, was du willst, einfach alles."

„Mrs. Stringham? Ich *habe* ihr nichts zu sagen."

„Du kannst ihr von *uns* erzählen. Ich meine", setzte sie wunderbar fort, „daß du mich immer noch magst."

Es war in der Tat so wunderbar, daß es ihn belustigte. „Nur nicht, daß du mich immer noch magst."

Sie überging seine Belustigung. „Ich bin mir absolut sicher, daß sie es nicht weitersagen würde."

„Ich verstehe. Tante Maud."

„Du verstehst doch nicht ganz. Weder Tante Maud noch sonst jemandem." Demnach sah Kate, erkannte er, Milly doch immer noch sehr viel ausgiebiger als er; und sie bewies es wieder, als sie fortfuhr. „*Dort* gewinnst du demnach Zeit."

Endlich brachte sie ihn zum Nachdenken, und es war geradezu, als komme ihm die Erleuchtung, wenn auch nicht ganz auf einmal. „Du mußt mir zu sagen erlauben, daß ich *wirklich* verstehe. Zeit für etwas Bestimmtes, das du, wie ich es sehe, für möglich hältst. Auch Zeit, wie ich es weiterhin sehe, die zugleich Zeit für dich ist."

„Gewiß zugleich Zeit für mich." Und offenkundig von seiner aufleuchtenden Konzentration ermutigt, sah sie ihn an, als blickte sie durch die von ihr mühsam geklärte Luft. Noch jedoch war sie auf der Hut. „Glaube aber nicht, daß ich dir *alle* Arbeit abnehme. Wenn du Dinge benannt haben willst, mußt du sie benennen."

In einer Minute hatte er manche Benennungen durchdacht; und nur eine, die ihm zuletzt furchterregend entgegenstarrte, paßte richtig. „Da sie sterben wird, soll ich sie heiraten?"

Noch im selben Augenblick beeindruckte es ihn tief, daß sie es aufnahm, ohne mit der Wimper zu zucken oder etwas zu beschönigen. Um der Wohltat des Schweigens willen, mit Rücksicht auf ihre Lage, hätte sie ihm nur mit den Augen zu antworten brauchen. Doch ihre Lippen bewegten sich tapfer. „Sie heiraten."

„So daß ich, wenn ihr Tod eingetreten ist, nach dem natürlichen Lauf der Dinge zu Geld komme?"

Er sah es jetzt deutlich genug, und es gab nichts weiter zu fragen; er brauchte sich nur auf der Stelle umzudrehen, fröstelnd bei dem Gedanken, *das* sei es die ganze Zeit über gewesen – gegenüber seiner Beschränktheit, seiner Zaghaftigkeit –, allein das habe sie gemeint. Nun, da er Bescheid wußte, konnte sie sich, sonderbar genug, zudem nicht enthalten, die Worte auszusprechen, die sie nicht ausgesprochen hatte: mit beherrschter, farbloser Stimme brach es aus ihr heraus, als müßte sie sich bis ganz zum Schluß schämen, davor zurückgezuckt zu sein. „Nach dem natürlichen Lauf der Dinge kommst du zu Geld. Nach dem natürlichen Lauf der Dinge sind wir frei."

„Oh, oh, oh", flüsterte Densher.

„Doch, doch, doch." Aber sie brach ab. „Komm mit zu Lady Mills."

Er rührte sich nicht – da war noch zu vieles. „Ich soll also unverzüglich den Heiratsantrag machen?"

Er brauchte dem keinen ironischen Klang zu geben; je einfacher er sprach, desto ironischer wirkte er. Doch sie blieb vollkommen ungerührt. „Ach, ich kann das nicht mit dir erörtern, und sofern du dich nicht von mir lossagst, finde ich, darfst du mich auch nicht fragen. Du mußt handeln, wie du willst und wie du kannst."

Er überlegte wieder. „Ich bin weit davon entfernt – wie ich dir heute vormittag ausreichend bewiesen habe –, mich von dir loszusagen."

„Dann", sagte Kate, „ist es in Ordnung."

„In Ordnung?" Seine Ungeduld flammte auf. „Du kommst?"

Doch gleich darauf mußte er erkennen, daß sie nicht das gemeint hatte. „Du hast dann freie Hand, freies Feld – nun, eine ganz ideale Chance."

„Deine Darstellungsweise" – ihr „ideal" war so ein Zug! – „ist sagenhaft. Und ich begreife einfach nicht, wie dir das, wenn du mich magst, gefallen kann."

„Es gefällt mir nicht, aber ich bin Gott sei Dank ein Mensch, der auch fertigbringt, was ihm nicht gefällt."

Erst später sollte er, daran zurückdenkend, aus diesen Worten einen gewissermaßen heroischen Klang herauslesen, ein Zeichen für Charakter, das seine eigene Unfähigkeit zum Handeln herabsetzte. Doch erkannte er schon an Ort und Stelle die Größe, die darin liegt, so gut zu wissen, was man will. Zudem überlegte er auch an Ort und Stelle als nächstes, er wisse schließlich ebenfalls, was *er* wolle. Doch etwas anderes drängte sich ihm zuvorderst auf die Lippen. „Was ich dann nicht begreife, ist, wie du es überhaupt ertragen kannst."

„Nun, wenn du mich erst besser kennst, wirst du entdecken, wieviel ich ertragen kann." Und sie fuhr fort, bevor er sozusagen ihre allzu vielen stillschweigenden Folgerungen aufzugreifen vermochte. Daß sie es ihm anheimstellte, sie geistig „besser" kennenzulernen, nach seinem langen Opfer an diese Erkenntnis – das zum Beispiel war eine Offenherzigkeit, auf die er, so voll ins Gesicht geschleudert, nicht gefaßt gewesen war. Sie hatte ihm, der Himmel wußte es, genug Rätsel aufgegeben, doch das geschah eher kraft seiner eigenen Großmut, nicht der ihren. Und was sollte überdies ihr Hinweis bedeuten, was sie von seiner Seite auf sich laden würde? Ungeachtet dieser Fragen führte sie ihn schon weiter. „Du brauchst nichts weiter zu tun als zu bleiben."

„Um vor deinen Augen ans Werk zu gehen?"

„Meine Güte, nein – wir reisen ab."

„‚Abreisen'?" staunte er. „Wann und wohin abreisen?"

„In ein, zwei Tagen – direkt nach Hause. Tante Maud möchte das jetzt."

Das gab ihm so viel zu denken, wie er nur aufnehmen konnte. „Was wird dann aus Miss Theale?"

„Was ich dir sage. Sie bleibt da, und du bleibst bei ihr."

Er starrte sie verblüfft an. „Ganz allein?"

Sie fand ein Lächeln, das offenbar seinem Ton galt. „Du bist alt genug – dazu Mrs. Stringham im Überfluß."

Hätte er es ermessen können, wäre für ihn jetzt nichts so eigenartig gewesen wie der Umstand, daß er, noch während er ihr diese aufeinanderfolgenden Stichworte entlockte, zu empfinden vermochte, im wesentlichen „aufzupassen, was sie sagen würde" – ein Instinkt, der sich deshalb mit seinem mangelnden Bedürfnis, sie besser kennenzulernen, vereinbaren ließ, dem sie einen Augenblick vorher unrecht getan hatte. Wäre ihm nicht aufgedämmert, irgendwo werde sie steckenbleiben, hätte er vermutlich nicht weitermachen können. Dennoch, da sie noch nicht steckenblieb, mußte er notgedrungen fortfahren. „Ist eure Abreise Mrs. Lowders Idee?"

„In hohem Maße. Natürlich siehst du wieder, wie sich das für uns auswirkt. Und ich meine nicht nur", fügte sie an, „unsere Abreise, sondern Tante Mauds Ansicht, diese sei jetzt angebracht."

„Ich sehe es wieder, wie du sagst", erklärte Densher nach einem Augenblick. „Dadurch paßt alles zusammen."

„Alles."

Das Wort lag ein Weilchen in der Luft, und es hätte scheinen können, als betrachte er indessen, jetzt durchaus nicht begriffsstutzig, alles, wofür es stand. Doch in Wahrheit hatte er etwas anderes betrachtet. „Ihr laßt sie also hier zum Sterben zurück?"

„Ach, sie glaubt, sie stirbt nicht. Nicht, wenn du bleibst. Ich meine", setzte Kate auseinander, „Tante Maud glaubt das."

„Und mehr ist nicht nötig?"

Immer noch blieb sie nicht stecken. „Sind wir uns nicht seit langem einig, für uns sei die Hauptsache, was sie glaubt?"

Unter ihren Augen fiel ihm die Abmachung ein, doch kam es wie von weit her. „O ja. Ich kann es nicht leugnen." Dann setzte er hinzu: „Wenn ich also bleibe ..."

„Ist es nicht" – sie reagierte prompt – „unsere Schuld."

„Du meinst, falls Mrs. Lowder uns immer noch mißtraut?"

„Falls sie uns immer noch mißtraut. Aber das wird sie nicht."

Kate äußerte das mit solchem Nachdruck, daß man hätte meinen können, ihm bleibe keine Frage mehr; und vielleicht hätte er wirklich keine mehr gefunden, wäre ihm nicht sofort eingefallen: „Aber was, wenn sie mich nicht nimmt?"

Das rief bei ihr einen Ausdruck des Überdrusses hervor, so daß ihn im nächsten Augenblick die Geduld in ihrem Ton rührte. „Du kannst es nur versuchen."

„Freilich, ich kann es nur versuchen. Nur, weißt du, es ist ziemlich aufreibend, einem sterbenden Mädchen einen Heiratsantrag zu machen."

„Für dich ist sie keine Sterbende." Es hatte bei Kate den Blitz von justesse ausgelöst, den er bei näherer Erwägung vielleicht am meisten hätte bewundern können, denn ihre Erwiderung traf die Wahrheit. Dort stand die Tatsache vor ihm, wie Milly ihn heute abend beeindruckte, und seine Gefährtin, die Augen tief in die seinen versenkend und seinen Eindruck bis in die tiefsten Tiefen verfolgend, ließ sich nun triumphierend buchstäblich auf der Tatsache nieder. Sie wandte den Kopf dahin, wo ihre Freundin erneut in Sicht war, und es veranlaßte ihn, auch den seinen umzuwenden, so daß sie eine Minute lang gemeinsam hinsahen. Milly bemerkte sie zufällig in diesem Moment und schickte ihnen zur Antwort die ganze Aufrichtigkeit ihres Lächelns herüber, den Schmelz ihrer Perlen, den Wert ihres Lebens, die Essenz ihres Reichtums. Das brachte die beiden angesichts der Realität, die Milly ihrem Plan verlieh, mit geradezu feierlich gewordener Miene wieder zusammen; Kate erbleichte sogar ein wenig davor, und eine Zeitlang herrschte nur Schweigen. Jedoch war die Musik laut und lebhaft wieder aufgeklungen und hatte ihnen eher Schutz gewährt als sie unterbrochen. Als Densher endlich sprach, geschah es unter ihrem Schirm.

„Ich könnte bleiben, weißt du, ohne es zu versuchen."

„Oh, bleiben *heißt* es versuchen."

„Du meinst, sich ihr gegenüber den Anschein zu geben?"

„Ich wüßte nicht, wie du dir stärker den Anschein geben könntest."

Densher zögerte. „Du hältst es also für möglich, daß *sie* mir die Ehe anträgt?"

„Ich vermag mir nicht vorzustellen – wenn du es wirklich wissen willst –, was sie dir *nicht* alles antragen könnte!"

„Auf die Art, wie das Prinzessinnen tun?"

„Auf welche Art du willst. Sei also darauf gefaßt."

Nun, er sah aus, als wäre es das beinahe. „Es wird also mir zufallen anzunehmen. Und so muß es wohl auch kommen."

Kates Schweigen ließ das soweit durchgehen; doch dann sagte sie: „Du bleibst also, auf Ehre?"

Seine Antwort ließ auf sich warten, aber als sie kam, war sie deutlich. „Ohne dich, meinst du?"

„Ohne uns."

„Und ihr selbst reist ab, spätestens ...?"

„Nicht später als Donnerstag."

Das bedeutete drei Tage. „Nun", sagte er, „ich bleibe, mein Ehrenwort, wenn du zu mir kommst. Auf *dein* Ehrenwort."

Wieder, wie vorhin, ließ sie das vorübergehend erstarren, und aus dieser Erstarrung heraus sah sie sich hilflos um. Densher bedeutete ihre Erstarrung mehr als all ihre Bereitwilligkeit; denn ihre Bereitwilligkeit war die Frau selbst, und dieses andere war ein Deckmantel, ein „Kniff". Wie es sich jedoch traf, sah sie sich im Augenblick nicht vergebens um. Ihre Augen, durch den Raum streifend, stießen auf einen Vorwand. „Lady Mills mag nicht mehr warten; jetzt kommt sie – siehst du – zu *uns*."

Densher sah es, doch die Dame mußte noch eine Strecke zurücklegen, und ihm blieb Zeit. „Wenn du dich weigerst, mich zu verstehen, so weigere ich mich gänzlich, dich zu verstehen. Ich tue nichts mehr."

„Nichts?" Es war, als versuchte sie in dieser Minute zu bitten.

„Ich tue nichts mehr. Ich reise vor dir ab. Ich reise morgen ab."

Hinterher sollte er das Gefühl haben, da habe sie eingesehen, wie die Redensart lautete – und es war noch dazu ein vulgärer Sieg –, daß er es ernst meinte. Sie blickte wieder zu Lady Mills hin, die schon näher war, wandte sich aber rasch zu ihm zurück. „Und wenn ich verstehe?"

„Will ich alles tun."

Sie fand erneut einen Vorwand in ihrer herannahenden Freundin; er spielte förmlich mit ihrem Stolz. Noch nie, das erkannte er jetzt, in seiner ganzen Beziehung zu ihr hatte er etwas so Durchdringendes gekostet – zu durchdringend, um nur süß zu sein – wie die Klarheit, mit der er sich als Sieger in der Auseinandersetzung sah. „Gut, ich verstehe."

„Dein Ehrenwort?"

„Mein Ehrenwort."

„Du kommst?"

„Ich komme."

Neuntes Buch

29

Erst nachdem sie abgereist waren, empfand er wahrhaft den Unterschied, der zudem am meisten in seinen verblichenen alten Zimmern zu spüren war. Von Anfang an hatte er seine Anhänglichkeit zu diesem Schauplatz der Besinnung teilweise wiederentdeckt, der in Sichtweite der Rialtobrücke lag, diesseits jenes Bogens der Gedankenverbindungen, und auf der linken Seite, wenn man dem Verlauf des Kanals folgte; er hatte die Örtlichkeit in einem besonderen Licht gesehen, dem sein Geist und seine Hände sie zunehmend anpaßten; doch die Anziehungskraft der Räumlichkeiten war für ihn jetzt sprunghaft gewachsen, war zu einer Kraft geworden, die ihn auf der Stelle vollauf beschäftigte und beherrschte, und Erleichterung davon – sofern Erleichterung die passende Bezeichnung war – konnte er nur finden, indem er fortging, außer Reichweite. Was sich innerhalb seiner Wände zugetragen hatte, hing noch darin wie eine fixe Idee, die alle seine Sinne bedrängte; zu jeder Stunde und in jedem Gegenstand lebte es als ein Schwarm beglückender Erinnerungen wieder auf; es machte alles andere belanglos und fade. Mit einem Wort, es blieb eine bewußte, wachsame, kraft ihrer selbst wirkende Gegenwart, mit der man auf immer zu rechnen hatte, angesichts derer die Bemühung, Abstand zu gewinnen, fast so unnütz wie kleinlich wirkte. Kate war zu ihm gekommen; nur ein einziges Mal – und das nicht, weil es ihnen etwa genügt hätte, sondern angesichts der Unmöglichkeit, vor den Widerständen für ihren Mut wie für ihre List letztlich noch länger die Augen zu verschließen; doch sie war gekommen, jenes eine Mal, und zwar für länger, wie man dazu sagte; und was von ihr geblieben war, was beharrlich an sie erinnerte, war etwas, das er nicht hätte verbannen können, selbst wenn er gewollt hätte. Zum Glück wollte er es nicht, auch wenn für einen Mann eine derart uneingeschränkte Folge seiner Handlung fast etwas Schreckenerregendes enthalten mochte. Sie hatte einfach *gewirkt*, seine Idee, die Idee, die er ihr aufgezwungen hatte; und hoch vor ihm aufgereckt, alles bedeckend, so weit sein Auge reichte, stand die Tatsache des errungenen Erfolges, den das bedeutete. Aus anderer Sicht war es nur der Tatbestand einer direkt angewandten Idee, ihrer Umwandlung aus einer lichtvollen Konzeption in eine historische Wahrheit. Vorher hatte er sie nur als etwas drängend Herbeigesehntes gekannt, etwas, worauf er angesichts der davon erwarteten Hilfe mit überzeugenden Argumenten bestanden hatte; jetzt hatte sie *ihre* Hilfe geleistet, und so schien sie nun, ihrer eigenen Dienste anerkennend bewußt, um der Erinnerung und Treue willen ein eigenes Beharrungsvermögen zu entwickeln. Kurzum, er hatte das Gelöbnis seiner Freundin schon im voraus als einen unschätzbaren Wert betrachtet, und keinesfalls durfte er sich im vollkommenen Besitz des Wertes wähnen. War es nicht vielleicht sogar eher, daß der Wert *ihn* in Besitz hielt, ihn zwang, ständig daran zu denken und ihn zu hegen und zu pflegen, ihn immer wieder zu umkreisen und sich seiner von dieser und von jener Seite erneut zu versichern.

Er spielte für ihn – während dieses ersten Nachglühens ganz gewiß – die Rolle eines in Sicherheit und Andacht zu Hause bewahrten Schatzes, etwas, das er mit Sicherheit vorzufinden erwartete, wenn er bei jeder Heimkehr den schweren alten Schlüssel im Schloß drehte. Die Tür brauchte sich nur zu öffnen, schon war er wieder mit dem wertvollen Besitz vereint und war dieser ganz für ihn da, und das so eindringlich, daß es für Densher, wie gesagt, keine andere Wirklichkeit gab als die wiederaufgelebte Wirklichkeit, beinahe die Halluzination, des intimen Zusammenseins. Wo immer er hinsah, wo immer er saß oder stand, welcher Betrachtung auch immer er im Moment den Vorzug gab, hatte er es vor Augen, wie nichts dem Augenblick Zugehöriges, nichts von der Zeit oder vom Zufall Hervorgebrachtes es vermochte oder auch in Zukunft jemals vermögen würde; es stand ihm vor Augen, wie Abend für Abend, wenn der Vorhang aufgegangen ist, das Schauspiel auf der Bühne den Geigern vor Augen steht. So blieb er, in seinem eigenen Theater, in seiner einzelnen Person, das ständige Orchester für das angesagte Drama, die eingefahrene „en suite"-Vorstellung; zudem spielte er auf die hergebrachte Weise bei den wichtigsten Situationen leise und getragen. Kein anderer Besucher durfte zu ihm kommen; auf der Piazza oder bei seinen Spaziergängen liefen ihm gelegentlich Leute über den Weg, die sich derzeit zumeist überschwenglich, manchmal sogar neugierig auf eine Bekanntschaft mit ihm beriefen, ob er sich nun daran erinnerte oder nicht; doch er nannte keinem seine Adresse und ermutigte niemanden zu einer Annäherung; nach seinem Gefühl hätte er nicht ums Leben seine Tür einem Dritten auftun können. Solch ein Dritter hätte ihn gestört, hätte sein Geheimnis entweiht oder womöglich erraten; hätte jedenfalls den Zauberbann dessen gebrochen, was er – da er nichts „vorzuweisen" hatte – in seinem Inneren abzuwickeln meinte. Er gab sich – das genügte völlig – der Empfindung seiner erneuerten Verpflichtung zur Treue hin. Die Kraft dieser Verpflichtung, die Quantität des zu liefernden Artikels, die speziell unverrückbare Gültigkeit des Abkommens, der Umstand vor allem aber, da nun der von ihm dafür geforderte Preis auf so hinreißende Art bezahlt war, wie seine Gegenleistung aussehen sollte – solche Einzelpunkte vermochten sein Bewußtsein ganz auszufüllen, wenn sich von außen nichts störend dazwischendrängte. Nie war ein Bewußtsein so rundum ausgestopft und über dem, was es ausfüllte, so fest verzurrt; und dies ist eben das, was wir auf seine Art die Bedrückung des Erfolgs genannt haben, den einigermaßen frösteligen – zur Zurückgezogenheit tendierenden – Zustand der höchsten Erkenntnis. Wenn es ein wenig furchterregend war, sich derartig bestätigt zu erleben, kam das daher, weil das wärmende Element des Geheimnisvollen verlorengegangen war. Statt dessen regierte die Klarheit, und er saß da und starrte in das klare Licht. Dutzendmal am Tag rüttelte er sich auf, versuchte er aus eigenem Antrieb seine beständige stumme Zwiesprache abzubrechen. Es war keine stumme Zwiesprache, was sie ihm hatte hinterlassen wollen; es war etwas ganz anderes, nämlich Treue jener Art, deren andere Bezeichnung wohlbedachtes Handeln lautete.

Nichts, das war ihm ganz klar, glich wohlbedachtem Handeln weniger als das Sichversenken, das er zu Hause genoß. Das eigentliche großartig Kuriose war, daß er, um Kate die Treue zu halten, seine Augen, Arme, Lippen förmlich von ihr lösen – die junge Frau sich selbst überlassen mußte. Er mußte sich in Erinnerung rufen, daß es Zeit war, sich zum Palazzo zu begeben – und in Wahrheit war das ein Segen, denn es tat ihm zwingend Einhalt. Bisher lief es glücklicherweise darauf hinaus, daß er sie, wenn er die Tür vor dem Fortgehen hinter sich schloß, jedesmal einsperrte. Sie aussperrte – eher darauf lief es hinaus, wenn er erst einmal ein Stück weit weg war; und bevor er den Palazzo erreichte, noch stärker, wenn er das größere portone hatte hinter sich zufallen hören, fühlte er sich frei genug, seine Lage nicht als bedrückend falsch zu erkennen. Da Kate sich *ganz* in seinen bescheidenen Räumen befand und kein Hauch von ihr für die prächtigeren Gemächer übriggeblieben war, trat die Falschheit nur bei näherer Überlegung zutage; solange er sie der Gnade des wohltätigen Zufalls überließ, bot sie ihm nicht die Stirn und forderte ihm nichts ab, was er nicht ohne Verletzung seines innersten Gefühls gewähren konnte. Vor dieser Verletzung hatte ihn anfangs geschaudert; doch was tat der Schauder ihm an – in Millys Gegenwart, Tag für Tag –, als ihn praktisch unbehelligt zu lassen? Vielleicht würde er nicht bis zuletzt davonkommen; der Scham blieb noch reichlich Zeit für die Möglichkeit, über ihn herzufallen. Aber trotzdem tat er beständig ein wenig mehr davon, was ihm am liebsten war, und das gab ihm vorläufig mehr Sicherheit. Am liebsten war ihm in jedem Fall, zu wissen, *warum* die Dinge so waren, wie er sie empfand; und in diesem Fall wußte er es zehn Tage nach dem Rückzug seiner anderen Freundinnen ziemlich genau. Da durchschaute er ganz, daß es weder Kate noch er – auch wenn man die Reinheit ihrer Beweggründe noch so hoch ansetzte – waren, die seiner eigenartigen Beziehung zu Milly, auch der ihren, so weit sie eben reichte, Unschuld verliehen; keiner von ihnen beiden läuterte sie wirklich – sofern sich überhaupt von einer Läuterung sprechen ließ. Milly selbst bewirkte alles – wenigstens soweit es ihn betraf –, Milly selbst und Millys Haus und Millys Gastlichkeit und Millys Art, sich zu geben, und Millys Charakter und, vielleicht noch mehr als alles andere, Millys Phantasie, wobei Mrs. Stringham und Sir Luke freilich ein wenig nachhalfen: wodurch er die Wohltat eines berechtigten Vorwandes erfuhr, sich zu fragen, was ihm noch zu tun bleibe. Etwas Unberechenbares wirkte für sie – für ihn und Kate; etwas außerhalb, oberhalb, jenseits ihrer Reichweite und zweifellos unendlich viel besser als sie: aber selbst dann – wenn es viel, viel besser war – war es kein Grund für sie, keinen Nutzen daraus zu ziehen. Keinen Nutzen daraus zu ziehen, soweit Nutzen sich berechnen ließ, hätte bedeutet, direkt dagegen anzugehen; und die edelmütige Gesinnung, die Densher derzeit in sich nährte, hätte kaum größere Gewissensbisse verspüren können, als wenn er direkt gegen Milly hätte angehen müssen.

Mit ihr zu gehen, darauf kam es an, soweit sie selbst zu gehen vermochte; was von dem Moment an, als sie den Mietvertrag für ihren geliebten Palast verlängert hatte, nur dadurch möglich war, daß er in ihrer Nähe blieb. Dieses Bleiben war natürlich, oberflächlich gesehen, die denkbar „auffälligste“ Kundgebung – genau deshalb hatte Kate es verlangt; so auffällig war es, daß Milly selbst sich noch am Abend des Tages, als es zur Wirkung gelangt war, nicht hatte enthalten können, ihn mit bezaubernder Verlegenheit nach einer Erklärung dafür auszuholen. Es war, als hätte sie von ihm eine Bezeichnung dafür erfahren wollen, unter der sie es von nun an, da sie fast allein zusammen waren, größerer Ungezwungenheit zuliebe zur Kenntnis nehmen und beim Namen nennen könnte – war es doch schließlich ein fast elementarer Gedanke, daß seine Anwesenheit, aus der die Abwesenheit der anderen etwas ganz anderes machte, für ihn unbedingt eine festumrissene Basis haben mußte. Sie hätte nur gern gewußt, auf welcher Basis es für ihn beruhen und wie er sie beschreiben würde; das würde ihr völlig genügen – es hätte ihr sogar genügt, das merkte er, wenn er irgendeinen ganz gewöhnlichen Grund vorgebracht hätte, erklärt hätte, er warte auf Geld oder auf einen Anzug oder auf Briefe oder auf Anweisungen aus der Fleet Street, ohne die, wie sie vielleicht gehört habe, Zeitungsleute keinen Schritt täten. Wie es sich ergab, war er nicht ganz so tief gesunken; aber dennoch lernte er an diesem Abend, bei ihr, nachdem Mrs. Stringham sie allein gelassen hatte – Mrs. Stringham erwies sich als wahrhaft erstaunlich –, eine Nuance der Verlegenheit kennen, dunkler als jede, die Milly kennen konnte. Vorher hatte er für die Frage, was er da tue oder vorgebe zu tun, über eine Lesart zu verfügen gemeint, die ihren Zweck erfüllen werde; doch es ergaben sich drei Minuten, da er sich zu einer prompten Antwort unfähig erlebte, ganz wie ein Herr, dem man die Tasche ausgeräumt hat, sich unfähig findet, etwas zu kaufen. Eigenartigerweise half es ihm nicht einmal, daß er sicher war, Kate hätte auf irgendeine Weise für ihn gesprochen – oder vielmehr, nicht so sehr auf irgendeine wie auf eine ganz *bestimmte* Weise. Er hatte sie zum Schluß nicht gefragt, was sie in dem Zusammenhang gesagt habe; nachdem sie bei ihm gewesen war, hätte ihn nichts zu der Frage verleiten können: in allem, was einen Angriff auf ihre Handlungsfreiheit hätte darstellen können, hatte jene Episode seine Lippen versiegelt und seinen Geist gedämpft. Etwas Bestimmtes konnte er deshalb nur rückwirkend auf Grund der Wahrscheinlichkeit herauslesen, und als er eine Stunde später den Palazzo verließ, geschah das mit dem Gefühl, dort förmlich mit der Luft die Wahrheit geatmet zu haben, die er sich vorstellte.

Eben diese Wahrnehmung war es jedoch, die ihn in seiner derzeitigen Verlegenheit vor sich selbst abstoßend machte. Es war scheußlich, diesem Geschöpf gegenüber in Verlegenheit zu sein, es war widerwärtig, Ausreden für die Beziehung suchen zu müssen, die diese Verlegenheit mit sich brachte. Jede derartiges einschließende Beziehung war durch eben diesen Umstand ebenso entwertet, wie es beim Dinner eine Speise wäre, wenn man Medizin als Soße dazu nehmen müßte. Was Kate in einem ihrer letzten Gespräche mit der jungen Frau gesagt haben mochte, war: wenn Milly unbedingt die Wahrheit darüber wissen wolle – Mr. Densher bleibe, weil sie wirklich keinen anderen Ausweg gesehen habe, als es von ihm zu verlangen. Wenn er bleibe, folge er ihr nicht – oder mache ihrer Tante nicht diesen Eindruck; und wenn sie ihn davon abhalte, ihr zu folgen, könne Mrs. Lowder nicht länger behaupten, unter Szenen, deren Wiederholung inzwischen zur Qual würde, letztlich weise sie ihn nicht so eindeutig ab, wie es möglich wäre. In Wirklichkeit tue sie nichts anderes, als ihn abzuweisen – wäre das nicht ein Teil der Geschichte gewesen? –, nur seien Tante Mauds Verdächtigungen von der Art, daß man sich wiederholt mit ihnen zu befassen habe. Eben deshalb sei er ganz einsichtig gewesen – was ihm jetzt übrigens nicht schwerfallen dürfte; er habe sich bereit erklärt, ihnen, Tante und Nichte, den Gefallen zu tun, indem er das denkbar eindeutigste Zeichen dafür gab, daß er fern von London leben könne. Fern von London zu leben heiße, fern von Kate Croy zu leben – was einen durchaus schätzenswerten Beitrag zu deren Wohlbefinden bedeute. In dieser Stunde von Denshers dreien gab es eine Minute, wo ihn die Angst packte, Milly könnte irgendeine Anspielung auf die Erläuterungen ihrer Freundin machen, denen er mit Worten zu begegnen hätte, die sie nicht zunichte machen dürften. Sie zunichte zu machen hieß, alles vernichten, wahrscheinlich Kate selbst vernichten, ganz besonders aber, durch einen noch häßlicheren Vertrauensbruch als alles andere, die Schönheit ihrer gemeinsamen letzten Episode vernichten. Er hatte ihr sein Ehrenwort gegeben, wenn sie zu ihm komme, werde er absolut in ihrem Sinne handeln, und das hatte er in ganz klarer Erkenntnis dessen getan, was in diesem Sinn enthalten war. Zum einen war darin enthalten, er müsse heute abend, in dem großen, in seiner halbdunklen Schönheit edlen Salon und direkt in das weiße Gesicht seiner jungen Gastgeberin hinein, göttlich in ihrem Vertrauen und doch unergründlich in ihrem Erbarmen – es war darin enthalten, daß er mit eigenen Lippen lügen müßte. Das einzige, was ihn davor retten könnte, wäre, daß

Milly von ihm ließe, nachdem sie ihm solche Angst eingejagt hatte. Was ihr Erbarmen unergründlich machte, war, daß sie ihn zwar bereits mehr als einmal gerettet hatte, doch offenbar ohne zu wissen, wie knapp er entronnen war.

Es handelte sich um übersinnliche Motive, und sie wirkten darum nicht minder segenspendend, weil ihr Ursprung im Dunkeln lag; wodurch er wieder einmal das Nachlassen des Drucks zu spüren bekam. Kurz, er hielt sich auf den Füßen dank der glücklichen Fügung, daß sie ihm Kates Version nicht als eine Fassung vorsetzte, die er zu übernehmen hatte. Er konnte sich beim Lügen nicht aufrecht halten – er hatte das Gefühl, er müßte auf die Knie sinken. So jedoch saß er nur da und vibrierte nervös ein wenig mit dem Bein, das er über das andere geschlagen hatte. Es tat ihr leid, daß er eine solche Abfuhr erlitten hatte, doch er brauchte nicht falsch zu schwören, sondern nur die drei oder vier Belanglosigkeiten vorzubringen, die er sich seinerseits hilflos für die Krise zurechtgelegt hatte. Er raffte sich zu etwas mehr auf als den Hinweis auf Geld und Anzüge, Briefe und Anweisungen seines Chefredakteurs; vielmehr brachte er vor, wie herrlich die Chance für ihn sei – vor ihm liegend wie eine von Tizian gemalte Verführerin –, in Ruhe ein wenig zu schreiben. Einen Moment lang verweilte er lebhaft dabei, wie schwierig es sei, in London in Ruhe zu schreiben; und überstürzt, nahezu explosiv, äußerte er seine lang gehegte Idee eines Buches.

Die Explosion ließ ihr Gesicht aufstrahlen. „Sie schreiben Ihr Buch hier?"

„Ich hoffe es anzufangen."

„Es ist etwas, das Sie noch nicht angefangen haben?"

„Nun, gerade erst."

„Seit Ihrer Ankunft?"

Sie war so von Interesse erfüllt, daß er vielleicht doch nicht so leicht davonkommen sollte. „Vor ein paar Tagen glaubte ich, ich hätte den Anfang geschafft."

Fast nichts, das war völlig klar, hätte ihn tiefer hineinziehen können. „Ich fürchte, wir sind mit Ihrer Zeit schändlich umgesprungen."

„Gewiß sind Sie das. Aber eben um diesen Verlust wiedergutzumachen, bleibe ich noch."

„Dann dürfen Sie aber keine Rücksicht auf mich nehmen."

„Sie werden schon sehen", versuchte er leichthin zu erwidern, „wie wenig ich auf irgend etwas Rücksicht nehme."

„Sie brauchen bestimmt" – Milly stürzte sich mit Leib und Seele hinein – „den besten Teil des Tages für sich."

Er überlegte einen Augenblick; er tat, was er konnte, um das lächelnd zu überspielen. „Ach, ich behelfe mich mit dem schlechteren Teil. Der beste gehört *Ihnen*." Und er wünschte, Kate könnte ihn hören. Ihm half auch nicht, daß er ihr mittels solcher Glanzlichter sichtlich, sogar bemitleidenswert, seine Suche nach Trost gegenüber der Zucht bildhaft machte. Er mußte Kates Abweisung und auch das strenge Gesetz, das sie ihm jetzt auferlegt hatte, in eine hochgesteckte geistige Bemühung einbringen. Das zumindest war seine Marter – daß Milly so hohen Anteil nahm. Sie nahm solchen Anteil, daß sie ihn bald fragte, ob er seine Wohnung förderlich finde, während er das Gefühl hatte, allein dadurch, daß er ihr mit allem Anstand antwortete, setze er sich frech eine Maske auf. Diese würde er ganz besonders brauchen, falls sie erneut ihren Einfall vorbrächte, ihn zum Tee zu besuchen – und er sah, daß ihm diese äußerste Verlegenheit nicht erspart bleiben sollte. „Wir, Susie und ich, verlassen uns auf Sie – vergessen Sie nur nicht, daß wir bald kommen" – die äußerste Verlegenheit war nur, sich dieser Mahnung zu stellen, doch das forderte ihm all seinen Takt ab. Was ihren Besuch selbst anging – ganz gleich, was er tun müßte, dazu würde er sich nie drängen lassen, das wissen wir; und das sogar, obwohl es genau eine Kundgebung der Art sein könnte, wie sie auf Kates Liste der sich für ihn schickenden Dinge ganz oben stehen würde. Er konnte sich ganz ungehemmt tiefinnerlich fragen, ob Kates Meinung speziell zu diesem schicklichen Punkt nicht durch ein darauffolgendes Geschehnis eine Abwandlung erfahren habe; doch daß er entschied, daß es höchstwahrscheinlich nicht so war, wirkte sich nicht darauf aus, den Takt von seiner Seite zu bevorzugen. Als Stütze im gegenwärtigen Zweifel dachte er gern an den „Takt"; dieser beschönigte seine mißliche Lage, denn er fand Anwendung bei sensiblen und gütigen Menschen. Kurzum, solange der Takt seinen Dienst tat, war er nicht unmenschlich. Demgemäß hatte er ihm jetzt dabei zu dienen, Millys Hoffnungen nicht zu steigern. Er wollte nicht grob mit ihnen umspringen, doch noch weniger wollte er sie in dem speziellen Zusammenhang wieder aufblühen lassen; so daß er, in seiner Beklommenheit nach einem Mittelweg suchend, auf dem er ihr entgegenkommen könnte, unglücklicherweise genau auf das Falsche zusteuerte. „Ist es für Sie nicht gefährlich, Ihre Gewohnheit zu durchbrechen, das Haus nicht zu verlassen?"

„Nicht gefährlich ...?" Zwanzig Sekunden lang zeigte sie einen scharfen, bleichen Zornesblick. Ach, aber dessen bedurfte er nicht mehr, um zusammenzuzucken; innerlich war er zusammengezuckt, sobald er seinen Fehler gemacht hatte. Er hatte getan, was sie ihn in London auf so unvergeßliche Weise zu unterlassen gebeten hatte; er hatte, hier ganz allein mit ihr, den überempfindlichen Nerv berührt, vor dem sie ihn gewarnt hatte. Seit dem Anlaß in London hatte er ihn noch nicht wieder berührt; doch er erlebte es als erneute Warnung, inzwischen sei dieser noch viel empfindlicher geworden. So war er vorübergehend ratlos wie nur je in seinem Leben, wie er sich verhalten solle. Er konnte nicht hervorheben, sie stehe als Sterbende vor seinen Augen, konnte jedoch auch nicht so tun, als halte er sie für so gleichgültig, keine Vorkehrungen zu treffen. Inzwischen hatte auch sie seine Wahl einer Ausrede eingeengt. „Sie meinen, es gehe mir so furchtbar schlecht?"

In seiner Pein ging er mit sich zu Rate; doch als ihm das Blut schon bis in die Haarwurzeln gestiegen war, hatte er gefunden, was er brauchte. „Ich will alles glauben, was Sie mir sagen."

„Nun also, mir geht es glänzend."

„Ach, um mir das zu sagen, brauche ich Sie nicht."

„Ich meine, ich bin zu leben imstande."

„Das habe ich nie bezweifelt."

„Ich meine", fuhr sie fort, „ich will so sehr leben ...!"

„Nun?" fragte er, während sie vor innerer Anspannung eine Pause machte.

„Nun, daß ich weiß, ich *kann* es."

„Ganz gleich, was Sie tun?" Er schrak davor zurück, es mit feierlichem Ernst zu behandeln.

„Ganz gleich, was ich tue. Wenn ich es nur will."

„Wenn Sie es tun wollen?"

„Wenn ich leben will. Ich *kann* es", wiederholte Milly.

Er hatte es unbeholfen selbst über sich gebracht, doch er zögerte vor all dem Jammer. „Ah, *das* glaube ich."

„Ich werde es, ich werde es", beteuerte sie; doch hatte sich der Nachdruck dieser Worte für ihn nur irgendwie in Licht und Klang verwandelt.

Er hatte das Gefühl, durch Nebel zu lächeln. „Sie müssen einfach!"

Das brachte sie geradenwegs auf die Tatsache zurück. „Nun also, wenn Sie es sagen, warum dürfen wir nicht zu Ihnen zu Besuch kommen?"

„Hilft es Ihnen zu leben?"

„Jede Kleinigkeit hilft", lachte sie, „und im allgemeinen macht es mir ganz wenig aus, zu Hause zu bleiben. Nur das möchte ich bestimmt nicht versäumen ...!"

„Ja?" Sie hatte sich wieder unterbrochen.

„Nun, an dem Tag, wo Sie uns die Gelegenheit geben."

Es war verblüffend, was der kurze Wortwechsel an dieser Stelle bei ihm bewirkt hatte. Sein gewaltiger Skrupel löste sich plötzlich auf, und an seine Stelle trat etwas außerordentlich Seltsames, dessen Natur ihm erst klar wurde, als er sie verlassen hatte. „Sie können kommen", sagte er, „wann Sie wollen."

Was sich jedoch in ihm abgespielt hatte – daß alles bis auf ein Bewußtsein ihrer eigenen Wirklichkeit fast gewaltsam von ihm abgefallen war –, zeigte sich offenbar in seiner Miene oder seinem Verhalten, und zwar so ausgeprägt, daß sie es für etwas anderes halten konnte. „Ich merke Ihnen an, was Sie denken – daß ich Ihnen damit schrecklich lästig falle und daß Sie lieber fortgehen, ehe Sie solche Behelligung auf sich nehmen. Also lassen wir es."

„Es lassen? Oh!" – jetzt protestierte er geradezu.

„Wenn es Sie geradezu in die Flucht schlägt. Wir wollen nicht, daß Sie gehen."

Es war schön, wie sie für Mrs. Stringham sprach. Was immer es war, er schüttelte jedenfalls den Kopf. „Ich gehe nicht."

„Dann gehe *ich* auch nicht!" erklärte sie heiter.

„Sie meinen, Sie kommen nicht zu mir?"

„Nein – jetzt nie mehr. Das ist vorbei. Aber es ist in Ordnung. Ich meine, davon abgesehen", fuhr sie fort, „daß ich nichts tun werde, was ich nicht darf oder wozu ich nicht gezwungen bin."

„Ach, wer könnte Sie jemals zwingen?" fragte er auf seine Art, ihr jederzeit aus dem Stegreif Mut zuzusprechen. „Sie sind der Mensch auf der Welt, der sich am wenigsten Zwang auferlegen läßt."

„Weil ich, meinen Sie, so frei bin?"

„Der freieste Mensch, den es jetzt wahrscheinlich auf Erden gibt. Sie haben alles."

„Nun", lächelte sie, „nennen Sie es so. Ich beklage mich nicht."

Worauf ihn das erneut wider Willen hineinzog. „Nein, ich weiß, daß Sie sich nicht beklagen."

Sobald er es ausgesprochen hatte, hörte er selbst das Mitleid darin. Daß er ihr erklärte, sie habe „alles", war ein wohlgemeinter, wenn auch über das Ziel hinausschießender Scherz; daß er so zart auszudrücken wußte, sie beklage sich nicht, war dagegen wohlgemeinter, aber schrecklicher Ernst. Milly empfand den Unterschied, das konnte er sehen; ebensogut hätte er sie geradeheraus dafür loben können, daß sie dem Tod ins Angesicht blickte. Vorläufig blickte sie *ihm* wieder ins Gesicht, und es besserte seine Lage nicht, daß sie sanfter denn je auf ihn einging. „Das ist kein Verdienst – wenn man seinen Weg vor sich sieht."

„Zu Frieden und Überfluß? Wahrscheinlich nicht."

„Ich meine, zu bewahren, was man hat."

„Oh, das ist Erfolg. Wenn das, was man hat, gut ist", sagte Densher aufs Geratewohl, „genügt es, danach zu trachten."

„Nun, es ist meine Grenze. Ich trachte nicht nach mehr." Worauf sie mit verändertem Ton anfügte: „Und jetzt zu Ihrem Buch."

„Zu meinem Buch ...?" Er war in einem Augenblick weit davon abgerückt.

„Das Buch, das Susie und ich keinesfalls verderben wollen. Seien Sie versichert, daß nichts uns zu einem solchen Risiko verleiten könnte."

Er zögerte, entschloß sich jedoch. „Ich schreibe gar kein Buch."

„Nicht das, was Sie sagten?" fragte sie verwundert. „Sie schreiben überhaupt nicht?"

Er fühlte sich bereits erleichtert. „Ich weiß auf Ehre nicht, was ich eigentlich mache."

Das ließ sie sichtlich ernst werden; so daß er, nun auf andere Weise aus der Fassung gebracht, Angst davor bekam, was sie darin sehen werde. Sie sah in der Tat genau das, was er befürchtete, doch wieder wurde seine Ehre, wie er es nannte, gerettet, während sie gar nicht wußte, daß sie sie bedroht hatte. Indem sie seine Worte auffaßte, als verrieten sie das Geständnis, er *hätte* womöglich seinerseits Grund zur Klage, wollte sie ihn sichtlich zur Geduld ermuntern, indem sie andeutete, wie er sie vielleicht mit ihrer indirekten Hilfe erlangen könne. Doch noch sichtlicher wollte sie sich vergewissern, wie weit sie sich vorwagen könne; und er sah gleich darauf, wie sie erkannte, daß sie gewissermaßen über einen Prüfstein verfügte. „Wenn es also nicht Ihres Buches wegen ist ...?"

„Wozu *bleibe* ich dann noch?"

„Ich meine, bei Ihrer Arbeit in London – bei allem, was Sie zu tun haben. Ist es für Sie nicht ziemlich müßig?"

„Für mich müßig?" Er erinnerte sich daran, daß Kate gesagt hatte, sie werde ihm womöglich einen Heiratsantrag machen, und er fragte sich, ob sie ihn ganz natürlich auf diese Weise einleiten würde. Angesichts so eines Ereignisses, spürte er bereits, würde er völlig ratlos sein, und in der Verschwommenheit seiner Antwort war vielleicht der Ton seiner schärfsten Besorgnis zu spüren. „Ach, nun ja ...!"

„Ich stelle zu viele Fragen?" Sie erklärte es sich selbst, bevor er protestieren konnte. „Sie bleiben, weil Sie müssen."

Er haschte danach. „Ich bleibe, weil ich muß." Und als er es ausgesprochen hatte, hätte er nicht sagen können, ob es Kate gegenüber loyal oder illoyal war. In gewisser Weise verriet es sie; es ließ ein winziges Stückchen ihres Plans erkennen. Doch Milly nahm es, wie er bemerkte, nur als schlichte Feststellung der ihn betreffenden Wahrheit. Er wartete darauf, wovon ihr Kate gewiß erzählt hatte – auf die Erlaubnis vom Lancaster Gate, sich ein Stück weiter zu nähern. Um mit Tante oder Nichte befreundet zu bleiben, durfte er ohne ihre Erlaubnis keinen Schritt tun. All das las Densher aus der Auffassung des Mädchens über den Sinn seiner Antwort heraus; so daß er das Gefühl hatte zu lügen, und er sich etwas einfallen lassen mußte, um es zu berichtigen. Was ihm gleich darauf einfiel, war: „Genügt es nicht, ganz gleich, was man noch für Komplikationen zu bewältigen hat, letztlich um *Ihret*willen zu bleiben?"

„Ach, das müssen Sie beurteilen."

Inzwischen stand er bereits, um sich zu verabschieden, und auch weil er zuletzt zu rastlos geworden war. Zumindest waren seine Worte Kate gegenüber nicht illoyal; das war genau der Ton ihres Abkommens. Daher war es, indem er sich loyal verhielt, eine andere Art Lüge, die Lüge der unaufrichtigen Behauptung eines Motivs. Er blieb in so geringem Maße „um" Millys willen, daß es sich geradezu ins Gegenteil kehrte. Er wußte es jedoch nicht, und schließlich war es ihm, Gott sei Dank, gleichgültig. Das einzige, was er sagen konnte, mochte es besser oder schlimmer machen. „Also dann, solange ich nicht gehe, müssen Sie sich vorstellen, ich sei ganz dabei, es zu beurteilen!"

30

Nachdem er sie verlassen hatte, ging er nicht nach Hause – er wollte nicht; statt dessen schritt er durch seine engen Gassen und über seine campi mit den gotischen Bögen zu einem kleinen und recht abgelegenen Café, wo er schon mehr als einmal Erfrischung und vergleichsweise Ruhe gefunden hatte, dazu Lösungen, die vor allem und auf wohltuende Art aus weiteren Unschlüssigkeiten bestanden. Es war buchstäblich eine Tatsache: die Lösungen, die ihn an diesem Abend dort erwarteten, während er auf seiner samtbezogenen Bank den Kopf gegen einen reichverzierten Spiegel zurücklehnte und seine Augen nicht weiter schweiften, als die Rauchwolken seines Tabaks reichten, mochte er vielleicht etwas weniger lahm finden als sonst. Das kam nicht daher, daß er, bevor er wieder aufstand, die Möglichkeit eines bestimmten Schrittes vor sich gesehen hätte; es kam einfach daher, daß seine Einsicht, womit er sich eben hatte befassen müssen, der Tatsache schärfere Konturen verlieh, daß er sich eher mit seiner Position abfand. Als er eine halbe Stunde vorher im Palazzo Milly gegenüber in der fraglichen Sache, die er so nachdrücklich als etwas Unmögliches empfand, eine volle Wendung gemacht hatte, auf der Stelle und vor ihren Augen eine volle Wendung, war das unvorbereitet geschehen, weil er viel weiter sah, weil er sah, wie wenig, wenn überhaupt, die Frage der Unmöglichkeit von Belang war. Es war kein Fall für Pedanterie; wenn sich Menschen in *ihrer* Lage befanden, war alles erlaubt. Und ihre Lage war jetzt, wie durch das scharfe Klicken einer Feder ausgelöst, einfach gänzlich die seine – in dem Maße, spürte er, das ihre tiefe Abhängigkeit von ihm bestimmte. Alles, was er tun oder nicht tun würde, stünde in direkter Beziehung zu ihrem Leben, das auf diese Weise absolut in seinen Händen lag – und dürfte sich niemals auf etwas anderes beziehen. Es war durchaus denkbar, er bringe sie am Ende um – auf diese Weise deutete er quasi die Karten, während er in seinem gewohnten Winkel saß. Die diesem Gedanken innewohnende Angst veranlaßte ihn, alles andere zu vergessen, und hielt ihn dort tatsächlich drei Stunden lang reglos fest. Er wiederholte seine Bestellung und rauchte mehr Zigaretten als je zuvor im gleichen Zeitraum. Was für ihn sichtbar geworden war, war sofort mit aller Heftigkeit als Schrecken sichtbar geworden; so daß jegliches Handeln, ob richtig oder falsch – sofern ein solcher Unterschied überhaupt noch fortbestand –, mit einem deutlichen „Pst!" die Ermahnung vernommen hatte, sich von diesem Moment an gespannt still zu verhalten. Er bedachte, solange seine Nachtwache dauerte, die verschiedenen Möglichkeiten, das zu tun, und die Stunde hätte ihm als eine Lektion dienen können, auf Zehenspitzen zu gehen.

Was er schließlich mit heimnahm, als er das Lokal zu verlassen wagte, war die Einsicht in die Wahrheit, bei jedem anderen Vorgehen könne er geradenwegs der Vernichtung anheimfallen. Die Vernichtung repräsentierte sich ihm in dem Gedanken, er könne auf Millys Seite wirklich etwas zur Krise treiben. Etwas, das man dazu „trieb“, folgerte er mühelos, *mußte* auf diese oder jene Weise in eine Katastrophe ausarten. Er war mit ihrem Schicksal verknüpft, oder falls das besser war, ihr Schicksal war mit *ihm* verknüpft, so daß eine einzige falsche Bewegung, so oder so, den Faden zum Zerreißen bringen konnte. Gewiß, diese Erwägungen verhalfen ihm schließlich einigermaßen zur Ruhe, denn worauf sie so lichtvoll hinausliefen, war, daß er nichts tun durfte, und das stimmte schließlich damit überein, was ihm Kate als Bürde auferlegt hatte. Er sollte sich lediglich nicht ohne die Erlaubnis des Mädchens von der Stelle rühren – ohne sie, eigentlich sonderbar genug, keinen Schritt tun, ob nun zu ihr hin oder von ihr weg, ebensowenig wie er es ohne Kates Erlaubnis durfte. Darauf beschränkte sich seine Einsicht – wieder auf die Notwendigkeit, einfach freundlich zu sein. Das war dasselbe, wie sich still zu verhalten – mit Bedacht die geringstmögliche Schwingung auszulösen. Während er rauchte, fühlte er sich in einem Zimmer eingeschlossen, wo an der Wand etwas Kostbares allzu unsicher aufgehängt war. Ein falscher Schritt würde es herabstürzen lassen, aber es sollte so lange wie möglich dort hängen. Als er fortging, erkannte er, bei diesem Stand der Dinge würde ihn nicht einmal die Fleet Street mit Erfolg in Bewegung setzen. Auch wenn sein Chefredakteur telegraphierte, er werde gebraucht, konnte er sich ihm gegenüber ohne weiteres als taub erweisen. Sein Geld war für das müßige Leben vielleicht etwas knapp; doch zum Glück war Venedig billig, und zudem war es eine wunderliche Tatsache, daß Milly ihn gleichsam unterstützte. Der größte Aufwand für ihn bestand wirklich darin, zum Dinner in den Palazzo zu gehen. Kurz, er wollte das nicht aufgeben, und er könnte sich wahrscheinlich, meinte er, still genug verhalten.

Er versuchte es also drei Wochen lang, und nach kurzer Zeit mit dem Gefühl, nicht versagt zu haben. Es bedurfte einer feinen Kunst, denn er bemühte sich nicht – ganz im Gegenteil –, zurückhaltend oder langweilig zu sein. Das wäre nicht „nett“ gewesen; und „nett“ zu sein war in der ihm eigenen Form das wahre Gesetz seines Handelns. Auch das hätte eben jene Schwingung hervorrufen können, die er zu vermeiden wünschte; so daß er am zweckmäßigsten alles in der ursprünglichen Lage hielt, indem er nicht zögerte oder befürchtete, sich gleichsam gehenzulassen – das heißt, sich in Richtung des Dableibens gehenzulassen. Es hing davon ab, wohin er ging; das meinte er damit, sich vorzusehen. Wenn man auf Zehenspitzen ging, konnte man sich zum Rückzug wenden, ohne das Manöver zu verraten. Vollkommener Takt – die Notwendigkeit dazu hatte er, wie wir wissen, glücklicherweise von Anfang an erkannt – hieß, jeglichen Umgang im Ton des absolut Feststehenden zu halten. So stand zum Beispiel fest, daß sie unzertrennlich gute Freunde waren, und desgleichen stand fest, daß der Umstand, daß sie eine Amerikanerin war, genau zur rechten Zeit zutage trat und sich für die Beziehung, in der sie miteinander standen, als unschätzbarer Gewinn erwies. Wenn sie im Lauf der Tage ihr Vorrecht auf die großartige nationale, weibliche wie jugendliche Zwanglosigkeit nicht ausschöpfen sollte, wenn sie nicht, feinfühlig reagierend, zu beweisen wünschen und anstreben sollte, daß sie darüber verfügte, so läge das zumindest nicht an einem Versäumnis Denshers, sie angesichts seiner Idee immer wieder dazu anzuhalten, kurzum, daß er es daran hätte mangeln lassen, sie aufzumuntern und daran zu erinnern. Vielleicht sprach er ihr gegenüber nicht direkt aus, daß dies die Eigenschaft sei, die sie zuallerletzt fallenlassen dürfe; doch er sprach davon, freimütig und, wie er sich schmeichelte, unpersönlich, und dadurch blieb es ihr stets vor Augen – da er auch darauf bedacht war, angenehm zu plaudern. Es war letztlich die Idee beider zugleich und das markanteste ihrer Hilfsmittel. Diese Art war so elastisch, daß sie sich fast in jede beliebige Richtung dehnen ließ; und doch, ungedehnt war sie unaufdringlich, blieb normal, hielt sich schicklich in Grenzen. Und er *hatte* inzwischen, Gott sei Dank, ohne daß es ihn allzusehr störte, auf seiten des Mädchens den Eindruck einer ganz eigenartigen, bewußten Willfährigkeit, den Eindruck, daß sie in großem Maße tat, was er wollte, auch wenn sie nicht ganz einsah, warum. Sie sprach das einmal beinahe aus, als sie sagte: „O ja, Sie mögen es, wenn wir uns geben, wie wir sind, weil es die Dinge für Sie gewissermaßen bequem macht, obwohl wir das nicht ganz ermessen können: ich glaube, man muß Engländer sein, um es ermessen zu können!" – und auch das, sonderbar genug, ohne ihrer Gutmütigkeit Abbruch zu tun. Man hätte sich vorstellen können, sie tue – das heißt, sie sei –, was er wolle, und sei es nur, um beurteilen zu können, wohin sie beide das führen würde. Als es sich fortsetzte, *sahen* sie einander wirklich bei der Partie; sie wußte, daß er versuchte, sie mit seiner Vorstellung in Einklang zu halten, und er wußte, daß sie es auch wußte. Fügen wir an, daß er wiederum wußte, daß sie wußte, und daß dadurch doch nichts verdorben war, und wir bekommen einen guten Eindruck von der am umfassendsten brauchbaren Spielregel der beiden. Für uns muß es vor allem anderen die seltsamste Tatsache bleiben, daß sich eben der Erfolg, den er selbst auf diese Weise förderte, zu seiner dankbaren Freude als das darstellte, was über seinen Horizont, über Kates Horizont hinaus alltäglich für den Anstand sorgte. Es wäre kaum ein glücklicher Griff gewesen – ganz gewiß hätte es nicht als Mittel zur Verhinderung von Reibungen genügt –, hätte der auf diese Weise beschworene Nationalcharakter nicht in Millys Resonanzbreite ebenso unergründlich wie vollkommen gelegen. Er sorgte für die Einheit ihres Wesens, und es war das eine, was er bei ihr unbegrenzt voraussetzen durfte.

Das tat er täglich, zwanzig Tage lang, ohne gesteigerte Furcht vor unangemessenen Schwingungen, vor denen er auf der Hut blieb. Er wußte, in seiner Nervosität lebte er bestenfalls von Tag zu Tag und von der Hand in den Mund; und doch glaubte er, es sei ihm gelungen, einen Fehler zu vermeiden. Alle Frauen verfügten über Alternativen, und auch bei Milly dürften diese anfällig sein; doch der Nationalcharakter war fest in ihr verankert, ob er nun mittlerweile praktisch ihr ganzes Wesen ausmachte oder nur einen Teil davon; der Nationalcharakter, der bei einer noch jungen Frau aus der Luft, die sie atmete, sozusagen einen Nichtleiter machte. Erst bei einer bestimmten Gelegenheit nach Ablauf der zwanzig Tage geschah es, daß er bei der Ankunft im Palazzo zur Teezeit die Auskunft bekam, die signorina padrona „empfange nicht". Das meldete ihm auf dem Hof einer der Gondolieri und zwar, wie ihm schien, mit einem so wissenden Blick, wie er kaum ausbleiben konnte, wenn man um sein bisher völlig offenkundiges Recht des freien Zutritts wußte. Densher hatte im Palazzo Leporelli nicht zu den Leuten gehört, die man empfing, er hatte ein für allemal einen Platz unter denen eingenommen, die dazugehörten, weshalb er es nach dieser sichtlichen Abweisung im nächsten Augenblick als angemessen ansah, noch einen Anlauf zu machen. Wie es schien, empfing keine der beiden Damen, und doch mochte Pasquale nicht behaupten, eine von beiden befinde sich *nicht* wohl. Er mochte jedoch auch nicht behaupten, eine von beiden *befinde* sich wohl, und seine Miene wäre ausdrucks*leer* gewesen, bemerkte Densher für sich, hätte sich das Wort überhaupt auf

Angehörige eines Volkes anwenden lassen, bei dem die Leere stets nur ein Hort bedrohlicher Schatten war – nicht eine glatte Oberfläche, sondern ein Ort der Zurückgezogenheit, wo unsichtbar etwas Finsteres, Unheilverkündendes lebte. In dieser Stunde spürte er wahrlich von neuem die Kraft des Vetos, dem im Hause jede Erwähnung, jede Kenntnis der Anfälligkeit seiner Herrin unterworfen war. Weder ihre Gesundheit noch ihre Krankheit wurden hier als Begründung kundgetan. Ob man sie im Innern als solche wahrnahm, war etwas anderes; das wurde ihm vollends klar, als er seine Nachfrage weiterführte. Er wandte sich an seinen Freund Eugenio, den er sofort holen ließ, dem er in der Galerie, die von den Stufen am Kanal zum Hof führte, vor dem Wetter geschützt, drei inhaltsschwere Minuten lang gegenüberstand und den er in Gedanken immer seinen Freund genannt hatte, weil er unverkennbar kurzen Prozeß mit ihm gemacht hätte, wenn es ihm möglich gewesen wäre. Das brachte eine Beziehung hervor, die eine besondere Bezeichnung verlangte, wahrlich eine enge Vertrautheit des beiderseitigen Bewußtseins – eine Vertrautheit von Auge, Ohr und Empfindungsvermögen, nur nicht der Zunge. Anders gesagt, war unserem jungen Mann in den fünf Wochen keineswegs verborgen geblieben, daß Eugenio durchaus keine hohe Meinung von ihm hegte, eine vulgäre Meinung, der Densher entschieden nicht entgegenzutreten vermochte. Jetzt lag das alles wieder in der Luft; es war so stark zwischen ihnen wie nur je, während Eugenio ihm im Hof förmlich gegenüberstand.

Seit dem frühen Morgen war das Wetter in Sturm umgeschlagen, den ersten Seesturm des Herbstes, und Densher hatte fast boshaft dafür gesorgt, daß Eugenio die äußere Treppe zu Millys piano nobile herabkommen mußte – den massiven Aufgang, die große Besonderheit des Hofes. Damit wollte er ihm – es war die einzige Gelegenheit – die vulgäre Meinung heimzahlen; die Meinung, der junge Mann aus London, aufgeweckt und keineswegs reich, sei – ganz handgreiflich – auf Miss Theales Vermögen aus. Es sollte ihm die weitere Folgerung heimzahlen, er müsse den ergebensten (kaum weniger an dem hochragenden Objekt der Anziehung interessierten) Diener der jungen Dame für einen sonderbar oberflächlichen Menschen halten, wenn er in solchem Zusammenhang damit rechne, unbehindert zu Reichtum zu kommen. Die Meinung war für Densher vulgär, weil es etwas war, das man lediglich von einem anderen hätte annehmen können, und demzufolge hatten ihn allein drei Dinge davon abgehalten, sich Recht zu verschaffen. Das eine war, daß sein Kritiker nur in unpersönlicher, geradezu unmenschlicher Höflichkeit Ausdruck suchte; das zweite, daß feine Nuancen des Ausdrucks beim Diener einer Freundin nichts waren, woraufhin ein Besucher etwas unternehmen konnte; und das dritte war, daß dieses ihm zugeschriebene spezielle Motiv letztlich nicht unbillig war. Es war seine eigene Schuld, wenn die vulgäre Meinung und die Meinung, die man von einem anderen hätte haben können, zufällig so unabänderlich auf ihn paßten. Was das anbetraf, so unterschied er sich doch nicht so viel von einem anderen. Kurz, wenn also Eugenio sich für ihn als „mein Freund" darstellte, weil er erkannte, daß jener all das in ihm sah, ließ er ihn, in derselben Richtung, im Verlauf ihres gegenwärtigen Gesprächs noch unendlich viel mehr sehen. Densher merkte, indem er sich nicht mit der Auskunft des Gondoliere begnügte, betonte er zweifellos den Eindruck, hartnäckig das ihm zugeschriebene Ziel zu verfolgen; und doch spürte er es nur in dem vergrößerten, dem gesteigerten Abstand, der mittlerweile zwischen ihnen festgelegt war. Eugenio hatte selbstverständlich bedacht, ein Wort an Miss Theale von diesen Lippen würde ihn seine Stellung kosten; doch er besann sich auch darauf, solange das Wort nicht ausgesprochen wäre – und das war auf die Weise, wie er alles geregelt hatte, nicht möglich –, mochte er die Vorstellung genießen, auf Posten zu stehen. Er hatte noch nie so deutlich auf Posten gestanden, das konnte Densher erkennen, wie in diesen Minuten in der feuchten loggia, wo die Sturmböen kräftig waren; tatsächlich kam infolge seiner Gegenwart in dem jungen Mann plötzlich das scharfe Gefühl auf, alles habe sich zum Üblen gewendet. Etwas war geschehen – er wußte nicht, was; und Eugenio würde es ihm gewiß nicht mitteilen. Was Eugenio ihm mitteilte, war, er glaube, die Damen – als wäre beider Anfälligkeit gleich groß – seien ein „wennich" ermüdet, nur ein „wennich, wennich", und ohne einen Grund dafür anzugeben. Es war eines der Zeichen, die Densher an ihm auffielen, daß er kraft eines verfeinerten Ideenreichtums auf sein eigenes Italienisch stets englisch antwortete und auf sein Englisch italienisch. Wie üblich lächelte er ihm dabei schwach zu – diesmal jedoch unendlich schwach, denn unser junger Mann erkannte, daß sein Verhalten auch auf den Sachverhalt abgestimmt war, worum es sich auch handeln mochte, der an dem Bruch des Friedens schuld war.

Während sie eine lange Minute dastanden und einander über alles, was sie nicht aussprachen, hinweg die Stirn boten, trug auch dieses Verhalten zu dem plötzlichen schrillen Mißklang in Denshers wohlbehüteter Existenz bei. Es war ein Venedig des Unheils, das über beide gleichermaßen hereingebrochen war, so daß sie in ihrer Beängstigung eins gewesen wären, hätten sie sich wirklich auf dieser Ebene begegnen können; ein Venedig eines aus tiefhängendem, schwarzem Himmel herabpeitschenden kalten Regens, eines die schmalen Passagen durchtobenden tückischen Windes, ein Venedig allgemeinen Stockens und Stillstands, wo all die mit dem Leben auf dem Wasser beschäftigten Menschen sich gestrandet und ohne Verdienst, gelangweilt und zynisch unter Bögen und Brücken zusammendrängten. Der stumme Austausch unseres jungen Mannes mit seinem Freund barg inzwischen so tiefgründige Anspielungen, daß sie, hätte der Druck nur ein wenig länger angehalten, einen Punkt hätten erreichen können, wo sie beide die gleiche Schwäche gezeigt hätten. Jeder hatte wahrhaft etwas im Sinn, das den wechselseitigen Verdacht mit Stumpf und Stiel ausgerottet hätte und angesichts dessen, als Möglichkeit, sie mehr vereint als entzweit waren. Doch es sollte für Densher ein Moment gewesen sein, der ihm nichts zu erleichtern vermochte – nicht einmal der formelle Anstand, mit dem sein Gesprächspartner ihn schließlich zum portone geleitete und seinen Rückzug mit einer Verbeugung begleitete. Von einem Wiederkommen war kein Wort gefallen, und die Luft hatte sich als nicht leitfähig für Botschaften erwiesen. Als Densher sich wieder auf den Weg machte, wußte er selbstverständlich, daß es nicht Eugenios Aufforderung zum Wiederkommen war, was er vermißte; doch gleichzeitig wußte er, was ihm widerfahren war, stellte einen Teil seiner Strafe dar. Draußen auf dem Platz jenseits der Fondamenta, die zum Tor auf der Landseite des Palazzos führte, draußen, wo der Wind stärker wehte, zog er beim Gedanken daran den Regenschirm tiefer herab. Es konnte anderen gar nicht verborgen genug bleiben, sein Bewußtsein – die fatale Lage, kraft einer Verkettung von Umständen solche Dinge einfach *hinnehmen* zu müssen: Dinge wie die Tatsache, daß ein sehr scharfsinniger Mensch auf der Welt, den er nicht als eigennützigen Schurken abtun konnte, eine Meinung von ihm hegte, die sich nicht angreifen, nicht widerlegen, nicht einmal – was das allerschlimmste war – erkennbar zur Kenntnis nehmen ließ. Man war in eine fragwürdige Lage geraten, wenn es auf die Meinung eines Bediensteten ankam. Auf Eugenios Meinung wäre es angekommen, wäre sie auch – auf eine gemeine Sicht äußerlicher Erscheinungen gegründet – ganz falsch gewesen. Um so unangenehmer war es demnach, daß die Sicht der äußerlichen Erscheinungen ganz zutreffend und doch kaum weniger gemein war.

Gleichwohl schüttelte Densher sie erst recht ungeduldig ab, weil er aus anderen Gründen rastlos war. Ungeachtet des Wetters mußte er sich bewegen, und er wandte sich auf gewundenen Wegen zur Piazza, wo die Arkaden ihm Schutz gewähren würden. Hier, in der hohen Arkade, war halb Venedig eng zusammengedrängt, während auf dem Molo, an der Grenze des weiten Raums, die alten Säulen mit dem heiligen Theodor und dem geflügelten Markuslöwen dem Rahmen einer dem Sturm weit geöffneten Tür glichen. Während er dahinschritt, schien es ihm sonderbar, daß es einen solchen Unterschied gemacht haben sollte – sofern der Unterschied nicht nur darin bestand, daß ihm der Palazzo zum ersten Mal das Willkommen versagt hatte. Da war noch mehr, doch davon ging es aus; das brachte den Mißton hervor und zerstörte den Zauber. Jetzt war mit Nässe und Kälte zu rechnen, und für Densher war es ganz, als hätte er mitangesehen, wie der Spielraum für eine gläubige Zuversicht, in der sie alle lebten, mit einem Schlag zerstört wurde. Der Spielraum war seine Bezeichnung dafür gewesen – für das, was, obwohl es standgehalten hatte, keine Erschütterung vertragen konnte. In irgendeiner Form war die Erschütterung eingetreten, und er rätselte darüber, während er sich zwischen gleich ihm ziellos Schlendernden durchwand und die Augen blicklos auf den Plunder in den Auslagen gesenkt hielt. Die Arkaden waren abschnittsweise mit roten Marmorquadraten gepflastert, jetzt schmierig vom salzigen Wasserstaub; und der ganze Platz mit seiner kolossalen Eleganz, mit der Anmut seines Entwurfs und der Schönheit seiner Details glich mehr denn je einem großartigen Empfangssalon, dem Empfangssalon Europas, durch ein widriges Schicksal entweiht und in Verwirrung versetzt. Er streifte an braunen Männern vorbei, denen der Hut schief auf dem Kopf saß und die mit den leeren Ärmeln ihrer übergeworfenen Jacketts melancholischen Teilnehmern einer Maskerade glichen. Die sonst aus den Cafés herausquellenden Tische hatte man, unter Wahrung eines Anscheins von Dienstbereitschaft, unter die Arkaden hereingeholt, und hier und da nahm ein bebrillter Deutscher mit hochgestelltem Mantelkragen Nahrung und Philosophie zu sich. Das waren Eindrücke auch für Densher, doch er hatte dreimal die volle Runde gemacht, bevor sein Schritt unter der Gewalt der heftigsten Überraschung vor dem „Florian“ stockte. Sein Auge hatte im Café ein Gesicht erfaßt – er hatte hinter dem Glas einen Bekannten entdeckt. Densher war lange genug stehengeblieben, um zweimal nach dem Mann zu sehen, der dort voll im Blickfeld an einem Tischchen saß, auf dem, halb geleert und offenbar vergessen, noch ein Glas stand; zwar hatte er, während er sich zurücklehnte, eine französische Zeitung auf den Knien – der Titel des „Figaro“ war sichtbar –, aber er starrte geradeaus auf die gegenüberliegende verschnörkelte Trennwand. Densher sah ihn eine Minute lang im Profil, sah ihn eine Zeitspanne lang, in der seine Identität vollauf genügte, sehr rasch Zusammenhänge herzustellen – überraschende und direkte Zusammenhänge; und dann, als hätte nur noch das gefehlt, begegnete er dem Blick, den eine Kopfwendung bestimmte, anscheinend als unmittelbares Resultat des Gefühls, beobachtet zu werden. Diese umfassendere Sicht zeigte ihm den *ganzen* Lord Mark – Lord Mark, wie er ihm mehrere Wochen vorher begegnet war, als sie beide zum ersten Mal im Palazzo Leporelli vorsprachen. Denn es war der ganze Lord Mark gewesen, der damals ging, als er eintrat – er hatte es zu jener Zeit in der Vorhalle gespürt; und dementsprechend war er um so besser imstande, binnen weniger Sekunden dieselbe bedeutsame Größe zu erkennen, als die erneute Begegnung sie ans Licht brachte.

Die ganze Szene war – konnte es nur sein – eine Sache von wenigen Sekunden; denn da er einerseits nicht dort stehenbleiben und hinstarren konnte, andererseits von da aus auch keine Annäherung möglich war, hatte er bald seine Wanderung wiederaufgenommen – und diesmal in einem anderen Tempo. Wahrhaftig, während dieses kurzen Zwischenhalts war ihm gewesen, als hätte er seine Antwort auf das Rätsel des Tages erlangt. Lord Mark hatte ihn einfach – wie er *ihn*, als er ihn nicht gleich erkannt hatte – als eine Gestalt aus der durchfeuchteten, dahinschiebenden Menge gesehen. Dann war es deutlich, wenn auch zögernd, zum Wiedererkennen gekommen; doch die beiderseitige Gewißheit hatte kein Aufleuchten eines Grußes entzündet. Die Bekanntschaft zwischen ihnen war so flüchtig, daß keiner sie aufzugreifen brauchte. Daß keiner von beiden es getan hatte, war jetzt jedoch nicht das Wichtige, sondern daß der im „Florian“ sitzende Herr überhaupt in der Stadt war. Er konnte noch nicht lange da sein; Densher, zwangsläufig ein häufiger Besucher des großen Platzes der Begegnungen, hätte ihn in diesem Fall schon einmal gesehen. Er stattete nur kurze Besuche ab; er war unterwegs; sogar während er da saß, drehte es sich um die Abfahrt seines Zuges oder Schiffes. Er war aus einem bestimmten Grund zurückgekommen – als Fortsetzung seines vorigen Besuches; und weswegen er auch immer zurückgekehrt war, er hatte Zeit gehabt, es zu erledigen. Womöglich war er erst am vorigen Abend oder an diesem Morgen eingetroffen; er hatte bereits den Unterschied bewirkt. Für Densher war es etwas ganz Wichtiges, diese Antwort zu erhalten. Er hielt sie fest, drückte sie eng an sich, beugte sich förmlich darüber, während er weiter seine Kreisbahn abschritt. Es trieb ihn ständig vorwärts – es machte ihn nicht weniger rastlos. Doch es erklärte etwas – und das war viel, denn mit Erklärungen mochte er irgendwie zurechtkommen. Die Bosheit und Tücke in der Luft gliche sonst zu sehr dem Hauch des Verhängnisses. Das Wetter war umgeschlagen, der Regen war scheußlich, der Wind schneidend, das Meer unmöglich, alles *wegen* Lord Mark. Seinetwegen, a fortiori, war der Palazzo verschlossen. Densher machte noch zweimal die Runde und fand jedesmal den Besucher vor wie beim ersten Mal. Das heißt, einmal starrte er vor sich hin; beim nächsten Mal überflog er seinen „Figaro", den er aufgeschlagen hatte. Densher blieb nicht noch einmal stehen, anscheinend war er beim Vorübergehen unbemerkt geblieben – beim letzten Mal war Lord Mark verschwunden. Er hatte nur den Tag hier verbracht; noch am Abend würde er abreisen; jetzt war er ins Hotel gegangen, um Vorkehrungen zu treffen. Diese Dinge waren für Densher so klar, als hätte man es ihm mit Worten mitgeteilt. Das unverständliche Dunkel hatte sich für ihn aufgehellt – sofern es aufgehellt war; etwas sah er nicht, das Entscheidende; doch er sah alles darum herum, und er war so dicht daran, daß es fast schon genügte. Er hatte einen Mann betrachtet, der getan hatte, weswegen er gekommen war, und dem das Getane vorläufig genug erschien. Der Mann war wiedergekommen, um Milly zu besuchen, und Milly hatte ihn empfangen. Sein Besuch dürfte direkt vor oder nach dem Lunch stattgefunden haben, und das war der Grund, weswegen er selbst ihre Tür verschlossen gefunden hatte.

Er sagte sich an diesem Abend, er sagte es sich am nächsten Morgen immer noch, er wolle nur einen Grund wissen, und wenn er einen solchen erkannt hätte, könnte er sich – wie er es nannte – um seine eigene Sache kümmern. Seine Sache war es, hatte er, wie wir wissen, entschieden, sich vollkommen still zu verhalten; und er fragte sich, was ihn daran hindern könne, sich im Zusammenhang mit der Krise so bemerkenswert tadelsfrei zu fühlen. Er räumte dem äußeren Anschein jedes Recht zur kritischen Beurteilung ein, damit er, falls Tadel daraus erwüchse, nicht das Gefühl haben müßte, ihr ausgewichen zu sein. Doch es war ganz und gar nicht er, der sich ihr heute genähert hatte, und wenn sie aus der Fassung geraten war, war das ganz und gar nicht sein Werk. Die Fähigkeit, es so zu sehen, bewirkte für Densher mehrere Stunden lang eine Art Hochstimmung. Die Hochstimmung erfuhr zudem noch eine Steigerung durch die sichtbar gewordenen – ihm ins Auge springenden, auffälligen, häßlichen – Umstände der Rückkehr Lord Marks. In all den nächsten Stunden, und deren gab es viele, sah er sie ständig als ein Zeichen, das auf den ersten Blick Schlimmes verhieß, sogar für seine eigene derzeitige Ignoranz. Um es als übel, als mit Sicherheit in hohem Maße „unangenehm" zu sehen, brauchte er nichts weiter darüber zu wissen, als er auf so erstaunliche Weise mühelos aufgeschnappt hatte. Man konnte das arme Mädchen nicht so überfallen, ohne sich durch eben diese Tatsache als brutal zu erweisen. So ein Besuch war ein Gewaltstreich, eine Invasion, ein Angriff und machte genau die eine oder andere sinnlose Aufregung aus, die er selbst ihr anständigerweise zu ersparen getrachtet hatte. Bis zum nächsten Morgen hatte sich Densher sogar zu dem Gedanken aufgeschwungen – den er bei passender Gelegenheit rückhaltlos vorgebracht hätte –, die einzige zartfühlende und ehrenhafte Weise, eine Person in derartiger Verfassung zu behandeln, sei die *seine*, Merton Denshers. Mit der Zeit – denn der Eindruck verstärkte sich nur noch – wurde dieses Gefühl des Kontrasts, zu Merton Denshers Gunsten, sogar zu einem Gefühl der Erleichterung und dieses wiederum zu einem Gefühl, davongekommen zu sein. Es war weiß Gott – und er holte daraufhin tief Luft –, als wäre für ihn eine bestimmte Gefahr vorüber. Lord Mark hatte sie, ohne einen solchen Dienst im geringsten zu beabsichtigen, vollständig aus dem Weg geräumt. *Er*, der Rohling, war genau der falschen Eingebung in die Arme gestolpert und hatte dadurch eben dem Menschen, dem er hatte schaden wollen, Straffreiheit verschafft, die vergleichsweise ein Zustand der Unschuld war, ja die fast einer Läuterung gleichkam. Der Mensch, dem er hatte schaden wollen, konnte nur der Mensch sein, der so unerklärlich herumlungerte. Sich still zu verhalten hieß für diesen Menschen inzwischen mehr denn je, alles fortzusetzen; und alles fortzusetzen hieß, sofern das bei eingehender Überlegung zweckmäßig schien, in den nächsten ein, zwei Tagen nicht zum Palazzo zurückzukehren.

Die ein, zwei Tage vergingen – dehnten sich auf drei Tage aus; und mit der ungewöhnlichen Wirkung, daß Densher sich in ihrem Verlauf nur um so mehr reingewaschen fühlte. Er würde ein Zeichen bekommen, wenn seine Anwesenheit dort gelegener käme; und solange das ausblieb, konnte er sich immerhin die bekannten Skrupel sparen. Es wäre im Sinne keiner der beiden Frauen gewesen, daß er wiederkäme und nur Eugenio gegenüberstehen sollte. Das war unmöglich – wieder abgewiesen zu werden; denn es machte ihn praktisch rechenschaftspflichtig, und rechenschaftspflichtig war er eben nicht. Das Fernbleiben bedeutete auch keine Vernachlässigung, alldieweil er von dem Moment an, da er keinen Zutritt bekam, lediglich irgendeine hoffnungsvolle Äußerung hinsichtlich der Gesundheit hätte ausrichten lassen können. Da ihm eine solche Formulierung kategorisch untersagt war, konnte er nur abwarten – wobei ihm sogar half, daß er sich, wie Tag um Tag verstrich, immer stärker dazu angespornt fühlte. Die Tage selbst waren alles andere als freundlich, Wind und Wetter hielten an, die Kälte ohne Heizung verhieß Schlimmeres; der gebrochene Zauber der Welt ringsum zerbröckelte in noch kleinere Stücke. Er schritt in seinen Zimmern auf und ab und lauschte auf den Wind – lauschte auch, ob die Türglocke läutete, und hielt Ausschau nach einem Dienstboten aus dem Palazzo Leporelli. Vielleicht bekäme er schriftliche Nachricht, doch die Nachricht kam nicht; stundenlang blieb er zu Hause, um sie nicht zu verpassen. Wenn er nicht zu Hause war, kreiste er wieder umher wie zu der Stunde, als er Lord Mark gesehen hatte. Mit der Herde der Flüchtlinge schlenderte er über die Piazza; er durchkämmte die Straßen der Umgebung und die Cafés auf die Aussicht hin, daß der Rohling, wie er ihn jetzt ständig vor sich sah, *vielleicht* noch da wäre. Er wußte, er könnte nur da sein, um erneut empfangen zu werden; und das – man brauchte es sich nur vorzustellen – wäre wirklich ein starkes Stück. Er war jedoch abgereist – das war erwiesen; wenngleich Denshers Interesse für die Frage, so oder so, nur noch steigerte, was ihm an seiner derzeitigen Nervenprobe am wenigsten schmeckte. Alles lief wieder darauf hinaus, was er um Millys willen tat – Tage zu verbringen, denen weder die Erlösung noch die Flucht einen Beigeschmack des Verächtlichen nehmen konnten. War es etwa nicht verächtlich, wenn ein Mann von seinen Fähigkeiten sich zu solchem Zeitvertreib herabwürdigte? War es etwa nicht schändlich für ihn, im Regen umherschlurfend, in Läden zu spähen und mögliche Begegnungen in Betracht ziehen zu müssen? War es etwa nicht widerwärtig, sich bei der Frage zu ertappen, wozu eine mögliche Begegnung zwischen ihm und einem anderen führen mochte? Immer wieder gab es Momente, wo er sich, trotz alledem, nicht rechtschaffener als der andere vorkam. Und doch wußte er selbst noch am dritten Tag, als immer noch keine Nachricht eingetroffen war, mehr denn je, daß er sich um alles in der Welt nicht von der Stelle gerührt hätte.

Er dachte an die beiden Frauen in ihrem Schweigen – zumindest dachte er an Milly –, die wahrscheinlich nunmehr aus eigenen Gründen nachdrücklich wünschten, er möge abreisen. Der kalte Hauch ihrer Gründe hing, neben allem anderen, in der Luft; doch diese waren ihm genauso gleichgültig wie ihr Wunsch selbst, und er würde ihr zum Trotz bleiben, dem Vorwurf zum Trotz bleiben, vielleicht irgendeiner letzten Erfahrung zum Trotz bleiben, die bis an die Grenze des Erträglichen schmerzhaft wäre. Wie immer geläutert er war, das würde für ihn die einzige Möglichkeit sein, seine Untadeligkeit über jeden Irrtum erhaben hervorzukehren. Es hieße, Unangenehmes hinzunehmen, und das Unangenehme wäre ein Beweis; ein Beweis, daß er nicht der Sache – der sozusagen angenehmen Sache – wegen geblieben war, die Kate beim Namen genannt hatte. Was Kate genannt hatte, sollte nicht der Vorwurf gewesen sein, trotz mancher Winke zu bleiben. Es gehörte zu dem Vorwurf wie auch zur Wirklichkeit, daß Kate sich bequemerweise gerade jetzt ganz abseits hielt. Diese Stunden waren die ersten seit ihrer Flucht, in denen sein Bewußtsein dessen, was sie am Abend davor für ihn getan hatte, eine Einschränkung erfahren sollte. Es war sonderbar, es war vielleicht verächtlich, so bald danach solche Gedanken zu hegen; doch einer der Fingerzeige, die seine Einsamkeit hervorbrachte, war, sie habe für sich gesorgt. Sie war durch ihr Vorgehen aus allem heraus, in demselben Maße, wie er darinsteckte; und dieser Unterschied wuchs geradezu in dem Maße wie seine eigene Intensität. Bei ihrer letzten scharfen Wechselrede – scharf, wenn auch stark gedämpft, und jedes Wort endgültig und tiefgründig, ungleich den tiefgründigsten Worten, die sie bisher je gesprochen hatten – hatte sie gesagt: „Briefe? Nie – *jetzt.* Überlege doch. Unmöglich." So hatten sie also, als er ihren Sinn hinreichend erfaßt hatte – aus dem er trotzdem eine eigenartige Inkonsequenz herauslas –, ihre Absprache praktisch mit dem Abbruch ihrer Korrespondenz besiegelt. Zudem hatte er, als er Kate verlor, ihrem Gesetz des Schweigens Genüge getan; denn daß er ihr nicht schrieb, war unbedingt Ausdruck eines feineren Zartgefühls, als wenn er geschrieben hätte, wie er hätte schreiben müssen, hätte er von ihnen beiden gesprochen. Das wäre ein unsauberer Zug gewesen, und nach ihrer Idee sollten sie sich edel verhalten; was in gewissem Grade ein Kunstgriff war. Nur ließ dieser, im Notfall, ihre Seelenruhe verhältnismäßig unbehelligt. Und *ihn* ließ er, unter den gegebenen Umständen, auf ganz eigentümliche Weise allein. Das heißt, er war allein, bis am Nachmittag seines dritten Tages, in der einfallenden Dämmerung und bei erneut einsetzendem Regen, als seine schäbigen Zimmer in ihrer unabänderlichen Trübseligkeit für die Augen anderer sicherlich den schlechtesten Eindruck machten, die grinsende padrona die Tür aufstieß und Mrs. Stringham einließ. Das änderte schlagartig alles, besonders als er sah, daß seine Besucherin eine Last trug. Es schien ein Teil ihrer Last zu sein, daß sie einen nassen Regenmantel anhatte, daß sie der guten Frau geistesabwesend und gleichgültig gestattete, ihr den Schirm abzunehmen, und daß ihr unter dem peitschenden Wind dunkelrosig angelaufenes Gesicht – und ihr Schleier auch – so naßgespritzt war, als wären die Regentropfen ihre Tränen.

31

Sie kamen fast sofort zur Sache; später sollte er sich wundern, wie wenige Schritte sie benötigt hatten. „Sie hat das Gesicht zur Wand gekehrt."

„Sie meinen, es geht ihr schlechter?"

Die arme Dame stand da, wie sie stehengeblieben war; Densher hatte im jähen Aufflammen seines Eifers, seiner Neugier, bei ihrem Anblick hellwach, auf der Stelle die padrona fortgewinkt, die sich erboten hatte, ihr den Regenmantel abzunehmen. Sie sah sich durch den nassen Schleier hindurch vage um, des Schritts, den sie unternommen hatte, nur allzusehr bewußt, und wünschte sich nur, es wäre nicht im Dunkeln geschehen, doch nahm sie sichtlich noch nichts wahr. „Ich weiß nicht, *wie* es ihr geht – und deshalb bin ich zu Ihnen gekommen."

„Ich bin wirklich froh, daß Sie gekommen sind", sagte er, „und mir ist – Sie geben mir das Gefühl –, als hätte ich ganz unglücklich auf Sie gewartet."

Sie ließ ihn wieder ihre trüben Augen sehen – sie griff sein Wort auf. „Waren Sie unglücklich?"

Jetzt jedoch erstarb ihm das Wort auf den Lippen. Es hätte ihm wie eine Klage geklungen, und angesichts dessen, was er bei seiner Besucherin bereits abgelesen hatte, erkannte er seinen eigenen Kummer als geringfügig. Der ihre, unter ihren feuchten Drapierungen, die das Fehlen eines Feuers in seinem Zimmer um so beschämender machten, der ihre war gewaltig, und er spürte, daß sie ihn vollständig mitgebracht hatte. Er antwortete, er sei geduldig und vor allem still gewesen. „Still wie eine Maus – Sie haben es gewiß selbst bemerkt. Drei Tage hintereinander stiller als je in meinem Leben. Es schien mir das einzig mögliche zu sein."

Diese Einschränkung auf ein bewußt zweckdienliches, auf Abhilfe ausgerichtetes Vorgehen bedeutete für seine Freundin sichtlich sofort eine Erklärung, die sie mit einer eigenen Erklärung beantworten konnte. „Es war das beste. Ich habe mir Ihretwegen Gedanken gemacht. Aber es war das beste", wiederholte sie.

„Es hat aber nicht geholfen?"

„Ich weiß es nicht. Ich befürchtete, Sie wären fort." Dann, als er mit einem langsamen, gründlich bedachten Kopfschütteln antwortete, fuhr sie fort: „Sie gehen nicht?"

„Heißt ‚gehen'", fragte er, „sich still zu verhalten?"

„Ach, ich meine, ob Sie für mich bleiben wollen."

„Für Sie will ich alles tun. Kann ich es jetzt nicht nur noch allein für Sie tun?"

Sie dachte darüber nach, und er konnte sogar noch deutlicher erkennen, welche Erleichterung sie von ihm bezog. Seine Gegenwart, sein Gesicht, seine Stimme, die alten Zimmer selbst, so dürftig und doch so inhaltsvoll, wo Kate so hinreißend bei ihm gewesen war – diese Dinge zählten für sie, nun, da sie sie vor sich hatte, als die Hilfe, der sie bedurfte: so daß sie immer noch nur dastand und all das in sich aufnahm. Charakteristischerweise zuckte dabei jedoch ihr Gewissen auf. Was sie auf diese Weise kostete, war beinahe eine persönliche Freude. Es verriet Densher etwas über die drei Tage, die wiederum sie verbracht hatte. „Nun, alles, was Sie für mich tun, *gilt* auch ihr. Nur, nur ...!"

„Nur ist jetzt nichts mehr von Bedeutung?"

Sie blickte ihn eine Minute lang an, als wäre er selbst die Tatsache, die er aussprach. „Sie wissen also?"

„Liegt sie im Sterben?" fragte er nur.

Mrs. Stringham ließ sich Zeit – ihr Gesicht schien ihn auszuloten. Dann war ihre Antwort eigenartig. „Sie hat nicht einmal Ihren Namen genannt. Wir haben nicht gesprochen."

„Drei Tage lang nicht?“

„Nicht mehr“, fuhr sie einfach fort, „als wenn alles vorbei wäre. Nicht einmal die leiseste Anspielung.“

„Oh“, sagte Densher, der nun besser verstand. „Sie meinen, Sie haben nicht über *mich* gesprochen.“

„Worüber sonst? Nicht mehr, als wenn Sie tot wären.“

„Nun“, antwortete er nach einem Augenblick, „ich *bin* tot.“

„Dann bin *ich* es auch“, sagte Susan Shepherd und ließ die Arme auf ihren Regenmantel sinken.

Es war ein Ton, der in seiner nüchternen Verzweiflung in dieser Minute alles überlagerte; er drückte an dem freudlosen Ort, der kein eigenes Leben besaß, nur das Leben, das Kate hinterlassen hatte – dessen Wahrnehmung auf übersinnlichem Wege durchaus auch die Besucherin anrühren mochte –, förmlich die Ohnmacht ihres Hinscheidens aus. Und Densher hatte nichts dagegenzusetzen, nichts als wiederum: „Liegt sie im Sterben?“

Darauf brachte sie jedoch, als wären das rohe, beinahe körperlich greifbare Ängste, nur wie vorher heraus: „Sie wissen also?“

„Ja“, gab er schließlich zurück, „ich weiß. Doch ich staune, daß *Sie* es wissen. Ich habe eigentlich kein Recht, mir einzubilden oder vorauszusetzen, daß Sie es wissen.“

„Trotzdem“, sagte Susan Shepherd, „dürfen Sie das. Ich weiß es.“

„Alles?“

Durch ihren Schleier drangen ihre Augen weiter in ihn. „Nein – nicht alles. Deshalb bin ich gekommen.“

„Damit ich es Ihnen wirklich sage?“ Worauf er, da sie zögerte und ihn das ergriff, stöhnend ein zweifelndes „Oh, oh!“ hervorbrachte. Er wandte sich von ihr ab und dem Zimmer selbst zu, einem Teil dessen, was in ihm war, mehr denn je die Wohnstatt, der verwitterte Schrein der alles beherrschenden Tatsache, der Tatsache, jetzt vielmehr eine Assoziation, für die er es gemietet hatte. *Das* ließ sich nicht mitteilen, doch Susan Shepherd war dennoch entschieden so erstaunlich, daß das Gespür dafür kraft eines bereits wirkenden Eindrucks wahrhaftig begonnen hatte, Teil ihres Wissens zu werden. Er erkannte, und es bewegte ihn, daß sie nicht gekommen war, um ein Urteil über ihn zu fällen; vielmehr, um ihn, soweit sie es wagen durfte, zu bemitleiden. Das stellte ihm ihre eigene Demütigung vor Augen – jedenfalls die des Leids; und ließ ihn mit aufwallender Freundlichkeit spüren, daß er gern mit ihr zusammen war. Die Aufwallung hatte sich verstärkt, als sie seinem Stöhnen mit einer Abschwächung begegnete.

„Immerhin werden wir – wenn das etwas hilft – zusammen sein."

Es war sein eigener guter Impuls nun auch auf ihrer Seite. „Genau das habe ich zu meinen gewagt. Es ist viel." Sie gab in der Tat, wenn auch stumm, zurück, es sei, was immer er möge; woraufhin er sich, soweit er um irgend etwas gefürchtet hatte, klar war, seine Furcht war vergangen. Es war ein gewaltiger Trost, denn es gab ihm etwas Kostbares zurück, um das sich, bei dem Bemühen, es wiederzuerlangen, seine Hand nur allzu unvollständig geschlossen hatte. Kate, erinnerte er sich, hatte ihm mit ihrer ersten und einzigen Dreistigkeit – und auch aus Gründen, die er damals nicht ermessen hatte – gesagt, Mrs. Stringham sei eine Person, die notfalls, unter äußerster Anspannung des Vertrauens, *nicht* zurückzucken werde. Es war nur ein Fall mehr, in dem Kate sich zeigte. „Sie finden mich also nicht ganz abscheulich?"

Und ihre Antwort war um so wertvoller, weil sie ohne nervösen Überschwang kam – ganz als verstünde sie, was er geglaubt haben könnte. Sie überdachte sogar, wie sie ihn finde, und auch das half ihm. „Oh, Sie waren ganz außerordentlich."

Darauf merkte er im nächsten Augenblick, daß sie dort einfach noch standen. Mit seiner Hilfe legte sie ihren Mantel ab, doch als sie Platz genommen und den Schleier hochgeschlagen hatte, erkannte er an ihren überanstrengten Zügen, daß ihre soeben an ihn gerichteten Worte die einzige Blume waren, die sie zu werfen hatte. Sie stellten den einzigen Trost dar, den sie für ihn hatte, und sogar der Trost hing noch von dem Ausgang ab. Sie saß jedenfalls mit ihm in dem grauen Licht – trüb wie eine Winterdämmerung –, das ihr Zusammensein hervorgebracht hatte. Das Bild, das sie noch einmal für ihn heraufbeschwor, zeichnete sich darin nur um so mächtiger ab. „Sie hat das Gesicht zur Wand gekehrt."

Er sah es mit äußerster Deutlichkeit, und es war, als ließen sie das, was er sah, während ihres langen Schweigens einfach so stehen. „Sie spricht überhaupt nicht? Einmal abgesehen von mir."

„Von nichts – von niemandem." Und Susan Shepherd fuhr fort, brachte es vor, wie sie es hatte hinnehmen müssen. „Sie *will* nicht sterben. Denken Sie an ihr Alter. Denken Sie an ihre Güte. Denken Sie an ihre Schönheit. Denken Sie an alles, was sie ist. Denken Sie an alles, was sie *hat*. Sie liegt da, macht sich steif und klammert sich daran. Deshalb danke ich Gott ...!" schloß die arme Dame mit einer Art matter Inkonsequenz.

Er vermochte nicht zu folgen. „Sie danken Gott ...?"

„Daß sie so ruhig ist."

Er folgte immer noch nicht. „*Ist* sie so ruhig?"

„Sie ist mehr als ruhig. Sie ist verbissen. Das ist sie noch nie gewesen. Sie sehen also – all diese Tage. Ich kann Ihnen nicht sagen – aber es ist besser so. Es würde mich umbringen, *wenn* sie es mir sagen würde."

„Es Ihnen sagen würde?" Er wußte immer noch nicht, woran er war.

„Was sie fühlt. Wie sie sich anklammert. Wie sie sich dagegen sträubt."

„Wie sie sich gegen das Sterben sträubt? Natürlich sträubt sie sich dagegen." Er ließ eine lange Pause eintreten, und es war, als überlegten sie gemeinsam, was sie sogar jetzt noch tun könnten, um es zu verhindern. Das war es jedoch nicht, was er aussprach. Millys „Verbissenheit" und der große verstummte Palazzo waren ihm gegenwärtig; waren ihm mit der kleinen Frau vor ihm zusammen gegenwärtig, wie sie dort gewartet und gelauscht haben mußte. „Nur, was haben *Sie* ihr getan?"

Mrs. Stringham blickte sich in ihrer Ahnungslosigkeit suchend um. „Ich weiß es nicht. Ich bin hergekommen, um mit Ihnen über sie zu sprechen."

Das ließ ihn zögern. „Verabscheut sie mich gänzlich?"

„Ich weiß es nicht. Wie *könnte* ich? Niemand wird es je wissen."

„Sie wird es nie verraten?"

„Sie wird es nie verraten."

Wieder überlegte er. „Sie muß großartig sein."

„Sie *ist* großartig."

Seine Freundin half ihm also doch, und er überdachte es, soweit er konnte, von allen Seiten. „Würde sie mich wieder empfangen?"

Darauf starrte ihn seine Besucherin an. „Möchten Sie sie denn sehen?"

„Sie meinen, so, wie Sie sie schildern?" Er sah ihre Überraschung, und er brauchte einige Zeit. „Nein."

„Ach, dann!" seufzte Mrs. Stringham.

„Aber wenn sie es ertragen könnte, würde ich alles tun."

Sie machte sich einen Moment lang ein Bild davon, doch es fiel zusammen. „Ich wüßte nicht, was Sie tun könnten."

„Ich auch nicht. Aber *sie* wüßte es vielleicht."

Mrs. Stringham dachte weiter nach. „Es ist zu spät."

„Zu spät für sie, zu sehen ...?"

„Zu spät."

Gerade die Entschiedenheit ihrer Verzweiflung – die doch so klar war – fachte in ihm ein Feuer an. „Aber der Arzt, die ganze Zeit ...?"

„Tacchini? Ach, er ist freundlich. Er kommt. Er ist stolz darauf, daß ein berühmter Londoner Mann ihn akzeptiert und angeleitet hat. Eigentlich verläßt er das Haus kaum; ich weiß gar nicht, was aus seinen übrigen Patienten wird. Er sieht in ihr, ganz zu Recht, eine bedeutende Persönlichkeit; er behandelt sie wie eine königliche Hoheit; er wartet die Entwicklung ab. Aber sie hat nur knapp eingewilligt, ihn zu empfangen, und obwohl sie ihm um meinetwillen – denn sie *denkt* an mich, das liebe Geschöpf – auch großzügigerweise zu kommen und zu bleiben gestattet hat, lauert er die meiste Zeit nur an ihrer Tür, durchstreift die Zimmer, gibt sich in dem gespenstischen Salon Mühe, mich mit venezianischem Klatsch zu unterhalten, und begegnet mir überall, in der Tür, in dem sala, auf der Treppe, mit seinem einnehmenden, unerträglichen Lächeln. Von ihr", sagte Susan Shepherd, „sprechen wir nicht."

„Auf ihre Bitte hin?"

„Allerdings. Ich tue nicht, was sie nicht wünscht. Wir sprechen über die Lebensmittelpreise."

„Auch auf ihre Bitte hin?"

„Allerdings. Sie hat mir das Thema genannt, als sie beim ersten Mal sagte, wenn es mir Trost verschaffe, dürfe er bleiben, solange wir wollten."

Densher nahm es ganz auf. „Aber er ist Ihnen kein Trost!"

„Absolut keiner. Doch das", fügte sie an, „ist nicht seine Schuld. Nichts verschafft mir einen Trost."

„Wie ich nur zu niederschmetternd fühle", bemerkte Densher, „*ich* bestimmt auch nicht."

„Nein. Aber deswegen bin ich auch nicht gekommen."

„Sie sind *meinet*wegen gekommen."

„Nun gut, nennen Sie es so." Doch sie blickte ihn einen Moment mit sprechenden Augen an, und in der nächsten Sekunde stieg etwas aus noch größerer Tiefe in ihr auf. „Im Grunde bin ich natürlich gekommen ..."

„Im Grunde sind Sie natürlich um unserer Freundin willen gekommen. Aber wenn es, wie Sie sagen, zu spät für mich ist, noch etwas zu tun?"

Sie blickte ihn weiter an, und mit einer Unduldsamkeit, die er förmlich in ihr wachsen sah, gegen die Wahrheit selbst. „Das habe ich gesagt. Aber, hier bei Ihnen" – und sie blickte sich erneut auf seltsame Weise um –, „hier bei Ihnen, und bei allem, habe ich das Gefühl, wir dürfen sie nicht im Stich lassen."

„Gott behüte, daß wir sie im Stich lassen."

„Das wollen Sie also nicht?" Sein Ton hatte ihr wieder das Blut ins Gesicht getrieben.

„Was meinen Sie damit, daß ich das nicht will, wenn sie *mich* im Stich läßt? Was kann ich tun, wenn sie mich nicht sehen will?"

„Aber Sie haben gerade gesagt, es wäre Ihnen nicht recht."

„Ich sagte, es wäre mir nicht recht, im Lichte dessen, was Sie mir mitteilen. Es wäre mir nicht recht, sie nur aufzusuchen, wenn Sie mich dazu veranlassen. Es wäre mir recht, wenn ich ihr helfen könnte. Aber sogar dann", fuhr Densher ohne Zuversicht fort, „müßte sie es erst selbst wollen. Und das", setzte er ihr weiter auseinander, „ist der Haken. Sie *wird* es nicht selbst wollen. Sie *kann* es nicht!"

In seiner nervösen Unruhe war er aufgestanden, und sie beobachtete ihn, während er ratlos auf und ab schritt. „Eines können Sie doch tun. Nur dieses eine, und sogar dabei gibt es Schwierigkeiten. Aber *das* können Sie." Er stand vor ihr, die Hände in den Taschen, und hatte ihren Augen bald genug abgelesen, was nun folgen würde. Sie machte eine Pause, als warte sie auf seine Aufforderung, es auszusprechen, und da er sie warten ließ, hörten sie in der Stille den erneuten Regenguß auf dem Kanal. Sie mußte endlich sprechen, doch als hege sie immer noch ihre Befürchtung, sprach sie es nur halb und halb aus. „Ich glaube, Sie wissen selbst genau, was es ist."

Er wußte wohl, was es war, und selbst dabei gab es, wie sie sagte, Schwierigkeiten – und ob! Ein Weilchen wandte er sich von diesen, von allem ab; er begab sich an das andere Fenster und blickte auf den regenverhangenen, breiter gewordenen, einem Fluß gleichenden Kanal, wo die jenseitigen Häuser, verschwommen und verkleinert, doppelt so weit entfernt schienen. Mrs. Stringham sagte nichts, war eine Minute lang so stumm, als hätte sie ihn „gekriegt", und als erster war er es, der wieder sprach. Dann geschah es jedoch nicht mit einer unmittelbaren Antwort auf ihre letzte Bemerkung – er ging nur davon aus. Als er wieder zu ihr trat, sagte er: „Machen

Sie es mir doch *klar* – man muß es doch verstehen", fast, als hätte er es zunächst akzeptiert. Und zu verstehen wünschte er, wo denn, was den Kern der Frage betraf, die Stimme Sir Luke Stretts blieb. Wenn sie davon sprachen, sie nicht aufzugeben, wäre *er* nicht der allerletzte, der das durfte? „Tappen wir, im schlimmsten Fall, ohne ihn nicht im dunkeln?"

„Ach", sagte Mrs. Stringham, „er ist es ja, der mich aufrechterhalten hat. Ich habe gleich am ersten Abend telegraphiert, und er hat geantwortet wie ein Engel. Er kommt auch wie einer. Nur kann er frühestens Donnerstag nachmittag eintreffen."

„Nun, das ist doch schon etwas."

Sie zögerte. „Etwas – ja. Sie mag ihn."

„Und ob! Ich sehe immer noch ihr Gesicht, als sie ihn bei seinem Besuch im Oktober – an dem Abend, als sie in Weiß war, als sie Gäste hatte und diese Musikanten da – meiner Obhut anvertraute. Es war für uns beide wunderbar – sie hat die Beziehung zwischen uns geknüpft. Sie bat mich damals, ihn umherzuführen; das habe ich getan, und wir kamen glänzend miteinander aus. Das bewies", sagte Densher mit einem flüchtigen, trüben Lächeln, „daß sie ihn mochte."

„Er mochte *Sie*", wagte Susan Shepherd darauf zu sagen.

„Ach, das weiß ich nicht."

„Dann sollten Sie es wissen. Er hat mit Ihnen Galerien und Kirchen besucht; Sie haben ihm Zeit erspart, haben ihm das Erlesenste gezeigt, und vielleicht erinnern Sie sich, daß Sie mir selbst gesagt haben, wäre er nicht ein berühmter Chirurg, hätte er wirklich ein großer Kenner sein können. Ich meine ein Kenner schöner Dinge."

„Nun", räumte der junge Mann ein, „das ist er auch – insofern er *sie* kennerhaft eingeordnet hat. Er hat sie", fuhr er fort, „nicht vergeblich eingeordnet. Seine Anteilnahme für sie – die wir nach Kräften ausnutzen müssen – kann nichts anderes als äußerst günstig sein."

Er lief beim Sprechen immer noch umher, die Hände in den Taschen, und wie ihre Augen genugsam verrieten, ließ sie das erkennen, daß er Abstand von der Einsicht zu halten versuchte, die er vor wenigen Augenblicken teilweise zugegeben hatte. „Ich bin froh", ließ sie fallen, „daß Sie ihn mögen!"

Ihm schien, in ihrem Ton liege etwas. „Nun, Verehrteste, nicht mehr als Sie selbst. *Sie* mögen ihn doch auch. Als er hier war, haben wir alle ihn gemocht."

„Ja, aber mir ist, als wüßte ich, was er denkt. Und ich sollte meinen, bei der vielen Zeit, die Sie mit ihm verbracht haben, wüßten", sagte sie, „auch Sie es."

Densher blieb stehen, doch zunächst ohne ein Wort. „Wir haben nie von ihr gesprochen. Keiner von uns hat sie erwähnt, nicht einmal ihren Namen fallenlassen, und im Zusammenhang mit ihr ist absolut nichts zwischen uns zur Sprache gekommen."

Mrs. Stringham starrte zu ihm auf, von dieser Darstellung überrascht. Doch sie hatte sichtlich eine Idee, die sich nach einem Moment dagegen wehrte. „Das war sein beruflicher Anstand."

„Eben. Aber es war auch mein eigenes Gefühl dafür, und außerdem war es noch etwas anderes." Und er sprach mit jähem Nachdruck. „Ich *konnte* mit ihm nicht über sie sprechen!"

„Oh!" sagte Susan Shepherd.

„Ich kann mit niemandem über sie sprechen."

„Außer mit *mir*", setzte seine Freundin fort.

„Außer mit Ihnen." Der Anflug eines Lächelns, ein bedeutsames Aufleuchten, hatte ihre Worte begleitet und hielt, um der Aufrichtigkeit willen, seinen Blick auf sie geheftet. Ebenfalls der Aufrichtigkeit halber – das heißt, seiner eigenen Worte wegen – war er unversehens rot geworden: so versenkte er, mit einem Schlag, die Last seiner Unterredung mit Kate. Für die Dauer der Minute, während sich ihre Augen begegneten, war es, als beobachte seine Besucherin ihn dabei, sie niederzuhalten. Und er *mußte* sie niederhalten – eben infolge dieser Anstrengung lief er rot an. Er konnte diese Last nicht an die Oberfläche kommen lassen; wenigstens jetzt noch nicht. Mochte sie das deuten, wie sie wollte. Er versuchte seine Erklärung zu wiederholen, aber in Wirklichkeit schränkte er sie ein. „Sir Luke hatte mir jedenfalls nichts zu sagen, und ich hatte ihm auch nichts zu sagen. Verstellung war uns unmöglich, und ..."

„Und die *Wahrheit*" – sie war ihm gleich mit ungeheurem Nachdruck ins Wort gefallen – „war noch weniger möglich." Kein Zweifel – er stritt es nicht ab; und sie hatte sofort ihre Schlüsse gezogen. „Dann beweist das, was ich sage – daß Unendliches zwischen Ihnen stand. Sonst hätten Sie geschwatzt."

„Wahrscheinlich", gab Densher zu, „haben wir beide an sie gedacht."

„Keiner von Ihnen beiden hat an jemand anderen gedacht. Deshalb haben Sie sich aneinander gehalten."

Nun, wenn sie es wünschte, räumte er auch das ein; doch er

kam unverweilt darauf zurück, was er ursprünglich gesagt hatte. „Ich habe trotzdem keine Ahnung, was er denkt." Sie blickte ihn an und war sichtlich mit der Frage beschäftigt, die, das hatte er bereits beobachtet, ihre besondere Nuance der Ernsthaftigkeit ständig nach allen Seiten austrieb – „Sind Sie *ganz* sicher?" –, und er konnte nur zur Kenntnis nehmen, wie sehr sie sich offenbar von ihm unterschied. „Sie glauben, scheint mir, daß er sie für verloren hält."

Sie nahm es hin, doch blieb sie standhaft. „Was ich glaube, das ist unwichtig."

„Nun, wir werden ja sehen" – und er fühlte sich beinahe auf gemeine Art oberflächlich. In den letzten fünf Minuten hatte er immer deutlicher erkannt, daß sie etwas mit sich trug, und noch nie hatte er, worum es auch gegangen war, einen so starken Wunsch nach einem Aufschub verspürt. Er hätte gern alles bis Donnerstag vertagt; er bedauerte, daß erst Dienstag war; er fragte sich, ob er etwa Angst habe. Jedoch nicht vor Sir Luke, der bald kam; auch nicht vor Milly, die im Sterben lag; auch nicht vor Mrs. Stringham, die hier saß. Seltsamerweise auch nicht vor Kate, denn plötzlich hatte er den Eindruck, Kates Gegenwart sei ohnmächtig zu Boden gesunken oder bebend entschwunden. Susan Shepherds dergestalt lang hingezogene Gegenwart hatte sie mit einem Stoff durchtränkt, unter dessen Wirkung sie ihren Einfluß verloren hatte. Sie war für sein Empfinden so fern, wie sie im Palazzo schon seit ihrer Abreise als Echo oder Bezugspunkt ständig gefehlt hatte; und es war das erste Mal, daß sein Empfinden sie zwischen den ihn umgebenden Dingen auf diese Art registrierte. Ihm war bald klar genug, daß er vor sich selbst Angst hatte und daß er sogar, wenn er sich nicht vorsah, unweigerlich noch mehr Angst bekommen werde. „Inzwischen", fügte er für seine Besucherin an, „hat es für mich unendlich viel bedeutet, Sie zu sehen."

Auf diese Worte hin stand sie langsam auf, als hätten sie ihr beinahe angedeutet, er sei auf der Hut. Sie stand da, als hätte sie wirklich erkannt, daß er plötzlich die Neigung verspürte, sie zu verabschieden. Doch die Plötzlichkeit wäre in diesem Fall so in die Augen gesprungen, daß sie ihrer Phantasie, seine Verfassung betreffend, geradezu einen Grund zu weiterem Verharren geboten hätte. Außerdem, diesen Gedanken ließ sie ihn deutlich erkennen, würde es sie nur eine Minute oder zwei kosten, in ihn zu dringen. Zudem hatte sie es bereits gesagt. „Wollen Sie es tun, wenn *er* Sie darum bittet? Ich meine, wenn Sir Luke selbst es Ihnen auseinandersetzt. Und wollen Sie ihm" – oh, jetzt war sie ernst! – „Gelegenheit geben, es Ihnen auseinanderzusetzen?"

„Gelegenheit, was auseinanderzusetzen?"

„Daß es immer noch etwas anrichten kann, wenn Sie es ihr gegenüber abstreiten."

Densher merkte – wie es ihm in der Viertelstunde schon einmal widerfahren war –, daß er rot wurde bis an die Haarwurzeln. Rot zu werden war für ihn als Zeichen der Scham jedoch sozusagen entfallen; daß er es in diesem Moment spürte, zählte eher als Zeichen seiner Angst. Es zeigte ihm eindeutig genug, wovor er Angst hatte. „Wenn ich ihr gegenüber was abstreite?"

Auf diese Frage hin lebte ihre Unschlüssigkeit wieder auf, denn hatte er ihr nicht die ganze Zeit über gezeigt, daß er Bescheid wußte? „Nun, was Lord Mark ihr mitgeteilt hat."

„Und was hat Lord Mark ihr mitgeteilt?"

Mrs. Stringham wirkte ratlos – als erlebte sie ihn plötzlich verstockt. „Ich war bisher der Meinung, Sie wüßten es." Und jetzt war sie es, die tief errötete.

Das vertiefte sein Mitleid mit ihr, doch bedrängten ihn auch andere Dinge. „Dann wissen *Sie* ..."

„Von seinem schrecklichen Besuch?" Sie starrte ihn an. „Aber der hat es ja ausgelöst."

„Ja – das verstehe ich. Aber Sie wissen auch ..."

Er war wieder steckengeblieben, doch jetzt wollte sie alles, was sie wußte, vorbringen. „Ich spreche", sagte sie beschwichtigend, „davon, was er ihr mitgeteilt hat. Ich hatte angenommen, *das* wäre Ihnen bekannt."

„Oh!" stieß er wider Willen hervor.

Darin schien für sie, wie er im nächsten Moment erkannte, Erleichterung mitzuschwingen, als hätte er geglaubt, sie denke an etwas anderes. Worauf sofort die Erleuchtung kam. „Ach, Sie dachten, ich hätte gewußt, daß es *wahr* ist!"

Ihre Erleuchtung hatte die Glut in ihrem Gesicht vertieft, und er sah, daß er sich verraten hatte. Jedoch hatte das, wie er sofort noch deutlicher begriff, nichts zu bedeuten. Da war es endlich, das Ganze, und das zumindest ließ sich nicht aufschieben. Sie saßen da mit Mrs. Stringhams Idee vor sich – jener, die sie ihm klarzumachen wünschte. Zehn Minuten vorher hatte er sein Bedürfnis danach zum Ausdruck gebracht, alles zu verstehen, und letztlich richtete sie sich jetzt nur danach. Doch war, was er verstehen sollte, keine Kleinigkeit; es mochte sogar umfangreicher sein, als es bisher schien.

Er machte wieder seine Runde, ohne darauf einzugehen, was sie zuletzt gesagt hatte; eine Minute lang sinnierte er, wie er es genannt hätte, am Fenster; und natürlich konnte sie sehen, daß sie ihn in die Enge getrieben hatte. Sie sah es deutlich, auf der Stelle; woraufhin ihr Gefühl, ihn „erwischt" zu haben, ebenso prompt zu einem Skrupel wurde, und sie sprach, als wollte sie keinen Nachdruck darauf legen. „Was ich meine, ist, daß er ihr gesagt hat, Sie seien die ganze Zeit über mit Miss Croy verlobt gewesen."

Es riß ihn herum; es war fast – es hörte sich an – wie ein Peitschenhieb; und er sprach aus – idiotischerweise, wie er hinterher einsah –, was ihm als erstes in den Sinn kam. „*Welche* ganze Zeit über?"

„Ach, ich behaupte das ja nicht." Sie sprach voller Sanftmut. „Ich wiederhole Ihnen nur, was er ihr erzählt hat."

Densher, dem eine Unbeherrschtheit unterlaufen war, hatte sich schon wieder gefangen. „Verzeihen Sie meine Grobheit. Selbstverständlich weiß ich, wovon Sie sprechen. Ich habe ihn gesehen, gegen Abend", erklärte er weiter, „auf der Piazza; ich habe ihn bloß gesehen – durch die Scheibe im ‚Florian' –, ohne ein Wort mit ihm zu wechseln. Ich kenne ihn ja kaum, und es wäre kein Anlaß gewesen. Außerdem war es nur einmal – er muß an dem Abend abgereist sein. Aber ich wußte, daß er nicht ohne Grund gekommen sein konnte, und ich habe darüber nachgedacht – weswegen er wohl gekommen war."

Oh, das hatte Mrs. Stringham auch. „Er kam aus Verärgerung."

Densher stimmte zu. „Er kam, um sie wissen zu lassen, daß er besser als sie erkenne, zu wessen Gunsten sie ihn zwei Monate voher in ihrer Verblendung abgewiesen hatte."

„*Wie* Sie Bescheid wissen!" – und Mrs. Stringham lächelte beinahe.

„Das weiß ich – aber ich weiß nicht, welchen Nutzen er davon hat."

„Der Nutzen, denkt er, ergibt sich vielleicht noch, wenn er nur – nicht allzuviel – Geduld hat. Er weiß nicht, was er ihr angetan hat. Das wissen nur *wir*, verstehen Sie."

Er verstand, doch er wunderte sich. „Sie hat ihm verheimlicht – was sie empfand?"

„Sie hat es fertiggebracht – ich bin davon überzeugt –, sich nichts anmerken zu lassen. Er hat ihr den Schlag versetzt, und sie hat ihn ohne jegliches Zeichen hingenommen." Mrs. Stringham sprach sichtlich aus bester Kenntnis der Dinge heraus, und es brachte wieder zutage, wie sie das, wovon sie berichtete, richtig einzuschätzen wußte. „Sie ist prachtvoll."

Densher stimmte wieder ernst zu. „Prachtvoll!"

„Und *er*", fuhr sie fort, „ist der größte Einfaltspinsel."

„Ein Dummkopf." Einen Moment lang blickten sie einander im Gedanken an all das, an das damit verknüpfte törichte Verhängnis an. „Dabei gilt er als so ungeheuer gescheit."

„So ungeheuer – das ist Maud Lowders persönliche Meinung. Und in London war er nett zu *mir*", sagte Mrs. Stringham. „Man könnte ihn fast bedauern – er hatte ein so gutes Gewissen."

„Genau das ist typisch für einen Esel."

„Ja, aber nicht etwa – das konnte ich den ganz wenigen Dingen entnehmen, die sie mir gleich am Anfang erzählt hat –, daß er *ihr* im geringsten weh tun wollte. Das hat er absolut nicht beabsichtigt."

„Der Esel zeigt sich immer in seiner schlimmsten Gestalt", gab Densher zurück. „Natürlich wollte er nur mir schaden."

„Und sich selbst nützen – er dachte, das käme schon noch. Er hat einfach nicht schlucken können", setzte Mrs. Stringham fort, „was bei seinem ersten Besuch passiert war. Damals hatte er eine zu tiefe Demütigung erfahren."

„Oh, das habe ich gesehen."

„Ja, und er hat Sie gesehen. Er sah sozusagen, daß man Sie empfing, während man ihn abwies."

„In der Tat", stimmte Densher zu. „Ich habe es erfaßt. Und auch, daß er inzwischen erfahren hat, *wozu* man mich damals empfangen hat. Zu einem Aufenthalt von derart vielen Wochen. Das mußte ihm ja zu denken geben!"

„Richtig – es war mehr, als er ertragen konnte. Aber", sagte Mrs. Stringham, „er hat es immer noch zu überdenken."

„Nur", fragte Densher, der an dieser Stelle irgendwie noch mehr zu überdenken hatte als jemals zuvor – „nur, wie hat er es erfahren können? Das heißt, genug darüber erfahren."

„Was nennen Sie genug?" erkundigte sich Mrs. Stringham.

„Er kann nur – das wäre die einzige Garantie seiner Sicherheit gewesen – aus voller Kenntnis gehandelt haben."

Er hatte weitergesprochen, ohne auf ihre Frage einzugehen; da sie aber einander gegenüberstanden, war doch etwas zwischen ihnen vorgegangen. Das war es, was sie nach einigen Sekunden wieder zu der Frage bewog: „Was meinen Sie mit voller Kenntnis?"

Densher antwortete indirekt. „Wo ist er seit Oktober gewesen?"

„Ich glaube, er war wieder in England. Ich habe sogar Grund zu der Annahme, daß er direkt von dort gekommen ist."

„Geradenwegs für dieses Vorhaben? Die ganze Strecke für eine halbe Stunde?"

„Nun, um es noch einmal zu probieren – vielleicht mit Hilfe eines neuen Tatbestands. Womöglich, um sich vor ihr zu rechtfertigen – ein ganz anderes Vorgehen als beim ersten Mal. Er hatte ihr jedenfalls etwas mitzuteilen, und er wußte nicht, daß seine Gelegenheit dazu sich auf eine halbe Stunde beschränken würde. Oder vielleicht sollte sich eine halbe Stunde am wirkungsvollsten erweisen. Sie *hatte* ihre Wirkung!" sagte Susan Shepherd.

Ihr Gefährte hörte sich das an, er verstand nur zu gut; doch als sie ihm die ganze Sache wirklich Stück für Stück erklärte, mehr als sein eigener Mut es gewagt hatte – indem sie die fehlenden Punkte auf mehrere i setzte –, sah er Schwärme neuer Fragen auftauchen. Bisher waren sie zu einem Bündel verwickelt und verwirbelt gewesen; jetzt fielen sie auseinander, und jede trat einzeln ans Licht. Die erste, die er ihr stellte, kam jedenfalls unvermittelt. „Haben Sie in letzter Zeit von Mrs. Lowder gehört?"

„O ja, zwei- oder dreimal. Sie brennt natürlich auf Nachricht über Milly."

Er zögerte. „Und sie brennt natürlich auch auf Nachricht über *mich*?"

Seine Freundin tat es ihm einen Augenblick lang an Bedächtigkeit gleich. „Von mir hat sie keine, die nicht ganz ordentlich gewesen wäre. Diese wird die erste sein."

„‚Diese'?" Densher überlegte.

„Daß Lord Mark hiergewesen ist, und wie es ihr jetzt geht."

Er überlegte noch einen Augenblick. „Was hat sie von ihm geschrieben? Hat sie geschrieben, daß er bei ihnen gewesen ist?"

„Sie hat ihn nur einmal erwähnt – in ihrem vorletzten Brief. Da hat sie etwas fallenlassen."

„Und was hat sie fallenlassen?"

Mrs. Stringham brachte es mit Mühe heraus. „Nun, es war in Zusammenhang mit Miss Croy. Daß sie glaubt, Kate ziehe ihn in Betracht. Oder vielleicht müßte ich eher sagen, er ziehe *sie* in Betracht – nur schien es diesmal Mrs. Lowder aufgefallen zu sein, weil er freiere Bahn vor sich zu sehen meinte."

Densher hörte zu, die Augen auf den Boden geheftet, doch dann hob er sie, um zu sprechen, und etwas in seiner Miene zeigte, daß er sich bewußt war, in seiner Frage liege etwas Sonderbares. „Meint sie, er ist ermutigt worden, ihrer Nichte einen *Heiratsantrag* zu machen?"

„Ich weiß nicht, was sie meint."

„Natürlich nicht" – er faßte sich, „und ich dürfte Sie nicht damit behelligen, etwas zusammenzufügen, was ich selbst nicht zusammenfügen kann. Nur glaube ich", setzte er hinzu, „ich *kann* es zusammenfügen."

Sie sprach ein wenig zaghaft, doch sie wagte es. „Ich glaube, ich kann es auch."

Es war eine ihrer Eigenschaften – und seine betretene Miene nahm sie ihr ab –, die sich ihm im Augenblick ihrer Ankunft abzuzeichnen schien, daß sie, was ihn betraf, ein ungeheuer weitgreifendes Wahrnehmungsvermögen besaß. Als sie sich vier Tage vorher trennten, hatte vieles tief versenkt zwischen ihnen geruht. Doch trieben diese Dinge jetzt an ihre aufgewühlte Oberfläche, und nicht er hatte sie so rasch heraufgeholt. Die Frauen waren erstaunlich – oder doch diese. Aber in nicht geringerem Maße Milly, Tante Maud; am allermeisten seine eigene Kate. Nun, er wußte bereits, wie er den Kreis von Unterröcken empfunden hatte. Es waren alles *solche* Unterröcke! Eben das machte die Perfektion seiner Verwicklung aus. Dieses Bewußtsein wiederum mochte, auch für uns, nicht ohne Zusammenhang damit sein, daß er seiner Besucherin eine Frage stellte, die ganz über ihre Bemerkung hinwegging. „Hat Miss Croy inzwischen an unsere Freundin geschrieben?"

„Oh", berichtigte Mrs. Stringham, „auch *ihre* Freundin. Aber keine einzige Zeile, soweit ich weiß."

Das hatte er als sicher angenommen – war das doch letztlich nur eine Spur eigenartiger, als daß er selbst, sechs Wochen lang, Milly gegenüber die bewußte junge Dame nie erwähnt hatte. Übrigens war es auch nur eine Spur eigenartiger, als daß Milly sie nicht erwähnt hatte. Trotzdem, und wie inkonsequent auch immer, errötete er schon wieder wegen Kates Schweigen. Er wich dem so schnell wie möglich aus, und am weitesten konnte er ausweichen, indem er eine Minute auf den Mann zurückkam, über den sie geurteilt hatten. „Wie ist es ihm gelungen, Zugang zu ihr zu finden? Nach dem, was sich damals zwischen ihnen abgespielt hatte, brauchte sie nur zu sagen, sie könne ihn nicht empfangen."

„Ach, sie war einfach freundlich aufgelegt. Sie war sorgloser“, erklärte die gute Dame leicht verlegen, „als damals.“

„Sorgloser?“

„Sie war nicht auf der Hut. Es gab da einen Unterschied.“

„Ja. Aber eben nicht *den* Unterschied.“

„Eben nicht den Unterschied, daß sie schroff sein mußte. Ganz recht. Sie konnte sich das Gegenteil leisten.“ Worauf sie, da er nichts sagte, einfach ungeduldig zu Ende brachte, was sie meinte. „Sie hatte sechs Wochen lang *Sie* hier gehabt.“

„Oh“, stöhnte Densher leise.

„Außerdem glaube ich, daß er ihr zuerst geschrieben haben muß – ich meine, in einem Ton, der ihm den Weg ebnete. Daß sie ihm eine Freundlichkeit erweisen würde. Dann, an Ort und Stelle ...“

„An Ort und Stelle“, fiel Densher ein, „hat er die Maske fallenlassen? Das eklige kleine Scheusal!“

Darauf erbleichte Susan Shepherd ein wenig, doch steigerte es gleichsam vor neu geweckter Hoffnung die Intensität ihres auf ihn gerichteten Blicks. „Ach, er ist ohne Besorgnis fortgegangen.“

„Und er muß auch ohne Hoffnung fortgegangen sein.“

„Ach, das gewiß.“

„Dann *war* es bloß niederträchtige Rache. Hat er nicht obendrein gewußt“, fragte der junge Mann – „hat er nicht Wochen vorher gesehen, abgeschätzt, gespürt, daß sie, angesichts einer Werbung wie der seinen, vielleicht nur noch wenige Monate zu leben hätte?“

Zunächst blickte Mrs. Stringham ihn als Antwort nur schweigend an; und es verlieh dem, was sie dann so bedeutungsvoll anfügte, mehr Nachdruck. „Ihm war zweifellos klar, wovon Sie sprechen, genau wie es Ihnen selbst klar war.“

„Sie meinen, er hat sie gewollt, eben *weil* ...?“

„Eben weil“, sagte Susan Shepherd.

„Der Hund!“ stieß Merton Densher hervor. Sobald er gesprochen hatte, kehrte er sich jedoch mit heißen Wangen ab, in der Reserviertheit seiner Besucherin erneut eine Absicht spürend. Die Dämmerung hatte sich inzwischen vertieft, und nachdem er sich noch einmal bei der Trübseligkeit draußen Rat geholt hatte, drehte er sich zu seiner Gefährtin um. „Wollen wir Licht machen – eine Lampe oder die Kerzen anstecken?“

„Nicht für mich.“

„Nichts?“

„Nicht für mich."

Er wartete noch einen Moment am Fenster ab; dann wandte er sich seiner Freundin vollends mit einer Idee zu. „*Bestimmt* hat er Miss Croy einen Antrag gemacht. Genau das ist geschehen."

Sie blieb weiterhin reserviert. „Das müssen Sie beurteilen."

„Nun, ich beurteile es ja. Auch Mrs. Lowder wird das getan haben – nur sie, die arme Dame, hat sich geirrt. Bestimmt hat ihn Miss Croys Abweisung betroffen gemacht", Densher erkannte es immer deutlicher, „und dieses Phänomen mußte doch einen Grund haben."

„Und für ihn war es klar, daß *Sie* der Grund waren?"

„Nicht allzu klar – da ich hier festsitze und da das eine Tatsache gewesen ist, die seinen Überfall auf Miss Theale sinnvoll erscheinen ließ. Aber hinreichend klar. Er hat geglaubt", sagte Densher mutig, „ich sei womöglich am Lancaster Gate der Grund gewesen und hätte doch gleichzeitig in Venedig etwas im Auge."

Mrs. Stringham schöpfte Mut aus dem seinen. „Etwas ‚im Auge'? Was denn?"

„Weiß der Himmel. Irgendeinen ‚Schlich', wie man so sagt. Irgendeine Teufelei. Irgendein doppeltes Spiel."

„Was selbstverständlich", bemerkte Mrs. Stringham, „eine ungeheuerliche Unterstellung ist." Nach einer schwer erträglichen Minute – für beide spürbar lang – wandte sich ihr Gefährte erneut von ihr ab und fügte dann eine weitere Minute an, die er wieder damit verbrachte, mit den Händen in den Hosentaschen hinauszuschauen. Er wußte ganz genau, das war keine Antwort darauf, was sie gerade erwähnt hatte, und es schien für sein Gespür sogar darzutun, daß keine Antwort möglich sei. Sie überließ ihn sich selbst, und er war froh, daß sie für ihr weiteres Gespräch auf den Vorteil einer Beleuchtung verzichtet hatte. Diese wäre in erster Linie für sie von Vorteil gewesen. Doch sie zog sogar aus deren Fehlen einen Nutzen. Das trat geradezu in ihrem Ton zutage, als sie ihn schließlich ansprach – so ganz anders, im Vertrauen –, mit Worten, die sie bereits verwendet hatte. „Wenn Sir Luke selbst Sie darum bittet, als etwas, das Sie für *ihn* tun könnten, würden Sie Milly selbst gegenüber abstreiten, was man sie so ungeheuerlich hat glauben machen wollen?"

Ach, wie er selbst merkte, daß er zögerte! Doch endlich sagte er: „Sie sind also absolut sicher, daß sie es glaubt?"

„Sicher?" Sie verwies auf ihre ganze Situation. „Bilden Sie sich doch Ihr Urteil!"

Er ließ sich wieder Zeit, sich sein Urteil zu bilden. „Glauben *Sie* es?"

Er war sich bewußt, daß seine Herausforderung sie hart bedrängte; es verschaffte ihm ein wenig Erleichterung, daß ihre Antwort für ihre Diskretion eine Qual sein mußte. Trotzdem antwortete sie, und er war in Wahrheit nun selbst viel stärker bedrängt. „Was ich glaube, wird mehr oder weniger davon abhängen, wie Sie handeln. Sie können das Ganze vollkommen beilegen – wenn Ihnen daran liegt. Ich verspreche, Ihnen voll und ganz zu glauben, wenn Sie sich, um ihr das Leben zu retten, es abzustreiten bereitfinden."

„Aber, wenn es dazu kommt – zum Teufel mit der ganzen Sache, verstehen Sie! – was genau soll ich eigentlich abstreiten?"

Es war, als hoffte er, sie würde das Problem einengen; doch in Wahrheit weitete sie es aus. „Alles!"

„Alles" war ihm bisher noch nie so unermeßlich viel erschienen. „Oh!" stöhnte er nur inmitten der Dämmerung.

32

Der bevorstehende Donnerstag, der sich näherte und Sir Luke Strett herführen sollte, brachte wohltuend eine Milderung anderer Unbilden mit sich. Das Wetter schlug um, der unablässige Sturm legte sich, und der herbstliche Sonnenschein, viele Tage zurückgehalten, jetzt aber heiß und fast rachsüchtig, kam wieder zu seinem Recht, und mit einem beinahe vernehmlichen Triumphgesang übernahm allumfassend strahlender Klang, der eins war mit der strahlenden Farbe, die Herrschaft. Venedig glühte und plätscherte und rief und läutete wieder; die Luft war wie Händeklatschen, und die verstreuten rosa, gelben, blauen, meergrünen Farben sahen aus, als hätte man bunte Stoffe ausgehängt, kostbare Teppiche ausgelegt. Densher hatte seine Freude daran, als er zum Bahnhof ging, um den berühmten Arzt abzuholen. Er ging nach gründlicher Überlegung, was, wie ihm ständig gegenwärtig war, derzeit die ihm aufgezwungene, einzig mögliche Art war, irgend etwas zu tun. So weit hatte ihn das Ereignis gebracht – wie es bisher noch kein Ereignis in seinem Leben vermocht hatte. Gewiß hatte er vom Tag seiner Geburt an viel mehr nachgedacht als gehandelt; außer freilich, daß er sich an Gedanken erinnerte – an einige wenige –, die ihn im Moment ihres Auftauchens fast wie ein Abenteuer durchschauert hatten. Doch etwas wie seinen gegenwärtigen Zustand, der ihm jeden Impuls, jede Zufallsregung, jeden Spielraum versagte – mit anderen Worten, die Freiheit versagte –, hatte er bisher nicht kennengelernt. Das Sonderbare dabei war, daß er zwar seine Ankunft, vor so wenigen Wochen, als besonderes Abenteuer empfunden hatte, jetzt aber nichts weniger einem solchen gleichen konnte als die Tatsache seines Bleibens. Es wäre ein Abenteuer gewesen, sich loszureißen, abzufahren, vor allem nach London zurückzukehren und Kate Croy zu eröffnen, das habe er getan; doch darin, daß er weitermachte wie bisher, lag lediglich etwas von einer Verpflichtung und Verstrickung geradezu niedriger Art. Das war vor allem die Wirkung von Mrs. Stringhams Besuch, denn dieser hatte ihm gleichsam einen unangenehmen Geschmack im Mund hinterlassen, den Geschmack dessen, was er nicht tun könnte. Der Besuch hatte ihm diese Größe deutlich vor Augen geführt und ihn doch des Gefühls, des anderen Gefühls beraubt, was er, als Ausweg, denkbarerweise hätte tun *können.*

Er wußte, es war nur eine geringfügige Vorspiegelung von Freiheit, Sir Lukes wegen zum Bahnhof zu gehen. Jedenfalls hatte er bisher noch nie hinsichtlich eines ähnlich freien Entschlusses so lange überlegt. Worin bestand also seine widerwärtige Lage anders, als daß er, immer wieder, Angst hatte? Er verkrampfte sich unter dieser Erkenntnis, als wäre es eine von einem Tyrannen eingetriebene Steuer. Zu keiner Zeit hatte er so lange zu leben erstrebt, daß die Angst in seinem Leben die Oberhand bekäme. Diesen Vorteil hatte sie sich ihm gegenüber wirklich verschafft. Er hatte zum Beispiel Angst, wenn er seinem berühmten Freund Entgegenkommen zeigte, könnte sich das für ihn irgendwie als Verpflichtung oder Bindung erweisen. Davor hatte er Angst wie vor einer Strömung, die ihn zu weit mißreißen könnte; doch er dachte mit gleichem Schauder daran, sich aus Angst schäbig, erbärmlich zu erweisen. Was sich schließlich bei ihm durchsetzte, war die Überlegung, was auch geschehen mochte, der berühmte Mann habe ihm nach jenem Abend im Palazzo, dem flüchtigen Tribut ihrer gemeinsamen Freundin an die Gesellschaft – und die Stunde mit dem Appell Mrs. Stringhams hatte es gehörig an die Oberfläche geholt –, auffallendes Wohlwollen erwiesen. Mrs. Stringhams Deutung der Beziehung, die Milly für sie beide zustande gebracht hatte, weckte in ihm – es war unverkennbar – Empfindungen, die er vielleicht noch nie gespürt hatte. In der Tat geschah es aus dem Verlangen heraus, eine Gelegenheit zu suchen, wieder angemessen zu empfinden, was immer ihm gefehlt hatte – zweifellos geschah es in diesem Sinne, auf bescheidene Weise als ein Vorstoß zur Freiheit, daß Densher, der beizeiten eingetroffen war, den Bahnsteig auf und ab schritt, bis der Zug einfuhr. Nur, nachdem er eingefahren war und Densher sich an Sir Lukes Abteiltür eingefunden hatte, mit allem, was darauf folgte – nur raubte das Gefühl eines jähen Nachlassens so intensiver Spannungen seinen Zögerlichkeiten und Bedenklichkeiten sogar noch den dürftigen Rest von Würde, den sie für sich beanspruchen mochten. Er hätte kaum sagen können, ob der Besucher in seinem Verhalten weniger ein Wiedererinnern verriet, das als Erwartung hätte gedeutet werden können, oder nur angesichts der Tatsache die Überraschung schneller abtat.

Sir Luke hatte – so sah es Densher – den recht ungewöhnlichen jungen Mann rein vergessen, mit dem er damals durch die Stadt gegangen war, wenn er ihn auch auf der Stelle mit einem einzigen umfassenden, ruhigen Blick wiedererkannte. Der junge Mann fühlte sich derart wiedererkannt, und die Sache berührte ihn sofort als Beweis einer glänzenden Ökonomie. Angesichts all der Verschwendung, mit der er jetzt zu tun hatte, bedeutete diese Anschauung eine edle Mahnung für ihn. Der erhabene Pilger hatte im Zug die ganze Fahrt über die Stunden genutzt, wie er es für nötig befand, und keinen Augenblick im voraus daran gedacht, was ihn am Ende erwartete. Ihn erwartete ein erlesener Fall – wovon der ungewöhnliche junge Mann auf diese wunderliche Weise ein Detail am Rande darstellte; doch die einzige Regung in seinem Gesicht, die Regung, die Densher auf dem Bahnsteig in dessen ruhigen Zügen hervorrief, war dieses erneute Wiedererkennen. Wenn er jedoch die Angelegenheit zurückgestellt hatte, als er vom Victoria-Bahnhof abfuhr, würde er jetzt statt dessen binnen einer Minute zurückstellen, was immer sonst sich anbot. Diese Erkenntnis wurde für Densher zu einem Symbol, soweit es Densher selbst betreffen mochte, für den Grundton seines Besuches. Man konnte, sann unser Freund weiter, alles erkennen, was er im unmittelbaren Kontakt zu akzeptieren schien – wenn er sich bei vielem auch nicht damit belastete, es tiefer dringen zu lassen: was man nicht erkennen konnte, war, wie er sich innerlich dazu verhielt. Draußen an den breiten Stufen zum Wasser begann Densher sich zu fragen, wie er die Merkwürdigkeit deuten würde, daß sie sich dort trennen müßten. Eugenio war auf dem Bahnsteig gewesen, respektvoll im Hintergrund, und als sie gemeinsam aus dem Bahnhof traten, setzte sich die Gondel des Palazzos auf seinen Wink hin mit der ihr eigenen Mischung von Dienstfertigkeit und Würde in Bewegung. Es machte Densher jetzt gar nichts aus, daß er, als er selbst notgedrungen einen Platz auf den prallen, schwarzen Kissen neben dem Gast des Palazzos ablehnte, Millys drei Sendboten als Zuschauer hatte; und es war schon etwas, auch das wußte er, diese Empfindlichkeit hinter sich gelassen zu haben. Er lächelte nur unbestimmt von den Stufen herab – sie mochten, diese Esel, seine Aussperrung mit ansehen, solange sie wollten. „Ich", sagte er mit betrübtem Kopfschütteln, „gehe nicht mehr hin."

„Oh!" gab Sir Luke Strett zurück und beließ es dabei; so daß die Sache, fand Densher geradezu, als etwas ganz unvermeidlich und unbewußt Unergründliches wirklich großartig war. Sein Freund schien nicht einmal daraus zu folgern, vermutlich sei das aus Respekt angesichts der Krise der Fall. Zudem machte er auch später nicht viel mehr Aufhebens von irgendwelchen Umständen – das heißt, nachdem das klassische Fahrzeug, in der Hauptsache Pasquales unnachahmlichem Ruderschlag vom Heck gehorchend, das Manöver vollführt hatte, durch das es, davongleitend, sozusagen einen Rücken darbot, dem der hohe, schwarze Buckel seiner felze förmlich Grazie verlieh. Densher blickte der Gondel nach, bis sie außer Sicht war – er hörte Pasquales Ruf, der über das Wasser zu ihm drang, vor dem scharfen, sicheren Einschwenken in einen Seitenkanal, eine Abkürzung zum Palazzo. Er selbst hatte keine Gondel; er pflegte nie eine zu nehmen; und bescheiden – wie es in Venedig von bescheidenen Verhältnissen zeugt – ging er davon, wenn auch erst, nachdem er noch einige Zeit wie festgebannt an der Stelle stehengeblieben war, wo der Gast des Palazzo Leporelli ihn verlassen hatte. Es war ganz merkwürdig, doch er fand sich wie noch nie bisher und wie er es nicht hätte vermuten können, im Angesicht der allerwirklichsten Wahrheit über Milly. Er hatte nicht ahnen können, welch nachdrücklichen Unterschied schon das allein augenblicklich ausmachte – denn es lag alles in der Luft, als er Pasquales Ruf hörte und das Boot seinen Augen entschwand –, daß die Persönlichkeit, die man zu ihrem Beistand hatte kommen lassen, an Ort und Stelle ins Blickfeld rückte. Nicht nur war er den Tatsachen ihres Leidens nie nahegekommen – was für ihn eine solche Wohltat gewesen war; nicht nur hatte er, gemeinsam mit aller Welt, von außen einen undurchdringlichen

Ringwall umkreist, in dessen Innerem eine Art kostspieliger Unbestimmtheit herrschte, aus Lächeln und Stillschweigen und schönem Schein und kostbaren Vorkehrungen zusammengesetzt, alle bis zum Zerreißen angespannt; vielmehr hatte er auch, mit allen anderen gemeinsam, wie er jetzt spürte, aktiv Vertuschungen gefördert, was jedermanns guten Manieren, jedermanns Mitleid, jedermanns hochedlem Ideal unmittelbar gelegen kam. Es war eine Verschwörung des Schweigens, wie das cliché lautete, von der sich niemand ausgeschlossen hatte, der große Fleck der Sterblichkeit quer über dem Bild, der Schatten von Schmerz und Grauen, der in keiner Richtung eine Oberfläche des Geistes oder der Sprache fand, die ihn widerzuspiegeln bereit gewesen wäre. „Der rein ästhetische Instinkt der Menschheit ...!" hatte sich unser junger Mann mehr als einmal in diesem Zusammenhang gesagt; dabei hatte er den Rest des Satzes fallenlassen, doch auf diese Weise wieder hinlänglich den Punkt gestreift, welche Zumutung selbst für den guten Geschmack darin lag, *erkennen* zu müssen. So war es also gewesen – ein bewußt aufrechterhaltenes Wolkenkuckucksheim, aus dem man das konkret Benannte verjagt hatte wie ein gefährliches Tier. Was sich demnach jetzt zugetragen hatte, war, daß das konkret Benannte, das die ganze Zeit vor dem Tor gestanden hatte, nun gleichsam in Sir Luke Stretts Person hereingetreten war, und gleich so massig, daß es den ganzen Raum ausfüllte. Denshers Nerven, wahrhaftig auch sein Herzschlag, hatten die Veränderung ermessen, bevor er bei dieser Gelegenheit davonging.

Der Tatbestand physischen Leidens, unbeeinflußbarer Schmerzen, der grausam geschmälerten Lebenschance war mit einem Schlag intensiv spürbar geworden, und auf diese Weise sollte er sie von nun an empfinden. Kurz, da die nunmehr gereinigte Atmosphäre die Sicht nicht nur möglich, sondern unausweichlich machte, blieb als einziger Grund zur Dankbarkeit die Breite der Schultern Sir Lukes, die einen, falls man sich auf gleicher Höhe dahinter zu halten vermochte, womöglich in gewissem Maße abschirmten. Jedoch war es Densher in den ersten ein, zwei Tagen alles andere als klar, ob er seinen berühmten Freund überhaupt wiedersehen werde. Daß er über keine wirklich geeignete Basis verfügte, in den Palazzo zurückzukehren – das stand für ihn in jeder Beziehung ebenso fest wie die andere hervorstechende Eigenart seines Falles, nämlich der öffentliche Charakter seiner Ächtung infolge der Tatsache, daß er sich nicht von sich aus fortbegeben hatte. Man hatte ihn oft genug in der Leporelli-Gondel gesehen. Da er also allem Anschein nach nicht hoffen durfte, Sir Luke in der Stadt umherbummelnd zu treffen, wozu letzterer weder Zeit noch Lust haben dürfte, würde sich weiter nichts zwischen ihnen abspielen, es sei denn, der berühmte Mann suchte ihn überraschend auf. Daß er das täte, überlegte Densher des weiteren, würde nicht einmal einfach davon abhängen, ob Mrs. Stringham beschlossen haben könnte, ihn – so mochten sie es ausdrücken – gezielt einzusetzen. Es würde ebenso davon abhängen – denn für sie würde das praktisch einen Unterschied bedeuten –, daß sie auch wirklich den Versuch dazu machte; und vor allem würde es davon abhängen, was Sir Luke von einem derartigen Angebot halten würde. Densher hatte, was das betraf, seine eigene Ansicht, wieviel Entgegenkommen, ganz davon zu schweigen, welcher besonderen Art, ihm das abverlangen mochte. Er hatte seine eigene Ansicht, inwieweit eine solche Persönlichkeit ein derartiges Ansuchen überhaupt verstehen könnte. In welchem Ausmaß könnte man ihn darauf vorbereiten, und schließlich, welche Bedeutung könnte er dem beimessen? Densher stellte sich diese Fragen in Wahrheit, um seine eigene Lage im ungünstigsten Licht darzustellen. Er würde den berühmten Mann ganz verpassen, sofern der berühmte Mann nicht zu ihm käme, und der berühmte Mann könnte nur zu einem unausdenkbaren Zweck zu ihm kommen. Also würde er überhaupt nicht kommen, und also gab es nichts zu erhoffen.

Durchaus nicht etwa, daß Densher auf einen Besuch unter diesem besonderen Gesichtspunkt hoffte; doch es lastete auf ihm, daß er sich nur wenige der jetzt möglichen Ablenkungen zu verpassen leisten konnte. Nichts an seiner mißlichen Lage war so sonderbar wie der Umstand, daß er sich, unbestreitbar mit Furcht vor sich selbst erfüllt, vor Sir Luke nicht fürchtete. Er hatte den Eindruck, an dem er festhielt und der sich auf die frühere Vorliebe an seiner Gesellschaft gründete, *er* werde ihn irgendwie ungeschoren lassen. Die Wahrheit über Milly hatte sich auf seine Schultern niedergelassen und hallte in seinem Schritt, gab durch die Tatsache seiner Anwesenheit vorläufig allen Dingen am Ort Namen und Gestalt; doch sie stand zum Unterschied nicht in seinem Gesicht geschrieben, dem Gesicht, das beim vorigen Mal so aufrichtig und ungezwungen Densher zugewandt war. Sein erster Besuch, damals nicht auf einen Ruf hin, sondern von einer eigenen liebenswürdigen Laune bestimmt, hatte eine ganz andere

Wertigkeit besessen; und obwohl unser junger Mann kaum in Betracht ziehen konnte, diese Wertigkeit wäre erneut erzielbar, griff er in Gedanken doch nach einer Wiederaufnahme der alten Beziehung. Er gedachte nicht, wie er die Sache für sich nachdrücklich formulierte, rücksichtslos gierig zu sein; aber es gab doch etwas, wonach es ihn selbst verlangte. Das war etwas – es bohrte in ihm –, das Sir Luke ihm hätte geben können, wäre es nicht unmöglich gewesen. Es waren seine schlimmsten Tage, diese zwei oder drei; jene Tage, wo ihm selbst das Gespür für die im Palazzo Leporelli herrschende Spannung nicht über das Gefühl hinweghalf, daß das Geschick übel mit ihm umspringe. Wie er es sah, war er noch nie so tief gesunken. In armseligen Verhältnissen, ohne Bücher, ohne Umgang, fast ohne Geld, hatte er nichts weiter zu tun als zu warten. Sein größter Halt war wirklich, daß ihn seine ursprüngliche Idee nicht losließ, er wolle abwarten und sehen, in welche tiefste Tiefe ihn seine Kalamität noch stürzen könnte. Wenn er dem Schicksal nur Zeit genug ließe, würde es sich schon noch einen besonderen Gipfelpunkt der Abscheulichkeit einfallen lassen.

Inzwischen ließ es sich soeben einfallen, ihm auf diese Weise Sir Luke vorzuenthalten. Als der dritte Tag ohne jedes Zeichen kam, wußte er, was er davon zu halten hatte. Er hatte Mrs. Stringham während ihres Besuchs bei ihm keine Antwort der Art gegeben, die ihr Vertrauen hätte stärken können, und das Ultimatum, das nach ihrer Darstellung für den Fall bereitliege, daß *er* bereit sei, sollte ihm also – wenn auch aus keinem anderen Grund, als daß es nicht in ihrer Macht lag, für ihn zu bürgen – nicht präsentiert werden. Das Ultimatum überreicht zu bekommen, war, der Himmel wußte es, gewiß das letzte, was er sich wünschte.

Es war auch nicht, beeilen wir uns zu erklären – wie Densher dann bald genug merkte –, die Absicht, mit der Sir Luke schließlich wieder vor ihm stand. Denn schließlich stand er doch wieder vor ihm; gerade als unser Freund trübsinnig die Überzeugung gewonnen hatte, die Grenze seiner Macht, sich Londoner Verpflichtungen zu entziehen, dürfte erreicht sein. Vier oder fünf Tage, nicht eingerechnet die Reisezeit, bedeuteten das äußerste erdenkliche Opfer – zugunsten eines nicht gekrönten Hauptes – seitens einer der größten medizinischen Leuchten der Welt; so daß es wirklich, als die betreffende Persönlichkeit unmittelbar nach dem Anschlagen der Türglocke leibhaftig vor ihm stand, Densher eine Vision aufdrängte, die ihn im Moment durchbohrte wie ein Messer. Die Tatsache sprach in einem einzigen schrecklichen Wort von der Schwere – er schrak davor zurück, es irgend anders zu benennen – von Millys Fall. Der berühmte Mann war also nicht abgereist, und darin drückte sich eine immense Hingabe gegenüber ihrem immensen Bedürfnis so aus, daß darin offenkundig zugleich ein gewisses Maß wirksamer Hilfe und einige Hoffnung ihren Ausdruck fanden. Als Reaktion auf seine Enttäuschung war es Densher, als träten gleich zehn Dinge auf einmal in sein Bewußtsein – zuoberst, daß sie, eben noch denkbar, da Sir Luke ja noch da war, gerettet worden sei. Gleich dahinter und genauso scharf folgte jedoch das Gefühl, die Krise, die sich deutlich, selbst jetzt, auch für ihn länger hinziehen sollte, werde nichts von dieser gesunden Einfachheit an sich haben. Nicht nur war sein Besucher keineswegs vorbeigekommen, um über Milly zu schwatzen, er war nicht vorbeigekommen, um sie auch nur zu erwähnen; er war geradezu vorbeigekommen, um darzutun, daß während des kurzen Rests seines Aufenthalts, dessen Ende jetzt in Sicht war, so wenig wie möglich davon zu erwarten sei. Diese Bekundung, wenn sie es denn eine war, entsprach dem Grundton ihrer damaligen Bekanntschaft, und es war ihre damalige Bekanntschaft, die ihn hergeführt hatte. Er bleibe nicht länger als bis zum kommenden Sonnabend, doch inzwischen würde er gern einige interessante Dinge noch einmal sehen. Dieser interessanten Dinge wegen, um Venedig und seiner Möglichkeiten willen, um eines oder zweier Streifzüge, wie er es nannte, und eines Rundgangs willen hatte er seinen jungen Mann aufgesucht – wodurch er bei letzterem, sobald die Sache sich im Verlauf weiterer vierundzwanzig Stunden in dieser Richtung geklärt hatte, den widersinnigsten, doch wohltuendsten Umschwung bewirkt hatte. Nichts hätte in der Tat, oberflächlich gesehen, abscheulicher sein können – und Densher war das durchaus gegenwärtig – als die Erleichterung, die er in diesem kurzen Zeitraum darin fand, daß jeder Hinweis auf den Palazzo stillschweigend entfiel, daß er weder Nachrichten erhielt noch danach fragte. Das war es, was sich beim Eintritt seines Besuchers ergeben hatte, selbst während der Sekunden der Spannung, die sein Erscheinen auch direkt und intensiv mit Millys Zustand in Verbindung brachten. Er war gekommen, um zu sagen, daß er sie gerettet habe – er war, von Mrs. Stringham aus, gekommen, um zu sagen, wie sie gerettet werden könne – er war, Mrs. Stringham zum Trotz, gekommen, um zu sagen, sie sei verloren: die unterschiedlichen Pulsschläge der Hoffnung, der Angst, bei all ihrer Unterschiedlichkeit zeitgleich, verschmolzen ihre Identität mit einem ebenso gleichzeitigen Zucken des Herzens, das zurückblieb, nachdem das übrige bereits verklungen war. Es wirkte für ihn einfach Wunder – das war die Wahrheit –, daß Sir Luke, wie er gesagt hätte, ruhig war.

Die Folge war ein ganz eigentümliches Bewußtsein einer seligen Stille nach dem Sturm. Wie wir wissen, hatte er sich seit Wochen bemüht, sich in höchstem Grade still zu verhalten, und das überwiegend in Einsamkeit und Schweigen; doch jetzt blickte er darauf zurück wie auf eine Fieberhitze. Die wahre, die rechte Stille war diese besondere Form der Geselligkeit. Sie gingen miteinander spazieren und unterhielten sich, sie sahen sich noch einmal Gemälde an und frischten Eindrücke auf – Sir Luke wußte genau, was er suchte; kehrten ein wenig bei Antiquitätenhändlern ein; setzten sich ins „Florian" hin, um zu rasten und milde Getränke zu sich zu nehmen; priesen vor allem das herrliche Wetter, ein Bad in warmer Luft, ein Gepränge herbstlichen Lichts. Ein- oder zweimal, während sie rasteten, schloß der berühmte Mann die Augen – verharrte so mehrere Minuten lang, während sein Begleiter, der dadurch um so ungezwungener sein Gesicht betrachten konnte, sich seine Gedanken über die Spuren entgangenen Schlafes machte. Er war nachts mit ihr aufgeblieben – er in Person, stundenlang; doch das war alles, was er sich davon anmerken ließ, und es sollte bei ihm offenbar die äußerste Anspielung auf etwas bleiben. Das Ungewöhnliche war, daß Densher es als vollkommen eindeutiges Zeugnis zu erfassen, sich von dem dahinter hervorblickenden Bild eisig angerührt zu fühlen vermochte und doch gleichzeitig keinen Pulsschlag seiner Reaktion auf die bewußt bejahte Befreiung auslassen konnte. Das Erlebnis der Befreiung war eine Erfahrung, die sich behauptete, und er wußte nach wie vor, warum er, trotz seiner verdienten Strafe, trotz seines Unverstands, trotz allem anderen, so sehnlich darauf gehofft hatte. Er hatte darauf gehofft, hatte dort in seinem Zimmer gesessen und darauf gewartet, weil er auf diese Weise darin, sollte es zu ihrer Offenbarung kommen, eine Macht erahnte, die ihn freigeben könnte. Er *wurde* freigegeben; wurde auf die einzige Art behandelt, die seine Verantwortlichkeit nicht noch lastender machte. Das Schöne daran war noch dazu, daß dies nicht planmäßig oder auf der Grundlage intimster Kenntnis geschah; allein dadurch, daß Sir Luke ein Mann von Welt war und das Leben kannte, die Wirklichkeit spürte, tat er ihm gut. In der ganzen Geschichte waren zu viele Frauen im Spiel gewesen. Die Sichtweise eines Mannes, eines anderen Mannes, veränderte die Atmosphäre; und er fragte sich, welcher Mann, hätte er die Wahl gehabt, ihm dienlicher gewesen wäre als dieser. Er war großzügig und ungezwungen – das war das Wichtige; er wußte, worauf es ankam und worauf nicht; er unterschied zwischen berechtigten und unberechtigten Gründen zur Aufregung. Auf diese Weise war man – sofern man mit ihm zu tun hatte oder überhaupt seinem Einfluß ausgesetzt war – in seinen Händen, was immer er daraus machte, und von seiner Güte nicht viel weniger betroffen, als man es von seiner Strenge hätte sein können. Das Schöne daran war – darauf lief es hinaus –, wie er mit der Aufgabe, so hätte man es nennen können, fertig wurde, befremdliche Dinge zu natürlichen zu machen. Nichts hätte sonst, wenn sie es nicht so genommen hätten, die zwischen ihnen nie erörterte befremdliche Tatsache übertreffen können, daß Densher jetzt von den armen Damen im Palazzo völlig abgeschnitten war; nichts hätte sonst die nicht geringere Anomalie übertreffen können, daß der berühmte Mann selbst sich jeder Äußerung enthielt. Er nahm wie neulich, als sie auf dem Bahnhof zusammengetroffen waren, absolut alles wie selbstverständlich hin; und die Folge, hätte Densher gesagt, war eine Beziehung zu ihm, die ganz der zwischen Arzt und Patient glich. Man nahm seinen Wink auf, wie man hätte eine Arznei nehmen können – außer daß der Wink sich besser schlukken ließ.

Aus diesem Grunde durfte man es seiner stummen Diskretion überlassen, aus diesem Grunde beließ es Densher in den drei oder vier Tagen immer wieder dabei; höchstens regte sich am Abend vor dem Sonnabend, der als Ende der Episode angekündigt war, seine Neugier ein wenig. Bei letzterer Gelegenheit, am Sonnabendvormittag, Sir Lukes Erscheinen im Bahnhof erwartend, mußte unser Freund feststellen, daß seine eigene geliehene Gelassenheit von ihm abfiel, eine ganz natürliche Folge angesichts der Aussicht, eine Stütze zu verlieren. Die Schwierigkeit lag darin, daß auf der Grundlage, die sie tauglich gefunden hatten, die Stütze in Sir Lukes persönlicher Gegenwart bestand. Würde er abreisen, ohne irgendwelchen Ersatz dafür zurückzulassen – und auch, ohne sein Schweigen hinsichtlich des Anliegens zu brechen, das ihn hergeführt hatte? Densher befand sich in noch tieferer Unkenntnis als zu der Stunde seines Besuches, und in einem so kritischen Augenblick war es fürwahr erstaunlich, daß er sich keinen Strahl der Erleuchtung darüber entschlüpfen ließ, womit er sich eine Woche lang befaßt hatte. Was er getan hatte, war ebenso der Beweis für eine ungeheure Anteilnahme wie für ein ungeheures Honorar; doch als sich die Leporelli-Gondel wieder, und etwas säumig, näherte, durchforschte sein Gefährte, auf den Stufen zum Kanal wartend, seine kluge, verschlossene Miene so vergeblich wie eh und je. Es war gleichsam eine Lektion von maßgeblichster Seite zu dem Thema, was Bedeutsamkeit besitzt, so daß die Undurchdringlichkeit seines Gesichts Densher mit einem Mal fast als Grausamkeit erschien, da er sie auf ganz furchterregende Weise auch mit Millys Ableben vereinbar empfand. Und die Ungewißheit hielt an, nachdem sie zusammen, da die Zeit kurz war, unverweilt in den Bahnhof gegangen waren, wo Eugenio, frühzeitig am Ort, das von ihm gesicherte Abteil bewachte. Die Anspannung, obwohl sie an der Wagentür vielleicht nur zwei Minuten dauerte, zog sich für Denshers Nerven so in die Länge, daß er unwillkürlich einen langen Blick auf Eugenio richtete, der ihm jedoch begegnete, wie nur Eugenio es vermochte. Sir Lukes Aufmerksamkeit galt zunächst dem ordentlichen Verstauen seiner zahlreichen Gepäckstücke, worin er sehr genau war, und Densher ertappte sich geradezu dabei, soweit Schweigen dazu ausreichte, den Vertreter des Palazzos zu befragen. Das demütigte ihn nicht mehr; es demütigte ihn nicht einmal, zu spüren, daß dieser Mensch ganz genau wußte, wie wenig er ihm Genüge tat. Insoweit glich Eugenio Sir Luke – nämlich insoweit, mit welch außergewöhnlichen Dingen sich sein gewohnter Gesichtsausdruck vereinbaren ließ. Doch bis Densher seinem Antlitz alles entnommen hatte, was sein Besitzer gestattete, war Sir Luke frei und streckte ihm seine Hand zum Abschied hin. Anfangs bot er ihm die Hand ohne Worte; nur als unser junger Mann seinen Augen begegnete, konnte er sehen, daß sie ihn noch nie so rückhaltlos angeblickt hatten. Bei Sir Luke kam es nie vor, daß sie irgendwann eindringlicher blickten als sonst; doch sie blickten länger, und das, auch nur um eine Nuance, mochte bei ihm alles bedeuten. Es bedeutete, glaubte Densher zehn Sekunden lang, Milly Theale sei tot; so daß die Worte, die schließlich fielen, ihn zusammenfahren ließen.

„Ich komme wieder."

„Also geht es ihr besser?"

„Ich komme innerhalb der nächsten vier Wochen", wiederholte Sir Luke, ohne auf die Frage einzugehen. Er hatte Denshers Hand losgelassen, hielt ihn aber auf andere Weise am Fleck fest. „Ich bringe Ihnen eine Botschaft von Miss Theale", sagte er, als hätten sie nicht von ihr gesprochen. „Sie hat mir aufgetragen, Sie um einen Besuch bei ihr zu bitten."

Denshers Rückprall gegenüber seiner Vermutung war so heftig, daß sein starrer Blick es verriet. „*Sie* bittet mich?"

Sir Luke war in den Waggon gestiegen, dessen Tür der Schaffner geschlossen hatte; doch redete er weiter, als er am Fenster stand, ein wenig vorgebeugt, aber nicht hinausgelehnt. „Sie hat mir gesagt, es wäre ihr lieb, und da ich Sie hier zu treffen erwartete, habe ich ihr versprochen, es Ihnen auszurichten."

Densher auf dem Bahnsteig vernahm es von ihm, doch was er vernahm, trieb ihm das Blut genauso ins Gesicht wie das, was er von Mrs. Stringham hatte vernehmen müssen. Und er war auch überrascht. „Sie kann also empfangen ...?"

„Sie kann Sie empfangen."

„Und Sie kommen wieder?"

„Oh, weil ich muß. Sie darf sich nicht von der Stelle rühren. Sie muß bleiben. Ich komme zu ihr."

„Ich verstehe, ich verstehe", sagte Densher, der in der Tat verstand – den Sinn der Worte seines Freundes und auch, was dahinter lag. Was Mrs. Stringham angekündigt hatte und dem er sich doch nicht stellen zu müssen erwartet hatte, *war* also eingetreten. Sir Luke hatte es bis zuletzt zurückgehalten, doch da war es nun, und die farblose, bündige Form, die es jetzt annahm – der Ton eines Mannes von Welt einem anderen gegenüber, der es, nach allem, was sich ereignet hatte, verstehen würde –, war nur die charakteristische Art und Weise seines Ersuchens. Densher sollte erstaunlich viel verstehen; und es kam gewiß darauf an, zu zeigen, daß er verstand. „Ich bin Ihnen zu besonderem Dank verpflichtet, ich gehe heute noch hin." Das brachte er heraus, doch während seiner kurzen Pause, während sie einander unverwandt ansahen, hatte sich der Zug kreischend in Bewegung gesetzt. Es war nur noch Zeit für ein knappes Wort, und der junge Mann wählte es mit angespannter Konzentration aus zwanzig möglichen aus. „Also geht es ihr besser?"

Sir Lukes Gesicht war wunderbar. „Ja, es geht ihr besser." Und er blieb damit am Fenster und hielt ihn damit immer noch gebannt, während der Zug dahinglitt. Es sollte seine äußerste Annäherung an den in Worte gefaßten Hinweis sein, den sie bislang so erfolgreich umgangen hatten. Wenn es alles ausdrücken sollte, hatte nie ein Gesicht mehr auszudrücken gehabt. Das überlegte Densher nüchtern, noch immer an den Fleck gebannt, nachdem der Zug fort war; das überlegte er, fragte sich, in welchen Abgrund ihn das stieße, selbst während ihm bewußt war, seinen Rückzug unter dem unverwandten Blick Eugenios anzutreten.

Zehntes Buch

33

„Dann waren es also – wie sagst du? – volle vierzehn Tage? – ohne daß du ein Lebenszeichen gegeben hast?"

In der Dezemberdämmerung am Lancaster Gate hielt Kate ihm das eindeutig vor, die Frage betreffend, wie lange er schon zurück sei; doch zugleich erkannte er auf der Stelle, daß sie ihrem Instinkt – der zugleich ein System war – so bewundernswert treu blieb wie eh und je, die Möglichkeit gar nicht erst zuzulassen, daß kleine Verärgerungen, Bagatellen, ihr allumfassendes Vertrauen zu Fall brächten. Das für sich allein, das Schöne daran, derart aufgefrischt, hätte ihn, als er sie nun wieder vor sich sah, bis in die Tiefen aufgewühlt, hätte ihn nicht etwas anderes, nicht weniger deutlich, jedoch ganz unterschiedlich, noch mehr aufgewühlt. Erst bei ihrem Anblick spürte er, was der Einschnitt bedeutet hatte und daß sie sich über diesen hinweg begegneten wie Menschen, deren Abenteuer für jeden auf seiner Seite, in Zeit und Raum, in Gestalt der Gefahr wie des Exils, von ganz eigener Absonderlichkeit gewesen waren. Er fragte sich, ob er in ihren Augen auch so verändert sei, wie sie selbst sofort auf ihn gewirkt hatte: was freilich nur seine Art war, mit einem Freudenschauer wahrzunehmen, daß sie – schon vom ersten Anblick ausgehend – noch nie so gut ausgesehen hatte. Diese Tatsache brach für ihn, beim Feuerschein und Lampenlicht, die ihr Willkommen durch den Londoner Nebel glühten, als Blüte ihrer Veränderung auf; genau wie ihre Veränderung selbst – wozu gehörte, daß sie ihm in einem Maße älter vorkam, das bloße zwei Monate nicht erklären konnten – die Frucht ihrer intimen Beziehung war. Wenn sie sich verändert hatte, so deshalb, weil sie sich gemeinsam dafür entschieden hatten, und jetzt mochte sie es ihm als einen Beweis, wie klug sie gehandelt, welchen Erfolg sie gehabt hatten, wie real das war, was sich ereignet hatte – was sich genaugenommen im Geiste für beide noch immer ereignete –, voller Stolz vor Augen führen. Daß er zurückgekehrt war und sich doch eine ganze Reihe von Tagen so still verhalten hatte, das, erkannte er klar, war der erste

Punkt, den er in Angriff zu nehmen hatte; in diesem Bewußtsein hatte er reinen Tisch gemacht, indem er endlich einen Brief an Mrs. Lowder richtete, der zu seinem jetzigen Besuch geführt hatte. Als den eleganteren Weg hatte er an Tante Maud geschrieben; und zweifellos hatte man daraus ersehen, daß es ihn keine Mühe gekostet hatte, *nicht* an Kate zu schreiben. Venedig lag drei Wochen hinter ihm – er war gemächlich gereist; doch es war immer noch, als müßte er sich sogar in London ihrem Gesetz beugen. Eben daher vermochte er sich, mit seinem Vertrauen in ihre Beständigkeit, auf ihr Gespür für die Situation zu berufen und seine übertriebene Behutsamkeit zu erklären. Er war gekommen, um ihr alles zu erzählen, soweit sich ihnen eine Gelegenheit bot; und wenn nichts so deutlich war, wie daß seine lang hingestreckte Reise, sein Abwarten, sein Säumen, die Verbindung wieder aufzunehmen, mit diesem Entschluß Schritt gehalten hatten, so war die Inkonsequenz im Grunde zweifellos nur eine Begleiterscheinung der starken Anspannung. Er trug alles zusammen, alles, was er ihr erzählen würde. Das brauchte Zeit, und der Beweis dafür war, daß er, wie er an Ort und Stelle spürte, nicht früher als an diesem Nachmittag hätte alles vollständig mitbringen können. Er *hatte* es mitgebracht, bis zur letzten Silbe, und angesichts der Fülle des Stoffs sollte es ihm nicht schwerfallen – das stellte sich auch wirklich heraus –, für Kates Verständnis seinen ersten Grund ans Licht zu zerren.

„Vierzehn Tage, ja – Freitag waren es vierzehn Tage; aber du verstehst, ich habe mich nur an unser wunderbares System gehalten." Das rechtfertigte ihn so glatt, daß allein das sie an der Behauptung hinderte, sie verstünde nicht. Demnach war ihr wunderbares System für sie immer noch lebendig; und eben solch ein Pfand dafür, daß es für ihn gleicherweise lebendig war, mußte sie sich doch gewünscht haben. Er brauchte nicht einmal den Punkt aufs i zu setzen, über die Bemerkung hinaus, sie werde sich erinnern, daß ihr wunderbares System schon auf den ersten Blick für rasche Übergänge keinen Platz habe. „Weißt du, ich mußte meinen Rückprall erst ausschwingen lassen; und ich habe wahrscheinlich instinktiv gezögert, um den Anschein, etwas überstürzt zu tun, für dich genau wie für mich, so gering wie möglich zu halten. Es ist gewissermaßen eine Frage der Schicklichkeit. Aber ich wußte, du würdest es verstehen." Bald war es, als verstünde sie wirklich so gut, daß sie sein Beharren auf diesem Detail beinahe abwehrte – dabei sah sie ihn aber auch an, das entging ihm nicht, als wäre dieser meisterliche Umgang mit den Schicklichkeiten für sie ein starkes Zeichen dafür, wie sie ihn beeinflußt hatte. Er hätte ihr in genau demselben Maße als Sachverständiger für unvorhergesehene Zwischenfälle vorkommen können wie sie in Venedig *ihm*. Er lächelte, während er sich für eine Erneuerung in Etappen und Stufen einsetzte, eine, wie sie hätte sagen können, abschattierte und abgestufte Angelegenheit; obwohl sie – mußte sie doch feinfühlig reagieren – das Lächeln nur so aufnahm wie seine Ankunft vor fünf Minuten. Ihr sanfter Ernst in jenem Augenblick – doch nicht gravitätisch, sondern der Blick eines bis zum Rand mit Leben angefüllten Bewußtseins, das sich doch des Überquellens enthalten wollte – hatte ihr Willkommen nicht abgeschwächt; vielmehr hatten das die zwei Minuten bewirkt, als sich der Lakai im Zimmer aufhielt, der ihn hereingeführt hatte und den er bei der Zurichtung des Teetisches unterbrochen hatte.

Mrs. Lowders Antwort auf Denshers Brief hatte darin bestanden, die Teestunde, am Sonntag um fünf Uhr, für seinen Besuch bei ihnen zu bestimmen. Anschließend hatte Kate ihm ein Telegramm ohne Unterschrift geschickt: „Sonntag *vorzeitig* kommen – etwa eine Viertelstunde, das hilft uns“; und deshalb hatte er sich gewissenhaft zwanzig Minuten vor fünf eingestellt. Kate war allein im Zimmer, und sie hatte ihm unverzüglich eröffnet, Tante Maud sei, wie sie zum Glück mitgehört habe, in der – nicht langen, aber kostbaren Zwischenzeit mit einer alten Dienerin im Ruhestand beschäftigt, die zu Besuch gekommen sei und noch in dieser Stunde in die Vorstadt zurückkehren werde. Sie sollten das Fetzchen Zeit, nachdem der Lakai sich entfernt hätte, für sich haben, und es trat ein Moment ein, wo es sich, trotz ihres wunderbaren Systems, trotz des Verbots allen Ungestüms und der Angemessenheit gedämpften Vorgehens, in der Tat als wahrhaft kostbar kundtat. Und das alles, ohne Kates erhabener Nüchternheit und schöner Selbstbeherrschung Abbruch zu tun – eben dadurch blieb es edel. Wie er seine Diskretion besaß, besaß sie ihr untadeliges Auftreten, was *ihren* Anstand ausmachte. Um der Frage seines Säumens ein Ende zu machen, hatte er des weiteren bemerkt, Mrs. Stringham dürfte wohl an Mrs. Lowder geschrieben haben, daß er Venedig verlassen habe; also sei es nicht offenbar so, als hätte er sie etwa täuschen wollen. Sie wüßten also sicher längst, daß er nicht mehr dort war.

„Ja, wir haben es gewußt.“

„Und ihr hört weiter von ihr?“

„Von Mrs. Stringham? Gewiß. Damit meine ich, Tante Maud hört von ihr."

„Ihr habt also neueste Nachricht?"

Ihr Gesicht ließ Verwunderung erkennen. „Ich glaube, bis auf das, was vor ein, zwei Tagen passiert ist. *Du* denn nicht?"

„Nein – ich habe nichts gehört." Und erst jetzt empfand er, wieviel er ihr zu berichten hatte. „Ich bekomme keine Briefe. Aber ich war mir sicher, daß Mrs. Lowder welche erhält." Worauf er anfügte: „Dann weißt du es natürlich auch." Er wartete ab, als werde sie mitteilen, was sie wußte; doch sie zeigte nur, stumm, das Aufdämmern einer Überraschung, die sie nicht zu beherrschen vermochte. Ihm blieb nichts übrig, als zu erfragen, was er wissen wollte. „Ist Miss Theale noch am Leben?"

Darauf blickte ihn Kate mit aufgerissenen Augen an. „*Weißt* du es denn nicht?"

„Wie sollte ich denn, Liebste – wo alles ausbleibt?" Und er selbst starrte sie Aufklärung heischend an. „Sie ist tot?" Dann, als sie, die Augen auf ihn geheftet, langsam den Kopf schüttelte, brachte er ein eigenartiges „Noch nicht?" heraus.

Auf Kates Miene zeichnete sich ab, daß ihr mehrere Fragen auf der Zunge lagen, doch die eine, die sie dann stellte, lautete: „Ist es ganz furchtbar?"

„Die Art, wie sie so bewußt und hilflos dahinstirbt?" Er mußte einen Augenblick überlegen. „Nun, ja – da du mich fragst: ganz furchtbar für *mich* – soweit ich vor meiner Abreise etwas davon zu sehen bekam. Aber ich glaube nicht", fuhr er fort, „daß ich dir – obwohl ich es versuchen will – *ganz* schildern kann, was es für mich bedeutet hat, noch bedeutet. Wahrscheinlich hat es deshalb vorhin für dich geklungen", erläuterte er, „als hoffte ich, es wäre vorbei."

Sie widmete ihm ihre stillste Aufmerksamkeit, doch inzwischen erkannte er, soweit es darum ging, ihr alles zu erzählen, würde sie zwischen dem Wunsch und dem Widerstreben hin- und hergerissen sein, es anzuhören; zwischen der sie, nicht unnatürlicherweise, gewiß verzehrenden Neugier und dem entgegenstehenden Skrupel der Ehrfurcht vor dem Unglück. Dazu kam, je eingehender sie ihn musterte – und er hatte sie noch nie so an seinem Gesicht hängend erlebt –, desto weniger würde es ihr möglich sein, sich für eine bestimmte Haltung zu entscheiden. Durchsetzen würde sich einfach ein Gefühl, und dieses Gefühl würde nicht brennende Anteilnahme sein. Diese Wahrnehmung wuchs schnell in ihm an, und in seiner Phantasie sah er sogar einen Augenblick lang flüchtig voraus, sie würde ihm womöglich, sollte er zu weit gehen, ein wunderbares „Was für entsetzliche Dinge erzählst du mir da?" entgegenschleudern. Es trüge den Klang – stünde es ihm nicht frei, den sogar selbst herauszubringen? – der Zurückweisung, vor Mitleid und beinahe vor Scham, all dessen, was in Venedig zwischen ihnen vorgegangen war. Nicht etwa, daß sie sich zu irgend etwas bekennen würde, was auf sie selbst zurückfallen mochte; nicht etwa, daß sie sich von Reue oder Entsetzen hinreißen lassen würde, sich zu verraten; doch für ihn lag in der Luft – ja –, sie werde keine Einzelheiten wissen wollen, sie werde sie einfach nicht hinnehmen, und falls er es ihr großmütig genug ansehen sollte, würde sie es vorziehen, alles gar nicht erst aufkommen zu lassen. Jedoch war für ihn nichts deutlicher, als daß er ihr nur so weit entgegenkommen durfte, wie es ihm selbst paßte. Etwas in ihm sträubte sich heftig dagegen, daß er ihr gegenüber nicht ungehemmt war. Sie war, all das betreffend, drei Monate vorher *ihm* gegenüber ungehemmt genug gewesen. Derzeit war sie das nur in dem Sinne, ihn anständig zu behandeln. „Ich kann mir denken", sagte sie mit vollendetem Verständnis, „wie furchtbar vieles für dich gewesen sein muß."

Darauf ging er jedoch nicht ein; er wünschte sich erst über bestimmte Dinge klarzuwerden. „Es besteht keine andere Möglichkeit, nach dem, was du zur Zeit weißt? Ich meine, für ihr Leben." Und er mußte förmlich drängen – sie wollte so wenig wie nur möglich sagen. „Sie liegt im Sterben?"

„Sie liegt im Sterben."

Es war eigenartig für ihn, daß Lancaster Gate ihm, was Milly betraf, überhaupt mehr Gewißheit geben konnte; doch was in aller Welt war, was Milly betraf, nicht eigenartig? Nichts war es so sehr wie sein eigenes Verhalten – das jetzige ebenso wie das frühere. Er konnte nur handeln, wie er mußte. „Ist Sir Luke Strett", fragte er, „wieder zu ihr gefahren?"

„Ich glaube, er ist jetzt dort."

„Dann", sagte Densher, „ist es das Ende."

Sie nahm es schweigend auf, was immer er davon halten sollte; doch nach einer Minute kam sie auf etwas anderes. „Du weißt wohl nicht, es sei denn, du hast selbst mit ihm gesprochen, daß Tante Maud bei ihm gewesen ist."

„Oh!" rief Densher und hatte dem nichts hinzuzufügen.

„Um wahre Auskunft zu bekommen", fügte Kate selbst nach einem Augenblick an.

„Sie hat Mrs. Stringhams Auskunft nicht für wahr gehalten?"

„Vielleicht habe nur ich das nicht getan. Als Tante Maud ihn vor drei Tagen noch einmal sprechen wollte, erfuhr sie in seinem Haus von seiner Abreise. Er war, glaube ich, schon seit ein paar Tagen fort."

„Und wird er dann inzwischen nicht zurück sein?"

Kate schüttelte den Kopf. „Sie hat gestern nachfragen lassen."

„Also verläßt er sie nicht" – Densher hatte es durchdacht –, „solange sie lebt. Er bleibt bis zum Ende. Er ist großartig."

„Ich finde, *sie* ist es", meinte Kate.

Das hatte beide veranlaßt, sich wieder lange anzusehen; und was er sich, befremdlicherweise, darauf abrang, war: „Ach, du weißt ja nichts!"

„Nun, sie ist immerhin meine Freundin."

Irgendwie war das, mit ihrem noblen Einwand, die Antwort, die er am wenigsten von ihr erwartet hatte; und mit ihrem Hauch fachte sie einen flüchtigen Moment seine alte Empfänglichkeit für ihre Wesensvielfalt an. „Ich verstehe. Du wärst davon überzeugt gewesen. Du *warst* davon überzeugt."

„Natürlich war ich davon überzeugt."

Und darauf senkte sich erneut Schweigen über sie, das Densher jedoch bald brach. „Wenn du Mrs. Stringhams Auskunft nicht für wahr hältst, was denkst du von Lord Marks?"

Sie dachte gar nichts. „Lord Marks?"

„Du hast ihn nicht gesprochen?"

„Nicht, seit er sie besucht hat."

„Du hast also gewußt, daß er sie besucht hat?"

„Gewiß. Von Mrs. Stringham."

„Und weißt du auch", fuhr Densher fort, „das übrige?"

Kate staunte. „Welches übrige?"

„Nun, alles. Eben seinen Besuch hat sie nicht ertragen können – eben das, was sich damals abspielte, hat sie einfach umgebracht."

„Oh!" hauchte Kate ernst. Doch sie war erbleicht, und er erkannte, in welchem Maße auch immer sie in Unkenntnis dieser Zusammenhänge gewesen sein mochte, das war nicht geheuchelt. „*Das* hat Mrs. Stringham nicht mitgeteilt."

Er nahm dennoch wahr, daß sie nicht fragte, was sich denn abgespielt habe; und er setzte seine Mitteilungen an sie fort. „Es hat in der Form auf sie gewirkt, daß es sie zum Aufgeben brachte. Sie hat aufgegeben, den Boden unter den Füßen verloren; aufgegeben, je wieder Lebensmut zu fassen, und eben deshalb liegt sie im Sterben."

„Oh!" seufzte Kate noch einmal gedehnt, doch so unbestimmt, daß es ihn fortfahren ließ.

„Jetzt kann man sehen, daß sie von ihrem Willen lebte – was dem sehr nahekommt, was du mir zu Anfang von ihr gesagt hast."

„Ich erinnere mich. Das war es."

„Nun, in einem bestimmten Moment ist ihr Willen zerbrochen, und herbeigeführt hat den Zusammenbruch der heimtückische Schlag dieses Kerls. Der Schuft hat ihr erzählt, du und ich, wir seien heimlich verlobt."

Kates Blick flammte zornig auf. „Aber das weiß er doch gar nicht!"

„Das ist gleich. *Sie* hat es gewußt, als er sie verließ. Außerdem", fügte Densher an, „weiß er es. Wann", fuhr er fort, „hast du ihn zuletzt gesprochen?"

Doch sie war jetzt in das Bild vertieft, das sie vor sich sah. *„Das* hat ihren Zustand verschlimmert?"

Er beobachtete, wie sie es in sich aufnahm – es mehrte ihre düstere Schönheit so sehr. Dann sprach er, wie Mrs. Stringham gesprochen hatte. „Sie kehrte das Gesicht zur Wand."

„Arme Milly!" sagte Kate.

So spärlich das war, ihre Schönheit verlieh dem irgendwie Stil; so daß er konsequent fortfuhr: „Verstehst du, sie hat es zu früh erfahren – denn natürlich hatte man sich vorgestellt, sie würde es vielleicht überhaupt nie erfahren. Und sie *hatte* die Überzeugung gewonnen – aus allem, was wir getan hatten –, daß zwischen uns, mindestens soweit es dich betraf, nichts war, was sie hätte als Warnung betrachten müssen."

Sie nahm sich einen Moment zum Nachdenken. „Nicht durch etwas, das *du* getan hast – was immer das gewesen sein mag –, hat sie ihre Gewißheit gewonnen. Vielmehr durch die Überzeugung, die ich ihr vermittelte."

„Ach, es ist wirklich anständig", sagte Densher, „daß du deinen Anteil auf dich nimmst!"

„Glaubst du denn", gab Kate zurück, „ich dächte daran, ihn zu bestreiten?"

Auf ihren Blick und ihren Ton hin bereute er einen Moment seine Bemerkung, die ihm wirklich als erstes über die Lippen gekommen war, als unmittelbare Wirkung dessen, was sie unter sich Kates Geradheit genannt hätten. Ihre Geradheit war sichtlich so groß, wie seine Loyalität es nur verlangen konnte. Dennoch, das lag vergleichsweise am Rande. „Natürlich gehe ich fest davon aus, daß wir in unseren Einsichten, in der Anerkennung unserer Verantwortlichkeiten – wie immer wir es nennen wollen – eins sind. Es geht für uns nicht darum, uns bestimmte Anteile zuzumessen oder kleinliche Unterscheidungen anzustellen, welchen Eindruck wir nach unserer Idee im einzelnen erwecken wollten."

„Es war nicht *deine* Idee, Eindrücke zu erwecken."

Er nahm das mit einem Lächeln auf, das er selbst, da es so verkrampft war, als sonderbar empfand. „Untersuche das nicht näher!"

Vielleicht, um dem nicht auf den Grund zu gehen, hatte sie eine andere Idee – eine Idee, die der soeben von ihm heraufbeschworenen Vision entsprang. „Wäre es dann nicht möglich gewesen, die Wahrheit der Information abzustreiten? Ich meine Lord Marks Information."

Densher wunderte sich. „Für wen möglich?"

„Nun, für dich."

„Ihr zu erklären, daß er gelogen hat?"

„Ihr zu erklären, daß er sich irrt."

Densher machte große Augen – er war verblüfft; das „Mögliche", das Kate auf diese Weise streifte, war genau die Alternative, der er sich in Venedig hatte stellen und die er gänzlich hatte verwerfen müssen. Nichts war so seltsam wie ein solcher Unterschied in ihrer beider Ansicht dazu. „Und zu diesem Zweck selbst zu lügen, meinst du? Ich nehme an, mein liebes Kind", sagte er, „wir *sind* immer noch verlobt."

„Selbstverständlich sind wir noch verlobt. Aber um ihr das Leben zu retten ...!"

Er nahm für ein Weilchen die Art in sich auf, wie sie davon sprach. Freilich, daran mußte man sich erinnern, hatte sie schon immer vereinfacht, und das rief ihm die Feststellung ins Bewußtsein zurück, in welchem Maße ihrer Energie, verglichen mit der seinen, so vieles leichter fiel; just die Feststellung, die schon so oft seine Bewunderung erregt hatte. „Nun, wenn du es wissen mußt – und ich möchte, daß du dir darüber im klaren bist –, ernstlich habe ich nicht einmal daran gedacht, es ihr ins Gesicht hinein abzustreiten. Diese Frage – *als* mögliche Rettung für sie – wurde mir ohne alle Umschweife gestellt; doch sie zu überdenken bedeutete auch sie zu verwerfen. Außerdem", fügte er an, „hätte es gar nichts geholfen."

„Du meinst, sie hätte kein Vertrauen in deine Richtigstellung gehabt?" Sie hatte so prompt geantwortet, daß es ihm unversehens beinahe glattzüngig vorkam; doch er selbst stockte unter dem Übergewicht all dessen, was er selbst meinte, und sie fuhr inzwischen fort. „Hast du es versucht?"

„Ich hatte nicht einmal Gelegenheit dazu."

Kate behielt ihre wunderbare Art bei, die Art, zugleich alles vor sich zu sehen und doch alles auf Abstand zu halten. „Sie wollte dich nicht sehen?"

„Nicht, nachdem dein Freund bei ihr gewesen war."

Sie zögerte. „Hättest du nicht schreiben können?"

Das ließ auch ihn nachdenken, doch mit einem Unterschied. „Sie hatte das Gesicht zur Wand gekehrt."

Darauf verstummte sie wieder einen Moment lang, und sie waren jetzt beide zu ernst für nebenbei empfundenes Mitleid. Doch ihr Bedürfnis nach wenigstens einem Mindestmaß an Aufklärung trat zutage. „Sie hat abgelehnt, dich auch nur anzuhören?"

„Mein liebes Mädchen", gab Densher zurück, „sie war jämmerlich krank, so krank, daß es alles andere verbot."

„Nun, das war sie vorher auch schon."

„Und es hat nichts verhindert? Nein", räumte Densher ein, „das hat es nicht; und ich will gar nicht so tun, als wäre sie nicht großartig."

„Sie ist unglaublich", sagte Kate Croy.

Er sah sie einen Augenblick an. „Das bist du auch, Liebste. Aber so ist es", schloß er, „und da stehen wir."

Er hatte sich im voraus gedacht, sie werde ihn vielleicht viel tiefer ausloten, ihm vor allem zwei oder drei bestimmte Fragen stellen. Er hatte sich schon ausgemalt, sie werde sogar wissen wollen und herauszufinden suchen, wie weit er und Milly, nach der widerwärtigen Redensart, gegangen und wie nahe sie sich dadurch gekommen seien. Er hatte sich gefragt, ob er darauf vorbereitet sei, solches aus ihrem Munde zu vernehmen, und hatte als Antwort hinnehmen müssen, er sei selbstverständlich auf alles vorbereitet. War er etwa nicht darauf vorbereitet, daß sie sich erkundigte, ob ihre zwei oder drei Prophezeiungen Zeit gehabt hatten, in Erfüllung zu gehen? Er hatte sich wirklich zu einem Bericht darüber imstande gehalten, ob der Antrag von Millys Seite, den die kühnste jener Voraussagen verhießen hatte, stattgefunden hatte oder nicht. Doch was ihm in Wirklichkeit wohltuend aufging, war, daß seine Bereitwilligkeit hinsichtlich solcher Dinge nicht auf die Probe gestellt werden würde. Kates Drängen in der Frage, was sich ereignet hatte, blieb so bewunderungswürdig allgemein, daß selbst ihre jetzige Erkundigung jede Schärfe vermissen ließ. „So daß ihr also nach Lord Marks Einmischung nie wieder zusammengekommen seid?"

Darauf wollte er schon die ganze Zeit hinaus.

„Doch; wir sind nur noch einmal zusammengekommen – soweit man es eine Zusammenkunft nennen konnte. Ich war geblieben – ich war nicht abgereist."

„Das", stellte Kate fest, „war nicht mehr als anständig."

„Eben" – er fand sich erstaunlich; „und ich wollte nichts Geringeres sein. Sie ließ mich rufen, ich kam zu ihr, und in derselben Nacht verließ ich Venedig."

Seine Gefährtin wartete. „Wäre *das* dann nicht deine Chance gewesen?"

„Lord Marks Geschichte zu widerlegen? Nein, nicht einmal, wenn ich es, da vor ihr, gewollt hätte. Was machte es denn schon aus? Sie war dem Tode geweiht."

„Nun", Kate ließ gewissermaßen nicht locker. „Warum nicht gerade, *weil* sie dem Tode geweiht war?" Sie verfügte jedoch über all ihre Diskretion. „Aber ich weiß, da du sie sahst, konntest du dir natürlich ein Urteil bilden."

„Da ich sie sah, *konnte* ich mir natürlich ein Urteil bilden. Und wie ich sie sah! Außerdem, wenn ich dich verleugnet hätte", sagte Densher, die Augen auf sie geheftet, „wäre ich auch dabei geblieben."

Sie prüfte einen Augenblick sein Gesicht, um abzulesen, was er meinte. „Du willst sagen, um sie zu überzeugen, hättest du darauf beharrt oder irgendwie bewiesen ...?"

„Ich meine, um *dich* zu überzeugen, hätte ich darauf beharrt oder irgendwie bewiesen ...!"

Kate blickte einen Moment ratlos drein. „Um ‚mich' zu überzeugen?"

„Ich hätte unter solchen Verhältnissen nicht etwas geleugnet, nur um es hinterher zurückzunehmen."

Damit kam ihr rasch die Erleuchtung, und zugleich flammte ihre Farbe auf. „Ach, du hättest mit mir gebrochen, um aus deiner Verleugnung eine Wahrheit zu machen? Du hättest mich ‚sitzenlassen'" – sie erfaßte es vollkommen –, „um dein Gewissen zu schonen?"

„Ich hätte nichts anderes tun können", sagte Merton Densher. „Du siehst also, wie recht ich hatte, mich nicht festzulegen, und daß ich nicht im Traum daran denken durfte. Wenn du je wieder meinst, ich *hätte* es tun können, denke an meine Worte."

Kate überlegte wieder, doch nicht gleich mit der Folgerung, auf die er hingewiesen hatte. „Du hast dich in sie verliebt."

„Nun, dann nenne es so – in eine Sterbende. Warum soll es dich kümmern, und was macht es schon?"

Seine Frage entsprang unmittelbar der Intensität ihrer Beziehung und einer Auge in Auge miteinander erlebten Zwangsläufigkeit, der sich beide, von seinem Eintritt in das Zimmer an, ausgeliefert fanden; doch sie gab ihnen ihren außergewöhnlichsten Augenblick. „Warte, bis sie tot *ist*! Mrs. Stringham", fügte Kate an, „wird telegraphieren." Worauf sie, in wieder anderem Ton, fragte: „Wozu also hat Milly dich kommen lassen?"

„Genau das versuchte ich herauszufinden, bevor ich hinging. Außerdem muß ich dir sagen, ich habe nicht daran gezweifelt, daß es wirklich geschah, um mir, wie du sagst, eine Chance zu geben. Ich nehme an, sie glaubte, ich *könnte* es leugnen; und was mir selbst vor Augen stand, als ich zu ihr ging, war die Gewißheit, daß sie mich auf die Probe stellen würde. Sie wollte aus meinem eigenen Munde – so sah ich es – die Wahrheit hören. Aber ich war zwanzig Minuten bei ihr, und sie hat mich gar nicht danach gefragt."

„Sie wollte nie die Wahrheit" – Kate schüttelte hochmütig den Kopf. „Sie wollte *dich*. Sie hätte von dir genommen, was du ihr hättest geben können, und wäre froh darüber gewesen, selbst wenn sie es als vorgespiegelt erkannt hätte. Du hättest sie aus Mitleid anlügen können, und sie hätte gesehen und gespürt, daß du logst, und trotzdem – da es alles aus Zartgefühl geschehen wäre – hätte sie dir gedankt und dich gepriesen und sich nur um so mehr an dich geklammert. Denn das war deine Stärke, mein Lieber – daß sie dich leidenschaftlich liebt."

„Ach, meine ‚Stärke'!" murmelte Densher kalt.

„Was also wollte sie nun eigentlich von dir, da sie dich doch hatte kommen lassen?" Und dann – ganz ohne Ironie –, als er einen Moment zögerte, es zu sagen: „War es nur, um dich noch einmal anzusehen?"

„Sie hat nichts von mir verlangt – das heißt, nur, daß ich nicht länger bleiben sollte. Nur deshalb wollte sie mich sehen. Sie hatte zunächst angenommen – nachdem er bei ihr gewesen war –, ich hätte eingesehen, daß ich mich anstandshalber davonmachen müßte. Dann, da ich das nicht tat – weil ich das ja anders sah, was ich anstandshalber zu tun hatte –, erfuhr sie Tage später, daß ich immer noch da war. Das", sagte Densher, „hat sie bewegt."

„Selbstverständlich hat es sie bewegt."

Wieder kam sie ihm, bei all ihrer Würde, glattzüngig vor. „Falls ich etwa irgendwie *ihret*wegen blieb, wollte sie dem ein Ende machen, sollte ich wissen, wie wenig das nötig sei. Und als eine Art Abschied wollte sie mir das selbst sagen."

„Und hat sie es dir gesagt?"

„Ins Gesicht, ja. Persönlich, wie sie es wünschte."

„Und *du* natürlich auch."

„Nein, Kate", gab er mit all ihrer gegenseitigen Rücksichtnahme zurück, „nicht wie ich auch. Ich hatte es mir nicht im geringsten gewünscht."

„Du bist nur ihr zu Gefallen hingegangen?"

„Ihr zu Gefallen. Und natürlich auch dir zu Gefallen."

„Ach, meinetwegen. Da bin ich allerdings froh."

„‚Froh'", wiederholte er unbestimmt den Ton, in dem es herausgekommen war.

„Ich meine, du hast ganz das Richtige getan. Zumal, indem du geblieben bist. Aber das war alles?" fuhr Kate fort. „Daß du nicht warten solltest?"

„Das war wirklich alles – und in vollkommener Freundlichkeit."

„Ach, Freundlichkeit natürlich: von dem Moment an, wo sie dir eine solche – nun, eine solche Überwindung abverlangte. Daß du nicht darauf warten solltest – darauf lief es hinaus", fügte Kate an –, „sie sterben zu sehen."

„Darauf lief es hinaus, Liebste", sagte Densher.

„Und es dauerte zwanzig Minuten, so weit zu gelangen?"

Er überlegte ein wenig. „Ich habe es nicht auf die Sekunde genau gezählt. Ich habe den Besuch bei ihr gemacht – genau wie alle anderen."

„Wie alle anderen Leute?"

„Wie alle anderen Besuche."

„Oh!" sagte Kate. Was offenbar die Wirkung hatte, ihn ein wenig ins Stocken zu bringen – ein Stocken, das sie ausnutzte, um fortzufahren; wobei sie sich in der Tat am weitesten einer Frage der Art näherte, gegen die er sich gewappnet hatte. „Hat sie dich – in ihrem Zustand – in ihrem Zimmer empfangen?"

„Sie doch nicht", sagte Merton Densher. „Sie hat mich genau wie gewöhnlich empfangen: in dem prächtigen großen salone, in dem Kleid, das sie immer trägt, in ihrer altgewohnten Sofaecke." Und seine Miene gab in diesem Augenblick die Szene wieder, genau wie sie sie gleichsam in sich aufnahm. „Weißt du noch, was du mir ganz zu Anfang von ihr gesagt hast?"

„Ach, ich habe so vieles gesagt."

„Daß sie nicht nach Arznei riechen, daß sie nicht nach Medizin schmecken würde. Nun, das hat sie nicht."

„So daß es eigentlich beinahe schön war?"

Er brauchte lange Zeit für seine Antwort, war er doch zum Teil von dem Gefühl in Anspruch genommen, niemand außer Kate hätte einer solchen Frage genau den stimmigen Ton verleihen können. Sie aber wartete inzwischen geduldig ab. „Ich glaube nicht, daß ich jetzt auszudrücken vermag, wie es war. Eines Tages – vielleicht. Denn das würde sich für uns lohnen."

„Eines Tages – gewiß." Sie nahm es als großzügiges Versprechen auf. Doch sie sprach wieder unvermittelt. „Sie wird wieder gesund."

„Nun", sagte Densher, „du wirst ja sehen."

Sie machte sekundenlang den Eindruck, als versuchte sie es. „Hat sie sich irgendwie anmerken lassen, was sie empfand? Ich meine", erläuterte Kate, „wie sie es empfand, hintergangen worden zu sein."

Sie drängte gewiß nicht stark; doch er hatte gerade erwähnt, daß er sich ziemlich behutsam vortasten müsse. „Sie hat sich nichts als ihre Schönheit und ihre Kraft anmerken lassen."

„Was", fragte seine Gefährtin, „nutzt dann ihre Kraft?"

Er schien sich danach umzusehen, was er ihr als Nutzen nennen könnte; doch er hatte es bald aufgegeben. „Liebste, sie muß auf ihre eigene außergewöhnliche Art sterben."

„Natürlich. Aber dann sehe ich nicht ein, woher du den Beweis nimmst, daß man sie dir jemals entfremdet hat."

„Ich habe den Beweis, daß sie viele Tage lang abgelehnt hat, mich zu sehen."

„Aber sie war krank."

„Das hatte sie – wie du selbst vorhin gesagt hast – in der Zeit davor nicht gehindert. Wäre es nur die Krankheit gewesen, hätte es für sie keinen Unterschied gemacht."

„Sie hätte dich trotzdem empfangen?"
„Sie hätte mich trotzdem empfangen."
„Ach, nun ja", sagte Kate, „wenn du das weißt ...!"
„Natürlich weiß ich das. Ich weiß es außerdem auch von Mrs. Stringham."
„Und was weiß Mrs. Stringham?"
„Alles."
Sie blickte ihn eine ganze Weile an. „Alles?"
„Alles."
„Weil du es ihr gesagt hast?"
„Weil sie es selbst gesehen hat. Ich habe ihr nichts gesagt. Sie ist ein Mensch, der die Dinge sieht."
Kate überlegte.
„Das kommt daher, weil auch sie dich mag. Auch sie ist wunderbar. Du siehst, was das Interesse an einem Mann bewirkt. Es bewirkt einfach alles. Du brauchst also keine Angst zu haben", meinte sie.
„Ich habe keine Angst", sagte Densher.
Darauf verließ Kate ihren Platz und blickte zur Uhr, die auf Fünf wies. Sie wandte sich dem Teetisch zu, wo Tante Mauds mächtiger silberner Kessel, unter dem die Flamme brannte und den sie nicht rechtzeitig beachtet hatte, zu heftig zischte. „Nun, das ist alles ganz wundervoll!" rief sie, während sie eher zu reichlich – ein Zeichen, das ihr Freund bemerkte – Tee in die Kanne gab. Er beobachtete sie einen Moment bei dieser Tätigkeit und trat näher zum Tisch, während sie das dampfende Wasser aufgoß. „Möchtest du welchen?"
Er zögerte. „Sollen wir nicht lieber warten ...?"
„Auf Tante Maud?" Sie sah, was er meinte – nach ihrer alten Verhaltensregel sollten sie vermeiden, eine besondere Intimität zu verraten. „Ach, darum brauchst du dich nicht mehr zu kümmern. Wir haben es geschafft!"
„Sie hinters Licht geführt?"
„Sie herumbekommen. Du hast ihr gefallen."
Densher nahm mechanisch seinen Tee entgegen. Er dachte an etwas anderes, und dieser Gedanke trat gleich darauf zutage. „Was für ein Scheusal muß ich doch sein!"
„Ein Scheusal?"
„So vielen Leuten gefallen zu haben."
„Ah", sagte Kate mit einem Schimmer von Heiterkeit, „du hast es getan, um *mir* zu gefallen." Doch sie zog sich mit ihrem Schim-

mer bereits ein wenig zurück. „Was ich nicht verstehe, ist – möchtest du keinen Zucker?"

„Doch, bitte."

„Was ich nicht verstehe", fuhr sie fort, nachdem sie ihn bedient hatte, „ist, was eigentlich vorgefallen ist, um sie wieder umzustimmen. Wenn sie dich viele Tage lang aufgegeben hatte, was hat sie zu dir zurückgeführt?"

Sie stellte die Frage mit ihrer Tasse in der Hand, doch sie fand ihn zu einer Antwort durchaus bereit, trotz seines Sinns für die wunderliche Ironie, daß sie das über den Teetisch hinweg erörterten. „Sir Luke Strett hat sie dazu gebracht. Sein Besuch, seine Anwesenheit dort hat dafür gesorgt."

„Er hat sie also zum Leben zurückgeführt."

„Nun, zu dem, was ich sah."

„Und indem er sich für dich verwendet hat?"

„Ich glaube nicht, daß er sich für mich verwendet hat. Ich weiß nicht, was er tatsächlich getan hat."

Kate wunderte sich. „Hat er es dir nicht gesagt?"

„Ich habe ihn nicht gefragt. Ich bin noch einmal mit ihm zusammengetroffen, aber wir haben praktisch nicht von ihr gesprochen."

Kate machte große Augen. „Woher weißt du es dann?"

„Ich sehe. Ich spüre. Ich war wieder mit ihm zusammen wie früher ..."

„Oh, und ihm hast du auch gefallen? War es das?"

„Er hat begriffen", sagte Densher.

„Aber was begriffen?"

Er schwieg einen Augenblick. „Daß ich es furchtbar gut gemeint hatte."

„Ah, und er hat dafür gesorgt, daß *sie* es begriff? Ich verstehe", fuhr sie fort, als er nichts sagte. „Aber wie hat er sie überzeugt?"

Densher stellte seine Tasse hin und wandte sich ab. „Da mußt du Sir Luke fragen."

Er stand da, blickte ins Feuer, und eine Zeitlang fiel kein Wort. „Die Hauptsache", nahm Kate den Faden wieder auf, „ist, daß sie zufrieden ist. Dafür", fuhr sie zu ihm hinüberblickend fort, „habe ich mich ja eingesetzt."

„Zufrieden, in der Blüte ihrer Jugend zu sterben?"

„Nun, in Frieden mit dir."

„Ach, ‚Frieden'!" murmelte er, die Augen auf dem Feuer.

„Der Frieden, geliebt zu haben."

Er hob den Blick zu ihr auf. „Ist *das* Frieden?"

„Geliebt worden zu sein", fuhr sie fort. „Das ist Frieden. Ihre Leidenschaft verwirklicht zu haben. Mehr wollte sie nicht. Sie hat *alles* gehabt", schloß sie, „was sie sich gewünscht hatte."

Klarsichtig und immer ernst, verkündete sie das mit einer schönen Autorität, der er zunächst nicht mit Worten begegnen konnte. Er konnte sie nur wieder anblicken, wenn auch zugleich mit dem Gefühl, er lasse damit, mehr als beabsichtigt, zu, daß sie sein Schweigen für Zustimmung nahm. Wirklich ganz, als nehme sie es so auf, verließ sie den Tisch und kam ans Feuer. „Vielleicht findest du es abscheulich, daß ich mir jetzt, daß ich mir *immer noch*" – sie betonte das Wort – „anmaße, Schlüsse zu ziehen. Aber wir sind nicht gescheitert."

„Ach", murmelte er nur wieder.

Sie war ihm wieder nahe, nahe wie an dem Tag, als sie in Venedig zu ihm kam, eine rasch wiederauflebende Erinnerung, welche der Tatsache noch reichere Intensität verlieh. Unter solchen Umständen konnte er praktisch nichts abstreiten, was sie sagte, und was sie sagte, war zugleich sichtlich eine Frucht dieses Wissens. „Wir haben Erfolg gehabt." Sie sprach, die Augen tief in die seinen gesenkt. „Sie wird dich nicht umsonst geliebt haben." Er zuckte zusammen, doch sie beharrte. „Und du hast nicht *mich* geliebt."

34

Er sollte mehrere Tage lang unter dem tiefen Eindruck dieser alles einschließenden Szene bleiben, die sich so glücklich von Augenblick zu Augenblick hingezogen hatte und sozusagen als Höhepunkt durch Tante Mauds Eintritt beendet wurde, die sie zusammen am Feuer stehend fand. Die Richtung der Aussprache jedoch, so eindeutig sie war, erschien seinem Verständnis, sonderbar genug, weniger unmißverständlich als die eines Gesprächs mit Mrs. Lowder allein, zu dem sie ihm – oder zu dem ihm wohl eher Kate – bald ausgiebige Gelegenheit gab. Was geschehen war, als sie sich endlich zu ihnen gesellte, mußte, das konnte er sofort sehen, in ihr den Wunsch wecken, ihn allein zu sprechen. Gewiß waren Kate und er, als die Tür aufging, einigermaßen jäh auseinandergefahren, weshalb sie sie nacheinander mir ihren harten schönen Augen gemustert hatte; doch in der nächsten Minute verschwand dieser Eindruck für ihn hinter dem Eindruck der ungewöhnlichen Wachsamkeit seiner Gefährtin. Sofort stellte sie ihrer Tante vor Augen, was auch bei ihr zunächst im Vordergrund gestanden hatte, und bezog sie dadurch in ihren engen Kreis ein, was ihr zweifellos um so besser glückte, als ihr der Umstand, den sie gekränkt anführte, volle Unterstützung bot. „War dir eigentlich klar, liebe Tante, daß es volle drei Wochen sind ...?“ Und sie trat in den Hintergrund, wie um es Mrs. Lowder zu überlassen, sich von ihrem eigenen Standpunkt aus mit dieser Verstiegenheit auseinanderzusetzen. Densher erfaßte natürlich sofort den Wink, das zu Kates Schutz unbedingt so sehr wie nur möglich herauszustreichen; und ihre Spuren, wie sie hätten sagen können, waren fast ganz verwischt, bis wiederum ihre Gastgeberin, auf sein erneuertes Eingeständnis hin, seinen spärlichen Eifer ermessen hatte. Kate war beiseite getreten, als bedürfte sie keines besonderen Hinweises zu der Einsicht, wie heikel ihre persönliche Situation war. Bisher hatte sie ihren Besucher im Namen ihrer Tante unterhalten, einen Besucher, dessen Begünstigung man sie eine Zeitlang verdächtigt hatte und der jetzt leidgeprüft zu ihnen zurückgekehrt war, nachdem er eine andere Person umworben hatte. Nicht, daß das Schicksal der anderen Person, ihrer edlen Freundin, in seiner tragischen Wendung sie selbst gleichgültig gelassen hätte; nur entbehrte es, wenn sie Mr. Densher als Informationsquelle hinnahm, nicht einer gewissen Peinlichkeit. Diese Peinlichkeit dachte sie sich vor Denshers Augen aus, und er staunte seinerseits über die hurtige Neuschöpfung. Sie diente ihr als die zarte Wolke, die in einem Epos eine Göttin umschwebt, und der junge Mann sollte nur unklar erfassen, an welcher Stelle während seines übrigen Besuches sie rücksichtsvoll mit ihr verschmolzen und völlig unsichtbar geworden war.

Er war sofort von etwas anderem in Anspruch genommen – dem wahrhaftig erstaunlichen Unterschied, nicht mehr und nicht weniger, den die Ereignisse in Venedig in seiner Beziehung zu Tante Maud bewirkt und den diese Wochen der Trennung für ihn üppig zur Reife gebracht hatten. Sie hatte sich noch nicht an ihren Teetisch gesetzt, da spürte er schon, daß er auf absolut neuem Fuße mit ihr stand, und als sie ihm eine zweite Tasse aufnötigte, schien sie das selbst, und ganz wissentlich, so einzuordnen und als Tatsache anzuerkennen. Sie bedauerte, verstand jedoch durchaus, daß die derzeitigen Ereignisse ihm Zurückhaltung auferlegt hätten; nachdem sie von der armen Susan über seine Abreise informiert worden waren, hätten sie gehofft, ihn recht bald zu sehen zu bekommen; natürlich hätten sie gehofft, daß er sich, direkt vom Ort der Ereignisse kommend, rasch bei ihnen einfinden würde. Doch sie brauche nicht daran erinnert zu werden, daß eben die Ereignisse – womit sie die Tragödie meine, die ihn so aufgehalten und mit Beschlag belegt habe, mit ihren Erinnerungen, ihrem Schatten, ihrem Leid – ihn jeglicher Geselligkeit abhold gestimmt haben. Auf diese Weise präsentierte sie ihn gleichsam ihm selbst in der Gestalt, in der sie ihn jetzt angenommen hatte, und er ertappte sich dabei, seinerseits das Element der Wahrheit zu übernehmen, das die Rolle enthielt. Sie behandelte ihn als einen Heimgesuchten und Mitgenommenen, als einen Enttäuschten und auch bereits als trauernden Hinterbliebenen; und indem er empfand, daß dies für ihn ein neues Kapitel der Aufrichtigkeit ihr gegenüber aufschlug, brauchte er kaum noch am Rande wahrzunehmen, wie sehr ihm das den Zugang zu Kate ebnete. Es machte letztere für ihn erreichbar, wie es bisher noch niemals annähernd der Fall gewesen war; es begründete für ihn am Lancaster Gate eine Gedankenverbindung, die jeder anderen Lesart geradezu feindlich gegenüberstand. Ihm wurde auch rasch klar, er könne, wenn er Wert darauf legte, diese Gedankenverbindung „ausschlachten"; er brauchte das Haus nur dreist im Sinne der ihm zudiktierten Haltung zu nutzen, und er könnte nach Belieben ein und aus gehen. Als noch eigenartiger als alles andere sollte sich erweisen, wie er sich nach Ablauf einer Woche von seinem eigenen Bewußtsein überführt sah, sich Mrs. Lowders Sicht völlig unterworfen zu haben. Irgendwie war er mit letzterer an einem Punkt zusammengetroffen, der ihn vorwärtstrug – ihn über eine solche Strecke vorantrug, daß er diese nicht wieder zurückverfolgen konnte. In einsamen Stunden fragte er sich, was aus seiner Aufrichtigkeit geworden sei; zu anderer Zeit überlegte er einfach, er mache von ihr nur vollen Gebrauch. Seine Offenheit ließ nur gegenüber Tante Mauds überfließender Empfindsamkeit zu wünschen übrig. Sie war ungeheuer sentimental, und er tat nichts Schlimmeres, als es von ihr hinzunehmen. Er selbst war nicht so – alles war zu real; doch es war trotzdem nicht unehrlich, daß er Schweres durchgemacht hatte.

Insbesondere war es zum Beispiel nicht unehrlich, daß ihm, als sie ihm am Sonntag beinahe gemütlich von ihrem Sofa hinter dem Teetisch aus gesagt hatte: „Sie dürfen nicht daran zweifeln, Sie armer, lieber Mensch, daß ich bis ans Ende zu Ihnen stehe!" – nichts weiter übriggeblieben war, als ihr auf halbem Wege entgegenzukommen. Sie stand zu ihm bis ans Ende – das mochte sein – auf eine Weise, wie Kate es nicht tat; und sogar wenn es den Umgang mit ihr inzwischen buchstäblich tröstlicher machte, mußte er einfach die Frage beiseite wischen, warum es nicht so sein sollte. Behauptete er ihr gegenüber in irgendwelchem Maße, zu einer späten Einsicht gekommen zu sein, die nicht wahr war? Wie in aller Welt *konnte* er das, wenn seine späte Einsicht Tag für Tag seine größte Wahrheit war? Mehr war im Grunde nicht zwischen ihnen, und zwei-, dreimal nacheinander füllte es die Stunde aus. Bei diesen Gelegenheiten – zwei und ein Bruchteil – war er gekommen und gegangen, ohne daß Kates Name gefallen wäre. Nun, da es ihm, beinahe zum ersten Mal, freistand, nach ihr zu fragen, machte die wunderliche Wende in ihrem Verhältnis es zu einem falschen Ton. Eine weitere wunderliche Wende war es, daß jedesmal, wenn er mit Tante Maud über Milly sprach, offenbar kein anderes Thema aufzukommen vermochte. Er besuchte sie eingestandenermaßen fast nur in dieser Absicht, und die wunderlichste Wende von allen war es, daß der Zustand seiner Nerven dringend danach verlangte. Er mochte sie lieber; er benahm sich wahrhaftig, mußte er sich gelegentlich sagen, als mochte er sie am meisten. Es lag unbedingt daran, daß sie *ihm* auf halbem Wege entgegenkam. Nichts hätte umfassender sein können als ihre Sicht, als ihre Beredsamkeit, als ihre Anteilnahme. Sie schien erfreut, befriedigt, ihn zu erleben, wie er war; auch das übte seine Wirkung aus. All das war selbstverständlich als letztes zu erwarten gewesen, ein Umschwung, infolgedessen er dieser Dame gegenüber vollkommen *ungezwungen* war; und dieser wäre wahrlich nicht eingetreten, wenn er nicht – noch eine Ungeheuerlichkeit – seine Ungezwungenheit Kate gegenüber eingebüßt hätte. So kam es, daß er zumal bei seinem dritten Zusammensein mit ihr allein merkte, wie er der älteren Frau gegenüber aussprach, was ihm der jüngeren gegenüber unmöglich gewesen wäre. Bei Mrs. Lowder erlebte er hinsichtlich dessen, was er ihr verschweigen mußte, einen einzigen unbehaglichen Moment. Das war am ersten Sonntag, nachdem Kate sich zurückgezogen hatte, als sie ihr Bedauern zu äußern begann, daß er nicht bis zum Ende habe bleiben können. Er fand es schwierig, ihr seinen Grund zu nennen, doch sie kam ihm schließlich zu Hilfe.

„Sie konnten es einfach nicht ertragen?"

„Ich konnte es einfach nicht ertragen. Außerdem ..." Doch er unterbrach sich.

„Außerdem was?" Er hatte mehr sagen wollen – dann erkannte er Gefahren; zum Glück war sie ihm jedoch wieder beigesprungen. „Außerdem – ach, ich weiß! – haben die Männer in vieler Beziehung nicht den Mut der Frauen."

„Wir haben nicht den Mut der Frauen."

„Kate oder ich wären geblieben", erklärte sie, „wenn wir nicht aus einem bestimmten Grund abgereist wären, den Sie offenbar zu würdigen wußten."

Densher hatte nichts von einer solchen Würdigung gesagt: hatte sein Verhalten seit jener Zeit sie nicht schon ausreichend kundgetan? Doch dann sagte er – so weit mußte er notgedrungen gehen: „Ich zweifle gewiß nicht daran, daß Miss Croy geblieben wäre." Und er erkannte obendrein wieder, welch ein Wunderwesen Susan Shepherd war. Sie beschützte ihn unentwegt – sie hatte es die ganze Zeit über getan. In weitschweifigem Briefwechsel mit der Freundin ihrer Jugend, hatte sie doch, das war klar ersichtlich, dieser Dame nichts an die Hand gegeben, was ihn hätte bloßstellen können. Millys Akt des Verzichts hatte sie nur als eine Verschlechterung ihres Zustands dargestellt; Lord Marks Überfall hatte sie erwähnt, da er auch ohne sie bekannt geworden sein könnte, so daß sie nicht den Eindruck erwecken durfte, ihn zu verschweigen; doch sie hatte alle Erläuterungen und Verknüpfungen fortgelassen und sogar, was wußte er schon, brauchbare Fiktionen erfunden, die gute puritanische Seele. So kam es, daß er *absolut* unbefangen war. So kam es, daß er, in seiner nicht nachlassenden Unrast mit dem übergeschlagenen Bein wippend, sich in die gelbe Atlasseide tiefer Sessel zurücklehnte und soviel Behaglichkeit genoß, wie er nur konnte. Gewiß, Tante Maud stellte Fragen, die Kate nicht gestellt hatte; aber das war eben der Unterschied, daß er sie von ihrer Seite geradezu begrüßte. Als er Venedig verließ, war es mit dem Entschluß geschehen, Milly als für sich bereits gestorben zu betrachten – denn das war für seine Wesensart die einzig denkbare Weise, die Zeit des Wartens durchzustehen. Er hatte sie verlassen, weil das ihrem Wunsch entsprach, und es kam ihm nicht zu, das, wie man in Amerika sagte, abzuklopfen; was ihm nur um so eindeutiger die Verpflichtung auferlegte, sich mit der verbliebenen Frist einzurichten. Bange Ungewißheit tat ihm abscheulich weh, und er wollte nichts damit zu tun haben; zuallerletzt hätte er sich gewünscht, sie aus seinem Bewußtsein zu verdrängen – was er zu ignorieren wünschte, war *ihr* Bewußtseinszustand, gemartert, was wußte er denn schon, gekreuzigt von seinem Schmerz. In voller Kenntnis der Wahrheit in London umherzulungern, während der Schmerz nicht abließ – was konnte das anderes bewirken, als ihm die Tage unerträglich zu machen? Sein Plan ging demnach dahin, sich selbst einzureden – mittels einer List, die ihm noch unklar war –, das Gefühl des Wartens sei vorbei. „Was habe ich denn", grübelte er rastlos, „jetzt noch damit zu tun? Tue ich so, als sei die Sache wirklich überstanden – was sie jeden Augenblick sein kann –, bin ich wenigstens wieder für irgend jemanden zu irgend etwas nütze. Wie die Dinge stehen, bin ich für niemanden zu etwas nütze, am allerwenigsten für *sie*." Also bemühte er sich darum, sofern die Augen zu verschließen und finster umherzustapfen eine Bemühung bedeutete; doch wie man erraten wird, führte er seinen Plan weder mit merklichem Erfolg noch mit merklicher Konsequenz aus. Die Tage, ob sie verflogen oder sich dehnten, waren eine unbeugsame Wirklichkeit; die bange Sorge zu verdrängen war eine schwache Idee; das Leben selbst schmeckte nur nach der Spannung der Ungewißheit. Kurzum, *daß* er wartete, lag hinter allem anderen verborgen; und es bedurfte keiner besonderen Untersuchung, um bald zu begreifen, wenn er so viel mehr einsteckte, wie er es Mrs. Lowder gegenüber ausdrückte, so geschah es aus eben diesem Grunde.

Sie half ihm auszuhalten, während sie dabei scharfsichtig genug war – und er konnte sehen, daß sie erriet, wie er es wollte –, die Allgegenwart ihrer beider Spannung nicht hervorzuheben. Er kam dem Erfolg also dadurch am nächsten, Tante Maud zu etwas nütze zu sein, solange er niemand Besseres hatte; ihre Gesellschaft entspannte seine Nerven, sogar während sie gemeinsam vorgaben, das Ende der Tragödie hinter sich zu haben. Sie sprachen von dem sterbenden Mädchen in der Vergangenheitsform; sie sagten nichts Geringeres von ihr, als daß sie hinreißend *gewesen* sei. Andererseits jedoch – und genau das war, für Densher, nicht der reine Seelenfrieden – betonten sie genugsam, hinreißend sei der treffende Ausdruck. Dieses Bekenntnis war das, was ihn am ruhigsten hielt; er kam ihr gegenüber wiederholt darauf zurück; redete im Wettlauf mit der Zeit davon und besonders, wie bereits vermerkt, von seinem überwältigenden persönlichen Eindruck, wie er es Kate gegenüber nicht getan hatte. Es war beinahe, als genieße Mrs. Lowder diesen höchsten Grad des Hingerissenseins; sie saß dort angesichts der Szene, was er ihr darzulegen doch nicht umhinkonnte, wie eine füllige Bürgersfrau im Parterre oder auf dem Rang bei einem Schauspiel, das dem Publikum Tränen entlockte. Was sie am tiefsten aufwühlte, war, wie sehr das arme Mädchen hatte leben wollen.

„Ach ja, gewiß, das wollte sie, das wollte sie: warum auch nicht, bei allem Erbarmen, wo sie doch alles hatte, um sich die Welt auszufüllen? Das liebe Kind, allein schon ihr *Geld*, wenn es zu einem solchen Zeitpunkt nicht zu geschmacklos ist, davon zu sprechen ...!"

Tante Maud sprach davon – und Densher verstand vollkommen – nur in dem Sinne, daß es dem Leben, an das Milly sich klammerte, direkt Poesie verlieh: eine Sicht dessen, was „hätte sein können", vor der die gute Dame erneut in Tränen verstummte. Sie hatte ihre eigene Vision dieser Möglichkeiten gehabt und gesellschaftlich ihren eigenen Gebrauch davon gemacht, und da Millys Einstellung dazu letztlich so sehr mit der ihren übereingestimmt hatte, war dann die Grausamkeit der Entwicklung nicht in gewisser Weise eine Grausamkeit ihr gegenüber? Das trat zutage, als er es beim Namen nannte, am grausamsten sei es, zu wissen, welches für nichts zugängliche Grauen ihre junge Freundin vor dem Ende empfand, mochte sie es noch so entschieden unterdrücken; deshalb trat dies oft zutage, denn indem er es beim Namen nannte, erlebte er eine ganz eigenartige Erleichterung. Er ließ es in all seiner Lebendigkeit zu, gleichsam nach dem Grundsatz, dem wenigstens geistig nicht auszuweichen. Milly hatte sich leidenschaftlich an ihrem Traum von der Zukunft festgeklammert und wurde davon losgerissen, freilich nicht unter lauten Angstschreien, sondern düster, erhaben stumm, wie man sich während der Französischen Revolution ein edles junges Opfer des Schafotts vorstellen könnte, in der Gefängniszelle von einem Halt gebenden Gegenstand fortgerissen, an den es sich in seinem Widerstreben geklammert hatte. So malte Densher in einem kühlen Moment Mrs. Lowder den Fall aus, doch es hatte noch keinen Moment gegeben, kühl genug, um Kate gegenüber das Bild kaltblütig so auszumalen. Und eben die Stirn, die Milly derart dargeboten hatte, war heroisch gewesen; bei der Gelegenheit, als er von ihr Abschied nahm, das wußte Tante Maud mittlerweile, hatte sie sie mit dem höchsten Heroismus dargeboten. Er hatte ihr, absolut zum Ruhme des Mädchens, erzählt, wie man ihn bei jener Gelegenheit geradezu mit dem Effekt – da sie in der Tat so vollkommen die Prinzessin war, wie Mrs. Stringham sie immer nannte – vollendeten fürstlichen Pomps empfangen hatte.

Vor dem Feuer in dem großen Raum, der eitel Arabesken und

Cherubim war, eitel Vergoldung und heiterer Glanz, und zu dieser Stunde auch in breitem Schwall von der Herbstsonne erwärmt, habe man an besagtem Pomp festgehalten, und die Situation sei – nun, sagte Densher zur Bequemlichkeit im Stile des bohrenden Londoner Klatsches, erhaben gewesen. Der Gesellschaftsklatsch – denn darauf lief es am Lancaster Gate hinaus – war nicht weniger bohrend, weil er sich des silbernen Schleiers bediente, noch wurde andererseits der Schleier unter dieser Berührung allzuweit beiseite gezogen. Er selbst nahm übrigens augenblicksweise die Szene wie von der Seite eines Buches auf. Er sah einen jungen Mann vor sich, in weiter Ferne, in eine kaum vorstellbare Beziehung verstrickt, sah ihn verstummt, passiv, den Atem anhaltend, während er nur halb begriff, jedoch unklar etwas Ungeheures spürte und sich, um es nicht zu verlieren, mühsam zusammenriß. Der in diesen Augenblicken so gesehene junge Mann war zu fern und zu fremd, um ihn genau identifizieren zu können; und doch war es draußen, hinterher, sein eigenes Gesicht, das Densher erkannt hatte. Gleichzeitig wußte er, was der junge Mann gespürt hatte, und er sollte danach Tag für Tag ermessen, wie wenig ihm entgangen war. Gegenwärtig, in Gesellschaft Mrs. Lowders, bemerkte er, daß er alles aufgesammelt hatte: das schwang stumm zwischen ihnen, wenn sie, in den Pausen ihrer gemeinschaftlichen, forschenden Betrachtungen, verständnisvolle Blicke tauschten. Nur so weit konnte die Gemeinschaft gehen; doch es war weit genug, wenn sie das Wesentliche kannte. Das Wesentliche bestand darin, daß ihm etwas widerfahren war, zu schön und zu heilig, um es zu beschreiben. Für sein wiedergewonnenes Verständnis war ihm verziehen, war er geweiht, gesegnet worden; doch das vermochte er nicht zusammenhängend auszudrücken. Es hätte eine Erläuterung erfordert – verhängnisvoll für Mrs. Lowders Vertrauen zu ihm –, welcher Art das Milly zugefügte Unrecht war. So blieben sie, was die wundersame Szene anging, nur eben an der Tür stehen. Sie nahmen drin eine Wesenheit wahr – sie spürten die knisternde Stille; worauf sie sich, in dadurch vertiefter Gemeinschaft, gleichzeitig abwendeten.

Eben das wurde für unseren rastlosen Freund bis zum Ablauf der Woche förmlich zur Triebkraft einer Rückwirkung: so erwachte er eines Morgens mit solch einem Gefühl, eine Rolle gespielt zu haben, daß er es um der Selbstachtung willen widerlegen mußte. Er hatte am Lancaster Gate durchaus nicht behauptet, als ein heimgesuchter Mensch – ein von einer Erinnerung heimgesuchter Mensch – sei er harmlos; doch das Ausmaß, in dem Mrs. Lowder seine neue Erscheinung akzeptierte, bewunderte und deutete, legte ihm praktisch die Last einer Erklärung auf. Was er durchaus nicht behauptet hatte, das stellte dauernd ihr Verhalten als Behauptung in den Raum; sie ordnete ihn ständig als heimgesuchten, harmlosen Mann ein. Jedoch bot sich für seine Absicht etwas wie das Element schlichter Aufrichtigkeit an, und bis er angezogen war, hatte er sich zu dem richtigen Mittel, Abhilfe zu schaffen, entschlossen. Das Weihnachtsfest stand unmittelbar bevor, doch Weihnachten war, wie in London so oft, verwirrend mild; die stille Luft war sanft, das trübe Licht war grau, die ungeheure Stadt wirkte leer, und im Park, wo das Gras grün war, wo die Schafe weideten, wo die Vögel vielstimmig zwitscherten, boten sich die geraden Wege zu gemächlichen Spaziergängen und die dunstigen Ausblicke zum unbeobachteten Beisammensein an. Er hielt es an diesem Morgen fest, sein Opfer an die Ehre, bis er draußen war, und dann ging er damit zum nächsten Postamt und legte es in einem Telegramm nieder; überdies sah er es nur als ein Opfer, weil er es, aus bestimmten Gründen, als Anstrengung empfunden hatte. Den Charakter einer Anstrengung würde es Kates zu erwartendem Widerstreben schulden, das nicht weniger wahrscheinlich war als bei früheren Aufforderungen; eben deshalb formulierte er – vielleicht ganz arglos – sein Telegramm beschwörend. Es mußte, als Hinweis auf frühere zärtliche Stunden, für die junge Frau am Schalter ein wenig rätselhaft sein; doch es war auf die eine oder andere Art recht gehaltreich, rührte es doch von einem starken Impuls her, und kostete ihn zwei Shilling. An diesem Tag kam später auch ein Moment, als er im Park wachsam einen ihrer alten Spazierwege abschritt, da ein zynischer Beobachter hätte vermuten können, er rechne sich seine Chance aus, sein Geld zurückzubekommen. Er wartete – doch er hatte auch früher gewartet; Lancaster Gate als Gefahr lag praktisch in Reichweite – doch Kate hatte es schon auf diese Gefahr ankommen lassen. Außerdem war sie jetzt geringer, nach der wunderlichen Wende in ihrer Affäre; trotzdem war er viel ernster, während er umherstreifte und Ausschau hielt.

Kate kam endlich aus der Richtung, die er für am wenigsten wahrscheinlich gehalten hatte – als wäre sie von Marble Arch gekommen; doch ihre Ankunft war eine Reaktion – das war die Hauptsache; eine Reaktion, die sich in ihrem Gesicht abzeichnete und die ihm, sogar nach Tante Mauds Reaktionen, wohltat wie nichts seit seiner Rückkehr nach London. Gewiß, sie hatte sein Telegramm nicht beantwortet, und da sie sich verspätete, hatte er zu fürchten begonnen, sie habe unter der Vorahnung dessen, was er ihr vielleicht wieder aufzudrängen beabsichtigte, beschlossen – wenn auch nicht leichten Herzens –, ihm die Gelegenheit dazu vorzuenthalten. Er würde selbstverständlich, das wußte sie, noch öfter Gelegenheit bekommen, doch in dieser sah sie vielleicht eine besondere Gefahr für sich. Ganz genau deshalb, konnte Densher spüren, hatte er es so angelegt, und noch beim Warten hatte er sich über alles gefreut, was die äußeren Umstände ihm von ihren einfacheren und besseren Zeiten zu sagen hatten. War es auch der kürzeste Tag des Jahres, diente er ihrer Sache, am selben Ort, dank einer Laune des Wetters fast so gut wie die sonnigen Nachmittage, als sie ihre ersten Verabredungen gehabt hatten. Dieser und jener Baum auf dem Rasen streckte kahle Äste über die zwei Stühle, auf denen sie damals gesessen hatten und auf denen sie – denn sie konnten wirklich wieder auf ihnen Platz nehmen – die Klarheit ihrer Anfangszeiten wiedererlangen könnten. Es war offenbar genau das, was sich auf Kates Gesicht abzeichnete, als sie mit ihrem raschen Schritt auf ihn zukam. Ihr rascher Schritt half ihm, als er sie schließlich näher trug; half ihm übrigens zu Anfang, und sei es nur, daß er ihm von neuem zeigte, wie furchtbar gut sie aussah. Es war die ganze Zeit über, erinnerte er sich freilich, ein nicht seltenes Phänomen gewesen, daß er sie in bestimmten Augenblicken besser aussehend als je zuvor empfunden hatte; einer war ihm zum Beispiel immer noch gegenwärtig, als sie vor den Augen ihrer Tante am Lancaster Gate ins Zimmer trat, an dem Tag, als er nach seiner Rückkehr aus Amerika dort dinierte; ein anderer ihr Anblick an derselben Stelle am vorletzten Sonntag – das Licht, in dem er sie erblickte, hatten seine Augen aus Venedig mitgebracht. Jetzt bekam er im Laufe von ein, zwei Minuten, wie bei den anderen Gelegenheiten, seinen Eindruck von dem besonderen Gepräge des Glücks des Augenblicks.

Wodurch auch immer es bestimmt worden war, als ihm die verschiedenen Stunden in die Erinnerung zurückkehrten, gegenwärtig verband sich der Eindruck unmittelbar mit einer Wirkung, die er in der vergangenen Woche eigentlich mehr als einmal wahrgenommen hatte, nur jetzt weitaus gesteigert. Diese Wirkung hatte er bereits bemerkt und benannt: es ging um die von seiner Freundin eingenommene Haltung angesichts des Ausmaßes seiner Reaktion auf Mrs. Lowders Empfang, das ihr unmöglich entgangen sein konnte. Sie *hatte* es beobachtet, und sie hatte ihm das ausgezeichnet zu verstehen gegeben, indem sie zu dessen Ehren die feinste Nuance gesuchter Gelassenheit zur Schau trug, eine Nuance fast der Heiterkeit über das Wirken der Zeit. Natürlich war alles relativ, bei dem Schatten, unter dem sie lebten; doch ihre Nachsicht dafür, wie er jetzt, um Vertrauen werbend, Tante Maud bevorzugte, hatte beinahe eine fröhliche Note. So hatte sie durch ihr eigenes Verhalten die Bevorzugung abgesegnet, mochte diese auch, in bezug auf sie selbst, schäbig sein; und nichts hätte ihm besser als eine Bekundung dieser Art das Maß ihrer Überlegenheit zeigen können, hätte er dessen noch bedurft. Übrigens war es sicherlich einfach diese Überlegenheit, die ihrem Schritt an diesem Wintermittag geschmeidige Entschlossenheit und ihren Augen hinreißende Beherztheit verlieh – eine Beherztheit, die in ihnen noch lebendiger wurde, als er nach einem Weilchen darauf zu sprechen kam, was er wollte. Nachdem sie zu ihm herangetreten war, zögerte er kaum länger – während er ihre Hand in seinen Arm zog und an derselben Stelle wie früher abbog –, als er für die Eröffnung benötigte, er wolle nicht so tun, als hätte er in letzter Zeit nicht augenblicksweise kaum zu glauben vermocht, er werde je wieder so glücklich sein. Sie antwortete, die Gründe für seinen Zweifel, welche es auch sein mochten, übergehend, ihrer eigenen Überzeugung nach stehe ihnen hohes Glück bevor, wenn sie nur Geduld aufbrächten; wenn auch gleichzeitig nichts so lieb sein könne wie sein Einfall, mit ihr spazierenzugehen. Selbstverständlich sei es angesichts der für sie eingetretenen Veränderungen nur ein Vorwand, daß sie sich nicht zu Hause treffen könnten; sie sprach, als hätten ihre Möglichkeiten in keinem Punkt gelitten. Er hatte sie jedenfalls bald wissen lassen, die jetzige solle in keinem Punkt leiden, und an einem stillen Fleckchen, unter einem mächtigen winterlichen Baum, brachte er sein Anliegen klar vor.

„Wir haben unser schreckliches Spiel gespielt und verloren. Wir schulden es uns selbst, wir schulden es unserem Gefühl *für* uns selbst und füreinander, keinen Tag mehr zu warten. Unsere Heirat rückt – irgendwie grundsätzlich, verstehst du? – alles zurecht, was falsch ist, und ich kann dir meine Ungeduld gar nicht deutlich genug ausdrücken. Wir brauchen sie nur zu verkünden – und sind die Last los."

„Sie ‚zu verkünden'?" fragte Kate. Sie sprach, als verstünde sie nicht, obwohl sie ihn ohne Verwirrung angehört hatte.

„Sie also zu vollziehen – morgen, wenn du willst; es *tun* – und es als vollzogen verkünden. Das ist der geringste Teil – danach spielt nichts anderes mehr eine Rolle. Wir sind dann so im Recht", drängte er, „daß wir stark sind; wir werden uns nur über unsere frühere Angst wundern. Sie wird uns wie eine häßliche Verrücktheit vorkommen. Wie ein böser Traum."

Sie blickte ihn an, ohne auszuweichen – mit dem Blick, mit dem sie auf seine Aufforderung hin gekommen war; doch er spürte jetzt die eigentümliche Kälte ihrer Heiterkeit. „Mein Lieber, was ist mit dir geschehen?"

„Nun, daß ich es nicht länger ertragen kann. *Das* ist einfach geschehen. Etwas ist in mir gerissen, ist zerbrochen, und hier stehe ich nun. So, *wie* ich hier stehe, mußt du mich nehmen."

Er sah, wie sie sich eine Zeitlang den Anschein zu geben versuchte, als erwäge sie das; aber er sah auch, daß sie es nicht erwog. Jedoch sah er, fühlte er – er hörte es auch von ihrer klaren Stimme –, wie sie ihm zutiefst gütig zu begegnen suchte. „Weißt du, ich sehe nicht ein, was sich verändert hat." Sie zeigte ein großzügiges, hintergründiges Lächeln. „Wir sind zusammen so gut vorangekommen, und nun läßt du mich plötzlich im Stich?"

Darauf starrte er sie hilflos an. „Du nennst es ‚so gut'? Bei meiner Seele, du hast Züge ...!"

„Ich nenne es sogar perfekt – von meinem ursprünglichen Gesichtspunkt aus. Ich stehe genau da, wo ich immer gestanden habe; und du mußt mir schon einen besseren Grund nennen, Liebster, daß es bei *dir* anders geworden ist. Mir scheint", fuhr sie fort, „was das betrifft, was zwischen uns gewesen ist, sind wir nur im Recht, solange wir abwarten. Wir wollen uns doch nicht wie Tölpel aufgeführt haben." Er begriff, während sie sprach, ihre unerschütterliche Konsequenz; es war auf stille, eigentümliche Weise hoffnungslos, zu sehen, wie Kate dastand und alles in die milde, erinnerungsschwere Luft hauchte. Er hatte Kate hergebracht, um sie zu erschüttern, und sie blieb unerschütterlich – was überdies nicht daran lag, daß sie nicht verstanden hätte. Sie verstand alles – und Dinge, die *er* nicht verstehen würde; und sie hatte Gründe, tiefinnerlich, deren Vorhandensein ihn nahezu krank machte. Sie hatte auch wieder, am allermeisten, ihr seltsames, hintergründiges Lächeln. „Freilich, wenn du wirklich etwas *weißt* ...?" Es war für sie, das sah er ihr an, durchaus denkbar und möglich, daß das der Fall sei. Doch er wußte nicht einmal, was sie meinte, und blickte sie nur trübsinnig an. Sein Trübsinn brachte sie jedoch nicht aus der Fassung. „Ich glaube, du *weißt* etwas, nur hindert dich dein Feingefühl, es zu sagen. Dein Feingefühl mir gegenüber, Liebster, ist ein Skrupel zuviel. Ich wäre nicht zu feinfühlig, es mir anzuhören, wenn du mir also *sagen* kannst, daß du etwas weißt ..."

„Nun?" fragte er, als sie noch zurückhielt, was davon abhing.

„Nun, dann will ich tun, was du willst. Ich gebe zu, in diesem Fall brauchten wir nicht zu warten; und ich verstehe, was du damit meinst, wenn du es für anständiger hältst, daß wir nicht warten. Ich verlange nicht einmal", fuhr sie fort, „einen Beweis. Ich begnüge mich mit deiner festen Gewißheit."

Inzwischen hatte er es erfaßt – mit der Gewalt eines Windstoßes. Worauf sie hinauswollte, war klar, so klar, wie ihm, während es ihm aufging, das Blut ins Gesicht schoß. „Ich weiß absolut nichts."

„Du hast keine Ahnung?"

„Ich habe keine Ahnung."

„Ich wäre einverstanden", sagte sie –, „ich würde es morgen, heute noch verkünden, ich würde auf der Stelle nach Hause gehen und es Tante Maud verkünden, auf eine Ahnung hin: ich meine als Ahnung direkt von dir, ich meine als deine eigene, mir in gutem Glauben mitgeteilte Ahnung. Das, Liebster" – und sie lächelte wieder, „das nenne ich wirklich dir entgegenkommen."

Wenn es also das *war*, wie sie es nannte, war damit seine Beschwörung erledigt, und er konnte nur dastehen, seine vergeudete Leidenschaft – denn in aufwallender Leidenschaft hatte er seit dem Morgen gehandelt – im Gesicht. Sie las alles davon ab, wie es sich zu ihr herabneigte, die Ahnung, die er nicht hatte, und die Ahnung, die er hatte, und seinen Mangel an Nachdruck, als sie *diese* Herausforderung vorbrachte, und die Wirkung ihrer persönlichen Gegenwart auf ihn und sein – ja, beinahe – Grauen vor ihrer Klarsicht. Sie bildeten in ihm eine Mischung, die Wut hätte sein können, die jedoch rasch lediglich in nüchternes Denken umschlug, Nachdenken, das zu etwas anderem führte und einer neuen blassen Dämmerung ähnelte. Davon fühlte sie sich bewegt, und sie hatte einen jener ehrlichen, aufrichtigen Impulse, die schon früher zwischen ihnen die Situation gerettet hatten. Als sie näher an ihn herangetreten war, als sie die Hand auf ihn legte und, an ihn gelehnt, mit ihm auf ihre alten beiden Stühle sank, verhinderte sie unwiderstehlich die Vergeudung seiner Leidenschaft. Jetzt zog sie aus seiner Leidenschaft ihren Nutzen.

35

Er hatte ihr im Park gesagt, als sie ihn darüber befragte, mit ihm sei nichts „geschehen", was die Forderung hätte begründen können, die er ihr dort stellte – er meine, seit er nach seiner Rückkehr von seinem jüngsten Erlebnis berichtet hatte. Doch im Verlauf weniger Tage – sie hatten ihn bis zum Weihnachtsmorgen weitergetragen – war er sich, während er sich erneut zu einem Besuch bei ihr bereitmachte, recht deutlich einer Veränderung in dieser Hinsicht bewußt. Etwas *war* in diesem Fall mit ihm geschehen, und nachdem er in der Nacht darüber nachgedacht hatte, spürte er, am meisten, wenn nicht absolut in erster Linie, betraf es die Tatsache, daß er sich sofort wieder zu ihr in Beziehung gesetzt hatte. Dieser Tatsache war er dort – in seiner eigenen kleinen Wohnung – am Heiligen Abend begegnet, allerdings hatte sie ihm da nicht sofort den Eindruck gemacht, diese Konsequenz einzuschließen. Soweit er sie auf der Stelle und in den nächsten Stunden prüfte – ein Vorgang, der ihm unbarmherzig den Nachtschlaf raubte –, waren die möglicherweise damit verknüpften Konsequenzen zum Verzweifeln zahlreich. Sein Geist befaßte sich mit ihnen, im Dunkeln, während die Stunden langsam verstrichen; sein Verstand und seine Phantasie, seine Seele und sein Gefühl waren überhaupt noch nie so intensiv beansprucht gewesen. Seine Schwierigkeit lag im Augenblick darin, daß er vor Alternativen stand und daß es sogar kaum darum ging, sich erst der einen und dann den anderen zuzuwenden. Sie befanden sich nicht in einer Perspektive, in der man sie hätte vergleichen und abwägen können; sie waren kraft einer eigenartigen Wirkung so nahe wie ein Paar Ungeheuer, deren heißen Atem und riesige Augen er auf beiden Wangen hätte spüren können. Er sah sie gleichzeitig und nur, indem er geradeaus blickte; übrigens hätte er in seiner eisigen Furcht den Kopf nicht um einen Zoll gedreht. So kam es, daß seine Erregung stiller Natur war – sie war die dahinschleichenden Stunden über keine Sache rastloser Bewegung. Danach lag er lange auf dem Sofa, auf das er sich, mit einem Griff das ihm verhaßte herkömmliche weiße Licht löschend, geworfen hatte, ohne sich zu entkleiden. Er starrte auf den entschwundenen Tag und ließ die Zeit verstreichen; mit dem Anbruch des Weihnachtsmorgens, spät und grau, fühlte er sich zudem irgendwie entschlossen. Sein gesunder Menschenverstand hatte sich bei ihm durchgesetzt – wonach die Sicherheit im Zweifelsfall darin liege, *nicht* zu handeln; und was ihm vielleicht am meisten half, war eben das Alltägliche dieser Erkenntnis. *Davon* enthielt sein Fall nichts – kein Fall in seinem ganzen Leben hatte weniger davon geboten: diese Assoziation, von einer Sache zur anderen, stellte ihn jetzt vor eine Wahl. Nach dem Bad und dem Frühstück handelte er im Sinne jenes ausgeprägten Elements des Besonderen, das er als das Zeichen seiner Krise empfand. Und das ist der Grund, weshalb er, feierlicher gekleidet als üblich und ganz wie für den Kirchgang, in den milden Weihnachtstag hinausging.

Wie es schien, erwies sich für ihn das Handeln, als er zur Sache kam, in gewissem Grade als verwickelt. Wären wir an seiner Seite dahingeschritten, hätten wir gewußt, daß es nicht sein endgültiger oberster Entschluß gewesen war, an Sir Luke Stretts Tür vorzusprechen, und daß dieser Schritt doch, wenngleich von untergeordneter Bedeutung, trotzdem dringlich war. Sein oberster Entschluß betraf eine andere Angelegenheit, und als er erst unterwegs war, hatte sich nunmehr Ungeduld hinzugesellt; doch er behielt noch hinlänglich im Sinn, daß er auf die vielleicht übermäßig frühe Stunde Rücksicht nehmen müsse. Das und die in ihm gärende Erregung waren gleichermaßen ein Grund, kein Gefährt zu nehmen; gar nicht davon zu reden, daß in der dämmerigen Feiertagsödnis keine Droschken zu sehen waren. Sir Lukes weiträumiger Platz lag nicht in der Nähe, doch er bewältigte die ganze Strecke zu Fuß, ohne auf eine Fahrgelegenheit zu treffen. So bekam er Zeit, seinen Standpunkt zu durchdenken – den Standpunkt, auf den sich das am Abend vorher Geschehene jetzt eindeutig eingeengt hatte; doch zu den soeben erwähnten Schwierigkeiten kam in den nächsten Minuten noch etwas hinzu, das mühselig bewältigt werden mußte. Als er Sir Lukes Haus erreichte, stand ein Brougham davor – dessen Anblick ihm so ans Herz griff, daß er zunächst den Schritt verhielt. Diese Pause war nicht lang, doch lang genug, um ihm blitzartig eine Erkenntnis zu vermitteln, in deren Licht ihm der Atem stockte. Die Kutsche, zu solcher Stunde und an einem solchen Tag nur zu wahrscheinlich Sir Lukes eigene, war ihm als Zeichen dafür ins Auge gesprungen, daß der berühmte Arzt zurück war. Das würde wiederum, noch eindringlicher, etwas anderes beweisen, und unter der Last der doppelten Befürchtung fühlte Densher sich erbleichen. Sein Geist prallte quasi zunächst zurück wie ein Geschoß, das plötzlich auf ein anderes getroffen ist: er starrte der sonderbaren Wahrheit ins Gesicht, daß es ihn *mehr* verlangte, mit dem soeben aus Venedig eingetroffenen Zeugen zu sprechen als mit Kate Croy. Es verlangte ihn dringend danach, ihm gegenüberzustehen und seine Stimme zu hören – ein krampfartiges Aufbäumen seines Bewußtseins brachte diesen Blitz der Erkenntnis hervor. Zum Glück für ihn schob sich auf der Stelle etwas dazwischen, worin der Blitz verglomm. Binnen dieser Minute nahm er wahr, daß das Gesicht des Kutschers auf dem Bock des Broughams ihm bekannt vorkam, wohingegen er seines Wissens die Kutsche des berühmten Arztes noch nie gesehen hatte. Als er näher kam, war es lediglich Mrs. Lowders Kutsche; das Gesicht auf dem Bock war einfach das, welches er bei seinem Kommen und Gehen am Lancaster Gate ganz am Rande bemerkt hatte, wenn das Gefährt draußen wartete. Damit ergab sich alles übrige: die Dame vom Lancaster Gate hatte sich aus einem dem seinen nicht gänzlich unähnlichen Antrieb heraus hier eingefunden, um Neues zu erfahren; und Neues erfuhr sie im Hause offenkundig, da ihr Brougham noch dastand. Sir Luke *war* also zurück – nur war Mrs. Lowder bei ihm.

Unter dem Einfluß letzterer Überlegung zögerte Densher wieder; und während er noch zögerte, fiel ihm etwas anderes ein. Allseits herrschte sichtlich – seinen eigenen neuerlichen Beitrag eingeschlossen – eine Situation erheblich gesteigerter Spannung; und in einer gespannten Situation hatte Kate vielleicht, um rascher Bescheid zu wissen, ihre Tante begleitet. Die Möglichkeit, daß sie in diesem Fall in der Kutsche saß – was das wahrscheinlichste war –, hatte ihn, bevor er sich zurückhalten konnte, in den Sichtbereich des Fensters getragen. Nicht hier hatte er ihr begegnen wollen; aber *wenn* sie hier war, konnte er es nicht umgehen. Jedoch hatte er im nächsten Moment gemerkt, falls jemand hier war, handelte es sich nicht um Kate Croy. Es war, mit einem deutlichen Schock für ihn, der Mann, der ihm zuletzt durch das klare Glas eines Cafés in Venedig sein befangenes Gesicht zugekehrt hatte. Die große Glasscheibe im „Florian" war ein weniger dunkles Medium als die weihnachtliche Londoner Luft, selbst bei herabgelassenem Fenster; doch auch jetzt konnte sich zwischen den beiden Männern ein gegenseitiges Wiedererkennen ereignen. Densher empfand seinen eigenen Blick zugleich als Stutzen und Gaffen – was sich, wie er sich voller Abscheu erinnerte, als er ebenso schnell den Rücken wendete, als sein besonderes Vorrecht zu wiederholen schien. Er erstieg die Stufen zur Haustür und betätigte die Glocke mit dem bitteren Gedanken, von Kates Freund nahezu gewohnheitsmäßig aus unverschämt vorteilhafter Position betrachtet zu werden. Ihm war vorübergehend der Moment entfallen, in Venedig, im Palazzo Leporelli, als der begünstigte junge Mann in gewisser Weise zum Abgang des enttäuschten anderen beigetragen hatte, da Lord Mark jetzt genausowenig enttäuscht aussah wie damals auf seiner Bank im Café. Densher dachte, *er* müsse fast den Anschein erwecken, heimatlos umherzuirren, während ein anderer gut verschanzt dasitze. Er sah den anderen – trotz der verschiedenartigen Situation – besser verschanzt denn je; er sah ihn vor allem als Freund der Person, mit der ihn der Vorgang des Wiedererkennens in der Minute davor in Verbindung gebracht hatte. Der Mann saß genau auf dem Platz, neben Mrs. Lowders, auf dem er Kate zu finden erwartet hatte, und das war eine ausreichende Übereinstimmung. Inzwischen hatte sich jedoch die Haustür aufgetan, und Mrs. Lowder stand vor ihm. Es war immerhin etwas, daß *sie* nicht Kate war. Sie war sie selbst, an Ort und Stelle, in all ihrer Fülle; mit der Geistesgegenwart, sofort zu entscheiden, Lord Mark im Brougham sei unwichtig, und Sir Lukes Butler mit einem entschiedenen Wort über die Schulter daran zu hindern, dort stehenzubleiben und ihre Unterredung mit dem Herrn, der soeben geläutet hatte, mitzuhören. „*Ich* sage es Mr. Densher; Sie brauchen nicht zu warten!" Und die Unterredung, alsbald und inhaltsreich, fand auf den Stufen statt.

„Er kommt auf direktem Weg morgen früh hier an. Ich konnte es nicht abwarten, etwas zu erfahren."

„Ich auch nicht", sagte Densher einfach. „Unterwegs", fügte er an, „zum Lancaster Gate."

„Lieb von Ihnen." Sie strahlte ihn verhalten an, und er sah, daß sie ihren Gesichtsausdruck eingestimmt hatte. Zusammen mit dem, was sie unmittelbar vorher geäußert hatte, sagte ihm das alles, und er nahm es in sich auf, während er der Miene unheilschwangerer, nahezu zweckbestimmter Anteilnahme begegnete, welch letztere sich als Grundton ihrer Verständigung mit ihm durchgesetzt hatte und jetzt doch noch lebhafter erglühte. „Also *haben* Sie Ihre Nachricht bekommen?"

Er wußte so genau, was sie meinte, und zugleich ebenso, *was* er „bekommen hatte", und nicht weniger, was er nicht bekommen hatte, daß er es mit nur ganz leichtem Zögern durchgehen ließ. „Ja – meine Nachricht."

„Unsere liebe Taube, wie Kate sie nennt, hat also ihre wundervollen Flügel zusammengefaltet."

„Ja – sie hat sie zusammengefaltet."

Es marterte ihn einigermaßen, doch er versuchte es hinzunehmen, wie sie es meinte, und sie faßte seine steife Zustimmung sichtlich als Selbstbeherrschung auf. „Es sei denn", fügte sie an, „es wäre zutreffender, daß sie sie noch weiter ausgebreitet hat."

Wieder stimmte er nur steif zu, obwohl, sonderbar genug, die Worte auf ein Bild tief in seinem eigenen Bewußtsein zutrafen. „Ja, gewiß – noch weiter ausgebreitet."

„Zu einem Flug, hoffe ich zuversichtlich, zu noch größerem Glück ..."

„Ganz recht. Noch größerem", fiel Densher ein; doch jetzt mit einem Blick, fürchtete er, der sie ein wenig zur Vorsicht mahnte.

„Sie hatten freilich", fuhr sie zurückhaltender fort, „Anspruch auf direkte Nachricht. Unsere kam gestern abend, sehr spät: ich bin mir nicht sicher, ob ich Sie sonst nicht aufgesucht hätte. Aber Sie kommen", fragte sie, „zu *mir*?"

Er hatte inzwischen eine Minute Zeit gehabt, um weiter zu denken; und das Fenster des Broughams war immer noch im Blickfeld. Ihr bedeutungsvolles „mir", das ihn zudem durch die milde Feuchtigkeit der Luft erreichte, wirkte auf ihn wie ein Stoß vor die Brust. „Herumbekommen", Tante Maud? Sie hatten sie in der Tat herumbekommen, und in einem Ausmaß, das ihm eben jetzt vertrackterweise den Atem benahm. Von ihrem Standort aus erfaßte sein Blick die Öffnung, in der sich die in der Kutsche sitzende Person hätte zeigen können, und er sah, daß seine Gesprächspartnerin die in seinem Blick ausgedrückte Frage verstand, die er dann auch noch aussprach. „Werden Sie denn allein sein?" Als ein promptes, instinktives Zugeständnis an das Bild, das sie sich von seiner Verfassung machte und das nun üppig Blüten trieb, war es beinahe heuchlerisch. Es klang, als wollte er zu ihr, um sein Herz auszuschütten, doch genau das wollte er nicht. Das Bedürfnis, sein Herz auszuschütten, war unversehens – seit der vergangenen Nacht – in ihm versiegt, und er hatte nie eine größere Zurückhaltung verspürt.

Doch sie war inzwischen lebhaft darauf eingegangen. „Vollkommen allein. Sonst hätte ich nicht im Traum daran gedacht; es bewegt mich doch, lieber Freund, nur zu tief!" Was sie bewegte, erstarb ihr auf den Lippen und drückte sich in der ausgestreckten Hand aus, mit der sie im nächsten Moment mitfühlend die seine preßte. „Lieber Freund, lieber Freund!" – sie fühlte sich innig mit ihm verbunden, und sie wünschte noch inniger verbunden zu sein: was sie sogleich fortfahren ließ. „Oder möchten Sie nicht heute abend, weil es ein so trauriges Weihnachten für uns ist, mit mir tête-à-tête dinieren?"

Es schob sie auf, die Frage eines Gesprächs mit ihr – es machte, zu seiner Erleichterung, den Unterschied von mehreren Stunden aus; doch es gab ihm auch recht sehr zu denken. Das minderte für ihn jedoch nicht die Notwendigkeit der Vorsicht. „Nehmen Sie es mir übel, wenn ich Ihnen nicht gleich zusage?"

„Nicht im geringsten – lassen wir es offen: es soll danach gehen, wie Sie sich fühlen, und Sie brauchen mir nicht einmal Nachricht zu geben. Ich will nur erwähnen, daß ich sonst ausgerechnet heute ganz allein dasitze."

Jetzt konnte er wenigstens fragen. „Ohne Miss Croy?"

„Ohne Miss Croy. Miss Croy", sagte Mrs. Lowder, „verbringt das Weihnachtsfest im Schoße ihrer engsten Familie."

Noch während er sprach, fürchtete er sich davor, was sein Gesicht etwa verraten könnte. „Sie meinen, sie hat Sie verlassen?"

Tante Mauds Gesicht wiederum nahm die Frage mit einer Verlegenheit auf, in der er die Widerspiegelung der Ereignisse erkannte. Er ersah daraus, sogar im selben Moment und deutlich wie noch nie zuvor, daß, seit er diesen beiden Frauen begegnet war, keine eingestandene oder namentlich erörterte Spannung, keine Krise der gröberen Form jemals zwischen ihnen wirklich Gestalt angenommen hatte: was eben ein großartiger Beweis dafür war, wie geschickt Kate ihr Boot gesteuert hatte. Die in Mrs. Lowders gegenwärtigem Ausdruck enthüllte Situation warf im Kontrast dazu ein Licht auf jene oberflächliche Glätte; was ihm hinterher, als er Zeit hatte, darüber nachzudenken, wieder die Kunst, die besondere Gabe des Mädchens vor Augen stellen sollte, die er inzwischen als ihr Talent zum Leben erkannt und bezeichnet, so intim kennengelernt hatte. Der Frieden war sichtlich innerhalb von ein, zwei Tagen – seit er sie zuletzt gesehen hatte – zerbrochen; tief verborgene Meinungsverschiedenheiten, die eine von Kates Seite ebenso tiefe Diplomatie niedergehalten hatte, waren durch eine ungewöhnliche Erschütterung an die Oberfläche gewirbelt worden, mit der er überdies unklar Lord Marks sonderbare Anwesenheit zu solcher Stunde und an einem solchen Tag in Verbindung brachte. Das Talent zum Leben, fiel ihm gleichzeitig ein, dürfte sich wohl auch beim Bruch, oder was immer vorgefallen war, gezeigt haben; denn wie er es beurteilte, hatte Tante Maud eher eine Zerreißprobe als einen Schlag erlitten. Mit diesen raschen Gedanken hatte die Dame jedenfalls bereits Schritt gehalten. „Sie ist gestern vormittag – und nicht mit meiner Billigung, das will ich Ihnen nicht verhehlen – zu ihrer Schwester gegangen: Mrs. Condrip, falls Sie wissen, wen ich meine, die irgendwo in Chelsea wohnt. Meine andere Nichte und ihre Angelegenheiten – daß ich heute über solche Dinge sprechen muß! – sind eine ständige Quelle der Sorge; so daß man Kate auf – nun ja, gewisse Vorfälle hin einfach herbeigerufen hat. Ich muß dazu sagen, nach meinen eigenen Begriffen brauchte sie sich in ihrer Situation mit *solchen* Vorfällen so gut wie nicht zu befassen."

„Aber sie war anderer Meinung?"

„Sie war natürlich anderer Meinung. Und wenn Kate anderer Meinung ist ...!"

„Oh, ich kann es mir vorstellen." Er hatte hinsichtlich der Heuchelei den Punkt erreicht, wo er sich fragen konnte, was ein bißchen mehr oder weniger schon ausmachte. Außerdem, angesichts der Absicht, die er gehabt hatte, mußte er ja Bescheid wissen. Wenn er nicht Bescheid wüßte, hätte ihn Kates Schritt einfach aus dem Gleis werfen können; und mittlerweile empfand er eine fast abergläubische Furcht davor, aus dem Gleis geworfen zu werden. „Ich hoffe, Sie meinen nicht irgendwie katastrophale Vorgänge."

„Nein – nur abscheuliche und vulgäre."

„Oh!" sagte Merton Densher.

Mrs. Lowders Verärgerung, das blieb nicht verborgen, hatte in der offenen Äußerung ihm gegenüber für den Augenblick ihren Balsam gefunden. „Unglücklicherweise haben sie, wie Sie vermutlich wissen, einen schrecklichen, gräßlichen Vater."

„Oh!" sagte Densher wieder.

„Er ist so schlecht, daß man seinen Namen kaum erwähnen kann, aber er hat Marian überfallen, und Marian hat einen Hilfeschrei ausgestoßen."

Darauf war Densher heftig verwundert; und seine Neugier schloß vorübergehend einen Kompromiß mit seiner Diskretion. „Er hat sie überfallen – um Geld zu verlangen?"

„Ach, das tut er natürlich immer. Aber in *diesen* frohen Feiertagen um Zuflucht, um Sicherheit zu suchen: Gott weiß was. Er ist *dort*, das Scheusal. Und Kate ist bei ihnen. Und das", schloß Mrs. Lowder, die Stufen hinabsteigend, „ist ihr Weihnachtsfest."

Sie war unten wieder stehengeblieben, während er sich eine Antwort überlegte. „Dann ist das Ihre letztlich angenehmer."

„Zumindest ist es anständiger." Und wieder streckte sich ihm ihre Hand entgegen. „Aber warum spreche ich von *unseren* Sorgen? Kommen Sie, wenn Sie können."

Er ließ ein schwaches Lächeln sehen. „Danke. Wenn ich kann."

„Und jetzt gehen Sie vermutlich in die Kirche?"

Sie hatte es in ihrer guten Absicht eher ins Blaue gesagt, und um als Trost und Stütze ihn auf etwas Dienlicheres hinzuweisen, als was sie ihm gerade gegeben hatte. Er empfand es als Abrundung der Intensität ihres Austausches, als er sich dabei ertappte, allem Anschein nach ihre Anregung als hilfreich aufzunehmen. „O ja – ich glaube, das werde ich tun"; worauf er sich, da der Schlag des Broughams bei ihrem Näherkommen von innen geöffnet worden war, abwenden konnte. Hinter sich hörte er ihn laut zuschlagen und das Gefährt in anderer Richtung davonrollen.

Er hatte vorläufig eigentlich keine Richtung; dennoch bemerkte er nach zehn Minuten, daß er geradenwegs nach Süden gegangen war. Das, so sah er hinterher ein, lag mit hinreichender Wahrscheinlichkeit daran, daß noch während der letzten Worte Tante Mauds in seinem Kopf jäh die Erkenntnis aufgeleuchtet war, wie er vorzugehen habe. Zwangsläufig mußte er Kate folgen, auch war ganz deutlich, daß der von ihr unternommene Schritt die Gefühlsregung, die von ihm Besitz ergriffen hatte, beherrschte. Ihre verwickelten Verhältnisse, die, zu allem anderen, geradezu bedrohlich klangen – waren sie, noch und noch, nicht auch die seinen? Jetzt mußte er dafür sorgen, daß es keine Stunde länger dauerte, bis sie den ihnen zukommenden Platz in seinem Leben einnahmen. Demzufolge hätte er seine Richtung beibehalten, wenn ihm nicht plötzlich aufgegangen wäre, daß er soeben Mrs. Lowder belogen hatte – ein Wort, dessen häufiger Gebrauch ihm verquererweise Erleichterung verschaffte –, und zwar mehr als nötig. In welche Kirche wollte er, in welche Kirche *konnte* er in einer solchen nervlichen Verfassung gehen? – um sich das zu fragen, blieb er wieder stehen, wie vorhin beim Anblick von Mrs. Lowders Kutsche. Und doch regte sich in ihm wunderlich das Verlangen, sein Wort nicht müßig gegeben zu haben. Infolge eines glücklichen Zufalls befand er sich jedoch gerade in der Brompton Road, und ihm fiel plötzlich ein, daß die Kapelle in der Nähe lag. Er brauchte nur umzukehren und würde bald davorstehen. An der Tür also, in wenigen Minuten, bekam sein Einfall, wie ihm schien, wirklich seine Weihe: er fand sich, hineindrängend, am Rande eines prachtvollen Gottesdienstes – die zusammenströmende Menge kündete davon –, aus fernen Tiefen vom Flammenlicht der Altarkerzen und der Klangfülle von Orgel und Chor strahlend und widerhallend. Es paßte nicht zu seinem eigenen Tag, doch es war ein viel geringerer Mißklang als manche anderen wirklichen und möglichen Dinge. Kurz, um ihn ins Recht zu setzen, taugte die Kapelle.

36

Das machte den Unterschied aus, daß sich nun die Dämmerung des Nachmittags – eine schon sehr zeitig eingefallene Dämmerung – vertieft hatte, als er an Mrs. Condrips Tür klopfte. Von der Kirche aus war er in seinen Club gegangen, da er nicht zur Stunde des Mittagessens in Chelsea erscheinen mochte und ihm auch einfiel, er müsse selbst etwas zu sich zu nehmen versuchen. Das gelang ihm, wie sich herausstellte, nur mangelhaft: er sank in einen Sessel in der großen halbdunklen Leere der Bibliothek im Club, wo nirgendwo jemand zu sehen war, und dort holte er nach einer Weile, die Augen schließend, eine Stunde des Schlafes nach, den er in der Nacht verloren hatte. Allerdings hatte er zuvor – das als erstes – eine kurze Nachricht geschrieben, die er angesichts der weihnachtlichen Verlassenheit des Gebäudes nur unter Schwierigkeiten und Zweifeln einem Boten hatte anvertrauen können. Er wünschte die persönliche Aushändigung der Botschaft und mußte der Person ziemlich blind vertrauen, da der Bote aus irgendeinem Grunde nicht mit der Empfangsbestätigung zurückkehren konnte. Als er um vier Uhr in Mrs. Condrips kleinem Wohnzimmer Kate gegenüberstand, erfuhr er zu seiner Erleichterung, daß seine Nachricht sie erreicht hatte. Sie erwartete ihn und war soweit vorbereitet; was die Sache ein wenig einfacher machte – sofern „ein wenig" in der jetzigen kritischen Lage von Belang war. Vom Betreten des Raumes an wurden ihm augenblicklich ihre Verhältnisse auf unbestimmte Weise gegenwärtig, zum Teil kraft des Unterschieds, eines einschneidenden und vielsagenden Unterschieds, gegenüber den Bedingungen, unter denen er sie bisher ständig erlebt hatte. Er hatte sie nur an vergleichsweise großartigen Orten gesehen – im pompösen Haus ihrer Tante, unter den hohen Bäumen Kensingtons und den gewölbten Decken Venedigs. In Venedig, bei einem wichtigen Anlaß, hatte er sie geradezu als den Mittelpunkt der prächtigen Piazza gesehen: dort hatte er sie, bei einem noch wichtigeren, in seinen eigenen ärmlichen Zimmern gesehen, die doch zu ihr gepaßt hatten, da sie bei aller Ärmlichkeit die Würde ansehnlichen Alters besaßen; doch Mrs. Condrips Einrichtung, selbst von der besten Seite gesehen und obschon nicht ins Auge springend erbärmlich, erwies sich als ein beinahe grotesk unangemessener Rahmen. Blaß, ernst und bezaubernd kam ihm Kate sofort wie eine vornehme Fremde vor – fremd in der kleinen Straße in Chelsea –, die sich so gut wie möglich in eine wunderliche Episode an einem Ort des Exils fügte. Das Sonderbare war, daß er sich nach Ablauf von drei Minuten weniger deutlich als Fremder darin empfand als sie.

Ein Teil der Wunderlichkeit – das sollte ihm in ein paar flüchtigen Blicken aufgehen – entsprang dem Eindruck gleichsam allgemein fehlerhafter Proportionen, die das Format und die Menge der Möbel dem schmalen Raum aufzwangen. Die Gegenstände, der Zierat waren für die Schwestern sichtlich Reste und Überbleibsel dessen, was man zumindest im Falle Mrs. Condrips hätte die besseren Zeiten nennen können. Die Vorhänge, die gerafft die Fenster erstickten, die Sofas und Tische, die die Bewegungsfreiheit im Raum behinderten, die Verzierungen auf dem Kaminsims, die bis an die Decke reichten, und der überladene Kronleuchter, der fast bis auf den Fußboden hing, waren lauter Erinnerungen an frühere Wohnungen und lauter Bindeglieder zu ihrer unglücklichen Mutter. Welche Qualität die einzelnen Stücke an sich besitzen mochten, Densher empfand die von ihnen ausgehende Wirkung, indem sie massig das erlöschende Licht des trüben Tages verschluckten, als nahezu bis zur Unheimlichkeit häßlich. Es gelang ihnen nicht, sich einander anzupassen oder untereinander einen Ausgleich zu finden; sie strichen ihre Unterschiedlichkeit auf taktlose und geschmacklose Weise geradezu heraus. Es hieß wahrlich ein Gefühl für Kates eigene Qualität zu besitzen, all das sofort in Beziehung zu ihr zu sehen. Doch daß Densher dieses Gefühl besaß, war ihm nichts Neues, auch brauchte er, genaugenommen, zur Stunde nicht daran erinnert zu werden. Er wußte nur, da seine Phantasie ihm beständig solche Streiche wie diesen spielte, daß sie ihm, soweit es um ihre jetzige Anspannung ging, ganz besonders leid tat – was nicht die Sicht war, die am Morgen seinen Aufbruch bestimmt hatte; aber auch, daß er selbst alles sozusagen weniger schwer genommen hätte. *Er* hätte in einem solchen Haus wohnen können; denn Menschen seiner Veranlagung war es nicht gegeben, sich irgendwo im Exil zu fühlen. Eben auf Grund ihrer relativen Derbheit konnten sie sich irgendwie behelfen. Seine natürliche, seine unausweichliche, seine endgültige Heimstatt – das heißt, wenn die Frage dem Selbstlauf überlassen bliebe – mochte durchaus genauso absonderlich und unmöglich ausfallen wie das, was sie jetzt um sich hatten, wenn auch gewiß in weniger wuchtigen Massen. Während er überdies bedachte, daß Kate gar nicht der Mensch gewesen wäre, der sie war, wenn das, was sie jetzt um sich hatten, nicht so schlecht zu ihr gepaßt, sie nicht in ein Medium versetzt hätte, das beim Betrachter Zerknirschung hervorrief, stellte das im selben Atemzug eben die Tatsache ihrer Beziehung zu ihren hiesigen Gefährten dar, eine Tatsache, die ihn eigenartigerweise zugleich mit Gewißheit und mit gespannter Ungewißheit erfüllte. Wenn er selbst sie auf diesen kurzen Blick hin als Fremde und, wenn auch noch so unbewußt, voller Ironie empfand, wie mußten jene sie empfinden und wie, vor allem, mußte *sie* jene empfinden?

Densher konnte sich das sogar noch fragen, nachdem sie gleich darauf die hohen Kerzen auf dem Kaminsims angezündet hatte. Das war ihre einzige Beleuchtung außer dem Feuer, und sie hatte sich mit einer ruhigen Selbstverständlichkeit zum Kamin begeben, die dennoch sichtlich ihrer stummen Anspielung Raum ließ, für sie beide in ihren Nöten und in Ermangelung von Besserem müsse das hier den anheimelnden weihnachtlichen Herd darstellen. Was das Anheimelnde betraf, mußte das, strenggenommen, angesichts ihrer Verhältnisse ihre ganze Heimeligkeit bleiben. Er hatte ihr in seinem Brief lediglich mitgeteilt, er müsse sie schnellstens sprechen und hoffe, sie werde es einrichten können; doch beim ersten Blick auf sie verstand er, daß seine Eile für sie bereits die wichtigste Bedeutung besaß. „In den paar Minuten heute morgen“, erklärte er, „konnte ich Mrs. Lowder nicht fragen, ob sie dir Bescheid gesagt hat, obwohl ich eigentlich den Eindruck hatte, sie hätte es getan; und das habe ich seither auch vorausgesetzt. Ich war im Moment so davon betroffen, daß du, wie sie mir erzählt hat, so plötzlich hierhergekommen bist.“

„Ja, es war ziemlich plötzlich.“ Ganz gesammelt und stilvoll im spärlichen Feuerschein, die Hände im Schoß, erwog Kate, was er gesagt hatte. Er war sofort darauf zu sprechen gekommen, was sich an Sir Luke Stretts Tür abgespielt hatte. „Sie hat mir nicht Bescheid gesagt. Aber das ist nicht so wichtig – wenn du *das* meinst.“

„Es gehört zu dem, was ich meine“, sagte Densher; doch womit er nach einer Pause, während sie wartete, fortfuhr, war offenbar nicht der Rest davon. „Sie hatte von Mrs. Stringham ihr Telegramm, gestern spät am Abend. Aber an mich hat die arme Dame nicht telegraphiert. Das Ereignis", fuhr er fort, „wird wohl gestern eingetreten sein, und Sir Luke, der sofort aufgebrochen ist, wie man sich denken kann, und auf kürzestem Weg reist, wird morgen vormittag zurück sein. Also wird sich Mrs. Stringham vermutlich einigermaßen allein gelassen der Situation stellen müssen, die nun vorliegt. Aber selbstverständlich", schloß er, „konnte Sir Luke nicht bleiben."

Der Blick, den sie auf ihn richtete, mochte unklar das Gefühl verraten, er versuche Zeit zu gewinnen. „Kam dein Telegramm von Sir Luke?"

„Nein – ich habe kein Telegramm bekommen."

Sie wunderte sich. „Aber doch wohl auch keinen Brief ...?"

„Nicht von Mrs. Stringham – nein." Jedoch versäumte er es wieder, das zu erläutern – was ihm ihre Nachsicht mit einer anderen Frage ermöglichte. Von wem hatte er es also gehört? Es mochte so aussehen, als versuchte er wirklich, endlich vor ihr stehend, Zeit zu gewinnen; und wie um zu zeigen, daß sie diesen Impuls respektierte, stellte sie ihre Frage anders. „Möchtest du zu ihr fahren – zu Mrs. Stringham?"

Zumindest darüber äußerte er sich klar. „Durchaus nicht. Sie ist zwar allein, aber sie ist sehr tüchtig und sehr tapfer. Außerdem ...", hatte er fortgesetzt, doch er verstummte.

„Außerdem", sagte sie, „ist Eugenio da? Ja, freilich erinnert man sich an Eugenio."

Sie hatte die Worte vorgebracht, als sollten sie unbedingt ein gewisses Maß an Zartgefühl ausdrücken; und er ließ gleichermaßen erkennen, daß er guten Grund zur Zustimmung hatte. „Gewiß erinnert man sich an ihn, und mit vollem Recht. Er wird sich als ungemein nützlich für sie erweisen – er ist zu allem tauglich. Was ich gerade sagen wollte", fuhr er fort, „ist, irgend jemand von ihren Leuten muß rasch aus Amerika herüberkommen."

Wie sich ergab, konnte Kate ihn diesbezüglich sogleich aufklären. „Dieser Mr. Soundso, der Mann, dem in erster Linie die Verantwortung für Millys geschäftliche Angelegenheiten obliegt – ihr oberster Sachwalter, nehme ich an –, war gerade in Venedig eingetroffen, als Mrs. Stringham das letzte Mal schrieb."

„Ach, dann war das, nachdem deine Tante das letzte Mal mit mir gesprochen hat – ich meine das letzte Mal vor heute morgen. Darüber bin ich erleichtert. Also", sagte er, „kommen sie zurecht."

„Ach, sie kommen schon zurecht." Und das klang bei beiden immer noch so, als wäre es nicht das, woran jeder am meisten dachte. Doch dann kam Kate dem einen Schritt näher. „Aber wenn dir niemand telegraphiert hat, was führte dich dann heute morgen zu Sir Luke?"

„Nun, etwas anderes – was ich dir gleich erzählen will. Deshalb mußte ich dich sofort sehen; darüber zu sprechen bin ich ja gekommen. Aber einen Moment noch. Mich beschäftigt zu vieles", fuhr er fort, „wenn ich dich hier in dieser Umgebung so sehe." Bei diesen Worten stand er auf; sie selbst verhielt sich vollkommen still. Er war näher an das Feuer getreten, und ein wenig vorgeneigt, den Rücken dem Kamin zugewandt, um von seinem Standort aus auf sie herabzublicken, beschränkte er sich darauf, zu fragen, was er wissen wollte. „Ist das, was dich hergeführt hat, etwas wirklich Schlimmes?"

Jedoch hatte er inzwischen genug gesagt, um ihr Verlangen nach mehr zu rechtfertigen; weshalb sie diese Sache überging und auf ihrer eigenen Aufforderung bestand. „Wenn ich fragen darf, willst du damit sagen, daß *sie*, bereits im Sterben ...?" Ihr verwundertes Gesicht drängte mehr als ihre Worte.

„Gewiß darfst du fragen", antwortete er nach einem Augenblick. „Mir ist etwas zugegangen, und ich bin, wie gesagt, extra gekommen, um es dir zu sagen. Ich will dir nicht verschweigen", fuhr er fort, „daß mein Entschluß, das zu tun, mich heute nacht und heute vormittag sehr viel Überlegung gekostet hat. Aber hier bin ich." Und er rang sich ein Lächeln ab, das ihr, das war ihm ganz klar, nur mechanisch vorkommen konnte.

Sie ging direkter auf ihn ein, schien sie darzutun, als er wirklich auf sie einging. „Du hast nicht kommen wollen?"

„Es wäre einfach gewesen, Liebste" – und er lächelte immer noch –, „wenn es auf die eine oder andere Weise nur eine Frage des ‚Wollens' gewesen wäre. Ich gebe zu, der Gedanke, wie ich mich am besten verhalten sollte, nahm allerlei schwierige und bedrohliche Formen an. Es hat sich für mich wirklich – nun, überhaupt nicht zu meinem Glück so ergeben."

Dieser Satz gab ihr offenbar Rätsel auf – sie musterte ihn in dessen Licht. „Du siehst aufgewühlt aus – du hast dich fraglos gequält. Du fühlst dich nicht wohl."

„Ach – wohl genug!"

Doch sie fuhr fort, ohne darauf zu achten. „Was du jetzt tust, ist dir widerwärtig."

„Liebes Kind, du vereinfachst die Dinge" – und er war jetzt ganz ernst. „Es ist nicht einmal so einfach wie das."

Sie machte den Eindruck, zu überlegen, was es dann sein mochte. „Natürlich kann ich ohne Anhaltspunkt nicht wissen, worum es sich handelt." Sie blieb jedoch geduldig und still. „Wenn sie in einem solchen Moment an dich schreiben konnte, tappt man unvermeidlich völlig im dunkeln. Mit dem allerbesten Willen kann man es nicht verstehen." Und dann, da Densher eine Pause eintreten ließ, die vielleicht die ganze verwickelte Erklärung hätte ersetzen sollen, die er noch vor sich sah und die ihn so entmutigte: „Du hast noch *nicht* entschieden, was du tun sollst."

Sie hatte es ganz sanft, beinahe mild gesagt, und er widersprach nicht sofort. Aber nach einem Blick auf sie tat er das. „O doch, das habe ich. Nur wenn ich dich hier so sehe und mir vorstelle, was es für dich verheißt ...!" Und wie auf bedrückende Gedankenanstöße hin schweiften seine Augen von einem Teil des Zimmers zum anderen.

„Ein schauderhaftes Zimmer, nicht?" sagte Kate.

Das brachte ihn unverweilt auf seine Frage zurück. „Mußtest du aus irgendeinem scheußlichen Grund herkommen?"

„Ach, dir das zu erzählen dauert so lange wie alles, was *du* zu erzählen hast. Nimm keine Rücksicht darauf", fuhr sie fort, „wie du ‚mich hier in dieser Umgebung so siehst', noch was immer es – und das ist mehr, als ich bisher selbst weiß – für mich ‚verheißen' mag. Und denke auch bitte freundlichst daran, daß ich dir schließlich, wenn du in Nöten bist, ein bißchen helfen möchte. Vielleicht kann ich dir sogar ganz und gar helfen."

„Mein liebes Kind, gerade weil ich weiß, daß du das möchtest ...! Ich nehme an, ich bin in Nöten – das ist es wahrscheinlich." Er sagte das mit einer so eigenartig unerwarteten Schlichtheit, daß sie ihn nur anstarren konnte – was er ebenso prompt wahrnahm. Daher ging er von der Unbestimmtheit seiner Äußerungen ab, so gut er konnte. „Und doch dürfte ich es nicht sein." Was freilich noch unbestimmter klang.

Sie wartete einen Augenblick ab. „Ist es, wie du zu meiner eigenen Sache sagst, irgend etwas Schlimmes?"

„Nun", erwiderte er bedächtig, „du wirst es mir sagen, wenn du es schlimm findest. Ich meine, womöglich findest du meine Idee ..."

Er war so bedächtig, daß sie ihm das Wort aus dem Munde nahm. „Schlimm?" Endlich entschlüpfte ihr ein Laut der Ungeduld – in Gestalt eines Auflachens. „Ich kann überhaupt nichts daran finden, bevor ich nicht weiß, wovon du eigentlich redest."

Das brachte ihn mehr zur Sache, wenngleich sich das zunächst nur dahin auswirkte, daß er, die Hände in den Taschen, eine Weile vor dem Kaminteppich vor ihr auf und ab schritt. Noch inmitten dieser Bewegung erwachte in ihm die Erinnerung an eine andere Gelegenheit – die Stunde in Venedig, die Stunde des Trübsinns und des Sturms, als Susan Shepherd dort in seinem Zimmer gesessen hatte, ganz ähnlich wie Kate jetzt, und er sich, genau so qualvoll wie jetzt, gefragt hatte, was er sagen dürfe und was nicht. Aber die gegenwärtige Situation war doch irgendwie leichter. Jedenfalls war er darum bemüht, ihr diesen Gefühlswert beizulegen, während er vor seiner Gefährtin stehenblieb. „Die Mitteilung, von der ich spreche, kann – soweit es um ihr Datum geht – unmöglich aus diesen letzten Tagen stammen. Der Poststempel, der gut leserlich ist, schon; aber in jedem anderen Punkt ist es undenkbar, daß sie schrieb …" Er brach ab und sah sie an, als werde sie verstehen.

Es war leicht zu verstehen. „Auf ihrem Sterbebett?" Doch Kate überlegte einen kurzen Augenblick. „Sind wir uns nicht darin einig, daß es auf der Welt nie jemanden ihresgleichen gegeben hat?"

„Ja." Und über sie hinwegblickend, sprach er ganz klar. „Es hat auf der Welt nie jemanden ihresgleichen gegeben."

Von ihrem Sessel aus hob Kate, immer ohne sich zu rühren, die Augen bis zur Blickebene der seinen, die sie nicht wahrnahmen. Dann, als seine Augen sich wieder auf sie herabsenkten, fügte sie eine Frage an. „Und wird es nicht auch noch ein bißchen davon abhängen, wie die Mitteilung *lautet*?"

„Ein bißchen vielleicht – aber nicht viel. Es ist eine Mitteilung", sagte Densher.

„Meinst du einen Brief?"

„Ja, einen Brief. In ihrer Handschrift an mich adressiert – unverkennbar in der ihren."

Kate überlegte. „Kennst du ihre Handschrift ganz genau?"

„Oh, absolut."

Es war, als löse der Ton, in dem er das sagte – mit leichter Befremdung –, ihre nächste Frage aus. „Hast du viele Briefe von ihr bekommen?"

„Nein. Nur drei Billetts." Dabei blickte er sie gerade an. „Und nur ganz kurze Mitteilungen."

„Ah", sagte Kate, „die Anzahl hat nichts zu sagen. Drei Zeilen würden reichen, wenn du sicher bist, daß du sie wiedererkennst."

„Ich bin sicher, daß ich sie wiedererkenne. Außerdem", fuhr

Densher fort, „habe ich ihre Handschrift auch bei anderer Gelegenheit gesehen. Ich glaube mich zu erinnern, daß du mir einmal, bevor sie nach Venedig fuhr, eines ihrer Billetts eben *deshalb* gezeigt hat. Und dann hat sie mir einmal etwas herausgeschrieben."

„Ach", sagte Kate beinahe lächelnd, „ich will deine Gründe nicht im einzelnen wissen. Ein einziger Grund genügt doch." Worauf sie jedoch anfügte, wie um ausdrücklich nicht mit Ungeduld oder auch nur einer Spur Ironie zu sprechen: „Und die Schrift sieht aus wie gewöhnlich?"

Densher antwortete, wie um diese Kennzeichnung noch zu übertreffen: „Sie ist wunderschön."

„Ja – sie *war* wunderschön. Nun", bemerkte Kate weiterhin, immer noch auf ihn eingehend, „es ist ja nichts Neues für uns, daß sie sagenhaft war. Alles ist möglich."

„Ja, alles ist möglich" – er schien eigenartig danach zu haschen. „Genau das sage ich mir. Genau dieses Gefühl habe ich", erläuterte er ein wenig vage, „noch stärker bei dir vorausgesehen."

Sie wartete auf Weiteres, doch er wandte sich nur, die Hände in den Taschen, wieder ab und ging diesmal an das einzige Fenster des Zimmers, wo, da noch keine Lampe brannte, die Jalousie nicht herabgelassen war. Er sah hinaus in den Nebel, in dem die Laternen glommen, verlor sich in der kleinen, engen, erbärmlichen Londoner Straße – denn als erbärmlich empfand er sie, in seiner anderen Gedankenverbindung –, wie er sich, Mrs. Stringhams Augen auf sich geheftet, in den Anblick des Canal Grande verloren hatte. Und seinem alles registrierenden Bewußtsein wurde da gegenwärtig, als er das vorige Mal zu solchem Verhalten getrieben wurde, habe ihn eben sein tiefgegründeter Widerstand gegenüber der Möglichkeit, Kate zu verraten, dazu getrieben. Damals hatte seine wartende Gefährtin auf seine Erklärung geharrt, er *werde* es tun; und was er inzwischen finster betrachtet hatte, war die Sinnlosigkeit einer solchen Hoffnung. Kates Aufmerksamkeit wiederum war in diesen Minuten auf den Rücken und die Schultern geheftet, die er in dieser Stellung ungezwungen darbot – gleichsam auf die Betrachtung dessen, was sie ausdrückten hinsichtlich nicht mitgeteilter Dinge, noch fehlender Glieder in der Kette, die ihr stets verborgen bleiben würden, wie sehr sie sich auch bemühte, sie auszumachen. Das Ergebnis ihrer Anspannung war, daß sie das Gespräch wieder anknüpfte. „Es – was du da erwähnt hast – ist dir gestern abend zugegangen?"

Daraufhin drehte er sich um. „Als ich von der Fleet Street nach

Hause kam – eine Stunde früher als sonst –, fand ich es mit noch ein paar Briefen auf meinem Tisch. Aber schon von der Tür aus zog es meine Augen auf ganz seltsame Weise direkt auf sich. Ich erkannte es, wußte, was es war, ohne es zu berühren."

„Das kann man verstehen." Sie hörte achtungsvoll zu. Sein Ton war jedoch so ungewöhnlich, daß sie sofort anfügte: „Du sprichst, als *hättest* du es die ganze Zeit über nicht berührt."

„O doch, ich habe es berührt. Mir ist, als hätte ich seither nichts anderes mehr berührt. Ich habe es", fuhr er fort, wie um sich klarer auszudrücken, „ganz fest an mich genommen."

„Wo ist es also?"

„Ach, ich habe es bei mir."

„Und du hast es mitgebracht, um es mir zu zeigen?"

„Ich habe es mitgebracht, um es dir zu zeigen."

So sprach er mit einer Deutlichkeit, die, inmitten seiner übrigen Absonderlichkeiten, fast fröhlich klang, doch machte er keine Anstalten, seine Worte in die Tat umzusetzen. Sie konnte folglich nur wieder ihr erwartungsvolles Gesicht zeigen, während das seine, zu ihrer Ungeduld, störrisch wiederum ein anderer Gedanke zu überfluten schien. „Aber jetzt, wo du es getan hast, ist dir, als ob du es nicht willst."

„Ich will es unbedingt", sagte er, „aber du erzählst mir ja nichts."

Darauf lächelte sie ihn endlich an, als wäre er ein widerspenstiges Kind. „Mir scheint, ich erzähle dir genausoviel wie du mir. Du hast mir noch nicht einmal erzählt, wieso Erläuterungen, wie du sie verlangst, sich nicht aus deinem Schriftstück selbst ergeben." Dann, da er nicht antwortete, kam ihr ein Blitz der Erkenntnis. „Du meinst, du hast es noch gar nicht gelesen?"

„Ich habe es nicht gelesen."

Sie starrte ihn an. „Wie soll ich dir dann dabei helfen?"

Wieder entfernte er sich von ihr, während sie sich nicht regte, machte fünf Schritte und stand wieder vor ihr. „Indem du mir folgendes sagst. Er ist nämlich etwas, das du mir neulich nicht erzählen wolltest."

Sie war unsicher. „Neulich?"

„Gleich beim ersten Mal nach meiner Rückkehr – an dem Sonntag, als ich zu euch kam. Was hat *er*", fuhr Densher fort, „zu dieser Morgenstunde bei ihr zu suchen? Was hat es zu bedeuten, daß er mit ihr dort war?"

„Von wem sprichst du?"

„Von diesem Mann – von Lord Mark natürlich. Was besagt das?"
„Ach, mit Tante Maud?"
„Ja, meine Liebe – und mit dir. Es läuft mehr oder weniger auf dasselbe hinaus; und eben das hast du mir neulich nicht gesagt, als ich dich fragte."
Kate gab sich Mühe, sich zu erinnern. „Du hast mich nicht über eine bestimmte Stunde befragt."
„Ich habe dich gefragt, wann du ihn zuletzt gesehen hast – ich meine vor seinem zweiten Überfall in Venedig. Du wolltest es mir nicht sagen, und da wir von einer vergleichsweise wichtigeren Sache sprachen, habe ich es auf sich beruhen lassen. Aber die Tatsache bleibt bestehen, mein Schatz, daß du es mir nicht gesagt hast."
Zwei Dinge in dieser Äußerung schienen deutlicher zu Kate durchgedrungen zu sein als die übrigen. „Ich ‚wollte es dir nicht sagen' und ‚du hast es auf sich beruhen lassen'?" Sie blickte nur kalt verblüfft. „Du sprichst wirklich, als verheimlichte ich etwas."
„Siehst du", Densher ließ nicht locker, „nicht einmal jetzt sagst du es mir. Ich will lediglich wissen", erläuterte er jedoch, „ob es einen Zusammenhang gab zwischen seinem Vorgehen damals, das praktisch – ach, ohne jeden Zweifel! – der Schock war, der für sie beschleunigte, was jetzt eingetreten ist, und irgend etwas, das sich davor zwischen dir und ihm abgespielt hat. Woher in aller Welt wußte er, daß wir verlobt sind?"

37

Kate stand langsam auf; es war ihre erste Bewegung, seit sie die Kerzen angezündet und sich gesetzt hatte. „Versuchst du mir anzuhängen, ich müsse es ihm gesagt haben?"
Sie sprach nicht so sehr gekränkt als in bleicher Fassungslosigkeit – und es war ihm anzusehen, daß er das sofort erkannte. „Mein liebes Kind, ich versuche dir gar nichts ‚anzuhängen'; aber ich stehe Qualen aus und begreife einfach nicht. Was hat das Scheusal überhaupt mit uns zu tun?"
„Ja, was eigentlich?" fragte Kate.
Sie schüttelte den Kopf, als finde sie noch in dieser Minute zu milder Nachsicht für seine Unvernunft zurück. Es lag darin – und das eigentlich für seine Vernunft – jene halb inkonsequente

Sanftmut, mit der sie schon oft bei irgendeiner Meinungsverschiedenheit die Oberhand behalten hatte. Praktisch geschah das auch jetzt, und im wesentlichen merkte er es; doch unvermeidlich nahm er es trotzdem hin. Sie stand dicht vor ihm, und ein gewisses Etwas in ihrer Langmut ließ erkennen, als er so eindringlich sprach, habe sie erwartet, gleich werde er sie küssen. Offenbar hatte er nicht daran gedacht; aber dennoch setzte er sein Drängen ruhiger fort. „Was macht er, am Weihnachtsmorgen von zehn Uhr an, bei Mrs. Lowder?"

Kate sah überrascht aus. „Hat sie dir denn nicht gesagt, daß er sich bei ihr aufhält?"

„Am Lancaster Gate?" Denshers Überraschung war gleich groß. „Er wohnt dort? Seit wann?"

„Seit vorgestern. Er war schon dort, ehe ich ging." Und dann erklärte sie – räumte sie ein, es sei in der Tat unüblich. „Es ist ein Zufall – genauso, daß Tante Maud über Weihnachten in der Stadt geblieben ist, aber letztlich ist es doch nicht so unnatürlich. *Wir* sind geblieben – und nachdem ich hier hergekommen bin, bedauert sie das jetzt –, weil wir beide von Tag zu Tag auf die Nachricht warteten, die du gebracht hast, und keine Lust hatten, mit einer Menge Leute zusammen zu sein."

„Ihr seid im Gedanken an – Venedig geblieben?"

„Selbstverständlich. Weswegen sonst? Und sogar ein bißchen", setzte Kate berückend hinzu, „mindestens trifft es auf Tante Maud zu – im Gedanken an dich."

Er wußte das zu würdigen. „Ich verstehe. In jeder Beziehung nett von euch. Aber im Gedanken an wen", wollte er wissen, „ist Lord Mark geblieben?"

„Daß er sich in London aufhält, ist, soviel ich weiß, eine ganz banale Geschichte. Er hat eine Wohnung, die er unerwartet recht einträglich vermieten konnte – und bei seinem unverhüllt eingestandenen Geldmangel hat er es trotz allem nicht über sich gebracht, eine solche Gelegenheit nicht freudig wahrzunehmen."

Denshers Aufmerksamkeit war ungeteilt. „Trotz allem? Trotz was?"

„Ach, ich weiß nicht. Sagen wir, trotzdem ihm so etwas eigentlich nicht ansteht."

„Zu versuchen, sich Geld zu beschaffen?"

„Es jedenfalls auf kleinliche, knauserige Weise zu versuchen. Offenbar mußte er aber aus irgendeinem Grunde tun, was er nur konnte. Binnen zwei Tagen zog er aus seiner Wohnung aus und überließ sie seinem Mieter; und Tante Maud, die in all solchen Dingen sein tiefes Vertrauen genießt, sagte: ‚Dann kommen Sie doch zum Lancaster Gate – wenigstens zum Schlafen –, bis Sie, wie alle Welt, aufs Land fahren.‘ Gestern nachmittag wollte er aufs Land fahren – ich glaube, nach Matcham. Jedenfalls hat mir Tante Maud das gesagt.“

Irgendwie hatte Kate bei ihrem Gefährten mit dieser Auskunft geschickt, ganz beschwichtigend, gewisse Vermutungen geweckt. „Sie hat dir das gesagt, meinst du, damit du nicht aus dem Haus gehen mußt?“

„Ja – soweit sie es sich in den Kopf gesetzt hatte, daß seine Anwesenheit dort einer meiner Gründe war.“

„Und *war* es einer deiner Gründe?“

„Ein wenig, wenn du so willst. Aber auch ohne das gibt es hier Gründe genug – wie ich es voraussah. Das ist also“, sagte sie offen, „nicht von Bedeutung. Ich bin froh, daß ich hier bin: auch wenn ich nicht viel Nutzen bringe ...!“ Sie gab jedoch zu verstehen, auch das sei nicht von Bedeutung. „Da du ihn gesehen hast, ist er also nicht nach Matcham gefahren; obwohl er womöglich, *falls* es möglich ist, heute nachmittag fährt. Aber am wahrscheinlichsten scheint mir – und es ist eigentlich, das muß ich schon sagen, ganz liebenswürdig von ihm –, daß er sich geweigert hat, Tante Maud zu Weihnachten allein zu lassen, wie ich es so eilig getan habe. Wenn er ihretwegen auch noch auf Matcham verzichtet hat, ist das ein procédé, das ihr erst recht gefallen wird. Deshalb ist es kein Wunder, daß sie, an einem so langweiligen Tag, darauf dringt, ihn spazierenzufahren. Ich behaupte nicht, zu wissen“, schloß sie, „was zwischen ihnen vorgeht; aber mehr sehe ich darin nicht.“

„Du siehst in allem, und das war schon immer so“, gab Densher zurück, „etwas, das ich dir, mindestens solange ich mit dir zusammen bin, immer als die reine Wahrheit abnehme.“

Sie blickte ihn an, als entferne sie bewußt und sogar behutsam den Stachel aus seinem Vorbehalt; dann sprach sie mit einem ruhigen Ernst, der zu zeigen schien, wie spitz sie ihn fand. „Danke.“ Wie alles andere übte es seine Wirkung auf ihn aus. Sie standen immer noch voreinander, und dem Impuls nachgebend, dem er vorhin nicht nachgegeben hatte, legte er ihr die Hände auf die Schultern, hielt sie fest gepackt, eine Minute lang, und rüttelte sie sacht, durchaus nicht unzärtlich, als wollte er mehr verquickte Dinge, alle schwierig, zum Ausdruck bringen, als er in Worte fassen konnte. Dann beugte er sich vor und preßte die Lippen auf ihre Wange. Darauf löste er sich von ihr und ließ seiner Unrast wieder freien Lauf, während sie die Stellung beibehielt, in der sie, völlig passiv wie eine Statue, seine Geste hingenommen hatte. Das hinderte sie jedoch nicht, ihm noch weitere Nachsicht zu erweisen, als genügte ihr, was sie bekommen hatte, für den Augenblick. Sie stellte einen ruhigen, einleuchtenden Zusammenhang her und setzte sich dabei wieder. „Ich habe mich bemüht, mich an etwas, das ich erlebt habe, als du in Venedig warst, genau zu erinnern. Ich meine ein Gespräch mit ihm. Er hat mit mir gesprochen – hat sich erklärt."

„Ah, siehst du wohl!" sagte Densher herumfahrend.

„Nun, wenn ich ‚sehe', wie du es so elegant ausdrückst, daß ich abgelehnt habe, seinem Wunsch – seinem Drängen – zu entsprechen, bekenne ich mich schuldig. Wäre es dir lieber gewesen", führte sie weiter aus, „wenn ich ihm eine Antwort gegeben hätte, die ihn von der Reise abgehalten hätte?"

Das brachte ihn, ein wenig verlegen, zum Nachdenken. „Hast du gewußt, daß er hinfahren wollte?"

„Absolut nicht; aber ich fürchte – auch wenn es nicht zu deinen eigenartigen Vermutungen paßt –, ich hätte ihm genau dieselbe Antwort gegeben, wenn ich es gewußt hätte. Wenn das eine Sache ist, mit der ich dich nach deiner Rückkehr nicht gleich überfallen habe, liegt das einfach daran, weil es keine Sache ist, an die ich mit besonderem Vergnügen zurückdenke. Ich hoffe, daß es, wenn ich dich überzeugt habe", fuhr sie fort, „nicht zuviel von dir verlangt ist, die Sache auf sich beruhen zu lassen."

„Gewiß", sagte Densher freundlich, „ich lasse sie auf sich beruhen." Doch im nächsten Moment setzte er fort: „Er hat etwas erahnt. Er hat es erraten."

„Wenn du meinst", gab sie nach einer flüchtigen Pause zurück, „daß er zu unserem Pech der eine Mensch war, den wir nicht täuschen konnten, will ich dir nicht widersprechen."

„Nein – natürlich nicht. Aber *warum*", wagte Densher dennoch die Frage, „war er zu unserem Pech dieser eine Mensch …? Er ist nicht besonders scharfsinnig."

„Er ist offenbar scharfsinnig genug, um in meinem so unnatürlichen Verhalten – in Anbetracht aller Umstände und als es zur Sache kam – ein Geheimnis, ein Rätsel zu erkennen. So hat er sich seine feste Meinung zurechtgezimmert, und auf seine feste Meinung hin hat er gehandelt."

Densher schien Lord Marks feste Meinung eine Weile zu mustern, als wäre sie ein Schandfleck der Natur. „Meinst du, weil du ihm gegenüber den Eindruck erweckt hattest, ihn zu ermutigen?"

„Natürlich bin ich nett zu ihm gewesen. Wo *stünden* wir sonst?"

„Wo ...?"

„Du und ich. Welchen Eindruck ich erweckt hatte, war jedoch unwichtig. Wichtig war, welchen Eindruck ich auf Tante Maud machte. Außerdem darfst du nicht vergessen, daß er sich die ganze Zeit sein Bild von *dir* machte. Du kannst nichts dafür", sagte sie, „aber letztlich bist du doch – nun ja, du selbst."

„So sehr ich selbst, wie du magst. Aber als ich mich nach Venedig verfügte und dort blieb – wie", fragte Densher, „hat er sich das dann erklärt?"

„Daß du in Venedig warst und es dir dort gefiel – was bei niemandem widernatürlich ist –, ließ sich für ihn auf andere Weise deuten. Außerdem war er durchaus imstande, darin eine Verstellung zu sehen."

„Trotz Mrs. Lowder?"

„Nein", sagte Kate, „nicht mehr trotz Mrs. Lowder. Tante Maud hatte ihn vor seinem zweiten Überfall, wie du es nennst, nicht überzeugen können – um so mehr, als meine Ablehnung seines Antrags dabei nicht eben hilfreich war. Aber er kehrte überzeugt zurück." Und dann, da ihr Gefährte immer noch eine fragende Miene zeigte: „Ich meine, nachdem er Milly gesehen, mit ihr gesprochen und sie verlassen hatte. Milly hat ihn überzeugt."

„Milly?" wiederholte Densher wieder nur unbestimmt.

„Daß du aufrichtig warst. Daß du *sie* liebtest." Das drang auf solche Weise zu ihm, daß er sich auf der Stelle umdrehte und sich wieder zum Fenster begab. „Nach seiner Rückkehr", fuhr sie inzwischen fort, „hat Tante Maud es von ihm erfahren. Und das ist der Grund, weshalb du jetzt bei Tante Maud einen so guten Stand hast."

Eine Minute lang blickte er nur stumm hinaus – worauf er wieder zurückkam. „Und *du* auch." Angesichts der extrem nachdrücklichen Wirkung, die das auf beide hatte, klang das beinahe nach einem Vorwurf; oder es hätte vielleicht so sein können, hätte nicht so viel mehr die reine Wahrheit daraus gesprochen. Es klang scharf, weil es wahr war, doch diese Wahrheit schien sich als so unumstößliches Argument aufzudrängen, daß es auf beiden Seiten keine Fortsetzung zuließ. Das machte, während sie einander über sie hinweg wortlos gegenüberstanden, die Bedeutsamkeit des Ganzen aus. Es war, als könnte das falsche Wort beinahe eine Gefahr auslösen. Daraufhin besann sich Densher schließlich eines Besseren: dort vor ihr stehend, zog er seine Brieftasche aus der Weste und entnahm ihr einen gefalteten Brief, auf den sich ihre Augen hefteten. Dann steckte er das Behältnis wieder ein, und mit einer Bewegung, die nicht weniger absonderlich war, weil sie sichtlich instinktiv und unbewußt erfolgte, verbarg er die Hand, die den Brief hielt, hinter dem Rücken. Wovon er schließlich sprach, war etwas ganz anderes. „Habe ich Mrs. Lowder recht verstanden, daß dein Vater im Hause ist?"

Wenn sie bei solchen Abschweifungen nie lange gebraucht hatte, um auf ihn einzugehen, brauchte sie das auch jetzt nicht. „Im Hause, ja. Aber wir brauchen nicht zu befürchten, daß er uns unterbricht" – sie sprach, als hätte ihn das beschäftigt. „Er liegt zu Bett."

„Du meinst, er ist krank?"

Sie schüttelte niedergeschlagen den Kopf. „Vater ist nie krank. Er ist ein Wunderwesen. Nur ist er – ein immerwährendes."

Densher überlegte. „Kann ich dir auf irgendeine Weise helfen?"

„Ja." Müde, beinahe gelassen, überblickte sie alles ganz genau. „Indem wir deinen Besuch hier so unauffällig wie möglich behandeln – ihm gegenüber und gegenüber Marian auch."

„Ich verstehe. Es ist ihnen so unangenehm, wenn du mich triffst. Aber ich konnte doch nicht – oder doch? – darauf verzichten."

„Nein, du konntest nicht darauf verzichten, zu kommen."

„Aber andererseits kann ich doch so bald wie möglich gehen?"

Sofort brachte sie das beinahe aus der Fassung. „Ach, leg mir gerade heute nicht häßliche Worte in den Mund. Ich habe auch ohne das genug Sorgen."

„Ich weiß – ich weiß!" Er verteidigte sich sofort. „Es ist alles nur, weil ich mir um *dich* ebenso Sorgen mache. Wann ist er gekommen?"

„Vor drei Tagen – nachdem er sich seit über einem Jahr nicht in ihrer Nähe hatte blicken lassen, nachdem er sich anscheinend, und nicht zu ihrem Bedauern, gar nicht mehr an ihre Existenz erinnerte; und in einem Zustand, daß es unmöglich war, ihn nicht aufzunehmen."

Densher zögerte. „Meinst du in solcher Not ...?"

„Nein, kein Mangel an Nahrung, an lebensnotwendigen Dingen – nicht einmal, seinem Aussehen nach, an Geld. Er sah so wunderbar aus wie immer. Aber er war – nun, von Grauen erfüllt."

„Grauen wovor?"

„Ich weiß es nicht. Vor jemandem – vor etwas. Er braucht Ruhe, sagt er. Aber seine Ruhe ist schrecklich."

Sie litt, doch er konnte die Frage nicht unterlassen. „Was macht er?"

Darauf zögerte Kate selbst. „Er weint."

Wieder trug er Bedenken, doch er wagte es. „Was *hat* er getan?"

Darauf erhob sie sich langsam, und sie standen wieder Auge in Auge. Ihr Blick hielt den seinen gebannt, und sie war bleicher als zuvor. „Wenn du mich liebst – jetzt noch –, frage mich nicht nach Vater."

Er wartete wieder einen Augenblick. „Ich liebe dich. Weil ich dich liebe, bin ich hier. Weil ich dich liebe, habe ich dir das mitgebracht." Und er holte hinter seinem Rücken den Brief hervor, den er in der Hand behalten hatte.

Doch nur ihre Augen – obwohl er ihn ihr hinreichte – nahmen seine Gabe entgegen. „Aber du hast ja das Siegel nicht erbrochen!"

„Wenn ich das Siegel erbrochen hätte – ganz recht –, wüßte ich, was darinsteht. Damit *du* das Siegel erbrichst, habe ich ihn mitgebracht."

Sie blickte, den Gegenstand immer noch nicht berührend, ungemein ernst drein. „Das Siegel von etwas, das von *ihr* für dich bestimmt ist, soll ich erbrechen?"

„Ach, gerade, weil es von ihr kommt. Ich will mich danach richten, was immer du davon hältst."

„Ich verstehe nicht", sagte Kate. „Was hältst du denn selbst davon?" Und dann, da er nicht antwortete: „Mir scheint, *ich* glaube, daß du es weißt. Du hast deinen Instinkt. Du brauchst es nicht zu lesen. Das ist der Beweis."

Densher begegnete ihren Worten wie einer Beschuldigung, aber einer Beschuldigung, auf die er vorbereitet war und der nur auf eine Art zu begegnen war. „Ich habe allerdings meinen Instinkt. Er kam mir zu Hilfe heute nacht, als ich mir den Kopf darüber zerbrach. Es dämmerte mir, daß die Antwort in der Stunde lag." Er hielt seinen Brief hoch und schien jetzt eher etwas zu beteuern als zu gestehen. „Für das hier ist der Zeitpunkt genau vorher festgelegt worden."

„Zum Heiligen Abend?"

„Zum Heiligen Abend."

Kate zeigte plötzlich ein eigenartiges Lächeln. „Das Fest der Gaben!" Worauf sie, da er nichts sagte, fortfuhr: „Und geschrieben wurde es, meinst du, solange sie noch schreiben konnte, und zurückgehalten, damit es zu *diesem* Zeitpunkt ankommt?"

Nur ihren Blick festhaltend, während er überlegte, ging er wieder nicht darauf ein. „Was meinst du mit dem Beweis?"

„Nun, welch wunderschöne Liebe dir entgegengebracht worden ist. Aber ich", sagte sie, „erbreche das Siegel nicht."

„Du lehnst es ausdrücklich ab?"

„Ausdrücklich. Niemals." Worauf sie eigenartig anfügte: „Ich weiß es auch so."

Er machte wieder eine Pause. „Und was weißt du?"

„Daß sie dir ankündigt, sie habe dich reich gemacht."

Diesmal war seine Pause länger. „Daß sie mir ihr Vermögen vermacht?"

„Sicher nicht das ganze, denn das ist ungeheuer. Aber eine große Summe. Ich will gar nicht wissen", fuhr Kate fort, „wieviel." Und ihr eigenartiges Lächeln kehrte wieder. „Ich vertraue auf sie."

„Hat sie es dir gesagt?" fragte Densher.

„Nie!" Kate errötete sichtlich bei dem Gedanken. „Das wäre von meiner Seite ihr gegenüber nicht fair gewesen. Und ich war", fügte sie an, „immer fair."

Densher, der ihr glaubte – er konnte nicht anders –, blickte sie, seinen Brief in der Hand, weiter an. Er war jetzt viel ruhiger, als wäre seine Qual irgendwie zu Ende. „Du warst mir gegenüber fair, Kate; und deshalb – da wir von Beweisen sprechen – will ich dir einen geben. Ich wollte dich etwas sehen lassen – und sogar noch vor mir –, das ich als heilig empfinde."

Sie runzelte leicht die Stirn. „Ich verstehe nicht."

„Ich habe mich gefragt, mit welchem Tribut, welchem Opfer, ich es besonders anerkennen kann ..."

„Was besonders anerkennen?" wollte sie wissen, als er abbrach.

„Die bewunderungswürdige Art deines eigenen Opfers. Du hast dich in Venedig eines Akts herrlicher Großmut fähig erwiesen."

„Und das Vorrecht, das du mir bei diesem Schriftstück einräumst, ist mein Lohn?"

Er machte eine Bewegung. „Mehr kann ich nicht tun – als Symbol meiner Einstellung."

Sie sah ihn lange an. „Deine Einstellung, Liebster, ist, daß du dich vor dir selbst fürchtest. Du hast dich zusammennehmen müssen. Du hast dir Gewalt antun müssen."

„So kommst du mir also entgegen?"

Einen Moment lang richtete sie die Augen fest auf den Brief, von dem ihre Hand sich immer noch zurückhielt. „Es ist absolut dein *Wunsch*, daß ich ihn nehme?"

„Es ist absolut mein Wunsch, daß du ihn nimmst."

„Um damit zu machen, was ich will?"

„Außer, selbstverständlich, seinen Inhalt zu verbreiten. Der muß – verzeih, daß ich darauf hinweise – unter uns bleiben."

Zum letzten Mal zögerte sie, doch dann überwand sie es. „Verlaß dich auf mich." Sie nahm ihm das geheiligte Dokument ab, hielt es ein Weilchen in der Hand, während ihre Augen wieder auf Millys feinen Schriftzügen ruhten, über die sie sich kurz zuvor ausgetauscht hatten. „Es zu halten", brachte sie heraus, „heißt zu wissen."

„Ach, ich *weiß*!" sagte Merton Densher.

„Nun denn, wenn wir beide wissen ...!" Sie hatte sich schon zum Feuer umgewandt, dem sie sich genähert hatte, und den Gegenstand mit einer raschen Geste in die Flamme geschleudert. Er fuhr auf – aber nur in einer halben Bewegung –, als wollte er ihre Tat rückgängig machen: aber ebenso jäh, wie jene rasch entschlossen gewesen war, hielt er sich zurück. Er beobachtete nur mit ihr gemeinsam, wie das Papier brannte; worauf ihre Augen sich wieder begegneten. „Du erfährst alles", sagte Kate, „aus New York."

38

Nachdem er zwei Monate später wirklich eine Nachricht aus New York hatte, stattete sie ihm eines Vormittags einen Besuch in seiner Wohnung ab – sie kam nicht wie damals in Venedig auf sein extremes Drängen hin, sondern in erster Linie aus selbst erkannter Notwendigkeit, als unmittelbare Folge eines ihr zugegangenen Sendschreibens. Dieses hatte aus ein paar Zeilen Denshers bestanden, die einen Brief mit dem Vermerk „persönlich auszuhändigen" begleiteten, von einem namhaften amerikanischen Anwaltsbüro an ihn adressiert, einer Firma, deren hervorragender Ruf ihm schon in New York bekannt geworden war, da sie einfach in aller Munde war; deren Haupt und Exponenten, obersten Vollstrecker von Milly Theales umfangreichem Testament, hatte man am Lancaster Gate richtig als den Herrn identifiziert, der vor dem Tod des Mädchens auf der direkten südlichen Route zu Mrs. Stringhams Beistand herbeigeeilt war. Denshers Vorgehen nach Empfang des betreffenden Dokuments – ein Vorgehen, hinsichtlich dessen und dessen Konsequenzen sein Willensentschluß Zeit zum Reifen gehabt hatte – war, bei Licht besehen, sonderbarerweise zwischen unserem Paar die erste Bezugnahme auf Millys Namen oder darauf, was Milly getan oder nicht getan haben mochte, seit sie, vor dem kleinen, billigen Kaminrost in Chelsea beisammenstehend, der Vernichtung des unenthüllten Schriftstücks von ihrer Hand zugesehen hatten. Damals hatten sie sich – und auch von seiner Seite mit der gebotenen Rücksicht – auf Kates Hinweis, sie müsse über seinen Besuch Rechenschaft ablegen, sofort getrennt; und als sie sich wiedersahen, wurde ihnen das Thema lediglich – bis auf das Ganze ein neues Licht fallen würde – in Form der Nachdrücklichkeit gegenwärtig, mit der es stumm von seinem Vorhandensein kündete. Zudem trafen sie sich in diesen Wochen nicht oft, trotz des Umstands, daß das für sie den Januar und einen Teil des Februars über vergleichsweise leicht geworden war. Kates Aufenthalt bei Mrs. Condrip zog sich mit Billigung ihrer Tante länger hin, was Densher ein Rätsel gewesen wäre, hätte man ihm nicht am Lancaster Gate, eigentlich ohne sein Zutun, einen intimeren Einblick in die Zusammenhänge gewährt.

„Es ist ihre Idee“, hatte ihm Mrs. Lowder gesagt, als verachtete sie Ideen im Grunde – was nicht zutraf; „und ich begnüge mich mit der meinen, die darin besteht, ihr ihren Willen zu lassen, bis sie genug davon hat. Sie *hat* genug davon – das war ziemlich bald der Fall; aber bei ihrem unbändigen Stolz kommt sie erst zurück, wenn sie irgendeinen Grund gefunden hat – ganz unabhängig von ihrem Widerwillen –, den sie herausstreichen kann. Sie nennt es ihren Urlaub, den sie nach eigener Lust und Laune verbringe – den Urlaub, der, etwa einmal im Jahr, wie sie sagt, sogar einer Küchenmagd zustehe. Also nehmen wir es in diesem Sinne. Aber ich glaube, so etwas wird sich nicht so bald wiederholen. Außerdem beträgt sie sich durchaus anständig; sie kommt oft – wann immer ich ihr ein Zeichen gebe; und im großen und ganzen hat sie sich in diesen ein, zwei Jahren ordentlich verhalten, deshalb will ich mich, um mich auch anständig zu zeigen, nicht beklagen. Das arme Herzchen hat sich wirklich fast ganz als das erwiesen, was man sich von ihr erhofft hatte; obwohl ich *Ihnen*“, schloß Tante

Maud, „Sie gescheiter Mensch, ja nicht erst zu verraten brauche, was das war."

Genaugenommen geschah es zum Teil, um die Gelegenheit für derartige Äußerungen einzuschränken, daß nach Weihnachten Denshers Auftritte unter dem Dach der guten Dame nur noch in größeren Abständen stattfanden. Die Phase, in der er nach seiner Rückkehr aus Venedig vorübergehend allzu häufig dort vorgesprochen hatte, war gegenwärtig abgeklungen, und damit der Impuls, der ihn damals bewegt hatte. Eine andere Phase hatte sie abgelöst, und er wäre bislang in peinliche Verlegenheit gekommen, hätte er sie benennen oder anderweitig darstellen müssen; doch ließ deren beständig anwachsende Flut, was seine Wünsche anging, Mrs. Lowder ganz auf dem Trockenen. Kurze Zeit hatte es so ausgesehen, als würde Mrs. Stringham, unter Geleit auf dem Rückweg nach Amerika, womöglich unterwegs in London haltmachen und bei ihrer alten Freundin absteigen; für diesen Fall hatte er sich darauf eingestellt, mit scheinbarem Eifer seine Aufwartung zu machen. Doch diese Gefahr ging vorüber – er hatte es als Gefahr gesehen, und die *eine* Person auf der Welt, die er jetzt am liebsten auf eigene Veranlassung hätte sehen mögen, fuhr von Genua aus westwärts davon. Daher konnte er ihr nur schreiben, und er hatte in diesem Punkt nach Millys Tod das Schweigen gebrochen, über dessen Bedeutung sie sich vor jenem Ereignis so tief einig gewußt hatten. Zweimal hatte sie ihm von Venedig aus geantwortet und hatte ihm inzwischen aus New York auch schon zweimal antworten können. Der letzte ihrer vier Briefe war mit derselben Post gekommen wie das Schriftstück, das er an Kate weiterleitete, doch er hatte sich gar nicht mit der Frage beschäftigt, auch diesen beizufügen. Sein Briefwechsel mit Millys Begleiterin stellte sich ihm bereits irgendwie als Besonderheit – als Faktor, hätte er in seiner Zeitung geschrieben – der Zeit dar, die, lang oder kurz bemessen, noch vor ihm lag; doch einer seiner stechendsten Gedanken galt gegenwärtig oft der Tatsache, daß er bisher Kate nichts davon gesagt hatte. Sie hatte ihm keine Frage gestellt, kein „Hörst du eigentlich nie etwas von ihr?" – also hatte er auch nicht Rede und Antwort stehen müssen. Das stellte sich ihm als ein Segen dar, denn er hing an seinem Geheimnis. Ebenso bezeichnete er seinen transatlantischen Gedankenaustausch vor sich selbst als Geheimnis und zuckte sogar kaum zusammen, wenn er darin die einzige Beziehung erkannte, die er nicht aufrichtig zugab. Er hatte für diese Beziehung sogar ein klares geistiges Bild –

er sah sie als kleinen herausragenden Felsen in der Wasserwüste, der bodenlosen, weiten grauen Fläche des Offenbaren. Die Tatsache, daß er jetzt mit Kate bei verschiedenen Gelegenheiten in abgelegener Gegend einen Spaziergang unternommen hatte, der sich jedesmal mehr dadurch auszeichnete, was sie nicht aussprachen, als dadurch, was sie aussprachen – diese Tatsache vermochte für ihn nicht das merkwürdige Gefühl abzuschwächen, Blicken ausgesetzt zu sein. Tief in ihm steckte etwas, das er absolut niemandem dargeboten hatte – insbesondere der Begleiterin auf diesen Spaziergängen kein bißchen mehr, als er unbedingt mußte; aber trotzdem verfolgte ihn unter dessen Schatten eine schlimme Befürchtung, es sei offenkundig. Ihm war, als hätte er diese Schändlichkeit in törichtem gutem Glauben heraufbeschworen; und es war schon wunderlich, daß er sich auf seinem herausragenden Felsen, an diesen und an Susan Shepherd geklammert, vorstellen konnte, der Sicht entzogen zu sein. Das kennzeichnete zweifellos seinen Glauben an ihre Macht oder an ihren zartfühlenden Hang, ihn zu schützen. Auf alle Fälle wußte darüber nur Kate – was Kate eben wußte, und sie war zudem der letzte Mensch, der ein Interesse daran gehabt hätte, es zu verraten; trotzdem war ihm, als wäre die Kunde von seiner *Tat*, die so tief mit ihr verknüpft und nie zu widerrufen noch ungeschehen zu machen war, dem Wind anvertraut und in die Welt hinausgetragen worden. Seine, wie er es sah, Ehrlichkeit Kate gegenüber war geradezu das Element dieser Bedrohung: in einem Ausmaß, daß er augenblicksweise, darüber grübelnd, welchem Impuls oder welchem Fluchtweg sie letztlich folgen würden, das Bedürfnis empfand, das Wissen voneinander, das sie nicht mehr auslöschen konnten, im blinden Dunkel ihrer Umarmung zu begraben.

Außer freilich, daß die Empfindung, es sei eine Frage der Umarmungen, in letzter Zeit begrenzt war, mochte das der innige Notbehelf sein, zu dem sie manchmal Zuflucht nahmen. Unter Bedingungen, wo alles zählte, hatte es seinen Wert, daß er im Battersea Park – wohin Mrs. Lowder jetzt nie mehr ausfuhr – auf abseits liegenden Spazierwegen dreimal zu dem üblichen Mittel gegriffen hatte, sie eng an seine Seite gepreßt zu halten. Unter ihren jetzigen Umständen konnte sie ausbleiben, ohne zu Hause übermäßig darüber Rechenschaft ablegen zu müssen – und genau das schenkte ihnen, zum ersten Mal, einen merklichen Spielraum. Er vermutete, in Chelsea könne sie jederzeit sagen – wenn er auch nicht näher darauf einging –, sie sei quer durch die Stadt bei ihrer

Tante gewesen, um sie anstandshalber zu besuchen; während es am Lancaster Gate immer Gründe gegeben hatte, daß sie nicht einen Besuch bei ihren anderen Verwandten vorschieben konnte. Deshalb bestand zwischen ihnen eine Freiheit, so vollkommen, wie sie sie bisher noch nicht genossen hatten; wobei sie übrigens in nicht geringem Maße auf verschiedene Weise an den Tag legten, sie wüßten sie zu schätzen. In der Tat legten sie das in jeder Beziehung an den Tag, außer, sie gründlich auszunutzen – eine Inkonsequenz, die sie einander mit gleicherweise großem Zeitaufwand als natürlich zu betrachten halfen. Er legte seiner Gefährtin dar, die Gunst, der er sich jetzt am Lancaster Gate erfreue, die wunderbare Wärme, mit der man ihn dort empfange, grabe ihnen in gewisser Weise das Wasser ab. Man vertraue ihm nur zu schrecklich – sie hätten nur zu sehr Erfolg gehabt. Kurz, er könne nicht Verabredungen mit ihr treffen, ohne Tante Mauds Vertrauen zu mißbrauchen, und andererseits könne er diese Dame nicht zu häufig besuchen, ohne sich die Hände zu binden. Kate verstand, was er meinte, genau wie er verstand, was sie meinte, wenn sie zugab, sie genieße selbst, in kaum weniger unbequemem Maße, Tante Mauds Vertrauen. Dieses sei derzeit außergewöhnlich – sie werde großzügig behandelt; folglich bekannte sie sich zu inneren Skrupeln, ihren Freiraum zu mißbrauchen. Also hatte Mrs. Lowder endlich – und jetzt ganz unwissentlich – den Weg gefunden, das Paar zu lähmen. Doch nicht etwa, daß sie sich ganz davon hätten abhalten lassen, sich im südlichen Teil der Stadt zu treffen, um zum gemeinsamen Nutzen die Moral aus der Geschichte ihrer Niederlage zu ziehen. Sie überquerten den Fluß; sie streiften in ärmlichen und für sie sicheren Vierteln umher; der Winter war mild, so daß sie, das Oberdeck der Pferdebahnen erklimmend, gemeinsam nach Greenwich oder Clapham rumpeln konnten. Wenn ihre Minuten noch nie so gezählt waren, so fiel Densher doch zugleich auf, daß sie kraft eines eigentümlichen Gesetzes noch nie zuvor zu einem so milden Ton – er wußte kaum, wie er es nennen sollte – untereinander gefunden hatten. Nicht davon zu sprechen, wovon sie *hätten* sprechen können, trieb sie auf ein anderes Gebiet; es war, als bemühten sie sich mit störrischer Eindringlichkeit, Ersatz zu suchen für etwas, was sie beiseite schoben. Hinter ihrer charmanten Art verbargen sie, daß sie Belanglosigkeiten verfolgten; sie sorgten mit Bedacht für eine Höflichkeit, die sich früher von selbst hätte eingestellt; oft verhielt er, wenn er sich von ihr getrennt hatte, noch im Fortgehen den Schritt unter dem nachwirkenden Gefühl, wie sie sich verändert hatten. Er hätte ihre Veränderung mit den Worten beschrieben – hätte er sich ihr weit genug gestellt, um sie zu beschreiben –, sie seien so verdammt höflich. Das hatte sogar bei der Innigkeit, der Vertraulichkeit, zu der sie gelangt waren, einen beinahe komischen Anflug. Hatte denn je die Gefahr bestanden, daß sie sich grob zueinander verhielten – nachdem jeder von beiden vor langer Zeit im anderen eine so ungeheure Zärtlichkeit geweckt hatte? Solche Dinge fragte er sich, wenn er überlegte, was genau er am meisten fürchte.

Doch die ganze Zeit über besaß die Spannung auch ihren Reiz – so stark war die Macht eines Wesens, das einen auf so verschiedenen Wegen zu sich zurückholen konnte. Es war wieder ihr Talent zum Leben, das bei ihr Unterschiede zu unterschiedlicher Zeit herausfand. Sie gab ihre gemeinsame Tradition nicht auf; sie machte nur etwas Neues daraus. Zudem war sie, offen gesagt, noch nie entgegenkommender gewesen und in gewisser Weise – um es prosaisch auszudrücken – unterhaltsamer im Umgang: er hatte fast das Gefühl, sie erst jetzt auf dieser umgrenzten Basis kennenzulernen – wobei er sogar zögerte, diese als eingeengt oder ausgeweitet zu definieren; sie jedenfalls so zu bewundern, wie sie vermutlich von den Leuten bewundert wurde, denen sie in der „großen Welt" begegnete. Kurz gesagt, er hatte nicht damit gerechnet, daß sie ihm immer noch etwas Neues zu bieten hätte; doch eben das war der Fall – wenn es ihm bei einer Fahrt auf dem Oberdeck einer Pferdebahn durch Southwark auf dem rechten Themseufer so vorkam, als säße er neben ihr bei einem vornehmen Dinner. Welch eine Persönlichkeit wäre sie, *wenn* sie reich gewesen wären – mit welch einer genialen Begabung für das sogenannte große Leben, welch einer Repräsentationsfähigkeit für das sogenannte große Haus, welch einem Charme für die sogenannten gehobenen Positionen! Wenn er schon dabei war, konnte er auch gleich bedauern, daß sie keine Fürsten oder Milliardäre waren. Zu Weihnachten hatte sie ihn mit einer Sanftheit behandelt, die ihm damals der Beschaffenheit feinen Samtes zu gleichen schien, der eigentlich in dichten Falten liegen sollte, aber ein wenig zu straff ausgespannt war; gegenwärtig jedoch machte sie den Eindruck, als wären ihre Berührungspunkte sehr zahlreich, wie es nur bei einer großen Oberfläche sein kann. Außerdem ließ sie die ganze Zeit nichts darüber verlauten, was zu Hause vorging. Sie kam von dort, und sie kehrte dahin zurück, was einem Hinweis darauf am nächsten kam, war der Blick, mit dem sie sich jedesmal von ihm verabschiedete. Der Blick war die Wiederholung ihres Verbots. „Das *muß* ich sehen und wissen – rühre also nicht daran. Das weckt nur das alte Übel auf, das ich auf meine Art beschwichtige, indem ich mich dazusetze. Ich gehe jetzt – laß mich allein! –, um mich wieder dazuzusetzen. Die richtige Art, mich zu bedauern – wenn du das willst –, ist, an mich zu glauben. Könnten wir wirklich etwas *tun*, wäre es ganz anders."

Er sah ihr nach, als sie davonging, und hatte dabei gleichsam lebendig vor Augen, welche Last sie in ein wenig steifer Haltung trug. Es war verworren und dunkel, doch wie es sie dazu brachte, mit hocherhobenem Kopf die Fassung zu bewahren! Wahrhaftig hätte er in diesen Augenblicken in eigener Person ein wenig da oben mitschaukeln können, als eines der Dinge in ihrem gut ausbalancierten Korb. Sicherlich dank einer ähnlichen Bewußtseinsverfassung empfand er, daß die Wochen, ehe Kate die Treppe zu ihm heraufkam, beinahe wie im Fluge verstrichen. Sie bargen für ihn den Widerspruch, daß zwar im allgemeinen angenommen wird, Perioden des Wartens lassen die Zeit langsam verstreichen, ihn aber infolge des Wartens das Tempo der Zeit geradezu beunruhigte. Um offen zu sein, das Geheimnis dieser Anomalie bestand darin, daß er, während die Tage dahinschmolzen, gewahr wurde, wie mit ihnen zusammen etwas Kostbares dahinging. Dieses Etwas war nur ein Gedanke, doch ein Gedanke eben jener Frische und Zartheit, die Kostbarkeiten jeder Art am meisten dem Hunger der Zeit aussetzen. Der Gedanke gehörte ganz ihm, und seine vertraute Gefährtin war die letzte, mit der er ihn hätte teilen mögen. Er verhehlte ihn wie einen gehätschelten Schmerz; ließ ihn sozusagen zurück, wenn er ausging, kehrte jedoch früher heim, um ihn dort um so sicherer wieder vorzufinden. Dann holte er ihn aus seinem geweihten Winkel und seinen weichen Hüllen hervor; er löste diese nacheinander und ging mit ihnen um, ging mit *ihm* um wie etwa ein hilfloser, zärtlich besorgter Vater mit einem verstümmelten Kind. Doch genauso hatte er den Gedanken vor sich – in seiner Angst davor, wer ihn sonst noch sehen könnte. Mit anderen Worten, in solchen Stunden ging ihm nahe, daß er nie, niemals erfahren würde, was in Millys Brief gestanden hatte. Die darin angekündigte Absicht würde er nur zu wahrscheinlich erfahren; doch das wäre, in den Tiefen seiner Seele, nur der unwesentlichste Teil gewesen. Der für immer verlorene Anteil war, wie sie ihre Entscheidung formuliert hatte. Diese mutmaßliche Begründung barg Möglichkeiten, die seine Phantasie bei dem Versuch, sie zu enträtseln, in außerordentlichem Maße ergänzt und verfeinert hatte. Sie hatte eine Offenbarung daraus gemacht, deren Verlust dem Anblick einer unschätzbar kostbaren Perle gleichkam, die man vor seinen Augen – und mit seinem Gelöbnis, sie nicht zu bergen – in das bodenlose Meer schleuderte, oder eher glich es sogar der Opferung eines fühlenden und von Leben durchpulsten Wesens, etwas, das dem geistigen Ohr als leiser, ferner Klagelaut hätte vernehmbar werden können. Das war der Laut, den er, allein, in der Stille seines Zimmers hegte und pflegte. Er suchte und behütete die Stille, auf daß sie dort herrschen könne, bis die unvermeidlichen Geräusche des Lebens, vergleichsweise grob und rauh, sie wieder erstickten und abtöteten – sicherlich kraft desselben Vorgangs, mit dem sie beflissen den Schmerz in seiner Seele heilen würden, der irgendwie eins damit war. Zudem wurde die heilige Stille dadurch noch tiefer, daß er nicht klagen konnte. Er hatte der armen Kate freie Hand gelassen.

Das Wichtige und Augenfällige, sobald sie bei der von uns bereits bezeichneten Gelegenheit vor ihm stand, war, daß sie sich jetzt im unumschränkten Besitz dieser Freiheit befand. Das hätte sofort – hätte nichts anderes dazu beigetragen – den Unterschied zwischen ihren jetzigen und ihren damaligen Bedingungen unterstrichen, dem Charakter ihrer letzten Begegnung in Venedig. Das war *seine* Idee gewesen, während ihr jetziger Schritt die ihre war; die wenigen gemeinsamen Züge waren seiner bewußten Sicht vom ersten Augenblick an beinahe erschütternd deutlich. Sie war jetzt so ernst wie damals; sie sah sich, um es zu verbergen, wie damals um; sie heuchelte, wie damals, inmitten einer Atmosphäre, wo ihre Worte im selben Moment versandeten, Interesse an den Räumlichkeiten und Neugier auf seine „Sachen"; kurzum, es war ein Rückgriff auf Vergangenes, als er ihr, nachdem es ihr nicht ganz gelungen war, ihren Schleier gleichmäßig hochzuschlagen, gesagt hatte, sie solle ihn lieber ganz abnehmen, und sie seiner Anregung vor dem Spiegel nachgekommen war. Eben diese Dinge waren nichtig; und als wahre Realität zeichnete sich nach den ersten paar Minuten vor seiner Vorstellungskraft ab, daß nunmehr buchstäblich sie das Element der beschwichtigenden Zuversicht beisteuerte, wofür damals er gesorgt hatte. Sie war es, die in höchstem Maße über Geistesgegenwart verfügte. In der Tat machte sie übrigens ganz schnell davon Gebrauch. „Wie du siehst, habe ich diesmal nicht gezögert, dein Siegel zu erbrechen."

Noch im Moment ihres Eintretens hatte sie ihm den länglichen, gewichtigen Umschlag, den er ihr in einem noch umfangreicheren zugeschickt hatte, auf den Tisch gelegt. Er hatte jedoch keinen Blick darauf geworfen – er war überzeugt, er werde das nie wieder tun wollen; außerdem lag der Brief zufällig mit der adressierten Seite nach oben. Also „sah" er nichts, und ihre Bemerkung ließ ihn nur in ihre Augen blicken, ohne im geringsten zu dem genannten Gegenstand hinüberzuschweifen. „Es ist nicht ‚mein' Siegel, mein Schatz; und meine Absicht – die meine Zeilen zu vermitteln versuchten – war, es dir gegenüber als durchaus nicht das meine zu behandeln."

„Meinst du damit, daß es also insoweit das meine ist?"

„Nun, wenn wir wollen, nennen wir es das ihre – das der guten Leute in New York, den Urhebern unserer Mitteilung. Wenn das Siegel erbrochen ist, auch gut; aber", fügte er dann an, „wir *hätten* es auch unangetastet und unversehrt an sie zurückschicken können. Nur", lächelte er, während ihm das Herz im Halse klopfte, „von einem absolut liebenswürdigen Brief begleitet."

Kate nahm das lediglich mit dem tapferen Wimperzucken hin, mit dem ein beherzter Patient der untersuchenden ärztlichen Hand zu verstehen gibt, sie habe die empfindliche Stelle berührt. Er sah sofort, daß sie vorbereitet war, und mit diesem wichtigen Zeichen dafür, daß sie zu intelligent war, um das zu versäumen, flackerten allerhand Möglichkeiten auf. Sie war – um es nur dabei zu belassen – für alles Erdenkliche intelligent genug. „Schlägst du vor, genau das zu tun?"

„Ach, es ist zu spät, es – nun ja, auf ideale Art zu tun. Jetzt, angesichts dieses Zeichens, daß wir *wissen* ...!"

„Aber du weißt doch nichts", sagte sie ganz behutsam.

„Ich meine damit", fuhr er fort, ohne es zu beachten, „was die noble Art gewesen wäre. Es zurückzuschicken, ohne davon Kenntnis genommen zu haben bis auf die Beteuerung, man wisse es zutiefst zu würdigen, und als Beweis dafür der Zustand des Umschlags – das wäre wahrhaft befriedigend gewesen."

Sie überlegte kurz. „Der Zustand des Umschlags bewiese eine Zurückweisung, meinst du, die nicht auf die ungenügende Höhe der Summe zurückzuführen wäre?"

Densher lächelte wieder, gleichsam über das Spiel ihres Humors, wie exzentrisch er auch immer sein mochte. „Nun ja – etwas Ähnliches."

„So daß es, *wenn* man Kenntnis genommen hat – soweit es mich betrifft –, der Schönheit der Sache Abbruch tut?"

„Es macht den Unterschied, daß mich die Hoffnung getrogen hat – die ich zugegebenermaßen gehegt habe –, du würdest mir das Ding so wiederbringen, wie du es empfangen hast."

„In deinem Brief hast du diese Hoffnung nicht geäußert."

„Das wollte ich nicht. Ich wollte es dir überlassen. Ich wollte sehen – o ja, wenn du mich *das* fragen möchtest –, was du tun wirst."

„Du wolltest messen, wie weit es mir möglich sein würde, mein Zartgefühl beiseite zu lassen?"

Jetzt fuhr er unverwandt fort; eine Art Erleichterung – angesichts einer Wesenheit, die gleichsam in der Luft lag, wofür er aber noch keinen Namen hatte finden können – hatte von ihm Besitz ergriffen. „Nun, ich wollte dich – in einem so außerordentlich geeigneten Fall – auf die Probe stellen."

Sein Ausdruck bestürzte sie – das zeichnete sich in ihrem Gesicht ab. „Es *ist* ein geeigneter Fall. Ich bezweifle", sagte sie, die Augen auf ihn geheftet, „ob es jemals einen günstigeren gegeben hat."

„Je günstiger der Fall, desto besser also die Probe!"

„Woher weißt du", fragte sie als Antwort darauf, „wozu ich fähig bin?"

„Ich weiß es nicht, Liebste! Nur, wäre das Siegel nicht erbrochen, hätte ich es früher erfahren."

„Ich verstehe" – sie nahm das in sich auf. „Aber ich selbst hätte gar nichts erfahren. Und du hättest auch nicht erfahren, was ich weiß."

„Ich möchte dir gleich erklären", gab er zurück, „falls du dich veranlaßt fühlen solltest, meiner Unkenntnis abzuhelfen, ersuche ich dich ganz ausdrücklich darum, es nicht zu tun."

Sie zögerte kaum. „Hast du Angst, wie sich die Aufklärung auswirkt? Bringst du es nur fertig, indem du es blindlings tust?"

Er ließ eine Pause eintreten. „Was meinst du eigentlich damit, was ich tue?"

„Nun, das einzige auf der Welt, woran du vermutlich denkst. Nicht anzunehmen – was sie verfügt hat. Gibt es für solche Fälle nicht einen bestimmten Ausdruck? Das Vermächtnis auszuschlagen!"

„Nur vergißt du dabei etwas", sagte er nach einem Moment. „Daß ich dich bitte, dich mir dabei anzuschließen."

Ihr Staunen machte sie nur sanfter, jedoch zugleich nicht weniger entschlossen. „Wie kann ich mich einer Sache ‚anschließen', mit der ich nichts zu tun habe?"

„Wie? Durch ein einziges Wort."

„Und welches Wort?"

„Deine Zustimmung dazu, daß ich verzichte."

„Meine Zustimmung hat keinen Sinn, wenn ich dich nicht daran hindern kann."

„Du kannst mich durchaus daran hindern. Mach dir das ganz klar", sagte er.

Sie schien darin eine Drohung zu gewahren. „Du meinst, du verzichtest nicht, wenn ich *nicht* zustimme?"

„Ja. Ich unternehme nichts."

„Das bedeutet, wie ich es verstehe, anzunehmen."

Densher schwieg ein Weilchen. „Ich unterlasse alle formellen Schritte."

„Du rührst, meinst du wahrscheinlich, das Geld nicht an."

„Ich rühre das Geld nicht an."

Das hatte einen Klang – obwohl er schon darauf hingesteuert hatte –, der ernst und gewichtig war. „Wer *nimmt* es dann in solchem Fall?"

„Jeder, der will oder kann."

Wieder sagte sie ein Weilchen nichts: womöglich sagte sie zuviel. Doch bis sie sprach, war sie weit vorgedrungen. „Wie kann ich anders herankommen als durch dich?"

„Du kannst es nicht. Ebensowenig", fügte er hinzu, „wie ich darauf verzichten kann, außer durch dich."

„Ach, doch um so viel weniger! Nichts", sagte sie, „liegt in meiner Macht."

„Ich befinde mich in deiner Macht", gab Merton Densher zurück.

„Inwiefern?"

„Insofern ich es bekunde – und immer bekundet habe. Wann habe ich", fragte er wie mit jäher kalter Ungeduld, „etwas anderes bekundet? Du mußt doch fühlen – also brauchst du gar nicht so zu tun, als wolltest du mich schonen –, wie du mich in der Hand hast."

„Es ist wirklich gütig von dir, Liebster", lachte sie nervös auf, „mich so gründlich darüber aufzuklären!"

„Ich kläre dich über gar nichts auf. Ich habe dich nicht einmal über die Chance aufgeklärt, die ich, wie ich vorhin sagte, für dich sah, als ich dir die ganze Sache zuschickte. Demnach ist deine Handlungsfreiheit in jeder Hinsicht unbegrenzt."

Sie waren wirklich an dem Punkt angelangt, daß sie einander bleiche Gesichter zuwandten und all das unausgesprochen Gebliebene ihnen in einem unklaren Grauen vor einem fortschreitenden Konflikt aus den Augen blickte. Während einer ihrer kurzen Pausen stieg zwischen ihnen sogar etwas auf – etwas, das einem wechselseitigen Flehen glich, nicht zu ehrlich zu sein. Die Notwendigkeit dazu stand irgendwie vor ihnen, aber wer von ihnen mußte sich ihr zuerst stellen? „Danke!" sagte Kate auf sein Wort über ihre Freiheit, beließ es jedoch zunächst dabei. Es war wenigstens ein Segen, daß sie beide alle Ironie im Stich ließ, und während eines weiteren schleppend langsamen Augenblicks klärte es die Atmosphäre, daß sie sich dessen bewußt wurden.

Das zeigte seine Wirkung, als er bald fortfuhr. „Du mußt doch stark empfinden, daß wir eben darauf gemeinsam hingearbeitet haben."

Sie griff die Bemerkung jedoch nicht auf, als wäre sie banal; sie war bereits wieder von einem eigenen Argument in Anspruch genommen. „Ist es absolut wahr – denn wenn es an dem ist, ist es ungeheuer interessant –, daß du nicht einmal neugierig darauf bist, was sie für dich getan hat?"

„Möchtest du", fragte er, „meinen förmlichen Eid darauf?"

„Nein – aber ich verstehe es nicht. Mir scheint, in deiner Lage ..."

„Ach", fiel er unwillkürlich ein, „was weißt denn du von meiner Lage? Verzeihung", fuhr er sogleich fort, „was ich lieber möchte, ist das, was ich zum Ausdruck bringe."

Trotzdem kam ihr gleich darauf ein sonderbarer Gedanke. „Aber werden die Fakten nicht veröffentlicht?"

„‚Veröffentlicht'?" – er fuhr zusammen.

„Ich meine, wird man das Ganze nicht in den Zeitungen lesen?"

„Ach, niemals! Dem werde ich zu entgehen wissen."

Das schien das Thema zu erledigen, doch in der nächsten Minute bohrte sie in anderer Richtung. „Dein Wunsch ist es, allem zu entrinnen?"

„Allem."

„Und du benötigst keinen klareren Begriff davon, bei welchem Verzicht ich dir eigentlich helfen soll?"

„Mein Begriff davon genügt mir, auch wenn er nicht klar umrissen ist. Ich will gern glauben, daß der Betrag nicht gering ist."

„Ah, siehst du!" rief sie aus.

„Wenn sie mir eine Erinnerungsgabe hinterlassen wollte", fuhr er ruhig fort, „würde sie zwangsläufig nicht kärglich ausfallen."

Kate hielt inne, als suchte sie nach den passenden Worten. „Es ist ihrer würdig. Es entspricht dem, was sie selbst war – wenn du dich erinnerst, wie wir *das* einmal bezeichnet haben."

Er zögerte, als wäre das so vielerlei gewesen. Doch an etwas erinnerte er sich. „Sagenhaft?"

„Sagenhaft." Ein schwaches Lächeln – unendlich schwach – war darauf in ihrem Gesicht aufgeschimmert, war jedoch erloschen, bevor sich, etwas weniger ungewiß, in dem seinen Tränen angekündigt hatten. Seine Augen wurden naß – doch das ließ sie fortfahren. Sie tat es behutsam. „Ich glaube, in Wirklichkeit liegt es daran, daß du dich fürchtest. Ich meine", erläuterte sie, „du fürchtest dich vor der *vollen* Wahrheit. Wenn du sie ohnedies liebst, kannst du sie wahrhaftig nicht tiefer lieben. Und du fürchtest dich – es ist erstaunlich –, sie zu lieben."

„Ich habe sie nie geliebt", sagte Densher.

Sie nahm es hin, doch nach kurzer Zeit machte sie Einwände. „Das glaube ich jetzt – für die Zeit, solange sie lebte. Ich glaube es zumindest für die Zeit, als du dort warst. Aber das änderte sich für dich – mit vollem Grund – an dem Tag, als du sie zuletzt gesehen hast: da starb sie für dich, damit du sie verstehen konntest. Von jener Stunde an *hast* du sie verstanden." Dabei erhob sich Kate langsam. „Und ich verstehe sie jetzt. Sie hat es *für* uns getan." Densher stand auf, ihr gegenüber, und sie führte ihren Gedanken weiter aus. „In meiner Beschränktheit habe ich sie – weil mir nichts Besseres einfiel – immer eine Taube genannt. Weit breitete sie ihre Flügel aus, und *so* weit reichten sie. Sie hüllen uns ein."

„Sie hüllen uns ein", sagte Densher.

„Das schenke ich dir", schloß Kate feierlich. „Das habe ich für dich getan."

In dem Blick, den er auf sie richtete, stieg langsam etwas Seltsames auf, das auf der Stelle seine Tränen getrocknet hatte. „Verstehe ich also recht ...?"

„Daß ich zustimme?" Sie schüttelte ernst den Kopf. „Nein – denn ich verstehe. Ohne das Geld heiratest du mich, mit dem Geld heiratest du mich nicht. Wenn ich nicht einwillige, wirst *du* es nicht tun."

„Du verlierst mich?" Obwohl er es offen beim Namen nannte, ließ er eine gewisse Ehrfurcht vor ihrer überlegenen Auffassung spüren. „Nun, du verlierst sonst nichts. Ich überschreibe dir jeden Penny."

Rasch kam seine eigene Einsicht, doch diesmal hatte sie kein Lächeln dafür übrig. „Ganz recht – folglich muß ich mich entscheiden."

„Du mußt dich entscheiden."

Da empfand er es als eigenartig, daß sie dabei in seinem eigenen Zimmer stand, während er mit einer Spannung, die jetzt alles übertraf, was ihm jemals den Atem benommen hatte, auf ihre Entscheidung wartete. „Nur eines kann dich vor meiner Entscheidung retten."

„Vor deiner Entscheidung, daß ich mich dir auszuliefern habe?"

„Ja" – und sie nickte zu dem länglichen Umschlag auf dem Tisch hin –, „daß du das ausliefern mußt."

„Was also?"

„Dein Ehrenwort, daß du nicht ihr Andenken liebst."

„Oh – ihr Andenken!"

„Ach" – sie machte eine große Geste. „Sprich nicht davon, als wäre dir das nicht möglich. *Mir* an deiner Stelle wäre es möglich; und du bist ein Mensch, dem das genügt. Ihr Andenken ist deine Liebe. Du *brauchst* keine andere."

Er hörte ihr stumm bis zum Schluß zu, beobachtete dabei ihr Gesicht, rührte sich jedoch nicht. Dann sagte er nur: „Ich heirate dich, wohlgemerkt, binnen der nächsten Stunde."

„So wie wir waren?"

„So wie wir waren."

Doch sie wandte sich zur Tür, und ihr Kopfschütteln war jetzt das Ende. „Wir werden nie wieder so sein, wie wir waren!"

AtV

Band 1260

Henry James
Bildnis einer Dame

Roman

Aus dem Amerikanischen von Lore Krüger

640 Seiten
ISBN-Nr. 3-7466-1260-8

Nachdem die junge Amerikanerin Isabel Archer die Hand eines sympathischen Lords ausgeschlagen hat, wartet jedermann gespannt, wem das aparte, intelligente Mädchen den Vorzug vor dem britischen Aristokraten geben wird. Zur allgemeinen Verblüffung entscheidet sie sich für Gilbert Osmond, einen Mann ohne Namen, ohne Beruf, ohne Ehrgeiz und ohne Geld. Wird dieser Bund aus Liebe geschlossen? Ist Isabel glücklich mit dem snobistischen Ästheten, den die Wertmaßstäbe seiner Umwelt wenig zu interessieren scheinen? Der römische Palazzo, den die Osmonds nach ihrer Heirat beziehen, wird zum Treffpunkt einer mondänen Gesellschaft und zum Schauplatz glanzvoller Feste, aber was hinter der imponierenden Fassade vor sich geht, bleibt selbst für Isabels engste Freunde in Dunkelheit gehüllt.

AtV

Band 5103

Jane Austen
Emma

Roman

Aus dem Englischen von Horst Höckendorf

557 Seiten
ISBN 3-7466-5103-4

Emma ist eine kluge und selbstbewußte junge Frau, aber sie ist auch ein wenig verwöhnt. Nachdem ihre frühere Gouvernante und Gefährtin Anne sie verlassen hat, versucht sie in Highbury Schicksal zu spielen und ihre männlichen und weiblichen Bekannten miteinander zu verheiraten, wie es ihr die Phantasie gerade eingibt. Das muß natürlich schiefgehen. Als sie entdeckt, daß Harriet, die sie zuerst für den jungen Pfarrer und später für den attraktiven Frank Churchill vorgesehen hatte, eigentlich ein Auge auf den von ihr selbst heimlich verehrten Mr. Knightley geworfen hat, wird es Zeit, daß sie endlich zur Vernunft kommt.

AtV

Band 1245 **Daniel Defoe**

Glück und Unglück der berühmten Moll Flanders

Roman

Aus dem Englischen Johann Mattheson

352 Seiten
ISBN 3-7466-1245-4

Im Gefängnis als uneheliches Kind geboren, von ihrer Mutter verlassen, ist Moll Flanders von früh an auf sich selbst gestellt. Doch Moll kämpft mit allen ihr zu Gebote stehenden Mitteln ums Überleben. Nach zahllosen Ehen und Affären wird sie eine äußerst erfolgreiche Diebin. Trotz vieler Rückschläge ist ihr Überlebenswille unverwüstlich. Als Ehefrau, Hure und Kriminelle erprobt Moll Flanders alle Möglichkeiten, die einer Frau in der Gesellschaft des 18. Jahrhunderts zur Verfügung stehen.
Sehr lebendig erzählt, führt dieser atemberaubende Lebensbericht, den Moll Flanders als reumütige Sünderin rückblickend verfaßt, den Leser in die kriminelle Londoner Unterwelt und in die junge Kolonie Virginia.

AtV

Band 1450

Charles Dickens
Große Erwartungen

Roman

Aus dem Englischen von Margit Meyer

547 Seiten
ISBN 3-7466-1450-3

Während seiner allwöchentlichen Besuche bei der reichen Miss Havisham verliebt sich der kleine Pip in die Adoptivtochter der alten Dame und beginnt von Reichtum und Bildung zu träumen – schier unerfüllbare Wünsche für einen Waisenjungen und Schmiedelehrling. Plötzlich will ihn ein unbekannter Gönner zu einem Gentleman erziehen lassen. Bald hat Pip sein einfaches Leben vergessen und führt ein verschwenderisches Dasein. Unversehens gerät er in eine lebensgefährliche Lage.